이 책은 제한된 지면으로 소수의 선택된 증언만 허용하지만 그들의 생각이 충분히 드러나는 엄선된 자료만 실었다. 비교해석학적 통찰력은 이들 해석 자료에 대한 관찰을 통해 도출된다. 사실상 본서의 사례들은 향후 해석자의 텍스트에 대한 남용을 방지하고 그가 본문 안within the text의 메시지에 귀를 기울이고, 본문 배후behind the text로부터 도움을 얻으며, 본문 앞에서in front of the text 자유롭게 살게 하는 통찰력 모델을 제공한다. 네 가지 이슈에 대해서는 많은 자료가 나왔으며 몇 가지 어려운 문제점을 제기하고 있다. 따라서 이러한 이슈와 관련된 성경 본문을 진지하고 솔직하게 다루기 원하는 그리스도인은 본서를 통해 논쟁의 본질을 파악하고 오늘날 하나님이 말씀하시는 방법을 보다 정확하게 분별할 것이다. 나는 본서가 교회와 신학교의 필독서라고 확신하며 추천한다.

로버트 메예 Robert P. Meye, 풀러신학교 신학부 학장

스와틀리의 해석학적 관점은 그의 학문적 박식함이 드러나며… 네 개의 탁월한 사례 연구를 통해 광범위한 해석학적 원리를 발전시킨다. 이 책은 석의 및 해석학 강의에 많은 교육학적 도움을 제공할 것이다. 또한 본서는 성경적 권위와 성경적 해석의 상호 작용에 대한 오늘날의 논의에 신선한 관점과 새로운 책임 의식을 불어넣는 가장 유익하고 실제적인 준거가 될 것이다. 이 책은 노예제도, 안식일, 전쟁에 대한 사례로부터 도출된 해석학적 관점에서 얻은 교훈을 활용하여 교회 안에서 여성의 리더십에 대한 시급한 논의를 조명한다. 나는 필자의 학생과 대학 및 교우들이 모든 성경적 해석을 동원하여 이 책을 읽어주기 원한다.

데이비드 슐러 David M. Scholer, 북침례신학교 신약학 교수 및 학장

이 책은 성경 해석에 대한 네 개의 사례 연구-노예제도, 안식일, 전쟁, 여성- 로 구성된다. 저자는 각 이슈에 대한 상반된 의견이 어떻게 성경 본문의 지지를 받는지 매우 평이한 문체로 보여준다. 독자는 각장 및 이슈를 통해 문화적 배경과 전통적 가르침이 어떻게 성경적 통찰력을 형성하는가라는 문제에 직면하게 된다. 이 책은 자신이 성경 전체를 받아들이고 그 가르침을 따른다고 생각하는 자들에게 매우 유익한 자료로, 자신 있게 추천하는 바이다.

엠마 리차드스 Emma Richards, 롬바르드 메노나이트 교회 협동목사

이 책은 성경 해석의 네 가지 실제적 영역에 기초하여 해석학적 이슈의 중요성을 잘 보여준다. 스와틀리는 의식적인 자기 비평적 과정으로서 해석의 필요성을 명백히 하고 노예제도, 안식일, 전쟁 및 여성이라는 네 가지 주제와 관련된 성경 자료를 어떻게 이해해야 할 것인지는 분명하지 않다는 사실을 보여주며, 특히 해석자 자신의 정체성 및 사회적 콘텐츠가 수행하는 부분을 강조한다. 이 책은 끊임없는 해석학적 논의에 긍정적인 기여를 한다.

앤서니 티 슬턴 Dr. Anthony C. Thiselton, 영국 셰필드 대학 성경학과 부교수

본서의 장점은 많지만, 특히 읽기 쉬운 문체, 명확한 구성 및 자료 제시, 각 관점에 대한 광범위한 자료 정리, 특정 관점을 발전시킨 요소에 대한 예리한 진단, 다양한 관점과의 상호 작용 및 탁월한 종합 등은 두드러진다. 명확한 제시 및 구성은 본서를 강의실이나 연구 모임에서 가르치기에 이상적인 자료로 만든다.

사무엘라 바끼오끼 Samuele Bacchiocchi, 앤드류 대학 종교학 교수

이 책은 학자 개인의 성경 해석 및 그들이 추구하는 방법뿐만 아니라 성경의 권위가 어디서 나오는가라는 문제를 제기하며, 성경의 중요한 신학적 증언과 역사적/문학적/상황적 관습 및 의식을 대조한다. 본서의 전체적 틀은 성경의 본질 및 그것의 바른 용례와 남용에 대한 일련의 질문, 본문의 배경이 되는 다양한 상황, 해석학적 배경이 되는 문맥, 해석자의 관점, 정경 안에서의 재해석 문제, 그리고 텍스트 및 콘텍스트와 오늘날의 시간, 장소, 입장에서의 의미 사이의 괴리를 메우기 위해 사용되는 이론적 도구 등으로 채워진다. 스와틀리의 연구는 수 세기 동안 텍스트 및 이문으로 보존되어온, 오늘을 위한 하나님의 말씀을 여는 중요한 작업을 향한 또 하나의 걸음이다. 비교 해석 방법을 이용한 스와틀리는 우리를 자유롭게 하는 메시지 -여자와 남자, 전사와 평화주의자, '노예제도와 자유-를 어떻게 자유케 할 것인지에 대한 지침을 제공한다.

콘스탄스 파베이 Constance F. Parvey, 밴쿠버 신학교 외래교수

저자는 중요한 신학적 이슈에 대한 논쟁에 있어서 성경의 역할이라는 문제를 공정하고 신중한 태도로 제시한다. 그는 양측의 주장을 제시한 후 해석학적 문제를 규명하고 분석하는 작업에 돌입한다. 독자는 시범적 사례에서 제기된 문제들이 바로 자신이 성경을 해석할 때 직면하는 문제들이라는 인식을 통해 저자의 관심사로 들어가게 된다. 정규 신학교육을 받았든 그렇지 않든, 성경을 진지하게 대하는 학생은 흥미로운 질문의 보고와 통찰력, 그리고 자신이 사용한 해석 원리 및 방식에 대해 규명하고 비판적으로 검증하려는 강한 충동을 발견하게 될 것이다.

폴 핸든 Paul D. Hanson, 하버드 대학 신학과 교수

성경이 오늘날 사회적 이슈에 대한 반대 의견을 뒷받침하기 위해 사용될 경우, 우리는 객관적 평가자를 찾는 일을 체념할 수 있다. 모든 사람은 자신의 전제로부터 시작하는 것처럼 보인다. 스와틀리의 책, 『여성, 전쟁, 안식일, 노예제도』는 지금까지 읽은 성경 해석이라는 주제에 대한 어떤 책보다 객관적이다. 동시에 스와틀리는 명확하지 않은 추상적 개념을 버리고 역사적으로나 현재적으로 강력한 감정을 불러일으키는 주제들에 초점을 맞춘다. 평소 여성 문제에 관심이 많았던 나는 계급적 관점 및 페미니스트 관점 배후의 해석학적 원리에 대한 스와틀리의 비판적 능력에 깊은 인상을 받았다. 스와틀리가 제기한 비판적 방법은 성경이 까다로운 사회적 이슈를 해결할 수 있다는 확신을 주었다.

리타 핑거 Reta Finger, Daughters of Sarah의 책임 편집자

여성, 전쟁, 안식일, 노예제도

지은이	윌라드 스와틀리 Willard M. Swartley
옮긴이	황 의 무

초판발행	2020년 10월 8일
펴낸이	배용하
책임편집	배용하
등록	제364-2008-000013호
펴낸곳	도서출판 대장간
	www.daejanggan.org-
등록한곳	충남 논산시 매죽헌로1176번길 8-54
편집영업부	전화 (0412) 742-1424
	전송 (0303) 0959-1424

분류	성서해석 | 전쟁 | 여성 | 메노나이트
ISBN	978-89-7071-536-3 03230
CIP제어번호	CIP2020041131

 값 22,000원

여성
전쟁
안식일
노예제도

사례 연구를 통한
성서 해석

윌라드 스와틀리

황의무 옮김

차례

제1부 성경과 노예제도

논쟁에 대한 개관

1. 노예제도를 찬성하는 입장

2. 노예제도를 반대하는 입장

제5부 우리는 성경을 어떻게 해석하고 사용할 것인가?

1. 네 가지 이슈에 대한 해석학적 비교

2. 사회적 이슈를 위한 성경의 사용

3. 성경 해석을 위한 통찰력 모델

4. 성경연구를 위한 방법

결론: 학습에 대한 요약

부록

부록 1: 교회의 삶 속에서의 성경 해석

서문

그리스도인이라는 이름을 가진 우리는 어떻게 그리스도의 증거와 경험으로부터 믿을만한 정보와 바른 관점을 얻는가? 우리는 어떻게 우리의 시조이신 주님의 삶과 증언에 비추어 우리의 삶과 말을 살펴볼 수 있는가? 우리는 어떻게 하나님의 대리인으로서의 사명을 감당해야 하는 이 시대에 나타난 하나님의 지극히 크신 역사적 경륜을 제대로 파악할 수 있는가?

이 교재는 이러한 질문들에 대해 예수님을 개인적으로 알았던 자들과 주를 대변했던 각 시대의 예언자들이 기록된 증언으로 돌아가는 것이라고 대답한다. 아이들은 가정과 공동체의 삶에 구현된 기쁜 소식을 경험할 수 있다. 청년은 부모와 선생으로부터 과거의 이야기들을 들을 수 있다. 그러나 신실한 그리스도인이 동시대의 말과 행위의 진정성을 검증하는 가장 주된 방법은 예수님을 알았던 사도들과 오랜 전에 하나님과 동행했던 자들의 글을 통해 얻는 사실들과 통찰력이다.

문제는 그리스도인이 때때로 이런 기록과 매우 다른 이해에 도달한다는 것이다. 이 문제는 새로운 현상이 아니다. 예수님은 당시 학자들 및 해석자들과 논쟁하는 가운데 "너희가… 성경을 연구하거니와… 그러나 너희가" 요 5:39-40라고 하셨다. 오늘날 표현을 사용하면 "요점을 놓치고 있다"는 것이다.

본서에서 스와틀리는 오늘날 성경 해석의 네 가지 사례에 초점을 맞춘다. 그의 진술 및 인용 가운데 일부 내용은 고통스럽다. 미래 세대도 우리가 일부 신앙의 선조들처럼 눈이 어두워 잘못된 길을 갔다고 생각하지 않을까? 스와틀리의 글은 거의 절망에 가까운 겸허함으로 이끌어간다. 무엇이 진실인가? 우리는 어떻게 자신의 목소리나 문화의 메아리가 아니라 주님으로부터 직접 들을 수 있는가?

오늘날 교회는 선조들의 연약함 및 자신의 불확실함과 불완전함을 솔직하게 인정해야 한다. 그렇게 하지 않는 한 우리는 희망을 가지기 어렵다. 성경의 회개 촉구는 최근 및 그 이전 시대의 막다른 길을 인식하고 돌아설 것을 포함한다. 우리가 귀를 기울여 가르침을 따르지 않는다면 하나님이 말씀하고 싶어 하시는 메시지를 들을 수 없다. 우리가 바로 듣기 위해서는 듣고 순종하는 공동체의 구조가 자신이 속한 사회와 구별된 분별력을 소유한 자발적이고 선교적인 공동체가 되어야 한다. 그런 후에도 우리는 여전히 우리의 삶과 공동체에서 구현한 진리가 질그릇 안에 있음을 인정해야 한다.

저자는 본서 전체를 통해, 성경은 어떻게 문화적 편견과 편협함에 사로잡힌 우리에게 말씀하시는가라는 문제와 씨름한다. 그는 주께서 예기치 않은 -연구나 일상적 삶의 경험으로는 도출할 수 없고 들려주어야만 가능한- 방식으로 우리를 간섭해 주시기를 원한다. 그는 우리가 성경을 통해 말씀하시는 하나님께 귀를 기울이기를 원한다.

오늘날 기독교 교회는 이 책의 사례 및 최근의 헤드라인에서 볼 수 있듯이 심각한 도전의 시대에 살고 있다. 콘래드 그레벨 프로젝트 위원회Conrad Grebel Projects Committee는 이 책을 오늘날 교회에 헌정하며, 메노나이트를 비롯한 많은 공동체의 그리스도인에게 추천한다. 부디 이 책이 같은 주를 섬기는 우리 모두의 신실함에 기여하기를 바란다.

Albert J. Meyer

메노나이트 교육위원회, 1983년 2월 15일

저자 서문

먼저 본서를 기획하고 후원해준 콘래드 그레벨 프로젝트 위원회 및 메노나이트 교육 위원회의 알버트 마이어Albert Meyer 사무총장에게 감사드린다. 위원회가 주관한 네 명의 고문 임명 및 세 차례의 구두 프레젠테이션 과정은 매우 유익했다. 특히 시간을 내어 두 개의 초안을 읽고 유익한 대답을 주신 네 분의 고문 -리차드 데트바일러Richard Detweiler, 존 레더라크John Lederach, 밀라드 린드Millard Lind, 마릴린 밀러Marilyn Miller- 께 감사드린다.

또한 나는 이스턴 메노나이트 대학, 콘래드 그레벨 대학 성인학교, 메노나이트 연합 성경 신학교, 덴버 메노나이트 겨울 세미나특히 성경에 나타난 종의 용례를 1장에 포함시키게 해준 Peter Ediger, Pacific Ministers and Spouses Retreat에서 강의하는 동안 조언을 주신 많은 사람에게 감사한다. 암스테르담 Doopsgezinde메노나이트 신학교에서 있었던 두 차례의 강좌에서 발표됐던 3장 프레젠테이션도 이 장의 강조점 및 최종 형태에 유익한 관점을 제공해주었다. 연합 메노나이트 성경 신학교에서 필자의 성경 해석학 강의를 듣는 학생들의 날카로운 통찰력 역시 큰 도움이 되었다.

그 외에도 이 책이 나오기까지 도움을 준 많은 사람들에게 특별한 감사를 드린다. 두 개의 독립적 연구로 1장과 2장을 위한 조사를 진행해준 마크 뱅거Mark Wenger, 필라델피아에서 종의 성경적 용례를 조사해준 로버트 피터스Robert Peters, 편집과 관련된 자문을 맡아준 윌라드 로스Willard Roth, 3장에 대한 유익한 코멘트를 제시해준 알란 크라이더Alan Kreider, 해석학 부분에 대해 조언해준 야콥슨Jacob P. Jacobszoon, 교정 및 프로젝트와 관련된 자문을 맡아준 크라이빌Mary Jean Kraybill, 편집 및 교정으로 도와준 샤메인Charmine Jeschke, 교정, 편집, 색인 작업으로 수고해준 카우프만Priscilla Stuckey Kauffman, 여러 번의 초안을 거쳐 원고가 완성되기까지 때로는 마감시간에 쫓기면서도 타이핑 작업에 최선을 다해준 캐롤린 알브레히트Carolyn Albrecht, 릴라 콜린스Lila Collins, 진 켈리Jean kelly, 루이사 스와틀리Louisa Swartley, 슈 요더Sue Yoder, 교정과 원고 회람을 맡은 스톨츠푸스Rachel Stoltzfus, 최종판 3장과 5장의 타이핑과 색인 초안 및 도덕적 지원과 조언을 아끼지 않은 메어리 스와틀레이Mary Swatley, 헤럴드 출판사 편집자 슈록Paul M. Schrock과 편집원 마틴Mary Eleen Martin 이분들의 도움이 없었다면 본서는 빛을 보지 못했을 것이다.

Willard M. Swartley

서론

성경은 네 가지 사례에 대해 혼성신호를 내는 것처럼 보인다. 그러므로 본서는 네 가지 사례에 대한 상반된 성경 해석에 대해, 문제점을 규명하는 동시에 성경 해석의 기본적 학습을 분명히 하는 방식으로 접근할 것이다. 또한 첫 번째 세 가지 이슈에 대한 교회의 해석학적 논쟁은 여자와 남자의 역할 관계에 대한 성경적 가르침을 어떻게 이해할 것인가라는 시대적 현안에 대한 조명으로 이어질 것이다.

네 가지 이슈 모두 다음과 같은 성경 해석에 대한 기본적인 문제를 제기한다.

1. 신약과 구약은 어떤 관계에 있는가?
2. 예수님의 권위는 성경 전체와 어떤 관계에 있는가?
3. 신적 계시는 계시가 주어지고 인식된 문화와 어떤 관계에 있는가?
4. 성경은 이 네 가지 이슈와 관련된 행위를 명령하거나 규정하거나 촉구하는가?
5. 성경은 주어진 주제에 대해 하나의 말씀만 하는가? 아니면 때로는 다른, 심지어 모순된 관점을 제시하는가?
6. 성경을 문자적으로 해석한다는 것은 무슨 뜻인가? 문자적 해석은 악인가 미덕인가? "문자적"이라는 말은 저자가 생각하는 의미를 가리키는가, 우리에게 자연스러운 것처럼 보이는 의미를 가리키는가?
7. 해석자의 선입견이나 이데올로기는 해석 작업에 어느 정도 영향을 미치는가?

마지막 질문은 지난 십 년간 해석학적 논의의 핵심으로 부상했다. 많은 저서가 해석자가 해석 과정 및 결과에 미치는 영향에 초점을 맞추었다. 우리는 가끔 텍스트에 대한 해석은 해석자의 안경에 좌우된다는 말을 듣는다. 해방신학 및 페미니스트 신학은 이런 사실을 입증하는데 많은 기여를 했다.[1] 앤서니 티슬턴Anthony Thiselton은 오늘날의 해석 철학에 대한 연구를 통해 해석은 텍스트와 해석자라는 두 가지 지평을 가진다는 사실을 잘 보여준다.[2]

이런 사실을 인정하지만 해석 과정에서 텍스트의 우선적 지위를 간과해서는 안 된다. 해석자와 이슈와 이데올로기는 오고 가지만 텍스트의 말씀은 대대로 유지된다. 모든 진지한 해석은 텍스트로 하여금 말하게 하고 해석자는 생각과 행위에 있어서 섬기는 자가 되도록 촉구해야 한다. 그렇게 할 때 시공세계 안에 협력적 창조 co-creative 사건 -영과 말씀으로 만물을 지으신 하나님의 창조 행위를 반영한, 파생적 사건 -이 일어난다.창 1장; 시 33:6

협력적 창조 사건으로서 해석이라는 이미지의 의미는 텍스트의 말씀이 해석자를 통해 능력으로 역사한다는 뜻이다.[3] 해석은 사고방식에 영향을 줄 뿐만 아니라 행동을 형성한다. 사실상 해석적 사건은 미래적 세상과 연결된다.

나는 노예제도, 안식일, 전쟁 및 남자와 여자의 역할 관계라는 네 가지 이슈에 대한 연구를 통해 텍스트가 해석자에 의해 힘의 근원으로 작용한 사실을 분명히 보았다. 마찬가지로, 해석자의 관점은 텍스트에 대한 이해에 영향을 미쳤다. 따라서 해석자의 렌즈는 그의 성경 사용에 영향을 미친 반면, 그가 해석한 텍스트는 해석자와 그의 공동체의 생활세계life-world 형성에 힘을 행사했다.

나는 이런 해석 과정에는 "옳고 그름"이 있다는 확신을 가지고 있다. 나는 이 확신이 성경적 뒷받침을 받는다고 생각한다. 그렇지 않다면 이 연구는 아무런 유익이 없을 것이다. 무엇보다 중요한 것은 텍스트가 아무리 원해도, 해석자가 텍스트를 객체로만 사용하려 한다는 것이다. 이 경우 해석자를 형성하는 힘을 가진 주체로서 텍스트의 지위는 텍스트를 형성할 주체로서 해석자에게 넘어간다. 그것은 주석도 해석도 아니며, 해석자가 텍스트를 꼭두각시처럼 마음대로 조종하는 것에 불과하다.

확실히 어떤 해석자도 가치 판단의 영향을 받지 않는 중립적인 입장에서 텍스트에 접근하지 않는다. 성경 해석학은 해석자가 그의 세계를 보는 관점 -전체적 세계관이든, 지역 경찰의 역할, 섹스의 의미, 힐링, 국방, 복지 수표에 초점을 맞춘 부분적 관점이든- 으로부터 해석학적으로 봉쇄되어 있지 않다. 그러나 이처럼 해석자가 영향을 받을 수밖에 없다는 사실을 인정하는 것과 텍스트를 해석자의 이데올로기적 희생양으로 삼아 텍스트가 가진 해석자에 대한 힘을 박탈하는 것은 별개의 문제이다. 나는 성경 해석상의 차이를 다루기 위한 바른 관점을 얻기 위해서는 말씀의 힘이 해석자의 관점을 바꿀 수 있다고 믿고 텍스트를 주체의 자리에 두는 것이 가장 중요하다고 생각한다.

이런 이유로 본서는 텍스트와 해석 방법 둘 다 중요하다고 여기는 성경해석에 초점을 맞출 것이다. 이 연구 작업을 이끄는 가설이 있다면 그것은 논쟁적 이슈에 대한 적절한 성경 말씀하나님의 뜻은 다음과 같은 상황에서 더욱 잘 들을 수 있다는 것이다.

1. 특정 본문의 역사적 문화적 상황을 진지하게 고려할 때.
2. 성경의 다양성을 인정하고, ⓐ 정경 내의 대화를 듣고 판단해야 한다는 인식 및 ⓑ 예수 그리스도에 대한 복음서의 직접적인 증거는 최종적 권위로 받아들여야 한다고 인식할 때.
3. 성경 전체의 기본적인 도덕적 신학적 원리가 이런 원리에 상반되거나 다른 특정 본문과 상반된 특정 진술보다 우선될 때.

반대로 말하면, 적절한하나님이 의도하시는 성경 말씀은 다음과 같은 상황에서 가장 듣기 어렵다.

1. 성경 전체에서 발견되는 본문을 각 조각의 문화적 구조나 역사적 배경을 감안하지 않은 채 짜깁기한 경우.
2. 해석자가 성경의 권위에 대한 "일률적 시각"을 가질 경우, 즉 모든 텍스트는 우리에게 똑 같은 의미를 가지며 하나의 이성적이고 균형 잡힌 진리로 일치되어야 한다는 인식을 가질 때.
3. 주어진 주제에 대한 특정 본문이 형식에 얽매인 경우, 가령 디모데전서 6:1-6의 종 제도에 대한 진술은 "네 이웃을 네 자신 같이 사랑하라"와 같은 성경 전체에 일관된 도덕적 강조의 정신을 배제할 경우.

나는 본서의 사례 연구가 이 가설을 확인한다고 생각한다. 그러나 독자는 이 가설의 상호 작용, 사례연구를 다루는 방식 및 해석학적 결론이 정당하게 시행 되었는지, 도출된 결과는 하나님의 말씀의 선한 청지기로서 기독교 신앙 공동체에 유익이 되었는지 확인해야 할 것이다.

이 연구의 목적

따라서 성경 해석에 대한 이 사례 연구는 다음과 같은 몇 가지 특정 목적을 가지고 있다.

1. 이 연구는 네 개의 분리된 이슈에 대해 성경이 어떻게 다르게 해석되어왔는지에 대한 묘사적 진술을 제공한다. 네 가지 사례는 주로 해석학적 이슈를 조명하기 위한 것이지만 각 사례의 진술은 이들 주제에 대한 역사적 조사에도 기여할 것이다.

2. 네 가지 이슈에 대한 상반된 주장을 제시하는 주된 목적은 면밀한 성경 해석의 필요성을 보여주는 동시에 해석에 필요한 방법론적 이슈를 제기하기 위한 것이다. 각 장 끝의 해석학적 논평은 각 사례에 대한 성경 해석상의 문제점에 대해 규명하고 논의한다. 이 논의는 문제 해결을 위한 방법을 제시할 것이며 경우에 따라서는 "문제" 해결에 다시 초점을 맞춤으로써 교회가 성경을 사용할 때 유익한 자료가 되게 할 것이다.

많은 독자는 각 이슈에 대한 결정적 진술을 원하겠지만 그것은 본서의 목적을 벗어난 영역이다. 이 책의 목적은 해석자가 성경을 어떻게 다르게 사용하는지를 살펴봄으로써 성경 해석에 대한 교훈을 얻게 하는 것이다.

3. 이 네 가지 이슈에 대한 연구는 비교 해석학적 통찰력을 위한 장을 마련해줄 것이다.5장 A 각 사례에 대한 유추적 사고는 상반된 해석을 평가하기 위한 새로운 통찰력과 자원을 드러내 줄 것이다. 이러한 대조적 관점은 현재의 논의에 대한 통찰력을 제공함으로써 어떤 방식의 접근이 적합하고 가치 있으며 어떤 방식의 접근을 포기해야 하는지를 보여줄 것이다. 특히 남자와 여자의 역할 관계에 대한 자신의 입장을 정리하기 위해서 독자는 자신의 주장을 위한 해석 방법이 다른 이슈에 적용하는 방법 및 입장과 어떤 상호작용을 하는지 물어보아야 한다. 다시 말하면, 해석자로서

나의 방법을 다른 세 이슈로 확장해도 일관성이나 불변성이 유지될 수 있느냐는 것이다. 네 가지 이슈에 대한 해석에 어떤 일관성을 부여할 수 있는가? 내가 채택한 해석 방식은 나의 입장을 뒷받침하는가?

4. 성경은 이러한 이슈들에 대해 상반된 방식으로 사용되었기 때문에 성경이 모든 사회적 이슈를 다루는데 사용되어야 하느냐라는 문제가 제기될 수밖에 없다. 네 가지 이슈에서 볼 수 있듯이 성경의 용례는 해석학적인 어려움이 있지만, 그럼에도 불구하고 이 연구는 교회가 사회-윤리적 이슈에 성경을 사용하는 것이 적절하고 필요하다는 것을 보여줄 것이다. 그러나 에베소에 대한 주제 연구는 교회가 성경을 바르게 사용하는 범위가 사회적 이슈에 대한 용례보다 광범위함을 보여준다.부록 4 참조

5. 따라서 본서는 성경을 사회적 이슈에 대한 가치관을 형성하고 확신을 가지기 위한 의미 있는 자료로 사용하고 싶어 하는 신자를 위한 바른 통찰력 모델을 제공할 것이다. 이 모델은 해석가가 성경에 대한 일반적 남용을 피하도록 돕고 효과적인 성경연구를 통해 메시지를 발견할 수 있는 사전 통찰력을 제공할 것이다.

6. 나는 이 통찰력 모델을 텍스트 안에서 자세히 듣기, 텍스트 배후로부터의 유익한 배움 및 텍스트 앞에서의 자유로운 삶이라는 세 가지 책임을 구현하는 해석학적 방식으로 바꿀 것이다.

7. 끝으로 나는 네 가지 이슈에 대한 연구 및 5장의 학습을 통해 얻은 다양한 해석학적 통찰력데 대한 및 체계적인 진술 및 색인을 위해 해석학적 학습에 대한 요약을 제시할 것이다. 이 학습은 통찰력 모델 및 해석방법5장과 함께 성경 독자로 하여금 텍스트에 귀를 기울여 자신의 상황을 인식하고 텍스트가 자신을 읽는 놀라움을 경험하도록 도울 것이다.

이 연구의 한계

이 연구에는 몇 가지 분명한 한계가 드러난다.

1. 네 가지 이슈는 본질상 본서의 지면 확보를 위해 경쟁한다. 본서의 모든 장은 성경 해석이라는 핵심 의제가 최종적 주제로 남을 수 있도록 마지막 초안에서 축소되었다. 따라서 네 가지 사례 가운데 내용을 충분히 다룬 이슈는 없으며 선정된 기간

내에서조차 관련된 자료를 모두 다루지 못했다. 사용된 자료는 중요한 해석학적 대안들을 제시하기 위한 것이다. 그러나 3장의 평화주의자의 입장은 원래의 허락된 공간보다 더 많은 지면이 주어졌다. 이곳에서 저자의 성향은 오늘날 평화주의에 대한 중요한 성경적 주장을 모두 제시하려는 시도에 잘 나타난다. 다양한 입장을 모두 담지 못한 것은 안타까운 일이다 교회와 우주와 여성의 역할에 미치는 영향 및 오랜 역사적 관점에서 볼 때 평화는 매우 중요한 이슈라고 판단된다.4

　　2. 본서의 저술 형식은 특히 두 가지 면에서 일부 독자를 당황스럽게 할 수 있다. 현재 시재로 제시된 주장을 뒷받침하기 위해 다양한 저자들이 인용되었기 때문에 인용문 소개에 현재 시제를 정기적으로 사용할 필요가 있다고 판단했다. 따라서 이 책은 연구 자체를 위한 역사적 조사가 아니다. 또한 나는 저자들이 마음을 바꾼다는 사실을 알고 있으며 따라서 주어진 인용이 더 이상 그 저자의 입장을 대변하지 않을 수도 있다는 사실에 대해 양해를 구한다. 따라서 독자는 특히 십 년 또는 그 이전 저자들의 진술을 읽을 때 이러한 한계를 염두에 두기 바란다.

　　또한 일부 독자는 특히 1장과 2장의 광범위한 인용이 성가시다고 생각할 수 있다. 인용문을 필자의 언어로 바꾸었다면 보다 평이한 문체가 되었겠지만 논의의 주요 부분인 노예제도에 대한 논쟁에 나타난 언어 형식을 고려했다. 역사적 관점에서 볼 때 일부 인용문은 귀하게 다루어야 할 보석 같은 자료이다.

　　3. 일부 독자는 이 책이 신적 계시 및 성경의 권위에 대해 폭넓게 다루지 않았기 때문에 부족하다고 생각할 것이다. 나는 이 주제를 3장과 4장 끝부분의 해석학적 주석에서 다루고 통찰력 모델5장에서 다시 한 번 다루었으며 해석 절차의 문맥 안에서 논의했다. 어떤 사람은 이 주제가 해석이 시작되기 전에 먼저 제시되어야가령, 성경의 무오와 무류를 확인해야 한다고 주장한다. 본서의 한계이자 장점이 될 수도 있는 호소는 신적 계시 및 성경의 권위라는 주제에 대한 진술이 이런 연구가 우리의 관심을 집중시키는 성경의 난제에 대한 인식을 통해 형성되어야 한다는 것이다. 영감, 무오 및 무류에 대한 어떤 진술도 그 자체로는 해석학적 이슈를 해결할 수 없다.5 따라서 독자는 이 연구가 주로 해석에 초점을 맞추며 성경의 본질에 대해서는 간접적으로 언급할 뿐이라는 사실을 염두에 두어야 한다.

4. 성경 해석을 위한 모든 노력과 마찬가지로, 텍스트와 해석자 사이에는 제한적 관계가 존재한다. 나는 네 가지 주제를 선정하여 많은 사람이 판단하고 평가한 주장들을 배열했으나, 그럼에도 불구하고 필자의 관심사 및 나의 삶에 미친 다양한 영향력은 처음부터 끝까지 이 책의 내용에 영향을 주고 제한한다. 그러나 이것은 우리 모두를 위해 필요한 방식이다. 이것은 해석 공동체의 역할에 매우 중요할 뿐만 아니라 유익을 초래한다.5장 참조

본서는 이런 한계에도 불구하고 우리의 삶이 예수 그리스도의 형상을 닮아가도록 기여할 것이다. 이 형상은 많은 사람이 메시아, 인류의 해방자이자 재판장, 만물의 재창조자라고 부르는 나사렛 예수의 모범적 생활세계로 오라고 손짓한다.

이 책의 사용법

일반적으로 책 뒷부분을 먼저 읽은 후 앞으로 읽어 나오는 독법은 효과적이지 않다. 그러나 특정 목적을 위해, 특히 소그룹 스터디에 있어서 나는 이런 방법을 사용하기를 권한다.

그룹 스터디, 특히 교회에서 실시하는 계절학교13주 과정의 경우 첫 주는 부록 4, 둘째 주는 부록 1. 나머지 주는 22개 학습 요약pp. 285-291을 매주 두 항목씩 다루는 방법을 추천한다. 각 항목에는 5개 장 가운데 학습할 곳을 쉽게 찾을 수 있도록 색인을 달았다. 사례별 논점이슈에 대한 반대 주장의 논증은 개별적 해석 학습에 필요한 깨달음을 줄만큼만 읽으면 된다. 스터디 그룹 가운데 두세 명이 반대 주장을 미리 공부해서 구두 발표하는 것도 바람직할 것이다. 어느 시점아마도 후반부에 이르면 각 구성원은 가능한 네 가지 이슈 모두에 대해, 특히 5장을 철저히 읽으려는 마음이 들 것이다.

강의실 -공부할 시간이 많은 대학이나 신학교- 의 경우, 처음부터 순서대로 읽어나가되 여기서도 부록 4 및 부록 1을 먼저 다루어야 네 가지 이슈를 광범위한 문맥 속에 놓을 수 있다.

끝으로 독자가 본서의 내용을 이해하기 쉽도록 몇 가지 사항을 지적하고자 한다. 인용된 자료의 연대는 사안마다 다르다. 1장의 노예제도는 1815년-1865년의 자

료를 사용하지만 존 울만John Woolman의 경우 17세기 사람이다. 2장의 안식일 및 주일과 관련된 자료는 주로 20세기에 해당되지만 몇몇 사람은 예전 청교도 시대를 대변한다. 3장과 4장은 오늘날 작가들1940년대까지 소급된다을 인용하지만 동시대 작가들이 인용한 초기 자료가령 개혁주의 작가도 포함된다.

또한 나는 1장을 토론 형식으로 배열했다. 오늘날 노예 문제는 이슈가 되지 않기 때문이다. 나는 이런 드라마틱한 의사소통 형식이 가능할 것이라고 생각했지만 인용문이나 필자가 당시의 관점을 재진술한 부분의 일부 용어에 대해서는 흑인 및 여성에게 사과한다. 나는 이런 역사적 관점이 인종차별 및 성차별의 치욕스러운 과거를 모든 독자에게 재인식시킬 수 있을 것이라고 생각한다. 한편으로, 남녀의 역할 문제는 다른 이슈와 달리 성경 주석을 체계적으로 배열하지 않았다. 본 장의 목적은 개인이나 신앙 공동체로서 독자가 신앙과 행위에 대한 자신의 길을 찾을 수 있도록 돕는 해석학적 자료를 제공하는 것이기 때문이다.

아무쪼록 이 책을 읽는 모든 독자가 오늘날의 세상에서 성경을 더욱 잘 깨닫고 책임 있게 사용하기를 바란다.

제1부 | 성경과 **노예제도**

논쟁에 대한 개관

찬성

확실히 성경은 노예제도를 지지한다. 영감을 받은 바울은 주 예수 그리스도의 뜻을 알았으며 이 제도에 순종했다. 오늘날의 지혜로 하나님의 말씀을 제쳐두는 것을 당연한 것으로 여기고… 자신을 위해 "악하고 죄 많은 세상의 어둠 속에서 '내 발의 등이요 내 길의 빛'으로 주신 성경 말씀보다 더 높은 법"을 만드는 우리는 누구인가?

John Henry Hopkins, 1864, [1]

반대

노예제도는 오직 극단적 상황에서만 성경에 기대려 하며… 양심과 상식과 끊임없이 충돌하며 광란으로 치닫는다… 그것은 성경 여기저기를 뒤집으며 "기댈 곳을 찾으나 아무 것도 발견하지 못한다." 사랑의 법은 성경 곳곳에 넘쳐나며 노예제도의 분노와 절망을 뚫고 빛난다.

Theodore Dwight Weld, 1837, [2]

1. 노예제도를 찬성하는 입장

논객

1. 헨리 홉킨스John Henry Hopkins 박사는 버몬트 교구 감독이자 법학박사이며 1864년에 출간된 『족장 아브람으로부터 19세기까지 노예제도에 대한 성경적, 교회적, 역사적 관점』*A Scriptural, Ecclesiastical, and Historical View of Slavery, from the Days of the Patriarch Abraham to the Nineteenth Century*, 3의 저자이다. 그는 1861년, "노예에 대한 성경적 관점" Bible View of Slavery에 대한 소책자도 만들어 뉴잉글랜드 및 중동 지역 감리교 주교와 목회자들에게 배포했으며,4 앞서 1850년에는 버팔로와 록포트에서 강의를 통해 자신의 견해를 밝힌바 있다. 당시의 강의안은 1857년 "미국 시민" The American Citizen, 5을 통해 발표되었다.

2. 테일러 블레드소Albert Taylor Bledsoe는 버지니아 대학 수학 교수이자 법학박사이다. 그는 1860년에 처음 출간된 『목화는 왕이다』*Cotton is King*라는 중요한 책을 통해 노예제도와 관련된 도덕적, 정치적, 철학적 이슈에 대한 자신의 광범위한 논문을 다루었다. 여기에는 "성경으로부터의 논증"6이라는 긴 단원이 포함된다.

3. 스티링펠로우Thornton Stringfellow 박사는 버지니아주 리치몬드 태생이다. 여러 자료 및 『목화는 왕이다』에도 나타나는 60페이지 분량의 그의 논문은7 명석하고 유창하며 비교적 간략한 진술로 유명하다. 나는 노예제도를 찬성하는 자들의 사례를 소개하면서 그의 네 가지 논지를 개요로 제시한다. 그의 에세이 제목은 "성경 논증, 또는 신적 계시의 비추어본 노예제도"이다.8

4. 찰스 B. 하지Charles B. Hodge박사는 프린스턴 대학의 저명한 교수이다. 40페

이지에 달하는 그의 논문 역시 "노예제도에 대한 성경의 논증"[9]이라는 제목으로 『목화는 왕이다』에 나타난다.

5. 암스트롱George D. Armstrong박사는 버지니아 노포크 장로교회의 목사이다. 1857년에 처음 출간된 『노예제도에 대한 기독교 교리』*The Christian Doctrine of Slavery*, [10]는 전체 148페이지 분량 대부분을 신약성경 텍스트에 대한 해석에 할애한다.

6. 사우스캐롤라이나의 주지사 하몬드Hammond와 버지니아의 교수 듀Dew는 이 논쟁에서 소수의 목소리에 해당한다. "노예제도에 대한 하몬드의 서신"Hammond's letters on Slaver 및 1831-1832년에 버지니아 의회에 제출된 듀 교수의 주장은 『노예제도 찬성을 위한 논증』*The Pro-Slavery Argumen*, [11]이라는 책에 수록되어 있다.

주장

1815년부터 1865년까지 신학자와 정치가를 대변하는 우리는 성경은 노예제도를 악한 것으로 정죄하지 않는다는 입장이며, 일부는 성경이 사실상 노예제도를 명령한다고 주장한다. 함-가나안의 후손에 대한 노아의 저주에서 비롯된 노예제도는 하나님의 백성에 의해 시행되었으며 또한 시행되어야 한다. 믿음의 조상 아브라함은 많은 종을 소유했으며, 하나님은 이스라엘 백성에게 종을 사라고 말씀하셨으며 그들의 섬김에 대한 특별한 가르침을 주셨다. 예수님은 이 제도에 대해 반대하신 적이 없으며, 종 이미지를 그리스도인의 행위의 모델로 제시하셨다. 바울과 베드로는 상전과 종에게 그리스도인으로서 상호 어떻게 처신할 것인지에 대해 가르쳤으며, 바울은 도망친 종 오네시모를 주인인 빌레몬에게 돌려보냄으로써 도주한 노예에 대한 법을 따랐다. 성경 어디에도 노예제도를 반대한 곳은 없다. 성경을 믿고 노예제도를 지지하거나, 하나님의 권위 있는 말씀인 성경을 버리고 노예제도를 반대해야 한다.

이제 우리는 성경을 통해 노예제도가 하나님의 뜻에 부합된다는 우리의 입장을 명백히 뒷받침할 것이다.

논제 1: 하나님은 족장들에게 노예제도를 허락하셨다

첫째로, 가나안에 대한 노아의 저주를 생각해보라창 9:254-27 홉킨스의 말처럼 "노예제도가 성경에 처음 나타난 곳은 족장 노아의 놀라운 예언"이다.12 스트링펠로우도 유사한 주장을 한다. "사실이 아닐 수도 있지만, 하나님은 노예제도가 있기 전에 그것을 명령하셨다."13 가나안에 대한 노아의 저주는 흑인의 운명에 대한 예언이다. 카트라이트S. A. Cartwright가 1843년의 논문에서 주장한 것처럼 야벳이 아메리카를 발견하고3800년 전에 예언되었다 창대하게 되었을 때, 아프리카 해안에 나타난 가나안은 "야벳의 종이 되어야 한다는 운명에 순응하려는 본능적 충동에 따라" 아메리카로 건너온 것이다.14

둘째로, 아브라함은 우리의 모범이 되는 경건한 인물이다. 그는 모든 그리스도인의 믿음의 조상으로써 노예를 받아 소유하고 자손에게 유산으로 물려주었다. 노예제도는 이혼과 다르다. 즉, 모세 이전의 상황은 다르다고 말할 수 없다. 아니, 아브람에게는 종이 많았다. 그는 하란에서 종을 데려왔으며창 12:5, 집에서 태어난 318명의 무장한 종이 있었으며창 14:14, 그들은 아브라함의 소유였다.창 12:16; 24:35-36 아브라함은 아비멜렉으로부터 종을 선물로 받았으며창 20:14 그들을 아들 이삭에게 재산의 일부로 주었다.창 26:13-14 성경은 여호와께서 아브라함에게 복을 주시어 많은 종을 주셨다고 말씀한다.창 24:35 또한 천사는 종 하갈에게 그의 여주인에게 돌아가라고 명령하지 않았는가?창 16:1-9 이런 사례는 도망한 종에 대한 법을 뒷받침하는 것이 분명하다.15

셋째로, 요셉 시대에 하나님은 노예제도를 인정하셨다. 요셉은 어떻게 많은 애굽 사람을 기근으로부터 구했는가? 하나님은 요셉에게 사람들을 사서 바로의 종으로 삼게 하셨다.창 47:15-2516

논제 2: 노예제도는 이스라엘 국가에서 법제화 되었다.

하나님은 이스라엘의 국가적 삶에 두 가지 유형의 노예제도를 인정하셨다. (1) 이스라엘은 외국인을 종으로 삼을 수 있다. 하나님은 이스라엘에게 "네 종은 네 사방 이방인 중에서 사올 것이며… 그들을 너희 후손에게 기업으로 주어 소유가 되게 할 것이라 이방인 중에서는 너희가 영원한 종을 삼으려니와"(레 25:44-46)라고 명령하셨다.17 스트링펠로우는 이 본문에 기초하여 "하나님은 세습 노예제도를 나라 법에 접목하셨다"18고 설명한다. 블레드소는 이 본문을 인용한 후 "이제 이 말씀은 더 이상 우회할 수 없을 만큼 확실해졌다"19고 말한다. (2) 하나님은 히브리인이 "자유인을 원하지 않을 경우 여섯째 해 끝에 오십 년째 해까지 연장할 수 있는 특권과 함께 자신과 가족을 한시적으로 종으로 팔 수 있게"20 규정하셨다. 이 풍습은 출애굽기 21장 및 레위기 25장에 상세히 기술된다.

두 번째 유형의 노예제도와 관련하여 두 가지 특별 규례에 주의할 필요가 있다. (1) 출애굽기 21장에서 "대상이 자유인일 경우 사형을 당할 행위가 상전이 종에게 행할 경우 처벌을 받지 않는다. 이것은 종은 주인의 재산이라는 확실한 근거가 있기 때문이다" 20-21, 26-27절, 21 (2) 노예제도의 법제화는 결혼 제도에 우선한다. 출 21:2-4 상전의 딸과 결혼하여 자녀를 낳은 종이 일곱째 해에 상전을 떠나고자 한다면 단신으로 나가야 한다. 아내와 자녀는 상전에게 속하기 때문이다. 스트링펠로우가 말했듯이 "하나님은 엄마와 자녀를 자유롭게 하는 것보다 아버지를 종으로 삼는 것을 우선하시기 때문이다."22

논제 3: 노예제도는 예수 그리스도와 사도들로부터 인정을 받았다.

예수와 사도들은 로마제국의 잔인한 노예제도 관행을 목도했으나 반대하는 말을 하지 않았다. 예수 그리스도를 대표하는 사도들은 그의 생각에 전적으로 동의했으며, 이 문제에 대해 예수님의 말씀에 호소하기까지 했다. 딤전 6:1-6 사우스캐롤라이나의 주지사 하몬드는 다음과 같이 말한다.

하나님의 말씀을 이처럼 참람하게 왜곡하는 주장을 정당화하기 위해 그리스도나 그의 사도들을 쳐다보는 것은 헛된 시도이다. 노예제도는 그들 주변 곳곳에서 가장 혐오스러운 모습으로 자행되고 있었으나 이 법을 반대하거나 현행 제도의 잔인한 엄격함을 완화할 어떤 박애적이거나 신앙적인 개념도 분명히 제시되지 않는다. 오히려 인간 사회에서 불가피한 상황으로서 이미 제도화 된 기존의 관행으로 보았다. 그들은 노예제도를 이 땅에서 종식되어야 할 제도로 보지 않았는데, 이것은 하나님께서 모세에게 "이 땅에서 가난한 자가 그치는 일"은 없을 것이라고 말씀하신 것과 같다.

그러므로 노예제도가 하나님의 뜻에 반한다는 생각은 있을 수 없다. 미국의 노예제도는 형식이나 원리적인 면에서 선민의 제도와 다르다고 주장하는 것도 잘못된 것이다. 우리는 성경의 용어가 우리의 노예제도를 규명하며, 그 교훈은 우리의 행위의 지침이 된다고 믿는다.23

홉킨스도 비슷한 주장을 한다.

[예수님은] 주변의 모든 죄에 대해 책망하시고 신적 권위로 말씀하셨으나… 노예제도의 한 가운데 사시면서… 그것을 반대하는 말씀은 한 마디도 하지 않으셨다.24

사도들의 글은 우리에게 노예제도에 대한 일곱 가지 교훈을 제시한다.

1. 사도들은 노예제도에 대해 알고 있었으나 그것의 남용에 대해 반대하지 않았다. 엡 6:5-9; 골 3:22-25; 4:1; 딤전 6:1-2; 딛 2:9-10; 벧전 2:18-19

그들사도들은 여러 가지 제도 -민정, 결혼, 가정, 노예- 에 대해 모른 체 하거나 무시하지 않았다. 다만 제도 자체와 제도에 수반된 남용에 대해서는 별개의 사안으로 다루었다. 그들은 최대한 진지하고 신실하게 대했으며 남용을 바로 잡기 위해 최선을 다했다.25

2. 사도들은 교회가 하나의 정치 체제로서 노예제도에 간섭할 권리가 없다고 가르친다. 정치 경제적 시스템에 대한 간섭은 교회가 할 일이 아니라는 것이다. 듀 교수는 예수님과 사도들에 대해 다음과 같이 주장한다.

우리는 신약성경에서 정직한 노예소유자의 양심을 불편하게 하는 본문을 한 줄도 발견하지 못했다. 우리는 성경을 읽을 때마다 온유하고 겸손하신 세상의 구주께서 인류가 만든 기존의 제도에 대해 간섭하지 않으셨다는 사실을 발견하고 감탄하지 않을 수 없을 뿐이다. 그는 타락한 세상을 구원하러 오셨지 인간의 감

정을 자극하려 오신 것이 아니다.[26]

3. 상전과 종을 구별하는 것은 신앙의 장애물이 아니며 따라서 중요한 문제가 아니다.갈 3:28; 고전 12:13; 골 3:11 종이든 상전이든 사람은 누구나 선한 그리스도인이 될 수 있다.

이 외적인 관계는… 중요하지 않다. 모든 그리스도인은 가장 고귀하고 선한 의미에서 자유인이며, 동시에 그리스도와의 가장 강력한 연합 아래 있기 때문이다.고전 7:20-22[27]

상전과 주인은 똑 같이 하나님의 피조물로서 그의 돌보심을 받는 대상이며 그의 통치를 받는 백성이다. 그들은 둘 다 하나님께 사회의 다양한 지위에 대한 의무를 저버린 것에 대한 책임을 져야 한다.[28]

바울은 노예제도로 인한 차별을 그리스도인의 삶의 관심사와 관련된 한 매우 사소한 문제로 다룬다.[29]

4. 노예 소유자는 교인으로 받아들여졌을 뿐만 아니라 교회 지도자로서도 인정받았다. 블레드소는 다음과 같이 말한다.

노예 소유자가 영감을 받은 사도들에 의해 기독교 교회로 들어왔다는 것은 분명한 사실이며, 이것을 반대하는 교리를 지지하는 자는 성경과 직접 맞서고 있다. 이것은 전체 체제와 연결된 가장 위험한 악 가운데 하나로 이어진다. 즉, 하나님의 말씀의 권위를 무시하고 말씀의 권위보다 높은 진리와 의무의 기준을 만들며 성경을 자신의 목적에 부합하도록 고치려는 교만하고 거만한 태도이다.[30]

5. 사도들은 그리스도인 상전이 종에게 자유를 주어야 한다고 호소하지 않고 종에 대한 권리가 주인에게 있으므로 종은 현 상태로 남아 있어야 한다고 말한다. 스트링펠로우는 고린도전서 7:20-24이 이 점에 대해 분명히 언급한다고 주장한다.

성령의 지시를 받은 바울은 교회에 이 특별한 주제에 대해 가르친다. 즉, 하나님으로부터 받은 명령으로서 모든 나라와 교회의 미래 역사의 모든 국면에 적용되는 하나의 일반적 원리는 "각각 부르심을 받은 그대로 하나님과 함께 거하라"는 것이다.

따라서 바울은 교회에 종은 "합법적인 방법으로 자유롭게 되지 않는 한, 현재의 상태나 관계"에 만족해야 한다고 가르친다.[31]

6. 노예제도에 찬성하는 주장에 중요한 본문은 디모데전서 6:1-6이다. 이 본문에서 바울은 노예제도에 대한 자신의 교리가 "주 예수 그리스도의 말씀"에 기초한 것이라고 밝힌다. 일반적으로 예수님은 이 주제에 대해 침묵하신 것으로 알려지지만 바울은 이것이 "주 예수 그리스도의 말씀"이라는 언급을 통해 믿는 종이 믿지 않는 상전을 존중해야 한다는 자신의 주장을 뒷받침한다. 따라서 스트링펠로우는 그리스도께서 이 주제에 대해 실제로 말씀하셨다고 주장한다. "…우리 주 예수 그리스도께서 이 말씀을 하셨다면 우리가 어떻게 그가 침묵하셨다고 말할 수 있는가? 예수께서 침묵하셨다면 어떻게 사도가 이것이 주 예수 그리스도의 말씀이라고 말할 수 있겠는가" 스트링펠로우는 예수 그리스도께서 바울에게 노예제도에 대한 교리를 계시하셨다고 주장하며,[32] 바른 신앙이 노예제도를 폐지한다고 가르치는 폐지론자들은 이 본문에 의해 비판을 받을 것이라고 말한다.

> 사도는 그런 사람에 대해 "지금처럼 교만하여 이 주제에 대해 아무 것도 알지 못하고 변론과 언쟁을 좋아하며… 진리를 잃어 버려 경건을 이익의 방도로 생각하는 자들… 이 같은 자들에게서 네가 돌아서라"고 말한다. 딤전 6:4-5
> 이런 자들은 사도 시대의 노예제도 폐지 정서가 만들어낸 쓴 열매이며, 정확히 지금 그들이 만들어내고 있는 열매이다.[33]

7. 끝으로, 가장 중요한 것으로, 바울 자신의 사례는 성경에 나타난 사도의 글이 노예제도를 확실히 뒷받침한다는 것을 보여준다. 암스트롱은 다음과 같이 주장한다.

바울은 도망친 노예를 변화시킨 후 그리스도인 상전에게로 다시 돌려보냄으로

써 노예에 대한 권리가 상전에게 있음을 보여준다.[34]

홉킨스도 동의한다.

그[바울]는 도망친 노예를 복음으로 개종시켜 친절한 추천서와 함께 옛 집으로 다시 돌려보낸다. 바울은 왜 그같이 행동하였는가? 그는 왜 도망자에게 자유할 권리를 주장하라고 권면하지 않고 그런 권리를 옹호하지 않았는가?

대답은 간단하다. 바울은 영감으로 주 예수 그리스도의 뜻을 알고 있었으며, 그것에 순종할 따름이었다. 오늘날의 지혜로 하나님의 말씀을 제쳐두려는 우리는 누구인가?[35]

논제 4: 노예제도는 자비로운 제도이다.

전쟁에서 포로로 사로잡힌 자는 노예제도를 통해 죽음을 면했으며, "영원한 멸망의 자리에 있었을 수백 만 명의 함의 후손"은 노예제도로 말미암아 "복음적 영역으로 옮겼다." 성경의 도덕성의 역할은 노예제도의 상황을 개선하는 것이며, 이 제도를 간섭하려는 어떤 시도도 인종 말살로 이어질 것이다.[36]

성경은 노예제도를 지지한다는 우리의 주장을 결론 맺기 위해 하지 교수는 이렇게 말한다.

노예제도 폐지론자들의 방향이 옳다면 그리스도와 사도들의 방향이 잘못된 것이다. 두 경우의 정황은⋯ 모든 본질적인 세부 사항에 있어서까지 동일하다.[37]

2. 노예제도를 반대하는 입장

논객

1. 알버트 바네스Albert Barnes는 다작의 성경 주석가이자 열렬한 사회개혁가로, 프린스턴을 졸업했으며 필라델피아의 장로교 목사이다.1830-67 1857년에 출간된 384페이지에 달하는 그의 저서『노예제도에 대한 성경적 관점에 대한 탐구』*An Inquiry into the Scriptural Views of Slavery*는 자신의 주장을 위해 온갖 노력을 아끼지 않는다.**38**

2. 데오도르 드와이트 웰드Theodore Dwight Weld는 복음주의자, 사회개혁가이자 1837년에 출간된 후 광범위하게 확산된『성경과 노예제도』The Bible and Slavery, **39**라는 소책자의 저자이다. 이 에세이는 같은 해 "반 노예제도 계간지" Anti Slavery Quarterly Magazine에 게재되었으며, 그 후 1864년에 미국 장로교 출판위원회에 의해『노예제도에 반대하는 성경』*The Bible Against Slavery*, **40**이라는 제목으로 출간된 바 있다.

3. 조지 본George Bourne은 버지니아 포트 리퍼블릭의 장로교 목사로 용감한 반노예제도 선구자였다. 본은 노예 소유자들, 특히 복음을 전하는 목사들을 압제자와 도둑으로 강도 높게 비난하는 논문을 썼다. 1816년에『화해할 수 없는 성경과 노예제도』*the Book and Slavery Irreconcilable*, **41**라는 제목으로 출간된 이 책은 1830년대와 1840년대에『해방자』*Liberator*라는 유명한 책을 출간한 윌리엄 로이드 개리슨William Lloyd Garrison 및 드와이트 웰드 등 노예 폐지론 지도자들에게 큰 영향을 미쳤다.**42** 본은 노예제도를 반대했다는 등의 이유로 1819년에 성직을 박탈당했다. 1845년에『노예제도를 반대하는 성경의 주장에 대한 요약』*A Condensed Anti-Slavery bible Argument*, **43**이라는 제목으로 재출간된 이 책은 1816년 당시 버지니아 목회자 세계에 터뜨린

폭탄과 같은 예언자적 독설이 빠졌으나, 해석학적 관점에서 가장 중요한 기여를 했다.44

4. 이어지는 논쟁에서 작은 목소리에 해당하는 논객으로는 『교회와 노예제도』 *The Church and Slavery*[1853], 45를 쓴 윌리엄 호스머William Hosmer와 1842년 감사절에 보스턴에서 반 노예제도 설교를 한 제임스 프리만 클라크James Freeman Clarke가 있다.46 윌리엄 엘러리 체닝William Ellery Channing은 1836년에 『노예제도』*Slavery*47라는 책을 통해 반 노예제도에 대한 설득력 있는 도덕적 담론을 제시했으며, 브라운 대학의 프랜시스 웨이랜드Francis Wayland 총장은 『도덕적 학문의 본질』*The Elements of Moral Science*[1835]48이라는 걸작을 통해 노예제도를 반대하는 도덕적, 성경적 사례를 제시했다.

주장

우리의 뼛속까지 불이 타오른다. 우리는 선언한다. (1) 노예제도는 유괴이고 불법이며 사악한 죄이다.출 21:16; 딤전 1:8-10 (2) 노예제도는 학대를 위한 제도이며, 구약 선지자들을 통해 가차 없는 책망을 받았다. (3) 노예제도의 불의와 잔인성은 네 이웃을 네 자신 같이 사랑하라고 하신 명령 앞에서 정확히 드러난다.49 우리가 노예제도를 정죄하는 이유는 다음과 같다. (1) 노예제도는 인간의 생명을 단지 소유물로 생각하며 사람을 물건처럼 사고판다. 이것은 하나님이 권리와 자유와 지성을 주신 인간 존재를 부인하는 행위이다. (2) 노예제도의 잔인하고 부당한 악은 그리스도의 도덕적 가르침 및 행위와 결코 양립하지 않는다.50

또한 우리는 노예제도에 대한 성경과 복음의 반대를 통해 다음과 같이 주장한다. (1) 노예제도는 도둑질하지 말라와 탐내지 말라는 여덟 번째 계명 및 열 번째 계명을 위반한다. (2) 히브리 종은 자발적이라는 점에서 미국의 노예와 전혀 다르다. (3) 노예제도의 짐승과 같은 환경 및 잔인한 대우는 성경적, 기독교적 사랑의 윤리와 결코 조화될 수 없다.51

노예제도를 반대하는 성경적 뒷받침을 살펴보기 전에 "노예제도 문제를 성경에 호소해야 하는 이유"를 상기시키고자 한다.

1. 성경은 이 나라의 도덕의 준거이기 때문이다.

2. 노예제도는 성경이 법제화했으며, 따라서 성경의 결정을 확인하는 것은 타당한 일이기 때문이다.

3. 노예제도의 옳고 그름은 오직 성경에 호소함으로써만 해결할 수 있기 때문이다.

4. 도덕적 주제에 대한 위대한 개혁은 신앙적 원리의 영향력이 없이는 이루어지지 않기 때문이다.

5. 노예제도를 지지하는 자들이 자신의 주장을 위해 성경에 호소하기 때문이다.[52]

논제 1: 소위 족장의 노예제도는 결코 미국의 노예제도를 정당화 할 수 없다.

1. 가나안에 대한 저주창 9:25와 관련하여, 웰드의 주장은 타당하다. (1) 죄에 대한 예언은 그것을 정당화 하지 않는다. (2) 개인적 예속이 아닌 국가적 예속은 예언되었다.[53] (3) 아프리카는 가나안의 후손이 아니며, 그들의 영토는 창세기 10:15-19에 명확히 제시되어 있다. 우리는 가나안의 후손이 아프리카로 갔다는 사실을 확인할 어떤 정보도 갖고 있지 않다. 가나안이 함의 후손 전체를 가리킨다면 아시리아와 페르시아 일부 및 모든 그리스 로마 사람들은 노예가 되어야 한다.[54]

분Bourne은 두 가지를 지적한다. (1) 가나안은 셈유대인의 종이 되어야 한다. 미국은 야벳의 후손이며, 따라서 이 본문과 무관하다) (2) 이 예언은 가나안이 이스라엘의 종이 됨으로써 성취되었다. 신 20:10-18 외, [55]

웨이랜드의 주장 역시 충분히 고려할 가치가 있다. (1) 이것은 하나님이 아니라 노아가 한 말이다. (2) 노아는 선지자로 묘사된 적이 없기 때문에 이 말은 예언이 아니다. (3) 이 저주는 "술 취해 잠들었다가 깨어난 한 사람의 말일 뿐이다. 성령은 이런 상태에 있는 사람을 통해 하나님의 뜻을 계시하신 적이 없다.[56]

2. 족장들이 종을 소유한 사실과 관련하여, 아브라함 족장 시대의 종은 노예 개념과 다르다. 그들은 할례와 공동체의 유익을 비롯하여 종교적, 사회적으로 특권을 누렸다. 하갈을 쫓아낸 것은 특권을 빼앗았다는 뜻이다.[57]

분이 지적했듯이, "카나"라는 히브리어는 아브라함이 종을 "얻었다" 또는 "획

득했다"라는 뜻이지만 노예제도를 찬성하는 자들의 주장과 달리 그들은 노예가 아니라 종이다. 만일 이 단어가 노예라는 뜻이라면 아브라함의 아내 사라와 그의 조카 롯도 아브라함의 노예가 되어야 한다. 창세기 13장의 재산 목록에 그들도 포함되어 있기 때문이다. 따라서 모든 아내는 노예가 될 수밖에 없다. 출 20:17, 21 참조 그러나 그렇지 않다. 아브라함은 노예를 소유하지 않았다. 그는 경건한 미덕의 사람이며, 결코 노예소유자가 아니다.[58]

족장들이 노예소유자라는 주장에 대해 바네스는 "카나"가 반드시 "사다"라는 뜻은 아니며 "에베드"도 오늘날의 "노예"와 같은 뜻이 아니라고 말한다. 다양한 형태의 섬김-노예제도를 구별하기 위해 많은 헬라어가 사용되었다는 사실을 확인한 바네스는 히브리어에는 그러한 언어적 다양성이 없다는 사실을 알았다. 가장 일반적인 히브리어는 "에베드"이다. 이 단어는 헬라어의 "둘로스"와 유사하며 다양한 형태의 섬김을 나타낸다. 에베드는 "노예로는 번역되지 않으며 일반적으로 종이나 섬김으로 번역된다"KJV, [59] "이 단어가 사용되었기 때문에 노예가 존재했다는 추론은 바른 해석 방법이 아니다… [왜냐하면] 이런 형태의 섬김에는 노예제도의 본질적 요소가 전혀 없기 때문이다."[60] 고대 사회에는 다양한 형태의 예속이 존재했으나 족장의 관행은 오늘날 우리가 알고 있는 것과 같은 노예제도와 무관하다.[61] 아브라함이 노예를 소유했다고 하더라도 우리는 (1) 하나님이나 이스라엘이 이런 예속을 창시한 것은 아니며, (2) 족장의 도덕성이 반드시 오늘날 우리의 모범이 되는 것은 아니라는 가령, 아브라함이 사라에 대해 거짓말 한 것, 하갈을 첩으로 삼은 것 및 일부다처제 등 사실을 상기해야 한다.[62]

논제 2: 하나님이 이스라엘을 애굽의 종살이에서 구원하신 것은 하나님이 노예제도를 싫어하시며 책망하신다는 사실을 확실히 보여준다.

여러분은 애굽이 이스라엘을 노예로 삼은 것에 대한 하나님의 생각에 대해 물을 것이다. 바네스는 이 문제에 대해 다음과 같이 대답한다.

…만일 우리가 역사에서 하나님이 자신의 감정을 드러낸 사례를 찾을 수 있다면,

오늘날의 유사한 제도에 대한 평가에 관해서는 믿을만한 결론을 도출할 수 있을 것이다.[63]

바네스는 애굽에서 이스라엘의 종살이와 미국에서 흑인의 노예 생활 사이의 사소한 차이를 인식했으며 대부분의 차이는 이스라엘의 종살이가 보다 나은 상태였음을 보여준다. 그들은 자신의 공동체와 자기 소유의 땅과 거주지, 가축을 소유했다

우리는 바네스와 함께 여섯 개의 본질적 유사성을 제시한다. 두 사례 모두 (1) 한 민족이 다른 민족을 노예로 삼았다. (2) 노예제도는 유괴에서 시작되었으며 비자발적이다. (3) 강제 노역에 대한 대가는 없다. (4) 가혹하고 억압적인 통제와 형벌이 포함된다. (5) 노예 인구가 많아져 힘이 강해지는 것을 막기 위한 노력이 시도된다. (6) 노예의 수는 2천 5백만 명에서 3천만 명 사이이다.

이처럼 놀라운 유사성 및 히브리인의 종살이가 흑인 노예보다 인간적이며 자비로웠다는 사실에 비추어볼 때, 가축과 사람에 대한 재앙을 포함하여 히브리인을 구원하시려는 하나님의 결정적 행위는 모든 노예제도에 대한 하나님의 명백한 심판을 보여준다. 압제당한 백성의 부르짖음을 들으시고 그들을 "강한 손과 편 팔과 큰 위엄과 이적과 기사로" 구원하신신 26:6-8 하나님은 오늘날 흑인에 대한 압제와 노예제도를 개탄하시며 미워하신다.[64]

논제 3: 모세 시대 히브리인의 종살이는 자발적이고 자비롭고 유익했으며 노예 상태가 아니었다.

웰드, 분, 바네스 및 호스머는 이 주장에 동의한다.[65]

1. 히브리인 종살이는 자발적이었다. 가난으로부터의 보호를 위해 스스로 종이 되었다. 출 21:2-6; 레 25:39-43; 신 15:12,[66]

2. 따라서 히브리인 종살이는 기본적으로 가난하거나 압제당하는 자에게 호의적인 유익한 제도였다. 출 21:20-21, 26-27; 22:21; 23:9-43; 레 19:18, 34; 25:42-43; 신 27:19

3. 종은 가까운 친족의 도움으로 언제든지 속량될 수 있었다. 레 25:47-52

4. 일곱째 해, 안식년 및 희년에는 모든 종이 자동적으로 자유인이 되었다. 그러

나 종은 자신이 원하면 평생 종으로 머무를 수도 있었다.출 21:2-6; 레 25:10

5. 종은 모든 종교적 기념일에 함께 했으며 휴일이 보장되었다. 이렇게 보장된 휴일은 50년을 기준으로 23년 64일에 해당한다.출 20:10; 23:12; 12:44; 레 25:4-6; 신 12:11-12, **67**

6. 종은 도덕적으로나 신앙적으로 언약에 대해 완전하고 평등한 일원으로 동참했다.창 17:12; 신 16:9-14; 31:10-13

7. 종에게는 상전과 동일한 민사적 종교적 권리가 주어졌으며레 24:22; 민 15;15-16, 29; 9:14; 신 1:16-17 동일한 법적 보호를 받았다.레 19:15; 24:22

8. 이방인으로서 이스라엘의 종이 된 자는 할례를 받고 언약의 일원이 되었으며 인도적인 차원의 유익 이상의 모든 권리를 인정받았다.창 17:9-14, 23, 27; 신 29:10-13

9. 법은 도망친 종을 주인에게 돌려보내지 말 것을 요구하며, 그들은 학대하는 주인으로부터 법적인 보호를 받았다.신 23:15-16 이 법 자체는 "인간 노예제도 관행을 일주일 안에 종식시킬 것이다."**68**

10. 마지막은 가장 중요한 것으로, 이스라엘은 하나님이 모든 것의 통치자이자 소유자이신 신정국가라는 것이다. 이런 국가체제에서 노예제도는 이론적으로나 실제적으로 배제될 수밖에 없다.**69**

모세 율법이 거듭해서 나그네와 과부와 고아에 대한 자비를 요구하는 상황에서 어떻게 히브리인 가운데 노예제도가 존재할 수 있다는 말인가? 실제로, 모세 율법은 이웃을 네 자신 같이 사랑하라고 명령한다.레 19:18

논제 4: 이스라엘 역사 및 선지자의 신탁은 이스라엘에 압제적인 노예제도가 존재하지 않았음을 보여준다. 그런 제도가 존재했다면 하나님의 준엄한 책망을 받았을 것이다.

분과 바네스의 저서에서 볼 수 있듯이, (1) 이스라엘 역사 전체에서 이방인 노예를 사거나 팔거나 소유로 삼았다는 기록은 없으며, (2) 히브리인의 종살이와 관련된 잘못에 대한 약간의 비난과 함께 압제와 불의에 대한 광범위한 선지자적 책망이 있었던 반면 이스라엘의 이방인 노예에 대한 책망이 없었다는 것은 이스라엘에 그런

제도가 없었음을 분명히 보여준다.[70]

하나님은 이스라엘이 이방 나라들처럼 포로를 노예로 삼는 행위를 금하셨을 뿐만 아니라신 20:10-20 멸망이 두려워 자발적으로 종이 되겠다고 찾아온 기브온 족속까지 노예로 삼지 못하게 하셨다.수 9장, 71 솔로몬의 강제 노역은 성전 건축을 위한 한시적 조치였다. "그들을 재산으로 보거나 팔거나 영원한 노예로 삼았다는 증거는 없다."[72]

우리는 "이방인을 노예로 매매하지 않았다"[73]는 사실을 확실히 주장할 수 있다. 이스라엘의 이방인 교역에 대해서는 광범위하고 상세히 묘사되었으나왕상 10:22; 대하 9:21 이스라엘이 이방인을 노예로 사거나 팔거나 소유했다는 어떤 증거도 찾을 수 없다.[74] 다른 나라들은 노예 매매로 책망 당했다.가령, 겔 27:13의 두로

선지자의 신착은 모든 학대에 대해 정죄했으나 노예제도에 대해서는 언급하지 않는다는 사실을 생각해보라. 그러나 우리는 아하스 왕이 유다 백성을 포로로 삼으려다가 크게 책망 받았다는 사실을 읽는다.대하 28:8-15 또한 선지자 예레미야는 이스라엘의 바벨론 유수에 대해, 종들에게 안식일의 자유를 허락하지 않았기 때문이라는 이유를 제시한다.렘 34:8-20, 75 그러므로 이스라엘에 실제로 노예제도가 있었다면, 그들은 그것에 대해 동일한 책망을 받았을 것이다.

그러나 오늘날 노예제도를 찬성하는 많은 그리스도인은 고대 이스라엘을 파괴했던 이처럼 억압적인 죄가 하나님이 세상에서 가장 악랄한 행위를 허락하셨음을 보여주는 증거라고 주장한다!!![76]

당신들은 이사야 선지자가 (1) "흉악의 결박을 풀어 주며" (2) "멍에의 줄을 끌러 주며" (3) "압제 당하는 자를 자유하게 하며" (4) "모든 멍에를 꺾는" 금식을 요구한 사실을 모르는가? 이스라엘에 노예가 있었더라면 이 말씀은 노예를 풀어주라는 뜻이었을 것이다. 그러나 이스라엘에는 노예가 없었다. 실제로 팔레스타인에 노예제도가 어느 정도 시행되었든, 그것은 하나님의 율법에 위배되는 죄로서 선지자들에 의해 결코 정당화 될 수 없었다.[77]

그러므로 구약성경에서 시행된 종살이는 오늘날 미국의 노예제도와 "진정한

유추"가 될 수 없다는 것은 분명한 사실이다.[78]

논제 5: 예수님이나 사도들은 노예제도를 인정하거나 용납하지 않았다.

바네스가 말했듯이 "예수님의 강화에는 [노예] 제도를 인정하는 것으로 억지 해석할 만한 어떤 표현도 나타나지 않는다… 그[예수]는 노예제도를 두둔하는 것으로 해석할 수 있는 어떤 말씀도 하지 않으셨다."[79] 우리는 예수님의 어떤 말씀도 노예제도를 뒷받침하는 용례로 사용될 수 없으며 예수께서 하신 말씀과 행위는 전적으로 노예제도와 반대된다고 주장한다.

더구나 예수님이 노예제도를 목도하셨다는 증거도 없다. 왜냐하면 "노예제도히브리의 종살이조차는 구주께서 강림하시기 오래 전에 끝났을 가능성이 높기 때문이다."[80] 따라서 우리는 "예수님이 [직접 접해보지 않은] 로마 원형경기장의 스포츠나 바쿠스 신을 기념하는 비밀 주신제를 즐기거나 도도나Dodona나 델피Delphi의 신탁을 좋아하셨다"[81]고 말할 수 없는 것처럼 예수님이 접해보지도 않은 노예제도를 용납하셨다고 말할 수 없다.[82]

노예제도를 찬성하는 자들은 이 제도에 대한 예수님의 침묵이 노예제도에 대한 지지를 보여준다는 터무니없는 주장을 한다.

> …우리는 문서 위조, 방화, 표절, 위작 외에도 20여 가지의 고대 죄 및 오늘날의 죄에 대해 그리스도와 사도들의 공적인 설교로부터 어떤 설명도 들을 수 없다. 따라서 우리는 이처럼 암시적으로 인정하는 침묵과 묵인을 통해 이 모든 죄가 예수님과 사도들의 특별한 모범을 통해 신약성경이 도덕적으로 인정하고 용납하는 것으로 가정할 수 있다. 그러므로 우리는 이런 행위와 관련하여 다른 사람을 방해할 도덕적 권리가 없다!!![83]

복음서와 사도들의 도덕적 개념을 인정하고 받아들이자. ⑴ 모든 사람이 "하나님 앞에서 평등하다"는 "보편적 인간에 대한 교리," ⑵ 하나님의 사랑을 본받아 이웃을 자기 몸처럼 사랑하라는 명령왜냐하면 "여기 내 형제 중에 지극히 작은 자 하나에게 한 것"이 곧 그리스도에게 한 것이기 때문에, ⑶ 모든 사람은 하나님께 직접적인 책임을 지며, 누구도 주권이나 궁극적 책임에 있어서 "다른 사람을 제한할 수 없다"라는 개념, (4) 1세기의 노예를 포함하여 모든 가족 관계는 "주"께 직접적인 책임을 져야 한다는 교훈가령, 엡 5:21-6:9, **84**

웰드와 분은 신약성경 헬라어 "둘로스"가 노예가 아니라 넓은 의미에서 종을 가리킨다고 말하지만,**85** 바네스는 로마 사회에는 노예제도가 널리 확산되었기 때문에**86** 우리는 노예가 노예 신분을 유지한 채 세례를 받고 교회의 일원이 되었다는 사실을 받아들여야 한다고 주장한다.

나는 사도들이 교회를 세운 지역에서 노예제도를 발견했다는 사실 및 노예가 주인과 함께 교회로 들어왔다는 사실을 부인하려는 시도로는 노예제도를 반대할 어떤 명분도 얻을 수 없다고 확신한다.**87**

그 증거로는 (1) "사도들은 노예소유자를 교회로 받아들였으며, 그들은 노예를 소유했다는 이유로 어떤 즉각적인 징계도 받지 않았다." (2) "사도들은 노예소유자들도 진정한 그리스도인이라는 사실을 부인하지 않았다." (3) "사도들은 노예제도가 악하다는 공개적이고 공식적인 선포를 한 적이 없다."**88** (4) "사도들은 주인과 노예의 관계를 유지하는 자들을 향해 이 관계에서 상호 존중하라고 가르쳤다."**89**

사도들은 "노예제도를 법제화" 하거나 인정하지 않았다. 오히려 그들은 "구속받은 사람이자 고난 받는 자로서" 노예를 위한 법이나 그를 압제하는 제도의 영속성을 위한 법이 아니라 "하나님에 대한 책임이 있는" 상전을 위한 법을 만들었다.**90** "구주와 그의 사도들이 제시한 원리는 노예제도와 반대 되며, 이 원리를 적용할 경우 노예제도는 마땅히 폐지되어야 한다.**91**

이것은 다음과 같은 뜻이다. (1) "구주와 그의 사도들은 노예제도를 금지해야 한다는 관점을 분명히 제시했다." (2) "복음은 모든 사람을 노예가 되지 않을 권리를 부여받은 존재처럼 본다."**92** (3) "복음과 성경 전체는 가장 적극적인 방식으로 노예제도에서 발견되는 많은 것들납치, 학대, 임금 착취, 종교적 도덕적 교육 기회 박탈을 금한다." (4) "복음을 제대로 적용할 경우 노예제도는 세상에서 없어져야 한다. 즉 잘못된 제도이다."**93**

이러한 고찰은 기독교가 광범위하고 영속적인 노예제도를 의도하지 않았으며 기독교 정신은 그것을 반대한다는 결정적인 증거처럼 보인다. 기독교 신앙을 제대로 적용하면 노예제도는 이 땅에서 사라져야 한다. 왜냐하면 그것은 악이며 하나님을 기쁘시게 하지 못하기 때문이다.[94]

웨이랜드는 다음과 같이 주장한다.

…기독교 신앙은 노예제도를 금지할 뿐만 아니라… 이미 시행되고 있는 경우에도 쌍방의 전적인 안전 및 유익과 함께 제도를 폐지할 수 있는 유일한 방법을 제공한다.[95]

호스머는 한 걸음 더 나아가 이 제도를 옹호하는 노예와 노예소유자는 그리스도인이 될 수 없다고 주장한다. 교회는 노예제도를 받아들일 수 없다는 것이다. 노예제도는 교회가 공평한 징계를 시행하는 것을 불가능하게 하고 교회의 화평과 연합을 방해한다. 그것은 세상의 복음화를 가로 막기 때문에 교회와 세상에서 근절되어야 한다.[96]

바네스는 빌레몬과 오네시모의 경우에 대해 다음과 같이 말한다.

빌레몬서에 제시된 원리는… 모든 노예제도에 대한 폐지로 이어지게 한다. 노예로 있는 모든 사람이 그리스도인이 되고 상전이 그들을 "노예가 아닌 형제"로 대한다면 노예제도가 폐지되는 날은 훨씬 앞당겨질 것이다.[97]

끝으로, 우리는 노예제도가 결코 자비의 행위가 아니라고 생각한다.[98] 미국의 노예제도와 관련된 수많은 증인들의 증언은 노예제도가 인간에게 가장 비열하고 가장 압제적이며 잔인하고 비인간적인 제도 가운데 하나임을 보여준다.[99] 분이 주장하는 것처럼 "노예제도가 아무리 성경의 '독립적 구절'의 지지를 받는다고 해도 성경의 근본정신과 배치된다."[100]

3. 노예제도 찬성파의 반론

노예제도 폐지론자들의 성경에 대한 관점은 일곱 가지 이상의 영역에서 잘못되었다.

1. 홍수 후 노아에게 주신 신적 예언은 함을 저주하기 위한 것이다. 아버지의 벌 거벗음을 보았던 것은 함이기 때문이다. 창세기 9:25의 아랍어는 "가나안은 저주를 받아"가 아니라 "가나안의 아버지는 저주를 받아"로 읽으며, 일부 70인역 사본은 "가나안" 대신 "함"으로 읽는다. 이 독법은 사실상 "가나안의 아버지 함 대신에 가나안으로 표기한" 필사가의 오류에서 기인한 것으로 추측해볼 수 있다.[101] 뿐만 아니라,

> … 이 저주가 그[함]의 후손 전체를 포함하는지 일부를 포함하는지는 전혀 문제가 되지 않는다. 즉, 하나님은 앞으로 전적으로 타락할 것으로 보았던 한 민족에게 노예제도를 허락하셨다는 것이다.[102]

2. 히브리인의 종살이는 자유롭고 자발적이었다는 주장은 텍스트의 의미 및 상식과 배치된다. 이스라엘 백성은 애굽에서 종또는 노예이었으며 히브리인 노예를 지칭할 때도 같은 단어가 사용되었다. 이스라엘은 자발적으로 애굽의 종이 되었는가? 그들은 자유하였는가? 하나님은 이스라엘이 그의 택한 백성이기 때문에 그들을 약속의 땅으로 데려가시기 위해 구원하셨다. 구원은 노예제도 자체에 대해 아무런 언급을 하지 않는다.

또한 출애굽기 12:44-45는 두 가지 예속 상태를 명확히 구별한다. (1) "예속 상태에서… 자신의 동의 없이 섬기는" 할례 받은 종과, (2) "자유로운 상태에서… 임금

에 대한 합의 하에 섬기는" 거류민이나 품꾼이 있다. 확실히 이스라엘에는 두 부류의 종 -비자발적인 종과 자발적으로 고용된 종- 이 있었다.103

　　다른 본문 및 문맥에서 하나님은 이스라엘에게 이방 나라로부터 종을 사서 영원한 소유로 삼으라고 말씀하신다.레 25:44-46 이런 관행은 확실히 오늘날 남부에서 볼 수 있는 노예제도와 매우 유사하다.104

　　당신들은 히브리인 가운데 "영원한 종"이 있었다는 사실을 부인할 수 없다. 당신들은 열 번째 계명의 히브리 단어를 사용하여 레위기 25장에 기록된 것처럼, 하나님이 택하신 백성에게 "영원한 종"을 살 권리를 부여하신 사실을 부인할 수 없다. 또한 당신들은 "영원한 종"이 "노예"라는 사실을 부인해서는 안 된다. 그럼에도 불구하고 당신들은 성경에는 정확히 "노예"라는 단어가 나타나지 않다는 치사한 변명으로 그 사실을 인정하지 않으려 한다.105

　　3. 노예제도 폐지론자들은 노예제도가 모세 율법에서 사형에 해당하는 유괴이며출 21:16 디모데전서 1:9-10에서 "가장 악질적인" 죄의 목록에 함께 열거된다고 말한다. 우리도 이 주장에 동의한다. 그러나 유괴는 자유인을 납치하여 종으로 팔거나 다른 사람의 종을 훔치는 "도둑질"을 의미한다. "우리가 아는 한 노예제도를 시행하는 국가의 법은 언제나 노예를 소유하는 행위와 유괴를 구분한다. 모세 율법 하에서 노예 소유는 명백히 인정되었다."106

　　4. 노예제도 폐지론자는 노예제도는 부도덕하며, 그것을 받아들일 경우 모세 율법에 나타나는 일부다처제나 이혼과 같은 다른 제도도 받아들여야 할 것이라고 주장한다. 그러나 예수님은 일부다처제나 이혼에 대한 도덕법을 개정하시지만마 19:7-9, 노예제도에 대해서는 언급하지 않으셨다. 뿐만 아니라 교회는 언제나 일부다처제와 이혼은 잘못된 악이라는 공감대를 형성해왔다.107 "일부다처제와 이혼과 노예제라는 세 가지 제도는 모세 율법에서 허락되었다. 그러나 복음에서 노예제도는 교회에서 허락된 반면 일부다처제와 이혼은 교회에서 배제되었다"108

　　내가 말할 수 있는 것은 진리는 능력이 있다는 것이다. 내가 바라는 것은 우리 모두가 진리의 인도함을 받아, 인간의 참된 원리를 제정하시는 하나님은 참되시다라고 말하고, 모세 율법 시대의 노예제도는 참된 원리에 배치된다고 말하는 사람들은 다 거짓되다고 말할 수 있게 해 달라는 것이다.[109]

5. 노예제도 폐지론자들은 예수님이 노예제도를 목도한 적이 없으며 그가 말하고 행동한 모든 것은 노예제도와 정면으로 배치된다고 주장한다. 그러나 노예제도를 지지하는 사람은 제도의 남용을 지지하는 것이 아니라는 사실을 상기할 필요가 있다. 네로를 지지한다고 해서 억압과 학대를 지지하는 것은 아니라는 것이다. 우리는 어떤 것의 이론 및 실제와 그것에 대한 특정 표현을 혼동해서는 안 된다. 예수님의 가르침은 학대와 강도와 폭력을 책망하지만, 하나의 제도로서 노예를 소유하는 행위에 대해 책망하지는 않으셨다. 왜냐하면 실제로 노예 소유는 자비의 수단이 될 수도 있기 때문이다. 이 점은 논리적으로 분명하다. 하지가 말한 것처럼 "노예소유자가 사도들 아래에서 교회의 일원이 되었다는 것은 ⓐ 교회가 압제자나 살인자를 받아들였거나 ⓑ 노예 소유가 본래적으로 악한 것이 아니라는 뜻이기 때문이다.[110]

또한 "네 이웃을 네 자신 같이 사랑하라"고 하신 예수님의 가르침은 노예제도와 상충되지 않는다. 이 도덕적 계명은 하나님이 모세를 통해 종을 사라고 명령하신 본문레 25:44-46과 동일한 책에서 이미 주어졌기 때문이다. 황금률이 남편이 다스리고 아내가 복종해야 한다는 원리와 양립할 수 없다면일반적인 인식이다 노예-주인의 관계와도 양립하지 못할 이유가 무엇인가?[111]

더구나 예수님은 비유를 통해 종이나 노예에 대해 언급함으로써눅 17:7-10; 20:9-16 노예제도를 암시적으로 인정하셨다. 예수님은 종이 되었다는 이유로 정죄하지 않으셨으며, 오히려 충성스러운 종을 칭찬하셨다. 모든 그리스도인은 값 주고 사신고전 6:20; 7:23 "그리스도의 종[둘로스]"롬 1:1; 벧후 1:1; 유 1으로 묘사된다.[112] 확실히 예수님은 바울을 통해 종에게 하신 말씀, 곧 "상전들을 범사에 마땅히 공경할 자로" 알고 "형제라고 경히 여기지 말고" 종의 신분에 만족하라는 말씀딤전 6:1-6을 통해 이 제도를 인정하신다.[113]

이처럼 명확한 가르침에도 불구하고 어떻게 예수님이 노예제도를 정죄하셨다고 말할 수 있는가?

6. 바네스의 주장처럼, 노예제도에 대한 바울의 가르침은 상전과 종을 참된 그리스도인으로서 교회의 일원으로 받아들이라는 것이다. 그러나 사도들은 교회가 "국가 권력 전체와 맞서야 하는 상황" 때문에 노예제도를 공개적으로 비난할 수 없었으며, 따라서 노예제도를 종식시킬 수 있는 원리를 심었다는 주장에 대해, 하지는 "이 논증의 진술 자체는 자신의 주장을 노골적으로 반박한다. 이 지독한 자들은 결과를 생각하지 않는다"고 대답한다.114 우리는 사도들의 입장에서 이런 "편의주의"는 생각조차 할 수 없다.

마찬가지로, 노예제도를 뒷받침하기 위해 성경을 사용할 경우 정치적 독재를 뒷받침하는 데도 사용될 수 있다는 노예제도 폐지론자들의 주장 역시 잘못된 유추이다. 네로는 그리스도인이 아니라는 점에서 두 경우에 대한 유추는 불가능하며, 따라서 성경은 그의 행위를 용인했다고 말할 수 없다. 그러나 두 이슈는 권세에 복종하라는 바울의 권면이 "권력을 죄로" 생각하지 않음을 보여준다는 점에서 유사성이 있다. 따라서 "정치적 독재와 노예제도는 둘 다 복음의 초점과 무관한 도덕적 아디아포라adiaphora에 해당한다.115

유추의 이런 점에 근거할 때, "민간 정부, 결혼, 가정 및 노예제도"는 "같은 맥락에서" 접근할 수 있다. 각각의 제도는 그것의 권위에 복종하는 대상을 요구한다.116 정치적, 경제적 및 사회적 제도는 "개인의 권리가 공동체의 권리에 복종해야 할 경우" 공동의 유익을 우선한다.117 가령 다음 진술을 살펴보라.

> 우리는 이 나라에서 일반적 선은 모든 여성으로부터 자주권을 박탈하는 것이라고 생각한다. 그들은 자신과 자신의 소유를 처분하는 법을 제정하는 과정에 아무런 영향도 행사하지 못한다.118

마찬가지로, 바울이 명령한 것처럼 삶에서 자신의 지위에 만족하는 종은 공동의 유익과 사회의 안녕을 도모한다.

7. 노예제도 폐지론자들이 성경을 왜곡 해석하는 방식은 분명하고 광범위하게 드러난다.

해석 역사상 노예제도 폐지론자들의 저서에서 발견되는 것보다 더 성경에 대한 의도적이고 억지스러운 왜곡은 없다. 그들은 자신이 성경보다 위에 있다고 생각하며, 그들이 하나님의 법보다 위에 있다고 생각하는 한 인간의 법을 무시하는 것은 놀라운 일도 아니다. 이처럼 자신의 통찰력을 하나님의 말씀보다 확실한 지침으로 생각하는 성향의 결과는 지지자로 가득한 폐지론자들의 저서에서 발견되는 인간 정부, 민간과 교회 및 여성 인권 등에 대한 무질서한 주장들에 잘 나타난다. 이런 원리가 시행될 경우, 모든 사회적 복종은 끝날 것이며 생명과 재산의 안전, 사회적 미덕과 가정의 미덕도 끝날 것이다. 만일 여성이 하나님이 부과하신 법에 따르지 않고 해방된다면, 만일 그들이 사회적 체제를 통해 평안을 유지하던 가정 생활을 그만두고 떠난다면, 만일 그들이 남자들의 자유를 통해 우리를 대신하고 우리의 선생이 되며 우리의 정치 지도자가 되고 우리의 통치자가 된다면, 만일 하나님의 권위를 무시함으로써 우리가 전적인 순종을 요구하는 결혼 언약을 포기해야 한다면, 우리는 모든 질서와 모든 미덕이 신속히 사라져버리는 나라에 살게될 것이다. 내적 아름다움으로 치장하고 여성의 고유한 의무에 충실한 우아한 여성만큼 우리의 고개를 숙이게 만드는 인간적 탁월함은 없으며, 자신의 본분을 망각하고 남자의 천직과 권리를 졸라대는 여자만큼 우리의 고개를 돌리게 만드는 추한 인간성도 없다. 이런 주장들이 그들의 원리에서 나온 것이 아니라면, [이런 식으로] 노예제도 폐지론자를 반대하는 것은 정당하지 못할 것이다. 그들의 여자들은 자신의 성경 해석 방식을 다른 사람의 사례에 적용할 뿐이다.[119]

하몬드 주지사는 다음과 같이 주장한다.

그러나 내가 그들에게 "영원한 종"에 대한 소유는 하나님의 뜻임을 보여줄 때 그들은 성경을 부인하고 대신에 자신이 만든 법을 세웠다. 그러므로 나는 이 문제와 관련하여 그들을 설득하는 일을 중단할 수밖에 없다. 우리의 신앙은 우리의 방법과 크게 다르다. 위대한 재판장이 마지막 심판의 날에 우리 사이를 최종 판단하실 것이다.[120]

4. 노예제도 반대파의 반론

노예제도 찬성파는 일곱 개 이상의 영역에서 성경을 잘못 사용한다.

1. 모든 히브리어 사본은 창세기 9:25에서 "가나안의 아버지, 함"이 아니라 가나안"으로 읽는 것으로 알려진다. 그처럼 성경을 존중한다는 자들이 텍스트가 말하는 것을 받아들여야할 것이다. 그러나 노예제도를 찬성하는 자들은 "단 한 차례의 왜곡된 해석을 용납함으로써… 가장 쉬운 해석 원리에도 불구하고" 텍스트를 "아프리카인이 노예로 전락하는 것을 정당화하기 위한" 수단으로 이용한다.[121]

뿐만 아니라 26절은 가나안이 셈의 후손의 종이 될 것이라고 말씀하지 않았는가? 무슨 근거로 남부에 살고 있는 일부 야베스의 후손이 흑인을 재산으로 생각하고 그에게서 모든 인간의 권리를 빼앗는가? 만일 텍스트가 누군가에게 가나안을 종으로 삼을 수 있는 권리를 부여했다면 그 권리는 히브리인에게 주어져야 한다. 여호와는 나중에 이스라엘 백성에게 가나안의 이교주의에 물들지 않도록 그들을 진멸하라고 명령하신다. 신 20:10-18, [122]

2. 이스라엘이 오늘날 남부에서 흑인을 노예를 삼듯이 동족 히브리인을 노예로 삼았는가? 결코 그렇지 않다. "에베드" 종라는 단어는 이스라엘이 애굽에서 종살이했던 것과 히브리인이 자발적으로 다른 히브리인의 종이 된 것레 25:39을 가리키지만, 이런 섬김에 대한 모세의 규례는 전적으로 자비롭고 인도적인 대우를 강조한다. 왜 그런가? "왜냐하면 한때 애굽에서 종살이를 경험한 그들은 종을 어떻게 대하여야 할지 잘 알고 있었기 때문이다."[123] "…종의 나라를 자유로 이끈 지도자는 그들에게 다

른 모든 종의 보호자가 되어야 한다고 가르치는 것이 당연할 것이다.”124

앞서 살펴보았듯이 “종”으로 번역된 “에베드”라는 히브리어 단어는 광범위한 의미를 가진다. “우리는 에베드라는 ‘단어’의 용례로부터 도출된 ‘사실’의 본질이 아니라, ‘사실’로부터 나온 ‘단어’의 의미를 규명할 수 있다.”125

3. 성경을 통해 노예제도를 찬성하는 당신들은 하나님이 모세를 통해 말씀하신 도망친 종은 돌려보내지 말라는 명령신 23:15-16은 오늘날의 상황에 적용할 수 없다고 말하거나 이 제도는 곧 폐할 것이라고 말한다. 당신들은 이 본문이 “이방 주인에게서 도망쳐서 하나님의 백성에게 피난처를 찾는 자들”에게만 적용된다는 말로 텍스트의 의미를 얼버무린다.126

우리는 묻는다. 하나님은 왜 그런 혜택을 택한 백성인 히브리인이 아니라 이방인에게만 베푸시는가? 우리는 “이 명령은 모든 종에게 적용된다”127고 대답한다. 하나님은 이 명령을 통해 모든 종에게 주인의 학대에 맞설 수단을 제공하신다. 하나님은 “그[종]를 압제하지 말지니라”고 명령하신다. 이 명령은 “마치 하나님이 ‘만일 네가 그가 자신이 거주할 장소와 환경을 결정할 권리를 행사하지 못하게 한다면 그것은 곧 압제이며 결코 용서받지 못할 것’이라고 말씀하시는 것 같다.”128

이 규례는 확실히 이스라엘의 모든 종은 자발적이며 그것을 선택할 수 있는 권리는 결코 방해받지 않음을 보여준다.129

4. 노예제도를 찬성하는 자들은 선지자와 예수님이 노예제도를 반대하지 않았으며 따라서 그것을 허락하셨다고 주장한다. 우리는 앞서 그런 식이면 저작권 침해나 방화를 비롯한 스무 가지의 가증스러운 죄 역시 허락을 받은 것으로 보아야 한다는 사례를 통해 이것이 얼마나 불합리한 주장인지 살펴본 바 있다.

그러나 노예제도는 세상에서 가장 폭력적이고 압제적인 제도 가운데 하나라는 사실을 알아야 한다. “수많은 본문이 증거하듯이, 이처럼 사악한 죄에 대해 성경만큼 정죄하고 비난하는 책은 없다.”130

가장 결정적인 또 하나의 사실은 성경에는 유대의 노예제도에 대한 어떤 언급도 없을 뿐만 아니라 유대 전통이나 다른 전통에도 그런 제도가 없다는 것이다. 노예제도를 시행했던 모든 고대 국가들은 그런 관행에 대한 분명한 역사적 전승이 남아 있다. 따라서 만일 유대인이 노예제도를 시행했다면 그리스나 로마처럼 역사적 전승을 남겼을 것이다… 그런 역사가 완전히 없다는 것은 유대에는 그런 관행이 전혀 없었음을 보여주는 강력한 부정적 증거가 된다.[131]

예수님 시대나 모세 시대의 네 이웃을 사랑하라는 명령에 대한 순종이나 황금률에 따라 사는 삶은 노예제도를 허락하지 않았다.[132]

5. 노예제도를 찬성하는 자들은 성경을 남용한다. "비판적 주석가들이 인정하고 보편적으로 채택하는 세 가지 해석 원리는 다음과 같다.

1) 법령의 자구가 용례나 문맥에 따라 다른 의미라면, 해당되는 문맥 전체의 정신이나 전반적이고 통합적인 의미와 조화를 이루는 방식으로 해석되어야 한다.

2) 이중적 구조나 다른 구조가 가능한 자구의 경우, 법령의 전반적 정신이 그런 구조를 허용하는 범위 안에서 본질적 자유와 정의 및 공의에 가장 일치하는 의미를 우선해야 한다.

3) 법전이나 법령집 또는 윤리 체계의 모든 조항은 구조적인 조화를 이루도록 구성되어 있다. 우리는 명확한 자구나 일반적 정신이 구조적으로 그런 조화를 방해할 경우에만 그런 법전이나 법령집에 모순이 있다고 말할 수 있다. 그러나 정당하고 공정한 법에서는 오류를 찾을 수 없으며, 우리가 고찰중인 중요한 주제에 대한 이 법의 정당하고 공정한 적용에도 오류가 있을 수 없다.[133]

6. 노예제도를 근절시키기 위한 사도의 편의주의적인 방법은[134] 그들의 도덕적 정직성에 의문을 제기한다고 말하는 자들에 대한 우리의 대답은 다음과 같다.

편의주의에는 두 가지가 있는데, 하나는 도덕적 정직성과 일치하는 반면 다른 하나는 그렇지 않다. 편의주의는 선한 목적을 위한 선한 동기로 사용되거나 악한 목적을 위한 악한 동기로 사용될 수 있다.135

"정당하게 따르기만 하면" 노예제도를 근절할 수 있는 원리를 제시한 사도의 방법은 두 가지 편의주의 가운데 하나로 도덕적 정직성을 훼손하지 않는다.136

또한 노예제도에 대한 사도의 가르침은 남편과 아내, 부모와 자식에 대한 가르침과 다르다. 노예제도에 대한 가르침은 다음 네 가지 면에서 다르다. (1) 노예 상태는 언제나 '힘든' 상황을 가리킨다. (2) 노예의 순종은 지속적으로 부당한 고난을 받는벧전 2:18-19 '힘든' 상황을 염두에 둔 표현이다. (3) 따라서 노예는 "부당함을 참는 인내"의 미덕을 발휘해야 한다. (4) 바울은 할 수만 있으면 이런 상태에서 벗어나라고 권면한다.고전 7:21, 137

…사도들이 노예제도를 남편과 아내, 부모와 자식 관계와 같은 관계로 보고 "법제화" 하지 않았다는 것은 분명하다. 그들은 결코 유사한 관계로 보지 않았다. 그들이 "입법" 과정에서 말한 모든 내용은 그들이 제도를 인정하지 않았으며 가능한 빨리 폐지되기를 원했다는 가정과 전적으로 일치한다.138

7. 끝으로, 노예를 대하는 태도는 노예제도가 악하고 잘못된 제도임을 보여준다. "그[노예]의 존재 목적은 주인의 유익이다."139

"돌이킬 수 없는 불의, 모든 불공평이 혼합된 시스템, 인간이 인간에게 행한 가장 큰 악이자 역사에 기록된 가장 큰 재앙"은 사람을 물건으로 만드는 –사람을 짐승처럼 대하는– 행위이다.

…주석가들과 제자들은 성경에 의한 "부당함 및 비인간성"과 싸우고 있다. 얼마나 참람한가? 노예제도와 그것을 선동하는 자들은 교회의 "목에 매단 맷돌"이다. 교회는 이 맷돌에서 벗어나야 한다. 그렇지 않으면 교회는 "바다 깊은 곳에 빠질 것이다."140

5. 노예제도 논쟁에 대한 보충: 해석학적 대안

이러한 극단적 입장에 대한 대안은 있는가? 이 질문 자체는 설명을 필요로 한다. 노예제도 찬반에 대한 대안을 묻는다면 대답은 긍정도 부정도 가능하다는 것이다. 어느 쪽의 주장이든 노예제도의 부당함에 대해서는 반대하겠지만 이어지는 논의는 즉각 노예제도에 대한 찬성이나 반대를 가로 막을 것이다. 그러나 이 질문을 엄격한 해석학적 차원에서 살펴보면 제시된 주장에 대한 대안을 찾을 수 있다.

1. 성경은 노예제도에 대해 긍정적인 대답과 부정적인 대답을 모두 제시한다.

웨슬리 대학 총장 피스크 박사Dr. Fisk는 1837년 앤도버 신학교Andover Theological Seminary의 존경받는 교수 모세스 스튜어트Moses Stuart에게 노예제도를 공개적으로 반대할 것을 종용하는 글을 썼다. 그러나 스튜어트 교수는 "노예제도 이론"은 "네 이웃을 네 자신 같이 사랑하라"는 명령과 반대되지만 바울은 노예제도를 금지하지 않았다고 말하며 "sic"예와 "non"아니오으로 대답했다. 종과 상전이 그리스도인이 되었을 때 바울은 주종 관계를 끝내라고 명령하지 않았으며 종에게 상전을 공경하라고 가르쳤다.딤전 6:2 따라서 "이미 관계가 형성되어 지속되고 있는 경우, 관계 자체는 모든 위험을 무릅쓰고 즉각적이고 강압적으로 해체할 만큼 악하지 않다.malum in se"141

그러나 노예제도 폐지론자인 윌리엄 구델William Goodell은 1852년에 스튜어트 교수의 생각에 반대하며, "배운 사람이라고 항상 지혜로운 것은 아니다"라고 비꼬았다.142 구델은 스튜어트에 대해 다음과 같이 비난한다.

"노예제도에 대한 이론은 잘못되었지만," 노예제도라는 관행 자체는 잘못되지 않았다.

사랑의 법과 황금률은 노예 문제를 한 쪽으로 결정하지만, 종과 상전에 대한 바울의 권면 및 오네시모를 돌려보낸 행위는 이 문제를 다른 쪽으로 결정한다.

이 관계는 도덕적인 의에 기초한 것은 아니지만, "이미 형성된 관계"는 도덕적으로 잘못이 없다.[143]

해석학적 대안은 스튜어트의 주장에 가까우며 구델은 받아들이지 않을 것이다. 이 대안에 따르면 성경 자체는 노예 문제에 대해 혼합된 신호를 제시한다. 성경의 진술은 어느 한쪽의 입장을 일관되게 지지하지 않는다. 또한 해석학적 대안을 꼼꼼히 살펴보면, 성경 세계의 상황과 19세기의 미국 사회는 본문이 어느 한쪽 입장을 일관되게 지지하지 못할 만큼 차이가 크다는 사실을 알 수 있다. 또한 근본적으로 기독교는 노예제도의 기원에 일조했으며 이 제도가 유지되도록 어느 정도 이론적 근거 및 실천 방안을 제공한 면도 있다.

이런 주장에는 문제가 있지만 해석학적 대안을 너무 쉽게 일축하지 않아야 한다는 사실을 잘 보여준다. 이 대안은 해석자로 하여금 성경의 가르침에는 상호 간에 완전하게 양립하지는 않는 다양한 관점이 존재할 수 있으며 이 부분에 대해서는 "성경과 전쟁"에 대한 해석학적 주석에서 다룰 것이다, 본문의 세계와 해석자의 세계의 차이를 진지하게 받아들일 것을 요구한다.

2. 성경의 가르침은 신자들에게 적용되어야 한다.

또 하나의 해석학적 대안은 적어도 이 문제에 대한 퀘이커교도와 메노나이트의 접근에 부분적으로 나타난다. 성경의 기본적인 가치 구조는 성경을 사용하여 노예제도에 대해 직접 언급하지 않고, 그들의 생각과 행위를 통해 노예제도가 그들의 삶의 방식과 조화되지 않는다는 사실을 깨우쳐주었다.

퀘이커교Friends에서 노예제도를 폐지하려고 했던 존 울만의 노력은 이러한 접근을 보여준다. 울만은 자녀에게 노예들을 유산으로 남기는 유언을 거부하면서 그의 확신을 드러내었다.

> 오직 참되신 하나님과 그가 보내신 예수 그리스도만 알며, 따라서 자비롭고 은혜로운 복음 정신만 아는 그들은 잔인한 학대에 대해 하나님의 분노가 임하리라고 생각했다.[144]

노예를 소유했던 한 형제가 성경 본문을 근거로 노예제도를 정당화 하려하자 울만은 다음과 같이 말했다.

> 일반적으로 편리함과 이익에 대한 추구는 노예제도를 유지하려는 동기가 된다. 사람들은 이처럼 비합리적인 동기를 뒷받침하기 위해 설득력이 떨어지는 논증을 고집해서는 안 될 것이다.[145]

마찬가지로, 1688년에 필라델피아 의회에 제출된 노예제도 반대 청원은 주로 형제단과 일부 메노나이트가 주도했다. 그들은 성경을 구체적으로 인용하는 대신 양심의 자유, 노예소유자의 야만적 행동, 기독교 정신퀘이커교도는 누구보다 잘 알고 있었다 및 평등노예가 혁명을 일으켜 백인이 노예가 되어 같은 대우를 받는다고 생각해보라과 같은 원리에 호소한다.[146]

독립 전쟁 시대 펜실베이니아 주는 노예제도가 보편화 되었으나 메노나이트는 노예를 소유하지 않았으며 그들의 문서에는 이 문제에 대한 논쟁이 거의 나타나지 않는다.[147] 1837년, 버지니아 메노나이트 모임의 피터 버크홀더Peter Burkholder가 쓴 『고백, 신앙과 행위』Confession, Faith and Practice에는 중요한 언급이 나타난다.

"또한, 그리스도 안에서 모든 사람이 자유한 것처럼, 그들은 노예를 소유하거나 매매하는 일에 가담하지 않아야 한다."[148] 1863년 3월에 있은 버지니아 총회에서는 "노예 고용"에 대한 진술이 소개된다.

> 노예 고용이라는 주제는 게일Geil주교에 의해 도입되었다. 우리는 노예에 대한 소유나 매매는 우리의 신조와 규칙에 위배되며, 따라서 주인의 동의하에 임금을

위해 자발적으로 고용을 원하는 경우 외에는 형제가 노예를 고용하는 것을 금하기로 결정했다. 그러나 이웃 간의 품앗이의 경우 그들의 노동력을 사용할 수 있다.[149]

1861년 요하네스 리세르Johannes Risser는 크리스틀리케 볼크스블라트지Christliche Volksblatt에 기고한 두 개의 기사를 통해 구약성경은 기껏해야 노예제도에 대한 희미한 기초만 제공할 뿐이며, 노예제도를 지지하는 가르침은 나타나지 않는다고 주장했다.[150]

메노나이트는 노예제도와 무관하며,[151] 이 제도가 그들의 "신조와 규칙"에 위배된다고 생각한다.[152] 그렇기 때문에 우리는 그들이 성경을 이용하는 전반적인 방식이 그들의 입장에 영향을 미쳤는지에 대해 의문을 가질 수 있다. 성경은 전쟁에 나가는 것을 반대한다는 그들의 사고가 3장 노예제도에 대한 그들의 입장을 결정했는가? 이 주제에 대한 자료가 많지 않기 때문에 그런 추론을 입증하기는 어렵지만, 1773년에 프랑켄 메노나이트가 화란 메노나이트에게 보낸 한 장의 편지는 해석학적 통찰력을 제공해줄 수 있다. 화란의 메노나이트로부터 신앙과 행위의 원리를 어떻게 결정할 것인가라는 질문을 받은 프랑켄 메노나이트는 권위 있는 답변을 위해 특별히 "복음전도자" 즉, 복음서에게 호소했다고 말한다.[153] 이런 해석학적 진술은 그들의 판단이 정경 안에서의 내적 대화를 통해 이루어졌음을 보여준다. 정경 안에서 정경이 부상한 것이다.

그러나 이러한 정경 내적 비평이 노예제도에 대한 메노나이트와 퀘이커교도의 진술이라는 주장에 대해서는 검증이 필요하며 본 저자가 인식하고 있는 범위를 넘어선다. 그러나 앞서 살펴본 명확한 해석학적 대안은 신자들이 그들의 공동체 안에서 그리스도에 대한 순종 및 그리스도의 길을 따르는 삶에 초점을 맞춘 진술이라는 것은 분명한 사실이다. 울만의 접근과 버지니아 메노나이트 모임의 진술은 이런 대안을 예시한다. 그들의 관심사는 사회적 이슈에 대한 해결이 아니라 신자들 사이에서 그리스도의 길을 실천하는 삶에 초점을 맞춘다. 실천을 통해 깨달은 성경적 가르침은 교회에서 권위를 가진다.

3. 노예는 성경에서 다른 강조점을 찾아낸다.

세 번째 해석학적 대안은 노예 공동체 안에서 발견된다. 노예가 성경을 사용하는 방식에는 네 개의 뚜렷한 성경적 강조가 제시된다. 이 강조는 노예의 신앙적 경험을 표현한 영가에서 쉽게 찾아볼 수 있다.

첫째로, 노예는 이스라엘이 애굽에서 경험한 종살이와 자신의 상황을 동일시하고 자유에 대한 갈망을 자유롭게 표출했으며, 때로는 이 땅에서의 해방이라는 형태로 드러내었다.

그들의 노래는 "압제당한 자의 생각에 대한 기록으로 볼 때에만 이해할 수 있다."[154] 또는 다른 저자의 말처럼 "노예는 문장 구성 및 극적 상황에 탁월한 재주가 있다. 성경의 가르침은 그에게 금광이며, 그는 그곳에서 반짝이는 노래를 캐내었다."[155] 다음의 영가 몇 구절을 살펴보자.

> 가라 모세, 애굽으로 내려가
> 내 백성을 보내라고 말하라.
>
> 선한 목자여, 내가 언제나
> 약속의 땅에 들어가리까?
>
> 흔들거리며 내려오는 불 수레여
> 나를 싣고 집으로 데려다 주오.
>
> 깊은 강 요단 너머에 있는 내 집
> 그곳은 평화로 가득한 약속의 땅
> 나 가리라 저 강 건너 그 곳으로[156]

노예의 삶을 경험했던 프레데릭 더글라스Frederick Douglass는 이 영가에 대해 다음과 같이 말한다.

…이런 노래는 음색이 깊고 풍부하며, 처절한 고뇌에서 우러나오는 영혼의 호소

이다. 모든 어조는 노예의 삶에 대한 증언이며, 이 사슬에서 벗어나게 해 달라고 하나님께 간구하는 구원의 기도이다.[157]

둘째로, 자유를 향한 부르짖음과 연결된 또 하나의 어조는 하나님의 공의와 심판이다. "주여 별이 떨어지려하는 이 때에"나 "그 찬란한 아침에" 또는 "심판의 날이 다가온다"에서 "지상의 모든 나사로"는 "사탄의 일" 종종 노예제도로 언급된다이 형벌 받을 -바위와 산들이 노예의 대적 위에 떨어질 것이다- 심판의 날을 기다린다.[158]

또한 하나님의 심판은 압제받는 자들을 신원하실 것이며, 영가에 자주 등장하는 희년을 가져올 것이다.

> 좋은 날이 다가오니
> 가서 희년을 외치라.
>
> 오 자비하신 주여! 언제니이까!
> 주여 그들을 노예로 삼으소서
> 나와 함께 가시겠나이까?
> 주여, 그들을 노예로 삼으소서
> 가서 희년을 외치라![159]

셋째로, 노예는 구약성경의 중심 사건인 종살이와 해방에서 피난처와 소망을 보았듯이 고난당하신 예수님과 자신을 동일시한다. 노예는 예수님이 자신처럼 고난당하시지만 훨씬 참혹한 고통을 당하신 분으로 보았다.[160] 따라서 그들은 이렇게 노래했다.

> 거기 너 있었는가 그때에 주님 십자가에 달릴 때
> 거기 너 있었는가 그때에 주님 십자가에 달릴 때
> 오 때로 그 일로 나는 떨려 떨려 떨려
> 거기 너 있었는가 그때에 주님 십자가에 달릴 때

하나님 같은 분을 보았는가

예수님을 조금만 더 믿으라

가난한 자에게 전파된 복음

예수님을 조금만 더 믿으라161

고난당하신 예수는 "왕이신 예수"이다. 이 이름은 영가에서 그리스도를 가리키는 일반적 호칭이다. 왕이신 예수님은 사탄을 물리치고 사람들을 지옥에서 구원하실 능력이 있다.162

넷째로, 성경이 노예제도를 직접 반대할 목적으로 사용될 경우 즐겨 인용되는 구절은 사도행전 17:26KJV "[하나님이] 인류의 모든 족속을 한 혈통으로 만드사" 및 고린도전서 12:13 "우리가 유대인이나 헬라인이나 종이나 자유인이나 다 한 성령으로 세례를 받아 한 몸이 되었고"이다.163 오스틴 스튜어드Austin Steward는 『노예 22년』이라는 책에서 "성경은 우리에게 하나님이 인류의 모든 족속을 한 혈통으로 만들었다고 말씀하지 않는가?"164라고 묻는다. 한때 노예였던 윌리엄 웰스 브라운 William Wells Brown은 같은 주장을 한다.

나도 사람이며 형제가 아닌가?

그렇다면 나도 자유로워야 하지 않는가?

나를 다른 사람에게 팔지 말라.

나의 자유를 빼앗지 말라

그리스도, 우리의 구주는

당신과 나를 위해 돌아가셨다.165

한 때 노예였던 자들은 더 많은 교육을 받음으로써 노예제도를 반대하는 그들의 성경적 논증은 앞서 반노예제도의 사례에서 언급된 자들과 유사하다.166 노예의 삶을 직접 경험한 그들은 특별한 통찰력을 보여준다.

노예제도는 아버지가 자녀에게 물려준 생득적 권리를 침해한다. 자녀는 아버지의 권위와 통제 아래 있는 것이 아니라 주인의 소유라고 믿기 때문이다. 아버지는 하나님이 지명하신 자리에서 쫓겨났으며 주인이 그 자리를 대신 차지한다.[167]

노예제도 하에서는 자녀가 부모를 공경하고 "모든 일에 부모에게 순종"하는 것이 불가능하다.출 20:12; 골 3:20

노예가 성경을 사용함으로서 나타난 중요한 해석학적 대안은 강력한 성경적 강조에 공감하면서 역사의 이면에서 자유와 공의를 부르짖는 것이다. 그것은 전능하신 하나님으로부터의 도움을 갈망하는 소망의 부르짖음이다. 노예는 자신의 고통 가운데서 구약성경에 나타난 하나님의 백성의 이야기를 보았다. 그들은 자신을 "역사를 통해 일하시는 하나님의 사역에 동참하는 숙명의 백성"으로 보았다.[168] 이처럼 뚜렷한 해석학은 오늘날 해방신학자들이 주장하는 것처럼 모든 사람에게 해당되지 않는다. 그것은 압제받는 자와 가난한 자의 해석학적 특권이기 때문이다. 그러나 이런 관점이 성경적 가르침에 대한 호소에 어떤 영향을 미쳤는지 보기 위해서는 진정한 해석학적 대안을 살펴볼 필요가 있다. 그것은 모든 성경 해석자에게 놀라운 질문을 던진다. 나는 성경을 해석할 때 누구와 동일시하는가? 나는 어떤 안경을 쓰는가?

6. 해석학적 주석

1. 옳고 그름에 대한 문자적 해석은 검증을 필요로 한다.

성경에 호소하는 행위 자체가 그 주장이 바르다는 것을 보장하지는 않는다. 성경은 이렇게 말한다… 물론 성경은 그렇게 말한다. 그러나 문제는 우리가 그것을 어떻게 해석하느냐는 것이다. 노예제도에 대한 논쟁에서 양측 모두 자신의 주장을 뒷받침하기 위해 성경을 사용한다. 그러나 두 주장 모두 설득력을 갖기 어렵다.

이것은 성경에 대한 문자적 해석이 일반적으로 생각하는 것처럼 부정확하거나 잘못된 해석으로 이어질 경우는 없느냐라는 문제를 제기한다. 데이비드 에워트David Ewert는 다음과 같이 주장한다.

> "나는 성경을 문자대로 받아들인다"라는 말은 신앙적 고백일 수 있다. "나는 성경을 기록된 대로 받아들인다"는 것이다. 그러나 이 주장은 성경에 대한 완전한 이해를 의미하는 것은 아니다.[169]

일반적으로 사용되는 "문자적"이라는 표현은 텍스트의 역사적 및 문학적 상황, 저자가 염두에 두고 있는 의미 및 성경의 전반적 메시지를 무시한 채 일률적으로 적용하는 기계적인 해석 방식을 가리킨다.

그러나 종교 개혁 시대에 볼 수 있었던 것처럼 "문자적"이라는 용어는 텍스트의 역사적 의미나 명료한 의미를 가리키는, 거의 반대적 용례로 사용될 수도 있다. 초기교회부터 종교개혁 시대까지 문자적 해석은 텍스트의 의도와 무관한 영적 의미를 찾는 알레고리적 해석과 대조되는, 저자가 염두에 두고 있는 단순한일반적으로 역사적인 의미를 가리켰다.[170] 한편으로는 알레고리적 해석의 남용을 막고 또 한편으로는 그리스도인이 역사적 기초에 굳게 설 수 있도록, 마틴 루터는 다른 해석 유형을 모두 거부하고 텍스트의 역사적 의미 및 명확한 문법적 의미를 추구하는 문자적 해석만 받아들였다. 이 원리는 역사비평적 해석 및 언어적 해석 방법에 의해 비판을 받고 보충되었으나,171 텍스트의 명확한 의미를 추구하려는 기본적 정신은 오늘날 성경학계의 해석학적 중심 원리로 자리 잡았다.

노예제도에 대한 논쟁은 미국에서 역사비평적 해석이 광범위하게 사용되기 전에 일어났다는 사실을 알아야 한다. 어느 쪽도 성경의 역사적 상황 및 문화적 상황에 관심을 가지지 않았으나 노예제도 폐지론자들의 진술에는 역사-비평적 사고의 요소들을 찾을 수 있다. 예를 들면, ⑴ 아브라함의 도덕성은 오늘날 우리가 따라할 수 없다.그렇지 않으면 일부다처제와 첩을 용인해야 할 것이다 ⑵ 노예제도는 하나님이나 이스라엘로부터 시작된 것이 아니다. 이 제도는 당시 문화에서 시행되고 있었다. 이러한 기본적 통찰력으로부터, 오늘날 우리는 하나님이 이 관행을 공의와 자비의 방향으로 제도화하신 사실에 초점을 맞추어 주장하는 것이 자연스러울 것이다. 따라서 안식일과 희년 제도는 종에 대한 자비와 사랑의 돌봄을 보장하기 위한 것으로, 히브리 종이 애굽의 종살이나 미국의 노예제도와 다르다는 사실을 보여준다. 분이 제시한 해석 원리노예제도 폐지론자의 반박, 5항 참조 역시 비평적 사고를 보여주며, 다음 항목들의 요지를 담고 있다.

2. 성경의 모든 증거는 다양성을 인정하는 태도로 접근해야 한다.

이런 접근 방법 가운데 하나는 성경의 모든 증거에 귀를 기울이는 것이다. 우리는 성경의 모든 내용을 자세히 고찰해야 한다. 애매한 부분은 의미를 결정하는 저자의 총체적, 핵심적 사상이 명확히 나타난 부분에 의해 설명되어야 한다. 노예제도에 있어서 양측은 상반된 주장을 뒷받침하기 위하여 성경 전체를 놀라운 방식으로 사용한다.

이것은 본 연구의 과정에서 계속해서 보충해야 할 필요가 있는 어려운 문제들을 제기한다. 우리는 2장에서 성경을 사용하는 보다 구체적인 방법에 대해 다루고, 3장에서는 스튜어트가 주장한 것과 같은 성경의 다양성 문제에 대해 다룰 것이며, 성경은 어떻게 이러한 다양성 가운데 우리의 생각과 행위의 규범으로서의 기능을 하는 가와 해석자의 성향은 해석 과정에 어느 정도 영향을 미치는가라는 두 가지 이슈는 아래에서 곧 다룰 것이다.

3. 성경의 특정 본문은 "부수적 요소"가 아니라 핵심 강조를 위해 사용되어야 한다.

이 연구로부터 얻을 수 있는 또 하나의 접근 방법은 성경의 한 부분 또는 특정 본문은 성경의 핵심 메시지를 위한 것이어야 하며 "부수적 요소"에 초점을 맞추어서는 안 된다는 것이다. 아브라함의 삶에 대한 본문을 노예제도를 뒷받침하기 위해 사용하는 것이 옳은가? 그렇다면, 그의 삶은 이기심으로 진실을 감추고 내연관계를 정당화하기 위한 목적으로 사용될 수 있을 것이다. 아브라함 내러티브는 이런 용도가 아니라 하나님의 약속에 대한 아브라함의 신앙을 검증한다는 핵심 목적과 강조점을 뒷받침하기 위해 사용되어야 할 것이다.172 이 원리를 노예제도 논쟁에 적용하면, 출애굽기와 레위기 및 신명기의 본문은 이스라엘의 노예제도·종살이어떤 이름으로 불리든,173가 섬기는 자에 대한 인도적 돌봄과 자비를 강조한다는 사실을 뒷받침하기 위해 사용되어야 할 것이다. 따라서 이런 본문들은 학대와 압제를 정당화 하는 오늘날의 노예제도를 뒷받침하기 위해 사용되어서는 안 된다. 마찬가지로 이런 원리와 조화를 이루는 방식으로 사용된 바울의 본문들 역시 사회적 제도로서 노예제도의 존속 및 유지를 정당화하기 위해서가 아니라 모든 사람에 대한 공평한 사랑, 상호적 섬김 및 하나님에 대한 주인과 종의 동등한 책임이라는 복음의 새로운 윤리를 뒷받침해야 할 것이다.

4. 신학적 원리 및 기본적인 도덕적 명령이 우선되어야 한다.

노예제도 폐지를 주장하는 저자들은 신학적 원리와 기본적인 도덕적 명령을 우선함으로써 노예제도를 도덕적 판단 하에 둔다. 우리는 여기서 신학적 원리와 기본적인 도덕적 명령은 오늘날 사회적 이슈에 대한 중요한 성경적 근거가 되어야 한다는 사실을 배워야 한다. 특정 본문이 논의 중인 주제에 대한 언급이 분명함에도 불구하고 이런 진술보다 신학적 원리와 기본적인 도덕적 명령을 우선해야 한다는 것이다.

노예제도 논쟁을 예로 들면, 디모데전서 6:1-5은 실제로 노예제도라는 주제에 대한 특정 가르침을 제시한다. 그러나 이웃을 사랑하라는 예수님의 명령은 노예제도에 대한 언급은 아니지만 하나의 제도로서 노예제의 도덕적 특징에 대한 평가와 직접적인 관련이 있다. 그렇다면 우리는 어떤 성경적 근거를 오늘날의 도덕적 지침으로 삼아야 하는가? 이해를 돕기 위해 질문의 형태를 바꾸면, "광범위한 성경 문학 가운데 기술적 내용으로 여겨야 할 진술과 규범적 내용으로 고수해야 할 진술을 어떻게 구분할 것인가?"라는 것이다. 확실히 문법적 요소만으로는 적절한 대답을 찾기가 어렵다. 오늘날 그리스도인이 가장 신앙과 무관하다고 생각하는 관행 가운데 일부는 간략하지만 규범적인 용어로 명백히 기록되어 있다.가령, 출애굽기 21-23장의 판례법 한편으로 모든 그리스도인이 권위 있는 말씀으로 생각하는 예수님의 가르침은 대부분 복음서의 기술적 내러티브에 나타난다. 따라서 언어적 구성 자체는 성경이 신앙 공동체에게 신앙과 삶을 위한 규범적 가르침을 어떻게 제공하는지에 대해 거의 알려주지 않는다.

이상의 네 가지 연구의 목적 가운데 하나는 상호 비교를 통해5장 참조 다음과 같은 가장 어려운 질문에 대한 통찰력을 얻을 수 있는 해석학적 관점을 제공하기 위한 것이다. 성경의 가르침 가운데 권위가 있는 것은 어떤 요소인가? 성경의 모든 가르침은 어떻게 하나님의 백성으로서 우리에게 권위를 가지는가? 우리는 어떻게 하면 성경의 본래적 가르침에 역행하지 않는 —즉, 가장 기본적이고 핵심적인 진리에 대해 침묵하거나 반대하기 위해 특정 구절을 주장하지 않는— 방식으로 성경을 사용할 수 있는가?

이러한 해석학을 위한 또 하나의 방법은 어떻게 하면 복음서에 묘사된 바리새인의 해석 방식에서 탈피할 수 있을 것인지 묻는 것이다. 그들은 모든 구체적인 명령을 철저히 지키지만 예수 그리스도를 통해 나타난 하나님의 뜻과 계시에 대해서는 정면으로 반대한다. 구약성경에 대한 이러한 바리새인의 태도는 우리에게 성경에 대한 왜곡된 종교적, 열정적 해석 방식이 있음을 보여준다. 이것은 우리에게 성경에 대한 "문자적 사용"에서 벗어나 "영적 사용"에 초점을 맞출 것을 촉구한다. 즉, 성경이 말하고자 하는 메시지의 핵심에 귀를 기울이고 특정 구절 -비록 명백한 지시라 할지라도가령 레 25:44-45- 이 성경적 신앙에 대한 분명한 도덕적 신학적 명령을 약화하거나 침묵시키지 않게 해야 한다는 것이다.

5. 성경에 대한 이기적인 접근 태도는 거부되어야 한다.

노예제도 논쟁은 우리에게 성경을 사용할 때 나타나는 자기 정당화 경향 및또는 이기적 관심사에 대해 경고한다. 이러한 이기적 접근은 다양한 성경 본문에 나타난 핵심적인 의미를 발견하지 못하게 한다. 흔히 모든 사람은 성경을 이기적인 방식으로 사용한다고 말한다. 이 말은 어느 면에서 사실이다. 그러나 이런 이기적 관심사가 불의나 학대 또는 구조적 압제로 이어질 경우, 성경의 핵심적인 성경적 진리 및 관심사는 왜곡된다. 이 경우, 논증을 뒷받침하기 위한 본문으로 인용했음에도 불구하고 반성경적인 주장이 될 수 있다.

오늘날 우리는 환경이 성경 해석자에게 지대한 영향을 미친다는 사실에 대해 공감한다.174 특히 페미니스트 및 라틴 아메리카 해방신학은 성경연구를 통해 부상했다. 해석자의 신앙적, 사회적, 정치적 및 가장 중요한 요소로 경제적 상황은 성경을 통해 무엇을 볼 것인지에 영향을 미치거나 심지어 결정한다. 해석자가 자신의 전통으로부터 가져온 관점은 종교적, 사회적, 정치적, 경제적, 영향의 집합체이다. 이런 영향들은 성경 해석에 영향을 미치는 다른 요소들 -성적 정체성남성 또는 여성, 민족성, 도시취향이나 시골취향 및 심리적 요소- 과 결합한다.

앞서 언급한 대로, 노예가 성경을 사용하는 방식은 그들의 특별한 상황이 그들로 하여금 노예제도를 찬성하거나 반대하는 백인과 다른 관점에서 성경을 인식하고 인용하게 했다는 사실을 보여준다. 경험은 인식과 이해를 형성한다. 이것은 모든 해석에서 먼저 인식해야 할 중요한 요소이다. 이어서 찬성하거나 반대하는 요소들에 대한 논의가 이루어져야 할 것이다.

수많은 다양한 요소들이 성경을 이해하는 방식에 영향을 미치기 때문에 우리는 사람들이 어떻게 새로운 이해에 도달하게 되는지에 대해 물어보아야 할 것이다. 우리는 어떻게 인식의 전환을 초래하게 되는가? 가령 노예제도를 찬성하는 입장에서 반대하는 입장으로 바뀌게 되는가? 이런 변화는 성경이 우리 위에서 "객관적으로" 이런 반응을 명령하기 때문에 일어나는가? 그럴 수도 있고 그렇지 않을 수도 있다. 우리의 삶에 영향을 미치는 요소들의 집합체가 상당부분 바뀌었을 수도 있다. 북부에 사는가 남부에 사는가, 영국인인가 독일인인가, 흑인이든 백인인가는 노예제도에 대한 관점에 영향을 미친다. 오늘날 우리가 도시로 이사를 가거나 경제적으로 가난한 시골에서 섬기거나, 또는 새로운 부류의 친구들을 사귀는 행위 등은 실제로 성경에 대한 이해를 바꿀 수 있다.

이러한 가시적 변화 뒤에는 친구나 취미 또는 가치관의 변화와 함께 새로운 "나"의 발전을 형성하려는 강력한 심리적 힘이 작용한다. 젊은 사람들은 볼리비아나 아이티의 개발 경험을 전후하여 친척이나 공동체에 대한 생각에 어떤 변화가 있는가? 성경에 대한 해석은 영향을 받지 않는다고 생각해서는 안 된다. 진정한 가족이나 공동체에 대한 인식 역시 나는 누구를 사랑하며 나를 사랑하는 사람은 누구인가라는 존재의 근원과 관련된 깊은 심리적 갈등으로부터 도출된 근본적인 평가를 거쳤다.

사회적 영향력과 심리적 정체성은 성경해석에 영향을 미치는 강력한 결정인자이다. "나는 어떤 공동체에 속하는가"와 "나는 누구인가"라는 질문에 대한 답은 특정 이슈에 대한 성경 해석 방식에 대해 많은 것을 보여준다. 그가 퀘이커교도나 메노나이트라면 우리는 전쟁과 평화에 대한 특정 관점을 기대할 수 있을 것이다. 안식교 사람이라면 그들의 주장을 뒷받침하기 위한 성경 해석을 기대해야 할 것이다. 해석자가 1850년 당시 미국의 노예소유자라면 그에게서 노예제도를 인정하는 성경 이해를 기대할 수 있을 것이며, 노예나 압제 당하는 자라면 노예 해방이나 성경의 고통을 신원하는 주제를 기대할 수 있을 것이다.

6. 해석자는 텍스트로 하여금 직접 메시지를 전하게 해야 한다.

사회적 요인 및 심리적 요인도 해석에 강력한 영향을 미치지만, 하나님의 말씀으로서 해석자와 마주한 성경 텍스트의 실재 및 힘은 해석자의 생각과 관점을 변화시킬 수 있으며, 따라서 해석자가 가진 전제와 의도적 논리는 텍스트에 의해 변화한다. 이것은 해석자로 하여금 자신의 사회적 세계, 특히 앞서 해석에 영향을 주었던 요소들을 변화시키게 한다.

이를 위해서는 해석자가 텍스트로 하여금 직접 메시지를 전하게 하는 성경연구 방법을 사용해야 한다. 다음 장 끝부분에 제시된 해석학적 주석은 이 방법에 대해 상세히 묘사할 것이며, 마지막 장은 해석에 사용되는 방법 및 통찰력 모델을 제시할 것이다.

7. 해석자는 텍스트의 청중이 누구이며 자신은 누구에게 책임이 있는지 물어야 한다.

퀘이커교도 및 메노나이트의 접근은 분과 호스커가 언급한 바 있는 또 하나의 성경해석학적 이슈를 제기한다. 그것은 성경의 가르침은 누구를 대상으로 하는가라는 것이다. 신적 계시는 모든 사람을 위한 것이지만 해석자는 누구에게 책임이 있는가? 우리가 버지니아 총회의 진술에 반영된 메노나이트 교회 및 울만의 접근으로부터 배운 교훈은 성경에서 가르치는 하나님 나라의 도덕성의 패턴이 먼저 교회 공동체의 일원인 기독교 신자에게 적용되어야 한다는 것이다.

성경의 도덕성은 교회의 순종을 요구하는 반면 성경의 선교적 비전은 모든 사람을 회복된 공동체 안에서의 신앙과 삶으로 초청한다. 핵심 요지는 해석자가 사회 전체를 생각하기 전에 먼저 신앙 공동체의 일원이 살아야 할 삶의 방식에 대해 생각해야 한다는 것이다. 이 교훈 역시 앞서 제기한 질문을 상기시킨다. 사람들은 어떻게 해석학적 관점을 바꾸며 새로운 관점을 가지게 되는가? 텍스트를 부지런히 연구함으로인가? 그럴 수 있다. 그러나 무엇보다도 텍스트의 도덕적 가르침을 따라 살려는 신앙공동체의 일원이 됨으로써 가능하다. 해석은 이와 같이 텍스트에 대한 철저한 연구와 텍스트의 진리를 따르는 삶을 통해 지식은 물론 인간 공동체의 가시적 구조 안에서 드러나는 믿음, 소망, 사랑을 포함하게 된다.

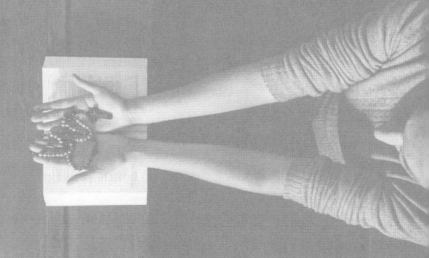

제2부 | 성경과 **안식일**

사다트Anwar Sadat 대통령과 베긴Menachem Begin 총리 및 지미 카터Jimmy Carter 대통령의 중동평화 해결을 위한 역사적 만남을 주말에 가졌다. 세 사람에게 주말의 의미는 달랐다. 사다트는 이슬람 회중 기도의 날인 금요일을, 베긴은 유대 안식일인 토요일을, 카터는 기독교의 주일을 생각했다. 세 나라의 정상은 각자의 주말을 지키기보다 그들의 의제에 우선함으로써 주말 동안 최선을 다하기로 합의했다.

이 것은 세 가지 중요한 질문을 제기하게 한다. 특별히 준수해야 할 정확한 날은 언제인가? 준수한다는 것은 어떤 의미인가? 일을 위해, 특히 중동평화와 같은 중요한 임무를 위해, 준수해야 할 날을 지키지 못하는 것이 도덕적으로 용납되는가?

본 장은 이 문제와 관련하여 유대-기독교의 성경에 접근하는 세 가지 해석 방식에 초점을 맞출 것이다.

문제에 대한 개관

안식일 논쟁에 대한 기독교의 세 가지 견해를 소개하기 위해 각자의 입장을 대변하는 짧은 인용문으로 시작하고자 한다.

1. 안식일파의 입장

…안식일은 창조가 끝나고 창조주께서 창조주간 일곱째 날에 쉬신 불변의 역사적 사실을 기념하는 날이다. 우리는… 그 어떤 것도 −이 땅의 어떤 사람이나 단체나 권력도− 하나님이 창조 주간 일곱째 날에 쉬셨으며 이 날을 영원히 기념하고 기억하도록 인간에게 안식일로 주신 기념비적 역사적 사실을 변개할 수 없다고 믿는다. 이 날은 결코 폐지되지 않았으며, 폐지되지도 않을 것이다.[1]

토요일을 거룩한 안식일로 주장하는 자들은 주로 유대인, 기독교 내 안식교 및 제칠일 침례교이다. 일부 재세례파제칠일 아나뱁티스트 역시 이 관점을 견지한다.[2]

2. 안식일−주일파의 입장

…제도로서 안식일은 영원하다… 그것은 유대인의 안식일 전에도 있었고 후에도 존재하며… 주의 날주일에 가장 완전한 형태로 나타난다.[3]

또는 웨스트민스터 대요리문답117문에 따르면

안식일 또는 주의 날은 모든 악한 일은 물론 평일이라면 적법할 수 있는 세속적 일상 및 일체의 오락을 중단하고 거룩하게 쉬는 날이어야 하며, 온종일 기쁨으로 … 개인적, 공적으로 하나님을 경배하는 활동을 해야 한다.[4]

이 주장을 대표하는 자는 영국과 미국 및 캐나다의 청교도다. 대부분의 개신교, 가톨릭, 메노나이트는 안식일 신학 및 규정이 주일로 옮겨갔다는 이 관점을 따른다.

3. 주일파의 입장

안식일은 모세시대부터 시작되었으며 과거나 지금이나 유대인의 제도이다. 예수님은 안식일을 초월하시며 자신이 안식일의 주인이라고 선언하셨다. 안식일의 진정한 의미는 예수님의 사역을 통해 드러난다. 따라서 안식일은 공의와 자유와 사랑이라는 안식일의 비전이 일상화 된 하나님의 안식의 통치를 시작하신 예수 그리스도에 안에서 성취되었다.

주의 날은 유추를 통해서만 안식일과 연결된다. 안식일이 하나님이 이스라엘을 애굽의 종살이에서 구원하신 것을 기념하듯이, 주의 날주일은 하나님의 예수 그리스도를 살리시고 모든 백성을 죄와 압제로부터 구원하신 것을 기념한다. 안식일이 출애굽에 기원을 둔 것처럼 주일은 오직 부활에 기원을 둔다.[5]

많은 그리스도인이 주장하고 기독교 학자들에게서 발견되는 이 입장은 필자가 아는 한 교파 차원에서의 공식적 입장으로 진술된 적은 없다. 그러나 16세기의 일부 재세례파는 이와 유사한 관점을 발전시켰다.[6]

세 가지 입장 모두 자신의 주장을 뒷받침하기 위해 성경을 인용함으로써 다음과 같은 질문을 야기한다. 각 입장은 성경을 어떻게 사용하는가? 우리는 각 입장을 지지하는 자들의 관점에 영향을 미치는 일정한 해석 패턴이나 원리를 찾을 수 있는가? 이러한 질문에 답하기 위해서 우리는 각각의 입장이 인용하는 성경적 증거를 살펴본 후 합당한 해석 지침 및 해석학적 관찰을 제시하고자 한다.

1. 안식일: 거룩한 일곱째 날

안식일을 주장하는 자들은 다음의 성경적 가르침에 호소한다.

1. 하나님은 창조시에 안식일을 제정하셨다.

> 하나님이 그가 하시던 일을 일곱째 날에 마치시니 그가 하시던 모든 일을 그치고 일곱째 날에 안식하시니라 하나님이 그 일곱째 날을 복되게 하사 거룩하게 하셨으니 이는 하나님이 그 창조하시며 만드시던 모든 일을 마치시고 그 날에 안식하셨음이니라 2:2-3

안식일과 안식 및 일곱째 날은 하나님에 의해 연결된 불가분리의 관계에 있다. 이 연결은 모든 피조물과 모든 시대에 해당한다. 하나님은 일곱째 날을 안식일로 창조하셨으며 그날을 거룩히 지키라고 명령하셨다. 재림파인 앤드리어슨M. L.Andreasen은 다음과 같이 주장한다.

> 우리는 에덴동산으로부터 결혼과 안식일이라는 두 가지 제도를 받았다. 둘 가운데 안식일 제도만 새 땅에서도 지속된다… "내가 지을 새 하늘과 새 땅이 내 앞에 항상 있는 것 같이 너희 자손과 너희 이름이 항상 있으리라 여호와의 말이니라 여호와가 말하노라 매월 초하루와 매 안식일에 모든 혈육이 내 앞에 나아와 예배하리라" 사 66:22, 23

이것은 안식일을 특별한 날로 만든다. 다양한 시대와 풍습의 변화, 제국과 나라의 흥망성쇠, 홍수와 기근 및 심지어 "만물의 끝"에도, 안식일의 지위는 변함이 없다. 모든 제도 가운데 안식일만 살아남을 것이다. 하나님은 안식일을 창조하시고 우리에게 영원한 소유로 주셨다. 그것은 끝나지 않는 영원 자체이다.[7]

창조적 안식일이라는 신적 기원은 다음과 같은 의미를 가진다.

a. 안식일 제도는 인류를 위한 하나님의 원래적 계획의 일부였으며 죄가 세상에 들어오기 전에 만들어진 규정이다. "만일 죄가 [세상에] 들어오지 않았다면 모든 사람은 원래적 안식일을 지켰을 것이다."[8] 안식일은 하나님의 거룩하심을 드러낸다.[9]

b. 일곱째 날 안식일 준수는 모든 사람을 위한 것이다. 하나님은 안식일을 이스라엘이 존재하기 오래 전에 제정하셨다. 그것은 단순한 유대인의 기념일이 아니라 온 세상이 지켜야 할 제도이다. 이것은 창세기 2:2-3 및 하나님이 십계명을 주시기 전에출 16:4-5, 20-30은 출 20:1-7보다 앞선다 이스라엘 백성에게 여섯째 날에 두 배의 만나를 주신 사실을 통해 뒷받침된다.[10] 다른 고대 민족이 안식일을 창조 유산으로 알고 있었다는 사실 역시 증거가 될 수 있다.[11]

c. 안식일은 제도가 아니라 구체적인 날이며, 따라서 모든 시대에 해당된다.

안식일은 날짜와 별개로 생각할 수 없다. 그것은 일정한 간격을 두고 다시 돌아오는 하루이다. 안식일은 일곱째 날이라는 날짜 자체이다.

우리는 오늘날 안식일 제도에 대해 많은 것을 듣는다. 그러나 성경은 안식일 제도에 대해 언급한 적이 없다. 성경은 안식일에 대해 말할 뿐이다. 한 날과 상관없이, 인류의 유익을 위한 복되고 거룩한 안식일 제도와 같은 것은 있을 수 없다…

하나님이 복 주신 날은 안식일로부터 도출될 수 없다. 안식일은 하나님이 복 주신 날로부터 도출될 수 없다. 양자는 분리될 수 없다. 안식일과 하나님이 복 주신 날은 하나이기 때문에 결코 분리될 수 없다.

일곱째 날은 안식일이다. 안식일은 일곱째 날이다.[12]

또는 다른 작가의 주장처럼,

하나님은 보편적 안식일이나 어느 안식일 하루를 복 주신 것이 아니라 안식일
날, 곧 일곱째 날을 복 주셨다.13

안식일을 지켜야 할 날로서 일곱째 날에 대한 이런 정의는 타협의 대상이 될 수
없다. 그 날에 대한 어떤 변경도 "모든 창조 사역을 다시 할 것"을 요구하는 것이 될
것이다.14

2. 안식일은 도덕법의 핵심이다.

안식일을 기억하여 거룩하게 지키라 엿새 동안은 힘써 네 모든 일을 행할 것이나
일곱째 날은 네 하나님 여호와의 안식일인즉 너나 네 아들이나 네 딸이나 네 남
종이나 네 여종이나 네 가축이나 네 문안에 머무는 객이라도 아무 일도 하지 말
라출 20:8-11; 출 31:16-17 및 신 5:12-15도 참조하라

십계명의 한 부분으로서 안식일을 거룩하게 지키라는 계명은 모든 시대, 모든
사람을 위한 하나님의 도덕법을 제시한다. 그리스도인은 왜 다른 아홉 가지 계명의
가치 및 적용가능성은 흔쾌히 받아들이면서도 네 번째 계명에 대해서는 그렇게 하지
않는가? 그것은 이스라엘만을 위한 것이 아니라 모든 사람에게 적용되는 계명이다.
그리스도인이 안식일을 계속해서 지켰다면 십계명의 보편성 문제는 제기되지도 않
았을 것이다. 안식일 계명은 모든 계명의 기초가 된다. "안식일 계명을 버리는 것보
다 다른 계명을 폐기하는 것이 쉬울 것이다."15

하나님에 대한 의무와 관련된 세 가지 계명과 사람에 대한 의무와 관련된 여섯
가지 계명 사이에 위치한 안식일 계명은 십계명에서 전략적 위치를 점한다. 그것은
"율법의 두 돌판 모두에 해당하며 양면성을 가진다. 그것은 하나님과 사람을 향한
다. 그것은 하나님의 안식일이지만 사람이 지켜야 하는 법이다."16

3. 주전(B.C.) 이스라엘 역사에서 안식일은 엄격히 지켰다.

안식일 계명을 지키지 않는 것은 다른 도덕법에 대한 위반과 마찬가지로 하나님께 대한 중대한 범죄였다. 위반자는 돌로 쳐 죽였다.민 15:32-35, 17

두 명의 대선지자는 이스라엘이 안식일을 범하고 더럽힌 행위를 하나님의 형벌을 받아 포로가 된 이유로 제시한다.겔 20:13, 16, 21, 24, 18 마찬가지로, 예레미야는 이스라엘이 안식일을 거룩하게 지키지 않은 것이 하나님이 예루살렘에 대해 진노하신 원인이 되었다고 말한다.렘 17:21-27 느부갓네살이 성을 파괴하고 백성을 사로잡아가기 전에 하나님이 이스라엘에게 보내신 메시지 가운데 하나는 "그들이 하나님의 거룩한 안식일을 더럽히지 않는 법을 배울 때까지 이방 민족의 종이 될 것"이라는 경고였다.19

포로에서 돌아온 이스라엘은 다시 한 번 안식일 계명을 지키지 않았다. 느헤미야는 그들을 책망하며 백성에게 하나님이 그런 이유로 인해 그들을 포로가 되게 하셨다는 사실을 상기시켰으며, 유대 지도자들은 안식일을 범하지 않도록 안식일에 성문을 닫게 했다. 위반자는 잡아들였다.느 13:15-22, 20

4. 예수님은 안식일을 지키셨다.

하나님의 아들, 예수 그리스도는 세상을 창조할 때 함께 하셨다. "만물이 그로 말미암아 지은 바 되었으니" 요 1:3 "만물이 그에게서 창조되되" 골 1:16; cf. 고전8:6; 히 1:1-2 "다시 말하면, 그[예수그리스도]는 안식일의 주인이시고 안식일을 만드신 분이며… 안식일의 보호자이시다."21

예수는 안식일을 범하신 것이 아니라 안식일에 대한 인간의 전통을 범하셨다.

그리스도는 이스라엘에게 안식일은 짐이 아니라 하나님이 그들에게 주신 복임을 보여주려 하셨다. 그는 안식일의 세부적인 사항에 대한 엄격한 준수를 강조할 필요가 없었다. 왜냐하면 이스라엘은 이미 그쪽 방향으로는 지나칠 정도의 열심을 내고 있었기 때문이다. 백성과 특히 바리새인은 자신들의 새로운 관점에서 그리스도가 안식일 준수에 소홀한 것으로 생각했다. 그들은 예수께서 그들에게 안식일의 진정한 목적을 보이시려 한다는 것을 깨닫지 못했다. 즉 안식일은 기계적으로 날을 지키는 것이 아니라 선한 일을 하고 병든 자를 고치며 자비를 베푸

는 것이 하나님을 기쁘시게 한다는 것이다.22

사무엘 바키오키Samuele Bacchiocchi는 예수께서 의도적으로 안식일을 범하신 행위에 대한 상세한 분석23을 통해 예수님의 행위는 구원과 기쁨과 섬김이라는 안식일의 진정한 의미를 기념한 것이며,24 따라서 안식일 준수는 예수님의 구속 사역의 "실재에 대한 영원한 기념"이라고 주장한다.25

또한 예수님은 회당 모임에 참석하여막 6:1-2; 눅 4:16, 31 권위 있는 교훈을 가르치심으로막 1:27-28 안식일을 신실하게 지키셨다. 그는 "생명의 위험을 무릅쓰며 안식일을 악한 전통으로부터 지키셨다"마 12:9-14, 26 예수님은 십계명의 도덕법을 훼손시킨 적이 없다. 예수께서 율법을 요약하신 "하나님을 사랑하라"와 "네 이웃을 네 자신과 같이 사랑하라"라는 명령은 안식일 준수를 포함한 모든 율법을 지켜야 한다는 관점을 제공한다.마 22:37-39; 5:17-20; 요 15:10, 27

예수님은 기계적으로 "전통"을 따르는 장로들과 바리새인에 대한 책망을 통해막 7:13 도덕법과 전통을 구별하신다. 지도자들이 소위 모세의 명령이라고 말하는 많은 규례를 무시하신 예수님은 안식일을 준수하고 존중했으며, "사람이 안식일을 위해 있는 것이 아니라 안식일이 사람을 위해 있는 것"이라고 선언하신다. 그는 안식일을 모든 외적 규례로부터 벗어나게 하셨으며, 안식일은 "하나님이 원래 인류와 피조물에 대한 복으로 주신 것"임을 다시 한 번 확인하신다.28 예수께서 안식일 준수가 지속될 것을 염두에 두셨다는 사실은 돌아가시기 이틀 전에 말씀하신 예언적 진술을 통해 분명히 드러난다. "너희가 도망하는 일이 겨울에나 안식일에 되지 않도록 기도하라"마 24:20, 29

예수님이 안식일에 무덤에 계셨다는 사실 역시 안식일 계명을 더욱 강조한다. 특히 이 안식은 "다 이루었다"라는 말씀으로 절정에 달한 성금요일의 사역을 마친 다음날이었다는 점에서 더욱 그러하다. 바키오키는 예수께서 자신의 사역이 "희년의 구원의 성취"임을 밝히시고눅 4:18-19 안식일에 "사탄에게 매인 바 된" 영혼을 풀어주심으로눅 13:16 안식일의 구원 사역을 강화하신 사실요 5:17; 9:4을 상기시킨 후 다음과 같이 말한다.

…그리스도께서 지상에서 구원 사역을 완성하시고 "다 이루었다"요 19:30고 말씀하신 것은 금요일 오후였다. 그는 무덤에서 쉬심으로 안식일을 지키셨다.눅 23:53-54; 마 27:57-60; 막 15:42, 46

안식일의 휴식이 하나님의 창조 사역의 절정이듯이창 2:2-3, 지상 사역을 마치신 그리스도의 안식일의 휴식은 인간에게 회복된 완전한 구원에 대한 신적 기쁨을 드러낸다.30

5. 사도들은 안식일을 지켰다.

버틀러Butler의 지적처럼, 안식일주의자는 사도들이 계속해서 안식일을 지켰다고 주장한다.

우리는 그리스도의 시대가 끝나고 30년 쯤 지난 뒤 사도적 교회에 대한 영감 된 기록을 가지고 있다. 우리는 이 기록된 역사 속에서 제자들에 대한 유대인의 과도한 반감과 증오를 발견한다. 유대인은 기회가 날 때마다 그들을 박해하고 파괴했다. 그러나 그들이 안식일을 범했음을 암시하는 어떤 흔적도 찾아볼 수 없다. 이런 부정적 주장은 제자들이 계속해서 안식일을 예전처럼 지켰을 것이라는 강력한 증거를 제공한다.31

반대로, 바키오키는 매주 첫날에 모였다는 사실 및 계시록에 나오는 주의 날에 대한 언급은 안식일에서 주일로 바뀌었음을 보여주는 증거가 될 수 없다고 주장한다.

우리는 고린도전서 16:1-3 및 사도행전 20:7-12에서 매주 첫 날이 연보를 위한 개인적인 모임 및 드로아의 신자들과 바울의 특별한 만남을 묘사하기 위한 언급이라는 사실을 알 수 있다. 마찬가지로, 우리는 계시록 1:10의 주의 날에 대한 언급이 가장 가까운 보다 광범위한 문맥에 비추어 볼 때 심판의 날 및 파루시아에 대한 언급으로 해석하는 것이 가장 바람직하다는 사실을 알 수 있다.32

바키오키는 성전이 함락되기AD 70년 전 예루살렘의 기독교 역사에 대한 분석을 통해 안식일을 대체한 주일성수의 기원은 부활을 기념하는 매주 성만찬이 아니며 이 기간 중에 "주일을 지킨 장소, 시간 및 동기"를 가리키는 어떤 증거도 발견할 수 없다고 주장한다.[33] 그리스도인은 계속해서 일곱째 날 안식일을 지켰다는 것이다.

6. 로마가 날짜를 바꾸었다.

그렇다면 어떻게 안식일에서 주일로 바뀌었는가?

우리는 가톨릭이 아무런 권위나 보장 없이 뻔뻔스럽게 안식일을 바꾸었거나 다니엘단 7장이 예언한 것처럼 로마제국의 배교가 있었을 것이라고 믿는다.[34]

다니엘 7:24-25, 디모데후서 4:3-4 및 데살로니가후서 2:3-8에 예언된 이 배교는 "2세기 중엽 로마에서 있었다."[35]

바키오키는 2-3세기의 발전에 대한 탁월한 연구를 통해 재림에 대한 전통적 주장을 뒷받침한다. 안식일에서 주일로 바뀐 것은 세 가지 요소 때문이다.

첫째로, 반유대주의는 안식일에 대한 광범위한 폄하 및 거부로 새로운 예배의 날을 재촉했다. 둘째로, 토요일보다 일요일을 강조하는 태양신교의 발전은 그리스도인이 그 날을 우선하도록 영향을 미쳤다. 우연이긴 하지만, 그것은 중요한 신적 행위를 기념하는 적절한 상징가령, 아들[태양]의 날을 제공했던 것이다. 왜냐하면 "이 날에 의의 태양이 떠올랐기 때문이다"제롬. [36]

[셋째로] 가톨릭은 안식일을 버리고 주일을 채택하게 했다.[37]

이제 하젤Gerhard F. Hasell, 바키오키와 마찬가지로 앤드류 대학의 교수이다이 요약한 안식일 재세례파 오스왈드 글레이트Oswald Glait의 안식일을 지켜야 하는 이유를 결론적으로 제시하고자 한다.

(1) 안식일은 창조와 영원한 언약을 기념하는 날이다. (2) 안식일은 유대인의 기념일이 아니라 시내산에서 율법을 주시기 전, 세상이 창조될 때부터 아담, 아브라함, 이스라엘의 후손이 지켰다. (3) 십계명의 한 계명으로서 안식일은 여전히 그

리스도인에게 구속력을 가진다. (4) 그리스도는 안식일을 바꾸거나 폐하거나 중단시키지 않았으며, 안식일을 세우고 확증하시고 아름답게 하셨다. (5) 바울과 사도들은 안식일을 지켰다. (6) 안식일은 일곱째 날인 토요일에 지켜야 한다. (7) 안식일은 영원한 안식의 표지이며 세상이 끝나고 영원한 안식에 들어가기까지 지켜야 한다. (8) 그리스도인은 하늘나라로 들어가기 위해 안식일을 준수해야 한다. (9) 안식일을 지키지 않는 자는 하나님의 심판을 받을 것이다. (10) 교황은 주일성수를 만들어 내었다.**38**

2. 안식일-주일: 7일 중 하루

우리는 안식일을 제대로 지킬 때 이 땅에서 천국의 하루를 느끼게 된다. 청교도39

세상의 낙진이 우리의 사랑의 바퀴를 막으면 하나님을 향할 수 없지만, 안식일이 되어 사랑의 바퀴를 기름칠하면 부드럽게 움직이기 시작한다. 하나님은 이런 목적으로 안식일을 지정하셨다. 이날이 되면 우리의 생각은 하늘로 향하고, 우리의 입은 하나님에 대해 말하며, 우리의 눈은 눈물을 흘리고, 우리의 영혼은 사랑으로 불탄다. 이 날이 되면 한 주 내 얼어붙어 있던 마음이 말씀을 통해 녹아내린다. 안식일은 경건의 친구이다. 그것은 은혜의 녹을 닦아낸다. 안식일은 영적 희년이며, 우리의 영혼은 창조주와 대화할 준비를 한다.40

이 입장의 성경 이해는 "일곱 날 중 하루" 일곱째 날은 아니다라는 원리가 안식일-주일 입장의 기초라는 것만 제외하면, 안식일 입장이 성경에 접근하는 방식과 유사하다. 그리스도인이 "매주 첫날"에 모였다는 사실 및 "주의 날" 계 1:10에 대해 언급한 신약성경 본문은 사도시대 주후 AD 30-100년에 주일이 안식일을 대체했음을 보여주는 증거로 생각된다.

1. 하나님은 창조시에 안식일을 제정하셨다.

안식일은 창조 명령이며, 구속적 은혜의 섭리나 죄로 인한 긴급 상황 때문에 안식일의 가치나 필요성이나 구속력을 잃지 않는다.41

하나님은 안식일에 쉬셨으며 그날을 거룩하게 하셨다. 우리는 안식일 준수가 하나님의 행위와 말씀에 합당하게 시행되어야 한다는 사실을 인정해야 한다.

…안식일 준수는 하나님이 일곱 날 가운데 한 날을 거룩하게 구별하셨다는 인식을 통해 생성 및 육성된 거룩한 인식으로부터 나오지 않는다면 퇴화될 것이다.[42]

계시의 서두에 제시된 하나님이 안식일의 주인이라는 묘사는 안식, 칠일마다의 안식, 복된 안식, 거룩한 안식이라는 네 가지 요소를 가진다. 하나님의 모범은 안식일 준수의 성경적 기초이며, 하나님은 인간을 위해 그 날을 지정하셨다.[43]

로저 벡위드Roger T. Beckwith는 『그 날』*This is The Day*이라는 광범위한 연구를 통해 아브라함 이전 셈족 및 바벨론의 고대 월력에 나타난 칠일이나 팔일의 흔적에 호소한다. 이 연구를 통해 창세기 2장을 구체화 한 그는 안식일은 창조와 함께 시작되었으며 족장은 안식일의 형태를 지켰으며 고대 달력은 원래적 안식일로부터 나왔다고 주장하고 따라서 출애굽기 16-20장은 이전 관행을 회복한 것이라고 말한다.[44] 또한 벡위드는 헬라어를 사용하는 유대인 저자로 주전 3-4세기에 활동한 아리스토불루스Aristobulus와 필로Philo의 글을 인용한다. 그들은 하나님이 "안식일을 모든 사람이스라엘만이 아니라에게 주셨다"고 진술한다.[45]

나이젤 리Frances Nigel Lee는 노동, 보호하심, 영생의 약속 등을 하나님과 아담의 안식일 언약과 연결하는 언약 신학을 발전시킨다.[46] 그는 창조시 첫째 날 안식일 개념을 발견한다. "안식일은 타락하기 전 아담에게 있어서 주간의 첫 날이었다." 왜냐하면 그는 여섯 째 날에 창조되었으며 그의 첫 날에 쉬었기 때문이다.[47] 일곱째 날을 지키는 것은 타락과 저주에 기인한다. 즉, 가인은 일곱째 날에 아벨을 살해했으며, 일곱 배의 저주를 받았다.[48] 따라서 나이젤 리는 첫째 날 안식일을 타락 전 아담 및 두 번째 아담이신 그리스도와 연결하며, 일곱째 날 안식일을 이스라엘의 역사를 포함한 인류의 타락과 연결한다.[49]

2. 도덕법은 안식일 준수를 명령한다.

안식일이 도덕법에 포함되었다는 것은 그리스도인이 안식일을 지켜야 한다는 것을 의미한다. 왜냐하면 도덕법은 의식법과 달리 모든 시대에 적용되는 원리를 선포하기 때문이다.

도덕법은 궁극적으로 하나님의 도덕적 본성을 반영하거나 나타낸다. 하나님은 거룩하시고 의로우시며 선하시다. 마찬가지로 거룩하고 의로우며 선한 율법은 하나님의 거룩하심, 의로우심 및 선하심과 연결된다… 도덕법은 삶과 행위에 대한 규범으로 나타난 하나님의 온전하신 도덕이다.

네 번째 계명이 나머지 아홉 가지 계명과 다른 카테고리라는 이론을 주장하기 위해서는 결정적 증거가 필요할 것이다.[50]

네 번째 계명에는 안식, 예배, 영적 문화 및 거룩함과 관련된 도덕적 요소가 있다는 사실에 대해서는 누구도 부인하지 못할 것이다. 이 계명이 십계명에 포함되었다는 것은 안식일의 도덕적 성격을 잘 보여준다.[51]

정확히 이 계명은 도덕법에 해당하기 때문에, 안식일의 본질은 특별한 날이 아니라 도덕적 원리이다.

네 번째 계명의 도덕성이나 본질은 정확히 일곱째 날을 지키는데 있는 것이 아니다. 하나님의 지시는 일곱 날 가운데 하루를 지키라는 것이다.[52]

…이 법의 정신은 주어진 몫portion이 아닌 [시간의] 비율proportion을 강조한다.[53]

또는 나이젤 리의 말처럼,

…시내산 안식일은 동시대의 양식 및 도덕적 요소를 반영한다고 할 수 있다. 동시대의 양식은 매주 일곱째 날안식일마다 특히 유대인에게 부여된 엄격한 휴식에서 찾을 수 있다. 도덕적 요소는 신앙생활을 위해 매주 특정한 한 날이 주어져야 하며, 이 날에는 신앙생활 및 거룩한 명상에 필요한 만큼의 휴식이 주어져야 한다는 사실에서 찾을 수 있다. 신약성경에서는 유대인의 "토요일" 안식일이 폐지되었으며, 모든 그리스도인은 주일이나 주의 날을 거룩히 여겨 엄숙히 지켜야 한다.[54]

벡위드는 안식일이 "이스라엘의 구원을 기념하는 날"이며, "회복된 제도"이기 때문에 이스라엘에게조차 "비교적 생소한" 제도였다고 말한다. 무지개가 하나님과 노아의 언약의 상징이며 할례가 하나님과 아브라함의 언약의 상징이듯이, 안식일은 모세와의 언약의 상징이다. 모세 율법의 핵심이자 하나님이 하늘로부터 명령하신 십계명에 들어 있는 안식일은 영원한 의미를 가진다.[55]

주전 후기 및 주후 초기 팔레스타인 유대 문학을 살펴본 벡위드는 헬레니즘 유대교와 달리 이 문헌에서 안식일은 모든 나라에 주어진 것이 아니라 이스라엘에게만 주어졌다고 말한다.[56] 이 문헌에는 안식일을 통제하는 엄격한 규정이 나타나며, 헬레니즘 유대 문헌에서 볼 수 있는 것처럼 이 날은 "빛의 날"로 불렸다. 이처럼 안식일은 유대인의 삶 및 공동체에서 중요한 역할을 했다.[57]

3. 신약성경은 안식일의 날짜를 바꾸었다.

그렇다면 어떻게 첫 날이 일곱째 날을 대체하게 되었는가? 17세기 저자 토마스 왓슨Thomas Watson은 교회의 권위로 바꾼 것이 아니라고 대답한다. "교회는… 안식일을 지정할 힘이 없다." 왓슨은 이어서 세 가지 중요한 요지를 제시한다.

첫째로, 그는 그리스도 자신이 "안식일을 주간의 마지막 날에서 첫째 날"로 바꾸셨다고 말한다. "이 날은 여호와께서 정하신 것이라"라는 시편 118:24의 언급은 많은 주석가들이 이해하는 것처럼 그리스도의 이런 행위를 가리킨다. 또한 계시록 1:10이 "주의 날"이라고 묘사한 것은 주께서 이 날을 정하셨기 때문이며, 주의 만찬도 마찬가지이다. 뿐만 아니라 그리스도는 첫 날에 부활하셨으며 이 날에 제자들에게 두 차례 나타나셨다.요 20:19, 26 어거스틴과 아타나시우스의 말처럼 주께서 "유대인의 안식일을 주의 날로 바꾸신 것이다."

둘째로, 사도들은 첫 날을 지켰다. "그 주간의 첫날에 우리가 떡을 떼려 하여 모였더니 바울이 이튿날 떠나고자 하여 그들에게 강론할새"행 20:7; 고전 16:2 교회 지도자였던 교부들 -어거스틴, 이노센티우스, 이시도르- 은 첫째 날에 모이는 관행이 하나님의 권위에 의한 것으로 사도들이 이 날을 지켰고 성령의 감동을 받은 결과라고 생각했다.

셋째로, 사도 요한 시대에 살았던 이그나티우스의 증언처럼, 초대 교회는 주의 날 안식일을 지켰다. "그리스도를 사랑하는 모든 사람은 주간의 첫 날, 곧 주의 날을 거룩히 지켜야 한다."

따라서 유대 안식일이 창조를 기념한 것처럼, 첫 날 안식일은 "'그리스도에 의한 구속의 신비'를 묵상하게 한다."[58] 예수님의 "첫째 날" 부활은 유대의 일곱째 날 안식일이 기독교의 첫째 날 안식일로 바뀌었음을 보여주는 역사적, 신학적 기초를 제공한다.마 28:1; 막 16:2; 눅 24:1; 요 20:1

이 입장은 부활의 중요성을 강조하는 동시에 예수께서 안식일을 폐하지 않으셨다는 사실을 보여준다. 주의 날은 안식일을 대체 하지 않았으며 주의 날은 안식일의 계속이다.

> [그는] 안식일을 존중하지 않는 것처럼 보이는 어떤 언급도 하지 않았다. 예수님은 제자들이 역사적 안식일의 정신을 계속해서 고수하며 가르치기를 기대했다.[59]

> 그리스도는 결코 안식일을 폐지할 의도가 없었다. [그의 시대에 만연한] 안식일 개념을 바로 잡으려는 그의 노력은 예수께서 참된 안식일을 보전하고 싶어 했음을 보여주는 증거이다.[60]

> 그리스도께서 안식일에 있었던 활동을 변호하시는 방식은 그가 안식일을 폐하려 하신 것이 아니라 오해려 보전하려 하신 것임을 잘 보여준다.[61]

예수님이 첫째 날로의 변경을 구체적으로 명령하셨는지 사도들이 바꾸었는지는 분명하지 않다. 예수님이 바꾸셨다고 주장하는 자들은 다음과 같이 진술한다.

> …구주께서 승천하시기 전 개인적으로, 또는 그 후에 그의 영을 통해, 그 날을 계속해서 지키라는 분명한 교훈을 주셨다.[62]

어느 쪽이든, 신약성경은 사도들이 첫째 날에 만났다고 말한다.고전 16:2; 행 20:7; 계 1:10 많은 본문은 그리스도인이 회당이 아닌 곳에서 만났다는 사실을 보여준다.고전 5:4; 11:17-18, 20; 14:19, 26, 28 또한 교회는 장로들을 선택했다.행 14:23

우리는 이처럼 다양한 성경 인용으로부터 주간의 첫 날이 적어도 사도들 및 그들과 함께 한 동시대 그리스도인에게 특별히 지켜야 할 날 가운데 하나였다는 분명한 증거를 찾을 수 있다.[63]

특히 고린도전서 16:2는 초기 그리스도인이 안식일을 주일에 지켰다는 관점을 뒷받침한다.

…판단하는 것이 정당한 것으로 보인다… 주간의 첫째 날은… 예배와 섬김을 위한 특별한 관습으로 존중되었으며, 이 날은 가난한 그리스도인을 돕기 위한 연보를 모아두는 부가적인 영적 활동을 위한 날이었다.[64]

예수님이나 사도들이 주일을 지킬 것을 직접 명령했다는 구체적인 진술을 요구하는 재림파의 입장에 대해서는 다음과 같이 대답할 수 있을 것이다.

당신들은 할례를 세례로 대체하고, 유월절을 주의 만찬으로 대체하며 회당을 교회로 대체하라는 직접적인 명령을 찾을 수 있는가? 기독교는 직접적인 명령에 의해 즉각 유대교를 대체한 것이 아니라 성장과 모범적인 사례 및 관습을 통해 점차적으로 대체했다.[65]

나이젤 리는 기독교 안식일주일과 이미 시작된 마지막 안식일을 연결한다.히 3-4 장 그는 여덟째 날을 종말의 다음날, 영원한 안식의 날로 언급한다. 하나님의 일곱째 날은 세상 창조가 끝난 뒤 안식하신 날이나, 하나님의 여덟째 날은 영원한 안식이다. 그리스도인은 이 안식에 들어가기 시작했다. 첫날 안식일은 하나님의 여덟 번째 날의 영원한 안식일을 기념하는 동시에 신체적 노동을 쉬는 안식하나님의 일곱째 날을 경험한다.[66]

그러나 이 입장은 골로새서 2:14-16 및 로마서 14:2-3을 조심스럽게 사용한다. 본문은 의식적인 날짜, 의식적인 안식일에 대한 언급으로,[67] "그림자"가 가리키는 분으로서 안식일 제도를 강화 하시는 그리스도에 초점을 맞춘다.[68]

4. 교부들의 저서는 초기 교회가 안식일-주일을 지켰음을 보여준다.

월프리드 스토트Wilfrid Stott는 2세기부터 4세기까지의 교부들의 저서를 분석함으로써 이 초기 시대 교회의 관습이 주일을 안식일로 지켰음을 보여준다. 그의 결론은 다음과 같다.

…우리는 유대 기독교에서 주의 날은 원래 안식일과 나란히 지켰다고 주장한다…

…우리는 "주의 날"이라는 이름이 주의 만찬에 대한 암시가 아니라 부활을 가리킨다고 주장한다… 부활절은 안식일과 마찬가지로 주께 온전히 헌신하는 경배의 날이다.

우리는 그들이 주의 날을 안식일과 매우 유사한 용어로 생각했을 것이라고 주장한다. 그 날은 온 종일 거룩한 절기이며 안식의 날로 구별된다. 그리스도인은 주일에 모든 일상사를 중단하고 대부분의 시간하루의 일부가 아니라을 함께 예배하며 보낸다.

…우리는 특히 유세비우스의 증거로부터 교회가 콘스탄틴 칙령의 영향을 받은 것이 아니라 콘스탄틴 칙령이 교회의 영향을 받았으며 이 칙령은 기독교 사상이나 주의 날에 대한 관행에 근본적으로 새로운 어떤 것도 도입하지 않았다고 주장한다.

…초기 교부들은 족장들이 안식일을 지켰다는 사실을 부인하며 주의 날을 네 번째 계명과 직접 연결하지 않지만, 그들은 그것을 간접적으로 연결하며 십계명은 언제나 그리스도인에게 구속력을 가진다고 주장한다.[69]

3. 주의 날: 일곱 날이 모두 거룩하다

> 예수님의 제사장적 구원 사역은… 신자를 위해 안식일을 성취하고 대체했다. 이 구원은 그들을 죄에서 풀어주고 기쁨과 자유와 참된 안식을 주었다.[70]

> 안식일에 대한 기독교적 해석은 대부분 바리새인의 고물상으로 가서 예수님이 2천 년 전에 깨끗이 몰아내신 잡동사니를 다시 꺼내온다.[71]

이 입장을 지지하는 저자들은 성경에 대한 용례가 다르지만, 강조점들을 모아 보면 다음과 같은 가설을 만들어낸다.

1. 성경의 안식일은 창조로부터 시작된 것이 아니라 모세시대에 유대의 제도로 만들어진 것이다.
2. 안식일의 원래 목적은 윤리적이고 인도적이며 사회적 평등을 보장하고 끝없는 노동으로부터의 휴식을 제공한다. 하나님은 그들을 속박에서 벗어나게 하셨다. 안식일은 안식년과 희년의 기초이며 사회의 평등을 제공하는 제도이다.
3. 후기 유대교의 안식일 관행은 법적인 속박으로 퇴화되었으며 안식일의 원래적 목적을 불가능하게 만들었다.
4. 예수님은 안식일 법을 폐하셨으며 자신의 사역이 안식일의 원래적 목적을 성취한 것으로 생각하셨다. 이 성취는 예수님의 메시아적 공동체의 삶을 통해 계속된다.
5. 초기 교회는 예수님의 부활을 그의 구원 사역의 절정으로 생각했다. 그들은 주간의 첫 날에 주의 만찬을 통해 예수님의 죽으심과 부활을 기념하기 위해 모였다. 교회는 주의 만찬을 첫날에 기념함으로써 이 날을 주의 날로 부르게 되었다.

6. 유대 그리스도인은 계속해서 안식일을 지켰지만, 이방인 선교적 상황에서 발전된 기독교 신학은 안식일 준수를 불필요한 것으로 생각했다. 옛 언약의 거룩한 안식일은 그리스도에 대한 그림자였을 뿐이며 그림자가 가리키는 예수님은 모든 날을 거룩하게 하셨다.

7. 이제 메시아 시대의 약속된 안식이 그리스도 안에서 시작되었다. 과거에도 그랬듯이 지금도 불신은 하나님이 예수 그리스도를 통해 제공하신 안식일의 안식에 사람들을 들어가지 못하게 한다.

8. 후기 교회역사에서만주로 4세기에 안식일 준수는 주의 날과 연결되며 주일을 안식일로 지켰다.

이 세 번째 입장을 지지하는 자 가운데 성경을 다르게 사용한 사례를 보여주기 위해 네 개의 자료를 각각 다룰 것이다. 리글레G. M. Riggle, 1918년는 주로 위 1번 항과 5번 항에 호소한다. 윌리 로르도프Willy rordorf의 학문적 연구1962년는 여덟 개의 항목 전체를 사용하지만 첫 번째 항은 암시적으로만 사용된다. 폴 쥬엣Paul Jewett, 1971년은 주로 2번, 4번 및 5번 항을 발전시킨다. 카슨Carson의 에세이는 모든 항목을 반영하지만 4번과 5번의 강조점을 수정한다.

1. 리글레(H. M. Riggle), 『안식일과 주의 날』

이제 우리는 일곱째 날 안식일이 전적으로 법적인 제도로 제정되었으며, 유대 종교의 기념비적이고 그림자 같은 의식에 해당하며, 일시적 목적을 위한 것으로 취소할 수 있으며 그리스도에 의해 실제로 폐지되었다는 사실을 보여줄 것이다.[72]

기독교 저자들은 수세기 동안 안식일이 모세시대에 시작되었으며, 유대인을 위한 배타적 제도로 인식했다고 주장하는 리글레는 창세기 2:2-3에 대해 다음과 같이 주장한다.

이 말씀을 포함하여 창세기는 인간을 창조할 때 기록된 것이 아니라 그로부터 2

천 5백년 후에 모세가 기록했다. 사실 창세기 2:2, 3에 나타난 모세의 진술은 시내산에서 유대인에게 일곱째 날 안식일이 선포된 후에야 기록되었다.

본문의 언어는 하나님이 에덴에서 안식하신 날로 거슬러 올라가 복주시고 거룩하게 하신 것이 아니라 후의 일어난 일임을 명확히 보여준다.[73]

하나님이 새로운 해와 새로운 달의 시작을 주셨다고 말하는 출애굽기 12:2의 언어에 주목한 리글레는 안식일의 기원이 출애굽기이며, "창세기에는 일곱째 날을 안식일로 지키라는 명령이 나타나지 않는다"고 주장한다. "본문에는 안식일을 지켰다거나 그것에 대해 알았다는" 어떤 암시도 없다. 안식일주의자들은 기록이 간결하기 때문에 명령이 생략되었다고 주장하지만 그들의 유일한 증거는 "생략된 내용" 밖에 없다. 리글레는 안식일이 창조 후 2천 5백년이 지난 시점에 출애굽기 16:23-30에 처음 명령된 것이 분명하다고 말한다. 하나님은 유대인에게 안식일을 새로운 해와 새로운 달의 시작과 함께 새로운 명령으로 주셨다. 이것은 "애굽에서의 구원이 그들의 역사에 새로운 이정표가 될 것"이라는 사실을 보여준다.[74]

리글레는 에스겔 20:10, 12에서 하나님이 이스라엘에게 안식일을 주셨다는 언급은 출애굽기와 연결되는 것이 분명하다고 말한다. "이 텍스트는 결정적이다. 본문은 단지 하나님이 이스라엘을 애굽에서 나오게 하실 때 그들에게 안식일을 주셨다고 말씀한다.[75] 리글레는 신명기 5:15를 인용하여 다시 한 번 안식일과 출애굽기의 연결이 출애굽 사건을 기념하기 위한 것이라고 주장한다.[76]

안식일이 모세로부터 시작되었다고 주장한 리글레는 예수 그리스도의 사역이 안식일을 폐지시켰다고 주장한다.

…안식일은 정확히 유월절과 평행을 이룬다. 둘 다 하나님과 유대인 사이의 징표이며, 애굽에서의 구원을 기념하기 위한 제도이며, 그리스도를 가리키며, 예표를 만나 사라졌다.[77]

우리는 이것[안식일]을 성경에서 배열한 대로, 유대의 상징과 의식들 사이에 분류시키며, 따라서 폐지되었다.[78]

모세와 그의 법은 이 섭리에서 제외되며, 이제 그리스도와 그의 우월한 법이 그 자리를 대신한다. 모세로 되돌아가는 것은 그리스도를 거부하는 것이다. 율법 아래로 가는 것은 복음을 무시하는 것이다.[79]

리글레는 마태복음 5:17-18, 로마서 10:4 및 갈라디아서 3:23을 사용하여 옛 법을 성취하신 예수님은 안식일을 범하실 수 있다막 2:28-3:6에서 볼 수 있는 것처럼고 말한다. 리글레는 많은 성경 본문에 호소함으로써 두 언약의 예표론적 관계를 발전시킨다. 이 관계에서 예전의 하루 안식은 "날마다의 안식"으로 대체되었다

(1) 그림자로서 안식일은 모든 일곱째 날을 준수하는 것이었다. "일곱째 날은 안식일이다"출 20:10 새 언약의 안식일은 이 특별한 날을 지키는 것이 아니다. "어떤 사람은 이 날을 저 날보다 낫게 여기고 어떤 사람은 모든 날을 같게 여기나니 각각 자기 마음으로 확정할지니라 날을 중히 여기는 자도 주를 위하여 중히 여기고 먹는 자도 주를 위하여 먹으니 이는 하나님께 감사함이요 먹지 않는 자도 주를 위하여 먹지 아니하며 하나님께 감사하느니라"롬 14:5, 6 "너희가 날과 달과 절기와 해를 삼가 지키니… 두려워하노라"갈 4:10-11 "그러므로…안식일을 이유로 누구든지 너희를 비판하지 못하게 하라"골 2:16 이 본문들은 특히 법적인 날에 대한 언급이다.

(2) 예전의 육체적 안식일은 일곱 날 가운데 하루에 해당한다. 새로운 안식일은 우리 영혼이 날마다 안식한다. "이미 그의 안식에 들어간 자는 하나님이 자기의 일을 쉬심과 같이 그도 자기의 일을 쉬느니라"히 4:10 하나님은 창조사역을 마치신 후 일곱째 날에 안식하셨다. 그러나 그의 안식은 그곳에 머물지 않는다. 하나님은 여덟째 날, 아홉째 날, 열째 날, 열한째 날, 열두째 날에도 안식하셨으며, 그 후로 지금까지 계속해서 창조 사역을 쉬고 계신다. 따라서 그의 안식에 들어간 우리도 우리의 일 –자기 노력– 을 중단하고 영원한 영적 안식을 누려야 한다.

(3) 옛 안식은 육체적 안식이며 일시적 안식이다. 새로운 안식은 우리가 믿음으로 들어가는 영적 안식이며마 11:28, 29; 히 4:1-11 영원하다.

⑷ 옛 안식은 율법 안에서 누렸으며 이스라엘 국가에 한정된다.출 16:29; 31:13 새 로운 안식은 새 언약 하에서 그리스도 안에서 발견되며 모든 나라가 누린다.

⑸ 율법 아래에서는 일곱 날 가운데 하루를 거룩하게 지켰으나출 20:8, 10 복음 아래에서는 날마다 거룩하게 지킨다.눅 1:74, 75

⑹ 유대인에게 거룩한 날안식일은 육체 노동을 전적으로 금한다.신 5:14 복음 아래 있는 우리가 육체노동을 중단한다고 한 날을 거룩하게 하거나 거룩하지 않게 하는 것은 아니다.롬 14:5, 6; 갈 4:10, 11; 골 2:16 우리는 자신의 일을 전적으로 중단 하고 의로운 삶을 삶으로서 매일 매일을 거룩하게 한다.히 4:10; 눅 1:74, 75 예전의 사람들은 육체 노동을 전적으로 피했으나 우리는 자기 노력을 중단하고 완전한 구원의 영광스러운 안식에 들어간다.

⑺ 유대인은 일곱째 날에 육체 노동을 조금만 해도 안식일을 범한 것이며 돌에 맞아 죽었다.민 15:32-36 이제 우리는 조금만 죄를 지어도 우리의 아름다운 안식 일의 안식을 잃게 되며 영적인 죽음이 따른다.요일 3:8; 약 1:15

⑻ 옛 안식일은 새 안식일의 "그림자" 또는 예표이다.골 2:14-16; 히 4:1-11, 80

리글레는 결론적으로 그리스도인이 오직 안식일에만 모임을 가졌다는 증거는 부족하지만 주후 30년부터 유세비우스 시대AD 324년까지 그리스도인이 그리스도께 서 부활하신 첫 날에 모임을 가졌다는 증거는 풍성하다고 말한다.요 20:19, 26; 행 2:1; 20:6-7; 고전 16:1-2; 계 1:10; 플리니의 편지, 주후 107년; 바나바 서신, 주후 120년, 81 그는 계속해 서 다음과 같이 덧붙인다.

주의 날은 [결코 안식일로서가 아니라 단지] 즐거운 날, 집회, 부활을 기념하는 신앙적 헌신의 날로 생각했다. 육체 노동을 전적으로 금한다는 개념이 이 날과 연결된 것은 수 세기가 지난 후이다.82

2. 윌리 로르도프(Willy rordorf), 『주일: 초기 기독교 교회의 안식 및 예배의 날에 대한 역사』

로르도프의 확장된 연구는 안식일 신학의 역사적 기원에 대한 분석으로 시작한다. 오경에 나타난 다양한 안식일 명령을 문학적 자료와 상호 연결한 후, 로르도프는 다음과 같이 말한다.

> 따라서 오경의 가장 오래된 단계에서 안식일은 사회적 제도로 이해되어야 한다. 엿새 동안 일을 한 후 하루의 휴식은 가축과 종 및 고용주를 위한 것이다.출 23:12; 34:21, 83

이러한 기원적 일곱째 날 안식원래는 안식일로 불리지 않았다의 사회적 기초는 일곱째 날을 "네 하나님 여호와의 안식일"로 구체화 한 제사장의 강조로 보완되었다.출 20:9-10a; 신 5:13-14a, 84 이 강조는 안식일 준수를 하나님 자신의 행위로 제시한 후기 기록, 창세기 2:2-3의 배경이 된다.85

안식일과 관련된 세 번째 강조는 "언약의 하나님을 고통과 압제당하는 모든 자의 보호자"로 제시한다.86 신명기사가는 안식일의 사회적 기초를 여호와께서 이스라엘을 애굽의 종살이에서 건져내신 구원과 연결한다.신 5:14c-15

이러한 분석을 바탕으로 우리는 안식년과 희년의 의미가 안식일에서 유래되었음을 알 수 있다.

> 안식년의 기원은… 칠일 및 안식의 날과의 유사성을 통해 자연스럽게 추적할 수 있다. 이 제도의 사회적 목적은 확실하다. 첫째로, 그 땅의 가난한 자와 종 및 짐승은 그 땅의 생산을 위한 노동으로부터 자유로워야 한다.출 23:11; 레 25:6; 신 24:19-22; 레 19:9-10 둘째로, 안식년은 이웃에게 진 모든 빚을 경감 받는 해이다.신 15:1 이하 셋째로, 히브리 종은 본인이 원할 경우 자유를 얻을 수 있다.출 21:2-6; 신 15:12-18 일곱 안식년이 끝난 후 오십 년째 해는 모든 주민에게 자유를 공포하고 유산으로 받은 모든 기업을 되돌려주는 강화된 안식년으로 보아야 한다.레 25:8 이하, 87

이 사회-도덕적 강조는 안식년의 원래적 의도와 기능을 보여주지만, 포로기 이후 제사장적 강조 및 법적 강조는 안식일을 "영원한 의무"의 제도로 바꾸었다. 안식일 규정에 대한 불순종에는 죽음의 형벌이 따랐다. 이 후기 강조들은 포로기 및 포로

기 이후 문헌 속으로 스며들었다.[88]

안식일의 기원 및 의미에 대한 구약성경의 배경을 이런 식으로 발전시킨 로르도프는 안식일과 관련된 예수님의 행동과 말씀을 포로기 이후 안식일에 대한 해석 및 안식일 자체에 대한 공격으로 해석한다. 그는 "예수님이 안식일 계명 자체를 공격하지 않았다는 주장은 잘못된 것"이라고 말한다. 만일 예수님이 바리새인의 사례법을 공격하고 싶어 하셨다면 이미 "율법에 대한 해석에서 냉혹한 엄격함을 피할 것"을 가르치고 있었던 서기관 편에 섰을 것이다. 예수님은 "이 계명은 인간을 노예로 만든다"는 사실을 알았기 때문에 모든 궤변의 배후로 들어가신 것이다. 그는 "구약성경의 제사장 전승에 포함된 명령에 대한 의문"을 가지는 것을 두려워하지 않았다.[89]

예수께서 자주 안식일을 범한 사실막 3:1 이하; 눅 13:10 이하; 14:1 이하; 요 5:1 이하; 9:1 이하에 주목한 로르도프는 이렇게 주장한다.

> "일할 날이 엿새가 있으니 그 동안에 와서 고침을 받을 것이요 안식일에는 하지 말 것이니라"눅 13:14라는 회당장의 분노에 찬 진술은 쉽게 이해할 수 있다. 확실히, 고침 받은 모든 사람들은 다음 날까지 기다렸다.cf. 막 1:32 이하 그렇다면 예수님은 왜 그들을 안식일에 고치셨는가? 이것은 그의 자비로우신 사랑뿐만이 아니라 그에게 안식일 계명은 아무런 구속력이 없음을 보여주시려는 의도가 있었기 때문이었다.
>
> 마가복음 3:6 등에서 볼 수 있듯이 안식일 논쟁이 끝난 후 예수의 대적들이 그를 죽이려고 결심한 것은 필연적이다.cf. 요 5:18; 7:25 이것은 모든 경건한 유대인이 예수님의 안식일에 대한 태도에 대해 보여준 자연스러운 반응이었다.[90]

로르도프는 복음서에 나타난 안식일에 대한 예수님의 말씀의 의미에 대해서도 연구했다. 그는 마가복음 3:4의 "안식일에 선을 행하는 것과 악을 행하는 것, 생명을 구하는 것과 죽이는 것, 어느 것이 옳으냐"라는 말씀과 안식일 계명보다 짐승의 생명을 우선한 세 가지 버전의 비유적 말씀마 12:11 이하; 눅 14:5; 13:15에 대해 살펴본 후, "안식일 계명은 단지 예수님이 치유 행위를 통해 뒤로 물러난 것이 아니라 완전히 폐지되었다"고 주장한다.[91] 로르도프는 요한복음이 예수님의 행위를 성부 하나님의 지속적인 사역요 9:4; 5:17 및 예수님의 행위를 유발시킨 신적 필요성과 연계함으로써 자신의 주장을 정확히 뒷받침한다고 말한다.[92]

예수께서 자기를 보낸 자의 일을 하고 있다는 주장 및 자신을 안식일의 주인으로 선포하신 것은막 2:28, [93] 예수님과 안식일의 관계에 대한 메시아적 해석을 보여준다.cf. 마 12:6 및 막 2:25 이하 로르도프는 이렇게 주장한다.

> 예수님은 자신이 안식일의 주인임을 아셨다. 따라서 예수께서 안식일을 범하신 것은… 겉으로는 용서할 수 없는 도발처럼 보였지만 내적으로는 예수님이 메시아이심을 선포하는 사건이었다.[94]

또한 로르도프는 예수께서 안식일에 회당에 가셨다고 진술하는 본문을 예수님이 안식일의 의무를 지켰다는 주장의 근거로 이용해서는 안 된다고 주장한다.

> 예수님이 사람들이 안식일에 모이는 회당에서 자신의 메시지를 전할 기회로 삼으신 것은 당연한 일이다. 예수께서 회당을 방문하신 목적은 언제나 설교를 위한 것이었다. 예수님이 회당에서 가르치신 사실은 예수께서 안식일을 대하는 태도 자체에 대해 어떤 실마리도 던져주지 않는다. 마찬가지로, 우리는 바울이 안식일에 유대인에게 복음을 전하는 명백한 복음적 방식을 사용했다는 사실로부터 그가 유대인처럼 안식일을 지켰다는 결론을 도출하려 해서는 안 된다.[95]

히브리서 3:7-4:11에 대한 로르도프의 논의의 결론은 종말론적 안식일에 대한 유대인의 전승에 기원한 이 설교가 "매주 안식하는 날은 마지막 날에 성취될 것이다 … 이 날은 노동으로부터의 안식과 함께 큰 안식일이 될 것"이라는 광범위한 동시대 유대인의 믿음과 거의 차이가 없다는 사실을 보여준다는 것이다.[96] 그러나 히브리서의 본문은 현재를 그의 안식에 들어갈 준비를 할 수 있는 기회가 계속 주어지고 있는 하나님의 오늘날로 본다.[97]

로르도프의 주장처럼 예수님이 실제로 안식일을 폐지하셨다면 초기 교회는 안식일을 어떻게 이해했는가? 로르도프는 골로새서 2:16 이하를 "이 새로운 이해에 대한 열쇠"로 본다. "그러므로 먹고 마시는 것과 절기나 초하루나 안식일을 이유로 누구든지 너희를 비판하지 못하게 하라." 이어지는 절은 이 모든 전통이 그림자이며cf. 히 8:5 실체는 그리스도이심을 보여준다. 따라서 모든 절기와 음식 규례 및 유대의 안식일은 그리스도 안에서 성취되었다. 이것은 이 모든 행위가 "장래 일의 그림자"라는 "대담한 묘사"라고 로르도프는 말한다. 그러나 이제 "실재… 이러한 그림자의 배후에 있는 '실체'"가 이르렀으며, 더 이상 그림자는 볼 수 없다. "이 묘사는 어떤 설명도 필요로 하지 않는다. 그것은 단순하며 이 묘사 자체로서 말한다… 의식법은 물론 모세의 모든 법은 본질상 그리스도 안에서 완전히 성취되었다."[98]

마태복음과 누가복음주후 65-85년에 기록되었다은 예수께서 안식일을 성취하신 사실을 강조한다. 마태는 "수고하고 무거운 짐 진 자들아 다 내게로 오라 내가 너희를 쉬게 하리라"라는 초청11:28-30을 안식일 논쟁12:1-14 앞에 위치시키며, 누가는 예수님의 선교를 안식일-희년의 성취로 선포한다.4:16-21 히브리서도 장차 임할 영원한 안식일이 예수 그리스도 안에서 이미 시작되었다고 선언한다.

> 초기 교회의 안식일 신학은 모든 버전에서 그리스도에 초점을 맞추고 있음을 보여준다. 그러나 예수님은 안식일 계명을 공식적으로 폐지하지 않은 채 메시아적 권위로 안식일을 범하신다. 교회는 이 전통을 물려받았다. 그 외에도 종말론적 안식일에 대한 유대인의 기대가 존재한다. 교회는 이 기대도 받아서 자신의 것으로 만듦으로써 기독교적 해석의 새로운 요소가 되게 했다. 즉, 이 약속된 안식일은 그리스도 안에서 이미 시작되었으며 아직은 절정에 이르지 않았기 때문에 예비적인 형태라는 것이다. "이미와 아직"이라는 전형적인 그리스도인의 긴장이 유대인의 안식일에 대한 기대에 적용되었다. 예수 그리스도 안에서 새로운 시대가 이미 시작되었다는 믿음은 유대교와 기독교를 구분하는 경계가 되었다.[99]

로르도프는 초기 그리스도인이 안식일 계명을 산상수훈에 제시된 또 하나의 대조로 이해했다고 주장한다. 예수님은 다음과 같이 가르치셨다는 것이다.

> 옛 사람에게 말한 바 "안식일을 거룩히 지키라"는 말을 너희가 들었으나 나는 너

희에게 이르노니 안식일을 지키는 자는 평생 하나님 앞에서 날마다 거룩하게 지켜야 하느니라.100

로르도프는 그의 저서 후반부에서 초기 그리스도인의 안식일 관행에 대해 고찰한다. 그는 그리스도인, 특히 팔레스타인의 그리스도인은 안식일에 회당에 참석했을 것이라고 생각한다. 그렇지 않았다면 불참하는 행위에 대한 박해에 대한 언급이 있었을 것이다.101 그러나 스데반을 돌로 치게 만든 논쟁은 "옛 언약, 특히 성전과 제사 시스템에 대한 제의적 규정" 행 6:14; 7:42-49이 헬라파 그리스도인의 공격을 받았음을 보여준다.102 이방인은 할례의 의무를 지지 않는다는 사도행전 15장의 결정 및 "율법 아래" 있다는 것은 "약하고 천박한 초등학문" 스토이케이아; 갈 4:8-11으로 돌아가는 것이라는 바울의 관점은 유대의 관습이 그리스도인의 의무적 행위로 이어지지 않았음을 보여준다. 주후 110년에 기록된 이그나티우스의 서신9:1-3은 이방 그리스도인이 안식일을 지키려는 유혹을 받았으나 "고대 풍습을 따라 따랐던 그리스도인은 더 이상 안식일을 지키지 않는메케티 사바티존테스 새로운 소망을 가지게 되었다"는 사실을 구체적으로 보여준다.103 이그나티우스는 안식일을 지키지 않았던 당시 그리스도인을 칭찬한다.104

로르도프는 쉬는 날로서 주일은 제국의 법과 밀접한 관련이 있지만105 그리스도인이 주일을 주의 날로 지킨 것은 그리스도의 부활과, 공동 식사와 주의 만찬을 통해 부활을 기념한 행위에 기원을 둔다.106 주의 날을 지킨 것은 첫째 날 부활 및 "기독교 공동체의 정규예배 시간을 위한 실제적 필요성"과 연결된다. 여러 가지 증거는 "주일성수의 기원이 바울 이전 시대"로 거슬러 올라간다는 사실을 보여준다.107

요약하면, 우리는 이렇게 말할 수 있다. 즉, 그리스도인이 주일을 지킨 것과 관련된 가장 오래된 [신약성경] 본문으로부터 도출한 결론은 주일이 바울의 교회에서 중요한 역할을 했다는 것이다. 주일날 예루살렘 성도를 돕기 위한 헌금을 따로 두었으며고전 16:2 그리스도인은 떡을 떼기 위해 주일날 모였다.행 20:7a 또한 시리아에서는 그리스도인에 의해 이 날을 지칭하는 "주의 날"헤 큐리아케 헤메라 또는 헤

큐리아케이라는 새로운 헬라 이름이 사용되었다.계 1:10, 108

3. 폴 쥬엣(Paul K. Jewett), 『주의 날: 기독교의 예배일에 대한 신학적 지침』

폴 쥬엣은 에스겔 20:11-12, 느헤미야 9:12-14 및 초기 오경 본문출 34:21; 신 5:15의 진술에 대한 자신의 주장에 기초하여 안식일이 인도적 차원의 관심 및 짐승과 종의 휴식을 고려한 사회적 이유로 모세 시대부터 시작되었다고 주장한다.109

쥬엣은 신명기 5:15 및 출애굽기 20:11을 근거로 안식일은 구원이라는 사회적 목적과 창조라는 우주적 의미를 가진다고 말한다. 구원적 기능에서 "안식일은 하나님께서 약속의 땅에 정착한 그의 지친 백성에게 안식을 주심을 기념하는 날이다." 우주적 의미에서 "안식일은 하나님이 세상을 창조하시는 일을 마치고 안식하신 것을 기념한다."110

안식일의 주된 의미는 안식일과 안식년 및 희년의 관계를 통해 분명히 드러난다.레 25:2-7, 20-22; 26:34 이하, 43, 111 안식년 동안 그 땅은 파종을 멈추고 쉬어야 하며, 채무자에게는 빚을 면제해주고 종에게는 자유를 주어야 한다. 오십년 째 해인 희년에는 땅을 재분배했는데 이것은 그 땅이 그들의 소유가 아니라 여호와께 속한 것임을 상기시킨다. 다소 손해를 보는 이웃을 포함한 모두는 이러한 하나님의 은혜를 공평하게 받아야 했다.112

쥬엣은 이어서 예수께서 나사렛 회당에서 이사야 61:1-2의 희년에 대한 본문을 읽으실 때눅 4:16-21 그는 자신과 그가 시작한 나라를 안식일과 안식년 및 희년의 비전에 대한 성취로 제시한다. 쥬엣은 "그렇다면 그리스도인과 안식일의 관계는 무엇인가?"라고 묻는다.113

이 질문에 대답하기 위해 쥬엣은 복음서를 통해 안식일에 대한 예수님의 입장을 살펴보았다. 그는 예수께서 인간의 필요를 안식일 준수보다 우선한다는 사실을 알았다. "안식일을 지키기 위해 자신의 필요를 부인하라고 요구하는 것은 이 제도를 왜곡하는 것이다."114 또한 예수께서 안식일에 병을 고치신 것은 "사랑과 긍휼과 자비의 행위일 뿐만 아니라 메시아의 안식일이 세상에 들어왔음을 보여주는 진정한 '안식일의 행위' 였다."115 따라서 안식일 준수에 대한 예수님의 자유는 나중에 제자들이 안식일에 대해 자유하며 주간의 첫째 날을 예배하는 날로 정한 근거가 된다. 안식일의 안식을 성취하신 주께서 안식일에 대해 자유하지 않았다면, 초기 그리스도인은 "결코 다른 날에 예배드리지 않았을 것이다."[116]

이어서 쥬엣은 그리스도인이 주간의 첫날에 모인 것은[행 20:7; 고전 16:2] "예수님은 안식일의 주인"이시며 그가 "첫 날에 죽음에서 부활"하셨다는 사실에 기원한다.[117] 쥬엣은 계시록 1:10에 대한 논의에서 다음과 같은 결론을 내린다.

> "주의 날"은 "주의 만찬"이라는 표현보다 앞서 나오기 때문에[고전 11:120] "주의 날"이 "주의 만찬"으로부터 나왔으며, 그리스도인 사이에서 공동 예배의 절정으로서 이 식사를 위해 모인 날에 대한 적절한 명칭으로 사용되었을 것이라는 추측이 가능하다.[118]

쥬엣은 성경 텍스트를 살펴본 후 "문제의 본질: 구속사적 흐름의 통일성"이라는 또 하나의 개념을 소개한다.[119] 쥬엣은 예수께서 안식일을 성취하심으로 초래된 종말론적 긴장, 즉 "지금"과 "아직"의 긴장과 함께, 그리스도인과 이스라엘의 연속성 및 차이점에 대해 언급한다.

> 모든 신약성경은 직설법적인 현재적 성취와 명령법적인 미래적 절정 사이의 근본적 긴장을 반영한다. 안식일 법도 이 원리에서 자유롭지 못하다. 우리가 그리스도 안에서 가지고 있는 성취된 안식은 현재적 실재일 뿐만 아니라 미래적 소망이기도 하다. 그리스도 안에 있는 자는 실제로 영혼의 안식을 얻은 자이나 동시에 하나님의 안식에 들어가기 위해 최선의 노력을 다해야 한다. 따라서 안식일 원리는 그리스도에 의해 성취되고 폐지된 구약성경의 의식인 동시에 분명한 종말론적 함축을 가진 구속사의 영원한 해석학적 카테고리에 해당한다. 그러므로 그리스도인은 안식일에 대해 자유하며 첫 날에 모이지만, 매 칠일마다 모인다는 점에서 여전히 안식일의 표지sign 하에 있다.[120]

쥬엣은 "예배의 날에 대한 기독교적 신학 형성"을 통해, 우리는 일곱째 날 안식에 대한 안식일주의자들의 "예"도, 네 번째 계명에 대한 개신교의 "아니오"도 거부해야 한다고 말한다. 예배하는 날에 대한 신학과 관련하여, 그리스도인은 모든 작업에 앞서 먼저 다음 두 가지 사실에 대한 확인이 있어야 한다. 즉, "그리스도인의 시간은 주 단위로 나누어지며, 그리스도인은 첫날에 모여 부활하신 주님과 교제하는 것으로 매 주를 시작한다"는 것이다.[121]

쥬엣은 날짜에 대해서는 신약성경예수에 대한 자신의 이해에 호소하고 칠일 가운데 하루라는 원리에 대해서는 구약성경모세에 호소하면서, 구속사의 통일성에 대한 작업에서 두 번째 입장으로 기운다.[122] 이 부분에서 쥬엣의 입장은 예수님의 안식이 성취되었다는 로르도프의 "이미"보다 나이젤 리의 "아직" 메시아의 안식은 아직 실현되지 않았다에 가깝다.

4. 카슨(D. A. Carson), 『안식일에서 주의 날까지: 성경적, 역사적 및 신학적 연구』

1973년 케임브리지에서 연구한 성경학자들이 쓴 12편의 탁월한 논문으로 구성된 이 방대한 저서는 이 입장주의 날을 요약하는 여덟 개 항위 p. 79 참조을 위한 광범위한 주석학적, 신학적 기초를 제공한다. 이 책은 최근 자료이기 때문에 본서가 모든 내용을 다룰 수는 없으며, 몇 가지 간단한 이론 및 앞서 살펴본 세 가지 입장과 다른 점에 대해서만 살펴보고자 한다.

이 책의 저자들은 창세기 2:1-4에 기초하여 안식일을 "창조 명령"으로 주장했던 자들의 주석예를 들면, 바키오키을 비판하면서, 인류에게 안식일을 준수하라는 도덕적 명령은 창세기 2장이 아니라 네 번째 계명에서 발견된다고 말한다. 안식일 계명은 모든 십계명처럼 이스라엘에 대한 하나님의 언약과 연결된다. 또한 이 책은 유대인조차 안식일은 모든 사람이 아닌 이스라엘 자녀에게만 해당된다고 주장한다는 사실을 보여주기 위해 많은 랍비 문헌을 인용한다.[123]

예수님의 안식일 활동은 안식일을 범하기 위한 의도적인 행위가 아니라로르도프의 주장과 달리 예수님은 사실상 안식일을 지배하는 할라크의 법만 범하셨다 자신이 안식일의 주인이자 성취임을 분명히 보이시려는 행위로 보아야 한다. 예수님의 행위는 그가 메시아이심을 보여주며, 따라서 메시아로서 그는 구원을 기념하는 새 날첫날과 새 언약에 대한 권한을 가진다. 예수의 제자들이 유대의 안식일은 예수께서 세우실 새로운 질서를 가리키는 그림자에 불과하며 그의 절정은 계속해서 소망해야 할 미래적 사건이라고히 3-4장 생각할 수 있었던 것은 그가 안식일의 주인이시라는 의미를 알았기 때문이다.124

안식은 구약성경의 안식일과 관련되며 신약성경은 유대 그리스도인이 계속해서 안식일을 지킨 사실을 반영하지만125 신약성경 어디에도 안식일이 주의 날로 바뀌었다는 언급은 없다. 또한 그리스도인 신자들은 안식일을 지키라는 요구를 받지도 않는다.갈 4:10; 롬 14:5; 골 2:16, 126 벡위드나 스토트와 같은 저자들위 두 번째 입장은 성경적 근거 없이 안식일 신학을 주일로 바꾼다. 쥬엣도 분명한 성경적 뒷받침 없이 안식일 신학과 주의 날 부활 신학을 연계한다. 주의 날이 부상한 것은 주의 만찬에서 비롯되었을 것이라는 로르도프의 주장도 주석학적 증거를 넘어선다.127

따라서 안식일과 주의 날의 근본적인 불연속성을 강조하며 "안식일 전이 신학"을 비판한 링컨A. T. Lincoln은 몇 가지 유사성 및 연결점을 제시한다. 즉, 안식일과 주의 날은 둘 다 일곱 날 가운데 하루를 특별한 날로 여기고, 구원을 기념하며, 장차 올 종말론적 안식을 예시한다. 또한 이스라엘에서 회당의 부상과 함께 후대의 안식일에서 두드러진 특징이긴 하지만 둘 다 "예배 개념을 통해 연결되며," 둘 다 주되심의 원리를 강조한다.둘 다 주의 날, 128 주의 날은 부활을 기념하기 때문에 안식의 성취로 생각할 수 있다. 그러나 이스라엘에게 안식일을 지키라고 말씀하신 하나님의 명령은 우리의 육체적 안식에 대한 하나님의 관심을 보여주는 교훈으로 남아야 할 것이다. 또한 우리는 안식일의 "중요한 사회적 및 인도적" 의미를 인정해야 한다. 우리는 이러한 학습을 통해 인류를 향한 하나님의 관심을 인식하게 될 것이며, 사람과 직업 및 시간에 대한 우리의 관점은 영향을 받게 될 것이다. 이런 통찰력이 예수님의 부활을 통한 안식과 자유를 기념하는 주의 날과 연결될 때, 우리 그리스도인은 "매주의 일과 오락이 하나님의 영광이 되는… 내적 자유"를 경험하게 될 것이다.129

4. 해석학적 주석

1. 논쟁에 대한 부차적 고찰.

안식일/주의 날 논쟁이라는 이슈는 해석학적 고찰을 위한 "벌집 통" 또는 "금광"이다. 우선 논쟁과 관련된 몇 가지 사소한 내용부터 살펴보고자 한다.

1. 리글레와 로르도프는 결론에 있어서는 본질적으로 일치하지만 매우 다른 성경연구 방법론을 따른다. 리글레는 오경의 모세 저작성을 받아들이며, 창세기 2:2-3의 안식일 교훈을 창조시대가 아닌 모세시대의 것으로 본다. 로르도프는 이스라엘의 전통-역사를 재구성하는 역사-비평적 방식을 좇아 성경의 각 부분을 구체적인 역사적 및 사회-종교적 상황에 둔다. 로르도프와 리글레는 안식일의 원래적 목적에 대해서는 의견을 달리하지만 안식일의 기원이 창조가 아닌 모세 시대라는 점에서는 공감한다.

2. 안식일은 타락 전 아담의 첫날이라는 나이젤 리의 주장텍스트의 요지는 아니다이나 예수님이 부활하신 후 승천하기까지 40일 동안 안식일을 토요일에서 주일로 바꾸셨다는 마틴R. H. Martin의 주장처럼 설득력이 떨어지는 -예수님이 안식 후 첫날에 제자들이 모인 곳에 나타나신 것을 마틴의 주장을 뒷받침하는 증거로 보지 않는 한 요 20:19, 26- 해석도 제시된다. 이런 해석은 텍스트의 가르침을 넘어서기 때문에 피하거나 하나의 추측 정도로만 생각하고 본문에 대한 해석으로 발전시킬 필요는 없다.

3. 첫 번째와 두 번째 입장은 바울의 특정 본문, 즉 골로새서 2:16 이하, 갈라디아서 4:10 및 로마서 14:5 이하와 씨름한다. 로르도프는 골로새서 2:16을 사도적 이방 교회의 입장을 이해하는 열쇠로 생각하는 반면, 나이젤 리와 벡위드는 이 언급을 특별한 "의식적" 행위와 동일시하려고 노력한다.

4. 로르도프의 연구에 나타난 잠재적 약점은 "오래 된" 관습일수록 더욱 권위 있고 규범적일 것이라는 가정이다. 그는 안식일의 처음 의미사회-도덕적가 권위가 있으며, 또한 초기 교회가 주의 날에 주의 만찬을 시행한 행위는 후기 교회가 안식일과 주의 날 관습을 결합한 것보다 더 권위가 있다고 생각한다. 이 가정은 옳은가? 이 질문에 대한 대답은 부분적으로 아래에서 논의할 중요한 이슈 가운데 하나인 후기 교회의 권위와 성경의 권위의 관계에 대한 대답에 달려 있다.

2. 네 가지 주요 해석학적 고찰

이 연구에는 네 가지 주요 해석학적 이슈가 담겨 있다.

1. **전통**(교회의 신조와 관행)**은 성경 해석에 중요한 역할을 한다.** 교회의 후기 해석 및 관행이라는 전통은 성경에 대한 우리의 이해 및 반응에 어느 정도 권위를 가지는가? 세 입장의 저자들은 개신교 신앙을 고백하는 자들까지 자신의 성경 해석을 뒷받침하기 위하여 필사적으로 2-4세기 자료에 호소한다. 그러나 첫 번째 입장이 이 발전을 배교적으로 보는 반면, 두 번째 입장은 긍정적인 관점에서 접근하며, 2-4세기의 발전된 자료가 교의적으로 바르다는 사실을 보여준다. 세 번째 입장은 대체로 부정적으로 생각하며, 특히 이 후기 자료가 주일을 안식일로 지키게 한 4세기의 콘스탄틴 칙령을 낳게 한 것으로 생각한다.

교회는 성경의 권위 및또는 그것에 대한 우리의 이해에 어떤 권위를 가지는가? 첫 번째 및 세 번째 입장은 성경과 2-4세기의 교회 사이에 변개 또는 "타락"이 있었다고 생각한다. 그러나 첫 번째 입장은 가톨릭 교회가 안식하는 날을 토요일에서 주일로 바꾸었다고 주장하는 반면, 세 번째 입장은 교회가 주의 날 모임을 '주의 날 안식일'로 바꿈으로써 두 개의 다른 역사적 제도를 결합했다고 주장한다. 한편 두 번째 입장은 2-4세기 교회의 관행이 사도적 교회와 일치하는 것으로 생각한다. 따라서 두 번째 입장은 이 후기 자료를 그들의 신약성경 주석을 뒷받침하는 증거로 사용한다.

이 해석학적 이슈를 포함하는 교회의 권위라는 광범위한 주제는 두 가지 특별한 고찰에 대해 다룬다. 즉, 교회는 정경을 결정하는 과정에 어떤 역할을 하며, 특정 시대 교회의 가르침은 해석자의 성경 이해를 어떻게 형성하는가라는 것이다.

첫 번째 고찰에서 2-3세기의 주된 경향 및 관행은 의식이든 휴식이든 토요일이 아니라 주일을 지켰다는 것이 분명하다. 세 입장 모두 이 점에 대해서는 공감한다. 그러나 이것은 첫 번째 입장에 대해 한 가지 문제점을 제기한다. 즉, 일곱째 날토요일을 확실하게 뒷받침하고 싶다면 굳이 **그리스도인이 다른즉, 주일을 지키는 방식으로 예배드리고 있는 상황**에서 교회가 문헌신약성경의 정경화 작업을 시도하려 했겠느냐 라는 것이다.130 성경과 초기 수세기의 교회 사이를 쐐기로 갈라놓는 만드는 방식으로 신약성경을 해석한다는 것은 이론상 있을 수 없는 일이다. 왜냐하면 그런 자료를 권위 있는 문헌으로 받아들인 주체가 바로 교회이기 때문이다.131 이런 원리에 예외는 있겠지만, 이 고찰은 신약성경의 가르침이 2-3세기 교회의 관행과 다르다고 주장하는 자들에게 입증 책임을 부여한다.132

확실히, 교회가 성경을 권위 있는 문헌정경으로 처음 받아들인 때를 벗어나면 신약성경의 가르침과 교회의 가르침 사이의 괴리가 발생할 가능성은 더욱 커진다. 그러나 교회가 계속해서 성경의 권위를 인정하는 한, 나침반처럼 스스로 바로 세우는 능력이 교회의 신학적 발전을 도모할 것이다.

이제 두 번째 고찰에 대해 살펴보자. 특정 시대의 교회는 해석자의 성경 이해에 어느 정도 영향을 미치는가? 본 연구의 네 가지 사례에서 사람들은 자신의 관점을 뒷받침하기 위해 성경을 사용한다는 것은 분명하다. 성경에서 신학적 주장이 나오는가, 아니면 신학적 주장을 뒷받침하기 위해 성경이 사용되는가?133

이 질문은 관례적으로 해석학적 차원에서 대답된다. 우리는 두 방향의 영향을 생각해볼 수 있다. 하나는 자신의 주장이 성경을 통해 보는 것에 영향을 미친다는 것이고 또 하나는 성경을 통해 보는 것이 자신의 주장에 영향을 미친다는 것이다. 어느 한 쪽을 배제하는 독단적 주장은 현실을 외면하는 것이다. 따라서 해석 과정에서 성경과 교회의 상호 영향을 인정하는 것이 중요하다.134

2. 역사적 성경연구 방식이 중요하다. 두 번째 이슈는 첫 번째 이슈를 보완하며, 해석자의 성향으로부터 성경을 최대한 자유롭게 하는 성경연구 방법에 초점을 맞춘

다. 성경은 오직 이 방법을 통해서만 자신의 음성을 들려줄 수 있으며, 우리에게 권위를 행사할 수 있다. 성경학자들이 이 목적을 위해 사용하는 지배적 방법은 역사-비평적 방법으로,135 본서에서는 안식일·주일 본문을 특정 역사적 상황에 두고 오늘날 우리를 위한 가르침의 의미를 찾는 윌리 로르도프의 시도에 잘 나타난다. 이 방법의 역사적 부분은 텍스트를 역사적 상황에서 이해해야 한다고 주장한다. 이 방법의 비평적 요소는 텍스트가 특정 시대 및 특정 장소의 우리교회에게 어떤 의미를 가지느냐고 묻는다.

세 번째 입장특히 로르도프 및 쥬엣은 역사적 상황을 진지하게 받아들임으로써 안식일의 사회-도덕적 의미의 우월성을 확인하고 안식일과 안식년 및 희년의 관계를 강조한다. 반대로, 첫 번째 입장과 두 번째 입장은 모든 면에서 구약성경으로 거슬러 올라가는 신학적 전통의 영향을 받으며, 안식할 날을 강조한다. 첫 번째와 두 번째 입장은 노동으로부터의 안식을 강조하는 반면, 세 번째 입장은 모든 면에서의 안식을 강조한다. 첫 번째 및 두 번째 입장의 강조점은 그 날에 할 수 있는 것과 할 수 없는 것을 제정하고 규정하는 반면, 세 번째 입장은 출애굽 및 부활의 의미로서 공의와 평등을 확인하고 기념한다.

상세하게 설명된 로르도프의 연구는 다양한 텍스트에 대한 규범적 질문을 제시한다.

1. 텍스트의 작성 연대는 언제인가?

2. 텍스트의 역사적 배경은 무엇인가?

3. 텍스트는 특별한 -문화적, 신학적 및 제사장적- 기능을 수행하는가?

4. 텍스트는 어떤 유형의 -제의적, 법적, 산문, 시- 내러티브에 해당하는가?

5. 이 주제에 대한 다양한 텍스트는 유사하거나 다른 강조점을 어떻게 결합하는가?

로르도프의 텍스트에 대한 재구성그의 신앙 및 전통의 영향을 받은 것이 분명하다은 안식년 및 희년의 사회-도덕적 제도와 안식일의 연결을 강조한다. 두 번째 입장은 이 부분을 놓쳤으며, 첫 번째 입장은 이 부분에 대해 둔감했다.136

역사-비평적 방법의 가치는 텍스트를 해석자로부터 분리시켜 텍스트 스스로 말하게 함으로써 해석자가 이전에 알지 못했던 진리를 드러내게 한 것이다. 텍스트가 자신의 자리에서 메시지를 전하기 위해서는 먼저 우리로부터 분리되어야 한다.[137] 이러한 "분리"는 우리의 편견과 성향보다 텍스트의 권위를 앞세우게 한다. 그러나 확실히 해석자의 연구는 당시의 상황에서 텍스트가 가지는 의미를 묘사하는 것으로 끝나지 않는다. 해석자는 마음을 열고 텍스트의 배후에 있는 성령루아흐, 프뉴마의 능력을 간절히 구해야 한다. 그는 "이 말씀은 우리나에게 어떤 의미를 가집니까?" "우리나는 이 본문을 어떻게 규명해야 합니까?" 라고 물어야 한다.

그러나 역사-비평적 방법은 이점에서 우리에게 실망을 안겨준다. 그것은 우리를 성경 세계로 인도하지만, 성경이 우리의 세계에 대해 권위 있는 말씀을 하게 하지는 못한다. 이를 위해서는 보완적 노력이 필요하다.[138] 로르도프의 책은 역사적 상황에 대한 연구를 통해 안식일 전통에 대해 조명하지만, 동시에 역사-비평적 방법의 단점을 드러낸다. 예를 들면, 그는 성경적 안식일 전통의 일정 부분을 후기 제사장적 영향으로 돌림으로써 이러한 안식일 전통 및 정경 기록이 교회의 삶에 아무런 권위도 행사할 수 없는 것처럼 주장한다. 그는 이런 판단을 함에 있어서 그가 주장하는 정경 상호간의 비판적 방식에 대한 준거를 제공하지 못한다. 후기에 발전된 전통은 왜, 그리고 어떤 면에서 권위가 없다고 생각해야 하는가? 또한 그는 마태복음 24:20 "너희가 도망하는 일이 겨울에나 안식일에 되지 않도록 기도하라" 을 예수님의 말씀이 아닌 후기 마태 교회 공동체의 자료로 돌릴 때에도 같은 방식으로 그의 주장에 대한 신뢰성을 잃게 한다. 만일 마태복음이 기록될 당시로르도프에 따르면 주후 85년경의 교회팔레스타인 교회조차가 그 말씀을 생성했다면 당시에도 계속해서 안식일을 지켰다는 강력한 증거가 될 수 있을 것이다. 그럼에도 불구하고 이 증거가 로르도프의 모든 주장과 골로새서 2:16 및 로마서 14:5에 미치는 영향에 대해서는 검증이 필요할 것이다. 이러한 요소들은 역사-비평적 방법을 사용하는 많은 학자들에게 나타나는 중요한 약점 가운데 하나를 보여준다. 즉, 저자의 관점과 상반된 주장을 제시하는 증거는 즉시 문학적 지류나 후기 자료로 돌림으로써 그것을 진지하게 다루어야 할 저자의 책임을 경감시킨다는 것이다. 그러나 자세히 살펴보면 그런 방식은 문제를 해결하는 것이 아니라 해석학적 주의를 요하는 또 하나의 범주로 몰아간다. 다시 말하면, 역사-비평적 학자들은 종종 정경의 권위와 관련된 광범위한 문제에 대한 비판적 판단과, 이러한 고찰이 오늘날 교회의 신앙과 행위에 미치는 결과론적 의미의 관계를 적절하게 다루지 못한다는 것이다.

이와 같이 역사-비평적 방법은 종종 오늘날 우리에 대한 성경의 의미를 제대로 드러내지 못하지만 당시 상황에서 텍스트의 의미를 발견하도록 돕는 기능을 한다. 그럼에도 불구하고 우리는 우리에 대한 신학적, 사회적, 심리적 영향을 부인하거나 무시하거나 초월해서는 안 된다는 사실을 인정해야 한다. 우리는 이러한 요소들을 가능한 의식적으로 텍스트의 조명 아래로 가져오도록 노력해야한다. 개인 해석자로서 우리가 신앙 공동체의 분별력 있는 통찰력을 추구할 때 그 공동체 역시 해석에 영향을 미친다는 사실을 인정해야 한다. 아니면 공동체는 이미 믿은 것을 강조할 뿐일 것이다.

본문의 직접적인 메시지에 최대한 귀를 기울인 다음, 우리는 개인적 및 공동체적 관점에서 의미를 분별함으로써 해석을 하나의 행사, 즉 이해를 위한 이벤트가 되게 해야 한다. 우리는 이 과정을 통해 '공동체 안의 자아' 는 앞서의 이해를 강화하는 통찰력을 얻고, 전통적 관점에 대한 의문을 제기하며, 우리의 사회적 경제적 또는 정치적 상황에 대해 비판하며, 우리 가운데 중요한 변화가 일어나도록 촉구하고 가능하게 한다. 텍스트의 의미에 대한 분별이 순종과 적극적인 반응으로 이어질 때 성경 해석은 우리의 삶에 권위를 행사하려는 성경의 보다 큰 목적에 이바지하게 된다.

그러므로 해석자로서 우리를 위한 적절한 간구는 "하나님이여, 우리의 성향과 편견을 성경 세계의 안과 배후에서 역사하시는 성령의 말씀의 권위로 착각하지 않도록 우리를 도우소서" 가 되어야 할 것이다. 이 간구에 임하는 합당한 태도는 해석자로서 자신과 자신의 성향에 대한 진지한 성찰과 함께 텍스트에 대한 바른 연구에 일생을 헌신하는 것이다.

3. 신구약성경 관계는 이 사례 연구에서 또 하나의 중요한 주제가 된다. 모든 입장은 예수님이 안식일 계명에 대한 메시아적 권위를 행사하신다는 사실에 공감한다. 그렇다면 신구약성경은 어떤 관계이며, 각자가 오늘날 기독교 교회에 대해 가지고

있는 권위는 무엇인가?

4. 네 번째 이슈는 세 번째 이슈와 직접 연결되며, 성경의 통일성 및 다양성 문제에 초점을 맞춘다. 실제로 안식일 준수를 명령하는 본문과 주일성수를 명령하는 본문과 모든 날을 거룩히 지킬 것을 명령하는 본문이 따로 있는가?

이 두 가지 이슈는 성경과 전쟁에 대한 논의와 관련이 있기 때문에 다음 장에서 다룰 것이다.

제3부 | 성경과 **전쟁**

그리스도인이 싸워야 하는가? 성경은 그리스도인이 나라의 전쟁에 참여하는 것을 허용하는가 금하는가? 1980년대 초에 핵전쟁의 위협으로 인한 고통에 자극을 받아 나오게 된 두 권의 책(하나는 출판되었고, 하나는 나올 예정임)은 대화를 통해 이 문제에 대해 상반된 입장을 제시했다. 『전쟁: 네 가지 기독교적 관점』*War: Four Christian Views* [ed. Robert G. Clouse, Downers Grove. Ill.: InterVarsity Press, 1981], 『그리스도인이 동의하지 않을 때: 전쟁과 평화』*When Christians Disagree: War and Pacifism* [ed. Oliver Barclay, London: Inter-Varsity Press, 1984] 두 책의 저자는 각각 성경을 인용하여 상반된 관점을 뒷받침했다.

1960년, 필자는 여섯 명의 복음주의 지도자와 서신을 교환하고, 그리스도인의 전쟁 참여를 뒷받침하기 위해 성경을 사용한 그들의 저서에 대해 의문을 제기한 바 있다. 비저항 평화주의자 그리스도인인 필자는 원수를 사랑하라는 예수님의 명령이 원수를 죽이는 것을 금한 분명한 말씀이라고 생각했다. 여섯 명 가운데 다섯 명의 답신을 받았을 때 나는 상대방이 나와는 매우 다른 방식으로 성경을 사용하고 있다는 사실을 알았다. 모든 사람은 주로 구약성경에 호소하며 신약성경은 하나님이 언약 백성에게 싸우라고 명하신 것을 바꿀 수 없다고 주장했다. 한 사람G. Clark은 구약성경은 전쟁을 용납하며 로마서 13장은 그리스도인에게 정부에 순종하라고 명령하기 때문에 성경의 뜻은 절대적으로 명확하다고 말했다. 하나님은 그리스도인이 전쟁에서 싸우기를 기대하시며 평화주의는 비성경적이라는 것이다.[1]

몇 세기에 걸쳐서 기독교 교회는 그리스도인의 전쟁 참여를 적극 지지하지는 않았을지라도 대체로 허용했다.[2] 그러나 역사적 평화 교회(형제단, 메노나이트 및 퀘이커교와 일부 가톨릭 및 개신교 그리스도인)은 성경이 전쟁을 금하는 것으로 이해했다. 본 장의 목적은 그리스도인의 전쟁 참여를 찬성하는 자와 반대하는 자가 성경을 어떻게 사용하는지 살펴보는 것이다. 두 진영은 어떤 본문을 사용했으며 어떻게 해석했는가?

1. 그리스도인의 전쟁 참여를 지지/허용하는 입장

오늘날 전쟁의 참상은 국가나 인류 전체의 소멸 가능성과 함께 핵전쟁의 가공할 위험을 포함하기 때문에 성경적 신학적 근거에 기초하여 평화주의를 지지하지 않는 많은 저자들은 실용적, 윤리-신학적 및 정치적 근거로 입장을 선회하고 있다. 따라서 30-40년 전의 글을 인용하는 것은 정당화 될 수 없는 낡은 방식처럼 보인다. 그럼에도 불구하고 오늘날 많은 그리스도인의 생각에서 다음의 논쟁은 그리스도인이 나라를 위해 군 복무를 결심하는 근거를 제공한다. 그러므로 이 고찰은 군 입대를 통해 군비 경쟁을 지원하는 많은 사람들의 결심에 정보를 제공한다.

전쟁 참여를 허용하는 다양한 주장들은 성경을 매우 다르게 사용한다. 이런 이유로 그들은 전통적 입장 A, 전통적 입장 B 및 혁명과 해방의 신학이라는 세 가지 유형의 분리된 입장을 보여준다.

전통적 입장 A

이 입장은 대부분의 개신교 신자의 사고와 행동을 대변하며, 다음 성경을 통해 그리스도인의 전쟁 참여를 지지한다.

1. 하나님은 싸워서 죽이라고 명령하신다.

세인트루이스 미조리주 언약신학교의 신약학교수 조지 나이트Georgy W. Knight III는 다음과 같이 말한다.

아브라함, 이삭, 야곱 및 우리 주 예수 그리스도의 아버지 하나님은 필요할 때마다 옛 백성에게 전쟁을 통해 대적을 진멸하게 하셨다… 이처럼 분명한 하나님의 명령은 하나님이 신자는 어떤 상황에서도 전쟁을 해서는 안 된다고 말씀하셨다는 주장을 불가능하게 만든다.3

1942년, 미국의 개혁주의 신학자 로레인 뵈트너Loraine Boettner는 자신의 저서를 통해 "구약성경 전체에서 35회 이상… 하나님은 무력으로 자신의 신적 목적을 수행할 것을 명령하셨다"고 주장한다.4 뵈트너는 자신의 주장을 입증하기 위해 많은 기사와 본문을 인용한다.5

버틀러 대학 철학교수인 고든 클라크Gordon Clark는 1955년, 자신의 저서를 통해 하나님이 "그의 백성에게 전쟁을 명하신" 많은 본문을 인용한다. 그는 "구약성경이 명백한 입장을 밝힌 부분이 있다면, 그것은 하나님이 전쟁을 명령하셨다는 사실이 분명하다"라는 결론을 내린다.6

미조리주 캔자스시티 나사렛 신학교의 신학 및 선교학 교수인 테일러Richard S. Taylor는 사람을 죽이는 전쟁을 하라는 하나님의 명령은 하나님의 온전한 사랑과 양립할 수 있다고 주장한다. 온전한 사랑은 살인하거나 미워하거나 간음하거나 도둑질하거나 거짓말하지 않지만, 이것은 온전한 사랑이 살인과 전쟁을 반대한다는 뜻은 아니라는 것이다.

확실히 하나님이 행하시는 일은 사랑이 아닌 것이 없으며, 하나님의 보응적 심판 자체도 갈보리에서의 구원적 행위만큼이나 진실한 사랑의 표현이다.

이제 이 원리로부터 두 번째 원리를 도출해보자. 하나님이 대리인을 시켜 하신 일은 그의 거룩한 행위에 속한다. 하나님이 천사를 통해 인간의 생명을 취하신 것은 문제가 되지 않지만 생명을 취하는 행위가 그의 온전한 사랑과 본질적으로 양립할 수 없다면 문제가 될 수 있다. 또한 그런 일에 천사를 동원한 것이 합법적이라면, 동일한 방식으로 인간을 사용하신 것에 대해서도 반대할 근거는 없다. 대리 행위와 관련하여 만일 대리인에게 잘못이 있다면 그 일을 맡긴 임명자의 잘못인 것이다. 이 문제에 있어서 대리인이 사람이냐 천사냐는 변수가 되지 않는다. 그러므로 하나님의 대리인이 생명을 취하는 것이 필연적인 살인 행위라면,

신성모독을 감수할지라도 하나님이 살인을 하셨다는 불쾌한 개념을 받아들여야 한다.7

2. 하나님은 군사 지도자를 귀하게 보신다.

휘튼 칼리지의 철학교수인 홀메스Arthur F. Holmes는 이 문제에 대한 마틴 루터의 글을 인용한다.

전쟁 수행 및 군사 작전 자체가 하나님을 기쁘시게 하지 못하는 잘못된 일이라면, 아브라함, 모세, 여호수아, 다윗 및 군사로서 하나님을 섬기고 그로 인해 칭찬을 받은 모든 거룩한 조상과 왕들도 비난의 대상이 되어야할 것이다.8

1942년에『성경은 전쟁을 허용하는가나는 왜 평화주의자가 아닌가』Does The Bible Sanction War?라는 책을 쓴 해롤드 스나이더Harold Snider목사는 전쟁은 죄라고 말하는 평화주의자에 맞서 동일한 취지의 주장을 한다.

이제 만일 평화주의자들이 주장하는 것처럼 "모든 전쟁은 무조건, 그리고 언제나 죄"라고 한다면, "경건한" 아브라함은 그 죄를 범했으며, 여호와의 복된 자로 그의 지시를 따라 전쟁을 수행한 기드온은 죄인이며, 다윗과 많은 사람도 동일한 범주에 해당될 것이며, 무엇보다도 우리는 지극히 높으신 하나님과 그의 아들 예수 그리스도도 이 범주에 포함시키지 않을 수 없을 것이다. 그러나 우리가 야심적인 평화주의자의 의견보다 우선하는 무오한 말씀에 따르면, 모든 전쟁은 죄가 아니다.9

3. 신약성경의 많은 본문은 전쟁을 지지한다.

명시적이든 암시적이든 전쟁을 옹호하는 신약성경의 본문은 많은 저자에 의해 인용된다.10 가장 많이 인용되는 본문은 다음과 같다.

누가복음 3:14. 세례요한은 군인들에게 즉시 그 일을 그만두라고 말하지 않고 "사람에게서 강탈하지 말며 거짓으로 고발하지 말고 받는 급료를 족한 줄로 알라"고 했다. 바울이 부르심을 받은 대로 지내라고 권면하는 고린도전서 7:20과 비교해 보라.11

마태복음 8:10(눅 7:9) 예수님은 로마의 군인으로 "로마 군대의 잔인하고 무자비한 작전을 수행하는 부대를 지휘하는" 백부장의 믿음에 대해 칭찬하신다. 코를리스W. G. Corliss도 십자가 곁의 군인들의 고백에 주목한다.눅 23:47; 막 15:39, 12

사도행전 10장. "베드로는 백부장 고넬료에게 보냄을 받는다. 내러티브는 이 군인에 대해, 하나님을 경외하며 경건하여 하나님의 칭찬을 받는 자로 소개한다."13

평화주의자와 전쟁 지지자들 사이에 격렬한 논쟁이 있었던 지난 세기에는 보다 많은 텍스트가 사용되었다.14 예수님의 사역을 전쟁으로 묘사한 뵈트너의 글에는 이들 텍스트 가운데 일부가 나타난다.

성전에 들어가신 예수님은 돈 바꾸는 자들의 돈을 쏟으시고 상을 엎으시며 부정한 상거래로 성전을 강도의 소굴로 만든 자들을 내쫓으셨다. 예수님은 수차례 대적, 바리새인과 서기관을 만나 면전에서 그들의 아비가 멸망 받을 마귀라고 선언하시며 위선자와 거짓말쟁이로 책망하셨다.마 15:7; 23:33; 요 8:44, 55 예수님은 악한 농부들에 대한 비유를 통해 포도원 주인하나님을 가리킨다의 행위를 의롭고 정당한 것으로 받아들이신다. "그 악한 자들을 진멸하고,"마 21:41 예수님은 므나 비유의 끝 부분에서 주인의 말을 정상적인 이치에 해당하는 것으로 제시한다.평화주의자들에게는 그의 말이 이상하게 들리겠지만 "그리고 내가 왕 됨을 원하지 아니하던 저 원수들을 이리로 끌어다가 내 앞에서 죽이라"눅 19:27 성경에서 하나님이 악인에게 내리실 형벌만큼 엄격하고 잦은 경고를 제시한 사람은 없다. 잘 알려진 마태복음 25장의 심판 장면에서 예수님은 재판장의 자리에 앉아 대적에 대해 다음과 같은 엄격한 말씀으로 선고하신다. "저주를 받은 자들아 나를 떠나 마귀와 그 사자들을 위하여 예비된 영원한 불에 들어가라"41절 이것은 평화주의자의 말이 아니며, 그의 대적도 그를 평화주의자로 보지 않았다.15

또한 뵈트너는 전쟁을 뒷받침하는 성경적 증거로서 그리스도인을 전쟁/군인과 관련하여 묘사한 상징을 인용한다.엡 6:10–20; 딤후 2:3–4; 계 19:11, 15

성경이 군인 및 전쟁과 관련된 상징을 통해 그리스도인의 삶을 묘사하면서 동시에 그런 군사적 실재가 언제 어디서나 잘못된 것처럼 책망한다는 것은 있을 수 없다. 우리는 흠 있는 라켓이나 주류 판매와 관련된 상징을 통해 제시된 그리스도인의 삶에 대해 다른 요소들을 상상하기 어려울 것이다.[16]

클라크는 예수님의 명령마 17:27; 22:2이 적어도 어느 정도는 예수께서 그리스도인의 전쟁 참여를 인정한다는 관점을 지지한다고 말한다. 왜냐하면 그는 이 세금의 대부분이 제국의 군사적 목적을 위해 사용된다는 사실을 알고 계시기 때문이다.[17]

4. 사도의 글은 권위에 복종할 것을 가르친다.

클라크는 로마서 13장에 대해 "너무 명확해서 오해를 불러일으킬 수 없으며…바울은 정부의 기원과 역할에 대해 설명한다"고 생각한다. 정부는 "세금 징수"의 의무가 있으며 범죄자를 처벌하고 전쟁을 수행하는 "공권력"을 가진다.[18]

나이트Knight의 주장은 이 관점과 일치하며 복종에 대한 요구에 초점을 맞춘다.cf. 벧전 2:17 이하 "우리는 하나님이 명령하신 권력에 대항해서는 안 된다. 그렇게 하는 것은 하나님의 법령에 맞서는 것이기 때문이다." 그는 계속해서 다음과 같이 주장한다.

국가는 보응적이다. 그것은 악한 자에게 두려움이 된다. 국가는 칼이나 총을 사용함으로써 하나님의 사역자로 불린다…

물론 국가는 경찰로 섬겨야 한다…. 우리는 총으로 사살할 수 있는 경찰의 권리를 인정해야 한다… 또한 국가나 경찰이나 군인이 그렇게 할 때 그리스도인으로서 우리는 모든 면에서 그들을 뒷받침해야 한다. 필요할 경우 자신이 경찰이나 군인이 되어 섬기거나 재정적 지원을 해야 한다.[19]

구약성경에서 왕들은 하나님의 명령에 의해 다스림을 받았다.잠 8:15-16; 삼상 24:6; 26:9; 삼하 7:13; 렘 27:6, 12 그러므로 우리는 그들에게 맞서서는 안 된다.[20]

코를리스는 "하나님이 허락하신 정부에 대한 불복종은 국가가 신앙을 부인하게 하거나단 3:12-18 하나님이 특별히 명령하신 것을 못하게 할 경우행 5:29에만 인정된다"고 말한다.[21]

5. 평화주의자는 성경을 오해한다.

먼저 평화주의자는 일반적으로 "살인하지 말지니라"라는 계명을 오해한다. 여섯 번째 계명에서 "살인하다"로 번역된 "라사흐"라는 히브리 단어는 "죽이다"kill라는 뜻을 가진 여섯 개 단어 가운데 하나일 뿐이다. 하나님은 인간의 생명을 취할 것을 명령하셨기 때문에창 9:6; 위 2항 참조 "라사흐"는 사실상 살인murder을 의미한다.22 피터 크레이기Peter Craigie, 아래 입장 B 참조는 본문을 "너는 동료 히브리인을 죽이지 말지니라"로 해석해야 한다고 말함으로써 이러한 판단에 학문적으로 공감한다.23 따라서 테일러는 이런 사실에 기초하여 죽이는 것과 살인을 구분하고, 전자는 허락되었으나 후자는 하나님의 온전한 사랑에 위배되기 때문에 금한다고 주장한다.24

또한 평화주의자는 전쟁과또는 그리스도인의 전쟁 참여를 반대하는 비저항 교리를 뒷받침하기 위해 어김없이 마태복음 5:38-40에 호소한다. 이러한 평화주의적 해석은 내적 일관성이라는 면에서 잘못되었다. 예수님은 고초 당하실 때 다른 뺨을 돌려대지 않았다. 그는 자기를 친 자에게 "네가 어찌하여 나를 치느냐"요 18:23고 도전하셨다. 바울은 율법 자체에 대한 도전에 기초하여 "회칠한 담이여 하나님이 너를 치시리로다"행 23:3라는 말로 항변했다.25 『오늘날 기독교』Christianity Today의 전임 편집자로 잘 알려진 칼 헨리Carl F. H. Henry가 지적한 것처럼, "설교는 직접적인 이웃 관계에 대한 지침"이며26 "공적이고 사회적인 관계에서 올바른 윤리가 지배하기 위해서는 광범위한 의미에서의 성경 윤리에 의한 보충"이 이루어져야 한다.27

또한 평화주의자는 군대를 반대하기 위해 황금률을 인용하지만 "남"이 누구인지에 대해 제대로 규명하지 못한다. 그들은 "살인적 침략자"인가 "우리의 보호를 필요로 하는 아내와 자식들인가?"28

평화주의자의 해석이 잘못되었다고 판단하는 또 하나의 신학적 강조점은 세대주의 신학앞서 인용한 저자들과 다른 입장이다으로부터 나온다. 세대주의는 이 시대를 교회 시대 또는 은혜 시대여섯 번째 세대로 규명하지만, 산상수훈에 대해서는 왕국 시대일곱 번째 세대의 원리로 생각한다. 이 관점을 지지하는 스나이더는 왕국이 세워질 때 비로소 "마태복음 5, 6, 7장의 놀라운 가르침은 왕국 백성의 행위의 표준이 될 것"이라고 주장한다.29

6. 신정국에서 교회로의 변화는 이 입장을 무효화 하지 못한다.

나이트는 이스라엘이 독특한 신정국가이기 때문에 오늘날 어떤 국가나 기독교 단체도 "전쟁을 정당화하기 위해" 구약성경을 자신에게 직접 적용할 수 없다는 사실을 인정한다. 이어서 이 문제에 대해 구약성경에 호소하는 행위는 설득력이 없다는 주장에 대해, 나이트는 그럼에도 불구하고 이 호소는 정당하다고 주장한다.

> 왜냐하면 구약성경은 여전히 전쟁 자체는 하나님의 뜻에 위배되는 것으로 배제되지 않는다는 기본적인 원리를 인정하기 때문이다… 나라나 개인은 이스라엘처럼 자신이나 다른 사람들을 보호할 수 있다.[30]

이 해석을 지지하는 것은 칼빈의 관점으로 이 문제에 대한 개혁주의 사고에 결정적인 역할을 한다.

> …고대 사회에서 전쟁을 하는 이유는 오늘날과 마찬가지로 타당하다… 사도들의 글에는 이 주제전쟁에 대한 어떤 분명한 언급도 기대할 수 없다. 그들의 목적은 정부를 구성하는 것이 아니라 그리스도의 영적인 나라에 대해 묘사하는 것이다… 그들의 글에는 그리스도께서 오심으로 달라진 것은 아무 것도 없다는 사실이 암시된다.[31]

전통적 입장 B

B의 입장은 비평화주의자적 관점을 위한 성경의 사용에 있어서 "긍정"과 "부정"을 모두 제시한다는 점에서 A의 입장과 다르다. 이곳의 저자들은 성경을 어느 한쪽을 위해 사용하는 단순한 방식에 대해서는 "아니오"라고 말한다. 가령 크레이기는 『구약성경에서 전쟁의 문제』*The Problem of War in the Old Testament*라는 책에서 구약성경의 전쟁 기사는 **하나님의 계시로 읽어야 한다**고 말하고 "기독교 단체나 개인이 정통이 되면 될수록 그의 태도는 더욱 군국주의적인 것처럼 보이는" 이유를 설명한다.[32] 크레이기는 기독교의 끔찍한 전쟁 기록 및 구약성경을 그런 식으로 사용하는 것에 대해 한탄한다. 레슬리 럼블Leslie Rumble은 근본주의자처럼 예수님의 산상수훈

에 대해 "눈에는 눈으로"라는 율법적 해석을 따를 만큼 성경을 문자적으로 읽는 평화주의자를 비판한다.[33]

핵심 주장 및 사고의 흐름일반적으로 성경의 용례를 넘어서는은 다음 강조점에 잘 나타난다.

1. 용사로서 하나님은 유대와 기독교 신학의 근간이다.

여호와는 이스라엘에게 자신을 바로의 병거와 그의 군대를 바다에 던지신 "전사"로 제시하신다.출 15:3-4 A의 입장을 지지하는 저자들은 이 부분에 호소하지만,[34] 많은 구약성경 학자들은 설사 평화주의자의 해석에 대해 대부분 공감하는 경우라 할지라도, 이 부분이 평화주의 절대론자의 입장을 배제할 만큼 성경 신학의 근간이 되는 것으로 생각한다.[35]

하버드 신학교에서 구약학을 가르쳤던 조지 어네스트 라이트George Ernest Wright는 "전사이신 하나님" 이미지를 하나님에 대한 성경적 개념의 기초로 본다. "전사이신 하나님은 단지 사랑의 하나님이나 구원자 하나님의 다른 이름이다."[36] 라이트의 전사 이미지에 대한 논의의 맥락은 사랑의 하나님과 마찬가지로 전사이신 하나님도 주 하나님에 의해 드러난 신적 주권을 확립하기 위해 행하신다는 것이다. 라이트는 사랑의 하나님은 성경적 계시의 전개 과정에서 전사이신 하나님을 덮어 가렸다고 주장하는, 역사적 평화 교회의 "미스터 X"와 의견을 달리한다.[37]

캘거리 대학의 종교학 교수인 크레이기는 시편 24:8을 인용하는 것으로 "전사이신 하나님"에 대한 장을 시작한다.

> 영광의 왕이 누구시냐
>
> 강하고 능한 여호와시오
>
> 전쟁에 능한 여호와시로다[38]

크레이기는 구약성경이 200회 이상 하나님을 "만군의 주"문자적으로는 군대의 주로 묘사한 사실에 주목한다. 언약궤를 전장으로 가져간 것까지 전사로서 하나님의 임재를 상징한다.[39]

크레이기는 이처럼 광범위한 구약성경의 강조점을 하나님과 계시 및 윤리라는 세 가지 영역에서의 문제로 보고, 이 문제는 이 구절을 신인동형동성론적 표현으로 보고 하나님이 이스라엘의 악한 역사에 개입하신 것으로 이해하면 대체로 해소된다고 주장한다. 이스라엘은 국가적 형태로 하나님 나라 백성으로 부르심을 받았기 때문에 악한 인간의 전쟁 역사도 필요하다. 자끄 엘륄이 말한 것처럼 국가는 폭력과 전쟁 -인간의 본성을 특징짓는 악을 가리키는 집합적 표현이다- 을 통해 살아남는다. 이스라엘의 가장 큰 깨달음은 전쟁에서의 국가적 패배를 통해 온다. 그것은 하나님의 백성을 국가적 형태의 존재로부터 해방시켜 평화에 대한 새로운 비전과 새 언약에 대한 약속으로 데려간다.[40]

그러므로 이스라엘의 전쟁사는 오늘날 전쟁을 정당화할 목적으로 사용되어서는 안 된다. 어떤 나라도 이스라엘을 대신할 수 없다 오히려 우리는 하나님이 악한 인간사에 개입하신다는 것과 이스라엘의 역사는 예수께서 세우신 새로운 나라를 위한 길을 준비한다는 사실을 배워야 한다. 이 왕국의 시민은 국가와 달리 "폭력의 당위성에 구속받지 않아야 하며, 이러한 당위성의 질서를 초월해야 한다."[41]

2. 그리스도인은 하나님 나라와 국가의 의무를 모두 완수해야 한다.

크레이기의 핵심 논증은 그리스도인과 구약성경 전쟁 역사 사이의 괴리를 초래하지만 실제적인 윤리적 적용에 대한 논의를 통해 그리스도인은 "하나님 나라와 세상 나라"라는 두 나라의 시민이라는 사실을 확인한다. 그리스도인은 "하나님 나라의 사랑과 비폭력을 포기할 수 없지만 그것은 곧 복음을 포기하는 것이다" 한편으로는 "자신이 속한 국가의 법"에 구속을 받는다. "국가의 근본적 원리는 폭력이다."[42] 크레이기는 이러한 전통적 루터주의 입장을 견지하면서 평화주의자도 정당한 전쟁 입장도 지지하지 않는다.[43]

호주 시드니에서 신학과 철학을 가르치는 가톨릭 저자 레슬리 럼블교수도 1959년에 이중적 의무 이론을 발전시키지만 앞서 언급한 칼 헨리처럼 개인적 의무와 사회적 의무를 분리한다. 그는 군인도 "너희 원수를 사랑하라… 너희를 미워하는 자에게 선을 행하라" 마 5:44 는 명령을 위반하는 것이 아니라고 말한다. 왜냐하면 그의 군사적 의무는 개인적인 것이 아니라 "합법적 전쟁의 원리 안에서 지켜야할 의무"이기 때문이다.**44** 그리스도인 군인은 대적의 인격을 사랑해야 하며 전장 밖에서는 사랑을 보일 준비를 해야 한다. "적군 병사에 대해 숭고한 자비의 행위"를 보여준 사례는 많다.**45**

평화주의자는 근본주의자들과 마찬가지로 교회의 교리를 무시하기 때문에 산상수훈에 나타난 예수님의 가르침을 지나치게 문자적으로 해석하며 성경을 잘못 해석한다. 예수님 자신이 전쟁또는 월 스트리트에 참여하지 않았다는 주장은 전쟁을 반대할 충분한 근거가 되지 못한다. "네 칼을 도로 칼집에 꽂으라"마 26:52는 명령은 전쟁을 반대하는 언급이 아니라 예수께서 고난의 시간이 되었음을 아셨기 때문에 주신 말씀이다. 마찬가지로 요한복음 18:36의 요지는 "자기방어권에 대한 비난"이 아니라 예수님의 나라는 이 땅의 나라가 아니라는 사실을 보여준 것이다. 바울이 로마서 12:17-21에서 원수 갚는 것을 금한 것도 마찬가지이다.

> 이 명령은 국가가 심각한 피해를 보전하기 위해 취하는 군사적 행동과는 전적으로 무관하다. 사도바울은 일상적 상황에서 만나는 적대적이고 호전적인 사람들에 대한 그리스도인의 인격적 성향에 대해 다룬다.**46**

3. 타락한 세상에서는 하나님 나라의 윤리가 절대적일 수 없다.

개혁주의 전통과 조화를 이루는 이 관점은 전사로서의 하나님과 사랑의 하나님의 보완적 의미를 확인한 라이트가 이어서 주장하는 내용이다. 비폭력의 윤리를 절대화해서는 안 된다. 우리는 "그 나라의 윤리의 절대적 원리를… 이 시대를 위한 절대적 원리"로 만들 수 없다.**47**

1928년부터 1960년까지 유니온 신학교뉴욕에서 기독교 윤리를 가르친 라인홀드 니버Reinhold Neibuhr교수는 이 관점을 가장 강력히 주장한다. 그는 예수님의 윤리가 "타협의 대상이 될 수 없는 절대적 윤리"라는 사실을 부인하는 것은 어리석다고 말한다. 예수님의 윤리는 비폭력적 저항이라기보다 비저항을 의미한다.**48** 예수의 종교는 사랑이라는 도덕적 이상과 대속적 고통을 결합함으로써 "역사 속에서의 실현

가능성이 요원한 그런 순수성을 얻었다." [49] 예수님의 윤리는 "하나님의 사랑의 의지와 인간의 의지를 연결하는 수직적 영역만 가지며," 정치적 및 사회적 윤리라는 수평적 요소를 연결하지 않는다. [50]

니버는 소수가 실천하고 있는 절대적 평화주의자의 행위는 교회가 상기할 가치가 있다는 사실을 인정하면서도, 그리스도인의 완전을 추구하는 종교는 "아무리 산상수훈의 권위에 호소할지라도 대체로 악한 종교"라고 말한다. [51] 기독교는 사랑의 법 이상이며, 인간 사회가 죄로 가득하다는 사실을 인식한다. 이것은 그리스도인으로 하여금 사회 정의를 추구하게 하며, 따라서 사랑과 정의 사이의 긴장을 받아들인다. 전쟁은 결코 정당화 될 수 없지만 차선의 악을 선택하기 위해 필요하며 부도덕한 사회에서 악한 이기주의가 승리하는 것을 막는다. 이처럼 불가능한 가능성의 윤리는 사회생활을 하는 그리스도인에게 필요하며, 기독교의 가장 아름다운 열매인 용서의 교리와 조화를 이룬다. 따라서 그리스도인은 공의를 추구하느라 사랑을 놓친 것에 대해 하나님의 용서에 의지한다. [52]

니버의 분명한 강조점과 관련이 있는 어거스틴의 정당한 전쟁 이론 역시 특정 상황에서 그리스도인의 전쟁 참예의 합법성을 주장한다. 이 준거는 성경에 직접 기인하는 것은 아니지만따라서 본서의 영역을 넘어선다, 프린스턴 대학의 종교학 교수인 폴 램지Paul Ramsey는 정당한 전쟁 교리의 발전은 신약성경 및 초기 교회의 윤리적 관행과 "동떨어진" 것이 아니라고 주장한다. 주된 동기는 앞서 그리스도와 같은 사랑으로 무력을 사용하는 것을 거부하게 한 이유와 다르지 않다. 교회와 사회의 관계가 새로운 국면에 돌입한 가운데 교회는 계속해서 "일상적 삶 가운데 책임 있는 사랑 및 이웃을 섬길 수 있는" 방법을 찾아야 했다. 이제 비저항적 사랑은 때때로 악에 맞서는 상황까지 이르렀다. [53]

혁명과 해방 신학

오늘날 많은 저자들은 성경의 신학적 강조에 있어서 해방의 중요성에 대해 주장한다. 일부 저자는 해방과 정의를 성취하기 위한 하나님의 프로그램의 일환으로 폭력을 지지한다. 다른 저자들은 해방과 정의를 강력히 주장하지만, 그들이 지지하는 해방/혁명에 폭력의 사용이 암시됨에도 불구하고 명시적으로 동의하지는 않는다. 비폭력적 평화주의에 전적으로 헌신하는 사람들도 있다.L. John Topel, 본 장의 다음 절에 인용된다 세 부류의 저자들 가운데는 유사한 신학적 강조점이 나타날 수도 있지만, 아래의 인용문은 폭력을 통한 혁명 또는 해방 성취를 명시적으로 주장한 자들에 한정될 것이다.

간략한 주장은 다음과 같다. 성경역사를 구성하는 기본적 요소들은 폭력이 구원 역사에서 중요한 한 부분을 차지한다는 사실을 보여준다. 하나님은 압제당하는 자의 편에 서서 그들을 해방시키고 정의를 확립하신다. 하나님의 백성은 역사 안에 있기 때문에 갈등으로부터 벗어나거나 분리될 수 없다. 그들은 폭력과 관련될 수밖에 없다. 따라서 "어떤 폭력을 선택할 것인가"라는 문제가 제기된다.

문헌에는 다섯 가지의 연관된 강조점들이 나타난다.[54]

1. 출애굽: 압제로부터의 해방은 성경 사상의 핵심이다.

유니온 신학교뉴욕의 흑인 해방 신학자인 제임스 콘James H. Cone은 하나님이 이스라엘 역사의 결정적 사건을 통해 막강한 바로의 권력을 무너뜨리고 억압당하고 있는 백성을 해방시키셨다고 진술하는 출애굽기 본문6:6; 15:1-2을 사용함으로써 "성경 계시와 사회적 존재" biblical Revlation and Social Existence에 대한 논의를 시작한다.[55] 콘은 많은 구약성경 본문을 인용하여 압제자에 맞서 압제당하는 자를 구하시고 이스라엘의 압제 행위를 책망하시는 하나님에 대해 묘사한다. 그러나 폭력에 대한 콘의 주장은 이러한 성경적 강조점과 궤를 같이 하지만 결국 "대안이 없는" 분석에 기초한다. 그는 폭력이 소수의 흑인 혁명가만의 문제가 아니라고 말한다. 이 문제는 미국 사회 전체에 스며들어 있는 구조적 문제이다. 콘은 "폭력은 체리 파이만큼이나 미국적이다"라는 랩 브라운의 말을 인용한다. 폭력적 법과 질서의 구조 속에서 비폭력을 주장하는 것은 폭력적 압제자의 가치관을 받아들이라는 것이다.[56] 폭력과 비폭력을 구분한다는 것은 망상이다. 불의로 인해 피해를 입은 당사자만이 언제 무력을 사용할 것이며 보복 수단은 목적에 부합하는지에 대해 결정할 수 있다.[57]

브라질의 개신교 신학자 루벰 알베스Rubem Alves는 혁명을 하나님의 이니셔티브에서 비롯된 대항적 폭력으로 본다.

하나님의 정치는… 예전의 폭력에 의해 만들어진 안정을 파괴한다. 자유가 없는 거짓 평화는 균형이 깨어지고 방벽은 무너진다.

그 과정에는 폭력이 있다. 하나님은 이무기가 양이 되기를 기다리지 않으신다. 그는 오히려 이무기가 양을 잡아먹을 것이라는 사실을 아신다. 이무기는 양의 힘으로 대적하고 멸망시켜야 한다… 하나님은 주인이 노예를 풀어줄 때까지 기다리지 않으신다. 그는 주인인 결코 그렇게 하지 않을 것이라는 사실을 아신다. 따라서 하나님은 멍에를 꺾으시며, 옛 주인은 더 이상 힘을 발휘할 수 없다. 하나님의 힘은 세상을 구속하는 것을 파괴하신다. 이러한 힘의 사용은 지배 체제의 균형과 평화를 파괴하기 때문에 폭력처럼 보인다. 그러나… 사자의 폭력처럼 보이는 힘은 사실상 대항폭력의 힘이다. 이것은 주인과 노예의 세계의 폭력을 생성하고 조장하며 뒷받침하는 자들을 향해 사용되는 힘이다. 폭력은 사람을 억압하고 구속하는 힘이다. 대항폭력은 사람에게 자유를 주기 위해, 사람을 노예로 삼는 옛 제도를 부수는 힘이다.[58]

프린스턴 신학교에서 사회 윤리학을 공부하는 대학원생 브루스 보스톤Bruce Boston은 1969년 하나님의 구속사의 축이 되는 출애굽을 계시 및 혁명과 연결하는 글을 썼다. 그는 출애굽 사건이 "계시적이며 정치-사회적"이라고 말한다. 하나님은 이러한 억압으로의 해방 행위를 통해 이스라엘을 하나의 국민으로 세우신다.[59] 또한 프린스턴 신학교의 에큐메닉 교수인 리처드 숄Richard Shaull은 점차 확장되고 있는 자유를 향한 비전은 성경의 혁명적 상징에서 힘과 지침을 찾는다고 주장한다. "성경의 상징과 이미지는 불연속성, 심판, 세상의 종말 및 급진적 혁신의 부상을 강조다."[60]

2. 공의: 하나님의 공의는 건설을 위한 파괴를 요구한다.(렘 1:10)

멕시코에서 근로자와 학생들의 교사이자 상담가이며 수학, 법학 및 성경을 가르치는 가톨릭 교수 미란다Hose Miranda는 성경에 나타난 정의에 대해 광범위한 연구를 했다. 그는 성경적 신앙은 그리스도인에게 혁명의 역사에서 압제당하는 자의 편에 설 것을 요구한다고 말한다. 미란다는 이 연구에서1974 폭력의 사용에 대해 분명하게 옹호하지 않았지만 최근의 글은 정의를 위한 폭력의 사용을 뒷받침하는 성경적 근거로 마친다.

하나님은 사형 선고를 통해창 9:6; 출 17:4; 21:12, 15, 16, 17; 레 20:2, 27; 24:13, 23 공의로운 행위로서 폭력적 죽음을 허락할 뿐만 아니라 명령한다. 미란다는 예수님이 마가복음 7:9-11에서 출애굽기 21:12을 인용하신 사실을 언급하며마 15:3-6과 비교해보라 "예수님은 폭력의 사용을 분명히 인정하셨다"고 말한다. 이웃과 원수를 사랑하라는 예수님의 가르침은 "압제자에 대한 반감이나 심지어 폭력과도 양립할 수 있다." 누가복음 22:36, 마태복음 10:34, 마태복음 23장 및 요한복음 2:14-22와 같은 본문은 "예수님이 아버지께서 악한 자와 압제자에게 내리시는 신원적 심판에 대해 반대하신 적이 없다"는 사실을 보여준다. 자본주의 체제의 폭력은 "날마다 수백만 명의 사람을 굶주려 죽게 하거나 평생 정신병자로 지내게 한다." 이런 불의에 폭력적으로 맞서 싸우는 것은 예수님의 가르침과 행위를 부인하는 것이 아니라 성전에서 장사꾼에게 채찍을 휘두르신 예수님의 입장에 서게 하는 것이다.61

조지 셀레스틴George Celestin은 1968년 텍사스 오스틴의 성 에드워즈 대학에서 신학을 가르칠 때 쓴 책에서 권력투쟁은 불가피하며 "그리스도인은 이 투쟁에서 벗어날 수 없다"라는 칼 라너Karl Rahner의 주장을 인용한다. 또한 그는 "폭력적 힘의 사용은 대체로 혁명을 동반한다"고 말한다.62 셀레스틴은 극단적 평화주의자는 사실상 평화에 위협이 된다고 주장한다. 그는 하나님의 목적이 압제자의 힘을 부수고 새로운 질서를 세우는 것에 있다는 사실을 보여주기 위해 예레미야 1:10 및 누가복음 1:50-53에 호소한다. 그러나 그는 하나님은 항상 혁명가의 편에 서시는 것은 아니며 그리스도인은 혁명의 종교적 의미를 분별할 때에 언제나 모호함을 느낀다는 말로 끝맺는다.63

콘은 하나님의 공의에 대한 요구를 하나님이 백성을 압제로부터 해방시키심 및 불의가 계속될 경우 포로가 될 것이라는 위협과 연결하는 다수의 본문을 인용한다.

암 2:10; 3:2; 4:2; 6:12; 8:4-8; 9:7-8; 호 12:6; 13:5-8; 미 6:8; 렘 5:26-28; 사 1:16-17; 3:13-15 **64**

아르헨티나의 개신교 신학자인 보니노Jose Miguez Bonino는 "평화는 역사의 긴장 가운데 정의가 확립되는 역동적 과정"이라고 말한다.**65** 보니노는 평화에 대한 두 관점을 구분한다. 하나는 "보편적 이성의 원리"에 기초한다. 바벨론 신화 및 그리스-로마 사상으로부터 유래한 이 관점은 현 상태의 유지에 초점을 맞추며 종종 억압적 권력을 정당화 한다. 다른 관점은 인간을 "자연, 역사, 사회 및 종교에 내재된 대상화objectification"에 맞서 사람을 인질로 삼는 이기적인 시스템과 싸우는 존재로 본다.

보니노는 두 관점이 성경적 지지를 받는다고 말하지만 그리스도인은 어느 개념도 절대적이지 않다는 사실을 인식하는 것이 중요하다. 공의, 자비, 신실함, 진리 및 평화에 대한 성경적 개념은 구체적인 역사적 상황을 통해 이해해야 한다.

…성경에 나타난 폭력은 우리가 받아들이거나 받아들이지 않아야 하는 일반적 형태의 인간 행위가 아니라 하나님의 선언-명령과 관련된 요소로서 결과적 관점에서 시행되거나 피해야 하는 구체적인 행위이다.

이스라엘을 상대로 하는 전쟁일지라도 권장해야 할 전쟁이 있고, 이스라엘을 위한 전쟁일지라도 금해야 할 전쟁이 있다.

폭력을 "개인이나 단체 또는 국민을 다른 사람, 사물 및 하나님과 관련하여 책임 있는 행위자로 행동하지 못하게 막는 상황노예나 압제을 타파하는 수단"으로 보는 관점에는 일관성의 원리가 나타난다.**66** 폭력은 이런 식으로 정의와 평화의 동인으로서 역할을 한다.

3. 메시아사상: 메시아 소망은 주로 해방과 공의로 규명된다.

메시아 비전의 평화는 공의와사 32:17; 시 85편 압제자를 물리치심을 전제한다. 해방과 공의를 위한 싸움은 메시아 소망의 핵심을 형성한다. 이 싸움은 장차 올 나라를 보여준다.

많은 저자들은 혁명적 싸움을 뒷받침하기 위해 이런 성경적 사상을 이용하지만, 보스톤의 논문에서 볼 수 있듯이 주석은 폭력을 염두에 두고 있지 않음을 보여준다.

> …메시아적 관점에서의 혁명은 권력 쟁취가 아니라 권력의 재편성이며, 새로운 법과 질서를 확립하는 것이 아니라 공의를 확립하는 것이며, 유토피아를 소개하는 것이 아니라 샬롬의 일반화이다.[67]

평화주의를 반대하는 셀레스틴은 다음과 같이 주장한다.

> …메시아 신학은 하나님이 우리의 삶을 보다 인간답게 하기 위해 지금 세상에서 하고 계신 일에 초점을 맞춘다. 이런 상황에서 혁명은 인간화의 첨단이 될 수 있다.[68]

4. 성육신: 예수님의 오심은 해방과 공의 및 인간화를 의미한다

a. 탄생기사는 혁명적이다.

콘은 누가복음 1:49-53을 인용하여 예수께서 오심의 혁명적 의미를 제시한다.[69] 사제이자 시인이며 니카라과 정부의 문화부장관을 역임한 에르네스토 카르데날이 주도하는 솔렌티나메Solentiname 토론회에서 나온 유아 기사에 대한 주석은 예수님의 탄생에 대한 혁명적 해석을 잘 보여준다. 농부들이 주축이 된 토론회 멤버의 다음 언급은 주로 누가복음 1:51-52에 대한 것이다.

> 로레노: 이것은 혁명에 대한 언급이다. 부자나 권세 있는 자는 무너질 것이며 짓밟히고 비천한 자는 높아질 것이다.
>
> 다른 사람: 하나님이 권세 있는 자와 맞서신다면, 그는 가난한 자의 편에 서신 것이다.[70]

로레노와 엘비스는 헤롯이 아이들을 죽이고 라헬이 자녀를 위해 애곡했다는 진술에 대해 다음과 같이 말한다.

로레노: 나는 칠레에서 일어난 일을 기억한다. 그들은 그곳에 자유가 태어났다는 이유로 수천 명의 아이들을 죽였다. 많은 사람이 비행기에 실려 바다에 던져졌다. 그러나 그들은 헤롯이 예수를 내려놓지 않으려 했던 것처럼 자유를 내려놓지 못했다.

엘비스: 그리스도의 탄생은 혁명의 탄생이었다는 점에서 중요하다. 그렇지 않은 가? 그리스도가 세상을 바꿀 것이라는 이유 때문에 그를 두려워하는 자들이 많다. 혁명은 그곳으로부터 시작되었다. 그것은 조금씩 자라났으며 이제 아무도 멈출 수 없게 되었다.[71]

나중에 요셉이 애굽에서 아켈라오가 다스리고 있는 유대가 아닌 나사렛으로 돌아갔다는 부분에 대해 페르난도Fernando는 이렇게 말한다.

나는 여러분이 어떻게 복음서를 읽고 영적 교훈을 받으면서 혁명에 동참하지 않는지 이해할 수 없습니다. 이 책을 읽어보면 정치적 입장이 명확히 드러난다는 사실을 누구나 알 수 있습니다… 그러나 마나구아에는 이 책을 읽는 자 가운데 헤롯의 친구들이 많습니다. 그들은 이 책이 그들의 대적이라는 사실을 모릅니다.[72]

b. 예수님의 예언적 사역은 예전의 압제적 질서를 심판한다.

보니노는 위에서 언급한 평화에 대한 두 가지 관점과 관련하여 예수 그리스도의 인격과 사역에는 질서와 이성 및 보존의 가치가 "변혁의 역동성 속으로 흡수되며 반대의 경우는 없다"고 주장한다.[73] 그는 살레지오회 사제인 줄리오 지라디Giulio Girardi의 말을 인용한다.

"확실히 복음서는 원수를 사랑하라고 명령한다… 그리스도인은… 압제자를 사랑하고 그를 보호하며 자유롭게 해야 한다. 압제자는 고소하고 맞서 싸워야 한다. 사랑은 객관적 죄가 지배하는 환경에서 살고 있는 모든 자의 자유를 위해 싸우라고 말한다."[74]

보니노는 예수님은 열심당원이 아니지만 "그가 가난한 자와 압제당하는 자의 편인지 당시의 권력 구조종교적, 정치적의 편인지에 대해서는 일말의 의구심도 남기지 않는다"고 주장한다. 사회의 압제적인 구조에서 비폭력은 예수님처럼 분명하게 우리를 "압제적 질서의 전복에 대한" 확신으로 인도할 때에만 신뢰성을 가질 수 있다.[75]

몬타비데오 목회자 센터 책임자이자 사제인 후안 루이스 세군도Juan Luis Segundo는 예수께서 선호하는 자와 싫어하는 자를 구별하신 사실에 주목한다.가령, 마 10:5-6; 막 7:27 세군도는 예수님도 소수의 몇 사람을 지근거리에 두고 친밀하게 대하셨다고 말한다.[76] 그는 "현실의 사람들바리새인을 익명의 그룹, 영역, 편견, 율법 속에 가두셨다." 따라서 역사적 계급투쟁이라는 한계 및 한정된 인간의 힘 안에 살았던 "예수님도 예외가 될 수 없었으며… 이처럼 본질상 폭력적인 메커니즘을 사용하지 않을 수 없었다."[77] 따라서 세군도는 이렇게 말한다.

> 예수님의 실제적 태도에 대해 지나치게 이상적으로 단순화하지 않는 한, 그를 아무런 저항이나 폭력이 없는 무제한적 사랑에 헌신한 자로 묘사할 수 없을 것이다.[78]

c. 복음서는 인간화를 요구한다.

그리스도는 새로운 피조물의 창조를 위해 오셨다.고후 5:17 보스톤은 이 새로운 인류는 "종말론적 실재, 전적으로 혁명적이고 변혁적인 현실"로 인식되어야 한다고 주장한다.[79] 예수님의 성육신은 우리에게 "장차 새로운 인간이 우리에게 미칠 충격에 전적으로 열린" 인간적인 존재가 될 것을 요구한다.[80] 이런 사고방식은 성경적 사상의 핵심인 "계시적/혁명적 변증법"의 중심에 위치한다. 하나님 나라의 도래 및 완전히 변화된 역사에 대한 약속은 인간됨 및 혁명과 연결된다[81] 사울과 셀레스틴도 그리스도 안에서 역사하는 하나님 나라를 인간화와 연결한다. 항상 그런 것은 아니지만 이 인간화는 종종 혁명을 통해 발전된다. 셀레스틴은 서양 기독교에서 일어났던 위대한 혁명은 하나님이 인간화라는 성육신의 목적을 성취하시기 위해 혁명을 통해 역사하신다는 사실을 보여준다고 말한다.[82]

5. 죽음과 부활이라는 패러다임은 기독교 신앙의 핵심으로 급진적 변화와 혁명을 지지한다.

브루스 보스톤은 계시와 혁명에 대한 그의 논문에서 핵심 구절사 43:18-19을 상기시킨다.

> 죽음/부활은 출애굽, 메시아사상, 성육신과 같은 새로운 시작의 힘을 암시한다. 이것은 사람이 만든 힘과 권력, 제도적 구조 및 그들의 역동성은 최종적인 것이 아니라 무엇인가 새롭고 전례가 없으며 혁명적인 형식과 내용으로 바뀔 수 있음을 보여준다.[83]

대만의 신학 교수를 역임하고 1979년 WCC의 "신앙과 질서 위원회 사무국"의 부책임자인 송천성Shoan-Seng Song은 이렇게 말한다.

> 이 세상 통치자의 눈에는 십자가를 핵심으로 하는 부활 신앙이 반역의 신앙처럼 보일 수 있다. 그렇다고 치자… 부활 신앙을 통해 형성된 반역은 정치적 권력과 지배를 위한 투쟁으로부터 나오는 반역과 다르다. 그것은 무자비한 독재 권력의 희생이 된 자들에게 희망을 전하는 일종의 신앙 행위이다.[84]

콘은 십자가-부활이 가난한 자 및 억압당하는 자와 하나인 예수의 사역의 절정임을 보여준다. 하나님이 부활을 통해 예수를 신원하셨기 때문에 "우리는 가난하고 억압당하는 자와 함께 하시는 예수의 사역이 압제 당하는 자를 해방시키려는 하나님의 뜻을 이루는 행위임을 알 수 있다."[85] 그는 계속해서 다음과 같이 주장한다.

> 성경 주석을 위한 해석학적 원리는 사회적 압제로부터 정치적 투쟁에 이르기까지 억압당하는 자의 해방자로서 그리스도를 통해 드러난 하나님의 계시이다. 가난한 자는 가난과 불의에 대한 그들의 싸움이 복음과 일치할 뿐만 아니라 예수 그리스도의 복음 자체임을 인식한다.[86]

2. 평화주의자/비저항 입장

메노나이트 신학자-윤리학자이며 노트르담 대학 교수인 존 하워드 요더는 평화주의자/비저항 입장은 다양하며 21개 정도로 분류할 수 있다고 말한다.[87] 따라서 적어도 성경에 대한 용례의 다양성을 보여주기 위해서는 다수의 입장을 제시하는 것이 바람직해 보인다. 그러나 성경에 대한 용례는 대부분 비슷하며 세부적인 사항 외에는 상당히 일관성 있는 묘사가 나타난다. 세 가지 중요한 차이점은 구약성경의 전쟁에 대한 설명과 세 관점 모두 그리스도인에 대한 규범으로 받아들여서는 안 된다는 점에서는 공감하지만, 예수님의 사역은 본질상 어느 정도까지 정치적이며 오늘날 교회는 정치적 이슈에 대해 어디까지 그리고 어떻게 관련되어야 하는가이다.

차이점은 이 후자에서 드러나지만, 이곳에 인용된 대부분의 저자들은 정치적 철학이 아닌 그리스도인의 도덕적 책임으로서 평화주의를 지지함으로써 정치와 관련을 가진다. 이러한 내적 연결에 내재된 문제점에 대해서는 해석학적 주석에서 살펴볼 것이다.

그러나 이러한 차이점은 평화주의자/비저항 입장의 신학적 구성을 위한 성경의 용례에 두드러진 영향을 미치지 않기 때문에 이 사례는 같은 제목의 입장으로 제시될 것이며, 성경에 대한 다양한 용례는 a, b, c와 같은 소제목을 통해 차이점을 제시할 것이다.

구약성경의 증언

1. 전쟁은 인간의 타락에 기원한다.

래번 대학La Verne College, 캘리포니아 형제 교회 교사인 버나드 엘러Vernard Eller는 죄로 말미암은 인간의 타락창 3-4장에 대한 언급과 함께 『창세기부터 계시록까지 전쟁과 평화』War and Peace from Genesis to Revelation에 대한 그의 논쟁을 시작한다. 인류는 하나님에 대해 "아니오"라고 말하고 하나님의 형상 안에서 "다툼"이나 "춤추는 동작" 엘러의 메타포에 따르면을 거부하고 자신의 방식대로 싸우기로 결심했다. 아담에서 가인, 라멕, 노아, 니므롯에 이르는 동안 싸우는 정욕약 4:1-3은 놀라운 속도로 확장되었다.[88]

인디아나주 고센에 있는 고센 대학 교수이자 저자이며 오랫동안 메노나이트 평화 지도자로 섬겨온 가이 허쉬버거Guy Hershberger는 하나님이 인간을 창조하신 목적은 "거룩함과 온전함을 따라 행동하게 하기 위해서이나… 인간의 타락은… 인간의 성품에 큰 변화를 가져옴으로써… 저차원적 행동으로 전락하고 말았다"고 말한다.[89] 메노나이트 윤리학자이며 "평화연구, 교육 및 발전 협회"COPRED 회장인 윌리엄 케니William Keeney는 야고보 4:1-3 및 창세기 3-4장에 대한 논의로 그의 『주됨과 종됨』Lordship and Servanthood이라는 평신도 연구를 시작한다.[90]

모든 성경적 평화주의자는 전쟁을 인간의 타락한 본성과 연결하지만 이스라엘의 전쟁의 도덕적 본질에 대해서는 다른 판단을 내린다.

a. 구약성경의 전쟁은 그의 나라와 국가와 결합했을 때 그의 백성에 대한 하나님의 뜻을 드러낸다. 펜실베이니아 메노나이트 지도자인 어반 레만J. Irvin Lehman은 신구약 성경을 철저히 대조한 후 교회와 국가가 결합한 옛 체제에서, 전쟁은 그 땅의 대적을 쫓아내고 그의 백성을 정착시키기 위한 수단이자 하나님의 뜻이었다고 말한다.[91] 버지니아에 본부를 둔 메노나이트 간행물, "검과 나팔"Sword and Trumpet의 많은 기사들은 동일한 관점을 발전시킨다.[92]

b. 하나님은 전쟁을 이스라엘의 죄에 대한 양여로 허락하셨다. 이 분명한 주장을 처음 제시한[93] 허쉬버거는 이스라엘이 그 땅을 칼이나 활을 사용하지 않고 취할 수 있었으나, 이스라엘의 전쟁은 이러한 하나님의 온전하신 뜻을 따른 것이 아니라 그들의 죄에서 비롯되었다고 기록한다. 하나님의 청사진은 기적적인 방법왕벌, 공포, 전염병 및 "내 사자"[출 23:20-23]을 통해 그 땅에 평화롭게 진입하는 것이었으나 이스라엘의 전쟁은 "하나님의 원래적 의도와 배치되는, 그들의 죄의 결과였다"는 것이다.[94]

허쉬버거는 하나님은 이스라엘의 죄로 말미암아 하나님의 진노의 원리에 기초한 민법에 전쟁을 포함하도록 허용하셨으나 하나님의 온전하신 뜻은 모든 살인을 금한 도덕법에 나타난다고 주장한다. 이 허용은 하나님이 왕 제도삼상 8:1 이하 및 이혼막 10:2-9을 허락하신 것과 유사하다. 이것은 또한 왜 하나님이 다윗의 성전 건축을 금하셨으며"그는 피를 많이 흘렸다", 선지자들이 이스라엘을 "새 마음과 새 영"을 필요로 하는 완악한 마음으로 보았는지를 설명한다. 이사야는 이스라엘의 죄의 목록을 반역, "피 흘리는데 빠름" 및 평화의 길을 알지 못함으로 규명한다. 그들은 우상숭배자이며 전사이기 때문에 하나님의 버림을 받았다는 것이다. 허쉬버거는 "선지자의 메시지에서 의미를 찾는다면, 하나님의 백성을 위한 전쟁의 날은 끝났다는 것"이라는 말로 예언서 연구를 마친다.[95]

c. 이스라엘의 군사 전쟁은 하나님을 전사로 믿지 못한 결과이다. 많은 평화주의 저자들은 이 사실에 대해 언급하지만 인디아나 엘크하르트에 있는 연합 메노나이트 성경신학교 구약학 교수인 밀라드 린드Millard C. Lind와 버나드 엘러Vernard Eller는 이 강조점을 광범위하게 발전시킨다.[96] 이스라엘과 이웃 나라의 전쟁 행위를 자세하게 비교한 린드는 이스라엘이 싸움에 함께 하지 않은 역사적 실재 및 이상을 독특한 현상으로 규명한다. 출애굽기 14:14는 이러한 원형을 보여준다. 이스라엘은 전사로서 하나님의 승리를 위해 싸우거나 돕지 않았다. 오히려 그들은 가만히 서서 여호와의 구원을 바라보았다. 왕 제도 및 군대는 이스라엘 백성이 믿음이 없으며 거룩한 전쟁으로부터 하나님의 가르침을 배우지 못했다는 사실을 보여준다.

린드는 이스라엘의 역사에서 세 가지 유형의 반응을 인식한다. 1 출애굽기

14:14의 가만히 서 있음가령, 여리고 전투 및 기드온을 통한 승리 2 아이 성 전투에서처럼 협력하여 돕는 역할, 3 왕의 인도 하에 이루어지는 완전한 군사적 준비 및 인간적 싸움 다윗의 전쟁 린드는 3항의 경우 믿음의 실패라고 주장한다. 군사적 무장은 하나님의 보호하시고 지켜주시는 능력을 신뢰하지 못하는 이스라엘의 영적 연약성을 보여준다.[97]

린드는 출애굽기 19-20장, 이사야 2:1-4 및 다른 본문을 기초로, 하나님의 공의는 칼에 의해서가 아니라 이 땅에 샬롬을 정착시키기 위해 선물로 주신 하나님의 토라에 의해 성취할 수 있다고 주장한다. 다니엘이 국법에 불순종한 것은 이 땅의 모든 나라를 멸하고 대체하는 하나님 나라의 법에 대한 순종으로부터 나온다. 린드는 우리가 하나님의 법과 기적을 신뢰하는 방법을 택할 것인가, 아니면 인간의 법을 믿고 우리의 법적 권리를 위해 무력을 사용할 것인가가 이 문제의 핵심이라고 주장한다. 바로의 법에 맞선 히브리 산파들은 국법을 어겼다. 우리는 누구를 신뢰할 것인가?[98]

2. 구약성경은 전쟁을 비판하며 신약성경의 비저항적 사랑과 평화주의에 대한 가르침을 준비한다. (이 강조점은 부분적으로 위 b항과 조화를 이루지만 대체로 c항과 일치한다.)

이 관점에 대해서는 12개의 관련된 강조점이 제시된다.

a. 구약성경은 비저항의 사례를 보여준다. 허쉬버거에 의하면 구약성경에는 비저항적 행위에 대한 사례가 많다. 하나님은 전쟁이라는 허용적 뜻을 통해 일하시지만 아브라함이 블레셋에 저항하지 않은 것이나 대적의 소를 돌려주고 원수가 주리거든 먹이라는 명령에서 볼 수 있는 것처럼 구약성경 내러티브 전체에는 하나님의 온전하신 뜻이 잘 나타난다.[99]

b. 족장 내러티브는 평화적이다. 밀라드 린드는 왕조 시대에 기록된 족장 네러티브 J, E는 거의 다 평화주의적 진술이라고 주장한다. 린드는 평화주의자의 강조점이 들어 있는 기사들을 선택한 저자의 기준에 대한 주의를 촉구함으로써 족장 자료는

왕조시대의 군사 및 왕 제도에 대한 비판적 입장을 분명히 한다고 주장한다.100

c. 홍해의 패러다임은 이스라엘에게 "싸우지 말 것"을 요구한다. 린드는 홍해의 기적출 14:14; 15:1-21은 이스라엘의 전쟁의 패러다임이 되었으며 하나님은 군인보다 예언자를 택해 이스라엘을 인도하셨다는 사실을 강조함으로써 군사 전쟁은 여호와의 길에서 벗어났다고 주장한다.101

d. 하나님은 이스라엘과 함께 싸우신 것이 아니라 그들을 위해 싸우셨다. 거룩한 전쟁에 대한 구약성경의 관점은 하나님이 이스라엘을 위하여 싸우셨으며 그들과 함께 싸우신 것이 아니라는 것이다. 이 관점은 모든 전쟁 행위의 정당성에 대해 도전한다.102

e. 하나님은 이스라엘에 맞서 싸우기도 하신다. 구약성경의 전쟁에는 하나님이 불순종하는 이스라엘과 싸우신 것도 포함된다. 린드는 죽음에 대한 세 개의 내러티브민 14:39-45; 수 7장; 삼상 4장와 두 개의 시적 묵상신 32장; 시 78편에 대해 고찰한다.103 엘러는 여호와의 전쟁이 시온을 향한 것임을 보여주는 다양한 예언적 신탁사 3:1, 25-26; 28:21-22; 1:25-27; 13:3-5; 10:5-7, 12-13에 대해 논의한다.104 부가적 본문은 아모스 6:1-9; 예레미야 7:13-15; 21:4-5; 44:11 이하를 들 수 있다.105 이처럼 강력한 구약성경 전승은 거룩한 전쟁이 일반적인 전쟁이 아니며 하나님의 전쟁은 국가의 전쟁과 동일시될 수 없음을 보여준다.

f. 이스라엘은 "전쟁 영웅"의 죽음을 영예로 생각하지 않았다. 캐나다 위니퍼그에 있는 메노나이트 성경 대학의 구약학 교수인 잔젠Waldemar Janzen은 구약성경이 전쟁에서 죽은 자를 영예롭게 생각하지 않으며 호머의 서사시처럼 전쟁 영웅 기사를 발전시키지도 않는다는 사실에 주목한다.106

g. 선지자들은 왕 제도와 군사력을 비판했다. 군사력과 함께 왕 제도에 대한 선

지자들의 전반적 비판은 구약성경 자체가 또 하나의 방식, 곧 토라에 의한 공의의 확립사 2:1-4과 군사적 방식을 거부하고 책망한 고난 받는 종의 방식을 가리킨다는 사실을 보여준다.107

h. 과거의 승리는 전쟁을 위한 것이 아니라 신뢰를 위한 것이다. 여호와의 전쟁에 대한 이스라엘의 경험은 이스라엘로 하여금 전쟁을 정당화 하거나 전쟁 준비를 위한 구실로 사용되지 않았으며 오히려 이스라엘로 하여금 무장해제 및 여호와에 대한 신앙을 촉구하기 위해 사용되었다. 요더는 이스라엘에 대한 여호와의 신실한 돌보심을 역사가 증거하기 때문에 선지자들은 여호와의 과거 전쟁 승리를 "군사력에 기초한 정치적 목적, 군인 계급 및 군사 동맹의 발전에 반대하는" 주장을 위해 사용했다는 사실을 지적한다. 그러므로 하나님은 그들에게 "곧 있을 그의 섭리를 신뢰하라"고 촉구하신다.108 또한 요더는 대적을 하나님께 제물로 바치는 제의적 행위에 해당하는 이스라엘의 진멸헤렘 행위가 우리에게는 혐오스럽지만 여호와의 승리에 대한 이스라엘의 가시적 인정이라고 말한다.109

i. 예언적 소망은 평화를 요구한다. 선지자의 관점은 "너희가 돌이켜 조용히 있어야 구원을 얻을 것이요 잠잠하고 신뢰하여야 힘을 얻을 것" 사 30:15이라는 사실을 강조한다. 다가올 평화에 대한 선지자의 비전은 칼을 보습으로 만들었다.110

j. 구약성경에는 평화주의자, 보편적 지류가 포함된다. 프랑스의 개신교 목사 장 라세르Jean Lasserre는 구약성경에는 피로 얼룩진 대학살에 대한 놀라운 묘사도 나타나는 것이 사실이지만 보편적이고 평화적인 강조도 들어있다고 주장한다. 예수님은 이 강조점을 발전시키고 그것에 헌신하시며 군사적 지류를 거부하신다. 따라서 라세르는 "폭력에 대한 체계적 거부는 나사렛 예수를 기원으로 하는 개인적 공헌"이라고 말한다.111

k. 거룩한 전쟁은 "반전된 전쟁"에서 절정에 이른다. 거룩한 싸움의 전통은 이사

야 40-55장의 고난 받는 종의 패러다임에 나타나는 거룩한 전사의 "반전된 싸움"이라는 전략에서 절정에 이른다. 엘러는 다음과 같이 주장한다.

> 종은 강함 대신 약함을, 영광 대신 수치를, 대중의 찬사 대신 사회적 거부를, 대적에 대한 단호한 공격 대신 대적의 공격을 받아들이며, 대적을 고통스럽게 하는 대신 스스로 고통을 당한다.

> 우리의 머리로는 이해하기 어렵지만 이것이 싸우는 방식이다. 즉, 이것은 하나님이 승리하시기 위해, 그의 뜻을 이루시기 위해 사용하시는 방법이다.[112]

l. 구약성경에는 신약성경 윤리의 기원이 담겨 있다. 구약성경은 하나님이 전사이심을 확인하며 많은 전쟁 기사를 들려주지만, 신약성경의 비폭력적 사랑으로 이어지는 평화주의의 근원을 포함한다. 연합 메노나이트 성경신학교의 구약학 교수인 야곱 엔즈Jacob Enz는 이 근원에 대해 다음과 같이 규정한다. 창세기 1장과 요한복음 1장은 하나님의 "사랑의 말씀-행위"의 놀라운 힘을 보여주며, 모세는 목자의 지팡이와 불타는 가슴을 안고 애굽으로 가서 세상에서 가장 큰 제국을 향해 칼 한 번 들지 않은 노예를 인도하며, 룻기와 요나의 사랑의 말씀-행위는 국가적 열망을 비판하고 변화시키며시편 2편에서처럼, 여호와의 전쟁은 예수의 섬기는 사역을 통해 성취된다.눅 4:18-19는 사 61:1-2를 인용한다 예수님의 사역은 "가르침, 치유, 선포, 고난, 죽음 및 영광의 거대한 전쟁"이다.[113] 신약성경은 의도적으로 구약성경으로부터 본문을 선택하며 "전쟁 노래를 평화의 노래"로 바꾼다.

> 구약성경에 함축된 신학적 평화주의의 승리는 신약성경에서 논쟁의 여지가 없는 분명한 평화주의를 준비한다.[114]

마찬가지로, "살인하지 말지니라"라는 구절에 대한 요더의 주석적 에세이는 예수님의 윤리에서 절정에 이르는 사상적 궤적을 보여준다.

> 여호와께 속한 생명의 신성함은 처음에는 피의 보복 외에는 달리 보호받을 방법이 없었으나, 이어진 십계명을 통해서는 재판에 넘겨 어느 정도 보호를 받을 수

있었으며, 계속해서 다양한 유형의 경감 조치를 통해민 35장에서 볼 수 있는 것처럼 점차적으로 보다 나은 보호를 받을 수 있었다. 예레미야 시대부터 아키바 시대까지는 유대인이 민간 재판을 포기함으로써 훨씬 나은 보호를 받을 수 있었다.[115]

이러한 발전은 정경이라는 결실을 통해 예수님의 가르침으로 이어졌다. 예수께서 가르치신 미워하는 마음을 갖지 말라는 명령은 다른 사람의 생명의 신성함사람은 하나님의 형상대로 지으심을 받았기 때문에 인간의 피는 여호와께 속했다을 가장 강력하게 보호한다.[116]

3. 구약성경은 신약성경을 준비한다는 점에서 규범적인 그리스도인의 윤리로 사용할 수 없다.

대부분의 비저항/평화주의 그리스도인에게 신약성경예수님과 사도들의 가르침은 그리스도인의 삶과 행위의 규범이 된다. 구약성경의 문제점을 인식한 평화주의자는 구약성경이 신약성경을 준비하거나때로는 모순되지만 뒷받침하는 것으로 이해한다. 『퀘이커교, 메노나이트, 형제단 및 유럽 교회들 사이의 전쟁/평화 이슈에 대한 논쟁』 *Discussions on War/Peace Issues Between Friends, Mennonites, Brethren and European Churches*에 대한 평화주의자 요약에 나타난 메노나이트 교회의 진술은 다음과 같다.

구약성경도 동일하게 기원에 있어서 신적이며 성격에 있어서 권위적이라고 믿는 메노나이트는 구약성경은 하나님의 본성과 뜻에 대한 점진적 계시에 대한 기록으로서, 신약성경에서 발견되는 완전하고 최종적인 계시로 이어진다고 주장한다. 그러므로 종종 그리스도인의 전쟁 참여를 뒷받침하기 위해 인용되는 구약성경은 신약성경의 가르침과 모순되는 방식으로 사용되어서는 안 되며 반드시 그리스도와 사도들의 가르침에 비추어 이해되어야 한다. 왜냐하면 우리는 그리스도 안에서 성경 전체의 규범을 발견하기 때문이다. 구약성경에 기록된 이스라엘의 국가 역사는 우리에게 규범적 의미를 가질 수 없다. 왜냐하면 많은 내용이 그리스도와 모순되기 때문이다. 우리는 이스라엘이 적어도 부분적으로는 그리스도가 국가적 메시아 되심을 거부했기 때문에 그를 거부했다는 사실에 주목해야 한다.[117]

국제 화해 친교회International Fellowship of Reconciliation 및 역사적 평화주의를 대변하는 "평화는 하나님의 뜻"이라는 진술은 전쟁과 폭력이 "구원 받지 못한 사회 구조"에 속한 형식적 그리스도인의 윤리라면, 그리스도인은 새로운 실재의 삶으로 부르심을 받았음을 보여준다.

사람은 하나님과의 연합을 통해 회복되며, 이전 것은 지나고 모든 것이 새롭게 된 "그리스도 안에서 새로운 피조물"이 된다.고후 5:17 그는 죄에 대해 죽었기 때문에 더 이상 죄에 거하지 않는다.롬 6:1, 2 환경 때문에 형식적 그리스도인의 행위의 법으로 돌아간 그리스도인에 대한 조항은 없다.118

신약성경의 증거

평화주의자의 신약성경에 대한 용례는 다섯 가지로 제시할 수 있다.119

1. 예수님의 가르침(사도들을 통해 반영된)은 확실히 평화적이다.

a. 비저항: 선으로 악을 이기라.

나는 너희에게 이르노니 악한 자를 대적하지 말라 누구든지 네 오른편 뺨을 치거든 왼편도 돌려 대며 또 너를 고발하여 속옷을 가지고자 하는 자에게 겉옷까지도 가지게 하며 또 누구든지 너로 억지로 오 리를 가게 하거든 그 사람과 십 리를 동행하고마 5:39-41

아무에게도 악을 악으로 갚지 말고… 너희가 친히 원수를 갚지 말고… 네 원수가 주리거든 먹이고 목마르거든 마시게 하라… 악에게 지지 말고 선으로 악을 이기라롬 12:17, 19-21

악을 악으로, 욕을 욕으로 갚지 말고 도리어 복을 빌라벧전 3:9; cf. 살전 5:15

이 절들은 많은 저자들의 비저항/평화주의 관점의 기초를 형성한다. 퀘이커교도이자 영국 버밍햄의 셀리오크스 대학Selly Oakes Colleges 총장인 존 퍼거슨John Ferguson은 마태복음 5:39에 대한 주석과 함께 『사랑의 정치』 The Politics of Love에 대한 논의를 시작한다. 그는 5장 39절을 "악한 자누구인가? 사탄인가? 그렇지는 않은 것 같다를 대적저항하지 말라"로 해석해야 할지 "악한 수단으로 대적저항하지 말라"로 해석해야 할지 분명하지 않다고 말한다. 후자는 헬라어 텍스트와 전적으로 일치하며 로마서 12:21의 "악에게 지지 말고 선으로 악을 이기라"와 조화를 이룬다.120 허쉬버거에게 이 구절은 사랑과 용서에 대한 예수님의 가르침의 중요한 요소에 해당하며, 그리스도인이 정부의 공권력 행사 및 전쟁 참여를 거부할 근거를 제공한다. 비저항은 구원 교리의 본질적 요소이다.벧전 2:21-23; 빌 2:5-11, 14-15,121

캔자스시티 베델 대학의 메노나이트 성경학교의 헨리 패스트Henry A. Fast는 1959년의 저서를 통해 산상수훈의 내용은 정치적 군사적 분야에 초점을 맞춘 것으로 보이지 않지만 "모든 종류의 폭력, 복수를 위한 모든 계획, 모든 분노 및 악한 생각"을 허락하지 않는다고 주장한다.122 예수님은 주기적으로 자신의 가르침을 "정치적-국가적 차원으로부터 끄집어 내여 개인적-종교적 영역에 적용하는 방식"을 취하시며, 그의 나라에 대한 개념은 당시의 정치적 자유 및 국가적 지배력에 대한 희망과는 전적으로 무관한 것이었다.123 그러나 스코틀랜드의 신약학자 맥그리거Macgregor는 설교의 기본적 진술이 개인적 원수에 대한 것이라는 주장에 동의하면서도, 이 새로운 원리를 "로마 군대에 맞선 유대의 애국자"에 대한 예수님의 대안으로 생각한다. 이 새로운 방식은 "도덕적 질서의 정당함을 입증하고 악한 세상을 재창조하는 고난과 희생적 사랑의 힘을 행동으로 제시한다."124

시애틀 대학의 예수회 성경 신학자 존 토펠L. John Topel은 이 가르침은 인간의 신뢰성을 극대화하고 도덕성을 내면화하며 인간을 다른 사람이 되게 하는 특징이 있다는 사실을 인정하고, 모든 삶의 영역에서 이 윤리를 진지하게 받아들이고 준수할 것을 촉구한다.

기독교 사상의 역사에서 볼 수 있듯이… 동일한 근본적 원리로부터 새로운 상황에 적합한 윤리를 구축하는 것과, 전적으로 다른 원리 주변에 윤리를 구축함으

로써 윤리의 기반을 바꾸는 것은 별개의 문제이다.[125]

이스턴 침례신학교의 철학교수인 칼버트 루텐버Culbert Rutenber는 1958년의 저서를 통해 허쉬버거와 라인홀드 니버 및 에밀 브루너가 산상수훈이 "국가 문제를 염두에 두지 않았다"는 주장에 동의한 사실을 언급한 후 다음과 같이 주장한다.

그러나 비폭력 저항은 피로 얼룩진 전쟁과 폭력보다 신약성경의 이상적 사랑에 가깝다. 그러므로 적어도 사회생활을 하는 그리스도인이라면 최소한 비폭력을 주장하는 평화주의를 받아들여야 할 것이다.[126]

그러나 루텐버는 이 가르침이 행복한 결과를 보장하는 것은 아니라고 지적한다. 오히려 이 가르침은 신자를 십자가의 그리스도와 연결한다. 그러나 신자는 이 부르심에 순종함으로써 복된 유업을 약속받는다.벧전 3:9[127]

요더는 이 가르침에 대한 논쟁을 예수께서 지배적인 정치적 대안들을 거부하신 상황과 연결하며, 율법의 성취라는 보다 광범위한 논쟁 안에서의 위치에 주목한다. 예수께서 제시하신 "대안"은 "악한 성향의 사람을 위한 창의적 관심으로, 그의 목적에 대한 거부와 연결된다." 복수를 금지한 예전의 조치는 "이제 상처를 준 자의 구원을 위한 관심이 필요로 하는 특별한 사랑의 수단이 되었다."[128]

b. 이웃과 원수를 사랑하라.

너희 원수를 사랑하며 너희를 박해하는 자를 위하여 기도하라마 5:44

네 이웃을 네 자신 같이 사랑하라마 22:39b

모든 평화주의 저자들은 사도들의 글 전체에 반영된롬 12:9, 17:21; 13:8-10; 갈 5:14; 약 2:8 예수님의 이 가르침을 평화주의 입장의 도덕적 근간으로 생각한다. 평화주의자는 유럽 교회들과의 대화를 통해, 반대 주장에도 불구하고 "원수에 대한 사랑"은 "원수를 죽이는 것"과 양립할 수 없다고 주장한다.[129] 독일 마인츠의 신약성경 신학자 한스-베르너 바르취Hans-Werner Bartsch는 마태복음 5:38-42와 함께 이 가르침은 하나님의 자녀가 된다는 것이 무슨 뜻인지를 분명히 보여주며, 이웃과 원수에 대한 사랑은 구원의 메시지를 검증하는 확실한 수단이라고 말한다. 이 가르침을 위배하는 사회적 행위나 정책은 복음을 위배하는 것이다.[130]

병행구인 누가복음 6:27b-36을 인용한 요더는 이 가르침이 예수님의 제자들과 자기를 사랑하는 자만 사랑하는 자들을 구분한다고 말한다. 그것은 "하나님의 성품을 묘사한다." 온전한 사랑은 하나님처럼 되는 것이며, 차별 없는 사랑을 가리킨다.[131] 사회행동을 위한 복음주의Evangelicals for Social Action의 대표이며 이스턴 침례신학교에서 신학을 가르치는 로날드 사이더Ronald Sider는 이와 유사한 주장을 제시한다.

> 하나님의 거룩함과 온전하심의 한 가지 중요한 요소는 그가 원수를 사랑하신다는 것이다. 하나님의 은혜로 그의 거룩하심을 닮기를 원하는 자들 역시 원수를 사랑해야 한다. 십자가를 지는 한이 있더라도 그렇게 해야 한다.[132]

평화주의자가 강조하는 또 하나의 강조점은 사랑의 적극적이고 활동적인 요소이다. 이 요소는 마태복음 5:39의 비저항에 대한 예수님의 가르침을 보완한다. 사이더는 예수님이 "압제자에 대한 소극적이고 단념하는 태도"를 옹호하지 않았다고 말한다. 원수를 사랑하라는 그의 명령은 "폭력적 혁명을 부르짖는 동시대 열심당 및 수세기 동안의 폭력에 대한 구체적인 정치적 반응"이었다.[133] 맥그리거는 마태복음 5:38-42에서 5:43-48로 이어지는 배열을 부정적이고 수동적인 비저항을 배제하는 중요한 연결로 생각한다. 비저항은 모든 것을 포괄하는 적극적인 사랑의 명령으로 이어진다. "예수님의 평화주의는… 결코 '수동적'이 아니다."[134]

메노나이트교도인 하버드신학교의 고든 카우프만Gordon D. Kaufman 교수는 사랑은 악으로부터 물러나는 것이 아니라 "악의 심장으로 들어가 그것을 고치는 것이다… 적어도 진정한 사랑이라면 그것이 있어야 할 곳은 악한 환경 한 가운데이다"라고 주장한다.마 11:19; 눅 7:34 그는 사랑의 세 가지 모습을 진리에 대한 증거, 죄 가운데 있는 이웃이나 원수를 받아들임 및 죄를 범했거나 악한 결정을 한 개인이나 단체를 버리지 않음으로 규명한다.롬 5:10; 요일 4:10, 19; 마 5:46-47; 고후 5:21 이런 사랑은 전쟁 참여를 거부하면서도 전쟁에 참여하는 개인이나 단체를 계속해서 사랑하고 받아들이는 것과 같은 외견상의 모순을 야기할 수 있다. 사랑의 책임은 편지 쓰기나 투표를 통해 정치적 이슈에 대한 최선의 대안-비저항·평화주의자는 자신의 신앙적 책임 때문에 이런 정치적 또는 군사적 행위를 온전히 지지하거나 동참하지 못할 수 있다- 을 제시하는 책임 있는 조언으로 이어질 수 있다.135

브리티시컬럼비아, 뱅쿠버의 메노나이트 신약학 교수인 윌리엄 크라센William Klassen은 "원수를 사랑하라"는 예수님의 명령에 대해 여러 편의 논문을 썼다. 그는 구약성경, 쿰란 문학, 마카비 종교 및 기독교 이전 유대교와 상반된 가르침의 의미 및 새로움에 대해 연구한다.136 클라센은 예수님의 명령은 의의 아들들이 어둠의 아들들에게 복수한다는 쿰란 문학의 강조점과 뚜렷이 대조된다는 사실을 보여준다. 또한 예수님의 명령은 율법에 대한 열심을 이방의 정치적 압제자와의 싸움으로 바꾼 마카비의 애국심과도 대조를 보인다. 그러나 원수를 사랑하라는 예수님의 명령은 독특한 가르침이 아니다. 기독교 이전 유대교에서도 유사한 주장이 발견된다.137 오히려 예수님에 대해 새로운 것은 평화의 사람을 창조하려는 그의 행동이다. 예수님이 "평화의 자녀"를 모으시고 그런 제자들을 지명하신 것은마 5:9; 눅 10:5-6 사랑의 명령의 새로운 표현이다.138

원수를 사랑하라는 예수님의 명령은 방법너를 박해하는 자를 위해 기도하고 너를 미워하는 자에게 선을 행하라과 확실한 동기아버지의 자녀가 되라, 사랑 안에서 완전하라, 황금률을 따르라 및 구체적인 사례다른 뺨을 돌려 대라, 십리를 가라로 살이 붙는다.139 또한 클라센은 바울이 어떻게 로마서 12-13장의 가르침을 그리스도인과 정치권력의 관계에 적용할 수 있었는지를 보여준다. "사랑"과 "선"이라는 주제는 밀접하게 연결되어 있다. "아가페 사랑은 악을 미워하고 '아가돈' [선, 2:9]에 속하는 행위에서 분명히 드러난다." 이 관점은 권세가 선을 인정하는 기능을 해야 한다는 13:1-7의 주장으로 이어진다.140

c. 예수님은 검을 사용하지 말라고 가르치셨다.

이에 예수께서 이르시되 네 칼을 도로 칼집에 꽂으라 칼을 가지는 자는 다 칼로

망하느니라마 26:52

예수께서 대답하시되 내 나라는 이 세상에 속한 것이 아니니라 만일 내 나라가 이 세상에 속한 것이었더라면 내 종들이 싸워 나로 유대인들에게 넘겨지지 않게 하였으리라 이제 내 나라는 여기에 속한 것이 아니니라요 18:36

우리의 싸우는 무기는 육신에 속한 것이 아니요 오직 어떤 견고한 진도 무너뜨리는 하나님의 능력이라고후 10:4

진 라세르는 이 구절들을 사탄이 예수께 세상 나라를 주겠다고 한 세 번째 시험마 4:8-10과 연결한다. 라세르는 예수께서 무리가 그를 억지로 왕으로 삼으려는 것을 금하셨으며요 6:15, 특이한 방식을 선택하여 예루살렘에 입성하셨으며막 11:1-10, 열두 군단 더 되는 천사를 불러 로마 병사와 싸우게 하실 수도 있었지만 거부하셨으며마 26:53, 무리가 십자가에서 무력한 상태에 있는 예수님을 비웃었다는눅 23:35 사실에 주목한다. 라세르는 예수께서 사역하시는 동안 검의 사용을 고려할 수 있었으나 거부하셨다고 말한다. 이것은 다른 사도들의 가르침과도 일치한다.마 15:18-19; 5:21-22; 요일 3:15, 141

예수님이 검과 같은 형태의 반응을 거부하신 다양한 경우에 대해 살펴본142 퍼거슨은 예수께서 폭력은 폭력을 낳는다고 가르치셨다고 말한다. 그는 메시아로서 전쟁과 군사적 승리가 아닌 무장해제 및 평화를 지지하신다.143 루텐버는 마태복음 26:52는 호신용 칼마저 금한 "분명하고 확실한" 본문이라고 말한다.144

문제가 되는 본문에 대한 평화주의자의 논의에 대해서는 부록 2를 참조하라.

2. 하나님 나라의 본질 및 예수님의 메시아 되심은 평화주의자/비저항 입장을 지지한다.

a. 예수께서 1세기의 정치적 상황에서 하나님 나라를 선포한 것은 예수님의 평화주의를 보여준다.

대부분의 평화주의 저자들은 예수님의 하나님 나라에 대한 선포는 정치적으로 혁명적 상황에서 일어났다는 신약 학계의 광범위한 주장에 동의한다.[145] 클라센은 예수님의 입장과 폭력적 열심당의 입장 및 종말론적 성전holy war을 소망하는 쿰란 에세네파의 입장을 대조한다. 예수님은 빛의 아들들을 모아 "어둠의 아들들과의 최후의 전쟁"을 준비시키는 대신 "평화의 자녀"를 모으러 나가신다. 이것은 당시의 정치적 상황에 대한 새로운 윤리적 기여이다.[146] 요더는 예수께서 바리새인의 내면화된 신심, 에세네파의 은둔, 사두개파와 헤롯당의 협력적 전략 및 열심당의 폭력적 혁명과 다른 유형의 혁명을 보여주셨다고 말한다. 그는 이방인외국인-원수의 빛이 되심으로 새로운 종의 방식을 보여주셨으며, 유대인과 이방인이 함께 하는 새롭고 자발적인 공동체를 시작하시고 자기에게 상처를 준 자들을 다루는 새로운 방법을 제공하셨다.[147]

예수님의 평화주의적 헌신에 대한 묘사에 나타난 또 하나의 중요한 요소는 예수님이 자신의 사명을 이사야 40-55장의 종의 사명 및 구약성경의 안식일-안식년-희년의 공의와 동일화 하셨다는 것이다. 프랑스의 개신교 학자인 앙드레 트로메 Andre Trocme는 예수님의 공생애의 시작주후 26-27년을 달력상의 실제적 희년과 일치시키고, 예수님은 희년의 시행을 촉구하는 차원에서 하나님 나라를 선포하셨다고 주장한다.눅 4:16-19, [148] 이어서 트로메는 희년의 급진적인 사회-경제적 윤리가 어떻게 예수님의 메시지와 사명에 스며들었는지를 보여준다. 이 관점을 발전시킨 요더는 사회-정치적 의미를 보여주는 예수님의 사역의 다양한 국면대부분 누가복음의 자료에 대해 논의한다.

수태고지눅 1:46 이하; cf. 3:7 이하

사명 및 시험눅 3:21-4:14

예수님의 공생애를 위한 플렛폼눅 4:14 이하

플렛폼에 대한 재확인눅 6:12 이하

제자도의 희생에 대한 예수님의 가르침눅 12:49-13:9; 14:25-26

예수께서 성전에 나타나심눅 19:36-46

마지막 거부눅 22:24-53

요더는 예수께서 신적 명령을 받은 사명을 통해 "인간적, 사회적, 따라서 정치적 관계의 새로운 가능성"을 짊어진 자로 오셨다는 결론을 내린다.150

유대인의 메시아 대망은 군사 지도자, 재건된 예루살렘에서 흩어진 이스라엘의 재결합, 평화 및 공의에 대한 기대라고 주장한 퍼거슨은 "우리는 이러한 요소들을 통해 메시아 대망이 정치적이며, 예수님은 이러한 정치적 대망을 재해석하셨음을 알 수 있다"고 말한다.151 이어서 퍼거슨은 예수님의 사역의 정치적 영역에 대해 묘사한다. 우리는 세상 나라를 소유하려는 유혹에 빠지지 않아야 한다. 예수님은 "군사적 정복이라는 세속적 방식"을 거부하시고 "주 너의 하나님께 경배하고 다만 그를 섬기라"는 정치적 맥락의 말씀을 하셨으며, 하나님의 주권을 전파하시고 경제적 나눔을 실행하는 새로운 공동체를 불러 모으셨으며, 예수님의 모든 사역은 정치적 메시아에 대한 질문이 끊이지 않았으며 특히 예수께서 정치적 혁명을 이끌 것으로 기대한 무리가 그를 왕으로 삼으려 했을 때는 절정에 달했다. 또한 예수님의 제자 가운데에는 열심당원과 로마의 부역자도 있었으며, 예수님의 예루살렘 입성은 정치적 의미를 가지며눅 19:41-44 그의 묵시적 강화는 성전의 전복을 예언했으며, 예수님은 "정치적 죄로 인해 사형을 당하셨다."152

그러나 퍼거슨은 예수님의 메시아 되심의 정치는 다섯 가지 면에서 다른 점이 있다고 말한다. (1) 예수님은 국가적 회개를 명하신다. (2) 그는 사회 정의 및 상호 보살피고 나누는 삶을 촉구하신다. (3) 예수님은 수단과 목적 양면에서 전쟁이 아닌 평화를 주장하신다. (4) 그는 고난 받는 종과 자신을 동일시하시고 제자들에게 보복하지 말고 차라리 고난을 당하라고 말씀하신다. (5) 예수님은 복음의 은혜를 모든 백성, 로마의 원수에게까지 확장함으로써 로마의 지배에 응답하신다. 그는 이러한 사역을 통해 열심당의 방식에 대한 대안을 제시함으로써 폭력을 반대하는 자신의 가르침을 정당화 하고 사랑의 구원적 힘을 보여주신다.153

b. 예수님에 대한 시험은 본질상 정치적이었다.

평화주의자는 그 나라 및 예수님의 메시아 되심의 본질에 초점을 맞추기 때문에 예수님에 대한 시험과 관련하여 광범위한 견해를 제시한다. 맥그리거는 세 번째 시험마 4:8-11과 관련하여 "사탄에 대한 경배를 거부한 것은 나라 자체에 대한 전면적 부인이 아니라 사탄의 방식으로 그 나라를 얻는 것에 대한 거부로 보아야 한다"라고 말한다.154

요더는 사탄을 경배함으로서 세상 나라를 얻으려는 유혹은 "일종의 사탄 숭배"를 가리킨다기보다 "정치 권력욕 및 국수주의의 우상적 성격"을 가리킨다고 주장한다.155 또한 요더는 "돌들로 떡덩이가 되게 하는" 행위를 메시아 되심의 경제적 옵션과 연결한다. 예수님은 무리를 먹이심으로 왕이 될 수 있었다.요 6장에서 볼 수 있는 것처럼 또는 "성전에서 뛰어내림으로써" 종교-정치적 자유를 위한 싸움을 알리고 종교적 영웅으로서 메시아 사역을 시작할 수 있었다.cf. 종려주일 입성, 156 마찬가지로 펜실베이니아에 있는 엘리자베스타운 대학의 메노나이트 사회학자인 도날드 크레이빌Donald Kraybill은 세 가지 시험에 대해 예수님의 '뒤집힌 나라' Upside-Down Kingdom가 거부하는 '똑바른 나라' Right-Side-Up Kingdom의 그림자 –폭력적 혁명의 산악 정치, 핵심 파벌의 성전 신심 및 복지 왕의 광야 떡– 라고 생각한다.157

c. 베드로의 고백은 정치적 선언이다.

"주는 그리스도시니이다" 막 8:27-38라는 베드로의 고백은 평화와 십자가의 길에 대한 예수님의 가르침에 자극을 받은 정치적 선언이다.

퍼거슨은 이것을 "중요한 의미를 가진 본문"으로 규명한다.158 그는 예수께서 자기를 메시아라고 말한 베드로의 진술에 대해 거부하지 않으셨으나 즉시 자신은 "전혀 다른 성격의 메시아"이심을 밝히신다.159 예수님은 그의 메시아 되심을 제2이사야에 나오는 고난의 종 및 고난을 받고 죽임을 당할 인자로 제시하신다. 이것은 베드로의 항변을 초래했으며 계속해서 그의 항변에 대한 예수님의 책망이 이어진다. "사탄아 내 뒤로 물러가라"라는 예수님의 대답은 그가 세 번째 시험에서 사용하신 언어이다. 퍼거슨은 이 부분에 대해 다음과 같이 해석한다.

예수님을 고난의 길에서 보다 익숙한 메시아 개념으로 돌리려 했던 베드로는 사탄의 말로, 사탄의 방식으로 정치적 권력을 얻으라는 시험을 재개한다. 실제로 누가는 시험에 대한 본문에서 사탄이 "얼마 동안 떠나니라"고 진술한다.눅 4:13 그의 시간은 빌립보의 거라사 지방에서 다시 시작된다.160

퍼거슨은 이 에피소드에 이어 고난 받는 인자이신 예수께서 제자들에게 "폭력의 길을 피하고 십자가 고난의 길, 비폭력적 사랑을 받아들이라"고 교훈하는 장면이 뒤따른다는 사실에 주목한다.161

d. 고난 받는 종 –인자– 메시아는 메시아사상에 대한 새로운 평화적 묘사를 과감하게 소개한다.

맥그리거는 하나님 나라라는 주제를 메시아 예수라는 주제와 연결한다. 그는 예수께서 적어도 두 가지 기본적인 차원에서 대중의 생각을 바로잡으셨다고 주장한다. 하나는 "유대라는 국적만으로는 그 나라에 대한 소유를 보장할 수 없다"는 것이다. 또한 예수님은 자신이 메시아이심을 부인하지 않았지만 이방 제국을 전복하기 위해 "메시아 전쟁을 해야 한다"는 사상을 거부하셨다.162

토펠은 예수님이 자신을 가리켜 메시아라는 호칭을 사용하신 적이 없다고 말한다.부활하신 후[눅 24:26, 45] 및 사마리아 여자에게[요 4:25-26] 하신 말씀은 제외 예수님은 마가복음 8:29; 14:61; 15:2 및 비유를 통해 이 호칭에 대해 암시적으로 말씀하신바 있다. 토펠은 "아마도 예수님 시대에 '메시아'라는 호칭은 예수께서 회피하실 만큼 강한 국가적, 정치적 함축을 가지고 있었을 것이다.… 예수님이 이 호칭을 피하신 것은 이 용어가 자신이 행하시려는 것의 의미를 정확히 반영하지 못하기 때문일 것"이라고 설명한다.163 토펠은 인자라는 호칭은 복음서에 81회 나타나는데 모두 예수께서 자신을 가리키는 표현으로 사용되었다고 말한다. 가장 놀라운 것은 예수께서 고난 받는 종의 사역을 묘사하기 위해 이 호칭을 묵시적, 영적 개념단 7:13과 함께 사용하셨다는 것이다. 예수님은 세 번이나 자신은 "인자로서 고난을 받고 죽임을 당하기 위해 예루살렘으로 가는 중"이라고 말씀하셨다.164 "인자가 온 것은 섬김을 받으려 함이 아니라 도리어 섬기려 하고 자기 목숨을 많은 사람의 대속물로 주려 함이니라" 막 10:45

이어서 토펠은 희년의 정의에 대한 선포를 포함하여 눅 4:16 이하 예수께서 종의 사역에 대한 예언을 성취하셨다는 복음서 여러 곳의 주장에 대해 묘사한다. 토펠은 이러한 강조점을 신약성경 신학의 핵심으로 생각한다.[165]

엘러에게도 이것은 핵심적 문제이다. 그는 복음서의 다양한 본문을 인용하여 두 개의 이사야 전승 -적수가 없는 승리적, 메시아적 시온과 고난 받는 낮은 종- 을 결합한다. 엘러는 예수님이 예루살렘에 입성하신 종려주일에 대해 다음과 같이 말한다.

> 이 입성은 왕의 승리를 보여주지만 사실상 십자가에서의 죽음으로 연결된다. 나귀를 타신 왕, 이사야의 메시아와 제2이사야의 고난당하는 종은 동일 인물이다.[166]

e. 승리하신 양으로서 예수님은 새로운 길을 보여주셨다.

엘러는 요한계시록의 사자-어린 양 이미지에 대한 언급과 함께 예수께서 메시아이자 종이라는 관점에 대한 논의를 계속한다. 그는 양 이미지 역시 제2이사야에서 온 것이라고 말한다. 엘러는 요한계시록의 가장 기본적인 개념인 그리스도의 양 이미지를 통해 다음 사실을 확인할 수 있다고 말한다.

> 양 이미지는 자신을 내어주는 희생적 연약성을 상징한다. 그에게 도살의 흔적이 있다는 것은 그가 이미 무죄한 고난을 통해 순교와 죽음이라는 쓰라린 결말을 맛보았으나 죽음을 통해 승리하시고 산 자가 되셨다는 것을 보여준다. 그러나 이 양이 사자라는 사실은 어떤 모순도 없으며, 아무런 방어도 하지 않는 양의 방식이야말로 진정한 힘과 자세이며 싸움과 정복의 수단임을 보여준다. 요한은 이사야/제2이사야를 결합한 고난 받는 종, 메시아의 모습을 전례 없이 생생한 방식으로 묘사한다.[167]

어린 양 예수는 하나님의 전사이다. 이 연약한 양-전사의 승리는 구약성경의 거룩한 전쟁의 절정에 해당한다. 이 전사는 승리적 속죄의 순교자로 죽었으며 따라서 전쟁과 평화라는 두 가지 성경적 지류를 결합한다. 평화는 어린 양의 죽음, 십자가의

보혈을 통해 온다. 퀘이커교의 전신인 친구들Friends의 창시자인 조지 폭스George Fox
는 이 사실을 강조한다. 퀘이커 종교학 교수인 캔비 존스T. Canby Jones는 『어린 양의
전쟁』The Lamb's War에 나타난 폭스의 관점을 다음과 같이 요약한다.

> 이 군대를 이끄는 만왕의 왕이며 만주의 주이신 그리스도는 그 입의 말씀이신 성
> 령의 검을 통해서만 죽이신다. 이 말씀과 병기는 사람을 죽이는 것이 아니라 악
> 을 죽인다. 성령의 검은 사람의 생명을 해하지 않는다. 그것은 그들의 영혼을 살
> 린다. 이 싸움의 무기는 "육신에 속한 것이 아니요 오직 어떤 견고한 진도 무너뜨
> 리는 하나님의 능력"이다.고후 10:4 인간적 무기에 의존하는 자는 영적 무기를 던
> 져버린다. 그러나 어린 양의 군대는 물리적 힘에 의지하는 자를 이길 것이며 어
> 린 양은 승리를 거두고 영원한 나라를 소유하게 될 것이다.168

존스는 폭스가 예수님을 이사야 53장의 고난 받는 어린 양이자 요한계시록에
서 백마를 타신 정복자로서 의의 전쟁에서 그 입으로부터 나오는 검으로 죽이시고
만왕의 왕, 만주의 주, 전능하시고 영원하신 주로서 찬양과 영광을 받으신 분으로 제
시한다고 말한다.169

요더는 "어린 양의 전쟁"이라는 장과 함께 『예수의 정치학』Politics of Jesus을 끝
맺으며 자신의 책에 "우리의 양 정복자" Vicit Agnus Noster라는 부제를 단다. 죽임 당하
신 어린 양의 승리는 "역사의 의미를 결정한 것은 검이 아니라 십자가이며 잔인한 힘
이 아니라 고난"이라는 사실을 보여준다. 또한 "역사에서 연약함의 의미"는 "육신
이 되어 우리 가운데 거하신" 예수님 자신을 통해 규명된다.170

3. 그리스도의 속죄는 평화주의적 제자도를 요구한다.

평화주의자는 다양한 방식으로 이러한 사실을 강조한다. 사이더는 그리스도의
대속을 경시하지 않는 한 하나님이 대적을 다루시는 평화로운 방법을 거부할 수 없
을 것이라고 주장한다.171 요더는 제자도를 그리스도의 죽음과 연결하고 칭의를 화
목과 연결하며 예수님의 발자취를 따름을 어린 양의 승리와 연결한다.172 엘러는 예
수님의 제자도에 대한 가르침을 메시아-종으로서의 예수와 어린 양-왕으로서의 예

수에 대한 장들 사이에 배열함으로서 예수님의 속죄 사역이 제자도의 기초이며 모델이라는 사실을 분명히 드러낸다.[173] 허쉬버거의 책에는 빌립보서 2:5-11 및 베드로전서 2:21-24가 핵심 교리로 자주 등장한다.[174]

평화적 제자도에 초점을 맞춘 이 전략적 지점에 대한 성경의 사용은 세 가지 강조점을 위해 선정된 몇 가지 자료에만 한정될 것이다.

a. 속죄는 권세들에 대한 승리를 의미한다.

통치자들과 권세들에 승리하신 그리스도에 대한 바울의 가르침은 부분적으로 요한이 말하는 어린 양의 전쟁과 유사한 기능을 한다. 시카고에 있는 북침례 신학교의 메노나이트 신학자 토마스 핑거Thomas N. Finger는 "알지 못하고 영광의 주를 십자가에 못 박은 통치자들"의 배후나 속죄 이론에서 "사탄을 속인" 그리스도에 초점을 맞춘 초기 교회의 배후에는 예수께서 겸손한 종의 삶을 사셨다는 공통된 기반이 자리한다는 사실을 지적한다. 하나님은 사탄을 속인 것이 아니라 단지 신적 본성에 합당한 종의 형태로 오셨을 뿐이다. 권세들은 오만함과 사탄을 추종함으로써 그리스도를 알아보지 못하고 그를 십자가에 못 박는 어리석음을 범했다. 따라서 하나님은 부활하신 예수를 통해 자신이 누구를 십자가에 못 박고 있는지를 몰랐던 권세들을 무력화 시키고 그들에게 승리하심으로써 자신의 선하심을 드러내고 '왕이신 어린 양/메시아이신 종'을 신원하셨다.[175] 그리하여 예수님은 대적의 요새를 지나 포로들을 그의 행렬로 이끄셨다. 그러므로 권세들에 의해 노예가 된 자들을 되찾아온 구원은 그리스도의 승리적 행위의 한 부분이다.[176]

이 과정에서 지상 통치자 및 영적 세력을 포함한 권세exousia는 쫓겨난다. 벌콥H. Berkhof, 케어드G.B. Caird 및 오스카 쿨만Oscar Cullmann의 신학적 업적을 확인한[177] 요더는 골로새서 2:15에 나오는 세 가지 동사에 대한 벌콥의 주석을 인용한다.

⑴ 그는 그들을 드러내어 구경거리로 삼으셨다. 권세들의 진정한 본성이 드러난 것은 정확히 십자가에서이다. 권세들은 앞서 가장 근본적이고 궁극적인 실체, 세상의 신들로 인식되었으나… 이제 참되신 하나님이 그리스도를 통해 이

땅에 나타나셨으며, 따라서 권세들이 하나님을 대적하고 그의 도구가 아니라 그의 적으로 행한 것은 분명하다.

⑵ …그리스도는 그들을 이기셨다. 가면을 벗긴 것은 그들이 이미 패배했음을 보여준다… 부활은 십자가에서 이미 성취한 것을 드러낸다. 하나님은 그리스도를 통해 권세들과 맞섰으며 그들의 영토로 들어가 그가 그들보다 강하심을 보여주셨다.

⑶ 이 승리의 구체적인 증거는 십자가에서 그리스도께서 권세들을 무력화하셨다는 것이다. 지금까지 그들의 힘의 원천이었던 무기착각의 힘는 그들의 손에서 철거되었다… 어떤 권세도 우리를 그리스도 안에 있는 하나님의 사랑에서 떼어놓을 수 없다. 가면이 벗기고 본성이 드러난 그들은 백성에 대한 장악력을 상실했다. 십자가는 그들을 무력화했으며, 이 복음이 전파되는 곳마다 권세들은 가면을 벗고 무장해제 당한다.[178]

이 권세들에 복종하지만 "우월감에 빠진 그들에 대한 지지를 거부하신" 예수님은 법조문, 질서갈 4장의 스토이케이아["초등학문"], 속박 및 죄를 포함한 모든 착각의 힘으로부터 믿는 자들을 풀어주셨다.골 2:13-15 예수의 승리는 교회가 통치자들과 권세들에 대해 증거할 수 있는 능력을 준다.[179]

이렇게 권세들의 힘에서 구원 받은 신자들은 그리스도의 평화를 실천함으로써 검증을 해야 한다. 우리는 평화 교회와 유럽 교회의 대화에 대한 베다니 신학교의 요약적 진술에서 이런 사례를 확인할 수 있다.

교회는 그리스도께서 세상과 사람을 노예로 삼은 권세들에게 승리했다. 죽음과 부활을 통해 죄와 사망과 율법과 사탄을 이긴 그리스도의 승리는 결정적이고 최종적이다. 하나님은 이 승리를 통해 그리스도 안에서 새로운 피조물의 시대를 시작하신다. 사람은 이 새 시대의 부활의 능력을 통해 믿음으로 옛 시대의 어두움을 벗고 새로운 피조물이 된다.갈 2:20; 롬 6:1-11; 고후 5:17 그는 다시 한 번 하나님과의 교제를 회복하고, 이웃과의 조화와 평화를 회복하며, 새롭게 깨끗하게 된 자신 안에서 온전함을 회복하며롬 5:10 이하; 6:17 이하; 7:22 이하; 8:1-17, 하나님의 아들들과 함께 모든 타락한 만물의 회복을 예시한다.롬 8:19-23 그리스도는 교회와 세상의 주이시며, 통치 권력 및 모든 피조계의 권세들의 주이시다.180

대속에 대한 이러한 승리적 관점181은 그리스도의 평화의 길을 따르는 삶은 신자들에게 실제적이라고 주장한다. 그들은 권세들의 위선적 폭정에서 자유하기 때문이다. 자기 방어의 필요성, 힘의 균형 및 법에 대한 우상화는 신자들의 지표가 아니다.182

b. 대속은 화목하게 하는 칭의를 의미한다.

요더는 마르쿠스 바스Markus Barth의 책183에 기초하여 칭의 교리를 수직적 및 수평적 차원에서 평화와 연결한다. 하나님의 의롭다하심은 하나님과의 화평을 누리게 한다.롬 5:1 당연한 말이다. 그러나 예전의 적대적이었던 대적과도 평화를 누려야 한다. 위대한 역사적 논증, 칭의에 대한 이해를 끌어낸 문맥은 유대인과 이방인 사이에 평화를 만든다.갈 2:14 이하; 엡 2:11 이하 이것은 그리스도의 대속으로 말미암은 하나님의 새로운 피조물이며고후 5:17 하나님의 새 사람이다.엡 2:15 "하나님의 의를 선포한다는 의미는… 하나님께서 바로잡으셨다는 것이다." 하나님은 죄인들과의 관계를 정립하시고롬 5:8 원수 된 자들을 화평하게 하셨다.엡 2:14-17 칭의와 화평은 별개의 분리된 요소가 아니라 하나이다.184

메노나이트 신학교수인 마를린 밀러Marlin E. Miller는 "십자가를 메시아의 평화라는 사회적 실재"와 연결하지 않는 전통적 속죄 교리를 비판한다. 밀러는 다음과 같이 주장한다.

> 바울은 그리스도의 사역에 대해 본질적으로 하나님께 나아가게 하는 동시에 서로 적대시 하는 인간을 화평하게 하는 것이라고 강조한다. 따라서 원수 된 자들을 화평하게 하는 것은 근본적으로 예수 그리스도의 사망과 부활에 속한 일이다.185

사이더도 속죄를 비폭력적 사랑과 연결한다.

십자가는 하나님이 고난 받는 사랑을 통해 그의 대적을 다루시는 궁극적인 증거라는 사실은 바울을 통해 가장 분명한 신학적 표현으로 제시된다. "우리가 아직 죄인 되었을 때에 그리스도께서 우리를 위하여 죽으심으로 하나님께서 우리에 대한 자기의 사랑을 확증하셨느니라… 곧 우리가 원수 되었을 때에 그의 아들의 죽으심으로 말미암아 하나님과 화목하게 되었은즉"롬 5:8, 10 죄인들을 위한 예수님의 대속적 십자가는 원수를 사랑하라는 예수님의 명령의 기초이자 가장 심오한 표현에 해당한다…

예수님은 제자들에게 원수를 사랑하라고 명령하셨으며 하나님이 고난 받는 사랑을 통해 원수와 화목하셨음을 보여주시기 위해 아들의 몸을 입으시고 죽으셨기 때문에, 비폭력적 방식에 대한 어떤 거부도 속죄에 대한 이단적 교리이다. 하나님이 그리스도를 통해 고난의 섬김을 통해 대적과 화목하셨다면, 그리스도를 신실하게 따르기를 원하는 자들은 원수를 다른 방식으로 대할 수 없을 것이다.[186]

또한 사이더는 로마서 4:25를 통해 비폭력과 예수님의 부활을 연결한다. "우리는 부활 안에서 행하기 때문에 비폭력적인 삶을 살 수 있다."[187]

c. 제자도란 예수 그리스도와 자신을 동일시하고 그를 따르며 닮아간다는 뜻이다

거의 모든 평화주의 저자들은 이 주제를 강조한다. 요더는 이러한 제자도 이미지를 하나님의 본성 및 예수 그리스도의 삶과 연결한 후 "제자/동참자와 그리스도의 죽음"이라는 별도의 장을 할애하여 다음의 영역을 포함한 내용을 다룬다.

1 "사도의 실제적 삶으로서 그리스도와 함께 고난당함" 빌 3:10 이하; 고후 4:10; 골 1:24; 고전 10:33 이하; 살전 1:6

2 "신적 비하에 동참함" 빌 2:3-14

3 "그리스도처럼 목숨을 버림" 엡 5:1 이하; 요일 3:16

4 "지배를 대신한 고난 받는 섬김" 막 10:42-45; 마 20:25-28; 요 13:1-13

5 "그가 하신 것처럼 무죄한 고난을 불평 없이 받아들임" 벧전 2:20 이하; 3:14-18; 4:12-16

6 "세상이 대적하는 그리스도와 함께, 또는 그리스도처럼 고난 받음" 눅 14:27-33; 마 10:37 이하; 막 8:34 이하; 요 15:20 이하; 딤후 3:12; 빌 1:29; 벧전 4:13; 히 11:1-12:5

7 "죽음은 죄의 권세로부터 벗어나는 것임" 벧전 4:1 이하; 갈 5:24

8 "죽음은 선지자들의 운명이다. 우리가 따르는 예수님은 이미 그들을 따르셨다" 마 23:24; 막 12:1-9; 눅 24:20; 행 2;36; 4:10; 7:52; 23:24; 살전 2:15 이하

9 "죽음은 승리이다" 골 2:14; 고전 1;22-24; 계 12:10 이하; cf. 5:9 이하; 17:14, **188**

요더는 우리가 따르거나 닮아야 할 예수님의 삶 가운데 하나는 그의 목수일이나 전원생활이나 가르치는 방식이나 독신생활이 아니라고 말한다.

우리가 닮아야 할 영역은 한 가지 뿐이다. 그러나 이 영역은 신약성경의 모든 지류에 나타나며 무엇보다 놀라운 것은 다른 영역에는 유례를 찾아볼 수 없다는 사실이다. 이것은 정확히 십자가에 함축된 구체적인 사회적 의미와, 십자가와 대적 및 권력과의 관계라는 지점에 위치한다. 섬김은 지배를 대신하고 용서는 적개심을 흡수한다. 신약성경의 "예수님을 닮으라"는 사상은 이런 식으로 –그리고 오직 이런 식으로만– 우리를 구속할 수 있다.189

엘러와 토펠은 제자도를 그리스도의 속죄 사역과 연결한다. 그리스도와 하나가 될 것을 요구하는 텍스트골 2:12; 롬 6:5, 10-11; 고전 4:9-13를 인용한 엘러는 바울의 삶과 우리의 삶은 "예수님을 복사하는 것이 아니라 그를 증거하는 것으로 해석되어야 한다"고 말한다.190 엘러는 계속해서 왕이신 예수님의 "나를 따르라"는 명령이 나타나는 복음서 본문마 5-7장; 10:34-39에 대해 한 장을 할애한다.191 요한계시록에 대한 엘러의 주장도 제자도를 속죄와 연결한다. 그는 증언-죽음을 통한 신자들의 승리는 왕이신 예수 자신이 증언과 죽음을 통해 승리하셨기 때문에 확실하다고 주장한다.192

리차드 맥솔리Richard McSorley는 "그리스도를 닮음"에는 제자도가 포함된다고 주장하며,193 그리스도인은 평화의 조성자이며 화평케 하는 분이신 그리스도를 닮아야 한다고 말한다.

그의 방법은 십자가이다. 예수님은 고난을 사랑으로 받아들였으며 다른 사람에게 넘기지 않으셨다. 사랑하라는 복음서의 초청은 무력의 사용과 전적으로 배치된다… 그리스도의 생명의 도는 군사적이 아니다. 그것은 화평케 하는 평화주의이다…

그의 생명은 하나님이 우리에게 가르치신 삶의 "길"이다.194

4. 교회의 본질 및 사명은 평화주의로 이끈다.

a. 교회는 그리스도의 평화의 몸이다.

마를린 밀러는 교회를 "적개심과 갈등이 새로운 사회적, 종교적 정체성으로 대체된 새로운 공동체적 존재"로 규정한다. 이 새사람은 "메시아 자신의 공동체적 존재, 적개심을 극복하고 예전의 원수들이 평화롭게 사는 메시아 공동체"이다.195

맥그레거는 "국가 가족"이라는 제목 하에, 그리스도 안에서 다양한 사람들의 하나 됨과 연합을 묘사한 바울의 본문 여섯 곳엡 3:14 이하; 4:25; 고전 12:13; 롬 10:12; 갈 3:28; 골 3:11을 인용한다. 마찬가지로 요더는 "교회다운 교회가 되라"는 주장을 제시하면서 "그리스도인의 국제주의는 섬기는 교회가 반드시 회복해야 할 진정한 연합"이라고 말한다.196 교회는 독특한 국제적 동질의식을 가지고 있기 때문에 교회가 전쟁에 참여한다면 연합의 결속을 끊고, 몸의 지체들을 서로 싸우게 하며, 몸의 머리이신 그리스도의 영광을 가리는 것이 될 것이다. 한 나라의 그리스도인이 다른 나라의 그리스도인과 싸우기 위해, 또는 자신을 방어하기 위해 무기를 든다면, 두 그룹은 가이사가 아닌 예수가 주시라는 그들의 신앙고백을 부인하는 것이나 다름없다.197

메노나이트 신학자이자 복음전도자인 마이런 옥스버거Myron Augsburger는 『그리스도인이 전쟁을 반대하는 근거』The Basis of Christian Opposition to War라는 책에서 다섯 가지 이유를 제시하는데 그 가운데 하나는 평화주의자로서 "우리는 그리스도의

나라의 지체됨을 가장 우선적인 충성의 대상으로 여기기 때문"이라는 것이다.198

그리스도의 나라의 지체임을 확인한다는 것은 그리스도와 그의 나라에 대한 충성이 다른 모든 충성을 능가한다는 의미이다. 이 입장은 국가주의보다 우선하며, 무엇보다 동료 제자들을 -그들의 국적과 관계없이- 함께 그리스도를 섬기는 동일한 지체로 여길 것을 요구한다.199

b. 교회의 사역은 평화이다.

옥스버거는 전쟁이 교회의 선교를 반대한다고 생각한다. "우리는 그리스도께서 대신 죽으신 자를 죽일 수 없다… 우리는 하나님이 구원하실 사람의 생명을 빼앗을 수 없다."200 옥스버거는 "오늘날의 기독교"에 대한 글에서 다음과 같이 주장한다.

복음적 관점에서 볼 때 그리스도인은 전쟁에 참여할 때마다 선교와 복음전파에 대한 위대한 소명에 대한 책임을 포기했다고 말할 수 있다. 그리스도인이 세상을 바꾸는 방식은 하나님을 대적하는 행위를 무력으로 멈출 수 있다고 생각하는 대신 복음서의 복음을 나누는 것이다.201

「소저너스」Sojourners의 편집자인 짐 월리스Jim Wallis는 "신약성경이 생각하는 교회는 세상의 가치관에 대해 반대신호를 보내고 새로운 질서의 전형이 되어야 할 사명을 받았다"고 말한다. 교회는 "인간의 삶이 그리스도의 사랑과 능력을 통해 어떻게 변할 수 있는지 보여주어야 한다."202 마찬가지로 메노나이트 역사 신학자이자 선교사인 노만 크라우스Norman Kraus는 교회가 "정의, 상호 우애, 존중 및 용서"의 삶을 통해 하나님의 마음을 드러내어야 한다고 말한다. 역사 속에서 행하시는 하나님을 증거하는 화목된 공동체로서 교회는 언덕 위의 도시처럼 세상을 비추는 빛이 되어야 한다.203 교회의 지표인 화평케 하는 사역은 지체들로 하여금 가난하고 짓밟힌 자와 한 마음이 되고 아픈 자와 상처 입은 자를 치유하며 갇힌 자와 포로된 자를 풀어주고 주린 자를 먹이며 소외되고 외로운 자를 돌봄으로써 "하나님 나라와 공의를 드러내는 사역"을 하게 한다. 화평케 하는 자는 "의에 주리고 목마른 자"이다. 마 5:6,

요더의 저서에는 이와 동일한 강조점이 통치자들 및 권세들과의 명확한 관계와 함께 제시된다. 요더는 벌콥의 주석 및 에베소서 3:8-11을 인용하여, 십자가의 평화로 유대인과 이방인을 하나로 묶는 바울의 이방인 선교는 하나님의 각종 지혜의 능력을 드러내고 선포한다고 말한다. 이 새로운 방식, 이 새로운 창조는 "권세들에게 쇠퇴함이 없었던 그들의 지배가 끝났음을 알려주는" 징표이다.[205] 교회는 권세들의 지배에서 벗어나 자유롭게 존재하는 자체만으로도 그들에 대한 사명을 다하고 있다. 교회는 "권세들을 공격하지 않는다. 그리스도께서 그렇게 하셨기 때문이다."[206] 요더는 그리스도의 승리를 선포하며 그런 삶을 산다는 것에 대해 다음과 같이 말한다.

> 그것은 권세들에게 도전하는 사회적, 정치적, 구조적 실제이며… 우주의 본질 및 역사의 의미에 대한 선포로, 우리의 양심적인 동참과 양심적인 반대는 둘 다 그 안에서 권위와 약속을 찾는다.[207]

제임스 메츨러James Metzler 및 로버트 람세이어Robert Ramseyer는 『선교와 평화의 증인』*Mission and the Peace Witness*에서 메노나이트 선교사의 경험에서 우러나온, 지상 명령을 통해 교회가 위임받은 사명에는 평화와 화목케 하는 사역이 내재되어 있다는 주장을 제시한다. 평화주의는 부속물이 아니라 선교 메시지에서 "부르심을 받은 자들이 행하여야 할 삶의 길"로 제시된다.벧전 2:21; 3:9 "샬롬은 선교다."[208]

교회의 평화 선교의 또 하나의 요소는 특정 악에 맞서 증거해야 한다는 것이다. 세계교회협의회WCC의 지도자들과 동역하는 역사적 평화 교회의 특별 기구는 "세계 공동체에 대한 그리스도인의 비전"을 성취하기 위해 "교회는 개인의 삶은 물론 사회에서도 그리스도의 승리에 대한 증인으로 나타나야 한다"고 말한다. 교회는 인격적, 구조적, 전략적 차원이라는 세 가지 영역에서 폭력에 맞서 증거해야 한다.[209] 독일의 메노나이트 목사이며 성경학자인 불스트라Sjouke Voolstra는 "세상에서 평화와 정의를 위한 싸움"은 진정한 평화 이해 및 증거에 없어서는 안 될 요소라고 말한다.[210]

요더는 『국가에 대한 기독교의 증언』*Christian Witness to the State*을 위한 성경에 의한 신학적 기초를 형성한다. 권세들에 대한 그리스도의 승리와 주되심은 성취된 사건이기 때문에골 2:10, 15; 고전 15:20-28, 교회는 선을 장려하고 악을 억제시키기 위해 자신의 확신과 일치하는 증언을 위해 부르심을 받았다. 교회는 "평화를 위한 섬김과, 복음의 영향이 교회를 세우고 옛 것에 관용을 베푸는 사회적 응집력을 유지하라고" 증거한다.211

c. 교회는 국가와 분리되지만 국가에 복종하고 그것에 대해 증거해야 한다.

교회와 국가의 분리는 로버트 프리드만Robert Friedmann이 말한 "두 세계의 원리" The Doctrine of Two Worlds212 또는 재세례파 학자 월터 크라센이 말한 "두 국가 이론"213이라는 급진적 개혁주의 신앙에 기초한다. 클라센은 이 주제에 대한 17개의 주요 자료를 소개하면서 다음과 같이 말한다.

> 그리스도의 나라는 평화와 용서, 비폭력 및 인내로 특징지을 수 있다. 세상 나라, 또는 사탄의 나라는 싸움과 복수, 분노 및 죽이는 검이다. 정부는 이러한 세상 나라에 속한다.214

오하이오주 말론 대학Malone College에서 성경과 종교학을 가르치는 메노나이트 학자 페너Archie Penner는 이 주제에 대한 신약성경의 가르침에 대해 살펴본 후 다음과 같이 주장한다.

> 요한계시록은 기독교와 국가 사이의 완전한 분리를 보여준다. 이유는 쉽게 찾을 수 있다. 그리스도인, 성도는 은혜의 질서 안에 있으며 교회는 예수 그리스도의 신부이기 때문이다. 이곳에 묘사된 국가는 "세상"kosmos 질서, 곧 은혜의 질서 밖의 인간 사회이며 하나님과 그리스도에 대해 정면으로 대적한다. 이와 같이 그리스도 밖에 있는, 그리스도를 대적하는 인간 사회에 대한 관점은 예수님과 세례 요한 및 바울의 개념과 본질적으로 일치한다. 이 개념은 "세상"이라는 용어의 도덕적 의미 속에 잘 드러난다.215

동시에 국가는 하나님의 진노의 종도구으로 여겨진다. 그러므로 그리스도인은 국가에 복종해야 한다. 페너는 로마서 13:1-7, 디모데전서 2:1-4 및 디도서 3:1-2를 인용하여 신자는 복종하고 순종해야 할 책임이 있지만 국가가 선을 행할 준비를 갖추어야 한다는 조건이 따른다고 말한다. 그것은 절대적인 순종이 아니라 선이 시행될 때 효력을 가지는 순종이다."[216]

요더는 로마서 13:1-7을 "혁명적 복종"이라는 보다 광범위한 문맥 안에서 다룬다. 그는 로마서 13장은 신약성경의 국가관의 유일한 원천이나 중요한 자료가 아니며 로마서 12-13장은 한 단위로 접근해야 한다고 말한 후, 로마서 13:1-7은 그리스도인에게 국가 권력이 어떤 구조로 존재하든, 특정 정부에게 신적 위임"위임"보다 "명령"이 나은 번역이다. 즉, 하나님은 권세들을 명령하신다라는 후광을 더하는 일 없이 복종해야 한다고 가르친다. 이러한 복종은 군인이나 경찰로 복무해야 한다는 뜻이 아니다. 또한 무기를 들어야 하는 정부의 기능은 "사형이나 전쟁을 전제로 한 언급이 아니다"고 말한다. 요더는 계속해서 다음과 같이 주장한다.

정부에 대한 복종을 받아들이는 그리스도인은 도덕적 독립성 및 판단력을 유지한다. 정부의 권위는 스스로 정당화할 수 있는 것이 아니다. 모든 정부는 하나님의 명령에 의해 존재한다. 그러나 본문은 정부가 시민에게 행하거나 요구하는 것이 모두 옳다고 말하지 않는다.[217]

요더는 6절의 "힘쓰느니라"를 때를 나타내는 분사로 이해한다. "그들이 하나님의 일꾼이 된 것은 바로 이 일에 항상 힘쓸 때이니라." 즉, 선한 자에게 보상하고 악인을 처벌할 때라는 것이다. 3절, 6절 및 7절에는 도덕적 분별의 준거가 나타난다. 따라서 특정 정부나 정부의 조치에 대한 그리스도인의 반응은 도덕적 분별력에 따라야 하며, 불복종할 수도 있지만 처벌이 뒤따른다.[218] 이처럼 도덕적 반응에 판단력을 행사하는 자발적 순종은 혁명적이며 선교적인 힘을 가진다. 교회의 복종은 지배 패턴을 거부하고 예수 그리스도의 길을 따름으로써빌 2:5-11 세상에 대한 확실한 증거가 된다. "우리가 정부에 복종하는 것은 예수께서 그런 식으로 하나님의 승리를 성취하셨기 때문이다."[219]

로마서 13:1-7에 대한 요더와 크랜필드C. E. B Cranfield의 연구를 인식하고 확인한 사이더는 정부에 대한 복종과 함께 다음과 같은 불복종도 요구한다.

> 정부의 불의에 대해서는 격렬한 비폭력적 공세, 사실상 적극적인 저항이 필요하다. 우리는 정부에 의해 자행되는 악에 대해 저항해야 한다… 우리는 정부에 복종하면서도 정치적 로비, 선거권, 경제적 보이콧, 정치적 시위, 시민 불복종, 세금 거부 및 총체적 비협조와 같은 수단까지 사용할 수 있다.[220]

다른 견해 A. 많은 비저항적 그리스도인은 이 주장이 정부악한 영역을 위해 하나님이 세우신 지도자를 너무 진지하게 받아들인다는 이유로 반발할 것이다. 그런 사람들을 판단함에 있어서 교회가 할 일은 정부가 행하는 악에서 떠나고 정부가 어떻게 처신해야 할지 아는 체 하지 않는 것이다. 이처럼 변형된 입장을 지지하는 자 가운데는 그리스도께서 권세들의 주가 되신다는 요더의 주장마저 반대하는 자들도 있을 것이다. 그리스도는 교회의 머리이지 국가의 머리가 아니라는 것이다.[221]

다른 견해 B. 한편으로, 앞서 살펴보았듯이 일부 평화주의자는 교회와 정부의 구별을 강조하지 않는다. 그들은 자유롭게 정부와 로비하고, 평화주의 원리를 정치적 정책 및 전략으로 확장시키기 위해 정부 내 정치와 관련된 자리를 차지한다.[222]

5.평화는 복음의 핵심이다.

a. 평화는 신약성경을 관통한다.

메노나이트 선교사인 존 드라이버John Driver는 "평화"라는 용어는 신약성경에 백번 이상 나타난다고 말한다. 신약성경은 예수 그리스도께서 새 공동체를 창조하실 때 "그의 근본적인 사역"에 대해 묘사한다.[223] 맥그레거는 이들 본문 가운데 열한 곳을 "평화의 길"에 포함시킨다. 눅 2:14; 요 14:27; 마 5:9; 약 3:18; 롬 10:15; 엡 6:15; 4:1-3; 히 12:14; 롬 16:20; 고후 13:11; 빌 4:7, [224] 마를린 밀러는 신약성경이 종종 하나님을 평강의 하나님으로, 예수님을 화평의 주로, 성령을 평안의 영으로 언급한다는 사실에 주목한다.[225]

구약성경이 인간의 행복과 사회적 정의를 포함하는 샬롬의 의미를 제시한다는 사실에 비추어 볼 때, 그리스도의 복음에 나타난 평화는 단순한 개인적 차원의 내적인 감정이 아니라 사회적, 경제적 및 정치적 중요성을 가진 새로운 실재이다. 신약성경은 십자가의 화목케 하는 능력을 통해 적대적 관계에 있는 유대인과 이방인을 화해시키고 가장 근본적인 사회적 분열을 극복한 그리스도의 특별한 역사적 업적을 통해 샬롬의 의미를 확장한다.[226]

평화에이레네는 바울의 용례 외에도 누가-행전에서 복음 자체를 가리키는 의미로 사용된다.이 통찰력의 구약성경적 배경에 대해서는 사 52:7 참조 "평화"는 누가복음 1:79; 2:14, 29에서 "구원"과 동의어로 사용되며, 10:5-6에서는 복음의 지표로 제시되며, 19:38, 42에서는 예수님을 환영하는 묘사에서 핵심 단어의 역할을 한다. 사도행전 7:26에서 "평화"는 화목을 시도하는 행위화해로 묘사된다. 9:31과 10:36 및 15:33에서 평화는 사마리아인과 이방인이 유대 신자와 함께 믿음으로 한 몸이 되는 새로운 메시아 공동체를 가리킨다.[227]

b. 평화는 종말론에 뿌리를 내린다.

엘러와 요더는 둘 다 평화와 종말론의 연결을 강조한다. 엘러는 이사야 41:22-23a; 42:9; 43:19a 및 고린도후서 5:17을 인용하여 그리스도인은 하나님의 새로운 삶의 질서에 뿌리를 내린다고 주장한다. 성경은 "일관성 있게… 평화를 종말론적 용어로 규명하고 묘사한다. 성경은 평화를 말할 때마다 반드시 영원하신 하나님의 행위와 연계한다."[228] 평화에 대한 이러한 관점은 악에 대한 그리스도의 승리를 증거하는 한편 화평하게 하는 자에 대한 하나님의 최종적 신원을 믿는마 5:9 교차방위법 crossbearing에 기원한다. 종말론적 평화는 세상의 평화에는 없는 믿음과 소망의 영역을 포함한다. 두 평화는 혼동해서는 안 된다.[229]

요더는 요한일서 3:1-3을 텍스트로 사용하여[230] 그리스도인의 소망은 평화에 중요하다고 말한다. 그는 1954년 일리노이주 에반스톤Evanston에서 열린 WCC 모임의 주제가 소망이라는 사실에 주목하며 다음과 같이 말한다.

인간의 노력은 의미가 없으며, 엄밀히 말해 궁극적 목적이라는 관점에서 생명이 나타나지 않으면 역사도 없다. 종말, "마지막 일들", 최종적 사건은 다른 방식으로는 결코 얻을 수 없는 생명의 의미를 부여한다.…

"평화"는 정확히 말해 역사적 비저항 그리스도인에게 일반적으로 일어난 일을 가리키지 않으며 오늘날 대부분의 나라에서 양심적 병역거부자를 다루는 방식을 가리키는 묘사도 아니다. 또한 기독교 평화주의가 전쟁이 없는 세상을 보장하는 것도 아니다. "평화"는 평화주의자의 소망을 가리킨다. 그것은 그의 입장에 의미를 부여하는 거룩한 목적이다. 그것은 그의 행동의 외적 모습이나 눈에 보이는 결과를 묘사하지 않는다. 우리가 말하는 종말론의 의미는 이런 것이다. 즉 현재적 좌절에도 불구하고 보이지 않는 목적이라는 관점에서 현재의 입장에 의미를 부여하는 소망이다.[231]

이 논점에 대한 요더의 설명은 다양한 신약성경의 가르침 및 본문에 호소한다. 그가 인용하는 본문은 비저항적 제자들이 세상과 분리됨요일 4:17, 예수님의 삶의 방식으로서 십자가를 지려는 의지마 10:38; 막 10:34 이하; 눅 14:27, 그리스도 및 평화를 향한 그의 길 안에서 발견되는 우리와 그리스도의 하나 됨요 15:20; 고후 1:5; 4:10; 히 12:1-4; 벧전 2:2 이하; 계 12:11, 역사를 주관하시는 하나님의 주권이 여호와/예수를 요구함사 10장; 고전 15:24, 그리스도의 궁극적 승리를 믿는 고난 받는 신자들의 인내계 6:9-11; 13:10; 14:12; 히 11:1-12:4이다.[232]

끝으로 사이더는 평화주의의 입장이 신약성경의 사상 및 권위에 대한 핵심적 관점이라고 생각한다.

십자가의 도는 신약성경의 모든 지류에서, 그리고 모든 상황가정, 교회, 국가 또는 일자리과 관련하여 적용된다. 예수님의 십자가는 원수를 사랑하라는 메시지에 대한 실천으로서, 모든 삶의 영역에서 그리스도인의 규범이 된다. 지속적으로 반복되는 분명한 성경적 가르침을 무시할 만큼 성경의 권위를 무관한 것으로 여기지 않는 한, 하나님의 원수를 대하시는 방식을 거부할 만큼 그리스도의 속죄를 경시하지 않는 한, 칼을 위해 십자가를 버릴 수는 없을 것이다.[233]

3. 해석학적 주석

몇 가지 사소한 문제들

주요 이슈들에 대해 살펴보기 전에 먼저 반대 주장에 대해 몇 가지 사실을 언급할 필요가 있다. 첫째로, 특정 관점을 뒷받침하기 위해 인용한 개별 저자들은 이곳에 제시된 입장의 모든 내용에 동의하는 것은 아니라는 사실을 기억해야 한다.

둘째로, 1장의 해석학적 관심사를 살펴볼 때 각각의 주장들은 도덕적 신학적 원리를 사용함에 있어서 균형을 잃고 증거 본문과 배치되는 방식을 사용했음을 알 수 있다. 각 입장은 자신의 주장을 뒷받침하기 위해 도덕적-신학적 원리와 특정 구절을 모두 사용하지만, 혁명과 해방을 위한 성경적 사례는 특히 기본적인 신학적 강조점의 사용이 두드러진다. 그러나 우리는 이들 해방 신학자가 여호와의 보호하심이나 예수께서 메시아 되심을 위해 폭력적 방법을 거부하신 것과 같은 몇 가지 핵심적인 성경의 강조점은 사용하지 않는다는 사실을 알아야 한다.

셋째로, 각자의 주장이나 설명과 관련하여 성경적 증거의 중요한 요소를 놓친 입장은 없는가? 놀랍게도 전쟁이나 폭력을 허용하는 입장은 평화주의가 인용하는 신약성경 신학의 상당부분을 거부한다. 그러나 평화주의자는 -비록 엘러와 린드Lind의 책이 전사로서 하나님의 행위를 악에 대한 심판과 보응이라는 신적 특권에 속한 것으로 추론하게 하지만- 전사이신 하나님에 대한 신학적 문제점에 대해 정면으로 거론한 적이 없다. 또한 해방주의자는 예수님의 메시지와 사역에 나타난 강력한 비폭력 명령을 외면한다. 그러나 한편으로 해방주의자는 예수님의 삶과 가르침에 나타난 선지자적 영역 및 "관계적-실제적" 영역을 가장 적절하게 선정하여 다룬다.

이곳의 목적은 어떤 입장이 옳고 어떤 입장이 잘못되었는지를 밝히자는 것이 아니라 1장과 2장의 끝에서 발전시킨 요지들을 다시 한 번 강조하자는 것이다. 정치적-경제적-사회적 관점과 종교적 전통은 성경을 읽는 방식을 결정하는데 중요한 역할을 한다. 데이빗 로크헤드David Lockhead의 『성경의 해방』*The Liberation of the Bible*이라는 소책자는 이 문제에 대해 다룬다. 로크헤드는 "우파"의 해석이 어떤 식으로 권위와 애국심에 대한 성경의 가르침을 강조하고, 출애굽 내러티브에서 율법을 해방보다 우위에 두며, 성경의 대부분을 개인적으로 적용하는지 보여준다. 그는 "자유주의적" 해석은 자유와 평등에 가치를 두고, 성경을 통해 자유의 이상을 향한 인간성의 발전을 찾으며, 민주적 제도에 의해 보장되는 자유를 뒷받침하기 위해 출애굽 내러티브를 사용한다고 말한다. "급진적" 해석은 압제당하는 자의 정의와 자유를 강조한다.[234]

로크헤드는 보다 정직한 해석 방법을 사용함으로써 성경이 이데올로기적 포로에 사로잡히지 않게 해야 한다고 주장하지만 이데올로기적 책임으로부터 전적으로 자유로울 수 있는 자는 아무도 없다고 말한다.[235] 이런 인식은 성경 해석의 중요한 요소이다.

새로운 해석학적 핵심 이슈

이 주제에서 가장 두드러지게 드러나는 문제는 신구약성경의 상반된 증거이다. 외견상 신약성경은 평화주의자처럼 보이고 구약성경은 전쟁을 허용하는 것처럼 보인다. 따라서 성경의 연속성 및 불연속성은 중요한 이슈이다.

그러나 이 이슈는 그렇게 간단한 문제인가? 평화주의자도 구약성경에서 자신의 입장을 뒷받침하는 사례를 제시하며, 그리스도인의 전쟁 참여를 주장하는 자들역시 신약성경에서 근거를 찾는다. 상반된 이해에 직면한 두 진영은 텍스트의 진정한 의미를 설명하려 한다. 성경에 대한 이러한 상반된 호소는 우리의 관심을 불러일으키는 두 번째 해석학적 고찰, 즉 성경 본문에서 심지어 신약이나 구약성경 안에서 발견되는 관점의 통일성과 다양성에 대한 이슈를 제기한다.

이 두 가지 이슈 및 앞서 중점적으로 살펴보았던 내용과 함께 세 번째 이슈가 부상한다. 즉, 정경내적 대화 및 비판으로 인도하는 원리는 무엇인가라는 것이다. 정경적 대화 자체는 성경적 권위의 본질에 대한 특정 통찰력을 반영하는 해석을 위한 패턴을 제공하는가? 이어서 네 번째 이슈가 부상한다. 즉, 성경의 가르침은 오늘날 사회 구조, 특히 정치에 직접 적용할 수 있는가? 니버와 람세이Ramsay 및 요더는 이 문제에 대해 각각 다른 대답을 제시한다.

이제 이 네 가지 주요 이슈에 대해 살펴보자.

1. 신구약성경의 관계는 어려운 해석학적 문제를 제기한다.

구약과 신약의 관계에 대한 상반된 이해는 전통적 입장 A와 B 및 비저항/평화주의 입장 사이의 해석학적 갈등에 중요한 역할을 한다. 신구약성경의 관계에 대한 각자의 관점은 자신의 입장을 구성하는 전제로까지 여길 수 있다.

아더 홀름스Arthur Holmes는 최근 이 문제를 재세례파평화주의의 입장과 개혁주의-루터파-가톨릭의 입장정당한 전쟁 사이의 차이점을 결정하는 핵심적 이슈로 규명한 바 있다. 그는 다음과 같이 주장한다.

> 일반적으로 그리스도인 평화주의자는 구약성경의 교훈과 전형을 지나 우리를 사랑의 법으로 데려가는 신약성경에 호소한다. 그러나 정당한 전쟁 이론가들은 신약성경은 물론 구약성경에서도 사랑의 법을 찾음으로써 신약이 구약을 대체하는 것이 아니라 신약이 구약을 성취하고 강화하며 해석하는 것으로 보려는 경향이 있다. 사랑의 법은 구약성경 율법의 근본적인 정신을 재확인하며, 공의의 정신과 충돌하지 않고 조화를 이룬다. 사랑은 공의와 마찬가지로 무죄한 자를 보호하며 공격적 행위를 거부하고 저지한다.[236]

마찬가지로 라이트G.E. Wright는 구약성경이 신약성경보다 이 세상의 사회적 정치적 현실과 더 많은 관계가 있다고 생각한다.[237]

고든 클라크Gordon Clark는 성경의 도덕적 발전을 인정하지만 1955년의 저서에서 "이 발전은… 전쟁의 도덕성과는 무관하다. 하나님은 일부다처제를 명령하신 적이 없으시다… 그러나 그는 전쟁을 명령하셨다"고 주장한다.238 그는 우리가 따라야 할 원리는 "구약성경 가운데 신약성경이 구체적으로 폐지하지 않은 것은 모두 보존해야 한다는 것"이라고 말한다.239 로레인 뵈트너Loraine Boettner는 신약성경이 전쟁에 대해 침묵한다는 사실에 주목함으로써 클라크의 관점을 보충한다. 그는 "전쟁에 대한 구약성경의 가르침은 명확하며 따라서 어떤 첨가나 수정도 필요치 않기 때문"이라고 말한다.240

한편으로, 평화주의자는 신구약성경의 관계에 대해 다르게 생각한다. 메노나이트 신학자이자 버지니아에 있는 이스턴 메노나이트 대학의 총장인 리차드 데트바일러Richard C. Detweiler는 재세례파 평화주의자의 성경관은 "그리스도의 오심이 새로운 상황을 초래했다는 것"이라고 주장한다. 이것은 "그리스도인과 정부의 관계를 신약성경의 윤리 아래로 가져온다."241 마리언 옥스버거는 이 관계를 "하나님의 계시의 전개 과정"으로 묘사하며 "구약성경의 일부 관행은… 하위 기독교에 해당한다"고 말한다.242 야곱 엔즈Jacob Enz는 그렇기 때문에 우리는 어떻게 "그리스도의 주되심 아래에 있는 신약성경의 교회가 구약성경의 극단적인 국가주의적 시를 평화의 군사적 시로 바꾸었는지" 알아야 한다고 말한다. 이것은 결코 구약성경을 부인한다는 것이 아니다. 신약성경은 "전쟁 노래를 평화의 노래로" 바꾸었지만 우리는 구약성경 안에서 평화주의 윤리의 근원을 발견해야 한다.243

잔젠은 구약성경의 전쟁에 대한 오늘날 학계의 대표적인 기독교적 관점에 대해 살펴보고 세 가지 범주의 주안점신적 주권, 예비적 단계, 구약성경의 실패한 사례 가운데 분류한 후, 이 이슈에 있어서 구약성경은 신약성경의 예비적 단계라고 주장하는 자들의 편에 선다. "나는 평화주의자는 아니지만 구약성경에서 평화주의의 근원을 본다."244 존 요더는 구약성경을 읽는 독자에게 구약성경이 어떻게 장차 올 것신약성경을 향해 움직이는지 주목하는 한편 이스라엘의 전쟁이 이전의 전쟁이나 당시의 전쟁과 어떻게 다른지 살펴보라고 요구한다.245 한 걸음 더 나아가 밀러드 린드는 이스라엘과 고대근동의 권력관의 차이는 신구약성경의 차이보다 크다고 주장한다. 구약성경은 고대근동의 상황과 유사하기보다 신약성경을 지향하며 권력과 전쟁에 대한 이교적 관점과 차이가 있다.246

버나드 엘러는 신약성경과 구약성경의 "전쟁과 평화에 대한 통일성 있는 주장"
에 대해 언급한다. 그는 전사로서 하나님이 신구약성경에 어떻게 제시되며 악과 싸
워 인간을 속박에서 자유하게 하시는지 보여준다.[247] 허쉬버거도 비슷한 주장을 한
다.

> 성경을 제대로 해석하기만 한다면 모든 성경은 신약과 구약이 한 목소리로 하나
> 님이 그의 백성을 위하시는 영원한 방법은 평화의 길이라고 말한다는 사실을 보
> 여줄 것이다. 인간의 행위 가운데 전쟁과 피 흘림은 의도된 적이 없다.[248]

신구약성경의 관계라는 문제에 대한 가장 통찰력 있는 기여 가운데 하나는 재
세례파 필그람 마펙Pilgram Marpeck의 글에서 찾을 수 있다. 16세기 개혁주의 상황에
서 이 문제에 대해 폭넓게 다룬 마펙은 "어제와 오늘" 및 "하나님의 질서"Ordnung
Gottes라는 표현을 통해 신약과 구약 사이의 시간적 괴리를 강조한다. 신구약성경에
는 실제로 역사적 차이가 존재하기 때문에 신구약 두 시대는 한 부분도 겹치지 않을
만큼 철저히 분리된다. 다른 시대, 다른 상황은 진정한 차이를 초래한다. 또한 이 차
이는 하나님이 변하셨다는 주장으로 설명되지 않는다. 오히려 이 문제는 창조주와
피조물 사이의 범주카테고리적 차이로 이해해야 한다. 하나님은 시간과 공간에 얽매
이지 않지만 인간은 그렇지 않다. 우리는 하나님이 인간을 다루심에 대해 논의할 때
다른 시대, 다른 환경에 대해 결코 무시할 수 없다. 모든 피조물은 시공세계의 구속
을 받는다. 그들은 시간과 공간이라는 제약 속에서만 도덕성을 인식할 수 있다.[249]
그러므로 신구약성경의 차이는 하나님의 도덕적 의지에 있어서의 본질적인 변
화마르시온과 달리가 아니라 신구약성경의 시간 및 공간의 역사적 차이에 기인한다. 구
약 시대에는 아직 성육신이 일어나지 않았고, 그리스도께서 인간의 죄를 위하여 죽
지도 않았으며, 모든 대적통치자들과 권세들에 대한 승리를 선포하는 그리스도의 부활
도 일어나지 않았다. 따라서 그리스도 안에서 새 사람이 존재하거나 예수님의 길을
따라 살 백성이 나타날 역사적 시간은 오지 않았다. 신약성경의 시간과 공간 안에서
일어난 역사적 사건들은 구원과 도덕성에 있어서 차이를 가져왔으며 지금도 마찬가
지이다. 마펙은 "여름과 겨울," "낮과 밤" 및 "형식과 실체"Figur/Wesen라는 대조를

사용하여 이 실제적이고 진정한 차이를 묘사한다.250

또한 마펙은 "준비"와 "약속"이라는 용어를 사용하여 신구약성경의 연속성에 대해 묘사한다. 마펙은 루터와 마찬가지로 신약성경을 준비하는 구약성경의 부정적인 기능을 인정하지만"그리스도는 율법을 통해 '무너지고 찢어지고 깨어진' 자들을 치유하시는 위대한 의사이다" 구약성경은 하나님의 첫 번째 은혜로서 긍정적인 준비 기능을 하는 것으로 보아야 한다.251

하나님은 한 백성을 이교주의에서 언약 공동체로 부르셨으며, 그들을 압제로 구원하시고 삶의 지침이 될 토라를 주셨으며, 불순종과 반역에도 불구하고 그들에게 거룩함과 신실한 사랑 및 용서의 길을 가르치셨으며 그들 안에 메시아적 소망을 심어주셨다. 따라서 구약성경은 신약성경에서 보다 완전하게 성취될 "약속"으로 보아야 한다.252

하나님은 구약성경의 하나님에 대한 인식의 세련된 토양에서 장차 신적인 뜻이 보다 완전하게 드러날 시대, 하나님의 신실한 백성을 창조하고 형성할 역사적 사건에 대한 약속을 주셨다. 새로운 미래에 대란 약속사 43:19은 하나님이 아들을 통해 우리에게 오심으로 성취되었다.히 1:2 하나님의 뜻은 예수님과 함께, 그리고 예수님을 통해, 보다 완전하게 드러날 것이다. 하나님의 길은 예수님을 따르는 공동체를 통해 가장 완전하게 알려지고 경험되었다. 예수님은 우리가 복음서를 통해 아는 대로, 해석학적 권위의 궁극적 원천으로 행하신다. 다른 모든 성경은 성경적 권위를 가진 복음서의 렌즈를 통해 들여다보아야 한다.

2. 우리는 성경의 다양성 및 통일성을 인정해야 한다.

두 번째 이슈인 성경 내의 다양한 관점은 같은 영역의 문제에 해당한다. 그러나 우리는 여기서 신구약성경의 대조에 대한 문제를 잠시 제쳐두고, 동일한 하나님의 다양한 관점에 대한 검증이 어떻게 가능할 수 있는지 물어볼 것이다. 하나님의 영감된 계시로서 성경은 같은 주제에 대해 다른 견해를 제시할 수 있는가? 예를 들면, 성경은 본문에 따라 전쟁에 대해 "예"라고도 하고 "아니오"라고도 할 수 있는가? 성경은 이 주제에 대해 상반된 주장을 제시할 수 있다고 인정하는 것은 하나님을 변덕스

럽고 상대적이며 권위가 없는 존재로 만드는 것이 아닌가?

전쟁을 허용하는 입장과 전쟁을 금하는 입장은 그리스도인에게 이 문제와 관련하여 근본적으로 다른 두 가지 해법을 제시한다. 전쟁을 허용하는 입장은 두 가지 묘사가 양립할 수 있다고 본다. 즉, 하나님의 성품 및 백성의 도덕성이라는 두 영역에 있어서 전쟁은 하나님의 거룩하심과 주권의 불가결한 요소라는 것이다. 하나님은 자신의 목적을 성취하시기 위해 전쟁과 폭력적 혁명을 사용하시며, 따라서 자기 백성에게 이러한 신적 목적을 위한 극적인 행위에 동참할 것을 요구하신다. 그러므로 성경에 대한 평화주의자의 가르침은 사실이지만 하나님의 본성 및 인간의 도덕적 규범에 대한 부분적 표현일 뿐이라는 것이다. 광범위한 신학적 및 윤리적 묘사는 전사로서 하나님 및 그를 위한 전쟁에 동참해야 할 언약 백성의 도덕적 책임을 포함한다. 신약성경에서조차 평화주의의 강력한 가르침의 지류는 보다 광범위한 신학적 도덕적 교훈 안에 어느 정도 포함된다.

이 접근이 가지는 매력적인 해석학적 유익은 성경 본문 간의 명백한 모순의 해소에서 찾을 수 있다. 평화주의자의 주장은 보다 넓은 진리의 한 부분으로 설명된다. 따라서 실제적 표현에 있어서 평화주의자의 윤리는 개인적 영역의 삶에 적용될 수 있지만 비평화주의자는 사회적 영역의 삶에 사용된다.Carl Henry 또는 평화주의자의 윤리는 그 나라 백성에게 적용될 수 있지만 비평화주의자는 국가의 시민에게 사용된다. 또는 평화주의자의 윤리는 아직 완전히 구원받지 못한 세상에서의 현실적 삶에 적합하지 못하다.라이트, 니버 및 해방 사상 어쨌든, 이 입장의 저자들은 평화주의와 비평화주의가 사용하는 성경 영역을 인정하며 성경 전체의 권위를 받아들이는 해석을 제공한다.

대조적으로, 이 문제에 대한 평화주의자의 해법은 두 가지 묘사가 적어도 부분적으로는 양립할 수 없다고 생각한다. 그들은 이스라엘의 왕권 및 군사적 경험은 이미 구약성경에서 비판받은 바 있으며, 이처럼 "열국을 좇는" 행위는 예수 그리스도의 권위 있는 말씀을 통해 분명히 거부되었다고 주장한다. 평화주의자의 해법은 성경 계시의 본질과 성경의 권위 및 공동체의 권위를 그들의 성경 해석에 따라 재고할 것을 요구한다. 이러한 인식은 오늘날 평화주의자의 글에 두드러지게 드러나지는 않지만 성경에 대한 역사적-비평적 해석 방법의 일부 요소들은 평화주의 입장에 중요하다. 구약성경에 대한 신약성경의 윤리적 명령의 궁극성에 대한 필그람 마펙의 논의는 수 세기 후에 발전된 역사적-비평적 방법의 요소들을 확실히 보여준다는 점에서 16세기 상황에서 가히 혁명적이라고 할 수 있다.253 그러나 놀라운 차이는 후기 역사적-비평적 방법이 근본적 제자도에 대한 헌신이 아닌 이성적 전제로부터 발전되었으며, 따라서 성경 텍스트의 외견상의 모순은 성경의 권위를 부인하는 증거로 인용된다는 것이다.

그러나 재세례파의 성경 비판은 윤리적인 면에서 혁명적이다. 그들의 성경비판은 주로 이성적인 논리를 따르는 것이 아니라 평화주의자의 예수님에 대한 가르침이 이 땅에서의 삶의 모든 영역에 전적으로 부합되는 것처럼 생각할 만큼 열정적인 종말론적 소망과 성경의 가르침에 대한 훈련된 순종을 따른다. 그들은 거듭난 범국가적 백성이 하나님의 새로운 피조물이며, 따라서 그 나라의 윤리만이 그들의 온전한 삶에 적합하다고 본다.

전쟁에 대한 해석학적 문제를 유연하게 하는 두 가지 요소가 있다. 첫째로, 그 나라의 비전에 대한 재세례파의 열정적인 헌신은 평화주의 윤리에 대한 존재론적 정당성을 부여한다는 것이다. 둘째로, 그들은 성경의 권위에 대한 새로운 이해를 구축하는 해석학을 발전시켰다는 것이다.

3. 성경의 권위에 대한 관점은 이러한 해석학적 문제들을 하나로 묶어야 한다.

각 입장은 성경의 권위에 대해 어떤 관점을 가지고 있는가?

전통적 입장 A를 대표하는 저자들은 성경에 대한 근본주의적 관점을 이 문제에 대한 논의의 전제조건으로 삼는 경향이 있다.254 뵈트너는 다음과 같은 서문으로 성경 본문에 대한 논의를 시작한다.

그리스도인 사이의 모든 논쟁에 있어서 성경은 최고 법정으로 받아들여야 한다. 역사적으로 성경은 기독교 전반에서 권위를 인정받는다. 우리는 성경이 "하나님의 영감을 통해 주어진 신앙과 행위의 규범"이라고 믿는다. 성경은 조화롭고 일

관성이 있으며 충분하고 완전한 교리 체계이다.255

테일러Richard Taylor도 비슷한 주장을 한다.

이제 나는 구약성경 저자들이 전쟁을 하나님의 명령으로 돌린 것은 잘못이라는
자유주의의 관점을 거부한다. 만일 누군가가 성경을 하나님에 대해 잘못 드러낸
믿을 수 없는 전승이라고 생각하여 무시하는 자가 있다면 그렇게 하도록 내버려
두라. 그러나 그와 나 사이에는 어떤 유익한 마음의 만남도 기대할 수 없을 것이
다.256

그러나 B와 C의 입장은 성경에 대해 A와 전혀 다른 견해를 나타낸다. B와 C의
입장을 지지하는 저자들은 역사적-비평적 방법을 자유롭게 받아들일 뿐만 아니라
텍스트 밖으로부터의 고찰이 이 문제에 대한 윤리적 사고의 틀이 되어야 한다고 말
한다.아래의 네 번째 해석학적 이슈 및 제5장에 나오는 "사회적 이슈를 위한 성경의 사용"의 여섯 번째
대안을 참조하라

앞서 언급한 평화주의 저자들은 대부분 성경의 권위를 강력히 주장한다. 허쉬
버거는 자신의 비저항 입장은 "성경을 계시된 하나님의 뜻으로 받아들이는 자들과
성경이 금한다고 믿기 때문에 전쟁을 하지 않는 자들의 신앙과 삶"에 대해 묘사한다
고 말한다.257

『퀘이커교, 메노나이트, 형제단 및 유럽 교회들 사이의 전쟁/평화 이슈에 대
한 논쟁』Discussions on War/Peace Issues Between Friends, Mennonites, Brethren and European
Churches에 대한 평화주의자 요약에 나타난 메노나이트 교회의 진술은 자신들의 성
경적 기초에 대해 다음과 같이 말한다.

메노나이트는 하나님의 본성 및 뜻에 대한 하나님의 계시의 권위를 굳게 신봉한
다. 그것은 성경의 사상과 삶, 그리스도의 구원 사역 및 예수님과 사도들의 직접
적인 가르침 속에 나타나기 때문이다. 또한 메노나이트는 전쟁이 이 계시에 전
적으로 배치된다고 믿으며, 모든 전쟁은 모든 육체적 분쟁과 마찬가지로 죄이며

사고와 방식 모두 잘못되었다고 주장한다.258

요더는 전쟁을 반대하는 입장을 뒷받침하는 "성경적 근거"를 인용한다.259 로날드 사이더는 성경의 권위를 잘못 이해하면 십자가 대신 칼을 택할 수 있다고 말하며,260 엘러는 독자에게 "성경 자체가 말하게 하라"고 촉구한다.261 이와 같은 특정 진술 외에도 이 주제에 대한 성경의 관점을 확인하기 위해 평화주의자들이 쓴 많은 논문들은 그들이 이 문제에 얼마나 진지하게 접근하고 있는지를 잘 보여준다.엔즈, 린드, 맥그레거, 퍼거슨, 루텐버, 트로메, 요더, 엘러, 토펠, 맥솔레이, 나세르, 케니 등

따라서 전통적 입장 A의 저자들과 평화주의 저자들은 둘 다 성경의 권위를 인정하지만 성경에 대한 해석은 매우 다르다. 문제는 성경은 어떻게 권위가 있는가라는 것이다. 전통적 입장 A의 저자들은 이 권위를 전제 및 논리적 영역에서의 합리적 일관성과 동일시하는일종의 "평면 성경" [flat bible]적 관점 경향이 있는 반면, 평화주의자는 이 권위를 그리스도에 대한 성경의 증거이런 면에서 신적인 말씀이자 계시 및 신앙과 행위에 대한 규범과 연결한다. 앞서 언급한 대로 성경 시대의 역사적 차이는 재세례파의 성경관에 매우 중요하다. 마펙은 이 차이가 없었다면 평화주의자의 주장은 해석학적 지지를 얻기 어려울 것이라고 주장한다. 평화주의는 성경적 토대에 기초하여 예수님과 신약성경은 윤리적 신학적 통찰력에 대한 결정적 권위를 가진다고 생각한다. 따라서 이런 인식은 구약성경에 나타나는 강조점의 차이를 구별하는 준거가 된다.262

역사적-비평적 방식에 의해 드러난 성경신학의 공리, 역사적 계시는 성경의 권위에 대한 평화주의자의 관점에 중요하다. 성경의 계시에서 하나님은 역사 속에서, 그리고 지리적팔레스타인 및 외부 세계, 언어적히브리어 및 헬라어, 문화적고대근동 및 그리스-로마 사회의 이교적 배경, 종교적으로백성의 신실함과 배교 및 바알사상과의 싸움 제한된 백성의 경험 안에서, 행하시고 말씀하신다. 마펙, 린드, 요더, 라세르, 맥솔레이 등 평화주의자의 주장은 이러한 요소들에 주목한다.

이스라엘의 도시국가 및 왕권의 부상에 대한 린드의 논의에서 볼 수 있듯이, 백성의 정치적 경제적 경험도 하나님의 역사적 계시에 포함된다. 고난 받는 종이 되라

는 제2이사야의 촉구를 통해 새로운 자기 이해에 대한 이스라엘의 위대한 각성은 이스라엘이 정치적으로 포로로 있던 시점에 찾아왔다. 마찬가지로, 예수님의 가르침은 팔레스타인이나 로마의 정치적 및 경제적 구조에 속한 것이 아니라 하나님 나라에 속한다. 역사 안의 계시는 역사가 가진 한계에도 불구하고 새로운 역사, 새로운 경제 및 새로운 정치를 창조한다. 따라서 성경의 권위에 대한 이러한 관점은 역사 및 문화와 역동적으로 교류하는 신적 계시에 대한 이해를 요구한다.이 주제에 대해서는 4장에서 보다 상세하게 다룰 것이다263

4. 예수님의 윤리에 대한 적용은 특정 해석학적 문제를 초래한다.

네 번째 해석학적 이슈는 예수님의 윤리를 삶의 모든 영역, 특히 정치에 직접 적용하는 문제이다. 이 문제는 몇 가지 영역으로 나누어 접근할 수 있다. 첫째로, 해석학적 차원에서 해석자는 본문의 세계와 해석자의 세계의 차이가 어느 정도이며 어떤 의미를 가지는지 생각해보아야 한다. 둘째로, 이 이슈는 기독교 윤리에 대한 방법론적 문제를 제기한다. 즉, 기독교 윤리는 일부의 사람신자이나 특정 영역의 삶에만 적용되어야 하는가라는 것이다. 셋째로, 도덕적 존재론에 대한 한 가지 문제점이 야기된다. 그것은 도덕성의 본질 및또는 도덕적 책임에 있어서 이분법즉, 도덕적 명령이 적용되는 사람과 적용되지 않는 사람이 있다의 허용이 가능한가라는 것이다. 이 문제는 우리가 다루어야 할 연구의 영역을 넘어서지만, 이 이슈에 대한 성경의 사용에 영향을 주기 때문에 약간의 언급이 필요한 것으로 보인다.

텍스트의 세계와 해석자의 세계의 차이및 괴리의 정도 및 의미는 해석에 있어서 매우 중요할 뿐만 아니라 필수적이라는 것이 필자의 생각이다. 이스라엘의 종살이와 미국의 노예제도는 같다는 노예제도 찬성론자들의 주장은 설득력이 떨어진다. 우리는 단지 "그리스도인이 두 시스템의 노예제도에 대해 가지는 책임감의 정도는 같은가?"라고 물어보기만 하면 된다. 더구나, 미국의 노예제도는 안식년의 자유를 시행하며 도망한 노예를 보호하는 제도적 장치가 있는가? 마찬가지로, 우리는 오늘날 전쟁을 이스라엘의 전쟁과 동일시할 수 있는가라는 질문을 던질 수 있다. 역사상 어떤 전쟁이 핵전쟁에 비견할 수 있는가? 1세기와 12세기의 전쟁에 대한 그리스도인의 상이한 태도 역시 대충 얼버무릴 수 없는 요소이다. 또한 교회사와 신학적 발전 및 사회적 구조에 있어서의 패러다임의 변화도 해석학적 작업에 미친 영향을 위해 반드시 살펴보아야 할 요소들이다. 해석자의 상황은 성경 가르침의 적용에 실제로 영향을 미치며, 또한 영향을 미칠 수밖에 없다.

그러나 중요한 것은 우리가 이 새로운 상황을 기독교적 윤리의 요구로부터 벗어나기 위한 목적으로 사용하느냐cf. 막 7:9-13, 아니면 이 새로운 상황을 성경의 가르침의 도덕적 목적을 가능한 충실히 적용하기 위한 것으로 판단하느냐의 여부이다.264 이러한 점에서 새로운 상황의 의미에 대한 예수님의 이해는 명확하다. "…하는 것을 너희가 들었으나 나는 너희에게 이르노니…" 마 5:21-48

나는 전쟁 문제에 대한 교회의 기록이 "근본적인 원리"를 버리고 "전혀 다른 원리의 윤리"를 구성한 것으로 본 퍼거슨의 판단이 옳다고 생각한다. 이것은 비단 정당한 전쟁 이론에만 해당되는 원리는 아니다. 니버의 사상에 나타나는 민주주의 수호에 대한 관심이나 "강한 나라"가 이긴다는 확신 및 전쟁은 독재보다 나은 "차선의 악"이기 때문에 허용해야 한다는 입장도 신약성경의 윤리에서 벗어난다.265 자유주의 해석학에는 니버의 사상을 이끄는 비성경적 가정이 많이 나타난다. 자유주의 사상은 성경의 기본적인 신학적 강조점에 호소하지만 그러한 목적을 위해 폭력을 허용한 것은 사회적 분석 및 국가 이기주의를 위한 비성경적 가치관에 해당한다. 이것은 죄로 가득한 역사에 대한 예수님의 진술 -종말이 오기 전에 전쟁난리과 전쟁에 대한 소문이 있을 것이다- 을 전쟁을 허락하는 말로 바꾼 결과이다. 그러나 이 진술의 배경막 13:7은 제자들이 끝까지 신실함을 지킬 때 찾아올 박해와 고난을 준비시키기 위한 것이 분명하다. 이 진술은 전쟁을 정당화하지 않으며 제자들에게 전쟁에 참여할 것을 허락하지도 않는다.

이제 이 해석학적 이슈의 두 번째 영역에 초점을 맞추어보자. 신약성경이 예수님의 윤리를 신자에게 적용한다는 것은 분명한 사실이다. 확실히 신자는 세상의 빛이 되어야 한다. 그러나 교회가 신약성경의 윤리를 보다 광범위한 사회에 적용할 다음 단계는 무엇인가? 이 문제의 어려움은 튀빙겐 대학의 신약학 교수 마틴 헹겔Martin Hengel의 최근 저서에 잘 나타난다. 1세기 열심당의 혁명적 열정을 배경으로 폭력에 대한 예수님의 가르침에 대해 다룬 이 탁월한 책에서266 헹겔은 예수님의 가르침은 열심당의 가르침과 전혀 다르며 "폭력을 버리고 원수를 사랑하라"고 가르친다고 말한다.267 이것은 "예수님의 선포의 핵심"이다. 예수님의 길은 "주로 개인의 양심을 향해 인격적으로 호소하는 비폭력의 길이며Gewaltlosigkeit, 참을성 있는 설득과 구체적인 도움을 주는 삶"이다.268 헹겔은 "정당한 전쟁"이든 "정당한 혁명"이든 모든 폭력을 거부할 때만이 명확한 혁명으로 볼 수 있다고 주장한다.269

십년 후 헹겔은 독일 평화 운동이 윤리적 행위의 근거를 위해 산상수훈에 호소하는 상황에서 예수님의 가르침을 이런 식으로 이용하는 것에 대해 강력히 비판한다. 예수님의 윤리를 정치적 목적으로 이용해서는 안 되며, 본문은 종말론에 관한 말씀으로, 그리스도인에게 "산위의 동네"가 될 것을 요구한다는 것이다.270 헹겔은 그 후 구체적인 방향을 위한 두 가지의 단서만 제시한다. 즉, 하나님은 불가피하게 예수님의 엄격한 윤리에 미치지 못하는 우리를 용서하시며, 우리는 예수님의 준엄한 말씀과 십자가의 길을 묵상하고 자신의 삶에 반영함으로써 긍정적 영향력을 사회와 정치까지 확장시킬 수 있는 길을 찾을 수 있다는 것이다.271

헹겔의 기여는 본 장에서 언급한 비저항/평화주의 입장의 두 가지 핵심 요소를 결여한다. 즉, 국가가 요구하는 의무에 맞서 하나님의 백성교회의 윤리를 신실히 따르려는 선택과, 권력 -사업이나 교육과 같은 사회적 권력 및 정부- 에 대한 교회의 구체적인 증거에 대한 입장이 빠져 있다. 그러나 헹겔의 연구는 산상수훈의 준엄한 가르침으로부터의 "해석학적 도피"를 받아들이지 않고 설교의 윤리를 정치에 이용하지 말라고 경고함으로써 우리가 고찰중인 이슈에 유익한 초점을 맞춘다. 필자는 권력에 대한 그리스도인과 교회의 증거에 대한 요더와 사이더의 주장을 받아들이지만, 많은 비저항/평화주의자 그리스도인은 정치적 영향을 미치려는 모든 시도에 대해 반대하며, 다른 사람들은 평화주의의 정치적 원리를 가능한 많이 반영하기 위해 정부에 대한 적극적인 개입을 촉구한다.상세한 내용은 5장의 "사회적 이슈를 위한 성경의 사용"을 참조하라

해석학적 이슈에 대한 세 번째 영역확실히 본서의 범위를 넘어선다은 교회와 세상에 대한 이분법과 관련된다. 하나님은 교회를 위한 도덕성과 국가를 위한 도덕성이라

는 두 가지 패턴의 도덕성을 가지고 계신가? "예"라고 대답하는 자들즉, 앞서 살펴본 구약성경의 전쟁에 대한 평화주의자의 "변형된 관점 a"은 도덕성의 본질 및 하나님의 도덕적 본성에 대해 설명해야 하는 어려운 과제를 안고 있다. 따라서 대부분의 평화주의자는 이런 이분법이 하나님이나 도덕적 존재론의 본질로부터 온 것이 아니라 믿음과 불신이라는 두 가지 패턴의 반응에 기인한다고 생각한다. 따라서 이 이분법은 일시적인 것으로, "세상 나라가 우리 주와 그의 그리스도의 나라가" 될 때계 11:15 종말론적으로 해소될 것이다.

그리스도인이 전쟁에 참여하는 것을 허용하는 자들도 개인적 윤리와 사회적 윤리, 이중적 의무그 나라와 국가 이론 또는 성도와 죄인이라는 그리스도인의 이중적 존재루터 신학에 대한 분리를 시도함에 있어서 도덕적 이분법의 문제에 직면한다. 이곳에서 필자의 목적은 이 문제에 대한 해결이 아니라 이 주제가 어떻게 고찰 중인 우리의 해석학적 지표와 연결되는지 묘사하는 것이다.

따라서 전쟁 문제는 다른 주제와 마찬가지로 근본적인 해석학적 문제를 야기한다. 그것은 그리스도인으로 하여금 신구약성경의 관계, 정경 안의 다양성 문제, 성경의 권위에 대한 문제 및 예수님의 윤리의 실제적 영역 -즉, 우리는 인간 역사에서 어떻게 표현하며 어떤 삶을 살 것인가- 에 대해 비판적인 생각을 갖게 한다.

제4부 | 성경과 **여성**

우리는 이 이슈와 함께 오늘날 성경 해석계의 폭풍의 중심에 들어섰다. 성경은 구체적인 위계질서에 대해 가르치며 남녀의 역할에 대해 규정하는가? 아니면 성경 자체가 억압받는 여자와 남자를 해방시키는 원천인가? 성경은 여자에게 공예배시 수건을 쓰고 침묵하게 함으로써 지도자의 사역에서 배제시키는가? 아니면 성경은 여자가 재능과 소명에 따라 제한 없이 다양한 그리스도인의 사역을 감당하는 것을 기꺼이 받아들이고 적극 권장하기까지 하는가?

1979년 3월 24일 미국의 대통령 지미 카터는 자신의 평등권 수정안Equal Rights Amendment을 뒷받침하기 위한 성경적 근거로 바울이 아닌 그리스도께 호소했다. 오클라호마 엘크시티에서 열린 주민회의에서 카터는 다음과 같이 말했다.

> 나는 여러분이 성경의 다른 부분을 읽는다면 어느 쪽으로든 좋은 논쟁을 발견할 것이라고 생각합니다… 나는 바울이 남자와 여자 사이에는 철저한 구별이 있어야 하며 여성의 권리는 축소되어야 한다고 주장한 것으로 압니다. 그러나 나는 우리 모두가 평등한 대우를 받아야 한다는 것이 그리스도의 뜻이었으며 그는 이런 사실을 다양한 방식으로 드러내셨다고 생각합니다.[1]

문제는 단지 바울과 예수님카터와 교황 사이의 선택은 말할 것도 없고 중 누구를 선택할 것인가라는 방식에 의해 해결되었는가? 예수님은 남자 사도들만 세우시고 천국 사역의 지휘권을 맡기지 않으셨는가? 반대로, "그리스도 안에는 남자와 여자의 구별이 없다"는 말씀은 바울의 입을 통해 나오지 않았는가? 카터의 해석학적 직감은 부정확할 수 있지만, 성경이 여성 해방을 지지하거나 반대하는 용도로 사용될 수 있다는 그의 인식은 정곡을 찌른 것이다. 사실 성경이 남자에 대한 여성의 역할 및 교회에서 여성의 리더십에 대해 어떤 생각을 하고 무엇을 말하고 있는지는 알기 어렵다. 이 문제는 지금도 열띤 논쟁이 계속되고 있는 현안이기 때문에 필자의 인용은 지난 수십 년간의 자료에 한정될 것이다.[2]

저자들은 -기본적 입장이 같은 사람들조차- 이 이슈에 대해 다른 강조점을 제시하지만, 두 개의 상반된 관점이 가장 분명하게 드러나는 핵심 주장은 필자가 말하는 소위 "위계질서" 및 "여성해방"에서 찾을 수 있다. 평등, 파트너십 및 상보성

complementarity과 같은 용어는 두 입장에서 특별한 의미로 사용될 수 있다. 본질적인 차이는 성경이 남녀의 위계질서에 대해 명확하고 규범적으로 가르치거나 그런 계급 구조로부터 남자와 여자 모두 해방시켜야 한다는 주장을 뒷받침하느냐는 것이다.

계급 구조 및 해방주의적 해석가들이 이견을 보이는 세 가지 강조점은 다음과 같다.

계급구조

1. 가정과 교회 및 사회에서 여자는 남자에게 복종해야 한다.

2. 특히 가정에서 남편은 이 패턴에따라 규정된 역할과 함께 아내를 주관한다.

3. 여자는 교회에서 가르치는 사역이 제한되고 남자를 가르치지 못한다. 다른 형태의 리더십은 남자의 권위 및 리더십 하에서 시행되어야 한다.

해방주의

1. 남자와 여자는 상보적 관계에 있다. 여자이기 때문에 순종해야 한다는 것은 최고의 성경윤리에 위배된다.

2. 리더십의 패턴이나 규정된 사회적 역할은 성경의 명령이 아니다. 리더십과 역할을 결정하는 것은 능력과 필요성 및 합의여야 한다.

3. 여자와 남자 가운데 누가 다양한 지도자의 역할을 수행할 것이냐는 재능에 의해 결정되어야 한다. 여성은 교회에서 모든 지도자 자리에 자유롭게 참여할 수 있다.

이 대안적 입장은 다양한 성경 본문에 대한 상이한 이해의 뒷받침을 받는다. 필자는 각 입장이 주요 텍스트를 어떻게 해석하는지 보여주기 위해 이들 핵심 본문에 대한 각 입장의 주석을 인용하거나 요약할 것이다. 이것은 독자로 하여금 성경 본문이 어떻게 사용되는지 철저하게 살피게 할 것이며, 이들 이슈에 대한 통찰력을 형성하거나 검증하는데 도움을 줄 것이다.

1. 창세기의 내러티브

A. 창 1:26-27; 5:1

1. 계급구조적 해석자들의 주장

1950년대부터 1970년대까지 계급구조적 해석자들Ryrie, Zerbst, Knight은 이 본문에 대해 직접 언급하지 않았으나, 클라크Stephen Clark는 광범위한 해방주의적 주석에 대한 반응으로, 본문은 이 주제와 무관하다고 말한다.

> 본문은 남자와 여자의 차이에 관심을 갖지 않는다… 창세기 1장은 여성이 역할이나 순종에 있어서 남자와 차이가 없다는 관점을 보여준다고 말하는 자들은 본문에 없는 내용을 주장하는 것이다.[3]

2. 해방주의적 해석자들의 주장

해방주의적 해석자들은 "남자와 여자" 및 "하나님의 형상"이라는 구절에 나타난 시적 평행을 강조한다.

1) 쥬엣은 "하나님의 형상" Imago Dei에 대한 다양한 통찰력에 대해 살펴본 후 이본문에 대한 칼 바르트의 주석을 받아들인다.

> …이제 성경의 첫 번째 놀라운 내용이라고 부를 수 있는 구절에 이르렀다… 창세기 1:27b "남자와 여자를 창조하시고"는 1:27a "하나님이 자기 형상 곧 하나님의 형상대로 사람을

창조하시되"에 대한 설명이다… 하나님은 사람을 남자와 여자로 창조하셨다. 따라서 인간의 원래적 형태는 남자와 여자의 교제이다.[4]

따라서 사람이 "하나님의 형상"을 가졌다는 것은 "남자나or 여자로 사는 것과 남자와and 여자로 사는 두 가지 의무"를 포함한다.[5] 남자와 여자의 관계를 파트너십으로 묘사한 쥬엣은 창세기 1장이 남성우위에 대한 어떤 암시도 제시하지 않는다고 말한다.

2) 레사 스칸조니Letha Scanzoni와 낸시 하디스티Nancy Hardesty는 유사한 주장을 한다.

남자와 여자가 하나님의 형상대로 지음을 받았다는 것은 무슨 뜻인가?…
우리는 하나님의 형상이 합리적일 뿐만 아니라 "관계적"이라고 믿는다…

성적인 차이는 사회적 역할을 결정하지 않는다. 성경은 "분리된 영역"이나 "다른 기능"에 대해 언급하지 않는다. 남자와 여자는 부모가 되기 위한 생물학적, 심리학적 능력과 함께 창조되었으며, 둘 다 신학자들이 말하는 "문화적 명령"을 부여받았다. 모든 인간은 농업, 축산, 교육, 산업, 행정, 상업, 예술 등 이 땅의 모든 삶의 영역에서 하나님의 통치 아래 동등한 책임을 가진다.[6]

3) WCC의 전문위원회는 다음과 같이 주장한다.

창세기 1장은 하나님의 창조 행위와 관련하여 피조물에 대한 지배를 단수의 사람이 아니라 복수의 사람에게 맡긴 것으로 묘사한다. 이 복수는 27절의 "남자와 여자"에 대한 언급이 있기 전에 26b절에서 사용된다. 그들의 공통적 사명은 일차적으로 다스리는 것이며26b절 및 28b절 그들의 번성은… 그들에 대한 하나님의 복으로 묘사된다는 사실에 주목하라… 이 번성은 남자와 여자의 사명의 특징이 되는 권위와 결합한다.[7]

4) 페리 요더Perry Yoder는 "아담"은 남성과 여성을 모두 포함하기 때문에 "사람"으로 번역해야 한다는 비슷한 주장을 한다. 복수 동사는 "그들로… 다스리게 하자"26절라는 구절에 사용되며, "사람을 창조하시되 남자와 여자를 창조하시고"27절라는 구절에는 복수 대명사가 사용된다. 또한 남자와 여자는 둘 다 다스리라는 명령을 받는다. 어느 편도 상대보다 우월하지 않으며 하나님을 더 닮은 쪽도 없다. 둘 다 하나님의 형상대로 지으심을 받았다는 사실은 인간에게 무한한 가치를 부여한다.8

5) 필리스 트리블Phyllis Trible은 히브리 시에 대한 구조적 분석을 시도한다. 첫 번째 행의 "그의 형상대로"라는 구절은 두 번째 행에서 역순으로 제시된다.

a	b	c
창조하셨다	하나님이	자기 형상대로 곧

c'	b'	a'
하나님의	형상대로	사람을 창조하시되

이어서 세 번째 행에서는 "남자와 여자"가 "형상"을 대체한다.

하나님의 형상대로 사람을 창조하시되

남자와 여자를 창조하시고

트리블은 "확실히, '남자와 여자'는 구조적으로 '하나님의 형상'과 대응하며 이러한 형식적 평행은 의미상의 일치를 보여준다."9

트리블은 창세기 5:1에 대한 유사한 분석을 통해 네 가지 통찰력을 도출한다. (1) "하 아담"(사람)은 한 피조물이 아니라 남자와 여자 두 피조물이며, (2) "남자와 여자는 상반된 성이 아니라 조화를 이루는 성이며," (3) 이러한 "성적 차이는 위계질서를 가리키는 것이 아니라 평등을 의미하며," (4) 본문은 "성적인 관계, 역할, 성품, 태도 또는 감정"에 대한 묘사를 생략함으로써 "남자와 여자라는 구절에 대한 해석상의 자유"를 부여한다. 본문은 출산1:28a과 땅에 대한 정복1:26, 28b이라는 사람의 두 가지 책임에 대해 묘사하지만 "이 일을 맡기면서 성을 구분하지는 않는다."[10] 이어서 트리블은 "하나님의 형상"이라는 메타포는 "사람을 '남자와 여자'라는 가장 온전한 형태로 알 수 있는" 가장 기본적인 방법이라고 말한다.[11]

B. 창세기 2:18-25

계급 구조 및 해방주의 저자들은 본문에 대해서도 전혀 다른 의미로 해석한다.

1. 계급구조적 해석자들의 주장

1) 계급구조적 해석자들은 일반적으로 창세기 1장과 2장을 하나의 단위로 보고 창세기 2장의 언급은 창세기 1장에 대한 설명이라고 말한다.[12] 창세기 2장에 대한 논의는 고린도전서 11장 및 디모데전서 2장을 설명하는 상황에서 제시된다. 찰스 라이리Charles Ryrie는 "침묵의 원리는 순종의 원리 및 남여의 차이와 연결되며, 창세기의 창조 및 타락에 대한 기사에 기초한다는 사실을 알아야 한다"고 말한다.[13]

2) 조지 나이트George Knight III세도 유사한 주장을 한다.

> [고린도전서 11:9은] 남자가 여자를 위해 지음을 받지 않고 여자가 남자를 위하여 지음을 받았다는 사실을 확인한다. 이것은 3절에 제시된 남자가 여자의 머리라는 바울의 진술의 성경적 근거를 제공한다. 그는 사람이 다른 사람의 조력자로 지음을 받는다면 그를 받는 자는 조력자에 대한 권위를 가질 것이라고 말한다. 그러나 종종 구약성경에서 하나님은 사람을 "돕는 자"로 불리기 때문에 이 주장은 잘못되었다는 반론도 제기된다… 그러나 언어는 인간에게 적용될 때와 하나님께 적용될 때 다른 뉘앙스를 가질 수 없지 않은가? 확실히, 다른 뉘앙스나 개념은 사도들의 해석 및 적용을 무효화 하지 못한다.[14]

3) 클라크는 창세기 2장에 대한 폭넓은 언급을 제시한다. 그는 남자와 여자 사이의 파트너십은 여자의 복종을 포함하는 것으로 해석해야 하는 세 가지 이유를 인

용한다. (1) "남자는 내러티브의 중심이다." (2) "사람"(또는 "남자")으로 불리는 것은 여자가 아니라 남자이다. 이것은 남자가 인류를 대표하는 머리임을 보여준다. (3) 남자가 먼저 창조되었다는 것은 태생적으로 그가 앞선다는 것을 보여준다.[15] 또한 클라크는 여자의 복종을 보여주는 다른 암시들도 제시한다. 즉, 남자는 동물의 이름과 함께 여자의 이름도 짓는다.[16] 하나님은 저주를 전후하여 남자에게 범죄에 대한 책임을 묻고3:9, 22 남자는 여자에게 새로운 이름을 준다.3:20, [17]

뿐만 아니라, 클라크는 "바울에 따르면 여자가 남자에게 순종하는 것은 남자가 먼저 지음을 받았기 때문"이라고 말한다.딤전 2:12-13; 고전 11:8-9, [18] 그러나 이 순종은 "두 사람을 하나로 만드는" 특별한 유형의 순종이다. 그들의 하나 됨에서 여자는 돕는 배필이자 파트너이며, 양자의 관계에서 머리인 남자를 보완한다.[19]

2. 해방주의적 해석자들의 주장

다양한 저자들은 창세기 2장에 대해 날카로운 진술을 제시한다.

1) 구약성경의 "돕는 자" 히브리어, "에체르"에 대한 용례는 열등함이나 복종의 개념을 뒷받침하지 않는다.

> 돕는 자라는 뜻의 히브리어 "에체르"는 구약성경에 21회 등장하며, 다른 본문 9곳에서 여호와에 대한 묘사에 사용된다. 이 단어는 우리를 돕는 "높은 자"를 가리키는 용도로 16차례 사용되었으며 나머지 다섯 절에서는 계급구조적 의미를 가지지 않는다… 만일 에체르가 "열등한 지위의 돕는 자"로 해석된다면 구약성경의 일관성 있는 용례와 배치될 것이다.WCC on Women, [20]

2) 킹 제임스의 "협력자" helpmeet라는 단어의 절반에 해당하는 "충족하다" meet라는 단어는 "네게드"라는 히브리어에서 왔다. "meet"라는 고대 영어는 "어울리다"나 "적합하다"라는 뜻으로 사용되었다. 히브리어는 이 의미를 뒷받침한다.

"네게드"는 "전에," "…의 앞에서"라는 뜻의 전치사이다. 모든 사람의 물질적,

지적 및 사회적 교제의 필요성을 충족하기에 "적합한," "상응하는" 또는 "적절한"이라는 번역은 meet라는 고대 영어에 대한 보다 나은 해석이다.Scanzoni-Hardesty, 21

3) 페리 요더는 창세기 1장과 마찬가지로 창세기 2장에서도 중요한 것은 나중에 창조되는 내러티브의 문학적 구조에 초점을 맞춘다. 따라서 창세기 2장의 내러티브는 여자를 창조하는 부분에서 정점을 향하며, 여자는 내러티브의 문학적 구조에서 중요한 위치를 점한다.

4) 요더도 "뼈 중의 뼈"와 "살 중의 살"이라는 문구는 강함뼈과 약함살 모두에서 남자와 여자를 묶는다고 말한다. 이 문구는 남자가 부모를 떠나 아내와 합한다는 24절과 함께 남자와 여자의 상호의존성을 강조한다.

5) 또한 성적인 구별은 동반자가 창조된 후에야 시작된다. 아담사람은 아다마흙로 지은 존재를 가리킬 뿐이며, 이쉬남자와 이샤여자는 남자와 여자를 의미하기 때문이다. 아담은 여자가 창조될 때 양성bisexual이 되었으며, 그 순간부터 인간화 및 사회화를 경험한다.[22]

6) 트리블은 19절과 23절의 차이에 주목한다. 19절에서 "부르다"라는 동사는 고유명사와 연결된다. 이것은 다른 사람이나 사물의 이름을 짓는 행위를 가리키며, 따라서 타인에 대한 권위를 확장한다. 이 구조는 19절에서 두 차례 사용되며, 20절에서 아담이 각종 동물의 이름을 주었다는 언급에서 한 차례 사용된다. 그러나 23절에서는 고유명사 목적어가 생략되고 "부르다"라는 동사만 사용되기 때문에 "이름"이라는 의미로 해석되지 않는다.

따라서 남자가 여자를 부른 것은 그에 대한 권위를 가리키는 것이 아니라 상호성을 누리는 것일 뿐이다.

또한 "이샤"여자라는 단어는 이것인 여성의 이름을 짓는 문제가 아니라 성적인 인식을 가리킴을 보여준다. "이샤"라는 단어 자체는 이름이 아니다. 그것은 고유명사가 아니라 보통명사이다… 따라서 이 시적인 언급은 여자가 누구인지 결정하는 표현이 아니라, 하나님이 사람을 남자와 여자라는 성적인 존재로 창조하신 것에 대한 기쁨을 나타낸다. 23

7) 쥬엣은 2장 24절이 유대의 가부장적 관습 -남자가 부모를 떠나지 않는다- 과 일치하지 않는다는 사실을 지적한다. 내러티브의 원천이 되는 공동체의 관습과 다르다는 것은 "남편과 아내는 부모와 자식의 관계보다 강한 유대감으로 묶여 있다"는 사실을 확인하는 과정에 중요한 요소로 작용한다. 쥬엣의 결론은 다음과 같다.

> 따라서, 창세기 2장에 따르면 여자는 남자에게서 창조되었기 때문에 머리인 남자에게 순종해야 한다는 주장은 전통에 기초한 창조 내러티브의 속편에 대한 반론의 여지를 준다.24

C. 창세기 3:16

1. 계급구조적 해석자들의 주장

1) 프리츠 체릅스트Fritz Zerbst는 디모데전서 2장에 대한 주석에서 창세기 3:16에 대해 다음과 같이 해석한다.

> 아담은 가장 먼저 창조된 사람이나 하와는 가장 먼저 유혹을 당한 사람이다. 또한 아담은 죄가 있지만 창세기 3:16은 타락이 남자와 여자의 관계에 대해 명령한 규례를 무효화 하지 못한다는 사실을 보여준다. 칼빈은 타락 전과 타락 후 남자와 여자의 지위의 차이에 대해 "지금[타락 후]의 복종은 타락 전보다 덜 '자유롭다'는 것"이라고 주장한다… 디모데전서 본문의 중요한 특징은 논리를 뒷받침하기 위해 창세기 2장뿐만 아니라 창세기 3장에도 호소한다는 것이다. 두 개의 창세기 본문은 공통된 관점에 해당한다는 것이 우리의 판단이다.25

2) 나이트는 남자가 여자를 다스리는 질서는 타락과 저주에만 기인하지 않고 창조 질서와 타락 모두에 기인한다고 주장한다.[26]

3) 클라크는 타락과 저주가 예전의 파트너십 형태의 리더십/복종 속에 "위압적 형식의 복종"을 가져왔다고 말한다.[27]

2. 해방주의적 해석자들의 주장

해방주의 저자들은 창세기 3:16이 남자의 지배가 타락과 저주에서 비롯되었음을 말해준다고 주장한다.

1) 쥬엣은 창세기 3장이 하나님을 반역한 "인간은 죄인"이라고 선언한다는 사실에 주목한다. 그는 "남자가 여자를 다스릴 것"이라는 구절은 "규정이 아니라 설명이며, 허용이 아니라 이의제기"라고 말한다. 여자에 대한 남자의 이러한 횡포는 그의 왜곡된 인간성을 보여준다.[28]

2) 트리블은 타락적 상황에서 "남자는 아내의 이름을 하와라고 지음으로써20절 그에 대한 지배를 확인한다"고 말한다.[29]

3) 페리 요더는 다음과 같이 주장한다.

…3장은 이상적 상태에 미치지 못하는 현재적 상황에 대한 설명으로서의 기능을 하지만, 그것을 허용하거나 용납하는 것은 아니다. 오히려 창조에 나타난 하나님의 뜻을 부당하게 이룬 것에 대한 책망이다.[30]

2. 구약성경에 나타난 여자

1. 계급구조적 해석자의 주장

1) 라이리는 "역설"이라는 단어를 사용하여 구약성경에 나오는 이스라엘 여자들의 상황에 대해 묘사한다. 그것은 "복종과 품위가 함께 하는 역설적 상황"이다.

> 유대 여자들의 핵심적 기여는 가정에서의 섬김이다. 그들의 법적 의무는 실제적으로 존재하지 않지만 그들은 어머니의 특권을 수행함으로써 영예로운 지위를 얻었다. 유대교에서 여성의 지위에 적용되는 일반적인 원리는 "왕궁 안에서는 왕의 딸이라는 영광스러운 지위를 가지지만 왕궁 밖 여자들은 그렇지 않다"는 것이다.[31]

2) 체룹스트는 "평등한 성"을 이스라엘을 위한 하나님의 뜻에 대한 이교도적 대안으로 생각하지만, 이스라엘에서 여성에 대한 압제는 율법주의로의 퇴화에 따른 결과로 일어난다고 말한다.

> 구약성경에는 지위 및 권리와 관련된 성적 평등에 대한 요구가 제시되지 않는다. 왜냐하면 결혼의 기원은 창조주이자 율법수여자이신 하나님으로까지 거슬러 올라가기 때문이다. 유대교에서도 성적 평등에 대한 요구는 찾아볼 수 없다. 유대교에서는 오직 율법에 대한 왜곡만… 뿌리를 내릴 수 있기 때문이다. 다른 종교 및 문화에서도 성적 평등에 대한 주장은 쇠퇴기에서만 볼 수 있는 현상으로 남아있다.[32]

2. 해방주의적 해석자의 주장

1) 존 오트웰John Otwell이 궁극적으로 여성의 복종을 주장했는지 여성 해방을 주장했는지는 판단하기 어렵다. 오트웰은 그의 저서 『사라가 웃었다』And Sarah Laughed에서 출산과 생존은 이스라엘에서 제의적 기능 및 법적 기능이 뒷받침되는 중요한 가치라고 주장한다. 이런 상황에서 모성은 가장 높은 가치를 가진다. 오트웰은 "고대 이스라엘에서 어머니보다 높은 지위가 부여되는 존재는 없다. 어머니가 된다는 것은… 여성만이 할 수 있는 위대하고 거룩한 행위"라고 주장한다.[33]

딸을 출산한 경우 "부정한" 기간을 두 배로 확장한 의식법에서 여성에 대한 차별을 보는 많은 저자들과 달리 오트웰은 정확히 상반된 의미로 해석한다.

> …아기를 출산한 여자는 신적 사역과 밀접한 상태에 있었기 때문에 "부정"할 수 있다. 그는 말하자면 힘을 빼는 기간이 필요하다. 여아를 출산한 경우 남아를 출산한 때보다 이 기간이 두 배로 긴데, 여아는 때가 되면 자녀를 출산할 자이기 때문이다.[34]

오트웰은 여성의 지위를 하나의 원리로 제시함으로써 책을 마무리한다. "여자는 하나님의 백성을 창조하고 보전함에 있어서 하나님과 함께 일하는 자이다. 또한 여자는 하나님의 백성의 보편적 삶에 완전하고 자유롭게 동참한다."[35]

2) 그러나 해방주의적 입장을 지지하는 대부분의 해석자는 구약성경에 나타난 여성의 지위는 압제받는 자이며 예수님은 이런 상황에 대해 책망하시고 바로잡으셨다고 생각한다. 해방주의자는 구약성경의 여자들이 상속권이 없고 서원을 할 수 없으며 먼저 이혼을 요구하지 못하고 여러 가지 제의적 행위에서 배제되었다고 주장한다. 결혼할 때 여자에게만 처녀성을 요구했다는 점에서 여성은 "이중 잣대"의 희생자였다.[36]

3) 필리스 버드Phillis Bird는 구약성경에 나타난 여자들의 이미지 및 역할의 다양성에 주목한다. 버드는 다음과 같이 말한다.

여성의 행동반경은 주로 가정임에도 불구하고 그들의 지식 및 능력은 가정에 한정되거나 여성적 활동에만 제한되지 않는다. 공동체에 유익을 주는 특별한 재능과 능력은 남자뿐만 아니라 여자에게도 있다는 사실은 누구나 인식하고 인정한다.[37]

4) 도로시 요더 나이스Dorothy Yoder Nyce도 구약성경에서 많은 여자들이 성취한 긍정적인 역할에 대해 강조한다. 나이스는 남자들과 함께 일한 다양한 여자들에 대해 언급한다. 미리암은 모세 및 아론과 함께 일했으며, 드보라는 사사로서 사무엘과 같은 역할을 했으며, 훌다는 요시야의 개혁 프로그램에서 통솔력을 보여주었다. 그러나 나이스는 결론적으로 "남자와 여자에 대한 전반적 진술은 그들의 죄를 드러낸다. 그들은 하나님의 권위를 세우는데 실패했으며, 인간의 하나 됨을 거부했다"고 말한다.[38]

5) 트리블은 이 분야에 대한 광범위한 연구를 통해 구약성경의 신학적 전통으로부터 여성해방을 주장하는 적어도 일곱 개 지류의 증거를 발견한다.

첫째로, 트리블은 하나님의 활동에 나타나는 수많은 여성 이미지는 여호와의 지배적인 남성 이미지와 대조된다. 그는 이스라엘에 물을 공급하고 백성에게 만나를 먹이시며, 인간 가족에게 의복을 입히신다. 구체적인 어머니 이미지로는 "젖 먹는 아이를 품음," "해산하는 여인," "이스라엘을 낳음" 등이 있다. 이러한 것들은 모두 여호와에 대한 배타적 남성 개념을 배제한다.[39]

둘째로, 트리블은 여성 해방을 뒷받침하기 위해 출애굽에 호소한다. 그는 히브리 산파들의 불복종이 이스라엘을 종살이에서 벗어나게 한 혁명의 불씨를 지폈다고 말한다. 트리블은 "이러한 여성 전통을 만들고 보존한 족장 신앙은 가부장제를 극복할 수 있는 원천을 소유하고 있다"고 주장한다.[40]

셋째로, 이스라엘의 공동 인격체 의식은 성차별을 허용하지 않는다. 공동체가 그런 유대감으로 결속되어 있다면 성차별의 승자와 패자는 사라질 것이며 모든 사람은 "해방을 통해 동일한 인간으로 살아갈 것이다."[41]

넷째로, 앞서 인용한 창세기 2-3장에 대한 트리블의 평등주의적 주석을 들 수 있다.

다섯째로, 트리블은 아가서가 창세기 2-3장에 대한 미드라쉬주석로, 남녀가 서로를 확인하는 사랑에 대한 묘사로 본다. 이 아가는 "남여가 번갈아가며 주도권을 잡는" 모습을 보여주며 남성 지배의 흔적은 나타나지 않는다. 따라서 트리블은 "야훼 신학에서는 남성 우월주의도 여성 우월주의도 정당화 되지 않는다"는 결론을 내린다.[42]

여섯째로, 트리블은 "태" 레헴라는 명사와 "불쌍히 여기다" 라헴라는 동사의 관계에 대한 흥미로운 논문을 제시한다. 그는 레헴의 두 가지 의미를 어머니의 사랑으로 결합한 본문가령, 왕상 3:26, 특히 하나님이 이스라엘을 돌보심에 대해 묘사한 본문호 1:6; 렘 31:15-22; 사 46:3-4; 49:13-15; 63:15-16에 대한 주석을 통해 다음과 같은 결론을 제시한다.

> 레헴rhm이라는 어원은 지속성 및 힘이라는 뜻과 함께 이스라엘의 전통 전체에서 성경적 믿음에 대한 중요한 메타포를 형성하며, 여성의 태로부터 하나님의 긍휼하심까지 이어지는 의미상의 흐름을 보여준다. 이 단어는 우리에게 남자와 여자라는 하나님의 형상에 대한 새로운 영역을 제시한다.[43]

일곱째로, 트리블은 4장으로 구성된 나오미와 룻의 기사에 대한 문학적 분석을 통해 이 여자들은 어떻게 남자의 세상에서 신체적, 문화적 및 신앙적 순결을 보전하기 위해 싸웠으며 남자들과 여자들을 위한 복의 통로가 되었는지 보여준다.

> 이 여자들은 급진적 패러다임으로서의 기능을 한다… 그들은 문화 안에 있는 여성이자 문화에 대항하는 여성이며 문화를 변화시킨 여성이다. 그들은 자신이 반영하고 있는 삶에 도전했다. 그 도전은 오늘날 남성 사회에서 여자들에 대한 이야기에 귀를 기울이는 모든 자에게 믿음의 유산이 된다.[44]

3. 예수님과 여자

1. 계급 구조적 해석자들의 주장

1) 라이리는 이 주제에 네 장을 할애한다. 그의 목적은 마리아 찬가를 통해 여성을 높이는 것이지만 여성의 역할은 제한되어 있다는 관점도 나타난다. 그는 다음과 같이 주장한다.

> [마리아는] 우리 주님의 어머니mother가 아니라 우리 주님의 어머니Mother이다. 이 어머니는 여자만 될 수 있다. 그러나 성육신은 남자에게 일어났다…

> 마리아는 이상적인 여성의 모델로 제시된다… 마리아는 소극적인 성격으로, 교만하지 않고 과묵하며 주목받는 것을 싫어한다. 따라서 그의 인격에 대한 인상은 가정의 신성함에 국한된다. 또는 Walpole의 말처럼 "우리는 마리아에 대해 들은 것이 거의 없지만, 그 안에서 참된 여성의 모습을 볼 수 있다."**45**

라이리는 여자에 대한 예수님의 태도에 대해 논의하는 가운데, 여자의 영적 능력과 지적 능력 및 섬기는 능력에 대한 예수님의 평가를 보여주는 복음서의 다양한 사건들을 인용한다. 라이리는 여자에 대한 예수님의 태도는 혁신적이라고 말한다.

> 그들의 영적 특권은 남자의 특권과 동일하다. 그러나 그들의 영적 활동에는 분명한 차이가 존재한다… 여자에 대해 언급되지 않은 부분도 언급된 부분만큼이나 중요하다. 즉, 열두 제자 가운데 여성이 없다는 사실은 중요하다. 주의 만찬이 남자들만 있는 곳에서 제정되었다는 사실도 중요하다. 사도적 위임은… 남자들에

게만 주어졌다… 이 모든 중요한 사실들을 종합해볼 때, 여자들에게 주어진 활동은 주께서 남자들에게 맡기신 사역과 다르다는 사실을 알 수 있다.[46]

이어서 라이리는 여성의 적합한 역할은 섬김이라고 말한다. 섬김은 "디아코네오"라는 헬라어에서 왔으며, 복음서에는 여자의 일을 가리키는 말로 사용된다.

…남자 가운데 예수께 시중드는 자가 없었다는 점에서 여자는 예수를 섬기는 특별한 임무를 맡았다… 예수님은 가정적인 사역으로 자신을 섬긴 자들을 칭찬하심으로 여성의 활동 영역을 제한하셨다.[47]

2) 체릅스트는 예수님의 여성관은 유대교의 여성관과 현격한 대조를 보인다고 주장한다. "여자는 하나님 나라에 온전히 동참한다" cf. 갈 3:28 그러나 "그보다 앞서 … 여자는 열두 제자 가운데 들지 못했으며, 보내심을 받은 70명 가운데도 없다." 따라서 "예수님은 창조 명령에 따른 남자와 여자에 대한 규정을 폐지하거나 무효화 하지 않으신다."[48]

3) 클라크도 예수님과 여자들의 관계는 당시의 일반적 풍습이나 랍비들의 저서에 나타나는 관점과 다르다고 말한다. 그러나 클라크는 예수께서 새로운 패턴의 관계를 보여주신 아홉 가지 사례를 인용한 후,[49] 예수님은 사회적 역할이라는 주제에 대해 언급하지 않으셨다고 말한다. 예수님은 여자들에게 새로운 영적 지위를 허락하시고 형제자매의 관계를 몸소 보여주셨으나 "남녀 관계에 대한 구약성경의 기본적인 역할 구조에 대해 어떤 의문도 제기하지 않으셨다."[50] 따라서 "예수님은 남자와 여자의 역할에 대해 혁신적인 태도를 취하신 것이 아니다."[51]

2. 해방주의적 해석자의 주장

1) 예수님에 대한 가장 원래적이고 한결같은 해방주의적 해석 가운데 하나는 레오나르드 스위들러Leonard Swidler의 "예수님은 페미니스트였다"Jesus Was a Feminist

라는 논문이다. 스위들러는 예수께서 세상을 떠나고 30-50년이 지난 시점에 기록된 복음서가 지상 교회의 신앙과 사상으로 변색되었다는 오늘날 성경학계의 관점에 초점을 맞춘다.

> 팔레스타인의 여성에 대한 전반적인 부정적 태도는 기독교 공동체 자체의 관점으로부터 온 것이 아니라는 사실은 예수께서 자신의 긍정적 여성관 -그의 페미니스트 태도- 에 부여한 신앙적 중요성을 강조한다.[52]

스위들러는 디아코논눅 8:3[청지기]; cf. 막 15:40 이하이라는 헬라어가 초기 교회의 특별한 사역을 가리키는 "디아콘" 집사과 어원이 같다고 말한다. 예수님에게 여자 제자들이 있었으며 지상 교회가 그런 사실을 기록으로 남겼다는 것은 새로운 지평을 여는 문화적 발전이다.

> 여성은 성경을 읽거나 공부하지 못했으며 딸이든 아내든 하렘의 여자든 집을 떠나는 것조차 어려웠다는 사실을 생각하면, 그들이 예수님의 제자가 되어 그에게서 배우고 그를 섬기는 것이 얼마나 중요한 것인지를 잘 알 수 있다.[53]

스위들러는 무엇보다도 복음서 내러티브의 핵심인 예수님의 부활 기사에서 여자들의 역할이 두드러진다는 것은 그들의 역할에 대한 강력한 진술이라고 주장한다. 예수님은 먼저 여자들에게 나타나셔서 자신의 부활을 사도들에게 전달하는 임무를 그들에게 맡기셨다.

> 예수님이 두 가지 요소[자신의 부활과 여성의 역할]를 핵심적으로 연결하려 하셨다는 것은 분명한 사실이다. 남자들은 지난 2천 년간 그것을 제대로 깨닫지 못할 만큼 전반적인 지적 통찰력이 결여된 때문이다.[54]

뿐만 아니라 스위들러는 복음서에 나오는 다른 세 가지 부활 내러티브 -야이로의 딸, 나인성 과부의 아들 및 나사로의 부활을 함께 한 마리아와 마르다 등- 에서 여자들의 활약이 돋보인다고 말한다.

죄를 지은 한 여자에 대한 기사눅 7장와 간음한 여자에 대한 기사요 8장는 예수께서 여자를 성적 대상으로 생각하지 않았음을 보여준다. 뿐만 아니라 혈루증으로 앓는 여자를 고치시고 그의 믿음을 칭찬하신 것은 예수께서 피에 대한 금기를 거부하셨음을 보여주며, 예수님이 사마리아 여자를 만나신 것은 남녀 관계에 대한 당시의 문화적 풍습을 의도적으로 범하신 것을 보여준다.[55]

예수님은 일부일처제를 주장하고 이혼을 금하심으로 여자는 "기본적으로 재산"이라는 생각을 반대하시고 "이중적 도덕적 기준"을 책망하신다. 또한 예수님은 마리아 및 마르다와 대화하시는 가운데 여자의 지적 역할을 인정하시고 여자는 부엌에서 살아야 한다는 고정관념을 거부하신다. 따라서 스위들러는 다음과 같이 주장한다.

> 예수님의 주장에서 여자는 남자와 마찬가지로 지적, 영적인 삶으로 부르심을 받았다는 사실을 이보다 명확하게 제시할 수 있는 방법이 있는가?[56]

또한 "당신을 밴 태와 당신을 먹인 젖이 복이 있나이다"라고 외친 여자에 대한 예수님의 대답은 어머니의 역할보다 그 나라의 사역이 그들의 우선적 특권임을 보여준다. 이처럼 분명한 언급이 전승으로 보존된 것은 초기 기독교 공동체가 예수께서 그 나라의 사역을 여성의 고유한 역할보다 우선하신 사실을 알았기 때문이다.

잃은 드라크마 비유에서 예수께서 하나님을 여성 이미지로 묘사하신 사실에 주목한 스위들러는 다음과 같은 결론을 제시한다.

> 이 증거로부터 예수님이 남성 지배 사회에서 여자의 존엄성과 평등을 강력히 주장하신 사실이 분명히 드러난다. 예수님은 페미니스트이며 급진주의자이다. 그의 제자들이라고 달랐겠는가_De Imitatione Christ_?[57]

스위들러는 나중에 『여성에 대한 성경의 주장』_Biblical Affirmations of Women_에서 여성에 대한 긍정적 관점을 보여주는 복음서 본문을 빠짐없이 모아 제시한다.[58]

2) 에벌린과 프랭크 스태그 부부Everlyn and Frank Stagg는 음욕을 품고 여자를 보는 자마다 간음한 자라는 말씀 및 이혼을 금하신 예수님의 가르침은 남성 지배적 사

상을 반대한다고 지적한다. 간음을 아버지나 남편의 권리에 대한 범죄로 보는 문화적 배경에서 "음욕"은 간음이라는마 5:28 예수님의 말씀은 "간음에 대한 이해를 두 방향으로 확장한다. 즉, 간음은 여성에 대한 범죄가 될 수 있으며, 행위로 나타나지 않더라도 마음의 죄가 될 수 있다는 것이다."59

스태그 부부는 예수님이 남자만 사도로 세우신 것은 공식적인 리더십을 남자에게 한정한다는 계급 구조적 해석에 대해서도 다음과 같이 대답한다.

> 열두 명은 예수님이 염두에 두고 계신 이스라엘의 재구성을 보여주는 상징적 기능을 하는 것으로 보인다…
>
> 열두 명이 모두 남자라는 사실이 여자를 기독교 사역에서 배제시킨다면, 그들 모두 유대인이라는 사실도 마찬가지가 되어야 할 것이다. 열두 명이 모두 유대인이기 때문에 모든 비유대인은 기독교 사역에서 배제되어야 하는가? 그 보다는 열두 명을 재형성된 이스라엘의 표지로 보는 것이 예수님에게 편견이 있다거나 오늘날 기독교 사역의 모습이 나타난다는 불필요한 억측을 제거하는 바람직한 해석이 될 것이다.60

3) 이 부분의 특별한 주제는 예수께서 하나님을 아버지아바로 부르셨다는 사실이다. 로버트 해머톤-켈리Robert Hamerton-Kelly는 구약성경 선지서에는 이미 하나님을 아버지로 보는 이스라엘의 관점이 전통적인 가부장적 이해에 도전했다고 주장한다. 이 발전을 더욱 확장시킨 예수님은 하나님 아버지라는 상징을 통해 하나님의 주권적이고 해방적이며 자비로운 성품을 이어지는 "어머니" 요소와 함께 강조한다. "이 '아버지'는 결코 예수님이 성차별주의자이심을 보여주는 표지가 아니라, 우리가 '성차별'이라고 부르는 것과 싸우기 위해 예수께서 택하신 무기이다." 그는 "예수님이 아버지라는 상징을 택하신 것은 정확히 가부장제를 인간답게 다듬기 위한 것일 가능성이 있다"고 주장한다.61

4. 바울의 가르침과 사역

우리는 바울의 글에서 다른 신호를 제시하는 텍스트를 찾을 수 있다. 그 가운데는 남자와 여자의 구체적인 역할을 규정하는 것처럼 보이는 것도 있고, 이런 역할에서 벗어나게 하는 것처럼 보이는 것도 있다. 일련의 텍스트갈 3:28; 고전 7장; 롬 16장는 해방주의를 강조하며, 다른 일련의 텍스트고전 11장 및 14장, 에베소서와 골로새서의 가정 법전 및 목회서신의 가르침은 계급 구조를 강조하는 것처럼 보인다. 이곳에서는 지면관계상 각 입장에서 두 본문에 대해서만 살펴볼 것이다. 다른 본문에 대한 주석은 부록 3 참조 다음 논의는 두 주석학적 입장의 장단점을 살펴본 후 해석학적 관찰 및 논평에 필요한 배경을 제공할 것이다.

A. 갈라디아서 3:28

1. 계급 구조적 해석자들의 주장

1) 라이리는 이 본문이 남자와 여자의 영적 특권은 동일하며 기독교는 유대교를 넘어 발전했음을 보여주지만 이러한 영적 지위 및 특권에 대한 원리는 "남여의 차이를 모두 제거"한다는 의미가 아니라고 주장한다. 또한 "이런 용어를 사용하여 여자의 순종은 없다고 주장하는 것은 바울의 의미를 오해한 것"이라고 말한다.[62]

2) 마찬가지로 체룹스트는 갈라디아서 3:28은 남자/여자의 역할에 대한 언급이 아니라고 말한다. 따라서 본문은 그리스도 안에 있는 생명이라는 점에서 남녀가 동

일하지만 그것이 "결혼이나 교회 규례에서 창조시에 정립된 남녀의 차이를 무효화하지는 않는다"는 것이다."[63]

3) 나이트는Knight는 -민족적, 국가적, 인종적, 사회적 및 성적 차이는 영적 지위를 결정하지 않는다는 본문의 의미를 인정하면서도- 이 구절은 여자가 가르치고 권위를 행사하는 것을 금한 "디모데후서 2장 및 고린도전서 14장의 가르침을 부인하지 않는다"고 생각한다.[64]

4) 클라크는 45페이지에 달하는 일관성 있는 논의를 통해 동일한 결론에 이른다. 그러나 그는 몇 가지 부가적인 주석학적 요소를 제시한다. 즉, 문맥상 이 구절의 주제는 '칭의,' '하나님 앞에 섬'이며 사회적 역할이 아니라는 것이다. 정확히 일치하는 것은 아니지만 유사한 용어를 사용하는 평행구골 3:9-11; 고전 12:12-13는 남자와 여자는 하나님의 형상으로 창조되었으며 성령을 통해 그리스도와 연합한다는 결론에 이른다.[65] 또한 그리스도 안에는 종이나 자유인이 차별이 있을 수 없다는 유사한 언급은 결코 바울을 폐지론자로 만들지 못한다.[66]

그러나 '그리스도 안'이라는 실재는 단순히 하나님과 남자 및 하나님과 여자의 관계보다 더 많은 것을 변화시킨다. 그것은 실제로 사회적 관계에 영향을 미친다. 바울은 실제로 그리스도인 상전과 종이 어떤 관계를 맺어야 하는지에 대해 가르친다. 이것은 그리스도 안에서 남자와 여자도 그와 같은 새로운 관계를 형성해야 한다는 선언의 근거로 유추될 수 있다. 그러나 노예제도와 남녀의 역할에 대한 유추는 두 가지 면에서 성립되지 못한다. 바울은 다른 본문에서 노예제도를 하나님이 섭리와 연결시키지 않지만 여자의 순종에 대해서는 창조질서에 호소한다. 만일 바울이 노예제도와 성적 차별의 폐지를 염두에 두었다면, 노예제도는 폐지될 수 있었으며 실제로 폐지되었으나, 성적 차별에 대한 전적 폐지는 가능한 것이 아니다.[67] 클라크는 바울의 일관성에 대해서도 언급한다. 즉 갈라디아서 3:28의 사도적 가르침은 그가 불과 수 년 후에 기록한 고린도전서 11:2-16의 가르침과 모순되지 않는다는 것이다.[68]

2. 해방주의적 해석자들의 주장

1) 리차드와 조이스 볼드레이Richard and Joice Boldrey는 이 구절을 그리스도인의 해방을 알리는 선언문으로 본다. 그리스도인은 주로 죄와 율법으로부터 해방되었으나, "남자와 여자"라는 표현이 창세기 1:27의 구문과 형태가 유사하다는 점에서 창조적 제약으로부터 벗어났다는 선언으로 볼 수도 있다는 것이다. 쌍을 이룬 두 단어는 다른 두 쌍과 달리 "~이나"nor가 아니라 "그리고"kai라는 접속사로 연결됨으로써 남자와 여자 창세기 구문에 의존한 사실을 보여준다. 따라서 바울의 언급은 "그리스도 안에서 남자와 여자의 관계는 남녀의 구별을 초월해야 한다"는 뜻이다.[69]

2) 돈 윌리엄스Don Williams는 이곳에서 바울은 인종과 사회적 지위 및 성적 장벽이 무너진 것으로 선언한다고 말한다. 바울은 옛 질서를 넘어서는 급진적 조치를 취한다.

> 구원은 하나님의 창조 목적을 회복하는 것으로 끝나지 않는다. 구원은 완전히 새로운 세계, 전혀 새로운 질서를 형성한다.

> 남성 지배, 이기주의, 가부장적 권력 및 차별적 특권은 끝났다. 창세기 2–3장은 더 이상 여성을 열등한 자리나 지위로 전락시키기 위한 용도로 사용될 수 없다. 구원이 실제라면, 남자와 여자 사이의 갈등은 끝났다. 동시에 여성에 대한 유린과 착취 및 지배도 끝났다. "너희는 다 그리스도 예수 안에서 하나"이기 때문이다.[70]

3) 『여성에 대한 학습 지침』Study Guide on Women의 저자인 존 뉴펠트John Neufeld는 이 구절에 나타난 바울의 새로운 지평을 "우리의 지침과 규범"으로 삼고 "남자와 여자의 완전한 파트너십"을 확인할 것을 촉구한다. 뉴펠트는 여성 해방은 물론 노예제도 폐지에 있어서도 새로운 비전을 시행하기 어려웠던 바울 시대의 문화적 현실과 그 나라의 비전 사이의 긴장을 인정한다. 또한 우리는 1세기 교회가 여성 해방을 완전히 시행하지 못했을지라도 당시의 문화적 순응accommodation을 하나의 원리로 받아들여서는 안 된다.cf. 노예제도 오히려 갈라디아서 3:28은 우리에게 완전한 해방을

추구할 것을 요구한다.**71**

4) 쥬엣은 이 절에 대한 주석을 통해, 바울은 일반적으로 창세기 2장의 내러티브에 호소하지만 이곳에서는 창세기 1장과 연결함으로써 그리스도께서 창조의 비전을 회복하시고 남자와 여자의 참되고 온전한 파트너십을 구현하신다고 주장한다. 이 회복은 피조물에 대한 거부가 아니라 창조 목적에 대한 실현이라고 쥬엣은 말한다. 그리스도 안에서 남자와 여자는 "하나님이 자신의 형상대로 사람을 지으실 때 의도하셨던 존재가 된다." 바울은 다른 본문에서는 비전의 이행에서 물러서는 모습을 보이지만 로마서 16장과 함께 갈라디아서 3장의 이 구절에서는 예수님과 근본적으로 일치함을 보여준다.**72**

5) 버지니아 몰렌코트Virginia Mollenkott도 유사한 주장을 한다. 즉, 이곳에서 바울은 그리스도의 복음이 자신이 종종 따랐던 랍비의 관점을 뒤엎기를 요구한다는 것이다.

그리스도인은 복종을 촉구하는 몇 안 되는 바울을 본문을 고집하며 곳곳에서 발견되는 해방을 촉구하는 바울의 본문 앞에서 멈춤으로써, 바울이 경험하고 있는 인간 사회를 바꾸려는 그리스도의 복음의 온전한 의미를 부인해왔다.**73**

B. 고린도전서 11:2-16; 14:34-36

이 본문은 외견상 같은 서신, 같은 주제에 대한 같은 저자의 글에 해당하기 때문에 함께 고찰할 것이다. 11장에서 여자는 기도나 예언을 할 때 머리에 무엇을 쓰라는 명령을 받는다. 14장은 그들에게 잠잠하라고 명령한다. 주석가들이 논쟁하는 핵심 이슈는 다음과 같다. (1) 공적으로 기도하고 예언하는 자유와 잠잠하라는 명령 사이의 분명한 모순을 어떻게 설명할 것인가? (2) 고린도의 역동적 상황을 어떻게 이해할 것인가? 여자가 머리에 쓴 것을 벗으면 당시 풍습에 반하는 혁신인가? 아니면 무엇을 쓰라는 바울의 명령 자체가 획기적인 발상인가? (3) 갈라디아서 3:28 및 로마서 16

장에 비추어 볼 때, 본문에 제시된 여자의 역할에 대한 바울의 제한을 어떻게 이해할 것인가?

1. 계급 구조적 해석자들의 주장

1) 라이리는 위 세 가지 질문에 대해 명확하고 자극적인 입장을 취한다. 그는 여성의 역할에 대한 규범은 14:34및 딤전 2:12에서 명확히 가르치는 대로 침묵이라고 주장한다. 공예배 참석이라는 주제를 다루고 있는 본문은 11장이 아니라 14장이기 때문이다. 11장은 여자가 남자의 머리가 되는 것과 자신의 머리에 무엇을 쓰는 관습에 대해 다루는데 이것은 여자의 복종을 함축한다. "여자가 기도나 예언을 하는 관행"은 도덕성이 결여된 도시에 세워진 "고린도 교회에 한정된 매우 특이한 현상"이었을 것이다.[74]

2) 본문에 대한 체룹스트의 주석은 11:6, 14 및 14:35에 나타나는 "부끄러운 것"이라는 구절에 초점을 맞춘다. 여자가 공예배시에 무엇을 쓰지 않고 말하는 것이 왜 부끄러운 일인가? 체룹스트는 다양한 설명을 거부하고 헬라 여자는 대체로 머리에 무엇을 쓰지 않았다고 주장한다. 따라서 고린도의 헬라 사회는 여자가 무엇을 쓰거나 공적으로 말하는 것이 부끄러운 일이 아니었을 것이다.

그러므로 남은 해석은 하나이다. 즉, 바울은 여자가 교회에서 말하고 싶어 하는 것이 남자와 여자의 평등에 대한 갈망에서 비롯되었으며 이것은 여자의 복종hypotage을 명한 율법을 무효화 할 수도 있는 주장으로 보았다는 것이다. 여기서 말하는 율법은 남자는 여자의 머리라는 창조시의 명령을 가리킨다. 여자가 남자와 같아지려고 시도한 행위는 바울에 의해 부끄러운 것aischron으로 선언되었다. 왜냐하면 그것은 창조와 율법에 계시된 하나님의 뜻에 위배되기 때문이다. 이 부끄러움은 동시대의 풍습이나 바울의 환경에 기인한 것이 아니라 전적으로 하나님의 뜻에 대한 역행에서 비롯된다.[75]

3) 나이트는 본문의 핵심적인 강조를 "머리됨의 위계질서" 및 "역할 관계"로

규명한다. 머리에 무엇을 쓴다는 것은 여자가 하나님이 의도하시는 "복종의 사슬"을 인정한다는 것을 보여준다. 하나님에 대한 그리스도의 복종은 남자에 대한 여자의 복종과 유사하다. 이런 복종은 그리스도의 열등한 신성이나 여자의 열등한 인격을 만들지 않는다.[76]

　이러한 계급 구조 및 역할 관계는 남자로부터 창조된 여자가 남자의 영광을 반영하는 방식에 의해 상세히 설명된다. 남자는 하나님의 영광을 반영하며, 여자는 남자의 영광을 반영한다. 나이트는 바울의 관점은 창세기 2:18-25에 기초한다고 주장한다. 본문에서 여자는 "그[남자]를 위하여 돕는 배필"로 지음을 받았다. 또한 "천사들로 말미암아"라는 구절은 "하나님의 질서가 보존되고 하나님의 영광이 드러나는 것을 보고 싶어 하는 마음"을 가리킨다.[77]

　11:11-12에서 바울은 다음과 같이 강조한다.

　　남자와 여자의 평등 및 본질적 상호의존성은 8절과 9절에 언급된 질서가 남자를 영화롭게 한다는 뜻이 아니라 "모든 것이 하나님에게서 났다"는 사실을 가리킨다는 것을 보여준다. 12절.. [따라서] 남자와 여자의 역할 관계 및 그들의 상호 의존성은 어느 한 개념이 다른 개념을 파괴함이 없이 연결될 수 있다.[78]

　14:34의 잠잠히 하라는 명령은 모든 영적 은사는 여자가 공적으로 말하는 것을 허용한다는 고린도인의 발전적 주장을 반박한다. 바울은 "그렇지 않다. 영적 은사를 그렇게 사용하는 것은 하나님의 창조질서에 위배되며, 영적 은사나 자유에 대한 어떤 호소도 이 질서를 제쳐둘 수 없다"고 주장한다.[79]

　나이트는 다음과 같이 요약한다.

　　우리는 이들 세 핵심 본문[딤전 2:12도 포함하여]에 대한 고찰을 통해 사도 바울은 여자가 교회에서 남자를 다스리고 가르치는 것을 금한 보편적이고 규범적인 규례를 제시했다는 결론을 내린다. 이들 본문은 예시가 아니라 명령이며, 이 명령은 시간적으로 바울 시대에 한정된 역사적이고 문화적인 논증에 기초하지 않고 하나님이 남자와 여자를 창조하실 때 양자의 관계에 대해 명령하신 바에 기초

한다.[80]

4) 클라크는 이들 본문에 나타난 바울의 가르침 가운데 일부는 이해하기 어렵지만 남자의 머리됨에 대한 핵심 요지는 분명하다고 말한다. 클라크에 따르면 이 논쟁에서 여자가 공적인 자리에서 머리에 무엇을 쓰는 행위에 대한 유대인의 풍습과 그리스-로마 풍습의 차이는 큰 의미가 없다. 왜냐하면 바울의 관심은 선교적 이유로 인해 당시의 사회 규범과 일치하지 않기 때문이다. 당시 문화에서는 머리에 무엇을 쓰는 행위조차 복종을 나타내며, 여자는 남자의 권위 아래 있다는 원리를 드러낸다는 점에서만 의미가 있다. 또한 긴 머리에 대한 언급이나 본성phusis이 가르친다는 구절은 예배시 남녀의 구별 및 질서가 존중되어야 한다는 핵심 강조점에 대한 유추적 요소일 뿐이다. 또한 이와 관련하여 고린도인의 행위를 칭찬한다는 점에서11:1, 2 이하 참조 11:1, 17 이하와 대조해보라 바울이 그들의 남용을 바로잡고 있는 것도 아니다. 오히려 바울은 11:2-16절에서 남녀의 역할 구별에 대해 존중해야 한다는 취지로 말하고 이곳에서는 남자의 머리됨에 초점을 맞춘다.[81]

바울의 주장은 창조 질서창세기 2장을 중심으로와 남여의 차이를 보여주는 머리 길이 및 "기독교 교회 전체를 위한 보편적 관례에 대한 정립11:16이라는 세 가지 요소에 대해 호소한다."[82] 상호의존성에 대한 선언11-12절은 "남자와 여자는 서로에게 복종하는 보완적 파트너십 관계에 있다"는 사실을 확인한다.[83] 그러나 2-16절의 핵심 강조점은 복종이 아니라 "머리의 질서"이다. 11장에 대한 보충적 성격의 14:34-36에서 핵심 강조점은 복종이다. 잠잠하라는 명령은 어떤 식으로 해석되든아마도 특정 형태의 발언을 제한하는 언급일 것이다, 질서 회복에 대한 가르침이라기보다. 남자도 같은 책임이 있다, "여자는 무질서해서가 아니라 여자이기 때문에 잠잠해야 한다"는 가르침이다.[84] 따라서 두 본문은 기독교 공동체의 남녀의 역할에 대한 핵심 원리로서 머리됨과 복종에 대한 상호 보완적 가르침이다.

5) 제임스 헐레이James B. Hurley는 최근의 주석자료 입수가 늦어 본서에는 다 싣지 못하였다에서 고린도전서 11장은 "머리에 쓰는 것" 페리볼라이우에 대해 한 차례만 언급한

다고 말한다. 15절은 머리에 쓰는 것 대신에 긴 머리를 주셨다고 말한다 텍스트의 다른 곳에서 머리를 덮는 긴 머리는 바울이 명령한 "가리는 것" 카타칼륍토 자체를 가리킨다. 여자는 매춘부처럼 머리를 짧게 해서는 안 된다. 그것은 자신과 머리인 남편을 욕되게 하고 그의 권위를 존중하지 않는 행위이다. "케팔레"는 원천 및 권위를 의미한다 또한 헐레이는 그의 박사 논문에 기초한 기본적 원천에 대한 연구를 통해 고대 유대교 및 그리스-로마 문화에서 일반적으로 여자는 공적으로 무엇을 쓰지 않았다고 주장한다. 쇼올이나 면사포는 나중에 이슬람을 통해 들어온 고대근동 풍습에 해당한다는 것이다. 또한 헐레이는 남자와 여자는 창조시에 사회적 협력에 대한 명령을 받았다고 주장한다. 이스라엘에서 여성의 역할은 종교적인 영역에서만 제한을 받는다. 신약성경에서 말하는 종교적 제한은 교회에서 교리를 가르치는 것과 가정에서 머리가 되는 것으로, 둘 다 지도적 권위에 해당한다. 전자의 임무는 회중의 장로들에게 주어졌으며 후자의 임무는 남편이 맡고 있다. 여자는 그 영역 안에서 섬기고 인도할 수 있다. 뵈뵈와 같은 여자 집사가 그런 임무를 맡았을 것이다. 『성경적 관점에서의 남자와 여자』Man and Woman in biblical Perspective, Grand Rapids, Mich.: Zondervan, 1981

2. 해방주의적 해석자의 주장

1) 러셀 프로히Russell Prohi는 신약성경의 모든 제약적 본문이 아내의 순종에 대해 언급한다고 주장한다. 그는 아내들은 머리에 쓴 것을 벗고 공적으로 말하는 행위를 통해 결혼생활을 위협했다고 주장한다. 그는 다음과 같은 결론을 내린다.

> 여자의 공적인 활동은 더 이상 결혼 서약에 대한 파기로 간주되지 않고 그 땅의 법은 더 이상 여성이 공적인 모임에서 활동할 수 있는 권리를 부인할 수 없기 때문에 여자도 남자와 동등한 자격을 가지고 있는 한 그리스도의 교회 안에서 어떤 직무도 수행할 수 있다고 선언해야 할 시대가 왔다.[85]

2) 두 번째 해방주의적 해석-모르나 후커Morna Hooker, 리차드 및 조이스 볼드레이, 바렛C. K. Barrett 등이 발전시킨-은 머리에 쓰는 것이 여자들에게 아무런 방해도 받지 않고 자유롭게 예배에 참석할 수 있는 권리를 부여한다고 주장한다. 남자는

하나님의 영광을 반영하기 때문에 하나님의 임재가 모임에 스며들 수 있도록 머리에 아무 것도 쓰지 않아야 한다. 여자는 남자의 영광을 반영하기 때문에 남자의 영광이 반영되지 못하도록 머리에 무엇을 써야 한다. 따라서 머리에 무엇을 쓰는 것은 남자의 영광을 반영하는 것을 거부함으로써 하나님의 영광을 확장한다. 이런 입장을 지지하는 해석자들은 머리에 쓰는 것베일이 하나님 앞에서 인간의 영광이 제거된 것을 상징하는 동시에 그리스도께서 여자에게 주신 권세의 표지 역할을 한다고 주장한다. 따라서 남자와 여자는 동등한 힘을 가지며, 예배를 통해 함께 하나님의 영광을 드러내어야 한다.[86]

머리에 쓰는 것을 기도와 예언을 할 수 있는 권위의 표지로 여겼던 로빈 스크록스Robin Scroggs는 세 편의 연결된 기사를 통해 바울은 여성 해방 운동의 지지자였다고 주장한다. 14:34-35는 바울의 글이 아니라 스크록스의 관점에서 후기에 덧붙인 삽입구이다.[87] 스크록스는 기독교 잡지, 「크리스천 센츄리」The Christian Century에 기고한 기사의 결론을 다음과 같이 제시한다.

따라서 머리에 쓰는 것은 복종을 가리키는 상징이 아니라 새 창조를 통한 여성의 해방을 상징한다. 자유가 지배하는 종말론적 공동체에서 여자는 더 이상 옛 창조의 배역에 묶이지 않는다. 창세기 3장의 시대는 지나갔다!

이러한 증거는 우리가 바울의 여성관에 대한 해석에서 급진적 반전을 이루어야 함을 보여준다. 바울은 신약성경에서 결코 억압적이고 극단적인 성차별주의자가 아니라 여성의 자유와 평등을 대변하는 명확하고 강력한 목소리를 내는 자이다.[88]

이서 스크록스는 제2바울서신딤전 2:12 이하; 고전 14:33b-36; 골 3:18; 엡 5:22-24은 "바울의 글을 기존의 교회와 일치시키기 위해 다시 쓴 것"이라고 주장한다.[89]

많은 해석자들은 이 강조점을 보완하면서 고린도전서 11:3에 나오는 "머리" 케팔레라는 단어는 "원천"이나 "기원"을 의미하며, "지배하다"나 "주관하다"라는 개념을 나타내지 않는다고 주장한다.[90]

3) 일레인 페이절스Elain Pagels는 "바울과 여성" Paul and Women에서 이러한 논의에 대해 살펴본 후 후커-볼드레이-스크룩스의 해석에 의문을 제기한다. "만약 바울이 남자와 여자의 새로운 평등을 주장하고 싶었다면 왜 평등을 암시하는 창세기 1:27 대신 창세기 2:18-23을 자신의 주석의 근거로 선택했겠는가?"[91] 그들의 주석에 동의하지 않은 페이절스는 바울이 "해방에 대한 확인과 함께 유대교 안에서 관습화된 전통으로의 복귀라는 두 개의 상반된 관점"을 표현한다고 생각한다.[92]

이 입장은 머리에 쓰는 것이 제한적 복종을 나타낸다는 보편적 관점을 주장하는 쥬엣의 관점과 일치한다. 쥬엣은 "지각이 있는 여자는 베일 속에서 진정한 인격체로서 발전을 저해하는 모든 것을 보았다"고 말한다.[93] 바울은 여자가 머리에 무엇을 쓰지 않으려는 것은 남자에 대한 불순종일 뿐만 아니라 하나님께 대한 불순종이라고 보았다.

그렇다면 우리는 바울에 대해 어떻게 이해해야 하는가? 쥬엣은 "바울의 모든 글은 여자의 복종을 지지하며… 두 번째 창조 내러티브바울 시대 랍비들은 복종에 대한 교리 및 여자에 대한 제한을 영속화 하는 사상적 근거로 사용했다에 호소한다"고 주장한다.[94]

또한 쥬엣은 성경은 신적 기원 및 인간적 기원을 가진다고 주장한다. 그는 신적 요소는 남녀의 완전한 평등 및 파트너십을 가르치지만 고린도전서 11장에서 바울은 인간 기원의 랍비 사상으로 돌아간다고 말한다.

> 바울의 발전된 사상은 ⓐ 성경의 창조남자 내러티브, ⓑ 예수님의 삶을 통해 드러난 계시 및 ⓒ 갈라디아서에 나타난 그리스도인의 자유에 대한 바울 자신의 핵심적 진술과 양립하지 않는다.[95]

쥬엣의 설명은 계속된다.

> 발전된 사상은 일부 남자에 대한 일부 여자의 복종이 아니라 여자이기 때문에 복종해야 하는, 모든 남자에 대한 모든 여자의 복종이다. 그것은 변명의 여지가 없는 논제이며, 사실상 반성경적 논제이다. 창조 내러티브와 함께 시작되고 예수 그리스도를 통해 절정에 달하는 계시의 핵심적 윤곽을 파악한다면 남자에 대한

여자의 존재론적 복종을 주장하지는 못할 것이다.[96]

쥬엣의 언급에 나타난 분명한 해석학적 특징은 여자의 복종과 침묵을 요구한 바울의 텍스트는 랍비의 영향을 반영한 것이기 때문에 기독교의 관행으로 받아들여서는 안 된다는 것이다. 이런 본문들은 성경의 인간적 영역을 반영한다. 따라서 남자와 여자를 상호의존적이고 평등한 존재로 보는 많은 본문을 신적 권위를 가진 규범으로 보아야 한다.

몰렌코트는 쥬엣의 주장에 동의하며 성경의 권위에 대한 우리의 이해를 검증할 것을 요구한다.

많은 성경적 페미니스트는 여성의 복종을 지지하는 바울의 일부 주장을 그의 랍비적 훈련 및 인간적 한계를 반영한 것으로 인정할 경우 성경의 권위와 신적 영감의 교리를 약화시키지나 않을까 염려한다…

그러나 다윗이 대적에게 복수의 증오를 드러낸 저주시가 다윗의 인간적 한계를 반영한 것처럼 바울의 주장 일부가 실제로 그의 인간적 한계를 반영한다고 인정하는 것이 성경의 권위를 덜 약화시킨다는 것이 나의 판단이다.[97]

4) 콘스탄스 파르베이Constance Parvey는 고린도에 보낸 서신에 나오는 바울의 가르침은 고린도교회가 영지주의 이단으로 몸살을 앓던 상황에서 기록되었다는 사실을 인정하는 것만으로 훨씬 잘 이해할 수 있다고 주장한다. 파르베이는 바울이 서신에서 제기한 모든 문제점은 "영지주의의 영향을 받은 신자들이 [교회 공동체에] 침투하여 기존의 관습을 무시했으며, 특히 일부 여자들에게 영향을 미쳤다는 것을 보여준다"고 주장한다.[98] 11장에서 "바울은 확실히 여자가 머리를 가리는 것을 혐오하는 급진적이고 열광적인 영지주의를 반대한 것으로 보인다."[99]

파르베이는 바울이 이 문제에 대해 유대 전통에서 가져온 논증으로 대답한다고 말한다. 즉, 여자는 남자에 대한 복종의 표시로서 자신의 머리를 가려야 한다는 것이다. 여자가 머리에 무엇을 쓰지 않고 기도하는 것은 바람직하지 않다. 그것은 수치스런 일이다. "천사들로 말미암아"라는 구절은 창세기 6장에 제시된 사건에서 볼 수 있는 것처럼 여자가 천사를 성적으로 유혹하여 거인을 생산하는 일이 없도록 머리에 무엇을 쓰는 것이 필요하다는 뜻이다.[100]

파르베이는 다음과 같이 말한다.

> 바울의 논증의 무게는 그가 자라난 문화적 종교적 배경에 의해 결정된다. 한 가지 예외는 있다. 그는 11절과 12절을 삽입함으로써 그리스도의 몸 안에 있는 차이의 성격에 대한 일련의 주장을 제시한다.

> 그러나 바울은 새로운 비전의 씨를 뿌리고 광범위한 활동에 대한 윤곽을 제시했음에도 불구하고 여전히 동시대의 사회적 산물로 남아 있다.[101]

파르베이는 14:34-35에 대한 연구에서, 영지주의 이단의 위협에 직면한 바울이 입증한 것처럼, 열광적 영지주의의 영향과 유대 랍비의 질서에 대한 관심 사이의 대조를 강조한다.[102]

고린도인의 혼란에 대한 파르베이의 관점은 캐더린 클라크 크뤼거Catherine Clark Kroeger의 논문 『고린도의 혼란과 침묵』Pandemonium and Silence at Corinth에 의해 보충된다. 크뤼거는 1세기 고린도에 팽배했던 미신적 제의, 바쿠스Bacchus 숭배의 열광적이고 난잡한 풍습에 대해 묘사한다. 디오니소스Dionysus라는 이름을 가진 바쿠스는 여자들에게 인기가 있으며 고대 텍스트에 따르면 "열광적 지지와 찬사를 받는 디오니소스, 여자를 흥분시키는 자"로 묘사된다.[103]

크뤼거는 고린도의 상황이 무질서와 열광주의 및 여성 지배적 특징을 가진 미신적 제의에 영향을 받았다고 주장한다. 바울의 반응은 질서와 자제에 대한 엄격한 촉구, 여자의 복종에 대한 요구 및 여자가 말하는 것을 금하는 것이었다. 크뤼거는 14:34의 "말하는 것" 랄레인이라는 단어는 "아무런 의미 없는 말"을 의미하며 이 장의 보다 큰 주제인 방언을 가리킨다는 볼드레이의 해석에 동의한다.[104]

해방주의적 해석의 마지막 관점에 나타나는 뚜렷한 특징은 고린도 공동체에서 일어났던 일들을 재구성한다는 것이다. 바울은 미신적 제의의 영향을 받은 비정상적 상황에서 본문을 기록했다. 따라서 이러한 상황적 동기부여에 의한 명령을 모든 시대, 모든 상황에 적용되는 규범으로 받아들일 수는 없다. 이 해석은 바울의 해방주의적 가르침을 규범화하는 길을 연다.[105]

C. 로마서 16장

로마서 16장은 27명의 사람에 대해 언급하는데, 7절을 유니아Junia로 읽는다면 그들 가운데 열 명은 여자이다. 이들 여자는 초기 교회의 사역에서 중요한 역할을 했으며, 뵈뵈 집사나 유니아 사도와 같은 여자는 지도적 위치에 있었다. 사도행전 18장은 브리스길라가 남편 아굴라와 함께 교회의 지도자로서 가르치는 사역을 수행했음을 보여준다. 이 논의와 관련하여 참고할 만한 본문들은 루디아행 16장, 바울의 동역자인 유오디아와 순두게빌 4:2-3, 자신의 집을 교회로 내준 눔바골 4:15, 바울이 빌레몬서에서 언급한 압비아 등의 사역에 대해 언급한다. 또한 디모데전서 3:11은 교회의 여자 집사에 대해 언급하는 것으로 보인다. 우리는 바울이 선교적 지도자로 헌신했던 교회들에서 볼 수 있는 다양한 여자들의 사역에 대해 어떻게 이해해야 하는가?[106]

1. 계급 구조적 해석자들의 주장

1) 라이리는 뵈뵈라는 인물은 초대 교회에서 섬김이라는 중요한 역할을 여자가 맡았음을 보여주는 증거이지만 로마서 16:1의 일꾼diaconon은 비공식적인 일반적 의미로 이해해야 한다고 주장한다. 또한 라이리는 로마서 16:2이 뵈뵈를 여러 사람의 보호자프로스타티스 폴론로 묘사한 사실에 주목하고, "프로스타티스"라는 단어는 일반적으로 권위나 리더십을 가리킨다고 말한다. 그러나 그는 이곳에서 볼 수 있는 것처럼 이 단어는 섬김이라는 일반적 의미로 이해해야 한다고 주장한다.[107]

라이리는 대부분의 주석가는 디모데전서 3:11이 여자 집사에 대한 언급으로 이해하는 것처럼 보인다고 말한다. 그러나 바울은 로마서를 기록한 후 얼마 있지 않아 이 본문을 기록했다고 주장하는 그는 로마에는 여자 집사가 없었다는 분명한 사실은 "디모데서의 여자들이 집사였다는 주장에 도움이 되지 않는다"고 말한다.[108]" 라이리는 "여자 일꾼은 있었으나 여자 집사는 없었다"는 결론을 내린다.[109]

2) 체릅스트는 "브리스길라의 활동, 빌립의 예언하는 딸들, 뵈뵈 및 다른 여자들"은 여자가 "바울 시대에 말씀 선포 사역을 수행했다"는 사실을 입증하지 않는다고 주장한다.110 체릅스트는 이들 가운데 여자가 그런 사역을 공개적으로 수행했다는 사실을 보여주는 사례는 없다고 말한다. 뵈뵈가 "다른 사람을 가르칠 권위를 가진 여자 집사였다는 주장은 논쟁이 되고 있다. 신약성경에는 어떤 증거도 발견되지 않는다"고 말한다.111

3) 나이트는 이 논쟁의 세 가지 요소에 대해 언급한다. 그는 하나님의 종으로서의 지위를 포함하여 신약성경의 "디아코노스"의 의미에 대한 광범위한 연구를 통해 이 단어는 "여자가 아닌 남자에게 적용되며… 교회의 직분자"라는 제한적 의미를 가진다고 주장한다.112

이어서 나이트는 프로스타티스보호자의 의미에 대해 다룬다. 이 단어의 남성형태는 앞서 있는 자 -일류의, 지도자, 두목- 를 가리키지만, 이곳의 뵈뵈에게 사용된 것과 같은 여성 형태는 "보호하는 여자 후원하는 여자, 조력자"를 가리킨다.113

끝으로 나이트는 브리스길라의 사역이 신약성경의 교회에서 여자가 가르쳤다는 증거라는 주장에 대해 고찰한다. 그는 뵈뵈의 이름이 종종 남편 아굴라보다 앞서 제시되며, 그의 집에서 교회가 모였으며, 둘 다 그리스도 안에서 바울의 동역자로 제시되며롬 16:3, 둘 다 아볼로를 데려다가 "하나님의 도를 더 정확하게" 풀어주었다.행 18:26고 말한다. 나이트는 브리스길라의 사역은 확실히 중요하다는 사실을 인정하면서도 다음과 같이 말한다.

> 이처럼 남편과 함께하는 개인적이고 사적인 사역은… 공적으로 가르치는 사역에서 여자를 배제하고 교회에서 다스리지 못하게 한 신약성경의 가르침을 무효화할 수 없다.114

4) 클라크는 로마서 16:1-2와 디모데전서 3:11을 함께 살펴본 후 "뵈뵈는 여자 집사였을 가능성이 있지만" 후기 교회 자료는 여자 집사의 주된 임무를 "여자들을 돌보는 사역"으로 한정한다는 결론을 내린다. 여자 집사는 "공동체의 지도자와 여

성도의 중간에서 교량 역할을 한다."[115] 또한 클라크는 16:7의 유니안Iounian이라는 헬라어가 "유니아"Junia로 번역될 수 있으며, 따라서 여성 사도를 가리킬 수 있다는 사실을 인정한다. 그러나 이 단어는 남자인 "유니아스"Junias를 가리키거나, 안드로니고와 유니아가 "사도들에게 잘 알려진 자"라는 뜻일 것이다. 유니아가 여자 사도를 가리킨다는 주장은 "남자들만 사도가 되었으며, 다른 본문 어디에도 여자 사도가 있었다는 증거가 없다는 사실에 비추어 볼 때" 설득력이 없다.[116]

2. 해방주의적 해석자들의 주장

1) 몰렌코트는 로마서 16장에 제시된 바울의 가르침이 고린도전서 11장 및 14장과 배치된다고 생각한다. 몰렌코트는 초기 교회 여성 지도자들과 바울 사이에 긍정적이고 따뜻한 관계가 형성된 사실에 주목한다. 바울은 골로새서 4;15에서 자신의 집을 교회로 제공한 눔바에게 따뜻한 개인적 문안을 전한다.

몰렌코트는 유니아와 뵈뵈에 대해 이렇게 말한다.

로마서 16:7에서 바울은 자신의 친척이자 함께 갇혔던 유니아라는 여자에게 문안하고 "그는 사도들 가운데 뛰어난 자[사도들에게 존중히 여겨지고]"라고 말한다. 또한 로마서 16:1에서 바울은 뵈뵈를 추천하며 그를 "집사"이자 "보호자[일꾼]"로 소개한다. 바울은 뵈뵈가 겐그레아 교회의 사역자이거나 집사[디아코노스로서, 많은 남자를 포함하여 여러 사람을 다스렸다. "보호자"는 사실을 편하게 말한다.[117]

2) 윌리엄스는 로마서 16장에 언급된 여자들에 대해 개별적으로 언급한다.[118] 뵈뵈에 대해서는 "그는 '집사'나 '사역자'로서 공적인 역할을 했다"고 말한다. 윌리엄스는 이 구절에 사용된 단어는 남성디아코논이며 바울은 복음의 사역자로서 자신과 아볼로, 두기고 및 디모데에 대해 같은 단어를 사용한 바 있다고 말한다.고전 3:5; 엡 6:21; 골 4:7; 딤전 4:6 그는 "뵈뵈가 공적인 사역을 하지 않았다고 가정할 만한 어떤 이유도 없다"고 말한다.[119]

브리스길라의 사역에 대해서는 다음과 같이 말한다.

브리스길라가 사역에 있어서 아굴라보다 못하다거나 그의 권위 하에 있었다는 어떤 증거도 없다. 오히려 브리스길라는 "동역자"로서 동등한 자격과 임무를 부여 받았다. 그는 모든 사람이 인정하는 대로 고난을 당하거나 교회를 세우는 일에 함께한 동역자이다.[120]

윌리엄스는 로마서 16:7의 유니안이라는 헬라어 대격은 "유니아"라는 여성형에 해당한다고 주장한다. 그는 이 단어가 "유니아누스"라는 남성 형태와 모순되지 않는다고 말한다.

많은 주석가들이 유니아스를 유니아로 읽지 못하는 것은 단지 여자는 사도가 될 수 없다는 성경 외적 가정 때문이다. 교부 크리소스톰은 그런 가정에 구애받지 않았다. 그는 "실제로 사도가 된다는 것은 작은 일이 아니었다… 오! 이 여자의 헌신은 얼마나 위대한가? 그는 사도라 불리기에 합당한 자였다!"라고 기록한다.[121]

3) 베르나데트 브루텐Bernadette Brooten은 오늘날 거의 모든 역본은 16:7의 단어를 "유니아스"남성로 번역하지만 초기 교회 주석가들은 어김없이 "유니아"여성로 번역했다고 주장한다. 여성으로 번역한 주석가로는 오리겐약 185-253/54년, 제롬340-419년, 베르첼리의 하토Hatto of Vercelli, 924-961년, 데오빌락트약 1050-1108년, 피터 아벨라드Peter Abelard, 1079-1142년 등이 있다. "이 존귀한 남자들"viri이라는 일반적 언급을 통해 남성으로 번역하기 시작한 것은 로마의 에지디오1245-1316년인 것으로 보인다. 루터도 스타플렌시스Stapulensis의 주석파리, 1512에 기초하여 남성으로 해석했다. 그후에는 전통적으로 남성"유니아스"으로 번역했다. 그러나 1-10세기까지의 증거 및 텍스트 자체사본의 이문에 나타난 여성 "줄리아"와 함께는 여자 사도 "유니아"를 뒷받침한다. 브루텐은 바울 서신에서 "사도"라는 단어는 열두 사도 이상을 가리키지만행 14:4, 14 특별한 권위를 가진 것은 아니라고 말한다.갈 1:1, 11 이하; 고전 9:1, [122]

브루텐은 다음과 같은 결론을 내린다.

따라서 로마서 16:7에 비추어 볼 때 "예수님이 여자에게 사도의 직무를 맡기지 않으셨다"는 주장은 바뀌어야 한다. 여자 성직자에 대한 함축은 명백하다. 1세기의 유니아가 사도가 될 수 있었다면, 20세기 유니아가 목사도 될 수 없다는 것은 이해할 수 없다.123

4) 엘리자베스 슈슬러 피오렌자Elisabeth Schssler Fiorenza는 바울 시대 및 바울 시대 이전 교회의 여자에 대한 여러 논문에서 여자는 초기 교회 선교 운동에 탁월한 역할을 했으며, 바울의 제한적 용어는 그의 선교 사역보다 앞선 발전에 대한 반응으로 보아야 한다고 말한다. 바울의 어휘에서 "사도"와 "일꾼[집사]"은 호환할 수 있는 용어라고 규명한고후 11:13, 15 피오렌자는 뵈뵈가 "관리, 통치자, 우두머리, 감독자"라는 뜻의 보호자prostatis라는 호칭을 가진 겐그레아 교회의 선교 담당 사도였다고 주장한다. 피오렌자는 "뵈뵈는 겐그레아 공동체에서 대단한 권위를 가진 자"이며 그 이상이었을 것이라고 추측한다. 그는 바울이 존중히 여기는 자였다.124 이런 여자들은 선교 동역자브리스길라, 유오디아, 순두게, 가정 교회의 지도자브리스길라, 눔바 및 아마도 뵈뵈, 바울보다 먼저 된 동료 사도유니아 및 아마도 뵈뵈, 또는 "주 안에서 수고한 자"마리아, 드루배나, 드루보사 및 버시로서, 바울이나 다른 사람에게 복종하는 위치에 있는 자로 묘사되지 않는다. 피오렌자는 다음과 같은 결론을 제시한다.

바울서신은 여자들이 초기 기독교 공동체의 가장 탁월한 선교사이자 지도자였음을 보여준다. 그들은 바울과 함께 한 동역자였으나 그의 권위 아래 있지 않았다. 그들은 교사, 설교가 및 선지자였다. 그들은 가정 교회의 지도자로서 큰 영향을 미쳤으며, 예배도 주관했을 것이다.125

지금까지 살펴본 저자들더 많은 저자들을 인용할 수 있다. 126은 여자가 자유롭게 교회 사역에 참여했으며 바울의 환영과 인정을 받았다는 관점에 동의한다. 따라서 바울의 제한적 가르침은 ⑴ 그것을 기록할 당시의 상황이 동기를 부여했으며, ⑵ 하나님의 백성의 생각과 행위를 구속하지 않는 것으로 이해해야 한다.

D. 목회서신에서의 가르침

주석은 네 가지 특정 지류의 가르침에 초점을 맞춘다. (1) 여자는 침묵하라는 것과 남자를 가르치거나 권위를 주장하는 것을 금하라는 명령딤전 2:11-12, (2) 여자는 속기 쉽고 최초의 범법자이며 그의 구원은 출산과 연계된다는 것을 이 금지 명령의 근거로 제시함, (3) 감독과 집사는 한 아내의 남편이어야 한다는 디모데전서 3:2, 12의 명령을 교회 사역에서 여자를 배제시켜야한다는 주장의 근거로 사용함, (4) 디모데전서 3:11 뒷받침하는 본문으로 디모데전서 5:2 및 디도서 2:3과 함께의 여자에 대한 언급여자 집사로서?

1. 계급 구조적 해석자의 주장

1) 라이리는 "침묵의 원리"를 "복종과 남녀의 구별의 원리"와 연결한다.[127] 라이리는 이것의 기원은 창조이며, "지리적 요소나 시대에 의해 변경될 수 없는 사실에 기초한다"고 주장한다. 아담은 먼저 지음을 받았기 때문에 "독립적 존재이며 결코 하와에게 복종할 수 없다." 그는 바울에 대해 다음과 같이 말한다.

> 바울은 "여자가 뱀의 계략에 넘어간 것은 그가 불안한 안내자임을 보여준다"는 개념을 덧붙인다. 복종과 의존 및 본성의 차이는 초기 교회가 여자를 공적으로 말하는 사역에서 배제한 세 가지 이유이다.[128]

라이리는 유명한 보수적 주석가 라이트푸트J. B. Lightfoot가 "사도적 교회에서 여자의 집사 직분은 남자 집사와 마찬가지로 분명한 제도였다"고 주장한 사실을 인정한다. 또한 그는 "대부분의 주석가들이 [딤전 3:11의 언급을] 여자 집사로 이해하는 것처럼 보인다"고 말한다. 그럼에도 불구하고 라이리는 결정적인 증거는 없다고 말한다. "집사"라는 단어는 섬김이라는 광범위한 의미일 수 있으며, 디모데전서 3:11은 공적인 직분을 가진 여자 집사가 아닌 여자 일꾼에 대해 언급한다는 것이다.

여자 일꾼에 대한 필요성을 부인하는 사람은 없지만 신약성경을 이어지는 교회

조직 안에서 발전된 개념으로 해석하지 않도록 조심해야 한다.[129]

2) 체릅스트도 여자의 침묵에 대한 명령을 창조 질서에 기원한 복종의 원리에 기초한다.[130] 그러나 체릅스트는 초기 교회의 여자 집사와 과부 제도가 있었다는 사실을 인정하면서도 과부와 여자 집사가 수행하는 사역 가운데 가르치는 것과 성례를 주관하는 일은 포함되지 않는다고 말한다.[131]

3) 나이트는 여자에 대해 다음과 같이 말한다.

여자는 조용히 배우고 전적으로 복종해야 한다.… 금지된 것은 가르치는 것디다스케인과 지배하는 것오센테인이다. 이 금지 명령은 여자가 아무도 가르칠 수 없다는 것이 아니라cf. ele 2:3-4 여자가 교회 안에서 가르치거나 남자를 주관해서는 안 된다는 것이다.[132]

"허락함이 없나니"에피트레포라는 바울의 언급은 창조 질서에 기초한다. "먼저 지음을 받은 자가 다스리며, 그 후에 그에게서 지음을 받은 자는 복종해야 한다."[133] 나이트는 감독과 집사에 대한 설명은 남성 용어로 제시된다고 말한다. 여자는 집사와 관련하여 언급되지만 "다스리거나 가르치는 임무에서 배제되기 때문에 감독에 대한 묘사에서는 언급되지 않는다." 또한 "집사의 직무는 남자에게만 해당되며, 여자는 그들을 돕는 일을 할 뿐이다."[134]

4) 클라크는 디모데전서 2:8-15이 남자와 여자의 역할 관계에 대해 언급한 핵심 본문이라고 생각한다. 에베소서 5장 및 고린도전서 11장과 유사한 본문은 하나님의 창조 원리에 대한 논의에 기초한다. 또한 이 본문은 "남여의 역할 구조의 핵심 쟁점인 공동체 내의 권위 및 가르치는 문제"에 대해 직접 언급한 유일한 본문이라는 점에서 특히 중요하다. 따라서 본문은 교회 질서에 대해 논의하는 상황에서 "공동체 내 남자와 여자의 리더십이라는 주제에 대한 명확한 입장"을 제시한다.[135]

본문의 강조점은 여자가 "비싸거나 사치한 방식"이 아니라 "소박함과 정절로써 자기를 단장"하라는 것이다.136이 교훈은 남자에게 영적 리더십을 발휘하고 다툼을 피하라는 가르친 것과 유사하다. 핵심 단어는 "복종, 조용함, 가르침 및 주관하는 것" 등이다. 조용함은 복종과 밀접한 관계가 있으며, 가르침과 지시를 받아들일 준비가 되어 있음을 가리킨다. 1세기의 교육 구조에 비추어볼 때 여자가 금해야 할 행위는 개인적 지시 및 남자를 주관하는 것이다. "주관하다"라는 단어는 "지배하다"라는 의미를 가질 수도 있지만따라서 권위를 찬탈하는 사악한 행위만 금지될 수 있지만, 이곳에서의 용례는 복종의 원리에 배치되는 모든 권위에 대한 행사를 가리킨다. 또한 이 교훈은 주변 상황에 의해 촉발된 가르침이 아니다. 그것은 "여자가 훈련 받지 않았거나 무질서해서가 아니라 그들이 여자이기 때문에 주어진 명령"이다.137

이 주제에 대해 다룬 다른 핵심 본문에서 볼 수 있는 것처럼 이 가르침은 창조적 실재에서 도출된 원리이다. 이곳에서 여자가 더 속기 쉽다는 것은 하와가 범죄한 결과가 아니라 원인으로 제시된다. 이 계시는 경험론적 사실이 아니라만일 그렇다면 우리는 여자의 행동을 보고 확인해야 할 것이다 유형론적 가르침이다. 여자가 설득당하기 쉽다는 것은 구원에서도 나타난다. "그는 구원에서 하나님을 믿은 첫 번째 사람이다"부활 내러티브 그러나 남자는 타락과 구원에 있어서 책임 있는 머리의 자리를 차지했다.롬 5:12, 15, 17, 19, 138 클라크는 "여자는 그의 해산함으로 구원을 얻으리라"는 구절에 대한 네 가지 가능성 있는 해석 가운데 결정적인 대안을 선택하는 대신,139 여자가 출산을 통해 타락의 결과를 뒤집는 구속적 사건을 시작하는 방식과 이 구절을 연계하는 쪽으로 기운다.140

2. 해방주의적 해석자들의 주장

1) 고든A. J. Gordon은 풀러신학교의 동창을 위한 출판물, 『신학, 뉴스 및 주석』 Theology, News, and Notes 중판에서141 1894년의 저서 및 Alford와 Wiesinger의 주석을 따라 디모데전서 2:8-11은 여자들9절도 남자들과 마찬가지로8절, "이와 같이" 각처에서 공개적으로 기도하라는 뜻으로 해석해야 한다고 말한다. 본문은 여자가 "단정한 차림"으로 공예배에 참석할 것을 요구한다.142

고든은 9절의 "구나이카스" 복수[여자들]에서 11절의 "구네" 단수[여자]로의 변화는 이곳의 "조용함과 순종"이 아내가 배워야 할 태도임을 묘사한다고 말한다. 그러나 이 본문은 고전 11:5; 행 2:17 및 행 21:9와 함께 여자의 공예배 참석을 기꺼이 받아들인다.

고든은 본문이 여자가 가르치는 것을 금한다는 사실을 인정한다. "가르치는 것과 주관하는 것은 장로들이 할 일이다." 이 점에서 고든은 여자를 감독과 교사로 세우는 것에 반대한다.[143]

2) 윌리엄스는 디모데전서가 여자의 활동을 제한한 이유를 여자의 가르침이 이단의 확산을 심화시켰던 지역적 상황으로 돌린다. 디모데전서의 광범위한 교훈의 문맥 안에서 2:11-15를 살펴본 윌리엄스는 공동체가 각종 이단의 위협을 받고 있는 상황에서 1:6-7; 4:1; 6:20 여자는 중요한 역할을 수행했으며 새로운 믿음은 유대교와 달리 여자가 예배를 인도하고 가르칠 수 있게 했다고 주장한다. "유대-그리스도인 여자들 사이에서 옛 교훈이 부족했다는 사실은 에베소의 신학적 혼란에 대한 설명이 될 수 있다."[144]

윌리엄스는 당시 여자들이 가르칠 수 있는 자격을 얻기 위해 먼저 가르치기보다 배워야 했다고 말한다. "허락하다"라는 동사 12절는 현재 시재로 제시된다. "여자가 가르치는 것과 남자를 주관하는 것을 허락하지 아니하노니…" 배우지 못한 여자가 거짓 교훈에 속아 넘어가는 것처럼 하와는 속아 죄에 빠졌다.13-14절 13-14절은 유혹적 상황에 대한 설명이지만 15절은 구원적 상황을 보여준다. 윌리엄스는 "해산"이 "그 아이, 곧 메시아의 출산"을 의미하며 그로 말미암아 "모든 여자가 함께… 구원을 얻을 것"이라고 말한다. 윌리엄스는 다음과 같은 결론을 제시한다.

> 바울이 실제로 그렇게 말한 것은 아니지만 우리는 남용을 바로잡고 여자가 제대로 배울 수 있다면 그들이 교회에서 가르칠 시기가 올 것이라는 정당한 추론을 할 수 있다. 메시아를 잉태한 여자가 그의 복음을 가르치는 사역에서 빠질 수 있는가?[145]

윌리엄스는 디모데전서 3:2, 12의 "한 아내의 남편"이 되어야 한다는 자격을 일부다처제를 반대하는 제한으로 받아들이지만 이혼을 반대하기 위한 제한으로 보인

다. 3장 11절은 "집사가 된 여자"라는 뜻으로 받아들이는 것이 가장 바람직하다.[146]

3) 쥬엣의 주석은 여자가 가르치고 다스리는 것을 제한해야 할 동기를 부여한 지역적 상황에 초점을 맞추지 않고 바울 또는 바울 이후 저자의 랍비적, 인간적 영역에 초점을 맞춘다. 쥬엣은 이 명령을 구속이라고 생각하지 않는다. 왜냐하면 이곳에서 바울의 논증은 고린도전서 11장에서와 마찬가지로 창세기 2장에 대한 랍비적 해석에 기초하기 때문이다.

랍비적 해석은 첫 번째 창조 내러티브, 예수님의 삶, 그리고 그리스도 안에는 남자도 여자도 없다는 사도 자신의 명백한 진술과 일치하지 않는다.[147]

쥬엣은 2:13-15에 대한 마리아-메시아 해석을 염두에 두면서도 여자에 대한 대부분의 역본의 해석이 옳다고 생각한다.

타락의 첫 번째 주자로 해산이라는 저주 아래에 있게 된창 3:16 여자는 계속해서 그리스도인이라는 이름에 합당한 삶을 산다면 어머니가 되는 경험을 통해 안전하게 될 것이다.[148]

몰렌코트는 바울이 "하와의 후손인 여자에 대한 침묵" 딤전 2:12-14을 강요한 이유를 물은 후 이 가르침이 바울의 랍비 훈련으로부터 왔다고 대답한다. 바울은 "복음은 모든 신자에 대한 완전한 평등을 주장한다는 기독교적 관점"과 모순되는 랍비의 교육을 받았다는 것이다.[149] 이어서 몰렌코트는 복음주의자가 성경의 사실들을 받아들일 수 있도록 성경의 권위 및 영감에 대한 관점을 재평가할 것을 요구한다. 그는 성경을 읽는 독자에게 창세기 2장에 대한 랍비적 해석을 따르지 말고 바울의 글 안에 나타난 모순을 인정할 것을 촉구한다.

우리는 교회의 여자에 대해 잘 알려진 본문이 단지 지역 교회의 특정 상황에 적용된 1세기의 풍습을 묘사한 것일 뿐이라는 사실을 인정하지 않을 수 없다.[150]

5. 복음서의 증거

연대기적으로 사복음서와 사도행전은 예수님 시대와 바울 시대 이후에 기록되었다. 사복음서가 각각 구별된 강조점을 제시한다는 사실은 누구나 알고 있지만 학자들이 각 복음서가 저자의 신학적 성향 및 자신이 묘사하는 기독교 공동체의 발전을 어느 정도 반영하는지 파악한 것은 불과 30년 전부터였다.

본서에 인용된 저자들 가운데 이러한 인식을 주제에 반영한 사람은 많지 않다. 그들은 해방주의적 해석을 대변한다.

1. 스태그 부부Staggs는 마지막 두 장에서 "공관복음 및 사도행전의 여자들"과 "요한의 글에 나타난 여자들"에 대해 다룬다. 공관복음 및 사도행전에 대한 스태그 부부의 요약은 그들이 발견한 해석학적 의미를 제시한다.

공관복음과 사도행전은 우리를 적어도 바울이 로마에 도착한 주후 60년경으로 데려간다.… 고린도전서 및 가정 법전과 관련된 다섯 개 서신골로새서, 에베소서, 베드로전서, 디도서 및 디모데전서과 비교할 때 공관복음 및 사도행전에 제시된 여자의 지위는 놀랄 만큼 자유롭다. 공관복음이나 사도행전에는 여자에 대한 구속이라고 볼만한 특별한 언급이 나타나지 않는다. 그곳에는 전통적 성향의 언어가 제시되고 전통적 역할이 나타난다. 그러나 창조 내러티브의 갈빗대에 대한 기사는 나타나지 않으며 여자가 남자에게 종속된다는 암시도 없다. 사도행전에 나오는 사도들과 일곱 집사 및 지도자들은 대체로 남자다. 반면에 여자가 가르치거나 설교하는 것을 배제하지 않는다. 오히려 말씀 연구 및 말씀 사역에 대한 그들의 권리를 확인한다. 가사는 여자의 일상적 일과에 해당하지만 그들의 소명이 가사에 국한되는 것은 아니다. 여자는 교회에서 조용해야 한다는 암시는 없으며 화장이나 의상에 대한 지시도 없다.

공관복음에서 여자가 이처럼 존귀하고 자유로운 지위를 얻은 것은 복음서가 예수님의 삶을 충실히 반영하기 때문이다. 복음서는 우리에게 교회에 대해 많은 것을 말하지만 예수님에 대해서는 많이 언급하지 않는다는 관점은 입증될 수 없는 독단이다. 복음서기자와 그들의 원자료가 행사한 상당한 재량권에도 불구하고 그들은 예수님에 대한 명백하고 진정한 묘사를 보존하고 있다. 기존 교회 안에서의 발전이 나사렛 예수에 대한 강력한 흐름을 약화시키지 못한다. 복음서 기자는 여자에 대한 예수님의 관점을 보존할 뿐만 아니라 그것과의 조화로운 관계를 형성하고 있다. 누가-행전은 외견상 고린도전서보다 연대기적으로 늦은 것으로 보이지만… 이 서신에 분명히 나타나는 여자에 대한 제한이 누가-행전에는 알려지지 않은 것으로 보인다.[151]

스태그 부부의 요한복음 연구는 여자가 요한복음에서 핵심적인 역할을 한다는 사실을 보여준다. 사마리아 여자, 마리아와 마르다, 예수님에게 향유를 부은 마리아, 십자가 곁의 여자들 및 부활하신 예수님을 본 막달라 마리아가 그들이다.[152] 스태그 부부는 많은 사마리아인들이 "여자의 말" 때문에 믿었고요 4:39, 많은 유대인이 나사로의 동생 마리아에게 와서 예수의 하신 일을 보고 믿었으며11:45, 막달라 마리아가 남자 제자들에게 "내가 주를 보았다"20:18라고 증거한 사실을 지적한다.[153]

2. 파르베이는 누가-행전에 대한 단원과 함께 그의 논문을 끝낸다. 파르베이는 일반적으로 저자들이 복음서에 나타난 예수님의 태도에만 초점을 맞추고 복음서가 "책이 기록되고 다양한 편집자들에 의해 형태를 갖출 당시의 일련의 상황을 반영한다"는 사실에 대해서는 인식하지 못한다고 말한다.[154]

파르베이는 여자들이 누가-행전에서 두드러진 역할을 한다는 사실에 주목한 후 다음과 같은 결론을 내린다. (1) 누가복음유일한 것은 아니지만은 "남자와 여자 청중 모두에 대해 증거한다." (2) …누가복음의 교육학적 구조는 여자와 남자 둘 다 교육하는 것이 중요하다는 사실을 분명히 보여준다. ⑶ "⋯모든 사회 계층의 여자들이 1세기 교회로 들어왔다. 예배, 교육, 제도 및 선교적 삶에서 사실상 성령은 '아들과 딸' 모두에게 부어졌다."155

6. 해석학적 주석

1. 우리는 해석자의 성향이 영향을 미친다는 사실을 인정하고 평가해야 한다.

해석자의 입장이 어떻게 텍스트에 대한 해석에 영향을 미치고 결정하는지 알면 놀라지 않을 수 없다. 계급 구조적 해석은 여자의 복종에 대한 강조로 가득하지만 앞서 인용한 텍스트에서 "복종"이라는 단어는 여자에게 교회에서 잠잠할 것을 요구하는 본문고전 14:34에 단 한 차례 나타날 뿐이다.156 이 본문은 철저한 계급 구조적 해석자들조차 규범적 명령으로 받아들일 수 없기 때문에 중요하게 생각하지 않는 구절이다. 한편으로 해방주의적 해석은 평등에 대한 강조로 가득하지만 앞서 인용한 다양한 본문에 평등이란 단어는 한 차례도 나타나지 않는다. 우리는 평등의 개념이 나타난다고 주장할 수 있다. 그러나 이것은 보다 복잡한 과제를 제기한다. 평등의 개념이란 무엇인가? 그것은 어떤 사회적, 정치적, 경제적 상황에서 도출되는가? 고대 텍스트의 사회에서 평등의 의미는 정확히 무엇인가? 오늘날에는 어떤 의미를 가지는가?

이 문제에 대해 살펴보기 위해 창세기 1:26-27 및 창세기 2장에 대한 주석을 상기해보자. 계급 구조적 해석자들은 1:26-27에서 그들이 말하는 이슈, 즉 여자는 남자에게 복종해야 한다는 언급에 대해 어떤 것도 발견하지 못한다. 그러나 해방주의적 해석자들은 복종에 대해 말하거나 남녀의 역할 구별에 대한 규명하지 않는 이 구절에만 매달린다. 본문은 남자와 여자에 대한 언급이 동일하다. 둘 다 번성하여 땅을 지배할 임무를 부여받는다. 둘 다 하나님의 형상대로 지음을 받았으며 이러한 쌍방성조차 형상의 일부이다. 계급 구조적 해석자의 눈에는 본문이 주제에 대해 아무런 언급도 하지 않으나, 해방주의자의 눈에는 필요한 모든 것을 말하고 있는 것이다.

창세기 2장에 대한 주석 역시 같은 사례를 보여준다. 동일한 자료를 사용하여 상반된 관점을 뒷받침한다. 남자는 내러티브의 중심이기 때문에 머리이다.클라크 여자는 내러티브의 정점이기 때문에 여자의 평등, 또는 보다 중요한 역할/지위를 확인할 수 있다.P. 요더 "돕다"라는 뜻의 "에체르"라는 단어는 복종을 포함한 보완을 의미한다.클라크 에체르는 복종이나 열등한 지위를 가리키지 않고 평등한 양자 사이의 상호의존성 및 파트너십이라는 의미에서 "보완적"이라는 뜻이다.요더, 쥬엣, 트리블 마찬가지로, 아담은 여자의 이름을 지음으로서 그에 대한 권위를 보여준다.크라크 및 나이트 아담은 동료 피조물의 이름을 부름으로써 그와의 상호성을 누린다.트리블

어느 쪽 해석이 옳은가? 어느 한 쪽이 보다 나은 해석 방법을 따르고 있는가? 텍스트에 보다 많은 주의를 기울이는 쪽이 있는가? 한 쪽이 의도적으로 텍스트의 의미를 왜곡하지는 않는가? 가장 직설적인 질문은 텍스트를 이해하는 방법이 텍스트에 대한 관점을 바꾸는가라는 것이다. 그럴 수도 있고 그렇지 않을 수도 있다. 그러나 분명한 것은 해석자가 해석 작업을 지배하는 이데올로기적 영향력을 인정하고 평가해야 한다는 것이다. 복종이든 해방이든, 위 주석에는 이데올로기가 작동한다. 주석이 진리에 대한 공명정대하고 철저한 객관적 탐구만으로 이루어진다고 생각해서는 안 된다.

그러나 이데올로기는 인정해야 할 뿐만 아니라 평가되어야 한다. 먼저 용어 자체에 대한 규명이 필요하다. 한편으로 이데올로기는 로버트 맥카피 브라운의 말처럼 "특정 관점을 표현하는 관념 체계를 가리키는 거의 중립적인 의미"를 가진다.157 그러나 브라운의 지적처럼 때때로 이데올로기는 한쪽 구석에 "이기심의 합리화"가 자리 잡은 부정적 개념으로 제시되기도 한다. 이러한 부정적 개념은 이데올로기의 현상 유지 및 이데올로기에 도전이 될 수 있는 관점에 대한 배제로 이어진다. 본서에서 이데올로기는 심리적, 사회적, 경제적, 정치적 성적 및 종교적 요소가 복합된 가치관으로 이해해야 한다. 이러한 복합적 요소는 문화와 개성을 창조한다. 따라서 이데올로기는 원래는 부정적 개념이 없지만 각자의 이데올로기의 표면 아래에는 이기적 관심사가 도사리고 있다.

2. 텍스트는 해석자에게 그의 성향에 대한 책임을 묻는다.

이 해석학적 주석의 목적은 어느 이데올로기가 더 나은지를 판단하는 것이 아니지만, 성경 해석 작업이 이데올로기에 책임을 물어야 하는가라는 질문은 중요하다. 물론 우리의 대답은 성경 텍스트에 부여하는 권위에 달려 있다. 필자의 성경관일련의 가치관 및 헌신에 의해 뒷받침을 받는다은 명백히 긍정적인 대답으로 이어진다. 성경 해석은 그렇게 부를 만한 가치가 있다면, 해석자의 이데올로기에 대한 도전이 될 것이다. 이데올로기는 변할 수 있으며, 변화되어야 한다. 왜냐하면 사람들은 텍스트에 대해 하나님이 생각하시는 것처럼, 또는 텍스트를 신적 계시의 지표로 섬기는 하나님의 백성이 생각하는 만큼도 생각하지 않는다.

그렇기 때문에 해석 방법이 중요하다. 앞서 언급한 대로 일부 방법은 텍스트를 해석자의 이데올로기로부터 떼어내어 텍스트 스스로 말하게 함으로써 자신의 생각을 넘어서는 것을 볼 수 있는 창문의 기능을 하게 해야 한다. 그렇지 않으면 텍스트는 자신이 듣고 싶은 것만 반사하는 거울이 되고 말 것이다. 본서의 논쟁에서 두 입장은 해석에 있어서 거울과 창의 영역을 둘 다 보여주지만, 계급 구조적 해석자들은 모든 텍스트가 같은 이미지를 반영할 수 있도록 위치 관계를 조정한다. 해방주의 저자적어도 그들 가운데 일부는 모든 본문이 같은 말을 하는 것은 아니라는 사실을 인정한다. 이러한 취약점은 해석자의 이데올로기가 텍스트에 반영되는 것을 막는다는 점에서 장점으로 바뀐다. 그들은 텍스트가 자신의 기대와 일치하지 않는 말을 한다는 사실을 안다. 이런 사실은 해석자가 원하지 않는 내용일지라도 텍스트에 귀를 기울일 수 있는 가능성을 보여준다는 점에서 새로운 지평과 희망이 될 수 있다는 것이 필자의 판단이다. 이것은 그들이 텍스트의 메시지에 귀를 기울이고 존중한다는 사실을 확실하게 보여준다.

이 부분에 대해 보다 자세하게 살펴보자. 계급 구조적 입장은 창세기 1-2장이 고린도전서 11장 및 에베소서 5:21-23을 반영하며, 고린도전서 11장은 정확히 창세기 2장을 그대로 반영한다고 말한다. 우리는 성경과 성경의 조화를 해석의 기본적 원리로 인용할 수 있지만, 이런 조화는 성경이 해석자의 생각을 반영한다는 거울 놀이에 대한 비판에 직면하기 쉽다. 조화의 원리 자체는 해석자의 생각과 다르거나 다른 텍스트의 메시지와 다른 내용을 침묵시키는 기능을 한다. 로마서 16장이나 여성의 지도자적 역할에 대해 묘사한 본문들에 대한 계급 구조적 주석은 이러한 사실을 너무나 잘 보여준다. 머리됨-복종 이데올로기에 위협이 되는 본문은 이러한 계급 구조적 해석자들의 조화의 원리에 의해 침묵할 수밖에 없었다. 따라서 성경은 성경으로 해석해야 한다는 해석학적 격언은 또 하나의 고려사항, 즉 먼저 각 텍스트의 변별성에 귀를 기울인 후 다른 음성/메시지와의 차이를 구별해야 한다는 원리와 긴장 관계를 형성하거나 동시에 고려되어야 한다.

그러므로 해방주의 해석자들은 바울의 다양한 본문에 나타나는 긴장을 인정함으로써, "이데올로기적 껍질로부터 벗어나는" 성경 해석 및 사상에 관여한다. 또한 그들은 주로 쥬엣과 몰렌코트가 제시한 해법, 즉 다른 시그널을 보내는 본문들에 대한 상대적 권위를 판단하는 방법을 찾는다. 그들은 바울이 언급한 창세기 2장에 대한 랍비의 해석은 남녀 관계에 대한 하나님의 뜻을 가장 잘 보여주는 성경적 증거에 미치지 못한다고 말한다. 물론 복종을 주장하는 자는 반대할 것이다. 그러나 해방주의의 일관성 문제 자체는 해석자의 이데올로기에 의해 자행되는 거울 놀이의 횡포를 극복하는 새로운 지평을 보여준다. 그들의 해석은 일관성에 있어서 상처를 입었으나 실망하지 않는 입장을 보여준다. 그것은 쉽지 않은 정직함을 보여주며, 그런 이유 하나만으로 진지한 관심을 받을 만하다.

3. 성경의 다양성을 어떻게 받아들여야 하는가?

따라서 해석자는 성경 텍스트 안에서 다양한 사상을 만날 준비가 되어 있어야 한다. 이것은 앞 장제3장 마지막 부분에서 발전시킨 개념이다. 이러한 사상적 다양성에 대해 어떻게 평가할 것인가는 성경 해석에 있어서 중요한 고찰이 된다.

한편으로 이러한 다양성은 해석자에게, 특히 성경에 대한 관점에 있어서 어떤 개념적 차이도 용납하지 않는 성경계시관 및 영감관을 가진 자들에게, 상처가 될 수 있다.[158] 이 경우, 바울에 대해 "두 개의 상반된 관점"을 말하는 해석Pagels은 전혀 설득력을 얻지 못할 것이다. 그것은 성경에 대한 교리적 관점에 따라 허락할 수 없는 것과 다르다. 그것은 교조적 이데올로기가 그렇게 말하기 때문에 잘못된 것이다.

그러나 네 가지 이슈가 우리에게 제기하게 하는 질문은 이것이다. 즉, 우리는 어떻게 다른 텍스트에 정직하게 귀를 기울임으로서 그것이 나의 이데올로기 -교리적이든, 정치적이든, 사회적이든- 를 무너뜨리게 할 것인가라는 것이다. 성경연구가 우리의 신조 -사실상 우리의 믿음-를 바꾸지 못한다면 왜 그것을 하는가? 흉내 내기 놀이로서? 그럴 수 있다. 성경연구는 일반적으로 신자들의 믿음과 행위를 강화할 목적으로 시행된다. 사람이 전적인 배교자나 이교도가 되지 않았다면 그렇게 하는 것이 당연할 것이다. 그러나 변화의 원리도 유지되어야 한다. 그렇지 않을 경우 우리는 신적 계시의 요구를 거부하고 "성경의 권위"를 특정 집단의 언어로 치부하며 성경의 능력을 부인할 수 있다. 텍스트에 대한 강조는 해방주의자가 아마도 오늘날의 평등 개념을 텍스트의 의미로 돌리는 것에 신중을 기할 것을 요구한다는 점에서 이 칼은 양날의 검이 될 수 있다.

성경 사상의 다양성은 취약점이 아니라 장점으로 볼 수 있다. 그것은 3장에서 언급한 대로 계시의 역사적 진정성을 입증한다. 폴 핸슨Paul Hanson이 "성경의 다양성" The Diversity of Scripture이라는 최근의 논문에서 밝힌 대로, 이러한 다양성은 "이스라엘의 하나님은 역사 속에서, 그리고 인간의 경험을 통해 만나는 하나님이시라는 성경적 관점 이상의 것을 보여준다." [159] 성경의 사상은 이런 점에서 시대를 초월한 신화나 엄격한 종교 체계와 다르다. 그것은 역사적 공동체와 하나님의 지속적인 관계에 바탕을 둔다. 신학적 사상 및 강조점에 나타나는 다양성은 "참되신 하나님과 인간의 은혜로운 관계를 통해 형성된 자연스러운 결과로, 인간을 자유로운 반응 및 완전한 동참으로 초청한다." 이러한 다양성과 함께 상반된 전승까지 나타나는 성경은, 모든 실재의 중심을 향하며 피조물을 평화와 공의의 하나님 나라로 인도하는 창조적, 구원적 역동성을 묘사한다.[160]

이처럼 역동적 성경관은 신적 계시의 생명력을 드러낸다. 핸슨이 잘 보여준 것처럼, 이런 사실은 15세기에 걸쳐 이어지는 구약성경의 다양한 대립적, 보충적 전통에서도 잘 나타나지만,[161] 반세기 이상 다양한 지리적 문화적 배경의 사람들 및 문제들에 대한 복음으로서 신약성경에서도 두드러지게 나타난다. 이런 통찰력은 성경의 선교적 원리, 또는 성경 해석을 위한 선교적 요소라는 이름으로 부를 수 있을 것이다. 성경의 진리는 확고부동하며 특정 상황, 필요성 및 적절한 기회를 통해 형성된다. 해석은 이처럼 다양한 언어, 문화 및 정치적 배경을 가진 수많은 저자들을 통해 전달된 신적 계시의 특징을 확인하고 존중해야 한다. 다양성 자체는 선교의 교재가 된다. 성경 텍스트는 다양한 문화적 경제적 정치적 및 사회적 배경에서 하나님의 말씀을 전한다.

바울 서신을 이런 관점에서 공부한다면 큰 유익이 될 것이다. 그것은 선교 훈련의 기본적 자원이 될 수 있다. 예를 들면, 우리는 바울이 갈라디아에 보낸 편지가 착오로 고린도인에게 갔다면 그들에게 갈라디아서는 큰 의미가 없었을 것이라고 생각할 수 있다. 또는 빌립보 사람들이 고린도후서를 받았다면 혼란이 일어났을 것이다. 복음서도 특정 공동체를 위해 기록되었으며, 따라서 구별된 강조점이 있다. 그러므로 복음서를 더욱 잘 이해하기 위해서는 서신을 받는 공동체에 대해 가능한 많이 아는 것이 중요하다. 이런 이유로 파르베이와 크뢰거의 책은 모든 해석자가 이해하기 어렵다고 생각하는 고린도전서 11:2-16에 대한 해석에 큰 유익이 된다.

바울 신학에 대한 크리스티안 베커J. Christiaan Beker의 주요 저서는 이런 점에서 많은 도움을 준다. 베커는 바울 서신이 바울의 일관성 있는 복음에 기초한 부수적 표현이라고 주장한다. 베커는 죽음에서 부활하신 예수 그리스도를 통해 결정적으로 - 그러나 최종적인 것은 아니다- 드러난 하나님의 묵시적/종말론적 승리를 일관성 있는 메시지의 핵심에 위치시킨다. 따라서 예수님의 죽음은 옛 시대와 그 권세로부터의 해방으로 보아야 한다 바울서신은 이방인에 대한 복음 전파의 사도적 소명에서 비롯된, 다양한 상황에 대한 진술이다. 그렇기 때문에 바울 신학은 부수적 요소와 일관된 요소가 하나가 되어 조화로운 관계를 형성할 때만이 제대로 파악할 수 있다.162 베커의 저서는 핸슨의 연구와 마찬가지로 성경의 통일성과 다양성에 대한 해석학적 판단이 성경 신학을 정립하는 작업에 매우 중요하며, 따라서 오늘날 사회적 이슈를 위한 성경의 용례는 이러한 기초 위에 구축되어야 한다고 말한다.

이런 접근 방식은 우리에게 성경이 교회사의 다양한 문화, 다양한 상황에 대해 복음적 관점을 적용하는 모델을 제시함을 보여준다. 또한 그것은 우리에게 성경은 하나님이 모든 백성과 만나 알기 쉽고 강력하며 변화를 초래하는 말씀을 전하시는 살아 있는 책임을 보여준다. 뿐만 아니라 성경 텍스트에는 연속성의 흐름과 함께 통일성을 보여주는 주요 요소들을 찾아볼 수 있다. 성경은 궁극적으로 하나님의 구원 사역을 증거하기 때문이다. 통일성과 연속성의 주요 요소로는 신구약성경에 제시된 한 분 하나님, 성경 역사 전체에 나타나는 하나님의 언약 백성에 대한 이야기, 하나님 나라 또는 통치, 공의와 화평의 종이 되어야 하는 하나님의 백성의 사명 등이 있다.163 정경의 기능적 측면에서 볼 때 일부 관점은 성경 계시의 매개변수와 정확히 일치하지 않을 수 있다. 그런 변수들은 성경의 가르침에 대한 우리의 이해나 적용에 있어서 규범이 되어서는 안 될 것이다. 그러나 배제된 부분도 포함된 부분과 마찬가지로 우리에게 교훈이 된다.164

4. 성경의 신적 영역 및 인간적 영역에 대해서는 어떻게 이해해야 하는가?

그러나 이 이슈에 대한 쥬엣과 몰렌코트의 접근 방식은 정경의 다양성에 나타난 한 가지 특별한 요소에 대해 고려할 것을 요구 한다. 즉, 어떤 가르침은 성경의 신적 영역을 나타내며 어떤 가르침은 인간적 영역을 보여준다는 것이다. 이러한 강조 자체는 새로운 것이 아니다. 신적 영역과 인간적 영역에 대한 인식은 보수적인 동양의 신학 저서에도 주기적으로 등장하기 때문이다.165 그러나 이러한 인식에 대한 쥬엣과 몰렌코트의 적용은 옛 교리에 대한 새로운 결과를 보여준다. 성경은 인간적인 동시에 신적이라는 오랜 신조는 예수에게서 인간적 요소와 신적 요소가 나타나는 것처럼 성경 전체에 두 가지 요소가 나타난다는 사실을 보여준다. 따라서 사람들은 신적 말씀이 인간의 언어를 통해 들어와 구체적인 지역 및 문화를 통해 전달되었으며, 무엇보다도 독특한 언어적 패턴과 문화적 관심사를 가진 다양한 저자를 통해 기록되었다고 말한다.

그러나 주어진 성경의 가르침이 인간의 영역에 해당하는 반면 다른 가르침은 신적 영역에 해당한다는 비판적 판단을 위해서는 성경적 이중성의 의미에 대한 새로운 논의가 필요하다. 이 논의에는 다음과 같은 어려운 문제들이 부상한다. 성경 독자/해석자는 주어진 텍스트가 어느 영역에 해당하는지 어떻게 알 수 있는가? 이런 판단을 위해 사용하는 준거는 무엇인가? 우리는 저자의 어떤 관점에서 이런 함축을 찾을 수 있는가? 바울은 어느 때에 인간적 관점에서 기록하고고전 11:2-10, 13-16 어느 때에 신적 관점에서 기록하는가고전 11:11-12; 갈 3:28?

　이런 접근 방법의 잠정적 결과는 매우 방대하다. 예를 들면, 1-4장의 첫 번째 입장을 가장 확실하게 뒷받침하는 성경 본문은 성경의 이중성 가운데 인간적 영역으로 판단하고 각 장의 마지막 입장을 지지하기 위해 사용된 본문은 신적 영역으로 판단하는 독단적 주장이 제시될 수 있다. 또는 반대적 견해를 가진 자는 마지막 입장을 뒷받침하는 본문을 인간적 영역에 해당한다고 주장할 수 있다. 성경의 이중성은 이런 식으로 이데올로기의 칼이 되며, 성경 가운데 해석자의 이데올로기와 배치되는또는 비판적인 부분은 권위가 없는 것으로 잘려나가고 해석자의 관점을 강화하는 부분은 권위 있는 본문이 될 수 있다.

　지상 교회의 기독론 논쟁에 유추하면, 성경에 대한 이런 접근은 네스토리우스 해석으로 부를 수 있다. 성경에는 이중성이 나타나지만 두 요소는 분명하게 구별된다. 쥬엣과 몰렌코트의 해석을 그런 관점에서 보는 것은 옳지 않다. 그들은 이런 분석을 그대로 받아들이지 않을 것이다. 그러나 그들의 주석에는 필요한 설명이 부족하며, 그들의 해석학적 과정은 그런 식으로 도출된다.

　성경의 이중적신적 및 인간적 성격을 인정하지 않고 물러나거나 바울이 랍비의 영향을 받았다는 사실을 부인하는 것은 적절한 대안이 될 수 없다. 오히려 성경의 신적 영역과 인간적 영역의 통일성은 해석자로 하여금 인간적 제약을 가진 말씀 –여자에게 잠잠할 것을 요구하거나 이스라엘에게 진멸대적에 대한 제의적 희생을 촉구하는 신적 명령– 의 신적 권위를 존중하게 한다. 이것은 이러한 명령이 모든 시대, 모든 상황에 적용되는 규범이 되어야 한다는 뜻이 아니다. 그보다는 해석자로서 우리가 이처럼 다양한 신적–인간적 패러다임이 우리에게 무엇을 계시하는지 물어보아야 한다는 뜻이다.

　성경은 바울이 고린도의 상황을 언급하기 위해 창세기 2장에 대한 랍비의 해석을 사용한 방식을 통해 우리에게 무엇을 가르치고자 하는가? 이런 질문은 결코 인간적 문화적 영역을 부인하지 않으며 오히려 긍정적으로 본다. 이 서신의 광범위한 문학적 문맥고전 11-14장을 살펴보면 계시로서 성경이 무엇을 가르치고 있는지를 잘 보여준다. 즉 성경은 그러한 방식 자체를 목적으로 구체화 하려는 것이 아니라 질서 있는 예배 행위, 공동체 전체에 대한 교화, 인간관계에 있어서 사랑의 중요성이라는 복음의 보다 큰 목적을 증진하기 위해 문화적 패턴을 존중하고 활용할 것을 가르치고 있는 것이 분명하다. 그러나 여자가 초기 교회에서 탁월한 리더십을 발휘했음을 보여주는 다른 성경의 증거에 비추어 볼 때,166 남자가 머리라는 고린도전서 11장의 가르침이 여자는 교회에서 지도자가 될 수 없다는 교회 정책으로 바뀌어서는 안 될 것이다.

따라서 선교적 요소-복음에 충실한, 표현의 다양성-를 해석학에 사용함에 있어서 우리는 다음과 같은 질문을 제기해야 한다. 즉, 오늘날의 문화에 대해 어떻게 사용하고 비판하는 것이 복음의 핵심적 목적-고린도전서 11-14장의 목적이든, 그리스도 안에서 남자와 여자는 하나라는 주장갈 3:28을 포함하여 성경 다른 곳에 나타난 목적이든-을 성취하게 하게 하는가? 따라서 성경의 신적-인간적 성격은 다양성 속의 통일성과 마찬가지로 성경의 빛을 따라 사는 신자들에게 풍성한 자원이 된다.

주: 필자는 본서가 처음 출판된 후 몰렌코트와의 서신 교환을 통해 그가 『여자와 남자 및 성경』Women, Men and the Bible에서 발전시킨 광범위한 원리가 그의 입장이 위에서 언급한 성향에서 탈피했음을 보여준다는 사실을 알게 되었다. 바울의 인간적 한계를 반영한 일부 주장에 대한 그의 언급은 이런 주장들이 성경적 권위가 부족함을 보여준다는 뜻이 아니다. 오히려 우리는 몰렌코트의 책에 나오는 성경해석 원리를 적용할 경우 이러한 주장으로부터 중요한 배움을 얻을 수 있다.

- W.M.S.

제5부 | 우리는 성경을 어떻게 **해석**하고 **사용**할 것인가?

우리는 지금까지 네 가지 사례를 통해 성경의 다양한 용례에 대해 살펴보았다. 이제 우리는 이것을 통해 무엇을 배울 수 있는지 물어야 할 것이다. 성경은 사회 윤리적 이슈에 사용될 수 있는가? 그렇다면 어떻게 사용해야 하는가? 가장 중요한 질문으로서, 우리는 성경을 어떻게 해석해야 하는가?

본 장은 이러한 질문에 대답하는 네 개의 관련된 부분으로 구성된다. 첫 번째 부분은 네 개의 이슈 사이에 대한 해석학적 비교로 이루어진다. 두 번째 부분에서는 성경이 사회 윤리적 이슈에 대답할 수 있는지 또는 어떻게 대답해야 하는지에 대해 다룰 것이다. 성경의 광범위한 용례에 대해서는 부록 4를 참조하라 세 번째 및 네 번째 부분에서는 통찰력 모델 및 성경 해석방법을 제시할 것이다.

1. 네 가지 이슈에 대한 해석학적 비교

네 가지 사례의 주장들은 해석학적으로 어느 정도 유사한가? 성경에 대한 유사한 용례 및 남용은 다른 이슈의 주장에도 나타나는가?

이 비교는 각 주장에 나타나는 해석학적 유사성 및 차이점에 대해 일부 규명할 것이다. 이것은 어디까지나 해석학적 차원에서의 비교이며 이런 사례들이 도덕적 본성에 있어서도 유사하다는 것은 아니다. 우리는 네 가지의 이슈의 도덕적 본질에 대한 언급과 각 주장의 해석학적 요소를 조심스럽게 구분해야 한다. 일부 주석은 이러한 해석학적 관찰에 대해서도 언급할 수 있을 것이다.

A. 노예제도와 안식일

두 제도는 도덕적 본질에 있어서 정반대다. 노예제도는 인간의 삶을 억누르고 안식일은 삶을 자유롭게 하고 누리게 한다.

그렇다면 두 제도 사이에는 어떤 해석학적 유사성이 있는가?

1. 해석자들은 노예제도 및 안식일과 관련하여, 아브라함 이전에 시작되었는지 모세 시대에 시작되었는지에 대해 어느 한 편으로 기울지 않는다. 노예제도를 찬성하는 저자들은 소위 가나안과 그의 후손에 대한 노아의 예언으로 거슬러 올라간다. 마찬가지로 안식일을 지켜야 한다는 사람들은 안식일이 창조 명령이며 따라서 모든 시대, 모든 백성에게 적용된다고 말한다.

반면에 노예제도 폐지를 주장하는 저자들은 히브리 노예에 대해, 은혜와 긍휼과 자비를 주종관계의 기본으로 제시하는 모세 율법에 기초하여 이해한다. 마찬가지로 주일을 지지하는 자들은 안식일의 기원을 이스라엘이 애굽에서 해방된 시점으로 소급한다. 따라서 그들은 안식일을 그들의 자유를 기념하는 날로 생각하며, 포로에서의 해방과 주인과 종의 평등을 기념한다.

그러므로 노예 찬성론자 및 안식일주의 입장은 제도의 기원을 원시 시대창세기 12장 이전의 신적 명령으로 거슬러 올라간다. 둘 다 세상 전체를 위한 법으로 제정되었다. 그러나 노예 폐지론자 및 주일을 주장하는 자들은 이 제도가 이스라엘 밖에서부터 시작되었으며, 결정적으로 출애굽을 통해 나타난 하나님의 구속 및 은혜의 결과로서 인도주의적인 가치관을 반영하여 법제화 되었다고 주장한다.[1]

이 비교는 창세기 1-11장의 문학적 기원에 대한 관점이라는 중요한 해석학적 이슈를 제기한다. 이 문학의 기원은 이스라엘의 역사가 시작되기 전으로 거슬러 올라가며 이스라엘의 신앙을 미리 결정했다고 생각하는가, 아니면 창세기 1-11장은 이스라엘의 역사로부터 시작되었으며 따라서 이스라엘의 역사와 경험 및 신앙을 반영한다고 생각하는가? 후자가 옳은 것처럼 보이지만 구전을 통해 내려오는 전승적 요소들은 이스라엘의 역사보다 앞설 수 있다.

따라서 하나님이 모세를 통해 구원하신 백성과 맺은 언약의 징표인 안식일은 나중에 그 기원을 창조까지 거슬러 올라가며, 이스라엘은 창세기 1-2장에서 하나님을 창조주로 묘사한다. 가나안에 대한 저주는 가나안 사람과의 관계에 대한 이스라엘의 후기 통찰력을 보여주며, 이스라엘 땅에 대한 하나님의 약속으로부터 나온다. 따라서 창세기 1-11장이 이스라엘의 출애굽 경험 및 신학으로부터 나왔다는 관점은 이 장들에 대한 해석에 영향을 미친다.

이런 관점에 비추어 본문을 해석하는 자들은 창세기 2:1-4의 본문이 이스라엘에 계시된 안식일을 위한 하나님의 구원적 목적과 분리될 수 없다고 주장할 것이다. 가나안에 대한 저주는 역사적으로 특정한 시점에 볼 수 있을 것이며 노예제도를 인정하기 위해 보편화되지 않을 것이다. 홉킨스처럼 함[Ham]과 그의 "흑인[?] 후손"을 저주의 대상으로 규명하기 위해 텍스트의 이문에까지 호소할지라도

2. 예수 그리스도께서 노예제도 및 안식일이라는 두 주제와 어떻게 관련되는지 살펴보는 것은 큰 도움이 된다. 예수님은 노예제도 및 안식일과 관련된 잘못을 책망하고 바로잡으셨다. 그는 자신이 안식일의 주인이라고 선언하셨으며 모든 백성에게 전적으로 다른 사람을 위한 이타적인 삶을 살 것을 촉구하셨다. 예수님의 삶과 죽음을 통해 분명히 드러나는 안식일의 진정한 목적은 이웃을 위한 삶이다. 예수님은 하나님의 희년의 은혜를 모든 백성에게로 확산하신 것이다.

마찬가지로, 예수님은 종노예의 삶의 귀감이 되셨다. 노예의 억압은 자발적인 섬김으로 대체되었으며, 이런 삶은 모든 계층의 사람들이 본 받아야할 모델이다. 이것은 한 그룹이 다른 그룹을 지배하는 것을 금하며, 따라서 한 민족또는 계급이 다른 민족을 다스리는 것은 "하나님의 섭리"라는 노예제도 찬성론자들의 주장은 설득력이 없다.

예수님은 안식일의 인도주의적 목적인 종들의 휴식과 평등을 성취하심으로 안식일과 안식년 및 희년의 윤리를 시작하셨으며 구약성경의 종살이까지 폐지하셨다. 종/노예가 자유를 얻는 안식년을 지속적으로 시행한다면 아무도 종/노예를 가지지 못할 것이다.[2]

3. 안식일과 노예제도는 초기 교회에도 계속해서 시행되고 있었으나 예수 그리스도는 두 제도의 억압적 요소를 제거하셨다. 예수님은 안식일의 규례를 범하셨으며, 바울은 하나의 의무로서 지키는 안식일을 폐지했다.골 2:16, 20 마찬가지로, 주인과 종은 둘 다 하나님으로부터 동일한 섬김과 책임을 위해 부르심을 받았다. 주인은 종을 형제자매와 같이 대하여야 한다. 따라서 복음은 노예제도를 규제할 뿐만 아니라 주인과 종의 새로운 관계를 도입한다. 오래된 문화적 포도주 부대에 담은 새 포도주는 복음의 희년의 윤리를 통해 두 제도의 본질을 근본적으로 바꿀 것이다.

B. 노예제도와 전쟁

노예제도 및 안식일에 대한 앞서의 언급은 대부분 전쟁에도 해당되지만 다른 점도 있다.각주 1 및 2 참조 그러나 도덕적 차원에서 노예제도와 전쟁은 본질적으로 둘 다 악하다는 것이 필자의 생각이다. 그런 제도가 안식일의 선함과 대조된다. 뿐만 아니라 계급 구조적 해석자와 해방주의적 해석자는 둘 다 남자와 여자에 대해 하나님이 의도하신 역할 관계가 하나님의 선한 창조에 해당된다고 주장한다.

해석학적 차원에서 노예제도와 전쟁은 중요한 차이점을 보여준다.

1. 우리의 기대와 달리 성경에는 노예제도나 전쟁에 대한 명백한 정죄가 나타나지 않는다. 다만 우리가 성경의 뚜렷하고 기본적인 가르침가령, 이웃과 원수를 사랑하라에 따라 노예제도와 전쟁을 정죄할 뿐이다. 그러나 이런 원리는 텍스트 안에서 노예제도와 전쟁에 직접 적용되지 않는다. 노예제도와 전쟁은 본질상 둘 다 악하기 때문에 성경 텍스트 안에서의 규범적인 진술이나 규제적인 진술은 문제가 될 수 있다.

2. 신약성경은 주인과 종의 행위에 대해서는 분명하게 규제하지만 군인과 정부에 대해서는 그렇게 하지 않는다.눅 3:14과 롬 13:3은 엡 6:5-9와 적절한 평행을 이루지 않는다 이것은 그리스도인의 전쟁 참여가 그리스도인의 도덕성과 양립하거나, 전적으로 양립하지 않거나, 무관할 수 있다는 뜻이다. 초기 교회가주후 170년까지 전쟁을 지속적으로 거부한 것은 전쟁이 그들의 도덕성과 전적으로 양립할 수 없다고 생각한 때문인 것으로 보인다.3 따라서 규제적 내용이 불필요했을 것이다. 이러한 차이는 신약성경 메시지가 정부나 통치자들에 대한 선포가 아니라는 사실로도 설명할 수 있다. 그러므로 구약성경은 전쟁을 명령하는 것처럼 보이는 반면 신약성경은 그것을 금하는 것처럼 보인다. 따라서 전쟁은 신구약성경의 관계라는 해석학적 이슈를 제기한다. 그러나 노예제도에 대한 성경의 가르침의 경우, 신구약 성경의 관계는 해석학적으로 큰 의미를 갖지 않는다.

바꾸어 말하면, 우리는 구약성경과 마찬가지로 신약성경을 통해서도아마도 훨씬 설득력 있게 노예제도를 뒷받침하는 주장을 할 수 있지만, 전쟁에 대해서는 구약성경과 달리 신약성경을 통해 뒷받침할만한 주장을 할 수 없다는 것이다. 이런 이유로 앞서 전쟁에 대해 다룬 제3장 해석학적 주석에서는 신구약성경의 해석학적 이슈를 주요 주제로 규명했던 것이다.

C. 안식일과 전쟁

1. 안식일과 전쟁에 대한 성경의 증거는 신구약 성경의 차이에 초점을 맞춘다. 두 요소에 대한 성경적 근거는 주로, 그리고 궁극적으로 구약성경에 호소한다. 신약 성경만 읽는 그리스도인은 전쟁이나 안식일 준수가 신적 명령에 의한 것이라는 생각을 절대 하지 않을 것이다. 그러나 구약성경에는 안식일 준수 및 제의적 전쟁 참여를 독려하는 것으로 해석될 수 있는 분명한 명령이 많이 나타난다. 신구약성경의 이러한 차이를 어떻게 설명할 것인가?

2. 이 질문에 대답하기 위해 우리는 두 이슈 사이의 해석학적 차이도 인식해야 한다. 신약성경은 종종 안식일에 대해 언급하지만, 일반적인 관행에 대해 반대한다. 그러나 전쟁의 경우 그렇지 않다. 공동체는 대체로 안식일 준수를 받아들이지만 가난한 자에 대한 긍휼에 어긋나거나 복음의 자유에 위협이 되면 비난을 받았다. 그러나 앞서 언급한 대로 전쟁은 아무 데도 언급되지 않기 때문에 안식일 준수와 달리 그리스도인의 행위 영역 밖의 경험으로 여겨야 한다.

3. 신약성경에서 두 제도의 이미지는 새로운 실재에 대한 논의를 위해 비유적으로 사용된다. 전쟁 이미지는 죄와 싸우는 그리스도인의 모습에 대해 묘사한다.엡 6:10-18; 딤후 4:7 약속된 안식에 대한 성취는 그리스도의 구원적 안식 및 미래적 생명을 묘사한다.히 3-4장 신약성경에서의 자유로운 이미지 전환은 신약과 구약의 삶의 정황Sitz im Leben이 근본적으로 바뀌었음을 보여준다. 다음의 유사성은 이런 사실을 다른 면에서 확인한다.

4. 두 관습은 출애굽을 통한 하나님의 구원적 목적으로부터 나온다. 그러나 출애굽 이전 족장 역사창 12-50장에는 안식일 준수나 거룩한 전쟁에 대한 명령이 나타

나지 않는다. 족장 내러티브는 안식일을 지키라거나 대적과 싸워 진멸하라는 명령을 하지 않는다.

대조적으로, 출애굽기-여호수아서는 안식일과 전쟁에 대한 기술적 및 규범적 교훈으로 가득하다. 둘 다 명령형으로 제시되며 제의적 원리에 해당한다. 제사장과 언약궤는 안식일뿐만 아니라 전쟁에도 필요하다. 마찬가지로, 둘 다 땅과 직접 연결된다. 땅은 일곱째 날에 안식하며, 모든 전쟁은 하나님의 약속의 땅을 향한다.

그러나 예수님 시대 및 신약 시대에, 하나님이 이스라엘 백성에게 선물로 주신 땅수 24:13은 이스라엘의 불순종으로 인해 잃어버렸다.여호수아-열왕기 하나님의 백성 이스라엘이 그 땅을 회복할 것이라는 구약 시대의 많은 예언은 신약성경에 의해 새로운 기조로 바뀌었다. 하나님의 약속이 예수 그리스도로 말미암아 성취되었기 때문이다. 예수님은 마음이 온유한 자에게 그 땅을 약속하셨으며마 5:5 바울은 땅에 대한 약속을 우주적 약속으로 보편화한다. 그 땅은 아브라함의 믿음의 후손이 차지할 것이다.롬 4:13-16 신약성경은 예수님의 선교 사역을 아브라함에 대한 하나님의 약속창 12:1-3의 성취로 보고, 이스라엘의 안식일과 전쟁 및 땅에 대한 약속을 보편적이고 궁극적인 실재로 바꾼다. 이 새로운 상황 및 역사적 실재 안에서 전쟁은 예수님과 그리스도인이 악과 싸우는 모습으로 제시되며엡 6:10-18 안식일은 지금과 장차 올 시대에 메시아를 통해 주어진 하나님의 안식을 누림을 가리킨다.마 11:28-12:14; 히 3-4장

5. 구약성경에서 전쟁과 안식일은 상반된 기능을 하는 것처럼 제시된 반면 -하나는 생명을 취하고 다른 하나는 생명을 누린다- 신약성경에서는 둘 다 생명을 확인한다. 안식일/안식 이미지가 불신앙에 대한 승리를 묘사하기 위해 사용된 것처럼히 3-4장, 전쟁 이미지는 백성들과 맞서 싸우는 장면이 아니라 백성을 악한 세력과 사망으로부터 구원하는 모습을 보여주기 위해 사용된다.골 2:5; 1:13; 엡 6:11-12; 고전 15:24-26 전쟁과 안식일의 목적은 이긴 자에게 약속된 안식 즉 영생을 얻는 것이다.

D. 여자와 전쟁

성경은 여자와 전쟁에 대해 복합적 신호를 제시하기 때문에 두 이슈에 대한 해석학적 대조는 중요하다. 신약성경은 전쟁에 대해 찬성하는지 반대하는지에 대해 명백한 언급을 제시하지 않지만, 신약성경에 수차례 제시된 명백한 윤리적 가르침을 따른다면 전쟁에 참여하는 것은 불가능하다. 그러나 구약성경은 하나님의 백성의 제의적 전쟁 참여를 분명하게 명령한다. 출애굽기 14:14를 이스라엘의 역할의 이상적 모델가만히 서서 여호와의 싸움을 보는 것으로 받아들인다고 해도 다른 본문은 어떻게 설명하더라도 실제로 백성에게 싸우라고 명령한다. 마찬가지로, 성경은 남자와 여자의 관계에 대한 다양한 강조를 제시한다. 어떤 본문은 분명한 위계질서에 대해 가르치며고전 11장, 다른 본문은 남자와 여자의 하나 됨과 파트너십 및 상호성에 대해 가르친다.고전 7장; 롬 16:1-7

이 두 가지 이슈는 성경의 다양성 및 명백한 모순이라는 딜레마와 함께 해석자와 마주한다. 전쟁의 경우 차이점은 주로 신구약성경 사이에 나타나지만 전적으로 그런 것은 아니다. 남녀의 역할 관계는 주로 신약성경 안에 혼합된 신호가 나타나지만 한 저자의 글 안에서도 다른 신호가 나타난다. 우리는 이처럼 분명한 모순에 대해 다음 네 가지 가운데 하나로 반응할 수 있다. 즉 상이한 진술을 상호 조화시키거나, 일부 진술을 무시하거나, 한 진술의 권위를 다른 진술보다 우위에 두거나, 정경 간의 긴장을 받아들이고 감수하는 방법이다. 이곳에서의 목적은 이 문제에 대한 해결이 아니라 두 주제가 공통적인 해석학적 문제를 제기하는 방식을 보여주는 것이다.3장과 4장 끝에 제시된 필자의 주석 참조

E. 여자와 안식일

창조 내러티브에서 여자와 안식일에 대한 유사한 해석학적 기능은 두 요소가 어떻게 최고의 선으로 받아들였는지를 잘 보여준다. 첫 번째 창조 기사는 사람이 하나님이 일을 마치고 쉬신 안식일을 그의 선물로 받아들이는 장면에서 절정에 이른다. 두 번째 창조 내러티브는 아담이 인간의 사회적 필요에 대한 응답으로서 여자를

하나님의 선물로 받아들이는 장면에서 절정에 이른다. 남녀의 결혼을 통해 형성되는 가정 및 안식일은 이스라엘에서 종교적 사회적 의미가 있는 두 가지 기본적인 제도이다.

남녀 관계 및 안식일이 노예제도 및 전쟁과 달리 본질적으로 선하다고 생각하는 관점은 두 주제에 대해 다룬 모든 성경 텍스트를 바르게 해석할 수 있는 발판이 된다. 성경 본문은 안식일의 참된 목적을 가르치고 안식일에 대한 남용을 바로 잡으며 예수께서 어떻게 안식일의 목적을 성취하셨는지 보여준다. 마찬가지로, 성경 본문은 사람, 즉 남자와 여자가 하나님의 형상으로 창조되었다는 사실을 가르치며, 그리스도를 통해 정점에 이른 구원 역사가 어떻게 하나님의 형상을 닮은 여성의 진정한 가치를 회복시켰는지 보여준다. 두 경우에서 성경의 계시는 인간의 타락에 의한 문화적 역사적 예속으로부터 내재적인 선을 해방시킨다. 그러므로 해방은 성경의 가르침이 두 이슈에 미치는 영향에 대한 적절한 묘사이다.

F. 여자와 노예제도

여자와 노예제도 사이에는 다양한 해석학적 유사성이 존재한다.

1. 두 이슈와 관련하여 해석자들은 핵심 단어의 의미를 두고 언쟁을 벌였다. 노예제도와 관련해서 해석자들은 "에베드"라는 히브리어종인가 노예인가? 및 "둘로스"라는 헬라어종인가 노예인가?의 의미에 대해 논쟁했다. 노예제도 폐지론자들은 "에베드"를 "종"으로 번역해야 한다고 주장하지만 노예제도 찬성론자들은 "에베드"가 "노예"라는 뜻이며 미국의 노예제도와 성경의 노예제도는 같다고 주장한다. 마찬가지로, 그들은 히브리어 단어 "카나"는 "사다"나 "획득하다"라는 뜻이라고 주장한다.

남자와 여자의 역할 관계에 대한 오늘날의 논의에서는 창세기 2:18에 나오는 "에체르"돕는 베필의 의미가 논쟁이 되고 있다. 이 배필은 "종속적 조력자"인가 "평등한 조력자"인가 "우월한 조력자"인가? 고린도전서 11장의 "머리" 케팔레 역시 다른 의미로 이해된다. 이 단어는 "원천"이라는 뜻인가 "지배하다"라는 뜻인가?

각각의 이슈에서 두 입장 모두 해당 용어의 원래적 의미의 한계를 넘어서는 주장을 하는 것으로 보인다. 이 문제는 용어에 대한 논쟁으로만 해결될 사안이 아니며, 보다 결정적인 해석학적 통찰력을 필요로 한다.

2. 두 경우에서 종과 여자의 역할을 묘사하는 단어는 모든 그리스도인의 기본적 미덕에 해당하는 섬김과 복종이다. 모든 그리스도인은 종/노예가 되어야 한다. 모든 그리스도인은 상호 복종 또는 종속되어야 한다.

이러한 해석학적 일치는 논쟁의 양쪽 당사자 모두에게 힘이 된다. 모든 사람이 종이며 복종해야 한다면, 노예와 여자에게 그런 행위를 명령하는 것이 무엇이 잘못인가? 반대로, 모든 사람이 예수 그리스도의 종이며 서로 복종해야 한다면 노예와 여자에게만 그런 역할을 요구하는 것은 잘못된 것이 아닌가?

3. 노예제도를 찬성하는 저자들이나 계급 구조적 해석자들은 "상대"가 성경의 권위를 부인한다고 비난한다. 노예제도 찬성론자들의 주장처럼 "그들은 성경보다 높은 법을 마련했다." 쥬엣의 『남자와 여자』Male and female는 헤롤드 린드셀Harold Lndsell의 『성경을 위한 전쟁』Battle for the Bible를 자극했다. 린드셀은 이 책에서 쥬엣의 해석이 성경의 권위, 특히 성경의 영감을 부정한다고 비난한다. 따라서 노예제도와 여자라는 두 가지 이슈는 영감, 무오성 및 무류성에 대한 상반된 견해와 얽혀 있다. 1850년대의 노예제도에 대한 반대는 하나님의 권위 있는 말씀의 영감과 무오성을 경시하는 것이다. 오늘날 남자의 머리 됨과 여자의 복종에 대한 바울의 가르침은 보편적으로 적용되는 신학적 원리로 생각해서는 안 된다는 주장은 성경의 권위를 부인한다는 비난을 받고 있다.[4]

우리는 앞서 성경 안에서의 다양한 관점을 인정하는 것은 성경의 권위에 대한 긍정적인 생각이라는 사실에 대해 살펴본 바 있다.pp. 187-188 참조 그러나 여기서는 노예제도 및 남자가 여자의 머리라는 주장에 대한 반대그리고 그리스도인의 전쟁 참여에 대한 반대가 하나님의 말씀의 권위에 대한 무시나 부인으로 여겨진다는 사실에 주목한다.

4. 노예제도와 여자의 역할 사이에서 볼 수 있는 또 하나의 유사성은 노예제도나 남자의 머리됨에 대한 남용을 바로 잡는 것과 그런 시스템에 대한 비난을 구분한다는 것이다. 노예제도를 찬성하는 저자들은 성경이 노예제도에 대한 남용을 바로잡는다는 사실을 인정하면서도 성경 어디에도 노예제라는 제도에 대한 비난은 제시되지 않는다고 주장한다.

조지 나이트 3세George Knight III는 남자의 머리됨에 대해 같은 주장을 한다. 그는 성경이 남자의 머리됨에 대한 남용을 바로잡는다는 사실을 인정한다. 성경은 여자에 대한 압제를 용납하지 않는다는 것이다. 그러나 그는 이것은 남자가 여자의 머리라는 원리를 무효화하는 것은 아니라고 주장한다.[5]

그러나 노예제도 폐지론자 및 해방주의 저자들은 이 상황에 적용된 그리스도인의 도덕성 원리는 두 가지 제도 -노예제도 및 여자의 복종- 를 무너뜨릴 것이라는 사실을 강조한다.

5. 노예제도 찬성론자 및 계급 구조를 지지하는 저자들은 바울을 중심 법원으로 활용한다. 노예제도 찬성론자들은 특히 디모데전서 6:1-6에 호소한다. 그들은 바울이 이 구절에서 노예제도를 뒷받침하기 위해 예수 그리스도를 인용한다고 말한다.

계급 구조 해석자들은 고린도전서 11:2-6 및 디모데전서 2:11-15에 대한 해석을 통해 이 본문만으로도 성경이 남자의 머리됨을 가르친다는 사실이 분명히 드러나지만 바울은 자신의 가르침을 뒷받침하기 위해 창조 질서에까지 호소한다고 주장한다.

이런 요지는 두 가지 차원의 호소를 보여주는 다음과 같은 다이어그램으로 나타낼 수 있다.

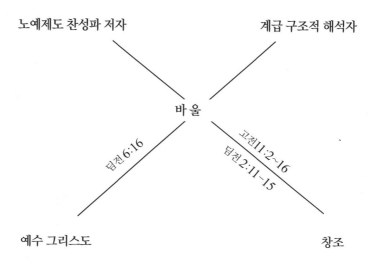

노예제도 찬성파 저자　　　　　계급 구조적 해석자

바 울

딤전 6:16　　　　　　*고전11:2~16*
　　　　　　　　　　　　딤전 2:11~15

예수 그리스도　　　　　　　　　　창조

6. 한편으로 노예제도 폐지론자 및 해방주의자는 공통된 해석학적 경향을 보여
준다.

　a. 그들은 예수님과 복음을 구약성경 및 바울보다 우선한다.

　b. 그들은 특정 텍스트에 주어진 특정 가르침보다 도덕적 원리에 더 많은 무게를 둔
　　다.

　c. 그들은 이러한 기본적인 도덕적 가르침이 노예제도 및 남자의 머리됨 구조에 도
　　전한다고 주장한다.

　d. 그들은 갈라디아서 3:28이 바울의 텍스트 가운데 노예제도 및 남자의 머리됨을
　　능가하는 최상의 본문으로 생각한다.

7. 두 이슈는 가정법전*Haustafeln*에서 함께 다루어진다. 이것은 노예제도와 남자
의 머리됨이 지배적인 문화적 관행임을 보여준다. 바울은 두 가지 이슈를 유사한 윤
리적 명령과 함께 제시하며, 주인과 종 및 남자와 여자는 각각 그리스도인의 도덕성
에 호소하고 예수 그리스도께 책임을 져야 한다고 촉구한다. 어떤 해석 그룹은 이것
을 남용에 대한 교정으로 이해하지만, 다른 해석 그룹은 이것을 제도적 폐지로 받아
들인다.

8. 우리는 노예제도와 남자의 머리됨의 해석학적 유사성에 대한 일곱 가지 영역에 덧붙여 차이점에 대해서도 주목할 필요가 있다. 구약성경은 노예제도와 관련하여 분명한 입장을 취하는 반면, 신약성경은 대체로 남녀 관계와 관련하여 분명한 입장을 취한다. 또한 신약성경에서 노예제도에 대한 명령은 찾아보기 어렵지만딤전 6:1-6 및 고전 7:20의 "각 사람은 부르심을 받은 그 부르심 그대로 지내라"라는 구절을 제외하면, 남자의 머리됨 및 여자의 복종에 대해서는 고린도전서 11:2-6 및 에베소서 5:23 이하에서 특정 역할에 대해 명령하는 것으로 보인다.

다시 말하면 종을 다스리는 주인이 되라는 명령은 나타나지 않지만, 남자는 여자의 머리가 되어야 한다는 명령또는 인정은 나타난다. 그러나 이러한 진술들은 과거의 상황에 대한 묘사적 언급으로 볼 수도 있기 때문에 분명한 주장으로 보기는 어렵다. 아니면 현재적 당위성을 제시하는 규범적 진술로 받아들여야 하는가? 바울은 창조에 호소한다는 점에서 묘사적 진술 및 규범적 진술 둘 다 염두에 두고 있는 것으로 보인다.

바울의 언급이 규범적이라고 해도 그것을 영원한 보편적 명령으로 받아들일 것인가의 여부는 또 다른 문제이다. 이 문제는 이러한 규범이 당시의 보편적 관행 및 특정 상황에 어느 정도 영향을 받았느냐에 달려 있다. 따라서 규범적 진술은 명령이라기보다 규제에 가깝다. 이러한 규제와 명령의 차이점은 이 해석학적 비교에 중요하다. 오경은 노예제도를 명령하는가 규제하는가? 바울은 노예제도를 명령하는가 규제하는가? 그는 남자와 여자의 계급 구조적 관계를 명령하는가 규제하는가대답에 대해서는 4장 각주 166 참조?

9. 주목해야 할 해석학적 유사성은 한 가지 더 있다. 즉, 두 이슈에 대한 바울의 태도는 어느 면에서 복음이 훼손되어서는 안 된다는 마음에서 비롯된 것으로 보인다는 것이다. 이런 염려는 노예제도와 관련하여 분명히 진술되며딤전 6:1, 여자의 올바른 행위에 대해 말하는 본문 전체에도 나타난다. 고린도전서 11장에서 머리에 무엇을 쓰지 않은 것과 머리를 민 것의 비유와, 본성에 대한 언급 및 관례에 대한 호소는 불신자가 그리스도인의 행위를 어떻게 생각하고 판단할 것인지에 대한 염려를 보여

준다. 미친 것처럼 보이는 방언에 대한 바울의 언급에는 이러한 염려가 잘 드러난다. 고전 14:23; cf 살전 4:9-12 디도서 2:5, 9-10에서 아내와 노예의 복종은 당시의 문화적 상황에서 복음의 순수성에 대한 관심과 직접 연결된다.

이것은 이들 텍스트에 대한 해석에 있어서, 특히 그리스도인이 노예제도나 남자의 머리됨을 주장할 때 불신자가 더욱 상처를 받는다는 사실을 부각시킨다. 이러한 관찰은 교회가 주변 문화와 어떤 관계를 맺어야 할 것인가라는 질문을 던지게 한다. 흔히 텍스트에 대한 청종은 해석학의 시작이라고 말한다. 그러나 해석 작업은 우리에게 자신이 처한 문화적 상황에서 하나님과 그의 말씀이 비방을 받지 않게 말하라고 요구한다.

G. 해석학적 고찰

1. 한편으로 안식일과 여자, 다른 한편으로 노예제도와 전쟁이라는 두 이슈 간의 대조는 분명하다. 성경의 방향은 안식일과 남녀의 역할 관계를 악한 자가 구속하는 압제적 관행으로부터 안식일 및 남녀의 역할 관계를 해방시키는 것이다. 노예제도 및 전쟁에 대한 성경의 방향은 그런 제도를 규제 및 비판함으로써 악한 관행을 제거하거나 그리스도인에게 금지시키는 것이다. 어린 양들의 싸움은 전쟁과 노예제도가 시대에 뒤떨어진 제도이며 예수를 따라 사는 자들과 부합되지 않는다고 말한다. 새로운 실재는 옛 관행을 돌려세우며, 노예제도와 전쟁은 새로운 질서와 "조화를 이루지 못한다."

2. 네 가지 이슈에 대한 성경의 가르침은 확실히 다른 의미로 해석된다. 성경은 적어도 각 이슈에 대해 19세기 및 20세기에서 선도적인 두 가지 상반된 입장을 뒷받침하기 위해 사용되었다. 하나님의 백성이 어떻게 분열될 수 있는가? 성령의 인도하심을 받는 우리가 어떻게 이런 이슈에 대한 성경의 가르침을 같은 관점에서 보지 못하는가?

필자는 이런 차이를 초래하는 두 가지 확실히 더 많이 있지만 요인에 대해 살펴보고

자 한다.

첫째로, 사람은 문화 및 역사로부터 특별한 영향을 받는다. 우리는 성경을 우리가 믿는 것을 강화하기 위해 사용하는 경향이 있다. 이 문제를 완전히 극복할 수 있는 사람은 없지만, 성경 텍스트에 대한 진지하고 꾸준한 연구 및 텍스트 자체에 귀를 기울이게 돕는 방법을 따름으로써 잘못된 개념을 바로잡는 것은 가능하다.[6]

둘째로, 우리는 앞서 살펴본 대로 그리스도인이 이들 이슈에 동의하지 않는 이유는 성경 자체가 특히 외견상- 혼동된 신호를 보내기 때문이라는 사실에 주목해야 한다. 이것은 하나님의 본성 때문이 아니라 신적 계시가 역사와 문화 속에서 전달된다는 사실 때문이다. 성경의 다양한 저자는 당시의 문화적 관습을 반영하며 특정 상황에 대해 기록한다. 이런 이유로 주어진 성경 본문에 대한 바른 해석은 본문을 받는 공동체 및 저자의 역사적 문화적 상황을 고려해야 한다.이 문제에 대한 상세한 내용은 아래 "통찰력 모델"을 참조하라

3. 이런 문제점 및 해석자들 사이의 지속적인 불일치는 하나님의 백성 사이의 하나 됨에 대한 비관적인 생각을 가지게 하지만 몇 가지 희망적인 요소도 있다.

첫째로, 앞서 언급한 대로 훌륭한 성경연구 방법에 대한 진지한 고찰을 통해 잘못된 생각을 바로잡을 수 있다. 필자는 본서의 결론 부분에서, 이런 목적에 도움이 되는 성경연구 방법에 대해 간략히 제시할 것이다.

둘째로, 해석학적 공동체 및 거룩한 성령이라는 원천은 성경해석에 중요하며 유익하다. 성령은 말씀을 조명하며, 성경연구가 '새로운 깨달음이 능력의 원천이 되는' 생명력 있는 만남이 되게 한다. 믿음의 공동체는 때때로 성경연구의 질문 범위를 제한하는 경향이 있지만, 성경을 깨닫게 하는 은혜와 믿음과 제자도의 원천을 제공하는 긍정적인 기여를 한다. 또한 이 공동체는 개인의 통찰력을 검증함으로써 성경연구가 주관적 경험이 되는 것을 막는다. 이러한 원천에 대해서는 "통찰력 모델"을 통해 계속해서 다룰 것이다.

셋째로, 성경 전체의 핵심적인 윤리적 명령을 파악하고 그런 관점에서 이슈들에 접근함으로써 해석상의 차이를 해소하고 공감대를 형성할 수 있다. 가장 큰 계명

에 대한 서기관의 논쟁을 종식시킨 예수님 자신의 사례는 좋은 교훈이 된다. 예수님은 율법 전체의 윤리적 핵심신 6:4 및 레 19:18에 호소함으로써 모든 도덕적 의무는 하나님과 이웃에 대한 사랑에 기초한다는 사실을 가르치신다. 해석자로서 우리는 이런 예수님의 눈을 통해 우리의 해석학적 길을 발견해야 한다. 우리는 이 도덕적 사랑의 명령을 우선함으로써7 본서의 네 가지 이슈에 대한 공감대를 형성할 수 있다. 우리는 먼저 다음의 진술 및 사상을 따름으로써 우리의 동의를 검증하는 작업으로부터 시작할 것이다.

성경의 사랑에 대한 명령은 다른 사람, 특히 노예를 억압하는 것을 금한다. 따라서 노예는 더 이상 노예가 아니라 사랑하는 형제자매로 여겨야 한다. 기독교는 사람이 "다른 사람 위에 군림하는" 신분과 역할을 폐지함으로써 노예제도를 끝낸다. 또한 사랑은 우리에게 안식일 및 주간의 모든 날에 공의를 행하고 속박으로부터의 구원을 누릴 것을 요구한다. 사랑은 안식일의 자유를 기쁨으로 누린다. 그것은 모든 삶을 안식일의 분위기로 바꾼다. 마찬가지로, 아가페 사랑은 하나님의 백성에게 원수를 멸하지 말고 사랑하며, 박해자를 위해 기도하며, 선으로 악을 이기라고 권면한다. 모든 사람은 사랑을 통해 그리스도 안에서 형제자매가 되었기 때문에 전쟁은 끝났다.

따라서 사랑은 가부장적 시대에도- 문화적 힘을 가진 남자에게, 예수님처럼 사랑하고 문화적 특권을 버리며 여자도 동일한 하나님의 형상으로 지으심을 받았다는 사실을 인정할 것을 요구한다. 사랑은 엄격한 역할을 규정하기보다 하나됨과 파트너십 및 상호의존성을 확인한다. 각자는 믿음의 주요 온전하게 하시는 예수 그리스도의 거룩한 충만을 통해 하나님의 형상을 추구해야 한다. 그들은 남자와 여자로서 서로에 대해 온전하게 이해할 때만이 하나님의 형상을 따라 살 수 있다.

2. 사회적 이슈를 위한 성경의 사용

본서는 성경이 오늘날의 사회적 윤리를 위해 사용되어야 한다는 입장을 제시한 바 있다. 그러나 이런 입장은 약간의 주석 및 설명을 필요로 한다. 교회가 노예제도나 전쟁과 같은 억압적 제도를 정당화하기 위해 수시로 성경을 남용했다는 사실을 안다면, 오히려 성경이 없는 것이 교회나 사회를 위해 다행스러운 일이 아닐까라는 의문을 갖게 된다. 그러나 그런 의문은 유혹이라고 생각한다. 필자는 성경에 대한 공동창조적 해석 작업이 필자의 반론에 힘을 실어주는 한 결코 그런 유혹에 굴복하지 않을 것이다.

나는 대안적 관점을 보여주기 위해 여섯 가지의 다양한 견해에 대해 간략히 제시한 후 이 중요한 주제에 대한 고찰에 들어가고자 한다.

A. 여섯 가지 대안적 관점

1. 샌더스(Jack T. Sanders): 신약성경은 우리에게 유익한 사회 윤리를 가지고 있지 않다.

샌더스는 『신약성경의 윤리』 *Ethics in the New Testament*라는 책에서 신약성경은 오늘날 사회 윤리적 이슈에 대한 해결에 아무런 도움이 되지 않는다는 결론을 내린다.[8] 그는 그렇게 판단한 두 가지 이유를 제시한다. 샌더스는 신약성경 여러 곳에 나오는 윤리적 가르침 및 가르침을 뒷받침하는 본문을 분석한 후예수님과 복음서기자, 바울, 야고보 및 요한을 별도로 다룬다 거의 모든 윤리적 가르침은 종말론적 소망특히 예수님과 복음서 또는 한정된 교회론적 성향특히 요한에 많은 영향을 받았다고 말한다. 모든 상황에 적용되는 사랑의 윤리는 소수의 본문에서만 찾아볼 수 있다. 그러나 이것은 사회 구조를 위한 것이 아니다.

알버트 슈바이쳐Albert Schweitzer의 주장처럼 결과적으로 "예수님의 인격과 삶에 대한 역사적 지식은 도움이 되지 않으며 신앙적 상처까지 줄 수 있다. 따라서 신약성경 윤리에 대한 연구도 마찬가지이다."

신약성경의 윤리적 입장은 오늘날 이 시대와는 생소한 그 시대 그 장소의 산물이다. 우리가 일관성 있는 윤리적 입장을 발전시키기 원한다면, 우리가 직면한 윤리적 딜레마 가운데 적어도 예수님이나 초기 교회나 신약성경과 함께 시작하려는 유혹이나 필요성에서는 벗어났다. 우리는 그런 전통에 얽매인 상태에서 벗어났으며, 야고보서의 저자와 함께 그런 전통 및 선례가 인간적이고 정당한 방식에 방해가 되어서는 안 된다고 주장할 수 있다.9

2. 루돌프 슈나켄버그(Rudolf Schnackenburg: 성경은 분명한 사회 윤리적 가르침을 가지고 있으나 예수님이나 바울은 사회 구조를 바꾸지 않았다.

로마 가톨릭 저자인 루돌프 슈나켄버그는 『신약성경의 도덕적 가르침』*The Moral Teaching of the New Testament*이라는 책에서 다른 관점을 제시한다.10 그는 예수님의 가르침이 종말론적 성향의 천국 윤리라는 사실을 인정하지만 교회는 신자가 "하나님의 은혜를 힘입어" 예수님의 도덕적 요구를 이루어주기를 기대했으며 기대할 수밖에 없었다고 주장한다. 가톨릭의 도덕적 신학은 모든 신자가 따라야 하는 명령과 특정인에게 요구되는 권면을 구별하지만11 산상수훈의 가르침은 그런 식으로 구별하지 않는다. 산상수훈은 둘 다 적용될 수 있는 것으로 본다. "우리는 예수님의 말씀을 가장 엄격하게 받아들여야 한다. 아무리 좋은 의도라 할지라도 이 말씀을 완화시키려는 어떤 시도도 그의 도덕적 임무에 대한 공격이 된다."12

그러나 슈나켄버그는 "예수님은 정치 질서를 바꾸려는 의도가 없는 만큼 사회 제도를 바꿀 생각도 없었다"고 말한다. 예수님의 특별한 기여는 사랑을 최고의 법의 자리에 올림으로써 사회적 차별을 극복하는 새로운 길을 제시한 것이다. 따라서 교회의 임무는 "경제적 사회적 질서에 대한 확실한 결론을 도출하는 것"이다.13

3. 존 요더(John H Yoder: 성경의 가르침은 사회 윤리적 이슈에 대해 말하며 교회의 예언적 증언을 요구한다.

요더는 『예수의 정치학』*The Politics of Jesus*이라는 책을 통해 예수님과 성경의 가르침은 정치 및 사회 윤리와 직접 연결된다는 사실을 보여준다.[14] 사회 윤리 저자들과 성경학자들 사이에 존재하는 괴리를 인식한 요더는 자신의 "연구를 통해… 성경의 증거에 따르면 예수님은 급진적 정치 행위의 모델임을 보여주었다"고 주장한다. "성경학자들은 건너편에 있는 윤리학자들과 같은 방식으로 진술하지 않았지만" 신약성경 전체에는 이러한 사실이 잘 나타난다. 요더는 계속해서 "베들레헴은 로마또는 맛사다에 대해 할 말이 있다"는 사실을 보여주려 한다.[15]

요더는 예수님의 사명과 메시지를 희년에 대한 실천으로 제시한 후 그의 책 나머지 부분은 유사한 강조를 계속한다 다음과 같은 결론을 내린다.

> 예수님은 단순히 정치적 의미가 함축된 교훈을 전한 도덕가가 아니다. 예수님은 주로 영성 교사지만 불행히도 그의 공적 사역은 정치적 조명을 받은 분이 아니다. 그는 단순히 제물이 되기 위해 준비하는 희생양이 아니며, 그의 신적 지위가 우리에게 그의 인성을 무시할 것을 요구하는 하나님-인간도 아니다. 예수님은 인간적, 사회적 및 정치적 관계의 새로운 가능성을 짊어진, 신적 위임을 받은 선지자요 제사장이며 왕이시다. 그의 세례는 제자들이 동참해야 할 새로운 체제의 시작이며 그의 십자가는 그 정점이다. 사람들은 그 나라가 실제적이 아니라거나 아무런 의미가 없다거나 가능하지 않다고 생각할 수 있다. 그러나 우리는 이제 더 이상 조직신학이나 정직한 해석이라는 미명 하에 그런 생각을 할 수 없다.[16]

요더는 『근원적 혁명』*The Original Revolution*과 『국가에 대한 그리스도인의 증언』이라는 다른 두 책을 통해, 『예수의 정치』에서 제시한 내용을 보완하는 강조점을 발전시킨다.[17] 요더는 WCC의 세 차례 총회1948년, 1954년, 1961년의 주제를 이용하여 교회다운 교회를 요구했다. 세계적인 몸으로서 교회가 하나됨과 소망과 빛된 삶을 구현한다면, 그 나라의 윤리는 세상에 대한 강력한 증거가 될 것이며 사회의 정치적 경제적 구조에 큰 영향을 미칠 것이다.[18] 기독교의 다양한 교회-국가 모델에 대해 살펴본 요더는 통치자들과 권세들골 2:15; 엡 1:19-23 등에 대한 그리스도의 승리에 기초하여, 교회는 국가에 대해 증거해야 한다고 주장한다.엡 3:10 즉, 교회는 국가가 하나님 나라의 윤리에 의해 유지될 것이라고 기대할 수도 없고 해서도 안되겠지만, 그럼에도 불구하고 교회는 정치적 경제적으로 그 나라의 윤리를 가장 밀접하게 반영한다고 판단하는 특정 대안을 국가가 선택하도록 촉구해야 한다는 것이다. 요더의 모델은 교회와 국가 사이의 존재론적 차이를 가정하며, 따라서 이러한 긴장으로 말미암아 교회는 그 나라와 그리스도 안에서의 삶이라는 관점에서 증거할 수 있다.19

4. 버치와 라스무센: 성경은 하나님의 백성을 통해 다양한 방식으로 사회 윤리에 영향을 미친다.

브루스 버치Bruce Birch와 래리 라스무센Larry Rasmussen은 이 이슈에 대한 계속된 논의에서 "그리스도인의 삶에서 성경과 윤리"의 관계를 이해하려고 노력했다.20 버치와 라스무센은 이 주제에 대한 자료의 부족에 대해 안타까움을 드러내고1장, 윤리를 성경의 명령과 결부시키려는 가장 바람직하지 못한 몇 가지 시도에 대해 살펴본 후2장, 성경과 윤리 사이의 두 가지 연결고리를 제시한다. 첫째로, 성경은 윤리적 결단을 특징으로 하는 도덕적 성품을 발전시킨다.3장 둘째로, 성경은 도덕적 정체성을 형성하는 자이자 도덕적 전통을 가진 자이며 도덕적 성찰의 공동체인 교회의 원천이 된다.4장 버치와 라스무센은 성경이 어떻게 그리스도인의 의사결정에서 주된, 그러나 배타적이지는 않은, 원천으로서의 기능을 하는지에 대해 설명한 후5장, 교회가 성경적 원천을 어떻게 활용할 것인가에 대해 제시한다.6장 "그리스도인의 성품 및 행위와 성경의 관계는 흩어져 있는 교회개인의 삶은 함께 모여 있는 교회공동체의 삶과 마찬가지로 근본적으로 성경적이라는 사실을 함축한다."21

5. FEST(복음연구소: 성경은 하나님의 행위와 교회를 새로운 질서의 동력으로 강조한다.

오늘날의 관심사인 폭력과 압제와 가난이라는 이슈와 관련하여, 네 명의 성경학자들-위르겐 케글러Jürgen Kegler, 피터 람페Peter Lampe, 폴 호프만Paul Hoffmann 및 율리히 루즈Ulrich Luz- 은 선지서, 묵시서, 예수님 및 바울에 대한 개별적인 주석학적 연구를 통해 성경이 이러한 이슈들에 대해 관심을 가지는지, 가진다면 어떤 식으로 접근하는지에 대해 규명한다. 1981년에 출간되었으나 1966년 하이델베르크 대학에서 FESTForschungsst tte der Evangelischen Studiengemeinschaft에 의해 시작된 이 연구는 성경 문헌 전체에 나타나는 종말론과 평화 사이의 밀접한 관계에 초점을 맞춘다.22 이 연구의 네 가지 발견은 이곳의 논의와 관련이 있다.

첫째로, 종말론은 하나님의 백성과 사회적 상황과의 관계에서 부정적인 기능과 긍정적인 기능을 한다. 부정적으로는, 성경의 강력한 종말론 사상은 현 질서의 개혁보다 새로운 질서를 기대하며, 자체적으로는 인간의 행위를 위한 확실한 규범과 준거를 제시하지 않는다. 그러나 긍정적으로는, 종말론적 소망이 특별한 방식으로 -특히 그 나라에 대한 예수님의 선포를 통해- 하나님의 백성의 경험과 연결될 경우, 종말론은 행위를 위한 직접적인 내용 및 행위의 규범을 제시한다. 따라서 미래를 향한 소망과 비전은 전적으로 기독론적이어야 한다.23

둘째로, 성경적 관점은 이 땅에서 폭력과 압제와 가난을 축소하는 과제와 성경의 사상이 어떻게 연결되는지를 찾으려는 이 책의 본래적 의도에 또 하나의 기여를 한다. 하나님의 백성은 새로운 질서에 따라 살도록 부르심을 받았기 때문에, 성경의 강조점은 죄와 불안두려움 및 염려으로부터의 자유에 초점을 맞춘다. 이것은 자유와 평화의 "내적 영역"을 창출한다. 그러나 이 내적 영역은 "외적 영역"에 대한 관심을 부인하지 않는다. 네 명의 저자는 묵시서조차 외적 영역에 대한 관심과 희망은 남아 있으며 따라서 폭력과 압제와 가난은 정복되어야 한다는 사실에 공감한다.24

셋째로, 네 명의 저자는 성경이 세상 역사를 끝내고 하나님 나라를 완성하시기 위한 하나님의 실제적 행동을 강조한다는 사실에 공감한다. 이 행동에 있어서 인간은 파트너일 뿐이다. 새로운 질서는 아무리 노력한다고 해도 인간의 행위만으로는 창출할 수 없다.25

넷째로, 신약성경의 주장특히 바울에 대한 연구는 교회가 공동체 전체 및 개인적 지체로서 자신의 본질과 책임 및 개혁에 대한 자기 비판적 성찰을 할 것을 요구한다. 교회는 이 임무 회개, "그리스도의 죽음을 몸에 짊어짐"고후 4:10에 대한 학습, 하나님의

능력으로 사는 삶- 를 감당함으로써 세계 평화에 가장 큰 기여를 할 수 있다.26

   6. 후안 루이스 세군도(Juan Luis Segundo: 사회적 상황에 대한 분석은 성경의 사
회 윤리를 이해하기 위한 전제조건이다.
   성경과 사회 윤리에 대한 또 하나의 통찰력은 해방신학의 해석학적 방법론, 특
히 세군도Juan Luis Segundo의『윤리를 위한 성경』The Bible for Ethics에 대한 앤소니 탬
바스코Anthony Tambasco의 분석을 통해 제시된다.27 세군도는 신학적 사색 및 성경 해
석은 둘 다 확실한 사회적 연구와 함께 시작되어야 한다고 주장한다.28 또한 우리는
"가난한 자에 대한 헌신을 포함한 올바른 사전 이해preunderstanding 없이는 성경의 온
전한 메시지를 파악할 수 없다."29 그러나 이처럼 특별한 통찰력은 본문 속에 있기
때문에 본문에 권위를 부여하는 것이 방법이다. 해석이란 해석 작업의 중요한 요소
를 형성하는 텍스트와 사회적 분석해석자의 신학을 포함하여이라는 두 가지 초점을 가진
타원이다. 이런 관점에서 볼 때 성경 해석과 사회 윤리는 두 요소를 별개의 개체로 보
는 것에 의문을 가질 만큼 밀접하게 연결되어 있다.

B. 평가적 반응

   성경이 사회적 이슈를 위해 사용될 수 있는지, 있다면 어떻게 사용될 수 있는
지에 대한 이 여섯 가지 관점은 주석이 필요하다. 빅터 폴 퍼니쉬Vicdtor Paul Furnish는
"거룩한 소"와 "흰 코끼리" 접근 방식으로 이 주제에 대한 자신의 분석을 시작한다.
거룩한 소 접근 방식은 성경을 "모든 시대 모든 장소에서 보편적, 특수적 가치를 가
진" 신적 진리의 거룩한 보고로 여긴다.30 그러나 "바울의 도덕적 가르침을 거룩한
소처럼 다룰 때마다 그것을 애물단지흰 코끼리로 바꾸거나"31 전적으로 무의미한 것
으로 볼 위험이 있다. 퍼니쉬는 우리에게 오히려 해석에서 성령의 역할을 확인하고
성경의 역사적 상황 및 환경을 진지하게 받아들일 것을 요구한다.32
   우리가 샌더스처럼, 교회가 사회적 이슈를 대처할 때 종말론적 관점 및 교회론
적 관점이 부정적 요소로 작용한다고 생각한다면 확실히 성경은 우리를 도울 수 없

을 것이다. 그것은 우리가 도덕적 이슈를 그 나라의 비전과 능력, 또는 교회의 분별력 및 모범과 무관하게 해결해야 한다고 생각하기 때문이다. 부분적으로 사실상 완전히 발전된 사랑의 윤리조차 도움이 되지 않을 것이다. 왜냐하면 종말론이나 교회론과 무관한 사랑은 도덕적 힘이 없기 때문이다. 슈나켄버그도 출발은 좋았으나 예수님과 그의 가르침을 자신의 사회적 정치적 세계를 위한 중요한 의미로부터 축출함으로써 좌초하고 말았다. 그는 교회가 예수께서 하지 않으신 일에 대한 "확실한 결론을 도출해야 한다"라고 말함으로써 예수님의 가르침의 분명한 사회적, 정치적 및 경제적 영향을 보지 못했다. 하나님의 선지자이자 아들이신 예수님은 모든 사역이 당시 사회에 대한 사회적, 경제적, 정치적 비판에 집중된 삶을 위해 죽으셨다. 예수님은 유대인과 로마인에 의해 십자가에 달렸으며, 그의 죽음은 그의 시대 및 우리 시대의 사회적 정치적 기득권에 대한 심판을 나타낸다.[33]

요더, 버치/라스무센, FEST 및 세군도의 모델은 유익한 방향을 가리킨다. 요더의 정치학은 신약성경의 사회적 정치적 성격에 대한 강력하고 설득력 있는 주장을 제시하지만 예수님의 가르침이 어떤 식으로 교회가 사회적 이슈에 대처하도록 인도하는지를 보여주는 다른 저서들에 의해 보완되어야 한다. "혁명적 복종"에 대해 다룬 장은 그런 지침을 보여주기에 가장 근접한 장이지만, 그곳에서조차 사회적 구조 안에서의 새로운 삶에 대한 그리스도인의 사회적 표현은 명확하게 제시되지 않는다. 가부장적 사회에서 남자와 여자의 역할 관계는 무엇인가? 요더는 교회가 신앙고백 및 증거에 따라 새로운 삶을 살아야 한다고 주장하지만, 가령 교회 안이나 광범위한 사회 안에서 남녀 관계의 구조적 모습은 더욱 많은 구체적인 명령을 필요로 한다.[34]

버치와 라스무센은 사회 구조 안에서 신자들의 보다 적극적인 참여를 주장한다. 무엇보다도 그들은 일반적으로 성경을 사회 윤리의 원천으로 본다. 성경은 성품을 형성하고 의사결정을 위한 정보를 제공하며 도덕적 판단을 돕지만, 전형적인 원천으로서의 기능을 한다. 윤리적 문제에 관한 성경의 권위에 대한 논쟁에서 성경은 "자기충족적이라기보다 탁월성이라는 관점에서 보아야 한다"는 권면을 받는다.[35] 그것은 "불변의 원천"이자 "유일한 준거"이며,[36] 이슈에 따라 다른 방식으로 말하기 때문에 성경의 권위는 기능적인 관점에서 보아야 한다. 가난한 자에 대한 관심에 대해 언급할 때 성경의 증거는 명확하고 일관성 있지만 결혼이나 성적인 문제에 대한 교훈은 다양한 방식으로 제시된다.37

이러한 관점들은 실제로 유익하다. 그러나 성경은 윤리적 성찰 및 도덕적 명령의 본질적 원천이라는 것이 필자의 생각이다. 역사적 선교적 중요성이라는 관점에서 볼 때 성경의 다양한 사상은 더욱 본질적인 원천이 되게 한다. 오늘날 교회는 다원주의와 세계적 다양성이라는 전례 없는 실재에 직면해 있다. 따라서 다양한 구체적 상황에서 주어진 다양한 성경적 명령은 교리 문답 및 선교적 소명에 있어서 전 세계 교회의 삶의 지평을 밝혀준다.38

FEST의 연구는 교회가 오늘날 사회의 사회적, 경제적 및 정치적 고통에 대해 진지하게 염려하는 가운데 잊기 쉬운 성경의 강조점을 상기시켜준다는 점에서 특히 유익한 기여를 한다. 그들이 제시하는 네 가지 결론은 교회를 통해 새롭게 확인할 필요가 있다. 그러나 필자는 이 연구가 불완전하다고 생각한다. 그들의 글에는 오경과 선지서에 두드러지게 나타나는 공의를 행하라는 하나님의 요구와 통치자들과 권세들에 대한 그리스도의 승리가 가지는 사회-윤리적 의미가 부족하거나 부정확하게 묘사된다.39 요더와 세군도의 기여는 적절한 보완이 된다.

세군도의 사회적 분석에 대한 요구는 적절하다. 그러나 그것을 사전 이해라고 부른 것이나 성경과의 타원 관계로 규정한 것은 사회 분석가의 이데올로기에 지나치게 성급한 혜택을 준 것이다. 사회 분석가에 대한 검증을 위한 준거는 어디 있는가? 경험은 본문에 대한 인식을 형성한다. 가난한 자의 눈으로 보는 관점은 해석학적 특권을 부여하며, 텍스트 자체는 그것을 진리로 선언한다. 그럼에도 불구하고 -먼저는 교회에서, 다음은 세상을 향한 증거와 초청 및 심판에서- 합당한 삶을 분별하는 통찰력 및 준거를 제공하는 것은 성경 계시이며 사회적 구조가 아니라는 사실을 명심해야 한다.

교회는 성경을 사용하여 사회적 이슈에 대해 말해야 하는가? 교회가 세상의 빛과 소금이 되라는 예수님의 요구를 어떤 식으로든 성취하고 싶다면 반드시 그렇게 해야 한다. 1장에 나오는 분Bourne의 이미지를 빌려오면, 그렇게 하지 않으면 교회가 깊은 바다에 빠지게 될 것이다.

3. 성경 해석을 위한 통찰력 모델

본서의 네 가지 이슈에 대한 사례는 사회 윤리를 위한 성경의 사용에 대한 대안적 관점과 함께 해석이 해석자의 신학 및 전제에 의해 영향을 받는다는 사실을 보여준다. 그러므로 효과적인 대화 및 해석학적 공감대를 위한 노력을 촉진시키기 위해서는 사전 영향이나 통찰력에 대한 규명이 중요하다. 일부 저자는 이것을 전제나 사전 이해라는 용어로 표현하지만,[40] 필자는 "통찰력 모델"이라는 표현을 사용할 것이다. "모델"이라는 용어는 해석자가 해석 작업에 들어갈 때 작업 발판이 되는 이론을 가리킨다.

필자의 모델을 제시하기 전에 대조와 비교를 위해 다른 모델을 살펴보는 것이 도움이 될 것이다.

A. 샘플 모델

아래의 진술은 통찰력 모델에 기여하는 요소들이라는 사실을 알아야 한다. 어떤 진술도 해석 작업의 지침이 되는 완전한 통찰력 모델로 제시되지 않았다. 모델 1은 그런 진술에 가장 가깝다.

모델 1. 노예제도가 미주리의 주정부 지위에 영향을 미쳤던 1820년, 노예제도의 정당성에 대한 논쟁 중에 리치몬드의 탐구자Richmond Enquirer는 성경 해석을 위한 통찰력 모델을 제시했다.

I.

일반적으로 성경이라고 불리는 구약과 신약이 포함된 거룩한 문서에는 하나님 말씀의 판단이 담겨 있다.

II.

이 판단은 신약과 구약에서 동일한 권위를 가지며, 이 권위는 진리 자체이신 하나님의 본질적 진실성이다.

III.

따라서 하나님의 권위에 반대하는 규범은 존재할 수 없다. 거룩한 성경의 어떤 부분에서 선포된 말씀이 합당하든 부당하든, 그것이 아무리 동시대인의 생각과 맞지 않더라도 본질적으로 그것은 반드시 그러해야만 한다.

IV.

절대적 율법 수여자이자 인간의 재판장이신 하나님은 모든 판단에서 무한히 의롭고 지혜로우며 세상에 대한 도덕적 통치 행위로 인해 어떤 책임도 지지 않으신다. 따라서 그러한 판단의 공정성에 대한 어떤 의구심도 잘못이며 불경스러운 태도이다. 이것은 단지 우리가 그런 지혜와 공의의 헤아릴 수 없는 원리를 이해하지 못하기 때문이다.

V.

만일 기록된 하나님의 말씀 가운데 하나, 또는 많은 판단이 상속이나 매매를 통해 종을 얻는 것과 같은 취득 행위의 공정성을 하락한다면, 기록된 하나님의 말씀 자체를 진리로 믿는 자들은 노예 소유의 절대적 공정성을 믿어야 한다.[41]

모델 2. 그랜트 오스본Grant Osborne은 복음주의 신학회Journal of the Evangelical Theological Society에 기고한 한 논문을 통해 보편적 및 특수적 해석 원리의 모델을 제시한다. 이 모델은 해석자가 (1) 성경의 모든 명령을 실제적, 규범적으로 받아들여 순종할 것인지, (2) "모든 명령은 문화적이기 때문에 오늘날의 문제에 따라 재해석할 것인지," (3) "성경에는 문화적 명령과 규범적 명령이 둘 다 제시되기 때문에 먼저 어느 범주에 해당되는지 파악할 것인지를 결정하는 데 도움을 준다."

이어서 오스본은 세 가지 일반적 해석 원리와 네 가지 특수적 해석 원리를 제시한다. 일반적 해석 원리는 다음과 같다.

1. 교훈적 구절은 역사적 사건에 대한 해석에 사용해야 한다.
2. 하나의 이슈에 대해 체계적으로 다룬 구절은 다른 본문에 나타나는 부수적 언급을 이해하는 데 도움을 줄 수 있게 사용해야 한다.
3. 모든 본문은 역사적 및 문학적 상황에 비추어 해석해야 한다.

특수적 해석원리는 다음과 같다.

1. 해석자는 편집 비평 도구를 사용함으로써 현재적 상황에 의한 가르침과 공동체의 신앙과 행위의 일부로 받아들인 기존의 가르침을 구분할 수 있다.
2. "저자의 문화적 성향을 초월하는 가르침은 규범이 되어야 한다."
3. "어떤 명령이 영원하지 않은 문화적 상황과 전적으로 연결된 경우 영원한 규범이 아닌 일시적 적용일 수 있다."
4. "후기 문화에서 그리스도에게 유해하다는 사실이 입증된 명령은 반드시 재해석되어야 한다." [42]

오스본은 이 원리를 이용하여 남녀의 역할 관계에 대해 다룬 핵심 본문에 대해 논의한다. 그는 "성경에는 문화적 명령과 규범적 명령 둘 다 나타난다"는 결론을 내린다. 머리에 무엇을 쓰는 것이나 잠잠하라는 명령은 문화적이다. 남자의 머리됨과 여자의 복종은 창조질서에 호소한다는 점에서 규범적이다. 이것은 여성의 성직 서임을 배제하지 않는다. 오늘날 교회에서 가르치는 것과 말하는 것은 1세기의 상황과 다른 의미를 함축하기 때문이다. 그러나 "여자는 이 문제를 강요해서는 안 된다." [43]

모델3. 윌리엄 홀William E. Hull은『여성의 위치: 성경적 관점』*Woman in Her Place: Biblical Perspective*이라는 제목의 논문에서 해석자가 직면해야 할 문제점에 대해 규명하는 것으로 자신의 통찰력 모델을 시작한다. (1) 성경 본문의 다양성, (2) 현재 시제의 혼란, (3) 해석자의 복종성. 그는 이어서 해석학적 방법의 중요한 요소로 세 가지 특징을 제시한다.

1. 해석자는 "오늘날과 고대 사회의 유사성 및 차이점을 진지하게 고려해야 한다."

2. 해석자는 "주어진 역사적 상황에 대한 실증적 묘사와 그 상황에 대한 신적 의도를 보여주는 신학적 확인을 구별해야 한다."

3. 해석자는 성경의 가르침의 통일성 및 일관성을 규명하는 작업을 할 때 "인간의 판단을 성경보다 우위에 놓는 것"과 "성경 전체의 온전한 증거"에 귀를 기울이는 것을 구별해야 한다.[44]

홀Hull은 이 주제에 대한 광범위한 성경적 증거에 대해 간략히 언급한 후 이 문제를 해결하기 위한 "구원 역사"의 틀을 제시한다. (1) 죄가 남자의 지배와 여자의 복종을 이끌었던 옛 시대, (2) 그리스도를 통해 남녀의 평등 및 상호적 충실을 확인한 메시아 시대, (3) 성적 구별이 폐지될 미래 시대. 따라서 홀은 교회가 종말론적 캘린더에서 자신의 위치를 어느 곳에 설정할 것인가라는 것이 관건이라고 말한다.[45]

모델 4. 엘리자베스 슈슬러 피오렌자Elisabeth Schüssler Fiorenza는 남자와 여자에 대한 이슈와 관련하여 해석학적 통찰력 모델에 중요한 다른 요소들을 제시한다.

1. 역사비평적 방법을 사용할 때조차 역사 연구는 남성중심의 가부장적 전제들을 보여준다. 그러나 초기 기독교 역사의 또 다른 이론적 모델을 살펴볼 필요가 있다. 다음은 남성중심적 사회를 보여주는 전제들이다.

a. 해석자는 남자가 초기 교회의 선교운동을 시작했다고 가정한다. 그러나 바울이 여자 사도에 대해 "나보다 먼저" 롬 16:7라는 표현을 사용한 것이나 뵈뵈의

역할롬 16:2, "글로에의 집" 및 여자 선지자나 지도자가 존재했다는 사실고전 11장, 14장에서 볼 수 있듯이, 여자들이 이 운동 초기에 매우 적극적으로 참여했다는 것은 분명하다.

b. 남성중심적 전제에서 "믿는 자들," "택한 자들," "아들들" 이라는 복수 명사는 여자 신자를 포함하는 것으로 받아들이지만 "사도들," "선지자들," "선생들" 이라는 표현은 남자만 가리킨다.[46]피오렌자는 두 가지 사례를 추가하지만 이곳의 사례로 충분하다

피오렌자는 광범위한 신약성경 본문에 대해 언급한 후 "페미니스트의 여성 평등에 대한 요구는 바울 이전 시대 및 바울 시대 기독교에도 있었으며 바울은 '질서'를 위해 그리고 외부인을 끌어들이기 위해 그런 요구에 반응한 것으로 보인다"고 주장한다.[47]

2. 역사 연구는 중립적이지 않다. 학자들은 번역과 해석을 통해 성경 본문에 대해 판단한다. 이것은 해석자의 가치관뿐만 아니라 성경이 기독교 공동체의 영감된 권위로서의 기능을 하기 때문에 그렇다. 성경은 "과거 역사에 대한 기록이 아니다." 우리는 "오늘날을 위한 신약성경의 의미에 대한 문제를 피할 수 없다."

3. "하나님의 말씀이 여성에 대한 가부장적 압제를 위한 도구가 되지 않는다면," 성경 해석은 "가부장적 시대 이후 사회와 교회에서… 오직 신약성경의 성차별이나 압제가 없는 전통과 비남성중심적 모델만이… 신적 계시를 공평하게 다룰 수 있을 것이다."[48]

피오렌자는 또 하나의 논문에서 성경 해석에 있어서 교리적전통적 방법 및 역사적과학적 방법의 부적절성에 대해 묘사한다. 그는 "목회-신학적 패러다임" 이라는 새로운 모델을 요구한다.[49] 이 패러다임은 역사적 모델과 교리적 모델의 요소들을 결합하지만 "가치 판단에 영향을 받지 않는 중립적인 주석 작업이 가능하다는 전제에 대한 근본적인 의문을 제기한다."[50] 이 패러다임은 목회적 상황과 그것에 대한 우리의 신학적 반응을 성경에 대한 역사적, 교리적 연구와 창조적 긴장 관계에 놓이게 한

다. 또한 이 패러다임은 성경을 영원한 진리의 책으로 보는 관점보다, 텍스트가 신앙 공동체 안의 특정 필요에 대한 구체적인 반응이 될 수 있음을 보여주려는 성경연구를 통해 더 많은 유익을 얻는다.51

모델 5. 피터 스툴마허Peter Stuhlmacher는 "해석학적 방법에 대한 오늘날의 광범위한 재평가 경향에 대해 제시하면서 "동의의 해석학" Einvrständis을 요구한다.52 이것은 우리의 방법이 전제와 결과에 있어서 성경 텍스트와 본질상 일치할 뿐만 아니라 우리의 깨달음이 교회의 학식과 필요를 채울 수 있도록 전달되는 방식이어야 한다는 뜻이다. 동의의 해석학은 역사적-비평적 방법의 요소들을 사용하지만, 보고를 받아들이는 원리Vernehmens[인식의 원리]를 지지하고 신학적 전통 및 고백적 진술에 대한 책임을 유지한다. 그것은 교회의 전통 및 신앙고백에 비추어 텍스트의 지평과 해석자의 지평을 결합하지만, 동시에 전통에 대한 성경적 비평의 개신교 원리를 주장함으로써 성경의 우선적 지위를 존중한다. 또한 이러한 "동의의 해석학"은 믿음을 실천하는 가운데 성경에 대한 개인적, 공동체적 묵상을 통해, 설교의 증거를 통해, 그리고 사랑과 의와 화평과 복음의 평화를 실천하는 삶을 통해, 해석을 검증하고 입증할 것이다.53

해석학적 원리나 통찰력의 어떤 모델도 중립적이지 않다. 따라서 우리는 이러한 부분적 모델을 재현하거나 또 하나의 모델을 제안하는 것에 대해 의문을 가질 수 있다. 그러나 그렇게 하는 것은 정직한 일이며 명쾌함의 원천이 된다. 일부 통찰력나는 이 용어를 "원리"라는 말보다 선호한다. 왜냐하면 통찰력이라는 단어가 더 포괄적이고 어조에 있어서 덜 규범적이기 때문이다의 모델은 해석자가 어떤 방법을 사용하든 영향을 미친다. 이것은 해석 작업에 영향을 미치는 관점들에 대한 해석자의 자기 인식을 보여준다.

B. 통찰력 모델의 구성요소

이곳에 제시된 통찰력 모델은 필자의 삶의 자리, 교회 사역, 학문적 소명 및 성경연구를 통한 유익한 경험으로부터 나온 가치관과 책임감은 물론 본서를 통해 습득한 것을 반영하려는 시도이다.

1. 신앙 공동체는 성경을 이해할 수 있는 좋은 배경이 된다.

메노나이트 교회의 진술은 이런 관점을 제시한다.

> 성경은 하나님의 백성의 책이다… 성경은 성경을 형성한 신앙 공동체 안에 있을
> 때 편안함을 느낀다… 따라서 이 하나님의 백성 공동체의 삶과 신앙의 관점에서
> 성경을 해석하고 오늘날 세상에 적용해야 한다.[54]

마찬가지로, 제임스 바르James Barr는 『신앙 공동체의 문헌으로서 성경』The Bible as a Document of Believing Communities에서 다음과 같이 말한다.

> 성경은 신앙 공동체의 삶에 기원을 둔다. 그것은 이 공동체의 지속적인 삶 속에
> 서 해석된다. 성경에 대한 신앙적 해석의 기준은 공동체가 주장하는 신앙 체계이
> 다. 그것은 공동체의 삶에 도전과 개혁의 힘 및 성결의 원천을 제공할 임무가 있
> 다.[55]

이 근본적 통찰력에는 몇 가지 함축이 나타난다. 첫째로, 성경은 아브라함 시대
부터 주후 1세기 말까지 역사 속 특정 공동체로부터 나왔다는 것이다. 이것은 한편
으로 성경이 인간의 역사로부터 나왔다는 뜻이지만 다른 한편으로는 성경이 신적 실
재와의 만남을 드러낸다는 의미이다. 성경은 자신을 하나님의 백성으로 생각하는
특정 그룹의 사람들에게 하나님의 주권적 임재와 그의 자기 계시를 보여준다. 이러
한 신적 계시에 대한 증거는 기록된 형태로만 천년 이상 이어졌기 때문에, 특히 성경
은 자신과 대화하며 발전적 비평을 한다는 점에서, 해석자는 하나님과 인간의 수직
적 교통뿐만 아니라 앞선 증거에서 나중 증거로 이어지는 수평적 교통에도 주의를
기울여야 한다.[56] 이 주제에 대한 상세한 내용은 아래 2항에서 다룰 것이다.

둘째로, 성경과 교회의 상대적 우위에 대한 가톨릭과 개신교 사이의 오랜 논쟁
의 일반적 형태는 사실상 성경의 역사적 기원과 맞지 않는다. 교회보다 성경의 권위
를 우선하는 개신교 교리는 성경적 믿음의 백성의 역사적 경험과 일치하지 않는다.

그들은 오늘날 우리처럼 완전한 신구약성경을 가지지 못했다. 확실히 그들은 정경으로 형성되기 전의 권위 있는 신조, 가르침 및 전통을 많이 가지고 있었다. 그러나 분명한 역사적 사실은 그들이 후대 교회에 성경을 넘겨주었다는 것이다. 그들은 신적 인도하심을 따라 성경을 기록 및 보존하고 유포했다. 반복되는 말이지만 성경과 교회의 관계에 대한 수수께끼는 수직적 사고[어떤 것이 우위에 있는가]보다 수평적 사고[어느 것이 [시간적으로] 먼저인가]로 해석하는 것이 가장 바람직하다. 상호의존적 관계의 지속은 분명하지만 텍스트와 책을 기록한 신자[교회]가 먼저라는 사실은 부인할 수 없다. 권위로 백성에 대한 명령과 규제를 시행한 텍스트는 신자를 생성하고 양육하며 성경 시대 안에서- 하나님과 함께 성경을 형성하는 작업에 동참하게 한다. 성경과 교회를 상호 대립하게 하거나 어느 한 쪽을 우위에 두는 방식으로는 그들의 관계의 역사적 복잡성 및 신적 미스터리를 제대로 드러낼 수 없다.[57] 오히려 양자가 불가분리의 관계에 있음을 인정하고 둘 다 성령의 창조적 능력에 연결하는 것이 해석에 도움이 될 것이다.

성경 해석의 기원을 교회에 두는 관점의 세 번째 함축은 긍정적 의미와 부정적 의미로 제시되어야 한다. 이것은 성경을 사용하는 교회 주변에 울타리를 설치한다는 의미가 아니다. 대학 강의실의 비판적 질문이든, 실제적인 정치적 요구든, 엄연한 경제적 현실이든, 세속적 비평을 통해 성경을 정밀하게 조사하고 탐구하며 도전하는 것은 가장 바람직한 교회의 관심사이다. 성경은 그런 식으로 드러나야 한다. 성경의 메시지는 은밀한 것이 아니기 때문이다. 성경 자체도 모든 삶의 요소를 포괄하는 보편적 책임감에 대해 말한다.

그러나 성경의 주장의 신뢰성 및 적용성은 "반응[순종]하는 공동체의 자발적 믿음과 순종"을 통해서만 검증된다.[58] 성경의 가르침을 온전히 인식하고 정확하게 해석하는 데 필요한 다양한 은사는 오직 신앙 공동체 안에서만 기대할 수 있다. 또한 그런 공동체를 통해서만 성경의 가르침을 따라 살 수 있는 동인과 능력에 필요한 영적 자원을 얻을 수 있다.[59]

2. 성경의 권위에 대한 관점은 역사적 계시와 역사적 계시의 의미를 인식한다.

역사적 계시의 의미를 완전히 이해한다는 것은 앞서 해석학적 주석에서 다룬 몇 가지 이슈를 고려해야 한다는 뜻이다. 이 통찰력은 사상적 차이 및 도덕적 규범상의 차이가 신약성경과 구약성경 사이에서뿐만 아니라 신약성경 또는 구약성경 안에서도 일어난다는 사실을 인정한다. 모든 성경은 역사적이며 문화적이다. 인간의 언어, 관습, 문제 및 경험 -모두 역사적 영역에 해당한다- 은 성경 기록의 날과 씨의 한 부분이다. 제임스 바르James Barr의 주장처럼,60 다양한 관점이 서로 다투는 전쟁 이미지는 너무 강력하다. 그러나 적어도 우리는 성경은 마치 오케스트라와 같아서 다양한 악기가 하나로 어우러져 소리를 내지만 각각 다른 소리를 가지고 있다는 사실을 인정해야 한다.

브레바드 차일즈Brevard Childs는 성경의 한 부분이 다른 부분을 보완하는 정경 안의 대화를 통한 해법에 대해 언급한다.61 그러나 그의 주석 샘플은 성경 텍스트 안에서의 모순적 조짐을 보이는 사례를 제시하며, 따라서 차일즈의 결론적 논지가 가리키는 정경내적 비판을 인정할 것을 요구한다. 그러나 3장에서 제시한 대로 이런 표현상의 차이는 성경의 권위를 입증하는 것으로 보아야 한다는 것이 필자의 판단이다. 정경 자체에는 준비나 조정하는 역할만 하는 관점에 대한 권위 있는 비판이 포함된다. 또한 표현의 다양성은 하나님이 인간의 역사와 문화를 진지하게 다루심을 보여준다. 계시는 우리에게 영원한 진리로 오는 것이 아니라 다양한 역사적 시점에서 나온 다양한 증언과 함께 역사적 기록으로 온다. 이런 관점에서 볼 때 절대적 영감 교리는 새롭고 풍성한 의미를 가진다. 성경의 증언은 역사, 문화, 풍습, 언어적 제한 및 편견에도 불구하고 하나님이 인간에게 어떻게 말씀하시는지를 보여주기에 충분하고 완전하다.

역사에 나타난 계시의 역사적 실재에 대한 이런 접근은 역사와 계시라는 두 요소를 양립할 수 있게 한다. 이 양립성은 성육신을 진지하게 받아들이는 신자들에게 중요하다. 예수님에게 신성은 인성에 의해 축소되지 않는다. 성경의 증거에 따르면 두 요소는 상호 대립하지 않는다. 예수님은 정확히 고난 당하시고 죽으신 순간에 완전한 인간임을 보여주었으며, 마가복음은 같은 본문에서 그가 진실로 하나님의 아들이라고 선언한다.막 15:37-39[62] 따라서 성경이 인간적 요소 즉, -역사적, 문화적 요소- 에 제약을 받는다는 주장은 영광의 고백이다. 그것은 신적 임재와 말씀을 실제적 인간 상황으로 가져오기 때문이다. 성경 말씀은 다중적 의미를 포함하여 이러한 다양성을 통해, 선교적 소명에 신실한 하나님의 백성의 다양한 상황과 필요를 채운다.

성경은 하나님의 말씀이기 때문에 권위가 있다. 따라서 성경의 어떤 부분도 무의미한 말씀으로 여겨서는 안 된다. 성경의 모든 부분은 자신의 역할을 감당하며, 전체 메시지와 관련된 목적을 수행한다. 어떤 부분은 규범적인 내용으로 받아들일 수없다. 그런 본문은 결코 규범적인 의미를 의도하지 않았다. 그러나 모든 성경이 가리키는 분과 관련하여 살펴보면요 5:38-39 증거하는 메시지의 권위는 명확해진다. 이런이유로 성경의 권위는 하나님을 가장 온전하고 완전하며 분명하게 계시하는 예수 그리스도의 권위와 분리해서 생각할 수 없다. 또한 예수님 안에서 신성과 인성이 어떻게 함께 거하느냐는 수수께끼는 실증을 통해 해결되었다.

3. 연구 방법은 해석자로 하여금 텍스트의 메시지를 명확히 이해하고 반응하게 해야 한다.

위의 학습을 통해, 그리고 아래의 방법에 정보를 제공하는 또 하나의 통찰력은 먼저 이처럼 분명한 역사적 문학적 특성 안에서 텍스트의 의미를 파악하게 돕는 방법을 사용해야 한다는 것이다. 이런 방법은 역사적으로 비평적이고 언어적으로 섬세해야 한다.[63] 그것은 각 텍스트의 "삶"을 존중하고 본문 자체로 하여금 말하게 하는 것이다. 또한 이 방법은 텍스트가 단순히 해석자의 신조나 편견을 반영하는 것이 아니라 더 많은 일을 자유롭게 할 수 있을 만큼 해석자와 텍스트 사이의 거리를 조정할 것을 요구한다. 그것은 때때로 해석자가 보고 듣는 것과 "다르게" 보이는 상황을 창조할 수 있어야 하며, 그렇게 할 때만이 온전한 가치를 제공할 수 있다.

이 방법은 텍스트로 하여금 자유롭게 말하게 한 후 해석자를 생명의 말씀과 연결함으로써 말씀의 능력이 해석자에게 역사하게 해야 한다. 이어서 해석자는 텍스트의 능력과 메시지를 받아들일 것인지 거부할 것인지 결정해야 한다. 해석자가 거부하면 해석 작업은 무산되고 의도했던 과정을 마치지 못한다. 해석자가 텍스트의 생명의 메시지를 받아들이면 상호협력적 사건이 일어난다. 텍스트는 새로운 삶의 실재를 창출하고, 해석자는 시공세계에서 모든 생각과 삶을 텍스트의 영적 감화로 채우는 인격적 영향을 받는다.

오늘날, 역사-비평적 방법은 텍스트를 해석자의 성향과 분리하지만 텍스트의 메시지를 해석자의 세계와 연결하기 위한 촉구나 시도는 할 수 없었다는 사실을 인정하는 학자들이 점차 늘어나고 있다. 또한 역사적-비평적 방법이 주장하는 유추의 원리는 인간의 경험과 일치한다는 점에서만 역사적인 것으로 받아들일 뿐, 엄격한 비판에 직면했다. 따라서 가장 비판적인 형식이나 역사-비평적 방법만으로는 부족하다.64 이러한 부족을 채우기 위해 역사-비평적 방법의 틀 안에서 수정하거나 아예 다른 방법을 도입하는 등의 다양한 개선 노력이 시도되었다. 이런 노력에 대해서는 다른 곳에서 설명 및 평가 한 바 있다.65

다음 단원에 제시한 방법은 역사-비평적 방법에 도움이 되는 요소들을 활용하지만,66 일반적 범주 및 연구에서 역사-비평적 방법에 해당하지 않는 몇 가지 특징도 소개한다.67 보다 상세한 설명은 페리 요더Perry B. Yoder,의 『말씀에서 생명으로: 성경연구 방법에 대한 지침』From Word to Life: A Guide to the Art of Bible Study 및 헨리 버클러Henry A. Virkler의 『해석학: 성경 해석의 원리와 과정』Hermeneutics: Principles and Processes of Biblical Interpretation을 참조하라.68 한스 루디 웨버Hans Rudi Weber도 성경연구 방법에 대한 유익한 설명을 제시한다.69

4. 이 방법은 해석자에게 미치는 영향에 대한 평가를 포함해야 한다.

이 통찰력 모델은 어떤 해석도 중립적일 수 없다는 사실을 인정한다. 모든 해석자는 분명한 심리학적, 종교적, 사회적, 경제적 및 정치적 영향을 받고 있다. 그렇기 때문에 방법론 자체는 해석 과정에서의 이런 영향에 대한 평가를 허락해야 한다. 이것은 세군도가 말한 사회적 분석을 요구하지만 그런 분석조차 제한적이다. 이 평가는 사회적, 정치적, 경제적 요소뿐만 아니라 신앙적, 심리학적, 가정적 및 생물학적남자와 여자 요소까지 포함해야 한다. 그러나 가장 중요한 것은 이 평가는 텍스트 해석을 위한 필수조건이 아니라는 것이 필자의 생각이다. 이 평가 자체는 텍스트에 의해 조성되고 비판적 통제를 받아야 한다. 우리는 진실한 마음으로 성경 말씀에 귀를 기울일 때 우리 자신을 보게 된다.

이처럼 텍스트에 귀를 기울이고 자신이 누구인지를 평가하는 변증법의 필수 자산은 세계에 흩어진 그리스도의 교회이다. 해석자가 다른 해석자에게 남자가 여자에게, 백인이 흑인에게 서구의 그리스도인이 동양의 그리스도인에게, 부자가 가난한 자[또는 역으로]에게 귀를 기울이고 배울 때 텍스트와 자신에 대한 새로운 진리를 발견하게 될 것이다. 지난 날 교회의 삶, 역사의 소리는 이 원천의 일부이다. 자신의 전통에 대한 연구 및 다른 전통으로부터 배운 것은 성경 텍스트에 비추어 자신이 누구인지 이해하는 과정에 큰 도움이 될 것이다. 자칫 명백한 것을 놓치지 않기 위해 모든 해석자는 자신의 통찰력을 신앙 공동체의 다른 지체들에게 검증을 받아야 한다. 이것은 해석의 타당성에 대한 입증은 물론아래 7번 참조 모든 해석자에게 미치는 영향에 대한 자기 평가에도 중요하다.

모든 해석자 안에는 해석을 방해하는 여러 가지 장애물이 나타날 수 있다.부록 1 참조 이런 장애물들은 텍스트의 분명한 메시지를 발견하거나 발견된 메시지를 확인하거나 통찰력이 공감적 확인을 얻으려는 시점에 해석 과정을 방해할 수 있다.

5. 해석은 텍스트와 해석자의 거리의 의미에 대한 고찰을 포함한다.

해석자는 텍스트의 의미 파악에 미치는 영향을 제시하고 평가함으로써 성경 텍스트의 의미를 발견하기 때문에 무엇이 성경 세계와 해석자 사이의 거리를 만드느냐에 대한 심사숙고가 필요하다. 이 고찰에는 분석적 요소와 평가적 요소가 포함되어야 한다.

분석적 요소는 다음과 같은 기본적 질문을 제기한다. 두 세계는 구조적으로종교적, 사회적, 정치적 및 경제적으로 어떻게 다른가? 기독교 교회 역사크게 나누어, 초기 교회 역사, 콘스탄틴 주의, 종교개혁사, 교단 분열 및 오늘날 신실함과 하나 됨을 추구하는 시대는 이 차이에 어떤 기여를 했는가? 교회의 신학적 윤리적 전통은 정당한 전쟁 이론의 부상, 종교개혁 및 반종교개혁의 의미, 기독교와 세계 종교의 만남 및 각 교단의 신학적 윤리적 강조를 통해 두 세계의 거리에 어떤 기여를 했는가? 이 연구에는 과학, 의학, 사회학 및 심리학의 의미에 대해서도 생각할 필요가 있다.

평가 작업은 사실상 매우 어려우며, 사회적 변화와 교회사 및 신학적 윤리적 관점이 특정 텍스트의 의미에 어떤 영향을 미치는지에 대한 평가로 이루어진다. 이 과제로 관심을 집중시키는 연구 가운데 핵심적 요소는 두 가지라고 생각한다. 텍스트와 해석자의 거리어떤 성격의 거리이든는 성경의 가르침에 대한 신실함과 어떻게 연결되어야 하는가? 둘째로, 해석자는 성경의 가르침을 오늘날의 세계나 상황에 어느 정도 맞추어야 하며, 또는 성경의 가르침이나 가치관에 순종적으로 반응하기 위해 오늘날의 상황 및 세계를 어느 정도 바꾸어야 하는가?

6. 성경 해석의 목적은 신자를 바로 세우는 것과 우리에게 주시는 하나님의 말씀을 발견하게 하는 것이다.

성경의 다른 용례에 대해 다룬 부록 4는 성경 해석의 목적에 대해 직접 언급한다. 이 모든 기능은 신자공동체와 개인를 바로 세우는 것을 목적으로 한다. 성경을 이런 용도로 사용하는 방법은 성경이 궁극적 진리인 전능하신 하나님을 증거한다는 신앙적 확신 안에서 전개된다. 따라서 해석은 개인과 공동체의 신앙고백의 영역에 머무르지만, 하나님이 계시하신 진리-하나님, 인간 및 우주에 대한 진리-가 해석의 이유라고 정확히 고백한다. 바른 해석을 위한 투쟁은 역사적 초월성에 대한 믿음에 대해 증거한다. 객관적 실재, 인간을 초월하는 누군가가 성경 안에서 역사적 계시를 통해 드러난 것이다. 그는 신자-사실상 모든 백성-를 회개와 순종으로 부르시고, 거룩한 이름과 목적을 찬양하게 하신다.

따라서 하나님의 자기-계시에 대한 믿음을 섬기는 해석이 되게 하는 이 통찰력에는 변화에 대한 의지가 담겨 있다. 우리는 해석을 통해 더욱 많은 진리를 발견할 것이며 우리의 신앙과 행위는 해석적 통찰력과 일치하는 삶으로 변화할 것이다. 이 통찰력에서 행위의 변화는 해석의 중요한 목적이다. 또는 성경 자체가 주장하듯이 우리는 예수 그리스도를 통해 점차 하나님의 형상에 가까워져야 한다.롬 8:29; 고후 3:18; 요일 3:1-3

7. 해석은 다양한 절차를 통해 검증되어야 한다.

여기서 말하는 해석은 필자가 인간적 차원에서 "객관적 지위"라고 부르는 공감적 확인을 추구하기 때문에, 해석에 대한 다양한 검증 방식이 제기된다. 이 검증 방식은 해석의 타당성이라고 부르는 것을 목적으로 한다. 따라서 우리는 종종 다음과 같은 질문을 듣는다. 이 해석은 정당한가? 이 해석은 철저한 검증을 받았는가? 해석의 타당성을 확인하는 절차는 많다. 여기서는 다섯 가지 중요한 요소를 제시하고자 한다.

첫째로, 해석을 입증하기 위해서즉, 정당성을 검증하기 위해서그런 해석이 도출될 때까지의 연구 과정을 들여다보아야 한다.아마도 반복 작업이 될 것이다 이를 위해서는 연구 방법이 명확히 드러나야 한다. 예를 들면, 아래의 방법이 묘사하는 것처럼 해석자는 연구와 관련된 다양한 요소들을 명확히 진술함으로써 다른 사람이 사상적 발전 및 논리를 따라올 수 있어야 한다. 해석을 검증한 자들이 평가한 해석자의 주석의 설득력 및 전반적 일관성은 해석의 타당성 여부에 대한 결정적 요소가 된다.

둘째로, 영적인 정직성에 따른 검증은 입증 과정의 중요한 요소가 된다. 그것은 우리의 영을 통해 증거하기 때문에 성령의 증거로 부를 수 있다. 이 준거의 내용 및 세부적인 사항은 사람마다 다르지만, 이 요소는 주어진 해석의 타당성 여부를 판단하는 데 중요한 역할을 한다. 초기 교회에서 가장 어려운 해석학적 결정에 대해 보고하면서 "성령과 우리는… 옳은 줄 알았노니"행 15:28라고 말한 것은 놀랍다.

공동체에 의해 분별된 성령은 그들의 결정을 확인하고 검증하는 중요한 역할을 했다. 경험을 통한 역사적 요소가 성령의 인도하심에 대한 개인적, 공동체적 인식에 기여한다는 것은 분명한 사실이지만,이것은 4항으로 되돌아간다 이 요소의 중요성을 간과해서는 안 된다.

셋째로, 분별하는 공동체나 신자들은 해석을 검증하는 데 중요한 역할을 한다.위 1항 참조 지역 회중이든 교회 전체든 공동체는 해석이 전통적 신조의 핵심 교리와 일치하는지, 광범위한 기독교 신조와의 관계는 어떤지, 또는 공동체가 성령의 인도하심을 분별하는 방법이 어떻게 해석과 일치하거나 모순되는지사도행전 15장을 다시 보라에 대해 평가한다. 어떤 해석은 공동체의 공감을 얻지 못한다. 이런 해석은 수정하거나 적절한 때를 기다리거나 소멸된다. 이 통찰력 모델은 이런 과정이 해석을 검증하는데 중요한 역할을 하는 것으로 본다.

넷째로, 해석은 앞서 피터 스툴마허가 주장한 삶을 통한 표현, 즉 "믿음의 실천"을 통해 검증된다. 묵상과 예배 및 실천을 통해 통찰력해석을 삶 속에 적용하는 것은 경험적 검증 방식에 해당한다. 그것은 통찰력을 검증하는 수단이 되지만, 해석을 삶 속에 구현하고 실천하는 자체가 그 해석의 타당성을 확인하는 것은 아니다. 이런 이유로-삶 속에 적용하는- 실천에 대한 요구는 검증 과정의 다른 요소들과 비판적, 창조적 긴장 관계에 놓이게 된다.

다섯째로, 검증 방식의 또 하나 중요한 요소는 해석이 비교문화적 검증을 어떻게 견디느냐는 것이다. 교회는 본질상 사상과 행위가 선교적이어야 한다. 교회의 통찰력은 결코 편협해서는 안 된다. 특정 통찰력은 다양한 문화적 배경의 사람들에 의해 확인될 때에 정당성을 얻게 된다. 그것은 개인적 통찰력이나 문화적 성향 이상이다. 기독교의 주장은 보편적이기 때문에 이 요소는 검증 방식에 있어서 중요하다.

8. 하나님의 영은 성경 해석에 있어서 창조적, 조명적 역할을 한다.

영은 검증 과정은 물론 해석 과정에도 지대한 영향을 미친다. 전통적으로 성령은 말씀을 조명하는 것으로 전해진다. 이 진술의 의미는 넓은 의미에서 살펴볼 필요가 있다. 영을 가리키는 히브리어와 헬라어루아흐, 프뉴마는 "바람" 물리적, "호흡" 생리학적, "좋은 정신 또는 나쁜 정신" 심리학적 및 "거룩한 영" 초자연적이라는 다양한 의미가 있다. 영은 하나님의 전능하신 임재를 가리키며 말씀과 함께 창조의 행위자이다. 창 1장; 시 33:6

성경을 배우는 모든 학생은 연구 과정에 영적으로 메마른 시기가 있다는 것을 안다. 그러나 작업을 계속해 나가는 가운데 새로운 지평이 열리고 생각과 영Geist이 초자연적인 방식으로 결합하는 예리한 직관을 경험한다. 이것은 말씀과 영이 상호 조화를 이루기 때문에 일어나는 현상이라는 것이 필자의 생각이다. 이것은 연구는 필요 없고 영에만 의존하면 된다는 사고와 반대되며, 철저한 연구와 창조적 통찰력 사이의 역동적 상호작용을 요구한다. 성령은 언어를 통해 역사하고 언어는 성령을

통해 말씀이 된다.[70]

　해석 작업에 대한 이런 통찰력이 중요한 것은 모든 방법이 성경연구를 위한 체계만 제공하기 때문이다. 이러한 틀 안에서 만남이 일어난다. 본문과 해석자는 상호 창조적 활동을 통해 성령의 힘으로 사는 삶을 경험한다. 해석은 이런 경험이 없는 한 궁극적 잠재력과 목적에 이르지 못한다.

4. 성경연구를 위한 방법

이 프로젝트의 범주는 성경연구 방법에 대한 완전한 설명을 허락하지 않지만 바람직한 방법의 핵심 요소들 및 절차에 대한 간략한 제시는 도움이 될 것이다. 앞서 언급한 페리 요더의 지침서는 성경연구의 언어적, 역사적 영역에 대한 상세한 설명을 제시하며 이 방법이 네 개의 다른 본문에서 어떻게 작용하는지를 보여준다. 필자의 진술은 성경연구에 대한 언어적, 역사적 관점 및 다양한 철학적 성향의 정보를 제공받았으나,[71] 귀납적 성경연구 방법에 가장 많은 영향을 받았으며 마가복음에 대한 필자의 책에 보다 상세히 제시된다.[72]

이 방법은 해석학적 사건에는 세 가지 중요한 과제가 있다고 확신한다. 세 과제는 단순한 단계적 연결이 아니라 상호 작용을 지속함으로써 사실상 하나의 공동창조적 사건을 형성한다.

성경 해석에 있어서 첫 번째 중요한 과업은 텍스트에 귀를 기울이는 것, 즉 텍스트 안에서 자세히 듣기이다. 필자는 이데올로기가 해석에 미치는 중요성을 인정하지만 그럼에도 불구하고 해석자는 텍스트와의 만남이 텍스트가 창출하는 통찰력 사건이 되게 최선을 다해야 한다고 주장한다. 이 과정에서 해석자와 텍스트 사이에는 대화가 있어야 하지만, 해석의 공동창조적 사건은 주어진 텍스트마다 구별되고 새로워야 한다.

두 번째 과제는 텍스트 배후로부터의 유익한 도움을 찾는 것이다. 첫 번째 과제는 해석 작업의 언어적 영역에 초점을 맞추지만 페리 요더의 "언어의 관습"에 제시된 첫 번째 세 단계 참조, 두 번째 과제는 해석의 역사적 영역 요더는 "해석의 배경"으로 부른다에 초점을 맞춘다.[73] 이 시점에서 앞서 언급한 성경 계시의 역사적 문화적 요람에 대한 강조가 부각되며, 해석자로 하여금 텍스트의 메시지/사건을 더욱 잘 이해하게 한다.

끝으로, 성경 해석에 있어서 세 번째 주요 과제는 텍스트 앞에서의 자유로운 삶이다. 본서가 주장하듯이 성경 해석이 공동창조적 사건이라면, 해석의 정확하고 궁극적인 의의는 텍스트가 없이는 역사적으로 불가능한 새로운 생각과 행위의 삶을 위해 해석자를 자유롭게 하는 텍스트의 창조적 능력에 있다. 텍스트의 의의에 대한 이런 관점에서 세 번째 과제는 학습한 것을 주어진 상황에 무조건 적용하는 것이 아니다. 확실히 이 과제는 그런 적용도 포함하지만 그 이상의 것을 담고 있다. 즉, 해석적 사건은 새 사람, 새로운 역사, 새로운 문화를 공동으로 창조한다.

이러한 성경 해석의 세 가지 요소는 텍스트에 대한 관찰, 텍스트의 의미에 대한 확인 및 텍스트의 의의에 대한 발견이라는 다소 약하지만 훨씬 프로그램적인 형식으로 묘사할 수 있다. 세 가지 핵심 요소 또는 과제는 각각 다음과 같은 세부 작업으로 구성된다.

1. 텍스트 안에서 주의해서 듣기(관찰)

1. 본문을 듣고 큰 소리로 읽고 다시 읽으라. 분명한 구조적 관계, 대조, 비교, 반복 및 전개 등을 살피라.[74] 다양한 구조적 요소들, 특히 핵심 단어가 어떻게 상호 연결되는지 창조적으로 도해하라.

2. 문학적 형식, 문학의 특정 유형을 인식하고 텍스트의 독특한 이미지를 구분하라. 텍스트에 귀를 기울이는 가운데 각 요소의 특수성을 고려하라.

3. 여러 역본의 텍스트를 읽거나 가능한 원어를 포함하여 다양한 언어의 텍스트를 읽어라. 역본들 간의 차이를 즉시 분석하기보다 전체론적인 관점에서 반응하라. 메시지에 좌절감을 느낄지라도 질문을 하고 감정을 드러내는 방식으로 텍스트에 반응하라. 이 시점에서 텍스트의 의미를 보다 깊이 분석하기 위해 몇 가지 부가적인 작업이 이루어져야 한다.

2. 텍스트의 배후에서 유익한 도움을 얻으라(의미)

4. 텍스트에 나타난 중요한 단어나 용어에 대해 규명하라. 이것은 아래 6단계 및 8단계에 해당하는 작업 형태를 요구할 수 있다. 동사의 시제나 어순과 같은 문법적 구조가 가지는 의미에도 주목하라.

5. 특정 본문의 문맥적 상황에 관해 연구하고 책 전체를 포함한 보다 광범위한 내러티브 안에서의 기능에 대해 규명하라. 텍스트는 문학적 내러티브 안에서 자신의 역할을 한다는 사실을 알아야 한다. 각 텍스트의 성격은 이러한 문학적 역할이 규명되기 전에는 제대로 평가하기 어렵다. 특정 본문이 드라마로 상영되는 문학의 일부라고 생각해보라. 본문은 전체 내러티브나 드라마에서 어떤 역할을 하고 있는가?

6. 저자 및 청중과 관련하여 텍스트가 기록된 특정 역사적 배경에 대해 가능한 정확하게 규명하라. 텍스트의 역사적 상황에서 중요한 역할을 하는 종교적, 문화적, 경제적, 정치적 요소들에 대해 기술하라.

7. 특정 텍스트의 구체적인 메시지와 의미를 가능한 완전하게 파악하라. 본문의 의미와 영향이 감지되면 성경 전체의 다른 가르침 및 메시지와 대화하게 하라. 지금까지 성경연구가 제한적이었다면 구전 자료나 파생적 문학 및 성경 주석과 같은 광범위한 자료를 사용하라. 특정 텍스트를 다른 텍스트와 대화하게 하고 긴장 관계에 둘 때, 성경의 계시라는 드라마 전개에서의 지향성을 고려해야 한다. 이곳에서는 구약과 신약의 관계에 대해, 그리고 하나님의 최고의 계시인 예수 그리스도의 권위를 증거하는 방식에 대해 살펴보아야 한다.

8. 텍스트가 교회사의 다양한 상황 가운데 다른 신자 및 학자들에 의해 어떻게 해석되는지 알아야 한다. 좋은 주석은 이 작업에 도움이 된다. 그러나 다른 사람들은 평생의 노력을 통해 주어진 텍스트와 가르침을 어떻게 이해했는지 아는 것도 필요하

다. 해석자와 다른 문화적, 경제적 및 정치적 상황의 신자들이 특정 본문에 대해 어떻게 해석했는지를 발견하기 위해서는 특별한 노력을 기울여야 한다.

3. 텍스트 앞에서의 자유로운 삶(의의)

9. 텍스트를 잠시 한쪽 편에 밀어둔 후, 자신을 점검하라. 거울을 들여다보듯이 자문해보라. "나는 누구인가?" 해석자로서 우리는 자신의 상황에 대해 생각해보고 텍스트를 해석할 때 가져가는 우리의 성향, 편견, 특별한 장단점에 대해 가능한 상세히 규명해야 한다. 우리는 자신에 대해 물어보아야 한다. 나의 상황은 문화적, 경제적, 정치적 및 신앙적으로 텍스트의 메시지와 동일시할 수 있는가? 우리는 이 모든 면에서 우리와 전혀 다르다고 생각하는 사람들에 대해 생각하고 그들은 특정 본문의 메시지를 어떻게 들을 것인지 물어보아야 한다.

10. 텍스트의 세계와 자신의 세계의 거리가 어떤 의미를 가지는지 생각해보라. 사회 구조적 차이에 대해 규명하고, 교회의 역사와 사상은 이 차이에 어떤 기여를 했는지 살펴보라. 이러한 변화에 대해 평가하고, 본문은 여러분의 세계에 대한 하나님의 말씀을 어떻게 제시하는지, 그 결과 여러분은 자신의 세계에 어떤 영향을 미칠 것이며 이러한 변화 또는 영향을 어떻게 초래할 것인지 물어보아야 한다.

11. 다시 한 번 텍스트를 집어들고 큰 소리로 읽은 후 한동안 묵상하라. 텍스트의 개별적 특성을 존중하라. 본문에 대한 호불호를 인정하고, 본문의 가르침 및 그것에 제대로 반응하지 못하는 약점에 대해 의문을 제기하라. 여러분과 텍스트가 함께 씨름할 때, 말씀과 기도와 찬양과 침묵, 반항, 부르짖음, 포용 및 고백 등 텍스트가 여러분에게 무엇을 요구하든 창조적 영의 능력을 받아들이라. 이러한 반응에 비추어, 여러분의 가치관과 소명에 대한 책임 및 미래적 목적에 대해 평가하라. 이 작업은 일상적 차원 및 의도적인 차원에서 텍스트의 감화와 행동유형을 연결하려는 의식적인 노력을 통해 수행되어야 한다. 삶의 모든 영역은 텍스트에 의한 분석과 비판에 열려

있어야 한다.

12. 신앙 공동체의 형제자매들때로는 불신자들과 함께 해석의 공동창조적인 경험을 테스트해 보라. 이러한 점검의 목적은 특정 통찰력의 이해가 바르거나 적절한지에 대한 확인뿐만 아니라 자신의 세계를 공동체적 삶의 세계의 일부가 되게 함으로써 기독교또는 유대 공동체의 실재에 기여하고 성경의 바로 잡는 기능을 수행하기 위한 것이다.

성경연구 경험이 짧은 사람들은 본서에 제시된 성경연구 방법의 방대함에 압도당할 것이다. 그러나 앞서 지적한 대로, 이곳의 모든 단계는 순차적으로 일어날 필요는 없다는 사실을 기억해야 한다. 많은 경우에 있어서 작업의 다양한 요소들은 나란히 제시되거나 다른 요소의 일부로 제시된다. 그럴 수밖에 없는 것이 해석은 과학인 동시에 일종의 예술이기 때문이다. 이 방법이나 다른 어떤 방법도 의례적인 방식을 따를 필요는 없다. 그러나 때때로 훈련은 창의성을 자극하며, 창의성은 훈련이 예배가 되게 한다.

결론: 학습에 대한 요약

본서의 결론을 위해, 네 가지 이슈에 대한 해석학적 주석과 제5장을 통해 습득한 다양한 해석학적 내용을 요약하는 것이 유익할 것이다. 이 학습 내용은 연구를 통해 얻은 논제들로 생각할 수 있다. 이 논제들과 본서에서 논의된 내용의 상호관계를 한눈에 알아볼 수 있도록 해당되는 장 및 페이지를 괄호로 제시했다.

1. 성경 인용 자체는 주장이 정당성을 보장하지 않는다. "문자적 해석"의 장점은 텍스트의 문법적 요소 및 역사적 배경에 대한 연구에 기초하여 본문의 명확한 의미를 이해하려는 노력이다. 문맥에서 벗어난 텍스트를 사용하는 것은 성경에 대한 남용이다. 제1장, pp. 70-71

2. 주어진 주제에 대해 임의로 본문을 선택하지 말고 성경 전체의 증거를 살펴보아야 한다. 이것은 다양성은 물론 외견상 모순된 내용까지 담고 있는 성경이 어떻게 권위를 가지는지 보여줄 것이다. 제1장, pp. 71-72; 제3장, p. 171; p. 288-289의 12-15항 참조

3. 성경의 일부 또는 특정 본문은 부수적 요소가 아니라 핵심 주장을 위해 사용되어야 한다. 이런 이유로 우리의 성경 연구는 문학적 단위-문단, 장, 각권 및 성경 전체- 에 초점을 맞추어야 한다. 제1장, p. 72; 제5장, p. 281; 부록 1. pp. 299-300

4. 해석자는 신학적 원리 및 도덕적 명령과 특정 주제에 대한 특별한 권면이 충돌할 때, 전자를 우선해야 한다. 이것은 성경이 어떤 식으로 신앙 공동체가 성경이 기

록될 당시의 역사와 문화에서 정상적으로 벗어나게 돕는지 볼 수 있게 한다. 또한 이 원리는 우리의 해석이 율법주의적이 되어서는 안 되며 "성경 전체의 정신"을 따라야 한다는 주장과 연결된다. 성경 전체의 핵심 사상을 특정 -때로는 문제 있는- 단어의 의미나 한두 개의 본문에 의존하는 것은 피해야 한다.제1장, pp. 72-74; 제5장, pp. 254-255, 266

　　5. 해석자는 자신의 성경 사용에 영향을 주는 요소들에 대해 주의 깊게 살펴보아야 한다. 종교적, 사회적, 정치적 및 경제적 요소들이 우리의 성경 사용에 영향을 준다. 이런 요소들 배후에는 심리적 요인이 우리의 삶, 사랑, 가치관 및 우정의 영역과 연결되어 있다. 우리가 관계하고 공감하는 공동체는 성경 사용에 영향을 미친다. 해석자나 그가 소속된 그룹의 이기적인 유익을 추구하는 해석은 성경 메시지의 기본적 가르침 및 정신과 배치된다. 해석자는 어떻게 하든지 해석에 영향을 주는 이데올로기를 찾아내어 성경과 신앙 공동체를 통해 그것에 대해 평가해야 한다.제1장, pp. 74-75; 제2장, pp. 98-112; 제4장, pp. 230-233; 제5장, p. 274-275

　　6. 성경 해석은 가난한 자, 노예, 유린당한 자, 박해당한 자 및 압제당한 자로부터 배워야 한다. 이런 자들의 눈은 성경 메시지에 초점을 맞추는 통찰력의 은사가 있다. 그들의 해석과 부르짖는 기도 및 소망의 찬양은 하나로 결합하여 모든 사람이 듣는 "진리의 반지"를 만들어낸다. 어떤 형태의 압제든 그것을 정당화하는 해석은 피해야 한다. 그것은 공의와 사랑이라는 성경의 핵심 가르침과 배치되기 때문이다.제1장, pp. 66-69; 제3장, pp. 132-135; 제5장, pp.267-268

　　7. 교회 전통이 성경에 미치는 영향은 매우 중요하다. 이 영향은 몇 가지 영역으로 나뉜다. 초기 교회, 특히 주후 2-4세기 교회의 신조와 관행은 성경에 대한 해석자의 통찰력에 정보를 제공한다. 이러한 신조 및 관행에 대한 해석 및 평가의 차이는 성경에 대한 이해를 더욱 어렵게 한다. 해석자의 신앙적 전통도 그의 통찰력 및 판단에 지대한 영향을 미친다. 교회 전통의 영향은 해석 과정에 긍정적인 기여와 부정적인 기여를 한다.제2장, pp. 111-112; 제5장, pp. 269-271

8. 성경 해석에 대한 경제적, 정치적 사회적 심리학적 및 종교적 영향을 극복하기 위해서는 텍스트에 대한 지속적인 읽기 및 연구가 필요하다. 우리는 자신에 대한 이런 영향을 인식하고 이런 것들에서 벗어나게 하는 성경연구 방법을 사용해야 한다. 우리는 텍스트에 지속적으로 귀를 기울임으로써 텍스트의 메시지가 해석자의 성향과 이데올로기를 버리게 하고 변화시키며 바꾸게 해야 한다.제1장, p 63; 제2장, pp. 92-95; 제5장, 224-227

9. 성경 해석자는 특히 사회적 문제를 다룰 때, 성경의 세계와 오늘날 신자들의 세계 사이에 존재하는 시간적 문화적 거리를 인식해야 한다. 주제가 노예제도든, 전쟁이든 여성의 역할이든 같은 단어나 명령 또는 교훈의 의미는 당시의 역사적 문화적 장소 및 시간에 따라 확연히 달라질 수 있다. 특히 사회 구조와 관련된 이슈의 경우, 유대의 신앙 공동체 및 기독교는 이러한 구조에 대한 책임감을 가져야 한다. 그리스도인이 소수의 집단으로서 사회 구조를 통제할 수 없을 때 노예제도와 같은 압제적 사회 구조를 바꾸지 않으면서 기독교적 방식으로 함께 사는 것과, 사회 구조가 주로 그리스도인에 의해 창출되고 유지되는 상황에서 이러한 구조를 주장하는 것은 전혀 다른 문제이다. 우리가 기독교의 제자도를 변증하고 돕기 위해 텍스트와 해석자의 거리를 이용하느냐는 매우 중요하다.제1장, p. 63; 제3장, pp. 181-182; 제5장, p.267; pp. 275-276

10. 성경연구에 사용된 역사-비평적 방법은 해석자와 텍스트의 거리를 배려하고 텍스트가 분명한 메시지를 전하게 한다는 점에서 유익하다. 최상의 역사-비평적 방법은 텍스트를 당시의 역사적 문화적 상황에 둠으로써 해석자가 텍스트의 분명한 성격을 파악하게 한다. 해석자는 저자와 당시 독자의 상황에 대해 가능한 많이 숙지함으로써 텍스트에 대한 명확한 통찰력을 가지게 된다. 그러나 역사-비평적 방법은 완전한 해석 작업을 수행할 수 없다. 다른 관점 및 자료의 보충이 필요하기 때문이다.제2장, pp. 112-116; 제5장, pp. 273-275; 부록 1, pp. 303-306

11. 신구약성경의 관계는 성경 해석, 특히 안식일 및 전쟁과 같은 이슈와 관련하여 매우 중요하다. 신구약성경의 관계에 대한 가장 바람직한 인식은 신약성경을 구약성경의 약속에 대한 성취로 보는 것이다. 신약성경에 묘사된 예수 그리스도를 통한 성취는 규범적 권위의 전형을 제공한다. 그러나 신약성경의 가르침에 대한 바른 통찰력은 종종 신약성경이 성취한 구약성경의 삶 및 사상의 구조를 얼마나 명확히 파악하느냐에 달려 있다. 따라서 신약과 구약성경 모두 바른 성경연구에 중요하다. 제3장, pp 172-176; 부록 1, pp. 296-297

12. 성경에는 사상의 다양성과 통일성이 제시된다. 관점의 차이는 신약과 구약성경 사이뿐만 아니라 신약성경또는 구약성경 안에서도 발견된다. 그러나 이러한 차이는 하나님이 역사와 문화를 진지하게 대하신다는 관점에서 접근할 경우 긍정적인 것으로 볼 수 있다. 다양성 가운데 나타나는 일관성은 모든 진술이 동일한 내용을 말한다거나 모든 신앙적 표현이 동일하다는 차원이 아니라 핵심 증언과의 조화라는 차원에서 기대할 수 있다. 제3장, pp. 176-178; 제4장, pp. 233-236

13. 정경에서 발견되는 다양성은 그것이 역사 속 계시임을 보여주며, 소위 선교적 원리를 드러낸다. 성경의 계시는 역사와 문화에 있어서의 차이를 진지하게 받아들이며, 그들의 세계 및 문화에 맞춘 복음의 상황화와 다양한 백성의 문화와 경험을 하나님의 뜻 및 그의 나라와 일치시키는 상황화라는 두 가지 상황화와 관련된다. 제3장, pp. 179-181; 제4장, pp. 233-238; 제5장, pp. 272-273

14. 성경 해석은 선교적 요소에 초점을 맞출 때 큰 도움을 얻을 수 있다. 왜냐하면 선교적 강조는 성경 계시의 성취라는 흐름의 핵심이며위 11항 참조, 다양한 표현과 일시적 명령 및 문화에 대한 진지한 태도가 우리의 성경 사용에 긍정적인 역할을 한다는 사실을 확인시켜주는 적절한 관점을 제공하기 때문이다. 교회는 성경 해석에서 선교적 요소를 진지하게 받아들일 때만이 문화를 변화시키는 행위자로서 교회의 역할에 나타난 긍정적인 요소 및 부정적인 요소를 제대로 평가할 수 있다. 제4장, pp. 234-

235, p. 238

15. 선교적 원리라는 상황 안에서 바라볼 때, 성경의 권위는 다양한 사상과 표현을 통해 축소되기는커녕 더욱 강화된다. 모순처럼 보이는 가르침이나 진술조차 성육신의 중요성에 대한 증거, 하나님이 인간의 역사적 한계 및 경험의 한계에도 불구하고 신적 메시지를 맡기신 증거로 이해될 수 있다. 신과 인간의 만남에 대한 일부 표현은 우리에게 비계시적인 것처럼 보일 수 있지만, 이런 사건들을 성경의 핵심적인 가르침과 연결하면, 조명적이고 교훈적이며 계시적인 통찰력을 얻을 수 있다.제3장, pp. 178-181; 제4장, pp. 236-238; 제5장, pp. 272-273

16. 성경 계시의 신적 영역과 인간적 영역은 마치 일부는 신적이고 일부는 인간적인 것처럼 물리적으로 구별되지 않는다. 오히려 성육신에서 볼 수 있는 것처럼 신성과 인성은 함께 거하며 신성은 인성을 통해, 인성은 신성을 통해 드러난다. 문화적 인간이라는 요소는 일부 텍스트뿐만 아니라 모든 성경에 나타난다. 따라서 성경의 가르침의 모든 상황에서 말씀은 우리와 가까우며, 때로는 우리에게 문화를 더욱 진지하게 취하라고 가르치고 때로는 문화를 강력하게 비판하라고 가르친다.제4장, pp. 236-238; 제5장, pp. 272-273

17. 일부 성경적 가르침의 일시적 성격에 대해서도 살펴볼 필요가 있다. 특정 가르침이 특정 문제 및 필요에 의해 야기된 것이 분명한 경우, 이러한 특수성은 우리도 우리가 처한 상황에서 복음의 가르침에 대한 특별한 적용이 가능함을 보여주는 하나의 모델이나 전형이 되어야 한다. 그러나 이런 적용은 그때나 지금이나 영원한 규범이 되어서는 안 된다. 적용과 표현의 다양성은 다른 방식의 교훈을 제시한다.제4장, pp. 234-238; 부록 4, pp. 339-341

18. 교회는 이렇게 습득한 다양한 해석학적 내용을 염두에 두면서, 성경을 사용하여 삶이나 증언을 통해 사회적, 정치적 이슈에 대처해야 한다. 예수님의 가르침과

삶은 사회적, 경제적, 정치적 이슈와 직접적인 관련이 있다. 그리스도인 신자는 개인적으로나 공동체적으로, 그 나라의 윤리가 그들의 가치관을 형성하여 삶 전체에 드러나게 해야 한다. 한 사회에 대한 분석은 본질적으로 성경으로부터 나온 그리스도인의 가치관이라는 준거로부터 형성되어야 한다.제3장, pp. 182-184; 제5장, pp. 256-263

19. 성경 해석의 목적은 인간에 대한 하나님의 목적과 뜻을 발견하고 하나님의 백성을 바로 세우는 것이다. 성경은 그리스도와 하나님을 최종적 권위자로 가리킨다. 따라서 해석은 언제나 순종과 예배에 초점을 맞추어야 한다. 그것은 인간에게 겸손히 하나님과 함께 행하며 성령의 비전과 능력에 의지할 것을 요구한다. 해석 방법은 실로 중요하지만, 성경 해석에 있어서 어떤 명확한 원리도 엄격하게 구축되거나 추구되지 못한다. 그러나 사실상 성령으로부터 나온 이 자유는 연구나 해석에 있어서의 게으름이나 자기 정당화 성향에 대한 변명이 되어서는 안 된다.제5장, p. 276

20. 성경 해석은 개인적 작업이 아니다. 그것은 결국 개인적 영역도 학문적 영역도 아니다. 해석은 믿음의 공동체에 의해 검증 및 평가받아야 한다. 한 공동체의 통찰력과 진리는 -특히 비교문화적 평가를 위해- 다른 믿음의 공동체와 함께 나누고 검증을 받아야 한다. 이와 같이 해석은 믿음의 공동체에 의해 인식적으로 평가 및 확인되어야 한다. 뿐만 아니라 성경에 대한 주장도 하나님의 구원의 능력으로 살기를 원하는 신실한 교회를 통해 합당하게 받아들여지고 검증되어야 한다.제3장, p. 184; 제5장, pp. 254, 277-278; 부록 1, pp. 295-296

21. 해석자는 사회 전체보다 믿음의 공동체가 성경의 가르침에 대한 책임이 있는 것으로 여겨야 한다. 믿음의 공동체가 윤리적 비전과 성경의 가르침을 실천할 때, 성경의 도덕성의 전형은 사회 속에 증언과 증거로 남을 것이다. 교회의 지체는 성경의 표준에 합당한 삶을 살아야 할 책임이 있으며, 불신자에게 그런 삶의 모범을 보여야 한다. 따라서 신자들 사이에서 도덕적 가치관에 대한 이런 진지함은 보다 광범위한 사회가령, 정치적인 이슈에 있어서 국가에 대한 증거의 기초가 된다.서론, pp. 25-28 76; 3장,

22. 끝으로, 성경 해석은 하나님과 함께 하는 공동창조적 작업이다. 우리는 텍스트에 귀를 기울이고, 텍스트의 배후 상황에 대해 배우며, 텍스트의 메시지에 대해 순종적이고 자유롭게 반응하는 해석 방법을 따라야 한다. 하나님이 주신 해석, 이해, 실천 및 공동창조의 능력 속에는 과거의 능력과 현재의 기회 및 미래의 실현이 놀랍게 자리하고 있다. 서론, p. 72; 제5장, p. 281-283

부 록

부록 1: 교회의 삶 속에서의 성경 해석

1977년 6월 18-24일, 콜로라도 에스티스 파크에서 개최된 메노나이트 총회에서 채택되었으며 본서의 용도에 맞게 윌리엄 스와틀리에 의해 편집됨

1. 성경 해석을 위한 통찰력

1. 성경의 기원

성경은 하나님이 신적 계시와 영감을 통해 인간에게 주신 선물이다. 우리는 하나님이 수백 년간 성경을 영감으로 기록하시고 모으시고 권위를 부여하셨다고 믿는다. 우리가 구약성경이라고 부르는 책은 이스라엘 백성에 의해 처음에는 율법, 이어서 선지서, 최종적으로 성문서라는 세 단계에 걸쳐 신앙과 행위의 표준, 즉 정경으로 받아들여졌다. 이 세 부분은 예수님과 그의 제자들눅 24:44, 회당 및 오늘날 교회에 의해 사용되는 히브리어 성경을 형성한다.

헬라어 성경에 포함된 외경으로 알려진 부가적 책들은 일부 기독교 교회에서 사용된다. 이 책들은 신구약성경 중간기에 대한 이해에 도움을 준다.

신약성경의 책들은 기본적으로 구약성경에 대한 성취 및 새 언약에 대한 반응으로 주후 1세기에 기록되었다. 사복음서와 바울 서신 및 신약성경의 나머지 부분은 구약성경과 동일한-궁극적으로 우월한- 권위를 가진다. 주후 2세기 말, 일반적으로 예배 시간에 낭독되는 책은 정경의 지위를 얻었다. 일부 책은 수 세기 동안 "논쟁"이 되었으나, 현재의 신약성경 27권은 주후 4세기경 교회에 의해 광범위하게 받아들여

졌다. 이 책들은 예수 그리스도의 복음을 보존하고 율법주의와 이단의 왜곡에 맞선 최초의 사도적 증거이다.

2. 성경과 신자 공동체

성경은 하나님의 백성의 책이다. 그것은 예언적 말씀과 역사적 사건들에 대한 하나님의 백성의 증거이다. 이 말씀과 사건들을 통해 하나님은 나라들 사이에 특별한 정치적 형태를 가진 특별한 백성을 만드셨다. 그들의 특별한 증거는 지속적인 믿음의 공동체 안에서 이해와 신뢰를 찾는다. 성경은 성경을 생성한 믿음의 공동체 안에서 가장 편안함을 느낀다. 성경은 하나님의 백성을 형성한다. 따라서 성경은 이러한 하나님의 백성 공동체의 신앙과 삶의 관점을 통해 해석되고 오늘날 세계에 적용된다.

성경이 믿음의 공동체 안에서 편안함을 느낀다는 것은 성경의 권위라는 이슈와 연결된다. 불행히도 성경과 교회는 종종 대립적 권위로 제시된다. 성경에 제시된 그리스도를 통한 하나님의 특별한 권위와 통치는 반응하는 공동체의 자발적 믿음과 순종을 통해 분명히 드러난다.

믿음의 공동체는 해석 공동체이다. 이것은 이 공동체에 성경을 연구하고 가르치는 자들이 있을 것이라는 뜻이다. 이들의 임무는 말씀에 대한 해석 과정을 주관하는 것이 아니라 이 영역에서의 리더십을 행사하는 것이다. 각자의 임무는 성경 해석 작업에 참여하는 것이다. 우리는 그들이 성경을 읽고 연구할 때 하나님이 각자에게 특별한 통찰력을 주실 것이라고 믿는다. 이 통찰력은 공동체 안에서 검증을 받아야 한다.고전 14:29; 벧후 1:20, 21 해석에 대한 검증은 궁극적으로 하나님의 백성 전체-개인, 스터디그룹, 회중, 위원회, 교단 및 광범위한 교회- 가 동참해야 할 것이다.

성경에 대한 해석을 통해 교회는 하나님의 뜻에 합당한 방향을 찾는다. 기록된 말씀은 살아 있는 말씀, 예수 그리스도를 가리킨다.요 5:38-40 그리스도인이 그리스도와 성경의 가르침 및 서로에게 헌신하는 곳에는 함께 순종하는 삶을 위한 결정을 매고 푸는 일이 가능할 것이다.마 18:18 하나님의 백성은 하나님이 받으시는 믿음과 행위로 향한 길을 찾을 수 있으며, 따라서 "뭇 사람이 알고 읽는 [살아 있는 편지]" 고후

3:2가 될 수 있다.

하나님의 백성은 성경의 메시지를 세상에 충실하게 전달하기 위해 성경을 해석한다. 교회는 선교 중이다. 이것은 교회가 성경과 오늘날 세계를 이해해야 하며, 성경의 메시지를 어떻게 세상에 전달하는지 알아야 한다는 뜻이다. 성경에는 이러한 사역에 대한 사례를 찾아볼 수 있다. 특히 호세아의 설교와 같은 글에 보면 호세아가 바알숭배자들에게 다가가며, 바울서신에서 바울은 헬라인에게 다가간다.

믿음의 공동체는 성경 이상의 것을 가지고 있다. 우리의 부활하신 주 예수님이 성령으로 우리와 함께 계신다. 성경은 영감으로 주신 성령의 선물이다. 공동체는 하나님의 백성에게 성경 계시의 진리를 깨닫게 하시는 성령의 전이다.고전 3:16 성령은 기록된 말씀을 우리의 삶 및 세상 가운데 역사하게 만든다.

우리는 순종하지 않는 지식의 순수성을 부인한다. 공동체가 해석에 실패하는 것은 방법이나 결론이 잘못되어서가 아니라 회개와 순종이 따르지 않기 때문이다. 사랑이 없는 지식이 캄캄함과 어둠인 것같이요일 2:3-11; 4:6-21; 요 14:15-24, 순종이 없는 지식은 뒤틀리고 왜곡되어 있다. 예수님의 마음을 알기 위해서는 사랑이 필요하다. 순종과 사랑은 해석학적 통찰력을 가능하게 한다. 하나님의 뜻을 행하려는 자는 교훈을 알 것이다.요 7:17 신자들의 교회에 있어서, 신앙 공동체의 사랑의 순종을 벗어난 성경 지식은 이질적이고 우상숭배적이다.고후 10:5

말씀과 성령의 권위 아래 사는 공동체의 일원이 되기 위해서는 확신과 헌신을 특징으로 하는 성숙한 선택이 필요하다. 믿음의 공동체의 멤버십은 나이나 지역, 인종이나 성과 같은 부수적인 요소에 의해 결정되지 않는다. 이 공동체는 다음 세대의 존속을 위해 자녀에게 의존하지 않는다. 공동체는 그들이 세상에 전파한 바로 그 주님께 자녀들을 인도한다. 이처럼 중요한 성숙한 헌신은 공동체가 죽음의 위협 앞에서도 그들의 주님께 전적으로 순종하는 자유를 보장하는 수단이 된다.

3. 중요한 신학적 관점(교회의 역사와 전통으로부터 나온 강조)

1. 약속과 성취로서 신구약 성경
성경은 하나님과 구원받은 하나님의 백성에 대한 이야기이다. 하나님이 시내산에서 이스라엘 백성과 맺은 언약/계약은 하나님의 구원 행위 및 백성의 반응에 기초한다. 이 언약은 선하다. 그것은 그리스도를 통한 하나님의 새롭고 결정적인 행위에 기초한 새 언약을 준비한다.렘 31:31; 막 4:24; 히 7:22 구약성경은 우리에게 신약성경을 이해하기 위해 필요한 하나님, 창조, 죄 및 구원에 대한 통찰력을 제공한다.

구약성경은 우리에게 약속의 언약에 대해 진술한다.창 12:1-3; 출 19:5-6; 엡 2:12 신약성경은 약속의 성취에 대해 진술한다.마 5:17 따라서 성경은 하나님이 한 백성을 부르시고 구원하시고 보호하시는 역사적 드라마 전체에 대해 증거한다. 구약성경은 신약성경에 대한 통찰력에 중요한 신학적 배경을 제공하는 반면, 신약성경은 구약성경을 설명하고 성취하지만 폐지하지는 않는다. 우리는 우리 주 예수와 함께 새 언약의 일꾼 된 자의 관점에서 구약성경을 읽는다.고후 3:6

그러므로 신구약성경의 관계는 약속과 성취의 관계로 보는 것이 가장 바람직하다. 그러나 구약성경은 특히 인간 왕권에 대한 거부를 통해 정치 권력에 대한 세속적 개념에 도전한다. 오늘날 우리는 고대근동 연구의 발전 및 고고학에 힘입어 종교개혁 시대나 심지어 주후 1세기보다 구약성경에 대해 더 많이 알고 있다. 이 새로운 통찰력은 예수님의 통찰력이 그가 자신의 메시아성과 관련된 구약성경 해석에서 열심당원이나 다른 사람들과 충돌한 것처럼 새로운 방향으로 벗어난 독단적 해석이 아님을 보여준다. 오히려 예수님은 우리에게 구약성경 여호와의 말씀의 참된 의미와 방향을 보여주신다.

이와 같이 신약성경과 구약성경 사이에는 밀접한 관계 및 차이점이 존재한다. 신약과 구약은 동시대 문학들과의 편안함보다 신구약성경 상호간에 더 편안함을 느낀다. 신구약성경의 불연속성은 하나님의 백성이 구약성경에 합당한 삶을 살지 못했을 때 가장 분명히 드러난다. 이러한 불순종으로 말미암아 그들의 마음에 새 언약을 기록하는 하나님의 새로운 행위가 필요했다.렘 31:31-34; 고전 11:25; 히 8:8-13 다른 나라들처럼 왕을 요구한 것은 하나님의 백성이 주변 환경의 영향으로 메시아와 하나님 나라에 대한 기대를 왜곡시킨 사례이다.

2. 하나님 나라
구약성경의 하나님의 백성은 통치자로서 하나님과 함께삿 3:22 23; 삼상 8:7 하나님 나라에 대해 맛보았다. 메시아 예수는 이 땅에 새로운 형태의 하나님 나라를 세우기 위해 오셨다. 예수님은 하나님 나라에 대해 자주 말씀하셨다. 하나님 나라는 가까이 왔거나막 1:15, 그들 안에 이미 임했다.눅 11:20

그리스도의 나라는 영적이며 사회적인 특징을 가진다. 하나님은 성령의 능력으로 탄생한 새로운 공동체를 말씀으로 다스리신다. 그 나라에 대한 궁극적 성취는 아직 이르지 않았으나 그리스도는 지금 현재 믿는 자들의 주님이시다.행 2:36; 고전 15:24; 계 11:15

성경은 하나님 나라와 세상 나라라는 두 개의 나라에 대해 진술한다. 이 두 나라는 분리되고 구분된다. 신자는 그리스도의 나라에 속한다. 이 나라에 대한 충성은 절대적이며, 신자를 이 땅에서 이방인과 나그네로 살아가게 한다. 세상 나라는 세속적 지혜와 힘의 지배를 받으며, 하나님 나라는 예수의 영과 사랑의 지배를 받는다. 하나님 나라는 영원함, 세상 나라는 신속히 지나간다.고전 7:31

그리스도의 나라에서 책임 있는 자리는 다른 사람 위에 군림하는 자리가 아니라 섬기는 자리이다.눅 22:25, 26 제자들은 하나님과 예수 그리스도에 대한 지식을 나누기 위해 세상으로 향한다.요 17:18 이러한 섬김은 고난과 십자가로 이어진다.막 8:35

예수님은 원수까지 사랑하라고 가르치셨기 때문에 그의 제자들은 악을 처벌하거나 선을 보호하기 위해 무기를 사용할 수 없다.요 18:36; 고후 10:4 그리스도인은 하나님 나라가 고난 당하신 어린 양 그리스도의 사랑의 말씀과 행위계 5장 및 그와 함께 고난 당하는 신자를 통해막 8:34-9:1; 롬 8:17 승리할 것이라는 확실한 소망을 가져야 한다.

3. 성경의 주이신 예수

예수 그리스도는 성경의 주로 고백된다. 그의 말씀과 행위는 신적 권위를 가진다. 예수님은 하나님의 뜻을 계시하셨기 때문에 우리의 눈을 열어 성경을 깨닫게 하신다.눅 24:25 그의 삶과 순종의 고난, 죽으심 및 부활은 우리가 성경을 해석하는 지침이 된다. 신약성경의 모든 저자들은 예수 그리스도의 구원적 사건과 교회의 태동 및 성장에 대해 증거한다. 복음서는 예수 그리스도의 사역에 대해 증거하며, 신약성경 전체는 이 독특한 사건에 대한 반응이다. 산상수훈마 5-7장은 우리 주님의 제자가 된다는 의미에 대해 요약한 중요한 본문이다. 또한, 성령과 사도를 통해 새로운 상황으로 확산된 예수님의 가르침은 신약성경을 통해 반영된다.

4. 말씀과 성령

성경은 성령의 역사로 인간에게 주어졌다. 또한 성령은 독자로 하여금 말씀을 이해하게 한다. 성령은 기록된 말씀에 생명을 부여한다. 말씀이 우리의 삶을 관통하고 메시지가 인격화 될 때 비로소 텍스트가 살아 역사하게 된다. 죽은 편지가 되지 않고 생명을 주는 말씀이 되는 것은 바로 그때이다. 이렇게 살아 있는 진리가 된 성경은 다른 텍스트와 연결되며, 성경 메시지의 보다 큰 틀 안에서의 이해가 이루어지고 성경은 의미와 권위를 가지게 된다.

그러므로 성경에 대한 바른 이해와 사용을 위해서는 성령의 도우심이 필요하다. 통찰력이 성령의 검증을 통해 성경과 조화를 이룬다는 인식이 없는 한, 어떤 회중이나 선지자도 성령의 음성을 들었다는 권위 있는 주장을 할 수 없을 것이다.

2. 성경 해석

해석의 궁극적 목적은 예배와 순종을 위해 성경 자체의 메시지를 전하는 것이다. 대부분의 경우 본문의 메시지는 명료하다. 따라서 해석 작업의 초점은 메시지가 생명에 대해 다룬 부분에 맞추어진다. 그러나 먼저 철저한 연구를 통해 본문의 의미를 결정해야 하는 경우도 있다.

성경이 성령의 인도하심에 따라 스스로 말하게 하는 것은 결코 쉬운 일이 아니다. 자신의 생각이나 성향을 부과하려는 시도는 제쳐두어야 한다. 예를 들면, 북아메리카 중산층은 인종적, 문화적, 경제적으로 다른 관점을 가진 자는 무시하는 경향이 있다. 우리는 언제나 자신의 관점에서 성경을 읽고 연구하려 하지만 다른 사람의 해석을 아는 것은 책임 있는 해석에 도움이 된다. 그러므로 성령의 인도하심을 간구하는 동시에 다른 사람의 통찰력을 고려할 필요가 있다. 개인적 성경연구는 건전한 연구 방법을 따름으로써 도움을 얻을 수 있을 것이다. 우리는 다음의 단계를 추천한다.

1. 텍스트의 진술을 자세히 관찰하라.

성경에 대한 이 접근은 귀납적 성경연구 방법으로 알려져 있다. 이것은 본질적으로 본문의 문학적 구조 및 문맥에 대한 세밀한 주의를 기울여야 한다는 뜻이다. 이 방법은 단어, 문장, 문단 및 더 큰 단락을 살펴본 후 누가? 무엇을? 어디서? 언제? 왜? 라는 질문을 던진다. 이것은 성경 다른 본문과의 유사성이나 차이점은 물론, 반복적인 주제나 인과관계 및 본문 안에서의 관계에도 주목해야 한다는 뜻이다. 성경에 대한 이러한 접근법은 결론이 텍스트 자체로부터 나오게 한다.

2. 다른 문학적 형식에 민감하라.

성경은 다양한 문학적 형식으로 구성되어 있으므로 책임 있는 해석은 내러티브, 비유, 시 및 담화의 차이를 인정하고 받아들여야 한다. 철저한 연구는 성경이 사용하는 상징과 이미지를 인정하고 성경이 말하려는 원래의 의도에 가감하는 일이 없이 근본적 메시지를 얻기 위해 노력해야 한다. 때로는 다양한 문학적 형식과 이미지에 대한 이해와 함께 성경의 당황스러운 요소들도 점차 이해되기 시작한다. 다니엘의 묵시서나 요한 계시록에서 볼 수 있듯이 따라서 성경은 하나님의 백성과 밀접한 관련이 있는 살아 있는 문헌이며, 하나님의 백성에게 주시는 말씀이자 그들의 삶 속에 스며드는 말씀이다.

3. 본문의 역사적 및 문화적 상황에 대해 연구하라.

우리는 주어진 본문 및 성경 전체의 역사적 배경에 대해 진지하게 받아들일 필요가 있다. 하나님의 성품과 뜻은 수 세기에 걸쳐 역사 속 특정인에게 계시되었다. 기록된 말씀은 이러한 하나님의 자기 계시의 과정을 반영한다. 따라서 충실한 해석은 주어진 본문의 역사적 상황에 대한 세밀한 고찰을 필요로 한다. 많은 오해는 역사적 배경을 무시한 채 본문을 해석했기 때문에 일어났다. 성경연구는 언제나 사람에 대한 연구이다. 따라서 히브리 백성의 세계 및 초기 교회 신자들의 세계 속으로 들어가는 것이 필요하다. 이것은 그들의 사고방식과 문화적 패턴, 그리고 주변 문화나 국가들과 구별된 요소에 대한 이해를 포함한다.

그렇게 할 때 우리는 오늘날 문화적 장벽을 넘을 때 경험하는 것과 같은 문화 충격을 어느 정도 경험할 수 있을 것이다. 이러한 장벽을 넘어서는 능력은 성경을 이해하고 그것을 오늘날 다른 문화에 전달해야 하는 그리스도인의 소명 가운데 하나이다. 주어진 성경의 문화적, 역사적 및 언어적 배경을 이해하기 위해서는 다양한 성경비평 도구가 도움이 된다. III절 B의 성경비평 및 III절 C의 사회 과학에 대한 논의를 참조하라.

4. 다양한 역본을 지혜롭게 사용하라.

우리는 성경의 문화적 상황을 진지하게 받아들이는 것에 덧붙여 언어를 이해해야 한다. 오늘날 우리는 성경을 모국어로 읽는다. 그러나 성경은 대부분 히브리어구약성경와 헬라어신약성경로 기록되었다. 최근 많은 역본과 의역 성경이 사용되고 있다. 이런 책들은 현대 영어를 사용하며, 고대 언어 및 사본에 대한 보다 나은 지식을 활용하기도 한다. 하나의 본문에 대한 대안적 번역들의 대조는 성경 본문에 대한 보다 명확한 이해로 이어질 수 있다. 성경 언어에 대한 지식은 한 구절에 대한 다양한 번역을 평가하는 데 필요하다. 대체로 번역 위원회를 통한 역본KJV ASV, RSV, NEB, NIV, NASB, JB, TEV, Good News Bible은 개인 역본가령, Weymouth, Moffatt, Phillips, The Living Bible보다 정확하고 신뢰할 수 있다. 대부분의 의역 성경은 진지한 성경연구로 신뢰할 수 없을 만큼 원문에서 벗어난다.

5. 다른 사람들은 텍스트를 어떻게 해석했는지 살펴보라.

초기 교회, 중세 교회, 개혁 교회 및 오늘날 그리스도인의 성경을 이해하기 위한 노력은 우리에게 교훈이 된다. 성경 주석 및 성경 사전은 귀중한 자료가 될 수 있다. 신약성경이 구약성경을 어떻게 해석하는지에 대한 연구도 유익한 자료가 될 수 있다. 우리는 역사적으로 다른 그리스도인이 성경을 어떻게 해석했는지 살펴봄으로써 성경을 더욱 명확히 이해할 수 있다.

6. 성경 전체의 메시지를 고려하라.

성경을 해석할 때 범하기 쉬운 중요한 오류 가운데 하나는 주어진 본문을 성경 전체의 메시지와 연결하지 못하는 것이다. 그러므로 성경 전체의 메시지를 중요하게 받아들이고 성경과 성경을 대조하는 작업이 필요하다. 그러기 위해서는 성경 드라마의 흐름과 주요 주제, 그리고 다양한 주제들이 어떻게 성경 전체와 연결되며 통합되는지 알아야 한다. 부분적 본문의 의미는 반드시 전체 메시지와 연결되어야 한다. 위 I절 C에서 논의한 신학적 관점은 전체 성경과의 조화를 이해하는 중요한 요소가 된다.

7. 기도의 영을 통해 말씀을 묵상하라.

본문이 무엇을 말하고 의미하는지 알기 위해 우리는 메시지를 묵상해야 한다. 우리는 자신에게 물어보아야 한다. 본문은 나와 우리에게 어떤 식으로 말씀하는가? 본문은 나와 동료 신자들에게 어떤 교훈을 주는가? 본문은 어떻게 교훈하고 책망하며 바르게 하고 의로 교육하는가딤후 3:15-17? 성경의 특정 주제 가운데 일부는 다른 문화의 그리스도인에게는 당면한 문제이지만 오늘날 우리에게는 직접 적용하기 어려운 것도 있다. 예를 들면 할례, 우상에게 바친 제물을 먹는 문제 및 구약성경의 제의적 행위 등이 있다. 그러나 하나님의 백성이 이들 이슈를 해결하는 방식은 오늘날 우리에게 교훈이 된다.

8. 개인과 공동체에 대한 성령의 인도하심에 귀를 기울이라.

성령은 기록된 말씀에 생명을 준다. 성령은 성경을 통해 죄와 의와 심판을 깨닫게 하신다.요 16:7-11 또한 성령은 우리를 진리 가운데로 인도하시고 기록된 말씀을 깨닫게 하신다.요 16:13 개인적 연구를 통해 새로운 통찰력과 확신이 찾아올 때 우리는 성령에 귀를 기울이는 다른 그리스도인 형제자매와 함께 나누고 검증해야 한다. 성령의 인도하심과 말씀에 대한 해석 및 교회의 통찰력은 일치해야 한다.

9. 성경의 메시지에 대해 순종으로 반응하라.

성경 해석은 메시지에 대한 반응을 포함해야 한다. 반응은 찬양이나 회개, 감사나 고백, 내적 성향에 대한 성찰이나 잘못에 대한 배상이 될 수 있다. 성경은 우리가 메시지에 귀를 기울일 때만 말씀한다. 타인에 대한 악의와 같은 삶 속의 죄는 성경의 메시지를 듣거나 알지 못하게 방해한다.요일 2:4-6; 요 8:31 이하; cf. 마 5:22, 23 서로에 대한 사랑과 헌신의 부족은 신자가 성경에 대한 깨달음을 통해 하나가 되려는 노력을 방해한다. 우리는 말씀에 대한 신실한 반응을 통해, 해석 공동체를 바로 세우려는 성경 메시지의 능력을 발견하게 된다. 그것은 우리를 아프게 하다가 싸매며 상하게 하다가 고칠 것이다.

3. 논의해야 할 이슈들

다음 이슈들에 대한 진술은 최종적인 것이 아니라 하나의 지침으로서 계속해서 연구해야 할 것들이다.

1. 충실한 해석을 방해하는 것들

오늘날의 삶 및 문화에서 성경에 대한 충실한 해석을 방해하는 요소들은 다음과 같다.

1. 성경을 연구할 시간이 없는 바쁜 삶
2. "개인 해석"이 규범이 되고 공동체의 검증이 어려울 만큼, 문화와 사상에 큰 영향을 준 서구의 개인주의
3. 진리를 판단할 최종적 잣대로 개인적 추론이나 개인의 사적 경험에 호소함으로써 성경 해석에 있어서 공동체의 역할을 거부함
4. 성경의 신실한 제자도에 대한 부르심에 자유롭게 반응하지 못하게 하는 국가적 충성 및또는 안보에 대한 관심

2. 성경에 대한 비평

성서비평은 성경 전체 및 성경의 특정 본문에 대한 문학적 역사적 상황을 정확

히 알기 위한 노력이다. "비평"이라는 단어는 "크리시스"*krisis*라는 헬라어 단어에서 왔으며, 분별이나 결정한다는 의미에서 판단이라는 뜻이다. 모든 그리스도인은 성경을 해석할 때 판단한다. 따라서 성서비평 자체는 성경 해석 과정의 일부이다.

성경 학자들은 텍스트 비평과 문학 비평에 대해 말한다. 텍스트 비평은 사본들의 독법이 다를 경우 히브리 텍스트나 헬라어 텍스트의 보다 나은 독법을 결정하는 작업이다. 문학 비평도 저자, 문학 형식 및 성경의 다양한 부분의 기원과 관련되기 때문에 성경 해석에 중요하다. 히브리서를 누가 기록했는지, 사복음서 가운데 어느 책이 먼저 기록되었는지와 같은 이슈는 문학 비평의 사례들이다. 넓은 의미에서 문학 비평은 현재 형태의 성경이 기록되기 전 구전 형식에 대한 연구를 포함한다. 또한 문학 비평은 성경 저자들 간의 강조점의 차이에도 주목한다.

1세기 그리스도인 독자도 성경 해석 과정에서 판단을 했기 때문에 성서비평 관습은 초기 교회로 거슬러 올라간다고 말할 수 있다. 그러나 오늘날 사용되는 "성서비평"이라는 용어의 기원은 대체로 18세기 이성 시대로부터 시작된 것으로 본다. 이용어가 부정적 의미를 갖게 된 것은 성경의 역사적 문화적 배경을 연구하는 성경학자들이 17-18세기 개신교가 주장하는 하나님의 말씀을 받아 적었다는 기계적 영감에 위협이 된다고 생각한 때문이다.

뿐만 아니라 지난 이백 년간 성서비평은 인간 이성을 계시에 대한 판단의 기준으로 삼는 경향이 있었다. 예를 들면, 기적은 이성적으로 설명했으며 이성적 설명이 어려운 경우 일어날 수 없는 것으로 보았다. 20세기에는 이러한 이성적 비평에서 벗어나기 위해 실존주의 신학과 함께 성경의 진리를 단순한 주관점 경험으로 보는 경향이 발전되었다. 이처럼 객관적 진리와 주관적 진리를 구분함으로써 이성주의나 개인적 경험을 유일한 판단의 준거로 삼는 오늘날의 경향은 성경의 주장과 충돌하며 따라서 피해야 할 위험이다.

성서비평에 대한 긍정적 가치는 성경의 역사적, 문화적, 언어적 배경에 대한 지식을 확장할 수 있다는 것이다. 이스라엘의 환경적 특수성, 공관복음의 기원 및 바울 선교의 종교적 환경에 대해 우리가 가진 지식은 모두 성서비평의 산물이다. 성서비평이 특정 본문에 미친 기여는 다음과 같다. 마태복음 19:1-9에서 바리새인은 예수님께 이혼에 대한 입장을 묻는다. 그들은 이혼이 어떤 이유로든 허용되는지 물었다. 당시의 역사 및 문화에 대한 연구는 바리새인의 이혼에 대한 입장이 두 진영으로 나뉘어 있었음을 보여준다. 랍비 삼마이를 따르는 자들은 간음의 경우에만 이혼을 허락했다. 랍비 힐렐을 따르는 자들은 어떤 이유로든 이혼을 허용했다. 바리새인은 예수님이 어느 편을 들지 시험하려 했다. 그러나 본문이 보여주는 대로 바리새인의 생각을 아신 예수님은 하나님의 원래적 목적에 대해 말씀하셨다.마 19:6; 창 2:24 역사 비평의 이런 통찰력은 예수께서 바리새인의 부분적 해석을 넘어 결혼에 대한 하나님의 뜻을 확인하셨음을 보여준다.

우리는 성경의 명령이 당시의 역사와 명령을 배경으로 하지만 성경 자체는 우리가 성경 전체를 어떻게 우리의 삶과 문화에 적용해야 할 것인지에 대한 기준을 제공한다는 사실을 알아야 한다. 성경은 그리스도인의 전쟁 참여, 안식일과 주일, 노예제도 및 남자와 여자의 관계와 같은 이슈에 대한 각자의 입장을 뒷받침하기 위해 사용되었지만, 우리는 이들 이슈에 대한 유익한 지침을 주는 원리가 있다고 믿는다.I절 C 참조 하나님의 말씀으로서 성경의 권위는 이런 식으로 성경이 기록될 당시의 문화와 역사를 초월한다.

그러므로 성서비평의 기능은 교회가 성경의 역사적, 문화적, 언어적 및 문학적 배경을 통해 오늘날 교회의 삶에 대한 성경의 의미를 분명히 하는 지속적인 작업이라는 사실을 알아야 한다.

성서비평에 대한 다음의 반응은 우리의 성경연구에 대한 지침이 될 수 있다.

1. 우리는 가능한 성경 자체의 언어로 연구하고 성경의 증거가 저자와 작성 연대에 대해 직접 말하게 해야 한다.

2. 하나님은 이스라엘이라는 백성을 통해 역사 속에서 활동하시기 때문에 성경은 인간과 하나님의 말씀 및 그 말씀에 대한 역사적 인식을 반영한다. 이것은 다음과 같은 의미이다.

a. 성경은 하나님의 뜻을 계시하는 동시에 그 뜻에 대한 인간의 불순종을 보여준다.

왕이 이스라엘을 다스린 것이나 이혼을 허락한 데서 볼 수 있는 것처럼

b. 성경은 우리에게 하나님과 신적 자기 계시를 알게 하지만 우리는 여전히 "거울로 보는 것 같이" 희미하며 "부분적으로" 안다고 고백해야 한다.고전 13:12

c. 성경은 성육신하신 하나님의 계시인 그리스도와요 5:39, 40 하나님 자신요 1:18; 롬 11:33 및 하나님과 예수 그리스도를 증거하는 성령요 17:25; 15:26을 가리킨다.

3. 우리는 성경 내러티브의 역사적, 문화적 및 언어적 배경에 대해 가능한 많이 알아야 한다. 이 지식은 하나님의 뜻에 합당한 삶의 지침이 되는 성경의 권위를 확장해야 하며 축소해서는 안 된다.

4. 우리는 오늘날이나 고대의 이론을 진리에 대한 판단의 기준으로 삼음으로써 하나님을 상자 속에 가두어서는 안 된다. 우리는 성경이 어떤 식으로 우리의 생각과 경험에 메시지를 전달하는지 주목하고 성경연구를 통해 온전히 반응하는 방법을 찾아야 한다. 우리는 지식과 순종을 추구해야 한다.

5. 성경의 다양한 가르침에 대한 다양한 해석에서 지침이 되어야 할 것은 주권적 하나님의 능력에 대한 믿음, 성경의 권위와 신뢰성에 대한 확인 및 우리의 통찰력을 점검할 형제자매에 대한 열린 태도이다. 우리의 모델은 말씀 주변에 있는 믿음의 공동체이다. 우리는 예수 그리스도를 주로 모시고 성령의 인도하심을 받는 그들을 본받아 하나님의 신실한 백성이 되어야 할 것이다.

3. 사회 과학

지난 수십 년간 사회 과학은 인간 경험의 현상에 대한 분석과 연구를 가능하게 한 조사 방법의 선구자였다. 그러나 현상은 마땅히 추구해야 할 상황이 아닐 때가 종종 있다. 또한 우리는 하나님의 백성이 인간의 가치관과 행동에 대한 하나님의 뜻을 알 수 있다고 믿는다. 성경은 오늘날 우리에게 주어진 이슈들에 대해 직접적으로 언급하지 않지만 우리는 정직한 성경연구가 사회 과학의 발견을 건설적으로 활용하는

관점을 제공해줄 것이라고 믿는다.

　심리학과 사회학도 회심과 같은 종교적 경험에 대한 다양한 요소들에 대한 기술적 분석을 제공할 수 있을 것이다. 이러한 분석은 선택된 영역의 경험 안에서의 인과관계를 보여줌으로써 다른 사람의 경험에 대한 통찰력에 도움을 줄 수 있다. 그러나 이러한 분석은 자연과학과 역사 과학이 자연종이나 역사시간의 궁극적 기원에 대해 설명하지 못했던 것처럼 궁극적으로 경험을 설명하지 않으며 설명할 수도 없다.

4. 근본주의와 해방운동

　보수적 기독교는 대부분 "근본주의적"이라는 제목이 붙은 신학 및 분위기로 묘사된다. 성경 해석에서 근본주의자는 성경에 대한 천편일률적 접근을 따르고 신구약성경의 모든 부분이 그리스도인을 위해 연결된 것으로 받아들이며 종종 역사적 배경을 무시하는 경향이 있다. 근본주의자는 성경을 이런 식으로 읽음으로써 전쟁 참여를 뒷받침하기 위해 구약성경을 사용할 때가 있다. 근본주의자는 "문자적" 해석에 매달린다. 오늘날 신약성경의 특정 부분을 진지하게 받아들이기 어려운 경우가령, 산상수훈, 문자적 해석에 대한 거부 때문이 아니라 기존의 신학적 고려 때문이다.즉 이 본문은 오늘날 시대와 맞지 않는다 그들은 종종 다른 사람들로부터 성경 전체의 기조에 대한 결론에 의지하기보다 자신의 주장을 뒷받침하기 위한 "증거본문"을 사용한다는 비난을 받는다. 근본주의자는 처음부터 대부분의 성서비평에 대해 반대한다. 성서비평은 무오한 성경의 권위에 위협이 된다고 생각한 때문이다. 19세기 말 및 20세기 초의 해방주의는 근본주의의 공격 대상이 된 운동이다. 자유주의는 인간 이성을 진리에 대한 판단의 잣대로 삼는다. 자유주의는 성경의 구원 역사를 제도와 상징 및 도덕적 행위로 바꾸었다. 근본주의와 자유주의의 갈등으로 복음주의와 사회적 윤리가 상호 분리되는 경향이 나타났다. "보수적" 기독교는 개인적 회심을 강조하는 대신 사회 문제를 경시하는 경향이 나타났다. "자유주의" 기독교는 개인의 회심을 덜 강조하는 대신 세상의 기존 구조를 보다 공정한 사회 정책에 맞추어 개혁하려 했다.

　성경은 그렇지 않다. 성경은 개인의 회심과 그리스도의 개혁적 사회 윤리와 함께하는 하나님의 새로운 사회 질서 창조 둘 다 강조한다. 성경에 대한 신실함은 우리를 새로운 질서에서의 제자화를 염두에 두지 않은 개인적 복음화를 허용하지 않는다. 또한 이 신실함은 옛 질서에 대한 개혁만 강조하는 것을 허용하지 않는다. 우리는 오늘날의 경제적, 정치-사회적 구조에서 어떻게 하면 그 나라의 신실한 시민이 될 수 있는지에 대해 신적 인도하심을 구해야 한다.

5. 세대주의

역사를 주로 신약과 구약으로 구분하거나 다른 일련의 "세대"로 구분하려는 시도가 있었다. 근본주의와 대부분의 복음주의는 이스라엘과 그리스도의 천년 왕국을 연결하고 종말론적 사건을 묘사하기 위해 요한계시록, 다니엘 및 에스겔에 대해 문자적 해석에 치중하는 일종의 세대주의로 묘사된다. 스코필드 관주성경Scofield Reference Bible은 이러한 성경 해석 유형의 한 사례이다. 그러나 이런 신조의 일부는 비세대주의자들에 의해 주장된다.

세대주의는 영원성보다 이 땅에서 하나님의 미래적현재적 행위를 강조한다. 세대주의는 하나님 나라를 십자가에 지배되는 사랑의 공동체로 보기보다 예수님 자신이 통치자가 되어 힘으로 다스리는 나라로 규명한다. 세대주의는 하나님의 목적을 이중적으로 보고 즉, 은혜 아래 사는 교회와 율법 아래 사는 구약의 유대인 및 예수님- 하나님의 영원한 계획 안에 있는 지상 교회의 실체와 중요성을 인정하지 않는 약점도 드러낸다.

6. 가정과 권위

아마도 가정만큼 파괴적인 힘이 가해진 사회 제도도 없을 것이다. 기술 혁신 및 이전은 예전의 대가족을 핵가족으로 대체했다. 기존의 윤리와 공동체 패턴이 사라짐에 따라 가정의 안정에 기여한 요소들은 점차 줄어들고 이혼으로 인한 가정 파탄이 갈수록 증가했다. 우리의 형제자매들은 안팎에서 도전에 대비하고 교회의 기본 단위로서의 가정을 강화하는 시도를 했다. 어떤 사람들은 남녀의 역할에 대한 우리의 관점을 재설정하는 것이 해법의 일환이 될 수 있다고 생각하여 동반자적 입장에서 자신들에게 적합한 시스템을 협상하는 "해방"을 시도했다. 다른 사람들은 권위적이고 가부장적인 전통적 가정에서 순종과 사랑을 분명히 하는 방향으로 해법을 찾았다. 둘 다 성경을 근거로 제시한다.

7. 재물관

성경을 순종하는 공동체에 의해서만 이해할 수 있다면, 가난한 세계에 둘러싸인 부요한 사회에서의 삶은 문제가 된다. 우리가 가난하게 살면서 부유한 사회에 영향력을 행사할 수 있겠는가? 한편으로 부유한 사회에서 검소하게 사는 자는 경제적 혜택을 덜 받은 사람들의 눈에 호화스럽게 사는 것처럼 보일 수 있다. 전반적으로, 교회는 부의 축적에 대한 예수님의 어려운 말씀에 부응하지 못했다. 눅 12:33; 14:33 등 우리는 순종을 배우기 전에 성경을 바로 이해할 수 있는가?

4. 결론

A. 성경은 믿음으로 순종하는 공동체 안에서 해석되어야 한다. 그런 공동체는 메시지를 세상에 전달하기 때문이다. 언약적 관계의 신자 공동체는 승리하신 그리스도의 보내심을 받은 성령의 인도하심 아래에 있기 때문에 이런 공동체 안에서 성경의 권위는 분명하다.

B. 성경은 역사적 상황 및 성경 전체의 메시지에 비추어 해석해야 한다. 이것은 우리가 고대 사회의 문화로 들어가 원래적 상황에서 복음을 이해하고, 현대 사회의 다양한 문화를 이해함으로써 모든 사람에게 성경 메시지를 의미 있게 선포해야 한다는 뜻이다.

C. 성경은 천편일률적으로 해석되어서는 안 된다. 오히려 신구약성경이 증거하는 그리스도 사건이 모든 성경을 조명해야 한다. 이 사건 및 그것의 의미를 충실하게 증거하기 위해 신구약성경은 교회가 정해준 곳에 위치해야 한다. 신약과 구약의 관계는 약속과 성취가 강조되는 역사적 관계이다. 신구약성경은 하나이며, 신약성경은

구약성경을 해석하고 성취한다.

D. 성경은 율법적으로나 신비적으로 해석되어서는 안 되며, 그 나라의 백성과 이 세상 나라의 만남을 인도하는 풍성하고 권위 있는 자료로 사용되어야 한다. 하나님 나라는 원수까지 사랑하는 신적 사랑의 나라이다. 예수님의 제자들은 이 세상 악을 이기기 위해 무력을 사용할 수 없으며, 고난을 각오하고 하나님의 말씀에 의지하고 순종해야 한다.

E. 영감으로 성경을 기록하고 문서화 하여 전수한 바로 그 성령께서 성경을 읽는 독자와 학생들 및 성경을 해석하는 믿음의 공동체를 인도하고 보상을 베푸신다. 성경은 그리스도의 권위를 가진다. 그것은 개인적, 공동체적 신자의 삶과 관련된다. 성경은 철저하게 해석되고 신실하게 적용되어야 한다. 성경은 우리에게 "그리스도를 믿음으로 얻는 구원"에 대해 가르치는 우리의 책이다. 성경은 우리에게 주신 책으로, 믿어야 할 것과 믿지 말아야 할 것, 해야 할 행동과 하지 말아야 할 행동을 가르친다. 성경은 "교훈과 책망과 바르게 함과 의로 교육하기에 유익하니 이는 하나님의 사람으로 온전하게 하며 모든 선한 일을 행할 능력을 갖추게 하려 함이라" 딤후 3:15-17

부록 2: 신약의 난해 구절에 대한 평화주의자의 답변

    평화주의자의 신약성경 사용에는 평화주의자의 오류를 지적하기 위해 특정 본문을 사용하는 비평화주의자에 대한 반박이 포함된다. 적어도 여덟 명의 저자가 이들 본문 가운데 일부에 대한 고찰을 통해 본문이 평화주의자의 입장을 위태롭게 하지 않으며 오히려 지지하는 본문도 있다는 주장을 제시한다. 여덟 개의 자료는 다음과 같다.

- 허버트 부스Herbert Booth, 『성도와 검』 *The Saint and the Sword*, New York: George H. Doran Company, 1923, 1
- 존 퍼거슨John Frguson, 『사랑의 정치학: 신약성경과 비폭력적 혁명』 *The Politics of Love*: *The New Testament and Non-violent Revolution*, Greenwood, S.C. The Attic Press, n.d.
- 헨리 패스트Henry A. Fast, 『예수와 인간의 갈등』 *Jesus and Human Conflict*, Scottdale, Pa.: Herald Press, 1969
- 가이 허쉬버거Guy Hershberger, 『전쟁, 평화, 무저항』 War, Peace and Nonresistance, Scottdale, Pa.: Herald Press, rev. ed. 1953. 〈대장간역간〉
- 맥그레거G. H. C. Macgregor, 『평화주의의 신약성경 기초』 *The New Testament Basis of Pacifism*, Nyack, NY.: Fellowship Publications;, 1954
- 리차드 맥솔레이Richard McSorley, 『평화의 신약성경 기초』 *The New Testament Basis of Peacemaking*, Scottdale, Pa.: Herald Press, 1959
- 존 라세르John Lasserre, 『전쟁과 복음』 *War and the Gospel*, Scottdale, Pa.: Herald Press, 1962
- 쿨버트 루텐버Culbert G Rutenber, 『단검과 십자가: 평화주의의 시험 』 *The Dagger and the Cross*: *An Examination of Pacifism*, Nyack N.Y.: Fellowship Publications, 1958

아래 표는 저자가 고찰한 본문 및 대답한 페이지이다. 인용된 본문은 저자가 사용한 빈도수 및 중요도에 따라 순서대로 배열했다. 괄호 속 페이지는 본문에 대한 언급이 간략히 제시된 경우를 가리킨다.

본문	부소	퍼거슨	패스트	하셔바거	맥그레거	맥솔레이	라세르	루틴버
1) 눅 22:36-38 : 걸옷을 팔아 검을 사다	24, 70-78	31-33	102-105	299-301	22-24	39-43	37-45	41-42
2) 요 2:13-17(막 11:15-19; 마 12:12-17; 눅 19:45-48) : 성전을 깨끗케 하심	24, 332-334	28-30	119-122	301-302	17-18	33-34	45-48	40-41
3) 막 12:13-17(마 22:15-22; 눅 20:20-26; cf. 마 17:24-27) : 가이사에게 세금을 바치라	308-309	34-36	111-114	296-297	81-82	43-45	86-97	37-38
4) 마 10:34-35 (눅 12:51) : 화평이 아니라 검을 주러 왔다	319	3-31	93-94	299	20	35-36	(43)	41
5) 롬 13:1-7(벧전 2:13-17) : 권세들에게 복종하라	130-132 260-266			295-296	82-87	45-52	97-113	37-38
6) 눅 7:5-10(마 8:5-10; cf. 요 4:46-53) : 예수께서 백부장을 칭찬하심	24, 79	33-34	110	298	18-20	36-38	53-55	(44-45)
7) 눅 11:21-22(cf. 막 3:27) : 무장을 한 강한 자	300-302	39-40	105	303	25	38	55-56	
8) 엡 6:10-17(cf. 딤전 1:18; 딤후 2:3; 4:&; 고전 9:7) : 군인 이미지는 전쟁을 지지한다	25, 260-265	42-43		304	26-27		56	42-43
9) 무력과 폭력에 대한 예수님의 비유(마 22:7; 막 12:1-9; 13:24-27; 눅 13:47-50; 18:32-35; 24:45-51; 25:14-30; 눅 10:13-15)	323-325	40	116-119	303	26		57	43
10) 막 13:7-13(마 24:6-7; 눅 21:9-11) : 예수님의 전쟁 예언		40-42	101-102	301	21		57	38-39
11) 눅 3:14 : 세례요한이 군인에게 그만두라고 말하지 않음	82-83			298	18		53-55	44-45
12) 요 15:13 : 사랑은 친구를 위해 목숨을 버린다		36-37		305	27	38-39		

본문	부소	퍼거슨	패스트	하쉬버거	맥그레거	맥솔레이	라세르	루텐버
13) 눅 14:31-32 : 왕이 준비된 전쟁에 나간다	298-300		108	303				
14) 요 18:36 : 세상 나라는 싸운다		43			25-26		142-143	(47)
15) 막 9:42(마 18:6-7; cf. 눅 17:1-2)	302-303		108-109	302-303			24-25	
16) 계 19:15 : 하나님이 검을 사용하시며, 맹렬한 진노의 포도주 틀을 밟으심				302-303				43
17) 마 23장(눅 11:37-52; 막 12:38-40) : 바리새인에게 임할 화			95-101					
18) 행 10~11장 : 교회가 고넬료를 받아들임	24,79,83			298				(44-45)
19) 마 26:52 : 검을 가진 자는 검으로 망한다: 밭에 초점				(299-300)		34-35		
20) 롬 1:19-21; 2:14-15: 정당한 전쟁의 근거		37-39						
21) 마 11:12(눅 16:16): 침노하는 자가 나라를 빼앗느니라		36						
22) 계 12:7-9 : 하늘에서의 전쟁		44						43
23) 막 8:34-35 : 기꺼이 자기 목숨을 버리라			114-116					
24) 눅 12:39-40(마 24:43-44) : 도둑으로부터 검을 지키라			106-107					

이 자료 가운데 네 개의 본문은 같은 특징이 나타난다. 네 본문은 다음과 같다.

1. 누가복음 22:36-38

네 명의 저자-퍼거슨, 패스트, 맥솔레이 및 루텐버- 는 은유적, 또는 비유적 이해를 제시한다. 즉, 예수님은 검 이미지를 사용하여 "장차 올 비극적인 영적 전쟁"을 선포하심으로 제자들에게 혹독한 종말을 대비하게 하셨다는 것이다. "[그것이면] 족하다"38절라는 구절은 어떤 문학적 오해도 차단한다. 부스는 "족하다"는 단어가 "예언의 성취"라는 사실은 본문 자체37절가 보여준다고 말한다. 이 구절은 "그는 불법자의 동류로 여김을 받았다"라는 예언의 성취이며, 따라서 이 예언이 이루어졌기 때문에 예수님을 불법자로 규명한다는 것이다. 예수님은 "[그것이면] 족하다"it is enough라고 하심으로 문자적 오해를 막으신다. 라세르는 두 가지 설명을 결합한 해석을 최상의 해법으로 제시하며, 맥그레거와 함께 문자적 의미는 역사적 상황에서 의미가 없다는 말 외에는 어떤 확실한 결론도 제시하지 않는다. 예수님이 족하다고 말씀하신 두 개의 검은 말할 것도 없이 열두 개의 검으로도 충분하지 않았을 것이다. 허쉬버거는 이 구절을 믿음이 부족하고 다가올 일을 깨닫지 못하는 제자들의 무능함을 책망하는 온건한 역설로 받아들인다. 모든 저자는 무장을 정당화 하는 어떤 해석도 예수께서 이곳을 포함하여 명백히 가르치신 내용과 배치된다고 강조한다.49-53절 및 마 26:52 참조

2. 요한복음 2:13-17(병행절 포함)

채찍은 요한복음에만 나타난다는 사실을 확인한 다섯 명의 학자부스, 퍼거슨, 맥그레거, 라세르, 루텐버는 이 헬라어 구절에 대한 바른 해석은 예수께서 성전에서 "양이나 소를 다" 내쫓으셨다는 것이라고 말한다. 라세르는 "다"판타스는 문법적으로 남성이며 접해 있는 남성 선행사, 상인을 가리키는 것이 아니라 소를 가리킨다고 말한다.저자는 양이 포함된다는 사실을 보여주기 위해 한 구절을 덧붙인다. 2 여덟 명의 저자 모두 이 행동은 예수님의 도덕적 권위를 보여준다고 말한다. 그것은 신체적 폭력이 아니라는 것이다. 패스트는 채찍을 휘두르거나 상을 엎는 행위는 말씀의 권위를 강조한다고 주

장한다. 예수님은 신체를 상하게 하거나 죽이지 않으셨다. 맥솔레이는 이 본문을 전쟁에 대한 근거로 사용한다는 것은 군국주의자가 자신의 관점을 뒷받침하기 위해 성경적 근거를 찾는 일이 얼마나 어려운지를 보여준다고 주장한다. 맥그레거와 라세르는 이 구절이 메시아적 행위라는 성경 학자들간의 공감대에 주목한다. 예수님은 성전에 대한 권위를 주장하셨다. 그는 메시아 대망에 부응하여 성전을 정화하시고 다시 세우실 것이다. 퍼거슨과 맥그레거는 이방인의 뜰을 깨끗케 한 의미에 대해 언급한다. 맥그레거는 대적과의 전쟁에 비한다면 이것은 호의적인 행동이라고 말한다. 퍼거슨은 열심당원인 예수의 실제 모습이 이곳의 기록을 통해 드러난다는 브랜든Brandon의 주장을 반박한다. 예수님은 이방인으로부터 성전을 깨끗케 하신 것열심당원이 원하는 것이다이 아니라 오히려 이방인을 위하여막 11:17["만민의 기도하는 집"] 깨끗케 하셨다.3

3. 마가복음 12:13-17

여덟 명의 저자는 이곳에서 예수님은 전쟁 참여를 뒷받침하는 근거를 제공하지 않으셨다는 일치된 관점을 보인다. 맥그레거와 루텐버는 어거스틴이 그리스도인은 정당한 전쟁을 뒷받침해야 한다는 주장을 뒷받침하기 위해 본문을 사용한 것세금은 군인의 급료로 지급되기 때문에은 잘못이라고 말한다. 맥그레거와 맥솔레이는 라세르가 본문에 대한 왜곡이라고 말했던 바, 교회와 국가의 관계에 본문을 적용하는 것은 나라의 국방을 위한 것이 아니라 전체주의적 통치에 대한 복종을 주장하는 것이라고 말한다. 퍼거슨은 본문은 민주적 권력 하에 있는 시민의 도덕적 의무에 대한 언급이 아니라 나치 점령 하의 노르웨이나 프랑스와 같은 상황에서의 언급이라고 말한다. 라세르는 가이사와 1943년의 히틀러를 비교한다.

또한 여덟 명의 저자는 "함정에 빠트리기 위한 질문" 퍼거슨, 맥그레거, 맥솔레이 및 라세르에 대한 예수님의 대답이 하나님의 요구를 가이사의 요구보다 우위에 놓는다고 입을 모은다. "이 땅에서 무엇이 하나님의 것이 아니어서 가이사에게 줄 수 있는 것이 있다는 말인가?"4 또한 라세르는 본문에 대한 메시아적 해석을 주장하며, 퍼거슨과 마찬가지로 동전의 표면은 가이사를 신으로 묘사한다는 사실에 주목한다. 그들은 예수님을 함정에 빠트려 로마제국의 반대자나 지지자로 드러냄으로써 그의 메시아적 주장을 훼손시키려 했다. 퍼거슨과 라세르는 예수께서 세금 바치는 것을 금하심으로 로마 제국에 맞섰다는 눅 23:2 일부 주장에도 불구하고 예수님은 모호한 대답을 하셨다고 말한다. 패스트는 예수님의 대답이 제자들에게 교훈을 주기 위한 것이라면 확실히 청지기에 대한 그의 광범위한 가르침 및 먼저 그의 나라를 구하라는 말씀은 맥솔레이도 참조하라 대답의 일부였을 것이다.

4. 마태복음 10:34-35

여덟 명의 저자 모두 이곳의 "검"은 병행구인 누가복음 12:51이 보여주듯이, 분쟁을 상징한다고 말한다. 검은 전쟁과 무관하다. 맥그레거는 퍼거슨과 함께 자녀와 부모의 분쟁은 예수께서 오신 목적이 아니라 결과라고 말한다. 허쉬버거는 이 구절이 가족 간에 일어날 수도 있는 박해에 대한 예언으로 본다.

부록 3: 결혼 관련 본문에 대한 해석학적 주석

이 부록은 신약성경 텍스트에 대한 계급 구조적 주석 및 해방주의 주석이 결혼 및 남편과 아내의 관계에 대해 주장한 내용이다.

고린도전서 7장

이 장은 결혼과 관련된 다양한 이슈들에 대해 논의하며, 특히 남편과 아내의 권리 및 '결혼과 그리스도인의 소명의 관계'에 초점을 맞춘다. 특히 3-4절을 주목하라. "남편은 그 아내에 대한 의무를 다하고 아내도 그 남편에게 그렇게 할지라 아내는 자기 몸을 주장하지 못하고 오직 그 남편이 하며 남편도 그와 같이 자기 몸을 주장하지 못하고 오직 그 아내가 하나니."

1. 계급 구조적 해석

1) 찰스 라이리는 이 장의 가르침이 여성의 지위에 대해 평가한다는 사실을 인정한다. 그는 이 가르침을 여섯 개의 항목으로 요약한다.

1 바울은 결혼 자체가 악하다는 어떤 개념도 제시하지 않았다. 2 배우자에 대한 권리는 상호 평등하다. 3 기독교는 어떤 결혼 외적 관계도 묵인하지 않는다. 4 독신을 권면한 것은 임박한 환난 및 해야 할 일 때문이다. 5 그리스도인 사이의 이혼은 허락되지 않는다. 6 처녀는 부모의 통제를 받는다.[1]

2) 프리츠 체룹스트와 조지 나이트는 고린도전서 7장에 대해 간략하게만 언

급한다. 그들은 결혼과 독신은 둘 다 유익하다고 주장한다.[2] 놀랍게도 스티븐 클라크는 철저한 연구를 통해 신약성경의 가족에 관한 텍스트를 다루면서 고린도전서 7:1-6에 대한 어떤 논의도 무시한다.[3]

2. 해방주의적 해석

1) 리차드와 조이스 볼드레이는 고린도전서 7장의 가르침이 예수께서 가져오신 혁명적 새로운 질서의 하나됨과 상호성을 표현한 것으로 이해한다. 남편과 아내는 둘 다 서로를 "원해야" 한다. 그들은 상호 "의무를 다해야 하며"(3절) 사취해서는 안 된다. 각자 상대의 몸을 주장할 수 있으며(4절) 상호 합의하여 결정해야 한다.(5절) 이런 상호성은 결코 남자의 양보에 의한 것이 아니며, 남편과 아내는 둘 다 독립적이며 동일한 책임이 부여된다.[4]

2 윌리엄스도 1-6절에 대해, "가장 밀접한 만남을 통한 절대적 성적 평등… 어떤 이기적 행동, 권력욕, 유혹이나 강제도 허용되지 않는다… 바울은 결코 남성 지배나 자기중심적 성향을 염두에 두고 있지 않다"고 말한다.[5]

3 "실제 바울"은 급진적 해방주의자라고 주장하는 로빈 스크룩스는 이 장에서 남자와 여자가 모두 "동일한 자유와 동일한 책임"이 있음을 보여주려는 특별한 노력을 발견한다. 그는 균형 잡힌 강조를 다음과 같이 요약한다.

결혼
남자마다   여자마다

부부관계
남편은 … 의무를 다하고   아내도 … 그렇게 할지라
남편도 … 주장하지 못하고   아내는 … 주장하지 못하고

일시적분방
하나의 단위로서 부부에 대한 권면이 제시된다.

미혼자와 과부의 결혼

병행구가 나타나지 않음

이혼에 대한 일반적 원리
    남편도 버리지 말라   여자는 갈라서지 말고

불신결혼
    어떤 형제에게 믿지 아니하는   어떤 여자에게 믿지 아니하는 남편이
    아내가 있어 아내로 말미암아   있어 남편으로 말미암아 거룩하게 되고
    거룩하게 되고

불신결혼의 붕괴
    아내 된 자여… 어찌 알 수 있으며   남편 된 자여… 어찌 알 수 있으리요

결혼 생활의 유지
    끝 부분의 구절 외에는 다른 병행구가 없음
    "네가 아내에게 매였느냐"   처녀에 대하여는…

결혼한 자와 하지 않은 자의 염려
    장가 가지 않은 자는 주의 일을 염려하여 시집 가지 않은 자는 주의 일을 염려하여
    장가 간 자는 아내를 염려하여   시집 간 자는 남편을 염려하여

약혼자
    병행구가 나타나지 않음

과부의 재혼
    병행구가 나타나지 않음

스크록스는 "바울은 이 모든 상황에서 굳이 여성의 평등을 보여주었다"고 말한다.[6]

가정 법전

엡 5:21-33; 골 3:18-4:1; 벧전 2:18-3:7

세 본문은 남편과 아내, 부모와 자식, 주인과 종의 관계에 대해 놀랄 만큼 상세히 다룬다. 본문은 남녀 관계에 대한 전반적 언급은 하지 않지만, 종종 (a) 여자가 남자에게 복종하는 것이 성경적 가르침이라거나 계급 구조 (b) 이 법전은 기존의 문화적 계급 구조에 해방주의적, 평등주의적 요소를 도입한다는 해방주의 주장을 위해 인용

된다. 이런 이유로 말미암아 세 본문은 논쟁에 기여한다.

가정 법전Haustafein으로 알려진 이들 본문에 대한 학문적 논의는 ⓐ 이러한 규례가 파루시아가 이르지 않았기 때문에 문화적 의무를 위한 오랜 윤리적 지침으로서 바울및/또는 교회에 의해 채택된 이교적 기원의 자료인지, ⓑ 기본적으로 유대적 기원의 자료로, 실제로 기독교와 조화를 이루는지에 초점을 맞춘다. 다음 관점들에 대한 묘사에는 이 논쟁의 요소들이 제시된다.

1. 계급 구조적 해석

1) 라이리는 세 본문에 나타난 두 개의 지배적 사상에 대해 언급한다.

> 하나는 결혼의 핵심 요소는 사랑이라는 뚜렷한 기독교적 사상이다… 사랑에 대한 이런 기준은 헬라 사회에서는 찾아볼 수 없으며 그리스도인 남편과 아내의 사랑과 그리스도의 희생적 사랑의 비교는 유대교의 기준을 능가한다.

> 또 하나의 지배적 사상은… 남편에 대한 아내의 복종이다. 바울은 이 복종의 근거를 남편의 머리됨에서 찾으며, 베드로는 아브라함에게 복종하며 그를 주로 불렀던 사라의 모범에 대해 칭찬함으로서 이 문제를 조명한다.7

라이리는 복종과 열등을 구별하며 바울은 여자를 남자의 지배를 받는 열등한 존재로 보지 않았다고 주장한다. 오히려 성부에 대한 그리스도의 복종은 남편에 대한 아내의 복종의 전형이 된다. 이 가르침은 "일시적 윤리"가 아니라 영원한 "변치 않는 사실에 기초한" 영원한 윤리이다.

> 따라서 하나님은 가족 관계를 통해 하나님은 머리로서 남편과 복종하는 위치에 있으면서도 존귀한 존재인 아내를 포함한 질서를 지시하셨다… 초기 교회는 확실히 아내가 복종하는 가족 관계를 정상적이고 고정된 질서로 생각했다.8

2) 이들 본문에 대한 체룹스트의 연구는 복종(hypotage)에 대한 광범위한 논의에서 발견된다. 그는 "하이포타지"가 사물의 질서 있는 배열이라는 뜻의 "타그마타"(-

tagmata)에서 파생된 사실에 주목한다. 체룹스트는 신약성경 저자들이 만물의 질서를 본다고 말한다. 하나님은 모든 것 위에 계시며, 그리스도는 하나님께, 천사와 권세들 및 교회는 그리스도께, 그리고 백성은 국가에 복종한다. 가정 법전에는 세 가지 유형의 복종이 제시된다. 체룹스트는 아내의 복종과 그 외 모든 형태의 복종을 구분한다.

> 처음 기대와 달리 성경은 여자가 남자에게 복종해야 한다고 말하지 않는다.9 …
> 다만 여자는 남자에게 종속되었으며, 남자는 여자의 머리이고 여자는 이러한 신
> 적 질서를 받아들여야 한다고 말한다. 이런 문맥적 상황에서 신약성경은 언제나
> 여자에게 말한다. 성경은 남자에게 여자를 복종시키라고 명하지 않는다. 성경은
> 남자의 "힘"에 대해 언급하지 않는다. 성경은 여자의 복종으로부터 여자는 자녀
> 나 종이 부모나 상전에게 하듯이, 또는 군인이 상관에게 하듯이 여자는 남편에
> 게 복종해야 한다는 원리를 도출하지 않는다.10

그럼에도 불구하고 체룹스트는 남편에 대한 아내의 복종이 아무리 구별된 것이라 할지라도 "여자의 입장에서 복종에 대한 요구 및 개념은 남아 있다"고 말한다. 그러므로 여자에게는 "완전한 자유와 독립성이 허용되지 않는다."11

체룹스트는 "남자에 대한 여자의 복종"은 여자가 교회에서 가르치고 말하는 것을 금지하는 근거가 되어야 한다고 생각한다. 말씀을 선포하고 가르치는 직무는 "다스리는" 일이기 때문에 여자는 그런 활동을 통해 복종의 의무를 범하게 된다는 것이다. 다스리는 자리를 버리고 복종을 받아들이는 것은 하나님의 뜻이다.

> 여자의 입장에서 이러한 포기는 결코 자신에 대한 굴욕이나 압제적 의미가 아니
> 다. 왜냐하면 여자가 복종하는 것은 그로 말미암아 신적 질서가 유지된다는 사
> 실을 알기 때문이다. 여자를 직무에서 배제한 것은 다른 이유로는 설명하기 어려
> 우며, 역사적으로 이해되지도 않았다.12

3) 이 특별한 세 본문에 대한 나이트의 기여는 세 가지 강조점으로 구성된다. 첫째로, 남자의 머리됨이 타락에 기인하며 구원받은 남편과 아내는 그로부터 해방되어야 한다고 주장하는 자들에 맞서 "남편의 압제적 통제"와 하나님이 지시하신 결혼

의 역할 관계를 구분한 나이트는 남편은 머리의 역할을 해야 하며 아내는 그의 권위에 복종해야 한다고 주장한다.[13]

둘째로, 나이트는 이 관계로 인해 죄의 영향이 그쳤다고 말한다. 왜냐하면 이 관계에서 남편과 아내는 그들의 입장에서 감당하기 어려운 역할을 맡았기 때문이다.

> 남편의 권위를 주장하기 위해서는 그리스도께서 교회를 사랑하신 것처럼 아내를 사랑하고 존중해야 한다. 남편의 권위 아래 있는 아내에게는 "주께 하듯," 교회가 그리스도께 복종하듯 "범사에" 남편을 존경하고 복종하라는 권면이 주어진다.[14]

셋째로, 나이트는 바울이 요구한 상호 복종이 가정에서의 특별한 역할 관계를 위한 상황으로서의 기능을 한다는 사실에 주목한다. "모든 역할 관계를 위한 상황이란 우리는 생명의 은혜를 유업으로 함께 받을 자로서 서로에게 속해 있으며 서로를 필요로 하고 서로에게 복종해야 한다는 것이다." 이것은 남편과 장로감독 모두에게 해당된다. 권위와 복종은 결합되어야 한다.[15]

4 스티븐 클라크는 에베소서 5:21-33과 골로새서 3:18-4:1 및 베드로전서 2:18-3:7을 "가정에 대한 핵심구절"로 보고 광범위하게 논의한다. 그의 주장은 다음과 같이 요약할 수 있다.

첫째로, 클라크는 결혼은 에베소서 5:22-23의 핵심 주제가 아니며, "결혼을 통한 남편과 아내의 질서"가 논의의 초점이라고 말한다. 결혼은 이런 관점에서 접근해야 한다.[16]

둘째로, "바울은 이 관계에서 종속적 위치에 있는 자아내, 자녀 및 종에게 초점을 맞추고 있다." 복종의 이유는 "그리스도를 경외함" 엡 5:21 이다. 이것은 "내적 복종의 태도"이며 사랑으로 대체될 수 없다. 경외는 "더욱 큰 진지함과 의무감을 포함한다."[17]

셋째로, 상호 복종은 에베소서 5:21-33의 주제가 아니다. 에베소서 5:22-6:9의 구조는 이 관계에서 한 편이 다른 편에 종속되어 있음을 보여준다. 종속이란 다른 사람의 아래에 있다는 뜻이다. 남편이 아내를 섬기고 사랑하는 것을 종속복종이라고 말하지 않는다. 또한 "피차"21절라는 말은 "너희 가운데"라는 뜻으로 볼 수 있으며, 따라서 여기에는 모임 안에서의 복종 구조가 나타난다.cf. 약 5:16, 병든 자는 "서로" 고백해야한다. 물론 서로라는 말은 "장로에게"라는 뜻이다 18

넷째로, 에베소서 5:22-6:9의 구조는 21절을 서두 진술로 하는 복종의 패턴을 보여준다. 이 패턴은 다음과 같다.골 3:18 이하와 평행을 이룬다

A. 아내가 남편에게

B. 자녀가 부모에게

C. 종이 상전에게19

다섯째로, 가정의 역할 관계에 대한 핵심 본문의 기본적 호소는 "남편에 대한 아내의 복종과 아내에 대한 남편의 사랑"이다.20 이 역할 관계는 결혼의 하나됨을 위한 것으로, 그리스도와 교회의 관계와 대조된다. 남편과 아내에게는 그리스도와 교회의 머리와 몸의 관계가 요구된다. "머리"케팔레는 원천을 가리킬 수도 있지만, 확실히 권위를 가리키기도 한다. 조상과 머리라는 두 의미 사이에는 어떤 대립도 없다.

자신의 몸인 아내의 머리로서 남편 개념과 범사에 복종해야 하는 아내라는 두 개념은 같은 실재를 가리킨다. 두 개념은 하나의 기능을 하며, 따라서 아내의 삶은 철저히 머리로서 남편의 권위 하에 있어야 한다.21

이처럼 밀접한 하나됨과 복종의 관계는 창세기 1-3장의 가정을 위한 역할 관계와 완전히 일치한다.22

여섯째로, 베드로전서 3:1-7은 에베소서 5:22-33골 3:18-19과 마찬가지로 "아내의 복종에 초점을 맞춘다." 이 본문에서 "'순종'은 복종과 별개의 개념이 아니며"6절, 불신 남편의 경우에도 적용되는 일반적 원리로 제시된다.고전 7:12-16에서 볼 수 있는 것처럼 내용이 수정되기도 하지만 또한 이곳의 복종순종은 "온유하고 안정한 심령"이라는 행동적 특징 및 단정한 옷차림과 연결된다. 남편이 아내를 존중해야 하는 이유는 아내의 연약함, 은혜를 함께 이어받음 및 기도의 효력이라는 세 가지로 제시된다. 첫 번

째 이유는 남녀의 차이에 따른 것이지만 나머지 두 가지 이유는 "가정에서 남자와 여자의 영적 평등을 가리킨다."[23]

일곱째로, 가정생활의 패턴은 남편과 아내를 위한 네 가지 요소로 구성된다.

(1) 남편은 가정의 머리이자 다스리는 자이며… 주로 가정의 선한 질서와 훈계의 책임이 있다.	아내는 지시를 받는다는 의미에서 뿐만 아니라 자신의 삶을 종속시킨다는 의미에서 남편에게 복종해야 한다.
(2) 남편은 주로 가정 밖에서 일어나는 일.. 공동체와 관련된 일… 가정과 사회의 관계를 담당한다.	아내는 남편 아래에서 집안을 다스리며 집안의 질서 및 가사를 담당한다.
(3) 남편은 아들을 양육하고 교육하며 때로는 집안의 다른 젊은 남자를 가르치기도 한다.	아내는 어린 자녀와 딸을 기르고 교육하며 때로는 집안의 다른 젊은 여자를 가르치기도 한다.
(4) 남편은 보호자이며 부양자이다… 그는 위험에서 보호할 책임이 있으며… 경제 활동을 하고… 양식과 의복, 주거지 및 기타 생필품을 조달해야 한다.	아내는 가족의 필요를 채운다… 그의 주된 임무는 집안일을 책임지고… 음식과 의복을 준비하며 집안 청소 및 깨끗이 단장하는 일을 한다.

2. 해방주의적 해석

아래의 I 및 II는 해방과 복종을 접목하려는 주석을 보여주며, II는 I의 통찰력을 확장한다. 마찬가지로 해방주의 입장을 뒷받침하는 III과 IV는 복종주의자의 가르침이 복음의 온전한 의미를 제시하지 못한다고 생각한다.

I-A. 마르쿠스 바스Markus Barth는 에베소서에 대한 최근 주석에서 5:21-33에 대한 광범위하고 중요한 논의를 제공한다. 145페이지에 달하는 그의 풍성한 내용을 짧은 요약에 담을 수는 없지만 그의 해석학적 강조점이 담긴 중요한 진술을 제시하고자 한다.

a. 바스는 21-22절을 다음과 같이 번역한다. "너희는 그리스도를 경외하기 때문에 피차 복종하라. 즉, 아내는 주께 하듯 남편에게 복종하라."[24] 바스는 바울의 윤리적 교훈은 모두 메시아의 선교와 죽음과 부활의 위대한 결과인 교회의 새로운 실

재에 뿌리를 두고 있다고 말한다. 이어지는 장들은 이 선포를 확인한다. "메시아 예수는… 사람의 내면에 근본적인 영향을 주고 변화시키며 삶을 형성하는가?" **25**

바스는 5:21-33에 대해 다음과 같이 말한다.

> 마지막 한 쌍의 절을 제외하면 전체 본문의 배후에는 그리스도라는 하나의 동인이 자리 잡고 있다. 그리스도를 경외함21절은 상호 복종의 동인이 된다. 그리스도가 교회의 머리됨은 남편에 대한 아내의 복종의 준거가 된다.22-24절 메시아의 사랑은 남편의 사랑의 근거 및 척도가 된다.25a절 그리스도와 그의 몸의 하나됨 및 교회를 돌보심은 아내를 사랑하는 남편은 곧 자신을 사랑하는 자인 이유가 된다.28-30, **26**

따라서 그리스도와 교회의 새로운 실재는 남편-아내의 관계를 지배한다. 머리됨과 복종은 이런 실재의 상황 안에서 규명된다.

b. 바스는 "남편은 아내의 머리"라는 구절의 기원이 바울이라고 생각한다.

> 남편이 머리라는 사실 및 양태는 "로스"라는 히브리어의 이중적 의미 "머리"와 "우두머리"뿐만 아니라 그리스도의 머리됨의 사건 및 양태에 의한 것이다.**27**

그리스도의 아가페 사랑의 본질은 그의 희생적 섬김막 10:45에서 찾을 수 있다. 남편이 이와 같은 아가페 사랑을 한다는 것은 아내에 대한 참된 사랑에 "적합한 값을 무엇이든 기꺼이 지불한다"는 의미이다. 아내에 대한 그런 사랑은 5:21의 그리스도에 대한 남편의 복종에 해당한다.**28** 사도는 아내를 사랑하라, 아내를 사랑하라, 아내를 사랑하라는 세 차례 명령을 통해 그리스도를 경외함으로 말미암은 남편의 의무를 상기시키며, "그는 더 이상 덧붙일 말이 없다."**29**

c. 아내의 입장에서 그리스도 안에서의 피차상호 복종은 남편에 대한 복종 및 경외함을 가리킨다. 남편의 아가페 사랑 및 아내가 그리스도를 경외하는 상황에서 아내로서의 복종은 확실하고 고양된 반응이다.**30** 바스는 바울이 아내에 대한 언급으로

시작하지만 끝에는 순서가 바뀐다고 말한다. "아내도 자기 남편을 존경하라"[5:33]라는 구절 속에 부드럽게 언급된 남편에 대한 아내의 경외함은 남편의 사랑에 대한 반응으로 기대된다. 그리스도의 아가페 사랑에 부합하는 남편의 사랑만이 로마서 13장의 권세자의 진노에 대한 두려움과 다른 아내의 존경을 끌어낼 수 있다. 마찬가지로 아내의 복종은 "남편의 사랑에 대한 반응으로서 묘사된다."[31]

    d. 바스는 남편의 사랑에 의한 것이든 아내의 경외함에 의한 것이든 그리스도인의 복종은 언제나 자발적이라고 말한다. "복종하다"[히포타소]라는 동사는 바울서신에 23번 나타난다. 이 동사가 능동태로 사용될 경우, 통치자들과 권세자들을 복종케 하시는 하나님이 주어가 된다. 그러나 교회의 지체, 예언적 은사를 가진 성도, 아내, 자녀, 종에게 적용될 경우 이 동사는 "중간태나 수동태 직설법, 분사, 또는 명령형이 사용된다." 이 경우 복종은 "굴복과 협력의 자발적 태도, 책임감 및 의무감이라는 개념을 가진다." 이것은 에베소서 4:1-3의 "모든 겸손과 온유, 오래 참음, 사랑, 용납, 하나됨, 평안"과 같은 미덕과 일치한다.[32]

    e. 바울은 다른 곳에서 남편과 아내에게 요구하는 "부부의 질서"나 "혼인의 원리"에 대해 언급한 적이 없다. 하나님의 종말론적 일정표 상의 "권세들"[고전 15:24-28]이나 예배[고전 14:40]를 위해서는 질서가 필요하지만 결혼은 그렇지 않다.

> 바울은 결혼 행위에 대한 법이나 규범 및 고정 관습을 그리스도와 교회의 신랑-신부 관계로 대체한다. 배우자는 그들을 사랑하는, 그리고 그들이 경외하는 하나님의 메시아에 대해[5:25, 21], 독특하고 새로운 신실함으로 하나가 된 서로에 대해, 그리고 당시의 상황에서 교회의 선교 사역에 대해서만, 책임이 있다. 그러므로, 아내가 남편에게 복종하는 것은 오직 하나님 나라의 질서에 따른 것이다. 아내는 하나님의 모든 자유하는 자녀들이 함께하는 축제와 분투의 행렬을 위해 택함을 입은 고귀하고 존경받는 지체로서 자발적으로 그렇게 한 것이다.[33]

    I-B. 데이비드와 엘루이즈 프레이저David and Elouise Fraser 부부는 풀러신학교

의 동창회지에 실린 한 아티클에서 바스의 강조점을 따라 이 에베소 본문의 "남녀 문제"에 대한 탈신화화를 시도한다.

본문에 대한 철저한 연구는 이 본문에 기초한 것으로 생각되는 많은 대중적 개념을 파괴하는 효과를 가진다. 바울의 글에 나타난 극적인 요소는 남편을 1세기의 가부장제도를 바꾸어버린 새로운 결혼 모델로 인도하는 가르침에 초점을 맞춘다는 것이다… 바울은 그리스도인 남편에게 세 가지를 명령한다. 첫째로, 남편은 아내가 자기에게 복종하듯이 아내에게 복종해야 한다. "그리스도를 경외함으로 피차 복종하라." 5:21 바울은 결혼관계를 상호적 관계로 만든다.34

둘째로, 프레이저는 남편의 머리됨의 의미에 대해 언급한다.

남편이 아내의 첫 번째 종이 되어야 하는 기독론적 방법에 있어서 자신의 역할을 이해할 때, "머리"는 오직 사랑에 초점을 맞춘 방식으로 규명된다. 남편은 자신의 임무를 리더십이라는 관점에서 생각할 필요가 없다. 이것은 누가 결정하고 누가 따라야 하는지를 보여주는 직무분장 도표 같은 것이 아니다… 바울은 그리스도께서 교회의 주이듯이 남편을 범사에 주로 만들지 않는다. 그리스도와 남편은 오직 희생적 사랑이라는 점에서만 비교점을 찾는다.35

프레이저의 세 번째 요지는 혼인의 하나됨을 강조한다. 창 2:24에 호소하는 엡 5:31-33에 기초하여

예수님은 타락을 통해 잃어버린 것, 즉 창세기 3:16에서 여자가 남편에게 복종함으로써 상실한 평등권을 회복하신다. 저주는 은혜로 폐지되고 여자는 남편과 동등한 지위를 회복할 것이며 함께 생명의 은혜를 이어받을 것이다. 벧전 3:7 남편과 아내는 사랑으로 하나가 되고 피차 복종해야 한다. 아마도 그처럼 모든 전통적 결혼 구조에 위협이 되는 결혼 규범은 찾기 어려울 것이다.36

I-C. 다른 저자들은 앞서의 강조점들을 반복한다. 레다 스칸조니Letha Scanzoni 와 낸시 하디스티Nancy H Hardesty는 상호 복종을 강조하며, 본문의 초점은 아내의 복

종이 아니라 남편의 행위에 맞추어진다고 말한다. 에베소서 5장의 새로운 내용은 이교 사회에서 볼 수 있는 것과 같은 남편과 아내 사이의 지배와 복종의 관계가 아니라 상호에 대해 주께 하듯 해야 하는 방식에 있다.[37]

I-D. 볼드레이도 상호 복종을 강조하며, 이 복종은 자기 주장과 반대라고 말한다. 남편과 아내의 서로에 대한 전적인 관심은 바울 시대에는 급진적이며 오늘날까지도 마찬가지이다.[38]

I-E. 윌리엄스는 이 가르침을 7개 항목으로 요약한다.[39] 그는 "바울은 아내가 남편에게 복종하는 전통적 계급 구조를 주장하지만 그것을 상호 복종으로 바꾸고 내용을 수정한다. 그리스도가 표준이며 모델"이라는 결론을 내린다.[40]

II-A. 존 하워드 요더는 복종을 가르치는 신약성경의 광범위한 문맥 안에서 가정 법전 텍스트의 복종에 대해 논의한다. 그는 헬라어 "하이포타세스-타이"라는 구절을 번역하면서 영어 단어 복종submission보다 순복subordination을 선호한다. 복종은 "무너뜨림을 당하다, 지배를 당하다"라는 수동적이고 굴종적인 의미가 있기 때문이다.

> 순복은 기존의 질서를 받아들인다는 뜻이 있으며, 여기에 의미 있는 동기에 의해 의지적으로 받아들인다는 새로운 개념이 덧붙는다.[41]

요더는 이 복종을 혁명적 복종으로 설명한다. 왜냐하면 첫째로, 지배하는 상대의 존엄에 호소하는 스토아학파의 윤리와 달리 바울은 먼저 지배를 당하는 자에게 호소하기 때문이다. "이 사회 구조에서는 복종하는 자가 도덕적 행위자로 언급된다."[42]

둘째로, 이 복종은 옛 질서로부터의 해방을 경험했으며, "불복종에 대한 유혹"은 그리스도의 모범으로 말미암아 자발적인 복종이 되었다는 점에서 혁명적이다.[43] 그들은 옛 구조를 타파할 필요가 없다. 그것은 그리스도 안에서, 그리스도를 통해 사

라질 것이기 때문이다.**44**

셋째로, 이 복종의 "그리스도와 관련된" 혁명적 요소는 "지배층에 대해… 일종의 복종을 요구한다는 것이다."**45** 아가페 사랑에 대한 요구는 지배층을 섬기는 자로 만든다. 이런 상호적 복종은 사실상 혁명적이며 현재 사회질서의 기원을 창조 질서에 두는 루터파의 강조와 다르다.

> …복종해야 할 자에게 복종을 받아들일 것을 요구하는 가정법전은 기존의 질서를 신성시하지 않는다. 오히려 가정법전은 상충된 명령으로 기존의 질서를 상대화하고 무력화시킨다.**46**

요더의 해석은 그리스도인의 복종의 신학적 근거가 되는 예수님의 섬김의 모델에 직접 호소한다.

> 지배적 입장의 자발적 섬김이라는 [예수님의] 혁명적 복종은 지배를 받는 사회적 약자로 하여금 아무런 적의 없이 그 상태를 받아들이게 하는 동시에 지배층으로 하여금 자신의 지위를 이용한 모든 지배 행위를 버리게 한다. 이 요구는 복음이 침투한 계층화 된 사회에 대한 단순한 비준이 아니다. 복종하는 자는 운명론적으로나 분개심으로 복종하는 것이 아니라 그리스도의 능력으로 자발적으로 섬김으로써 자유로운 윤리적 행위자가 된다. 이 요구는 옛 질서를 폭력적으로 대체하는 새로운 세상이 즉시 와야 한다는 것이 아니라 옛 질서와 새 질서가 다른 차원에서 공존해야 한다는 것이다. 그리스도인 아내가 현재의 믿지 않는 남편에 대한 복종을 기꺼이 받아들이는 것은 그리스도 안에는 남자나 여자가 없다는 사실을 알기 때문이다. 자유자와 종이 현재의 경제 구조 안에서 인간적이고 정직한 관계를 유지할 수 있는 것은 그리스도께서 모든 사람을 자유하게 하심으로 자유자나 종이 같아졌기 때문이다. 이 구조는 곧 사라질 것이다.고전 7:31, **47**

요더는 복종에 대한 바울의 가르침을 갈라디아서 3:28에 연결함에 있어서, 복종에 대한 바울의 가르침이 "그리스도 안에는 남자나 여자나 다 그리스도 예수 안에서 하나"라는 그의 발전된 통찰력과 배치된다고 주장하는 해석자들가령, 크리스터 스텐달48과 다른 견해를 제시한다. 요더는 갈라디아서 3:28을 이용하여 "유대인이나 헬라인이나 종이나 자유인이나 남자나 여자나" 차별이 없는 평등을 주장한 20세기 평등주의의 현대적 해석에 대해 반박한다. 요더는 이 본문의 핵심은 평등이 아니라 '그러한 차이에도 불구하고 하나됨'이라고 주장한다. 뿐만 아니라 이 대중적 해석은 복종의 기독론적 근거의 자유하게 하는 힘을 깨닫지 못한다.49

II-B. 데니스 쿤즈Dennis Kuhns는 복종주의자의 가르침에 대한 논평에서 요더의 강조점을 따른다. "그리스도의 왕국에서 복종과 머리됨은 희생적 사랑을 통해 다른 사람을 섬기는 것과 관련된다."50 쿤즈는 자발적 복종은 "그리스도인 아내에게 비저항 문제였으며," 이것은 그들이 다르게 반응할 권리가 있었으나 그리스도에 대한 복종 때문에 그런 권리를 포기했다는 뜻이라고 말한다.51

III-A. 폴 쥬엣은 스텐달의 주장을 따라, 노예제도 및 여자의 복종에 대한 바울의 가르침을 역사적 한계의 일부로 본다. 즉, 바울의 가르침은 갈라디아서 3:28이나 고린도전서 11:10-11에서 발견되는 이상을 보여주지 못한다는 것이다. 이런 가르침은 오늘날 사회질서의 규범으로 받아들여서는 안 된다. "바울이… 자녀는 부모에게 순종해야 한다고 가르친 것처럼 종은 상전에게 복종해야 한다고 가르친 것은 그의 기독론적 통찰력의 역사적 한계를 보여준다."52 마찬가지로 "남자와 여자의 관계에서 여자는 창조주의 의도대로 남자에게 복종해야 한다는 그의 관점"에도 동일한 역사적 한계가 적용된다.53 쥬엣의 판단은 바울이 "유대인이나 헬라인이나 그리스도 안에 하나"라는 진리를 철저히 시행했으나 종과 자유자 및 남자와 여자의 관계에 대한 논증은 이제 막 시작했을 뿐이라는 것이다. 따라서 이러한 그의 한계는 이곳에서 우리를 제한해서는 안 된다. "지금이야말로 교회가 그리스도 안의 남녀 평등에 대한 사도의 비전을 온전히 시행할 때다."54

III-B. 몰렌코트도 쥬엣과 같은 주장을 한다.

그리스도인은 바울의 복종에 관한 소수의 본문을 고집하고 바울의 해방에 대한 많은 본문 앞에서 멈춤으로써 바울이 경험한 바, 인간 사회를 개조하려는 그리스도의 복음의 온전한 영향을 부인해왔다.[55]

III-C. 남녀 관계에 대해 다룬 바울의 가르침에 대한 존 뉴펠트의 간략한 주석 역시 스텐달/쥬엣/몰렌코트의 강조점을 따른다. 그는 바울이 유대인과 헬라인의 하나됨 및 평등에 대해서는 완전히 이행했으나, 남녀 관계에 대해서는 그렇지 못했다고 주장한다.

비울은 세 번째 항목인 "남자나 여자나"에 대한 언급에 매우 신중한 모습을 보인다. 그의 심오한 통찰력은 남자와 여자가 하나님 앞에서 똑 같은 인격체라는 것이다. 그럼에도 불구하고 바울은 복종과 불평등에 대해 언급한다. 그러나 복종을 가르치는 순간에도 그의 새로운 확신이 어른거린다. 남편에 대한 아내의 복종은 아내에 대한 남편의 사랑에 의해 호전된다. 바울이 교회에서 잠잠하라고 말할 때에도 그의 통찰력이 빛난다… 그는 여자들이 머리에 무엇을 쓸 경우 예언하는 것을 허락한다.

우리는 이것으로부터 바울이 남녀의 평등에 대한 확신을 완성하기 시작했다는 사실을 알 수 있다. 우리는 이런 통찰력을 초기 교회가 성취한 수준에 동결시키려 해서는 안 된다. 우리는 노예 해방과 마찬가지로 남녀 문제도 바울의 통찰력을 받아들여서 그것을 우리 시대에 완성해야 한다.[56]

III-D. 프레이저 부부도 그들의 결론에 이 관점을 도입한다.

성경에는 남자와 여자의 역할 구분을 통한 기능적 복종에 대한 명백한 사상적 흐름이 나타난다. 그러나 이 흐름은 매우 특별한 형태로 짜깁기된다. 1 이것은 타락의 결과이며 하나님의 창조 목적에 기인한 것이 아니다. 2 이것은 영원한 실재가 아니라 그리스도의 사역으로 궁극적으로 폐지될 죄에 대한 저주의 일부이다. 3 초기 교회가 이 사상을 유지한 것은 1세기의 예절 및 질서에 대한 문화적 표준을 지속함으로써 복음이 방해받지 않기 위해서이다. 4 바울은 그리스도 안에서는 남자나 여자나 하나라는 종말론적 실재와 함께 가정과 교회에서의 상호 복종을 요구함으로써, 남자에 대한 여자의 기능적 복종의 모든 형태와 교회 사이의 영원한 긴장을 조성한다. 교회는 오늘날 이러한 종말론적 실재가 인격적 및 사회적으로 온전히 시행될 때까지 만족해서는 안 된다.57

IV. 프랭크와 에블린 스태그는 골로새서 3:18-4:1과 에베소서 5:22-6:9 및 베드로전서 2:13-3:7뿐만 아니라 디모데전서 2:1 이하, 8절 이하, 3:1 이하, 8절 이하, 5:17 이하 및 6:1 이하를 포함하여 이것은 디모데전서의 핵심 부분이 가정에 대한 법을 반영한다는 것을 보여준다 가정에 관한 법을 다루는데 한 장 전체를 할애한다. 그들은 "초기 교회가 헬라화 된 유대교에서 법을 찾아내어 자신의 목적을 위해 기독교화 했다"고 주장하는 크라우치James E. Crouch, 58의 최근 교리 연구에 많은 의존을 한다.59

스태그 부부는 골로새서 3:11과 10여년 전에 기록된 것으로 보이는 갈라디아서 3:28에 대한 비교를 통해 골로새서에는 "남자나 여자나"라는 구절이 빠져있다고 말한다. 이제 자유에 대한 바울의 초기 비전이 질서에 대한 관심으로 인해 생략되었다는 것이다. 고린도에서 입증된 해방주의는 바울과 후기 교회가 가정법전을 교회의 윤리로 받아들이도록 자극했다.60

스태그 부부는 기독교화 된 관점위의 주석학적 기여에서 확인한 요지이다을 인정하고 자유와 질서 사이에는 적절한 긴장이 필요하다사회적 기능을 위해서는 약간의 위계질서 및 복종이 불가피하다고 주장한다. 그러나 위 본문들의 연대기적 순서에서 구원적 자유로부터 보다 큰 사회적 질서에 대한 강조로의 발전적 흐름을 확인한 그들은 다음과 같은 결론을 내린다.

가정 법전은 교회의 흐름이 50년대나 60년대부터 시작해서 유동적인 생활 방식으로부터 더욱 체계적이고 질서 있는 삶으로, "그리스도 안"에서의 자유에 대한 환희로부터 방임적 행동의 도덕적 위협과 교회 안팎의 구조에 대한 위협이라는 두 가지 면에서 자유의 남용으로 보이는 것에 관한 관심의 증가로 발전되고 있음을 분명히 보여준다. 교회는 대부분의 역사에서 여자에 대한 엄격한 제한을 부과했으며, 이런 성향은 가정법전을 만들게 한 요소들에 비추어보면 가장 이해하기 쉽다. 바울 자신은 자유에 대한 위대한 지지자이며 자유를 위한 그의 싸움은 갈라디아서에서 절정에 달한다. 고린도전서와 로마서가 기록된 초기, 즉 50년대 중반경에 우리는 강력한 반율법주의 및 권위에 대한 저항을 발견한다. 바울은 이들 서신에서 이 새로운 문제에 초점을 맞춘다. 그러나 골로새서 이후에는 바울의 교회들에 나타난 질서 문제가 자유에 대한 관심을 덮었다. 예수 안에서 여자를 포함한 모든 사람의 존엄성과 자유를 향한 전례 없는 충동에도 불구하고, 그리스도 안에서 모든 분열을 극복하기 위한 바울 자신의 초기 헌신에도 불구하고, 다양한 사람들이 교회 안에서조차 자유를 누리지 못했다. 이것의 원인은 부분적으로 질서에 대한 관심의 지속적 증가에서 찾을 수 있다.[61]

3. 해석학적 주석

주요 이슈들에 대해서는 4장 끝의 주석을 참고할 필요가 있다. 에베소서에 대한 상반된 해석가령, 클라크와 바스에서 놀라운 것은 둘 다 설득력이 있는 것처럼 보인다는 것이다. 에베소서 5:21에 대한 클라크의 논증에는 부족한 부분이 있다는 사실은 간과해서는 안 되겠지만, 각주 18 참조 요더의 주석은 바스의 주석학적 통찰력과는 일치하지만 바울의 말의 궁극성에 대한 쥬엣의 판단과는 다르다. 어쨌든 요더의 주석은 진지하게 고려해볼 필요가 있다. 또한 주후 50-60년 이후 초기 교회의 흐름에 대한 스태그 부부의 분석은 복음서가 그 후에 기록되었다는 점에서 설득력이 떨어진다. 앞서 언급한 대로, 복음서는 예수님의 입장뿐만 아니라 그것이 기록될 당시의 교회 신학을 어느 정도 반영한다. 새로운 상황 및 여성의 지위에 대한 그들의 증거는 다른 부분에서와 마찬가지로 이 부분에서도 검증이 되고 있으며, 예수님의 새 포도주는 여자에 대한 문화적 종교적 억압이라는 낡은 가죽 부대에 담을 수 없다.

부록 4: 성경에 대한 폭넓은 활용: 에베소서

본서의 한계 가운데 하나는 성경에 대한 활용의 폭이 좁았다는 것이다. 본서는 사회 전체의 구조적 질서 및 이러한 질서 안에 있는 교회의 신앙과 행위에 영향을 미치는 사회적 이슈에 대해 성경을 어떻게 사용했는지를 보여준다. 따라서 간략한 형식이지만 성경에 대한 교회의 광범위한 활용에 대해 묘사하는 것이 유익할 것이다. 이런 요약은 성경, 특히 에베소서를 직접 살펴봄으로써 가능하다. 에베소서는 소아시아 여러 교회의 모든 관심사에 대해 기록했기 때문이다.[1]

다음은 에베소서 텍스트의 사상체계를 따라, 성경을 이용하는 열두 가지 용례에 대해 규명한 것이다. 이 분석은 성경이 기록될 당시에 수행한 역할이 오늘날에도 수행해야 할 역할이라고 가정한다. 에베소서는 우리에게 성경 이용에 대한 모델을 제시한다.

1. 성경은 그리스도를 통한 하나님의 구원 사역에 대해 묘사하며 기념한다.1장 이것은 교회가 성경을 이용한 주된 이유 가운데 하나였으며 마땅히 그래야 한다. 교회는 하나님이 하신 일과 구원의 의미를 배우기 위해 성경을 읽는다. 에베소서 1장은 신약성경에서 하나님의 구원 사역을 음미해볼 수 있는 최상의 모델 가운데 하나이다.cf. 신약성경의 사도행전 7장 및 13:13 이하를 비롯하여 구약성경의 신명기 26:5-9; 여호수아 24장; 시편 105편, 135편, 136편; 느헤미야 9장 성경은 하나님의 백성의 기억을 상기시키고 새롭게 형성하기까지 한다.

하나님의 구원 행위에 대한 상기는 에베소서 1장에서 볼 수 있는 것처럼 종종 찬양과 감사의 형식으로 일어난다.앞서 언급한 시편 및 느헤미야 9장과 비교해보라 신앙 공동체는 성경을 통해 하나님의 놀라운 구원의 복을 찬양하라는 요구를 받는다. 에베소서 1:3-4를 읽고 본문이 언급한 복을 열거하고 그것이 어떤 영역으로부터, 또는 누구로부터 왔으며, 이러한 하나님의 전능하신 행위의 궁극적 목적은 무엇인지 살펴보라.

2. 성경은 우리를 기도로 인도하며, 신자들의 개인적 필요를 하나님의 구원 목적의 상황 안에 둔다.1:15-23; 3:14-21; 6:18-20 이것 역시 교회가 성경을 이용해야 하는 가장 중요한 이유 가운데 하나이다. 성경에는 많은 기도가 나타난다.가령, 시편과 바울서신의 끝부분에 나오는 영광송 이런 기도는 개인과 공동체의 필요에 대해 언급하며 일반적으로 간구와 찬양을 포함한다. 간구는 종종 신자가 믿음의 성장과 사랑으로 충만하기 위해, 그리고 부르심의 소망이 무엇인지 알기 위해 필요한 것에 초점을 맞춘다. 성경을 통해 습득한 기도는 신자를 바로 잡고 몸 전체를 세우는 기능을 한다.

기도는 하나님이 하신 일에 대한 찬양의 반응으로 볼 수도 있다. 시편 기자의 불평까지도 궁극적으로 찬양과 감사의 부르짖음으로 이어진다.시 42-43편 저자의 관점에서 볼 때 에베소서의 기도는 신자를 위해 하나님께 부르짖는 간구이다. 신자로서 우리의 관점에서 볼 때 이 기도는 우리를 위한 중보에 해당한다. 이러한 기도의 이중성은 우리에게 교훈이 된다. 즉, 우리는 자신의 관심사를 하나님께 부르짖으며, 형제자매의 부르짖음을 통해 하나님께 매달린다. 성경은 다양한 형태의 기도-고백, 간구 및 찬양-와 함께 교회의 기도를 위한 실로 중요한 자원이 된다. 따라서 성경의 기능 가운데 하나는 교회를 위한 기도를 제공하고 기도의 표현을 가르치며 형성하는 것이다.

3. 성경의 세 번째 기능은 우리 신자들이 "자신의 이야기를 말하게" 하는 것이다. 에베소서 2장 및 1:11-14에서 보여주듯이, 그것은 사실상 공동체의 이야기이다. 2:1-10 및 2:11-22에 제시된 것처럼, 이 이야기의 개요는 우리가 누구였는가로부터 시작하여 하나님이 무슨 일을 하셨으며, 그리스도 예수 안에 있는 우리는 누구인가로 옮겨간다. 이 이야기는 우리가 하나님의 구원을 받지 못하고 그의 백성이 아니었

던 때를 회상한다. 이어서 이야기는 하나님이 주권적으로 상황을 바꾸시고 우리에게 구원과 소망과 신분을 허락하신 핵심 사건으로 이어진다. 이야기의 세 번째 단계 및 마지막 단계는 하나님의 백성이 구원의 공동체에서 경험한 새로운 정체성에 초점을 맞추고 축하한다. 하나님이 지으심, 한 새 사람, 성도들과 동일한 시민, 하나님의 권속, 성령 안에서 하나님이 거하실 처소 등 이곳의 이미지는 실로 풍성하다. 이처럼 특별한 공동체 이야기는 하나님의 은혜2:5-7와 옛 원수들 사이의 화평의 새로운 실재 2:14-17를 강조한다.

성경이 "우리의 이야기를 말하게 한다"는 것은 그리스도인 공동체의 지속적인 삶을 위해 중요하다. 특히 다양한 사회적 요인이 앞다투어 우리의 정체성에 영향을 미치는 다원주의 사회에서, 그리스도인 공동체의 이야기는 그리스도인 회중, 총회, 교단 및 그리스도의 몸 전체에 매우 중요한 역할을 한다. 오늘날처럼 다양한 영향을 받는 시대에 이 이야기를 반복해서 말하고 자신의 것으로 주장하는 경험 없이 진정한 기독교의 회중으로 남으려는 것은 위험한 시도이다. 우리가 그리스도인의 정체성을 회복하고 유지하도록 돕는 성경의 자원은 기독교 공동체의 삶에 중요할 뿐만 아니라 절대적으로 필요하다.

4. 성경은 우리에게 하나님의 구원적 목적에서 개인의 역할을 깨닫게 하고 알려주는 모델을 제공한다.3:2-13 이 텍스트에서 바울은 독자들에게 이방인의 사도로 부르신 소명을 통해 주신 특정 역할을 상기시킨다. 한편으로 그의 소명은 하나님의 주권 안에 굳게 서 있으며, 다른 한편으로 그의 사명은 유대인과 이방인을 하나 되게 하는 하나님 나라의 목적에 직접 기여함으로써, 하늘에 있는 통치자들과 권세들에게 하나님의 각종 지혜를 알게 한다.

오늘날 교회에서 바울처럼 분명하고 놀라운 소명을 고백할 수 있는 사람은 없지만, 우리는 성경의 자원을 통해 우리의 삶이 하나님의 주권에 뿌리를 내리고 있으며 하나님의 목적을 반영하고 있다는 사실을 깨달을 수 있다. 우리는 사도 바울이 자신의 소명에 대한 분별을 위해 3년을 보냈다는 사실을 알아야 한다. 그는 대부분의 시간을 틀림없이 선지자를 통해 계시된 성경과 하나님의 목적에 대해 묵상하며 보냈을 것이다. 우리는 더 많은 시간 동안 성경을 진지하게 묵상하고 하나님의 구원의 목적을 깨닫기 위해 최선을 다함으로써 자신의 소명과 해야 할 사명에 대한 통찰력을 얻을 수 있을 것이다.

5. 성경은 우리의 도덕적 삶을 그리스도인의 정체성과 연결하도록 돕는다. 에베소서 후반부의 대부분은 그리스도인의 행위에 초점을 맞춘다. 부르심을 받은 일에 합당하게 행하라4:1-16 이교도와 달리 새 사람으로 살라4:17-32 사랑 가운데서 행하라5:1-2 빛 가운데 행하라5:3-14 지혜롭게, 또는 주의 깊게 행하라5:15-20 이 핵심 부분에 대해서는 상세히 살펴볼 필요가 있으나 제한된 지면으로 다 다루지 못한다. 그러나 이곳의 요지는 성경이 그리스도인 공동체의 도덕적 삶을 조명하는 특별한 방식에 초점을 맞춘다. 4:1의 "그러므로"는 하나님의 구원 사역 및 기독교 공동체 형성의 실재가 그리스도인의 도덕적 삶에 대한 "책임"의 근원으로서의 역할을 한다는 사실을 보여준다.

4:24에서 볼 수 있는 것처럼 성경은 종종 윤리적 명령을 경험적 직설법에 직접 연결한다. 새로운 행위를 입으라는 것은 하나님의 형상을 따라 재창조된 경험에 기원한다. 성경은 종종 먼저 하나님의 백성이 누구인지 설명하고 축하하며, 이어서 그들은 합당한 삶이나 에베소서 5:4의 진술처럼 "하나님의 성도에게 마땅한" 삶을 살도록 부르심을 받는다. 이처럼 성경은 윤리적 도덕적 삶의 동인이라는 중요한 이슈에 대해 강조한다.

6. 성경은 모든 지체의 성장과 성숙을 위해 신자들의 사역에 필요한 다양한 은사에 대해 규명한다.4:7-16 성경은 은사의 목록에 대한 다양한 본문cf. 롬 12:3-8; 고전 12:17 이하을 통해 그리스도인 회중 안의 은사를 규명하는 패턴을 제공한다. 이런 목록들은 절대적인 것이 아니라 몸의 삶에서 모든 지체가 의미 있는 역할을 감당한다는 사실을 보여주기 위한 것이다. 성경은 우리에게 이런 은사들은 자신을 위한 것이 아니라 사역을 위한 것이라고 가르친다. 이 사역의 목적은 그리스도의 몸을 완성하고 완전케 하는 것이다.

오늘날 교회의 삶에서 각 지체의 은사를 기도하는 가운데 세밀히 분별하는 것만큼 시급한 일은 별로 없다. 그러나 자기 성취에 대한 심리학적 성향이 팽배한 오늘날 은사에 대한 분별은 "나는 무엇을 잘 할 수 있는가?"나 "나에게 가장 큰 성취감을 주는 것은 무엇인가?"와 같은 개인적 질문으로 지나치게 치우치는 경향이 있다. 반대로, 몸된 교회의 필요는 개인적 은사의 발전을 사장시키거나 인간적 성장을 좌절시켜서는 안 된다고 생각한다. 그러나 각자의 은사에 대한 분별 및 사용은 몸 전체의 성취를 위한 것이어야 한다.

7. 성경은 우리의 가치관과 행위 규범을 형성하는 중요한 원천이다.4:17-5:8 성경은 우리에게 이러한 영적 형성의 과정은 오늘날 소위 말하는 하나님의 능력의 원천으로부터 나온다고 가르친다. 이것은 인간의 의지적 결정과 직접 연결되며"벗어 버리라"와 "입으라"는 명령에 주목하라, 그리스도인의 성품의 특징을 잘 드러낸다.4:31-32 이곳의 본문 하나만 해도 영적 형성의 지표는 한평생이 소요될 만큼 광범위하다. 따라서 텍스트에 대한 묵상은 새 생명의 특징을 -먼저는 자신의 영 안에서 다음은 거룩한 임재를 반영하는 행위 규범을 통해- 발전시키는 강력한 원천이 된다.

지금까지 교회의 삶에 사용되는 모든 성경적 자원은 시간과 헌신을 요구했으나, 특히 이 원천은 평생의 헌신을 요구한다. 기도와 묵상, 자기 성찰 및 "매고 푸는 것"마 18:15-18은 하나님의 형상을 점차 닮아가는 평생의 과제에 필요한 요소들이다.

8. 성경은 그리스도인의 정체성 및 그리스도인의 행위 규범을 형성하기 위한 비전과 동기를 제공하는 다양한 이미지를 제시한다.4:4-6; 5:1-2 에베소서에서는 "몸이 하나요 성령도 한 분이시니… 한 소망… 주도 한 분이시요 믿음도 하나요 세례도 하나요 하나님도 한 분"이라는 본문에서 이러한 이미지의 사례를 발견할 수 있다. 신자는 하나님을 본받는 자이며, 그리스도는 하나님께 향기로운 제물과 희생제물이 되신 자신을 우리에게 주신다. 성경 속에 가득한 이런 이미지는 우리의 믿음의 삶을 돕고 공동체의 삶과 그 나라의 사역에 기여하게 하는 정체성과 동기를 제공할 수 있다.

이처럼 특정 윤리적 행위에 영향을 주는 이미지의 중요성은 결코 간과해서는 안 된다. 다양한 저자들이 지적한 것처럼 윤리적 결정은 단순히 주어진 상황의 정황 안에서 이루어지는 것이 아니다. 오히려 주어진 상황에서 이루어지는 특별한 결정에 영향을 미치는 것은 성품 형성의 패턴, 의지의 의도 및 자기 정체성이다. 성경의 모델은 상황 윤리의 모델이 아니다. 그것은 성경의 이미지와 모티브를 통해 고취된 확신 및 성품의 형성으로, 그리스도인의 가치관으로 결정하게 한다.2

9. 성경은 우리에게 성령으로 충만함을 받고 시와 찬송과 신령한 노래들로 서로 화답하며 범사에 감사하라고 가르침으로 우리를 예배로 인도한다.5:18b-20 이 본문은 예배의 기본적 요소를 언급하지만 다른 성경은 찬양과 감사에 대한 광범위한 본문을 제공한다.특히 시편과 요한계시록

확실히 교회는 오랜 세월 동안 이러한 성경의 용례에 대해 명확히 인식해왔다. 그러나 교회의 예배는 주일 오전 예배 때의 활동보다 광범위하다. 실제로 공동 예배에는 성경이 유익하게 사용되지만 이곳 본문에 제시된 예배의 요소들은 일터에서, 가정에서, 여행 중에, 하나님께 드리는 신자들의 자발적 표현이 되어야 한다.

10. 성경은 우리에게 그리스도 안에 있는 새 생명에 대한 복음의 관점이 어떻게 세상의 사회적 구조 및 패턴과 연결되는지 가르친다.5:21-6:9 이 텍스트에서 바울은 아내와 남편, 자녀와 부모, 종과 상전의 관계에 대해 언급한다. 복음이 이러한 문화적 패턴과 만나는 방식의 가장 뚜렷한 특징은 사회적 구조에서 종속적 위치에 있는 자들에게 우선적 가치를 둔다는 것이다. 아내, 자녀 및 종은 직접 언급됨으로써 복음이 그들의 존재를 실제로 인정하며 그들의 고통에 관심을 집중하고 있음을 보여준다. 사회적 구조에서 지배층은 권력이라는 이슈와 관련하여 언급된다. 그들에게 주어진 특별한 권면은 권력의 위치 이동을 초래한다. 상호성은 아내와 남편에 대한 교훈의 틀을 형성한다. 이러한 상호성은 헬라어 텍스트 5:22에서도 찾아볼 수 있다. 헬라어 본문에는 이 구절에 하나의 동사도 나타나지 않지만 5:21에 기초하여 동사가 있는 것으로 해석한다. 이처럼 복음의 관점은 상호성으로 옮겨간다.

더욱이 사회적 구조의 두 파트너에게 그리스도에 대한 직접적인 책임을 요구함으로써 신자의 행위를 위한 권위의 원천이 그리스도에게 있음을 분명히 보여준다. 도덕적 삶에 메시지를 전달하는 것은 구조가 아니라 그리스도의 영이다.

이 텍스트는 교회가 사회적 이슈에 대해 성경을 사용할 때 가장 큰 도움이 된다. 본서의 많은 부분은 이 영역에서 교회의 노력에 대해 다루었지만, 사회적 이슈에 대해 하나님의 뜻에 의존하려는 교회의 충성은 이 한 곳의 본문에 대한 철저하고 지속적인 사색을 통해 크게 확장되고 강화되었다.3 확실히 다른 텍스트도 같은 유형의 통찰력을 제공하지만 중요한 것은 텍스트가 강조하는 내용 및 하나님의 백성에 대한 명령에 겸손히 귀를 기울이려는 의지이다.

11. 성경은 우리가 악과의 전쟁에 대비하도록 돕는다.6:10-17 이 텍스트는 다른 많은 본문과 함께 정경의 처음부터 끝까지 그리스도인의 삶은 전쟁임을 상기시킨다. 성경은 악을 진지하게 대하며 그리스도인에게 유혹을 거부하고 악을 물리치라고 가르친다. 이곳에서 여러 가지 효과적이고 강력한 무기로 예시된 그리스도인의 자원은 악한 자를 물리칠 뿐만 아니라 악을 이기고 화평의 복음을 전진시키기에 효과적이다.

구약성경의 실제 전쟁은 교회에 어려움을 제공했으나 그것이 그리스도인의 삶을 위해 제공하는 구조적 인식은 예수의 정신과 배치되지 않는다. 확실히 복음서는 전장에서 악과 싸우시는 예수님의 모습을 보여준다. 서신서는 신자들에게 악과 싸우라고 촉구하며, 요한계시록은 그들이 충성스러운 순교자이자 죽임당하신 어린 양 예수 그리스도를 따를 때 전쟁에서 반드시 승리할 것을 약속한다. 평화주의 신자들은 특히 성경의 전쟁 이미지에서 많은 것을 배울 수 있다. 그것은 그들을 비관주의에서 구원할 뿐만 아니라 평화주의자의 믿음과 행위를 성경의 증거 속에 견고한 뿌리를 내리게 할 것이다.4

12. 성경은 우리에게 안부와 문안 인사에 대한 새로운 내용을 제시한다.1:2; 6:23-24 바울의 평안과 믿음카리스타와 살롬, 5의 인사는 그의 인격의 온화함과 원천을

보여줄 뿐만 아니라 이 원천을 아버지 하나님과 주 예수 그리스도의 평안과 믿음과 연결한다. 그의 문안 인사에서 샬롬은 하나님과 예수 그리스도로부터 오는 사랑 및 믿음과 연결된다. 하나님의 은혜는 특히 변함 없는 사랑으로 주 예수 그리스도와 연결된 자들에게로 확장된다. 실제적 신적 자원으로 가득한 이 문안 인사는 그리스도인의 정체성, 가치관 및 헌신에 의해 개인적 자의식이 형성됨을 보여주는 강력한 증거이다. 바울의 다른 서신에 종종 나타나는 "거룩하게 입맞춤으로 서로 문안하라"라는 명령조차 가볍게 생각해서는 안 된다. 이 교훈은 옛 것이 지나갔으며 새로운 창조가 시작되었음을 희미하게 보여주는 표지이다.

후주

서론

1. 해방주의 신학으로부터 나온 이 강조는 제3장 pp. 106-112 및 제5장 p. 208에 제시된다. Elisabeth Schüssler Fiorenza는 페미니스트 신학의 관점에서 접근한다. 본서의 제5장 pp. 213-214를 참조하라. 이들 관점의 공통적 원리에 대해서는 Rosemary Radford Ruether, *Liberation Theology: Human Hope Confronts Christian History and American Power* (New York: Paulist Press, 1972), and Letty M. Russell, *Human Liberation in a Feminist Perspective-A Theology* (Philadelphia: Westminster Press, 1974)를 참조하라.

2. Anthony C. Thiselton, *The Two Horizons: New Testament Hermeneutics and Philosophical Description with Special Reference to Heidegger, Bultmann, Gadamer, and Wittgenstein* (Grand Rapids, Mich.: Eerdmans, 1980); 특히 pp. 17-24를 참조.

3. 이 주장에 대한 오늘날의 강조점에 대해서는 "새로운 해석학"이 유익한 관점을 제공한다. Paul J. Achtemeier, *An Introduction to the New Hermeneutic* (Philadelphia: Westminster Press, 1969)를 참조하라. Paul Ricoeur의 사상도 이 주장을 뒷받침한다. Lewis S. Mudge's introduction to Ricoeur's thought in Paul Ricoeur, *Essays on Biblical Interpretation* (Philadelphia: Fortress Press, 1980), pp. 1-40에 나타난 리꾀르의 사상에 대한 Lweis S. Mudge의 서론을 참조하라. 예수님의 다양한 말씀에 대한 Robert C. Tannehill의 주석학적 저서도 같은 요지를 보여준다(*The Sword of His Mouth* [Missoula, Mont: Scholars Press; Philadelphia: Fortress Press, 1975).

4. 남자와 여자 이슈에 대한 필자의 연구 및 사색이 제시하는 하나의 가설은 사실상 두 차례의 세계 전쟁이 1860-1925년의 여성 운동을 침묵시켰다는 것이다. 여성 운동의 역사는 쇠퇴기로 접어든 이 운동의 미래를 위해 제1차 세계 대전 이후 시대를 기대했으나(가령, William O'Neill, *Everyone Was Brave: A History of Feminism in America* [Chicago: Quadrangle Books, 1969], pp. 214-263) 이 전쟁은 여성 운동의 실제적 황폐화를 초래했다. 제1차 세계 대전은 특히 평화주의를 지향하는 여성 운동에 대한 파괴적 영향 외에도 남성을 전쟁 영웅으로 추켜세웠으며, 전쟁이 끝난 후 전투적 여성은 자동적으로 가사와 출산으로 돌아갔다. 그들은 더 많은 전쟁을 위해 더 많은 남자를 낳아야 했다. 전쟁/평화와 남자/여자라는 두 이슈의 상호관계에 대한 부가적 내용은 1982년 11/12월판 *Daughters of Sarah*를 보라.

5. 성경의 영감의 본질 및 방법에 대한 오늘날의 진술을 제시한 유익한 시도는 Paul J. Achtemeier의 최근 저서 *The Inspiration of Scripture: Problems and Proposals* (Philadelphia: Westminster Press, 1980)를 보라.

제1장. 노예제도

1. John Henry Hopkins, *A Scriptural, Ecclesiastical, and Historical View of Slavery, from the Days of the Patriarch Abraham, to the Nineteenth Century* (New York: W. I. Pooley& Co., 1864), pp. 16-17.

2. Theodore Dwight Weld, *The Bible Against Slavery: or. An Inquiry into the Genius of the Mosiac System, and the Teachings of the Old Testament on the Subject of Human Rights* (Pittsburgh: United Presbyterian Board of Publication, 1865: republished by Negro History Press, 1970), p. 13.

3. 위 주석 1 참조.

4. 이 논문은 펜실베이니아주의 주교 Potter로 하여금 그의 교구 목회자 160명의 서명이 담긴 항의서를 제출하게 했다. 이 논문과 서명은 Hopkins의 책 전면에 실렸다. 따라서 이 책은 그의 변증이자 펜실베이니아주 교구 개신교 감독교회의 의로운 목사 Alonzo Potter와의 합작품이다.

5. 공정하게 말하면, Hopkins는 이 서신들 안에 노예제도의 점진적 폐지를 위한 계획을 포함했다.

6. Bledsoe의 논문 제목은 "Liberty and Slavery: or, Slavery in the Light of Moral and Political Philosophy" in *Cotton Is King, and Pro-*

Slavery Arguments Comprising the Writings of Hammond, Harper, Christy, Stringfellow, Hodge, Bledsoe, and Cartwright on This Important Subject, ed. E. N. Elliot (1860: rpt. New York: Negro Universities Press, 1969)이다.

7. Stringfellow의 논문은 *Slavery Defended: The Views of the Old South*, ed. Eric L. McKitrick (Englewood Cliffs, N.J.: Prentice-Hall, 1963)에 축약된 형태로 출판되었다. 그러나 그의 인용문은 *Cotton Is King*에서 발췌한 것이다.

8. *Cotton Is King*, pp. 457-521.

9. 앞의 책, pp. 841-77 *Cotton is King*은 1860년에 처음 출간되었기 때문에 Bledsoe, Stringfellow 및 Hodge의 세 논문은 남북전쟁이 발발하기 수년 전인 1850년대에 작성되었다. 노예제도에 대한 또 하나의 중요한 성경 주석은 Prof. Robert L. Dabney, *A Defence of Virginia land through her, of the South: Recent and Pending Contests Against the Sectional Party* (E. J. Hale and Son, 1867; republished by Negro Universities Press, 1969), 특히 pp. 94-208를 보라(1815-1865년에 있었던 연구가 끝난 후 작성되었다).

10. George D. Armstrong, *The Christian Doctrine of Slavery* (1857; rpt. New York: Negro Universities Press, 1969).

11. 원래 1852년 Walker, Richards & Co.,에 의해 출판되었으나 Negro Universities Press, 1968에 의해 재판되었다. 성경을 통해 노예제도를 찬성한 19세기의 주장에 대해 묘사한 탁월한 간접적 자료는 William Sumner Jenkins' *Pro-slavery Thought in the Old South* (Chapel Hill: University of North Carolina Press, 1935) 5장에서 발견된다.

12. Hopkins, *Scriptural View*, p. 7.

13. Stringfellow, p. 463.

14. Jenkins, p. 205.

15. Hopkins, *Scriptural View*, pp. 76-77. Hopkins는 이 책 8페이지에서 "성경을 믿는다고 고백하는 이 시대의 박애주의자들이 이 천사의 권면을 자신의 지침으로 받아들였다면, 미국의 평화와 복지는 보전되었을 것"이라고 말한다.

16. Stringfellow, p. 472. Stringfellow는 열 개의 설득력 있는 논지와 함께 자신의 첫 번째 주장을 요약한다.

나는 이 첫 번째 주장에 대해 많은 말을 했으나, 이것은 그만큼 이 주제가 그리스도인과 정치인에게 중요하기 때문임을 이해해주기 바란다. 이것을 기록한 이유는 대적에 대한 승리 때문이나, 잘못이나 거짓을 뒷받침하기 위해서가 아니라 족장 시대에 남녀를 종으로 데리고 있는 상황에 대한 하나님의 뜻을 찾기 위함이다. 우선 하나님이 이 제도가 생기기 전에 그것을 명한 것은 분명하다. 둘째로, 하나님이 인간에게 드러내신 최고의 호의는 돈으로 사거나 집에서 난 모든 남자에 대한 할례를 명한 언약을 통해 아브라함에게 주어진 것이 분명하다. 셋째로, 확실히 아브라함은 이 종들을 이삭에게 재산으로 물려주었다. 넷째로, 이 종들을 소유한 이삭은 하나님의 유사한 은혜를 입었다. 다섯째로, 아버지 이삭으로부터 유산을 물려받은 야곱은 비슷한 신적 은혜를 입었다. 여섯째로, 언어적 표현을 그대로 받아들일 때, 하나님으로부터 온전한 자라는 평가를 받은 욥은 많은 종을 거느리고 있었다. 일곱째로, 하나님이 야곱의 후손을 권념하사 복을 주기 위해 오셔서 그들을 애굽에서 데려 나오실 때, 그들에게는 돈으로 사서 재산으로 생각했던 많은 종이 있었으며, 하나님은 이 종들이 그들의 주인에 대한 신적 은혜에 동참하는 것이 허락되었으나 고용된 종(타국 품꾼)은 배제된 것이 분명하다. 여덟째로, 하나님은 요셉을 애굽의 권력자로 삼아 사실상 족장 시대나 현대의 노예제도를 용인하는 상황으로 이끄신 것이 분명하다. 아홉째로, 확실히 하나님은 아브라함의 가정이나 주변 국가에서 오백 년을 내려오면서 이 제도에 대해 책망하신 적이 없다. 열째로, 하나님은 이스라엘의 종살이를 끝내실 때, 시내산에서 그들이 종을 재산으로 소유한 것에 대해 인정하신 것이 분명하다. 그러므로 만일 그 후에 이 제도가 문제가 되었다면, 그것은 노예제도 자체가 악해서가 아니라 그것을 금지하신 하나님의 주권적 뜻에 의한 것으로 보아야 할 것이다.

17. 앞의 책, p. 474; Bledsoe, pp. 341-342.

18. Stringfellow, p. 474,.

19. Bledsoe, p. 340.

20. Stringfellow. p. 475.

21. 앞의 책, p. 476.

22. 앞의 책, p. 477; Hopkins. *Scriptural View*, p. 9.

23. *The Pro-Slavery Argument* pp. 107-08.

24. Hopkins, *Scriptural View*, p.15; *The Pro-Slavery Argument*, p. 452.

25. Armstrong, p. 57. See also Hodge, in *Cotton Is King*, p. 852.

26. *The Pro-Slavery Argument*, p. 452. 오네시모의 경우에 대해 논의하면서 Armstrong은 "기독교는 남자의 정치적 위상에 대해 어떤 변화도 제시하지 않는다"고 주장한다. Hodge, p. 853도 참조하라.

27. Hodge, p. 848.

28. Armstrong, p. 64.

29. 앞의 책, pp. 65. 103.

30. Bledsoe, p. 379. See also Armstrong, pp. 21-27.

31. Stringfellow, pp. 481 -482. See also Bledsoe, pp. 374-375.

32. Stringfellow. pp. 488-489.

33. 앞의 책, p. 487. 노예제도를 반대하는 것은 4절의 신성모독죄에 해당한다고 주장하는 Armstrogn(pp. 23-24, 28-30, 75-79)와 Hopkins(Scriptural View, pp. 13-14) 등, 노예제도를 찬성하는 다른 저자들도 이 본문을 중요하게 생각한다.

34. Armstrong, p. 33.

35. Hopkins, Scrptural View, p. 16. Armstrong은 신약성경 전체의 주장을 열두 개의 주제로 나누며, 다음과 같은 7개 항목으로 축약할 수 있다.

    우리는 신약성경이 노예제도에 대해 무엇을 가르치는지에 대한 연구를 통해 다음과 같은 사실을 발견했다. 1. 종을 소유하는 행위는 영감을 입은 자들이 전해준 죄나 범죄의 목록 어디에도 등장하지 않는다(§2-5). 2. 사도들은 노예 소유주를 교회로 받아들였으며, 그들이 계속해서 신자로 머무는 동안 노예 소유가 죄라거나 "범법 행위"에 해당한다는 어떤 암시도 주어지지 않는다(§6. 7). 3. 바울은 도망친 종을 주인에게 다시 돌려보내며, 그렇게 한 이유는 종에 대한 권리가 주인에게 있기 때문이라고 말한다(§8). 4. 사도들은 수시로 상전과 종의 상호 의무에 대해 명령한다. 상전과 종은 둘 다 그리스도인의 책무를 가진 자로서 동일한 명령을 받으며, 바로 잡아야 할 잘못이 있다고 해도 제도 자체에 문제가 있기 때문인 것은 아니다(§9). 5. 바울은 그리스도인의 삶과 관련된 한, 노예제도로 인해 야기되는 문제를 대수롭지 않게 여긴다(§11). 6. 그는 종과 상전을 존중하는 교리가 온전하고 경건한 교리이며 주 예수 그리스도의 교리라고 선언한다(§10). 7. [그는] 그리스도인 목회자에게 이 제도를 가르치게 했으며, 교회가 알고 있는 가장 엄격한 제재와 일치하지 않는 어떤 가르침도 금한다(§12).

36. Stringfellow. pp. 491-92.

37. Hodge, p. 849.

38. 1857년 Parry & McMillan에 의해 초판이 출간되었으며 1969년에 Negro Univrsities Press에 의해 재판이 출간되었다. Barnes는 Barnes' Notes라는 주석으로 잘 알려진 저자다. 그는 이 책에서도 에베소서 6:5-9 및 이사야 58:6의 구원에 대한 주제를 다룬다.

39. 이 책이 나오기까지의 배경적 사건에 대해서는

Gilbert Hobbs Barnes. The Antislavery Impulse: 1830-1844 (New York: Harcourt, Brace. 1933). p. 249. 각주 12와 pp. 104 및 138도 참조하라.

40. Weld의 책의 완전한 제목은 위 각주 2를 참조하라. 페이지 III은 이 책이 앞서 Anti-Slavery Quarterly에 실렸음을 보여준다. 이 계간지는 1838년 Gilbert Barnes의 마지막 판까지 총 4판이 나왔다. Weld의 자서전은 반노예제도 운동에 대한 Weld의 선동적 이야기를 담고 있다. Weld는 1830년대 초기 부흥사 Finney의 동료였다. 복음전도자로서 Weld는 노예제도 폐지를 위한 회개를 촉구했다. 그는 이러한 복음전도의 영향력으로 인해 Lane 신학교로부터 초청을 받았으나 학교가 반 흑인 정책을 취하자 즉시 그만두었다. 그는 몇몇 사람들과 함께 Oberlin Colledge를 세우고 흑인을 받아들였으며, 노예제도 폐지를 외칠 전도자로 나갈 "칠십 인"을 훈련시켰다. 노예제도 폐지를 주장한 여러 의원들(John Quincy Adams를 포함하여)과 함께 백악관으로 초청을 받은 그는 수년 간 노예제도를 반대하는 로비스트로 일했다(C. H. Barnes, pp. 104-249; 특히 pp. 7987, 105를 참조하라).

41. (Philadelphia: J. M. Sanderson & Co., 1816); George Bourne and The Book and Slavery Irreconcilable by John W. Christie and Dwight L. Dumond (Wilmington. Del.: The Historical Society of Delaware and Philadelphia; The Presbyterian Historical Society. 1969). pp. 103-196.

42. Bourne의 자서전에 의하면 Liberator에 실린 많은 무명의 기사는 그의 글이다. John W. Christie(p. 95).

43. Bourne의 책의 완전한 제목은 A Condensed Anti-Slavery Bible Argument: By a Citizen of Virginia (New York: S. W. Benedict. 1845)이다. 이 책은 91페이지로 되어 있으며, 이 본문은 오늘날 Essays and Pamphlets on Antislavery, Essay No. 2 (Westport, Conn.: Negro Universities Press, 1970)에 나타난다. Bourne은 1834년 Man-Stealing and Slavery Denounced by the Presbyterian and Methodist Churches. Together with an Address to All the Churches (Boston: Garrison & Knapp. 1834)를 썼다. 이 에세이는 238페이지에 달하는 그의 책 Picture of Slavery in the United States of America (Middletown. Conn.: Edwin Hunt. 1834)에 포함되었다. Christie, pp. 100-101을 참조하라.

44. "서론"에서 발췌한 내용은 요지를 잘 보여준다.

    노예제도를 주장하는 가장 완고한 지지자는 복음서 설교자와 교회의 직분자 및 성도들이다. 벨리알의 아들은 쉽게 신뢰를 얻는다. 그는 위기를 모면하기 위한 특별한 변명도 제시하지 않는다. 그는 악을 영속화 함에도 불구하고 상대를 비난한다. 그는 자신이 모든 도덕적 의무를 면제받았다고 생각한다. 그는 할 수 있는 대로 이익을 취하려 하지만, 그리스도인은 흑인을 몰래 빼앗아 오는 행위를 옹호한다. 그들은 모세의 도덕법을 따르지 않는 자들의 선례를 좇아 산다. 그들은 모세의 법의 다양한 규례에 대해 잘못 해석함으로써 진리를 거짓 것으로 바꾸고 의를 사악함으로 바꾼다. 그들은 노예를 소유하는 행위가 죄가 아니라는 사실을 주장하기 위해 우리 주와 사도들 및 복음서기자들의 침묵을 주장한다. 그들은 어떤 신약성경 명령이나 책망도 비자발적 섬김을 겨냥하지 않는다고 주장한다. 이처럼 성경을 왜곡하는 행위들은 그들 자신의 패망으로 이어진다. 노예제도를 받아들이거나 동참하는 행위는 다른 모든 선을 실추시키는 용납할 수 없는 죄이다. 누구든지 온 율법을 지키다가 그 하나를 범하면 모두 범한 자가 된다. 따라서 이것은 이중적 악이다. 죄를 위한 열심에 하나님의 말씀을 이용한 때문이다. 이교도나 세속적인 사람들은 기독교의 주석가와 제자들이 성경으로 "불의와 비인도적 행위"를 주장할 때 기독교를 거짓이라고 믿는다. 얼마나 참람한 일인가? 노예제도는 그것을 선동하는 자들과 함께 교회의 "목에 매단 연자 맷돌"이다. 교회는 그것으로부터 벗어나야 하며, 그렇지 않으면 교회는 "바다 깊은 곳에 빠지게 될 것이다." ...

도둑이나 그를 지지하는 자가 이 책에 대해 비평하는 말은 귀를 기울이지 않아야 할 것이다. 그것을 허락하는 것은 사람의 몸을 사고파는 장사꾼을 법제자, 재판관, 배심원, 신적 메시지로 만드는 것이며 범법자가 되게 하는 것이다. 그의 주장은 특히 그가 거짓 신자일 경우, 듣지도 말아야 한다. 왜냐하면 유괴범이나 그를 지지하는 자는 그리스도인이 아니며 장로교인도, 침례교인도, 감리교인도, 공화당원도 아니기 때문이다. 그는 폭군이다. 그의 노예장사는 공의 및 인간성의 원리와 전적으로 일치하지 않는다.

부디 본서가 우리의 신앙을 억누르는 오명을 씻어주고 노예 소유주의 본성에 대한 바른 평가를 가르쳐주기 바란다. 교회의 설교자와 직분자 및 성도들이 이 경고를 받아들이고 그들의 침묵과 모범의 결과에 대해 묵상할 수 있기를 바란다. 예수님의 제자라는 이름을 가진 자들이 일관성을 유지하고 더 이상 "그는 그리스도인이면서 노예소유주"라는 이교도의 비난을 듣거나 유괴범이라는 별명을 가지고 살지 않기를 바란다. 또한 다른 사람들도 이 싸움에 동참하여 하나님의 성전에서 군대를 몰아내기까지 끝까지 싸우기를 바란다(*The Book and Slavery Irreconcilable*, pp. 108-109. 111-112).

45. W. J. Moses에 의해 뉴욕에서 출판되었다. Bridge-water College, Bridgewaer, Va의 마이크로피쉬 카드로 이용할 수 있다.

46. Clarke의 설교는 1843년 보스톤에서 출간되었다. 지금은 *Essays and Pamphlets on Antislavery*에서 이용할 수 있다(각주 43 참조).

47. James Monroe & Company에 의해 초판이 출간되었으며 1968년판 Negro Universities Press에 의해 재판이 나왔다.

48. Ed. Joseph L. Blau (Cambridge, Mass.: The Belknap Press of Harvard University Press. 1963). Blau는 그의 서론(pp. xiv-xlv)을 통해 버지니아주 리치몬드에 위치한 유니온신학교의 교회사 및 교회 행정학 교수인 Stephen Taylor가 *Relation of Master and Servant, as Exhibited in the New Testament: Together with a Review of Dr. Wayland's Elements of Moral Science on the Subject of Slavery* (Richmond, Va.: 1836)라는 제목 아래 Wayland에 대해 장문의 답변을 했다고 주장한다.

49. 이들은 *The Book and Slavery Irreconcilable*에 나타난 Bourne의 핵심 선언을 보여준다.

50 이들은 노예제도에 대한 Channing의 주장을 보여준다.

51. *The Bible Against Slavery*에 나타난 Weld의 주장에 대한 요약이다. Weld는 1839년, *American Slavery as It Is: Testimony of a Thousand Witnesses* (New York: The American Anti-Slavery Society)라는 제목의 책을 내었다. 이 책은 노예를 고문하고 비인간적으로 대하는 행위에 대한 목격담이다. 1968년판(New York: Arno Press and The New York Times)의 편집장인 William Loren Kautz는 권위 있는 노예제도 폐지론자인 Dwight Lowell Dumond의 글을 인용하여 이 책은 "가장 탁월한 반노예제도 책자로 모든 제도에 대한 통렬한 비판서"(표지 서문)라고 주장한다.

52. A. Barnes, *Inquiry*, pp. 3. 19-37

53. Weld는 이 논지와 함께 노아가 종이 아닌 섬김을 예언했다고 주장한다. 이 구별은 나중에 관심의 대상이 된다.

54. Weld. pp. 95-96.

55. Bourne. *Condensed Anti-Slavery Argument* pp. 24-25.

56. Wayland. pp. 95-96.

57. Weld, pp. 40-41.

58. Bourne. *Condensed Anti-Slavery Argument* pp. 31-37.

59. A. Barnes. *Inquiry*, p. 67.

60. 앞의 책, p. 70. Bledsoe는 Albert Barnes의 주장은 마치 "[노예제도와 같은] 그런 의미는 영어의 노예와 다른 뜻"이라고 말하는 것과 같다고 주장한다(p. 360). Bledsoe는 그가 아는 어떤 언어도 헬라어 "둘로스"를 "고용된 종"이나 "도제"라는 뜻으로 사용하지 않는다고 주장하며 Barnes를 반박한다(p. 362). 불행히도 Bledsoe의 반박은 Barnes의 히브리어 "에베드"가 아니라 헬라어 둘로스에 초점을 맞춘다. 두 단어의 의미는 대체로 일치하지만 전적으로 같은 것은 아니다(361-63).

61. 그러나 하몬드 주지사는 다음과 같이 말한다.

미국의 종은 형식이나 원리적인 면에서 택한 백성의 종과 다르다고 말하는 것은 불합리하다. 우리는 성경의 용어를 우리의 노예제도에 대한 정의로 받아들인다(*The Pro-Slavery Argument*, pp. 107, 108).

66. Borne도 창 47:19-23; 왕하 4:1; 느 5:5-13 및 렘 34:8-17(자유롭고 자발적인 섬김을 규정하는 레위기의 법령을 어긴 사례이다)를 자발적 섬김의 사례로 인용한다. 반대로, Bourne는 노예라고 불리는 비자발적 섬김의 사례를 인용한다. 이러한 사례에 해당하는 본문은 출 21:16; 레 24:17; 민 35:30-31; 신 24:7 및 창 37:27-28, 36; 42:21-22; 40:15(p. 53) 등이 있다. Weld도 분명한 자발적 섬김의 다양한 사례를 제시한다(pp. 60-62).

67. 이 연대계산법은 Weld pp 43-44에 나타난다.

68. Bourne, *Condensed Anti-Slavery Argument* p. 59. 이것은 도망한 노예를 발견한 자에게 그를 주인에게 돌려보낼 것을 요구하는 미국의 도망한 노예 법과 대조된다.

69. Hosmer, pp. 45-46. 또한 Hosmer는 레 19:20에 근거하여 "종은 가족 및 친척과 함께 지냈으며, 존중을 받았다"고 주장한다(p. 47).

70. Bourne, *Condensed Anti-Slavery Argument* pp. 49-53; A. Barnes. *Inquiry*. p. 206-226.

71. A. Barnes, *Inquiry*, p. 208.

72. 앞의 책, p. 209.

73. 앞의 책, p. 210.

74. 앞의 책, pp. 211-212.

75. 앞의 책, pp. 214-216; Bourne, *Condensed Anti-Slavery Argument*, pp. 50-52.

76. Bourne, *Condensed Anti-Slavery Argument*, p. 51.

77. A. Barnes. *Inquiry*, pp. 220-225.

78. Bourne, *Condensed Anti-Slavery Argument* p. 54. Wayland는 비록 이 정서에 동의하지만 구약성경의 비규범적 성격을 더욱 강조한다. 모세의 법과 구약성경의 관습은 오늘날 우리에게 권위를 가지지 못한다(만일 그렇지 않다면, 우리는 유월절과 제물을 포함한 모든 것을 지켜야 할 것이다). 또한 그는 예수께서 때로는 구약성경과 배치되는 도덕적 개념을 가르치신다 말한다(pp. 390-391).

79. A. Barnes, *Inquiry*, p. 245.

80. 앞의 책, p. 242. *The Encyclopaedia Judaica* (1972)는 구약성경에 시행된 것과 같은 노예제도는 제2성전 기간 중에 중단된 것으로 보인다. 같은 시기에 희년의 관행도 중단되었기 때문이다. 그러나 히브리인이 비히브리 종을 소유했을 가능성은 있다(vol. 14, p. 1657). 제2성전 기간 중 이스라엘에서 종의 존재 및 지위는 학자들 사이에서 계속해서 논쟁이 되었다. Joachim Jeremias, E. E. Urbach 및 Solomon Zeitlin은 인간적 관행이기는 하지만 노예제도가 존재했다고 말한다. 학문적 논의 및 문학에 대한 간략한 개요에 대해서는 S. Scott Bartch를 참조하라. ΜΑΑΑΟΝ ΧΡΗΣΑΙ *First-Century Slavery and the Interpretation of 1 Corinthians 7:21* (Missoula. Mont.: Scholars Press, 1973), pp. 29-34.

81. A. Barnes, *Inquiry*, p. 242.

82. 로마 백부장의 하인(pais)은(마 8:5 이하) 노예였을 것이다. 그러나 이 단어는 "아이"나 "소년"이라는 의미도 있으므로 이 관점이 결정적인 것은 아니다(A Barnes, *Inqiry*, p. 243).

83. Bourne, *Condensed Anti-Slavery Argument* pp. 70-71.

84. 이것은 다양한 저자들에게서도 발견되는 Wayland의 4중적 접근방식(pp. 391-392)에 해당한다(A. Barnes, *Inquiry*, pp. 247-248: Channing, ch. 5).

85. Weld, p. 151. 둘로스라는 광범위한 단어는 자유로운 주종관계를 포함하기 때문에 하인이라는 뜻으로 사용되었다. Bourne, *Condensed Anti-Slavery Argument* p. 77 참조.

86. A. Barnes, *Inquiry*, pp. 251-260.

87. 앞의 책, pp. 259-260.

88. 이 문맥에서 Albert Barnes는 거친 고발적 설교를 하는 노예제도 폐지론자들을 비난한다. Barnes는 노예제도의 악에 대해 지나친 독설과 광신적 반대는 폐지론자들에게 해가 되었다고 보는

관점에서 Channing과 일치한다(ibid, pp. 266-268). 그는 Channing을 인용하여 다음과 같은 결론을 내린다.

우리가 변함없는 진리로 삼아야 할 한 가지 원리는 선한 일이 평온하고 자제심이 있으며 자비로운 기독교 정신에 의해 수행될 수 없다면, 그 일을 행할 때가 되지 않았다는 것이다. 하나님은 우리의 악한 도움을 원하지 않으신다. 하나님은 문제를 해결하실 수 있다. 그러나 그들은 하나님이 택하신 도구가 아니다(pp. 267-268).

89. 앞의 책, pp. 260ff.
90. 앞의 책, p. 273.
91. 앞의 책, pp. 274ff.. 340.
92. 노예제도가 위반하는 권리는 (1) 결혼의 권리, (2) 아버지와 자녀의 관계, (3) 예배의 자유 및 (4) 재산권이다(A. Barnes, *Inquiry*, pp. 346-353).
93. 앞의 책, pp. 341-365.
94. 앞의 책, p. 375.
95. Wayland, p. 396.
96. Hosmer, pp. 53-55. 83-155.
97. A Barnes, *Inquiry*, p. 330.
98. Hosmer, pp. 61-73.
99. 위 각주 51 참조.
100. Bourne, *Condensed Anti-Slavery Argument*, pp. 54-55. pp. 50, 53도 보라.
101. Hopkins, *Scriptural View*. p. 70.
102. 앞의 책, p. 67.
103. Stringfellow, pp. 468-469.
104. 앞의 책, p. 475; also Bledsoe, p. 340.
105. *The Pro-Slavery Argument* pp. 106-107.
106. Armstrong, pp. 16-17.
107. Hodge, p. 860.
108. Stringfellow, pp. 515.
109. 앞의 책, p. 477.
110. Hodge, pp. 856-857.
111. Stringfellow, p. 480.
112. Armstrong, pp. 13-15.
113. Stringfellow, pp. 488-489.
114. Hodge, p. 855.
115. 앞의 책, pp. 857-858.
116. Armstrong, p. 57.
117. Hodge, p. 864; Bledsoe, p. 288.
118. Hodge, p. 863.
119. Bledsoe, pp. 379-380.
120. *The Pro-Slavery Argument* p. 109.
121. A. Barnes, *Inquiry*, p. 207.
122. Bourne, *Condensed Anti-Slavery Argument* p. 25.
123. Hosmer, p. 47-48.
124. 앞의 책, p. 50.
125. A. Barnes, *Inquiry*, p. 70.
126. Quotation from Bledsoe, p. 345. See also Hopkins, *Scriptural View*, pp. 125-126.
127. Weld, p. 49.
128. 앞의 책, p. 51.
129. 앞의 책
130. Bourne, *Condensed Anti-Slavery Argument* pp. 54-55. Bourne은 창 6:11; 출 3:9: 12:29; 14:28; 욥 20:19; 27:13. 23; 잠 1:11; 사 1:15-24: 10:1-4; 14:2; 16:4; 19:20; 58:6-7; 겔 7:23. 27; 9:9; 18:10-13; 22:29. 31; 암 4:1; 8:4-8; 습 3:1-8; 슥 7:9, 14; 마 23:14; 약 5:4를 인용한다.
131. 앞의 책, pp. 61-62. Bourne은 계속해서 요세푸스는 그런 풍습에 대해 언급하지 않았다고 말한다. 요세푸스의 역사에 대한 영어번역에는 "노예"라는 단어가 등장하지만 그는 그런 단어가 없는 히브리어를 모국어로 사용하기 때문에 그것은 오역일 가능성이 농후하다는 것이다.
132. Ibid, p. 66. 이것은 Bourne의 입장이지만, 모든 노예제도 폐지론자들이 이 관점을 취하는 것은 아니다. 예를 들면, Clarke는 *Armory Hall*에서 행한 설교를 통해 노예 소유는 죄이기 때문에 교회에서 축출해야 한다고 말하는 자와 성경을 사용하여 노예제도를 지지하는 자 모두 잘못되었다고 주장한다.

바른 교리는 하나의 체계로서 노예제도는 철저히 악하고 나쁘다는 것이지만 모든 노예 소유주가 죄를 범하고 있는 것은 아니라는 것이 나의 생각이다. 확실히 복음의 모든 정신은 노예제도를 반대하며 기독교의 성향은 모든 결박을 푸는 것이다. 그러나 한 가지 분명한 사실은 예수님과 사도들이 이 제도를 폭력적으로 뒤엎거나 모든 노예 소유주를 책망하지 않았으며, 우리가 회개하고 버려야 할 죄의 목록 가운데 노예 소유 항목이 없다는 것은 이 제도가 모든 상황에서 악한 것은 아니라는 사실을 보여준다(p. 14).

"Supplement tho the Debate"에 인용된 Moses Stuart의 진술도 비교해 보라.
133. Bourne, Condensed Anti-Slavery Argument pp. 25-26.
134. 이것은 A. Barnes, Waylan, Channing 및 Clarke의 관점이지만, Bourn과 Weld의 관점은 아니다. 4-5는 Bourne의 주장이지만 이것은 Barnes의 주장이라는 사실을 알아야 한다.

135. A. Barnes, *Inquiry*, pp. 283-384. Barnes는 이 주제에 많은 지면을 할애하여 자신의 요지를 충분히 개진한다.

137. 앞의 책, 오리겐 시대의 성경학자들로부터 오늘날 주석가에 이르기까지 고린도전서 7:21 끝 부분의 "말론 크레다이"가 "자유를 취하라"인지 "노예제도를 이용하라"인지에 대해 이견을 보이고 있다(각 입장에 대한 Bartchy의 요약, pp. 6-7 참조). Bartchy는 이 본문(고전 7:17-24) 및 고대 그리스 노예제도의 구체적인 특징에 대한 철저한 연구를 통해 주로 바울의 체계적 주장(고전 12-14장과 평행을 이룬다)에 기초한 또 하나의 해석을 제시한다. 즉, 고린도전서 13장이 12장과 14장의 특정 문제를 통합하고 능가하는 신학적 고찰을 도입하듯이 17-24절은 7장의 문제를 통합하고 능가하는 해법을 제시한다는 것이다. 결혼이나 독신에 있어서 성적인 문제는 본문의 핵심인 "소명의 신학" 안에서 다루어진다. "할례 받는 것이나 할례 받지 않는 것"(19절)과 "종이나 자유자"(21절)는 이 장의 핵심 주제인 성적인 문제에 대한 논의에서 유사한 사례로 제시된다(cf. 갈 3:28). 이곳을 지배하는 신학적 개념은 "소명"이다(p. 134). Bartchy는 21절의 사상적 구조가 19절 및 24절과 유사하기 때문에 "말론 크레다이"는 "하나님의 부르심에 따라 살라"로 번역해야 한다고 주장한다(요세푸스는 "크라오마이"라는 단어를 530회 사용했는데 그 가운데 27회는 "따라 살다"라는 뜻이다[pp. 156-159]). 이 해석에 따르면, 바울은 노예로 남으라거나 자유를 취하라고 명령하지 않는다. 그는 오히려 노예로 남은 자유를 얻든(Bartchy는 20년의 종살이가 끝난 후의 자유는 관행이라고 말한다) "부르심"을 받은 그대로 지내라고 호소한다. 그는 전체 구절을 이런 식으로 해석한다. "네가 종으로 있을 때에 부르심을 받았느냐 염려하지 말라 그러나 주인이 너를 자유하게 했으면 (자유인으로서) 하나님의 부르심에 따라 살라"(p. 159).

138. 앞의 책, p. 278.

139. Weld, p. 17.

140. Bourne, *Book and Slavery*, pp. 111, 109: quoted from William Pitt. 140. 유사한 강조점에 대해서는 Weld도 참조하라(pp. 12-19).

141. William Goodell, *Slavery and Antislavery; A History qfthe Great Struggle in Both Hemispheres; with a View of The Slavery Question inUnited States* (New York: Negro Universities Press, 1968), p. 167. Goodell의 저서들은 1852년, William Harned에 의해 처음 출간되었다.

142. 앞의 책, p. 168.

143. 앞의 책, p. 169.

144. *The Journal of John Woolman* (New York: Corinth Books. 1961), p. 60.

145. 앞의 책, p. 56.

146. John C. Wenger의 *History of the Franconia Mennonites* (Scottdale, Pa.: Herald Press, 1937), p. 26에 나오는 이 주제에 대한 진술 및 Herbert Fretz의 'The Germantown Anti-Slavery Petition of 1688;' *Mennonite Quarterly Review*, 23 (Jan. 1959), 50-51을 참조하라. Christian Neff의 논문, "Die erste Ansiedlung unserer Glaubensbrüder in Amerika und ihr Protest gegen die Sklaverei," *Christliche Gemeinde Kalendar*, 12 (1903), 86-94; reprinted in Mennonitische Volkswarte (1935), pp. 299-304도 보라.

147. J. C. Wenger, *Mennonites of the Franconia Conference* (Telford, Pa.: Franconia Mennonite Historical Society, 1937), p. 26.

148. 이 고백은 *Confession of Faith of the Christians known by the names of Mennonites, in Thirty-three Articles, with a Short Extract from Their Catechism*이라는 제목의 방대한 책의 일부로 발표되었다. 또한 *Nine Reflections... Illustrative of Their Confession, Faith & Practice* by Peter Burkholder then follows, translated by Joseph Funk (Winchester, Va.: Robinson & Hollis, 1837), p. 419에도 나타난다.

149. *Minutes of the Virginia Mennonite Conference* (Virginia Mennonite Conference, 1st ed., 1939; 2nd ed., 1950), p. 6.

150. Johannes Risser, "Enthält das alte Testament, das heilige Wort Gottes eine Lehre oder nur einen entfernten Grund, welcher zu Gunsten unserer Sklaverei im Süden spricht?" *Christliche Volksblatt*, 6, No. 3 (Sept. 4, 1861), 12, 16: "Abschaffung der Sklaverei," ChrVolks, 6, No. 5 (Oct. 2. 1861), 20. 이 주제에 대해 다룬 다음의 메노나이트 저서(마지막 두 권은 노예제도에 대한 연구이며 메노나이트의 입장이나 관행에 대해서는 언급하지 않는다)도 참조하라.

Vos, Willem de. *Over den slaaven-stand. Door Philalethes Eleutherus. Met eenige aanteekeningen en een voorbericht van den uitgeverJ. van Geuns.* Leyden: van Geuns, 1797.

Mannhardt, Hermann G. "Die Sklaverei in Afrika und die Notwendigkeit ihrer

Beseitigung." *Mennonitische Blätter*, 36 (1889), 27-29.

Harshberger, Emmett Leroy. "African Slave Trade in Anglo-American Diplomacy." Diss. Ohio State University 1933.

Hertzler, James R. "Slavery in the Yearly Sermons Before the Georgia Trustees." *The Georgia Historical Quarterly*, 59 (Supplement, 1975), 118-125.

151. 일반적인 관행과 다른 예외의 가능성도 발견된다. Eastern Menninite College의 문헌 관리자이자 역사 연구가인 James O. Lehman은 Maryland, Hagerstown 부근에 위치한 메노나이트 교회 묘지에 아홉 명의 노예 무덤이 있다고 말한다. 이 노예들은 메노나이트 교회가 농장을 구입할 때 딸려온 사람들로 아마도 죽을 때까지 어느 정도 예속된 상황에 있었을 것이다. 메노나이트 역사학자 Grace I. Showalter는 버지니아 Signers Glen의 Joseph Funk에 대한 연구를 통해, Funk가 아들에게 쓴 편지에서 사위인 Jacob Bear가 노예를 샀는데 그가 반기를 들어 Bear를 때린 후 죽게 내버려 두고 도망했다고 말한다. 그러나 Funk의 사위가 메노나이트 교회의 성도였는지는 알 수 없다. 어쨌든 Funk는 이 편지에서 Jacob이 노예를 산 것에 대해 언급한다. 그것은 "내가 매우 반대하는 일이다. 흑인 밀매는 악한 것이다!... 노예제도에 대해서는 결코 동참하지 않아야 한다"(Showalter's edited manuscript of Funk's March 22. 26, 1841. letter, in Menno Simons Historical Library, Harrisonburg. Va.j.에서 인용).

152. 노예제도에 대한 메노나이트 교회의 입장을 보여주는 보다 최근의 사례는 Guy F. Hershberger's *War, Peace, and Nonresistance*『전쟁, 평화, 무저항』(대장간 역간), rev. ed. (Scottdale, Pa.: Herald Press, 1953)에서 찾아볼 수 있다.

사회적 불의에 대한 그리스도인의 태도에 대한 좋은 사례는 바울의 빌레몬서에서 찾을 수 있다. 이 서신에서 바울은 자신이 도망한 노예 오네시모에게 그리스도의 사랑으로 주인에게 충성하며 섬기라고 권면하고 그를 집으로 보낸다고 말한다. 빌레몬과 오네시모는 더 이상 주인과 종의 관계가 아니라 그리스도 안에서 같은 형제이다. 확실히 인간 노예는 사회적 공의에 부합하지 않지만, 바울은 노예제도의 폐지를 요구하지 않는다. 그는 오히려 주인과 종에게 그들이 형제이며 그들의 관계는 그리스도의 사랑에 근거해야 한다는 사실을 상기시킴으로써 모든 문제를 다른 차원에서

접근한다. 이런 관계가 실제로 존재하는 곳에는 사람을 노예로 삼는 제도가 계속될 수 없다. 바울의 접근은 모든 형태의 불의에 대한 기독교적 해법이 된다(pp. 185-186).

153. "The 1773 Letter to the Holland Mennonites." in Wenger. *History*, p. 400.

154. David McD. Simms, "The Negro Spiritual: Origin and Themes." *The Journal of Negro Education*, 35 (Winter, 1966), 36.

155. John Lovell. Jr., "The Social Implications of the Negro Spiritual," *The Journal of Negro Education*. 18 (Oct. 1939).640.

156. 대부분 Simms. pp. 37-38에서 발췌한 것이다.

157. Lovell, pp. 640-641에서 인용했다. Douglass 자신의 글, *My Bondage and Freedom* (New York: Miller. Orton & Mulligan. 1855)도 보라.

158. H. H. Proctor. "The Theology of the Songs of the Southern Slave." *Southern Workman*, 15 (Dec. 1907). 654. Lovell은 이 문제에 대해 다음과 같이 언급한다.

바위와 산들이 노예의 원수들을 내리칠 것이다. 여러분은 특히 1831년, 1856년 및 1860년에 노예 폭동을 경험한 남부의 공동체에게 이 바위와 산들은 하늘에서 떨어진 것이라고 믿게 하거나, 셔만(Sherman) 이후 조지아(Georgia)로 하여금 지옥에는 죄인들을 위한 불이 없다는 것을 믿게 하지 못할 것이다. 노예의 노래는 신비적 민간 전승이 아니라 인간의 본성에서 진행되고 있는 지식에서 우러나오는 놀라운 예언이다. 이 노래의 치명적 칼날은 공격적이고 위협적이다(p. 641).

159. John W. Blassingame. The Slave Community (New York: Oxford University Press. 1975). pp. 71. 73. 노예 출신인 Henry Bibb이 *The Narrative of Henry Bibb* (New York: privately printed. 1849). pp. 21 -25에서 제시한 대부분의 노예 소유주는 억압적이라는 증언을 참조하라.

160. Simms. p. 39.

161. 앞의 책

162. 앞의 책

163. Charles L. Coleman. "The Emergence of Black Religion in Pennsylvania. 1776-1850," *Pennsylvania Heritage*. 4, No. 1 (Dec. 1977). 27. Collman은 사도행전 본문을 위해 겔 37:22를 인용하며, 고전 12:13(요 13:34-35; 갈 3:26-28; 골 3:11)은 Isaac Allen, *Is Slavery Sanctioned by the Bible?* (Boston: American Tract Society. 1860). p. 20에 의해 인용되었다.

164. Austin Steward. *Twenty-two Years a Slave* (Rochester N.Y William Ailing, 1857). p. 21.

165. *The Anti-Slaveiy Harp* (Boston: Bela Marsh. 1848), p. 10.

166. 예를 들어, Joseph P. Thompson은 흑인 Tabernacle Church의 성도들과 마찬가지로 흑인이 분명하며, 그는 *Teachings of the New Testament on Slavery* (New York: Joseph H. Ladd. 1856)에서 흑인의 정서를 보여준다. Rev. LaRoy Sunderland, *The Testimony of God Against Slavery* (New York: American Anti-Slavery Society. 1939)와 Allen, *Is Slavery Sanctioned by the Bible?*도 참조하라. 그의 글은 Church Anti-Slavery Society로부터 노예제도에 대한 성경적 가르침을 주제로 한 최고의 논문으로 선정되어 100불의 상금을 받았다. 한때 노예였던 것으로 보이는 Allen은 Oberlin College에서 글을 썼기 때문에 아마도 Weld의 영향을 받았을 것이다.

167. Harriet Beecher Stowe's *Uncle Tom's Cabin* (Boston: J. P. Jewett & Co. 1852), p. 84. 이 책은 *Philadelphia Christian Observer* (1846). reprinted in The Discussion *Between Rev. Joel Parker and Rev. A. Rood on the Question of Slavery* (New York: S. W. Benedict. 1852)에 나오는 Joel Parker (pro-slavery)와 Rev. A. Rood (anti-slavery)의 논쟁을 반영한다.

168. Simms, p. 38.

169. 1974년 7월 8일, 밴쿠버에서 있었던 Mennonite Brethren 캐나다 총회에서 발표된 "교회와 총회에서 그리스도인 여성"이라는 제목의 연구논문에서 발췌한 내용이다.

170. 다른 방법과 비교한 해석 역사 및 문자적 해석의 역할에 대해서는 Robert Grant. *A Short History of the Interpretation of the Bible*, rev. ed. (New York: Macmillan. 1963), pp. 80이하를 참조하라. 알레고리적 해석에 대한 호의적 평가에 대해서는 Beryl Smalley, *The Bible in the Middle Ages* (Oxford: Clarendon Press, 1941)를 참조하라.

171. 이 방법들은 Perry B. Yoder, *From Word to Life: A Guide to the Art of Bible Study* (Scottdale, Pa.: Herald Press. 1982). pp. 24-40의 유익한 자료의 성경연구 방법에 묘사 및 사용되었다. George Eldon Ladd, *The New Testament and Criticism* (Grand Rapids. Mich.: Eerdmans, 1967): I. Howard Marshall, *New Testament Interpretation: Essays on Principles and Methods* (Grand Rapids. Mich.: Eerdmans. 1977): William A. Beardslee,. *Literary Criticism of the New Testament* (Philadelphia: Fortress Press, 1970); Edgar Krentz, *The Historical-Critical Method* (Philadelphia: Fortress Press, 1975): and Norman R. Petersen. *Literary Criticism for the New Testament Critic* (Philadelphia: Fortress Press. 1978). pp. 9-48도 참조하라.

172. 창 12:10-20, 아브라함 내러티브의 줄거리에 대한 P. Yoder의 논의를 참조하라(pp. 62-64, 184-189).

173. 놀랍게도 현대 역본은 Clarence Jordan의 *Cotton Patch* 역본까지 "에베드"와 "둘로스"를 "slave"(노예)로 번역한다. 이미 논쟁이 끝났기 때문이라는 것이다. 만일 인종차별을 반대하는 Jordan이 1850년에 번역을 마쳤다면 "둘로스"는 "노예"로 번역되지 못했을 것이다.

174. Jordan의 *Cotton Patch* 번역은 삶의 정황이 기본적 인식 및 성경 번역을 위한 단어 선택에도 영향을 미친다는 사실을 생생하게 묘사한다.

제2장. 안식일

1. *Seventh-day Adventists Answer Questions on Doctrine* (Washington. D.C.: Review and Herald Publishing Co., 1957), p. 176; 이하 SAAQD라고 함.

2. See Gerhard F. Hasel, "Capito. Schwenkfeld, and Crautwald on Sabbatarian Anabaptist Theology." *Mennonite Quarterly Review* (MQR), 46 (Jan, 1972). 41-57. and "Sabbatarian Anabaptists" in *the Mennonite Encyclopedia*, Vol. 4, p. 396.

3. A. E. Waffle,. *The Lord's Day: Its Universal and Perpetual Obligation* (Philadelphia: American Sunday-School Union. 1885). p. 358.

4. Quoted from Francis Nigel Lee,. *The Covenantal Sabbath* (London: The Lord's Day Observance Society, 1966),. p. 260.

5. 이 입장에 대한 필자의 요약은 본 장 세 번째 섹션에 묘사된다.

9. 안식일의 의미에 대한 Abraham Joshua Heschel의 주석에 나타난 것처럼 유대 학자들은 이 입장을 지지한다.

> "장차 올 세상은 이 땅에서 안식일을 아는 거룩함으로 규정될 것이다...."

> "장차 올 세상의 본질은 영원한 안식일이며, 일곱째 날은 영원의 전형이 될 것이다."

Heschel은 랍비의 주석의 첫 번째 진술을 인용한다. *Mekilta to Exodus* (The Sabbath: Its Meaning Jor Modern Man [New York: Farrar, Straus and Giroux. 19511, pp. 73. 74).

10. M. L. Andreasen, pp. 67-68.

11. 이 주장은 바벨론의 주(week), 보름날과 관련이 있는 바벨론의 매월 사바뚜(sabattu), 또는 7일간의 축제 등에 대한 언급으로부터 나온다. Niels-Erik A. Andreasen, *The Old Testament Sabbath: A Tradition-Historical Investigation* (Society of Biblical Literature, Dissertation Series. No. 7. 1972), pp. 1-3, 94-97를 보라. Andreasen은 오늘날 대부분의 학자들이 안식일의 성경 외적 기원을 포기하고 모세의 기원에 공감한다는 사실을 받아들이지만(p. 8), 다양한 이론을 조사한 후 다음과 같은 결론을 내린다.

구약성경은 일곱째 날 안식의 근거를 신적 명령에서 찾는다. 그러나 성경은 안식일이 언제 시작되고 어디서 기원했는지는 언급하지 않는다. 아마도 이것은 안식일이 구약성경 문학보다 오래 되었으며, 그 기원은 우리와 마찬가지로 그들에게도 분명하지 않았다는 의미일 것이다[p. 120].

12. Carlyie B. Haynes, *From Sabbath to Sunday* (Washington. D.C.: Review and Herald Publishing Association. 1942), p. 14; Dan Day. *Wliy I'm an Adventist: A Christian Invites You to Examine His Faith* (Mountain View, Calif.: Pacific Press Publishing Association. 1974), pp. 18-21.

13. M. L. Andreasen. p. 53.

14. George Ide Butler, *The Change of the Sabbath: Was It by Divine or Human Authority?* (title page missing), p 25.

15. 앞의 책, pp. 79-81.

16. 앞의 책, pp. 31-32.

17. 앞의 책, pp. 86-89.

18. 앞의 책, p. 96.

19. 앞의 책, pp. 97-98.

20. 앞의 책, pp. 99-101.

21. SAAQD, p. 149.

22. M. L. Andreasen, p. 103.

23. Samuele Bacchiocchi. *From Sabbath to Sunday: A Historical Investigation of the Rise of Sunday Observance in Early Christianity* (Rome: The Pontifical Gregorian University Press. 1977), p. 32. 23. 그는 Pontifical Grego-rian University에서 박사 학위를 받은 첫 번째 비가톨릭교도일 것이다. 그의 논문에서 나온 이 책은 주일성수의 비성경적 기원을 보여주는 동시에 가톨릭 교회를 기원으로 보는 탁월한 학문적 연구이다.

24. 앞의 책, p. 30.

25. 앞의 책, p. 38.

26. Haynes, pp. 19-21.

27. M, L. Andreasen, pp. 117-131.

28. 앞의 책, p. 143.

29. Butler, p. 209: Bacchiocchi. pp. 69-71.

30. Bacchiocchi, pp. 62-63.

31. Butler, pp. 210-212.

32. Bacchiocchi. p. 131.

33. 앞의 책, pp. 132-164. especially 164.

34. SAAQD, p. 169.

35. 앞의 책, pp. 166-167.

36. Bacchiocchi, pp. 268-269.

37. 앞의 책, p. 211. 특히 이러한 변경을 위한 로마 교회의 권위를 뒷받침하기 위해 아퀴나스를 인용한 pp. 310-312도 보라.

38. Hasel, pp. 49-50.

39. Andrew A. Bonar, *Memoir and Remains of Robert Murray M'Cheyne* (1844: rpt. London: Cox and Wyman, Ltd., 1966). p. 597.

40. Thomas Watson, *The Ten Commandments* (Guildford, England: Billings and Sons, Ltd.. rev. ed., 1965; orig., 1692), pp. 94-95.

41. John Murray, *The Claims of Truth, Vol. 1 of Collected Writings of John Murray* (Chatham, England: W. and J. Mackay, Ltd., 1976), p. 206.

42. 앞의 책, p. 210.

43. R. H. Martin, *The Day: A Manual for the Christian Sabbath* (Pittsburgh: Office of the National Reform Association, 1933), pp. 2-3.

44. Roger T. Beckwith an d Wilfrid Stott, *This Is The Day: The Biblical Doctrine of the Christian Sunday in Its Jewish and Early Church Setting* (London: Marshall, Morgan & Scott. 1978). p. 206.

45. 앞의 책, pp. 8-10.

46. Francis Nigel Lee, *The Couenantal Sabbath* (London: The Lord's Day Observance Society. 1969). pp. 17-23.

47. 앞의 책, p. 71.

48. 앞의 책, 85-86. p. 33도 보라. 이 구절에서 Lee는

"그러나 아담이 행위 언약을 파기했을 때 하나님 안에서의 일곱째 날 안식을 상실했다"고 말한다.

49. 앞의 책, pp. 105-109.

50. Murray, pp. 196-207.

51. William DeLoss Love, *Sabbath and Sunday* (New York: Fleming H. RevellCo.. 1896). p. 144.

52. Watson, p. 95.

53. George Junkin, *Sabbatismos; a Discussion and Defense of the Lord's Day of Sacred Rest* (Philadelphia: James B. Rodgers, 1866). p. 108.

54. Lee, p. 31.

55. Beckwith, pp. 13-14.

56. 앞의 책, pp. 17-19. Beckwith은 Jubilees 2:19-21. 31; *Sanhedrin Mekilta*, Shabbat a 1; and Bereshith Rabbah 11을 인용한다.

57. Beckwith. pp. 19-20.

58. Watson, pp. 95-96.

59. W. O. Carver, *Sabbath Obsewance: The Lord's Day in Our Day* (Nashville. Tenn.: Broadman Press, 1940), p. 25.

60. A. E. Waffle, *The Lord's Day: Its Universal and Perpetual Obligation* (Philadelphia: American Sunday-School Union, 1885), p. 358.

61. Beckwith, p. 24.

62. Love, p. 89.

63. 앞의 책, p. 123. See also Beckwith, pp. 30-38.

64. Herbert S. Bird. *Theology of Seventh-day Adventism* (Grand Rapids. Mich.; Eerdmans, 1961). p. 109.'

65. Martin, pp. 103-140

66. Lee, pp. 300-37. Lee는 이 통찰력을 종말론적 소망 성취와 관련된 "이미, 그러나 아직"의 긴장과 연결한다. Beckwith, p. 45도 보라.

67. 가령, Lee, pp. 219,224-227,237-238. 그러나 이 입장을 지지하는 많은 저자는 로마서와 골로새서의 본문에 대해 언급하지 않는다.

68. Beckwith, p. 28.

69. 앞의 책, pp. 140-141.

70. Willy Rordorf, *Sunday: The History of the Day of Rest and Worship in the Earliest Centuries of the Christian Church, trans. A. A. K. Graham* (Philadelphia: Westminster Press. 1968). p. 116.

71. Clarence Jordan, *The Substance of Faith: Cotton Patch Sermons* (New York: Association Press, 1972), p. 145.

72. H. M. Riggle, *The Sabbath and the Lord's Day*, 6th ed., rev. (Anderson, Ind.: Gospel Trumpe t Company, 1928), p. 148.

73. 앞의 책, p. 23.

74. 앞의 책, pp. 16-17.

75. 앞의 책, p. 17.

76. 앞의 책, pp. 17-18.

77. 앞의 책, p. 154.

78. 앞의 책, p. 151.

79. 앞의 책, pp. 172-173.

80. 앞의 책, pp. 184-186.

81. 앞의 책, pp. 192-226

82. 앞의 책, p. 227. 괄호 속의 구절은 초판(1918). p. 258에 나타나며 6판에는 나오지 않는다.

83. Rordorf, p. 12. Rordorf는 출 23:12 및 34:21을 가장 오래된 -하나님을 엘로힘으로 부른 시대 이전 시대- 안식일 명령에 대한 진술로 본다.

84. Rordorf에 따르면 제사장적 창조 기사(창 2:2-3)를 지배하는 이 강조는 제사장 문서보다 훨씬 오래되었으며, 따라서 이 엘로힘 문서 및 신명기 문서 모두에서 발견된다(p. 14).

85. Rordorf가 주장한 대로 "창세기 1장 및 2:2-3에서 우리는 하나님이 엿새 동안 세상을 창조하신 후 일곱째 날에 쉬셨다는 말씀을 듣지만, 이러한 동기는 오래전부터 내려온 매 6일 후에 반복되는 안식의 날 제도에 덧붙여진 것이다"(p. 18). Rordorf는 안식일 명령이 농경사회를 반영하므로, 일곱째 날 안식은 창조 시대 이전 가나안 정복 후에 시작되었다고 주장한다.

86. Rordorf, p. 15.

87. 앞의 책, p. 16.

88. 앞의 책, pp. 5I 이하. 이 언급은 겔 20:11 이하, 출 31:14 이하의 제의적 내용, 35:2; 민 15:32-36, 희년서 2:25. 27; 50:8, 13 및 Damascus Document 12-36에 나타난다.

89. Rordorf, p. 63.

90. 앞의 책, pp. 66-67.

91. 앞의 책, p. 70.

92. 요 9:4 및 눅 13:16은 예수님의 안식일 행위를 성부의 뜻에 따른 필요에서 비롯된 것으로 본다.

93. Rordorf는 이 말씀이 예수님의 안식일 행위를 안식일에 대한 메시아적 주장으로 보았던 초기 교회로부터 나온 것으로 보고 이 주제를 보다 분명하게 밝힌다(p. 71).

94. Rordorf, p. 71.

95. 앞의 책, pp. 67-68. Rordorf는 "너희가 도망하는 일이 겨울에나 안식일에 되지 않도록

기도하라"라는 마 24:20의 진술이 예수님의 태도를 이해하는데 중요하지 않다고 말한다. 왜냐하면 마태복음에 나오는 이 강화의 구조에 대한 학자들의 관점은 이 절이 예수님 이후 시대 유대인 기독교 사회에서 나온 것으로 보기 때문이다(p. 68).

96. Rordorf, pp. 88-89
97. 앞의 책, pp. 89-90. Rordorf는 요한복음 5:17에서 예수님은 다가올 마지막 시대의 안식일에 대한 유대적 관점에 기초하여 자신의 안식일 사역을 변명한다고 주장한다. 왜냐하면 하나님 아버지는 아직도 일하고 계시기 때문이라는 것이다. 동시에 예수님은 자신을 "하나님의 행위와 안식"과 동일시하심으로 암시적으로 메시아적 권위를 주장하신다(pp. 99-100).
98. Rordorf, p. 101.
99. 앞의 책, p. 11 7.
100. 앞의 책, p. 102.
101. 앞의 책, p. 119.
102. 앞의 책, p. 127.
103. 앞의 책, pp. 127-139
104. 앞의 책, p. 140. Rordorf는 2세기 말까지 그리스도인의 안식일 준수와 관련된 어떤 증거도 제시되지 않았다고 말한다. 그의 재구성은 그리스도인의 안식일 준수는 처음 두 세기 안에 끝났다가 다음 두 세기, 특히 4세기에 재개되었으나 아마도 콘스탄틴 제국이 주일을 공식적인 안식일로 공표함으로써 5세기에 다시 사라졌다는 것이다(pp.142-153).
105. 앞의 책, pp. 154-173.
106. 앞의 책, pp. 215-256.
107. 앞의 책, p. 218.
108. 앞의 책, p. 215.
109. Paul K. Jewett, *The Lord's Day: A Theological Guide to the Christian Day of Worship* (Grand Rapids. Mich.: Eerdmans. 1971). pp. 16-18.
110. 앞의 책, p. 18.
111. 앞의 책, p. 24.
112. 앞의 책, p. 25.
113. 앞의 책, pp. 27-29.
114. 앞의 책, p. 38.
115. 앞의 책, p. 42.
116. 앞의 책, p. 43.
117. 앞의 책, p. 67.
118. 앞의 책, pp. 59-60.
119. 앞의 책, p. 73.

120. 앞의 책, pp. 82.
121. 앞의 책, pp. 80-81.
122. Jewett는 영국 청교도의 주장에 공감하지 않는다고 말하지만 이 문제에 대한 그의 신학적 입장은 종교개혁가 및 칼 바르트와 마찬가지로 점차 두 번째 입장으로 기운다(pp. 115-122). Jewett은 주일을 네 번째 계명에 비추어 이해하려고 노력하는 Rordorf와 의견을 달리한다(p. 89). Jewett은 세 번째 입장과 두 번째 입장을 구별하는 "한 날만 특별히 거룩한가"라는 시험적 질문에 대해, "신약성경에 따르면 '아니다'"라는 대답과 "구약성경에 따르면 '그렇다'"라는 두 가지 대답을 한다. 그는 기독교 신학 및 삶에 대한 신구약 성경의 지속적 권위를 인정하기 때문이다.
123. Harold H. P. Dressier, "The Sabbath in the Old Testament." pp. 29-31; and A. T, Lincoln, "From Sabbath to Lord's Day: A Biblical and Theological Perspective," pp. 348-358. both in *From Sabbath to Lord's Day: A Biblical, Historical, and Theological Investigation*, ed. D. A Carson (Grand Rapids. Mich.: Zondervan, 1982).
124. D. A. Carson, "Jesus and the Sabbath in Four Gospels." in *From Sabbath to Lord's Day.* pp. 84-85; Lincoln pp. 345. 362.
125. Max M. B. Turner, "The Sabbath, Sunday and the Law in Luke/ Acts." in F*rom Sabbath to Lord's Day.* pp. 124-127.
126. D. R. de Lacey, "The Sabbath/Sunday Question and the Law in the Pauline Corpus," in *From Sabbath to Lord's Day*, pp. 180-183; Lincoln, pp. 364-368.
127. Lincoln, pp. 401-402.
128. Lincoln, pp. 398-400. 안타깝게도 이 책에서 강조하지 않는 또 하나 주의해야 할 유사성은 두 성경 모두 인간과 피조세계에 대한 하나님의 통치의 공의와 샬롬을 나타낸다는 것이다.
130. 세 번째 입장에도 동일한 논리가 적용되지만 강도는 약하다. 왜냐하면 주일을 지키는 행위와 그 날 안식하는 행위는 모순된 행위로 볼 수 없기 때문이다. 그것은 주일과 토요일 가운데 특정한 날을 안식일로 지키는 선택상의 문제이다.
131. 그러나 만일 우리가 초기 사본 가운데 후기 교회의 입장을 선호하여 안식일 준수를 지지하는 텍스트의 증거를 억누르거나 교회와 성경 사이에 다른 긴장을 조성하는 이문을 찾아내어 보여줄 수 있다면, 성경의 가르침과 후기교회의 관행을 갈라놓은 증거가 나타난

것이다. 이 경우 우리는 이런 쐐기를 인정하지 않을 수 없다. 이 쐐기를 안식일/주일 문제로 보는 제칠일 안식교의 입장에서 Andrews University의 신약학 교수, George Edward Rice는 4세기에 로마에서 작성된 헬라어 신약성경 사본인 Codex Bezae(D)의 누가행전 연구로 박사 학위를 받았다. 그의 연구는 이 사본의 누가복음에 나타나는 반안식일 성향을 규명한다. Rice가 제시하는 이 증거는 후기 교회가 안식일에 대한 누가의 호의적인 관점을 못마땅하게 생각했음을 보여준다. George Edward Rice, "The Alteration of Luke's Tradition by the Textual Variants in Codex Bezae," Diss. Case Western Reserve University 1974 (available on microfilm from University Microfilms International. Ann Arbor. Mich.)를 참조하라. 그러나 이런 증거는 이 연구의 세 번째 입장을 뒷받침할 수 있다. 왜냐하면 이것은 후기 교회(특히 4세기의 교회)가 주일 안식과 안식일 준수가 배치되는 주장을 주도했다고 인식하기 때문이다.

132. Bacciocchi의 연구 목적은 이런 차이점의 증거를 모으는 것이다. 그러나 그는 교회가 어떻게, 왜 특별한 내용상의 수정 없이 그런 성경의 권위를 인정했는지에 대해서는 대답하지 않는다.

133. David Kelsey는 (Warfield부터 Tillich까지) 최근 일곱 명의 신학자가 성경을 사용한 방식에 대한 광범위한 분석을 통해 각 신학자는 각자의 신학적 관점에 따라 성경을 다르게 사용한다는 사실을 보여준다. David H. Kelsey, The Uses of Scripture in Recent Theology (Philadelphia: Fortress, 1975)을 참조하라. 그러나 이 연구는 이곳에서 제기된 문제에 대해 결정적인 대답을 하지 않는다. 왜냐하면 그의 연구는 신학자들의 성경 사용이 잘못되었다는 것이 아니라 성경이 다양한 신학적 통찰력을 제공하고 형성한다는 사실을 뒷받침하는 데 초점을 맞추기 때문이다.

134. "교회의 삶에 대한 성경적 해석"(부록 1 참조)이라는 메노나이트 교회의 성명은 두 방향의 영향 모두 인정한다. I부의 B는 성경이 교회의 책이라고 언급하며 I부의 C는 특정 신학적 관점이 교단의 성경 해석 방식으로부터 발전되었을 뿐만 아니라 그것에 영향을 준다는 사실을 인정한다. 한편으로 이 성명의 II부는 성경이 스스로 말하게 하는 방법을 제시한다. 확실히 신학적 관점은 성경을 사용하는 방식에 영향을 미친다. 그럼에도 불구하고 이 방법은 성경이 개인이나 그룹의 신학에 영향을 주고 변화시킬 수 있는 잠재력을 가진다.

135. 역사-비평적 방식과 언어적 방식의 효과적인 접목에 대해 설명하고 예시하는 최근의 탁월한 연구는 Perry B. Voder's From Word to Life: A Guide to the Ait of Bible Study (Scottdale. Pa.: Herald Press. 1982)를 참조하라. 역사-비평적 방식의 유익과 한계를 이해하는 부가적 자료에 대해서는 George Eldon Ladd. The New Testament and Criticism (Grand Rapids. Mich.: Eerdmans. 1977): I. Howard Marshall. New Testament Interpretations: Essays on Principles and Methods (Grand Rapids. Mich.: Eerdmans, 1977)를 참조하라. 역사적 방식의 부상에 대한 역사적 설명에 대해서는 Edgar Krentz, The Historical-Critical Method {Philadelphia: Fortress Press, 1975)를 참조하라. Peter Stuhlmacher's Historical-Criticism and Theological Interpretation of Scripture: Towards a Hermeneutics of Consent, translated by Roy A. Harrisville (Philadelphia: Fortress Press, 1977) 역시 통찰력이 있는 유익한 자료이다.

136. 이러한 연결을 인정한 Bacciocchi는 예수님의 안식일 행위가 사실상 안식년의 행위였음을 강조한다. 그러나 예수님과 제자들의 행위를 안식일의 성취로 보지 않고 안식일을 예수님에 대한 기념일로 보는 것은 탁월한 입장에 대한 설득력을 약화시키는 것으로, 구약 시대 안식일에 대한 제사장의 재해석에서 선례를 찾을 수 있는 패턴이라는 것이 Rordorf의 입장이다.

137. 이것은 Karl Barth가 "성경의 낯선 세계에 대한 발견"이라고 부른 것이다. Walter Wink's book The Bible in Human Transformation (Philadelphia: Fortress Press, 1977)는 이 과정을 "거리 두기"로 부른다. 이것은 텍스트와 해석자가 "교감"하고 텍스트가 해석자에게 생명과 지침 및 변화를 주게 하기 위한 "연합"을 위해 필요한 전주곡이다.

138. 필자는 이 이슈를 "The Historical-Critical Method: New Directions" in a forthcoming issue of Occasional Papers, Institute of Mennonite Studies. Elkhart, Ind.에서 다루었다.

제3장. 전쟁

1. 필자가 서신을 교환한 여섯 명은 다음과 같다. Loraine Boettner, Gordon H. Clark, V. R Edman (당시 Wheaton College 총장), General Wm. K. Harrison, 그는 Christianity Today (Apr. 13, 1959)에서 글을 썼다. Carl F. H. Henry, and Wilbur Smith (professor at Fuller Theological Seminary). (Boettner, Clark 및 Henry는 본문에서 소개했다). 텍스트에 제시된 Clark의 언급은 그의 예

전 진술과 일치한다. "구약성경이 확실하다면 하나님이 전쟁을 적극적으로 명령하신 것이 분명하다. 이것은 부인할 수 없는 사실이다. 그렇다면 우리는 하나님이 죄를 명하셨다는 함축을 가진 평화주의를 받아들일 수 있는가?" *United Evangelical Action* (Aug. 1, 1955), p. 5.

2. 역사적으로 가톨릭 교회 및 상당수의 개신교 교회는 어거스틴 시대부터 형성된 정당한 전쟁 이론에 의해 그리스도인의 전쟁 참여를 지지한다. 이 입장의 발전에 대한 논의는 Walter Klaassen, "The Just War: A Summary," *Peace Research Reviews*, 7, No. 6 (Sept. 1978), 1-70; Roubert G. Clouse, ed., *War: Four Christian Views* (Downers Grove, Ill.: InterVarsity Press, 1981), pp. 14-15; and Arthur F. Holmes' essay in the same book, pp. 117-135 를 참조하라.

3. George W. Knight III, "Can A Christian Go To War?" *Christianity Today*, 20, No. 4 (Nov. 21, 1975), 4.

4. Loraine Boettner, *The Christian Attitude Toward War*, 2nd ed., rev. (Grand Rapids, Mich.: Eerdmans, 1942), p. 25.

5. 출 17:8-16; 민 33:50-56; 수 1:1-9; 5:13-6:27; 삿 4:1-23; 6:12; 삼상 15:1-23; 17:1-54; 삼하 5:19-20. Boettner는 여호와를 전사로 묘사한 시편도 인용한다(35:1-2; 68:1-2, 12, 17; 83:2, 17; 108; 124; 136; 144:1). 또한 이스라엘은 하나님의 명령에 불순종하여 싸울 때 패배한다(민 14:39-45; 수 7:1-8:29; 삼상 28:15-19; 대하 18:1-34). Boettner, pp. 21-24를 참조하라.

6. Clark, p. 5.

7. Richard S. Taylor, "A Theology of War and Peace as Related to Perfect Love: A Case for Participation in War," in *Perfect Love and War*, ed. Paul Hostetier (Nappanee, Ind.: Evangel Press. 1974). p. 30.

8. Arthur F. Holmes, ed.. *War and Christian Ethics* (Grand Rapids. Mich.: Baker Book House, 1975). p. 144.

9. Harold Snider, *Does the Bible Sanction War? (Why I Am Not a Pacifist)* (Grand Rapids, Mich.: Zondervan. 1942). p. 62.

10. Clark, p. 23: Boettner, p. 32: Knight, p. 5: and W. G. Corliss. "Can a Christian Be a Fighting Man?" *Eternity*, 13 (Sept. 1962),22-23.

11. Corliss만이 이것을 고린도전서 7:20과 연계한다. 그러나 제1장 각주 137을 참조하라.

12. 앞의 책, pp. 22-23.

13. Knight, p. 5. 사도행전 10장의 용례는 다른 저자들에게서도 볼 수 있다.

14. 이것은 다음과 같은 10개의 주요 주장으로 나눌 수 있다.

(i) 예수님은 장차 전쟁이 있을 것이라고 말씀하셨기 때문에 전쟁을 정당화 하신다.

마 24:6-8 병행구: 막 13:7-8, 눅 21:9-11
눅 19:41-44. 병행구: 마 24:2; 막 13:2
눅 21:20-24
마 24:1-2, 병행구: 막 13:2, 눅 21:6

(ii) 예수님은 자신의 신앙이 불화를 초래할것이라고 생각하기 때문에 전쟁을 정당화 하신다.

마 10:34-36
눅 12:49-53
눅 14:25-26

(iii) 예수님은 준비의 중요성을 인식하시기 때문에 전쟁을 정당화 하신다.

눅 22:35-36
눅 11:21-22. 병행구: 마 12:29, 막 3:7
눅 14:31
마 12:37-40. 병행구: 마 24:42-44

(iv) 예수님은 특정 상황에서 전쟁은 불가피하다고 말씀하시기 때문에 전쟁을 정당화 하신다.

요 18:35-36
막 12:1-9. 병행구: 눅 20:9-16, 마 22:33-41
마 18:6-7. 병행구: 막 9:42, 눅 17:1-2

(v) 예수님은 군인인 백부장을 칭찬하셨기 때문에 전쟁을 정당화 하신다.

마 2:5-10, 13. 병행구: 눅 7:1-10

(vi) 예수님은 권력에 대한 순종을 주장하기 때문에 전쟁을 정당화 하신다.

마 12:13-17. 병행구 마 22:15-22, 눅 20:20-26

(vii) 예수님은 전쟁 무기 구입에 사용될 것을 아시면서 세금을 내라고 하셨기 때문에 전쟁을 정당화 하신다.

마 12:13-17 병행구: 마 22:15-22, 눅 20:20-26

(viii) 예수님은 생명보다 귀한 가치를 지키기 위해 죽기까지 자기희생을 요구하셨기

때문에 전쟁을 정당화 하신다.

　　　　눅 9:23-25. 병행구 마 16:24-26; 막 8:34-37

　　　　마 20:25-28. 병행구: 막 10:42-45, 막 9:35b, 눅 22:25-26

　　　　요 15:12-13

(ix) 예수님은 하나님이 심판 날에 무력을 사용할 것이라고 말씀하시기 때문에 전쟁을 정당화 하신다.

　　　　마 18:23-35

　　　　마 13:40-42. 비슷한 본문: 마 13:49-50

　　　　눅 19:11-27. 병행구: 마 25:14-30

　　　　마 24:45-51. 병행구: 눅 12:42-48

　　　　마 10:14-15

　　　　눅 10:10-15

　　　　마 24:29-31. 병행구 막 13:24-27, 눅 21:27-28

(x) 예수님은 성전에서 돈 바꾸는 사람들을 무력으로 쫓아내셨기 때문에 전쟁을 정당화 하신다.

　　　　요 2:13-16. 병행구 마 21:12-13, 막 11:15-17, 눅 19:45-46. [FCC Commission, in

　　　　　　Boettner, pp. 16-18.]

15. Boettner, pp. 30-31.
16. 앞의 책, pp. 45-56.
17. Clark, p. 23.
18. 앞의 책
19. Knight, p. 5.
20. Ibid
21. Corliss, p. 23. Taylor는 하나님이 국가의 기능에 권위를 부여하셨다고 믿는 것은 일관성이 없다고 주장하지만 그런 기능과 상보적 관계에 있는 입장을 거부한다. 그는 "나는 그리스도인이 그리스도에 대한 우선적 충성을 위배하지 않으면서 국가의 어떤 합법적 역할 -군인을 포함하여- 도 수행해야 한다고 믿는다"고 말한다(p. 35).

그러나 국방부 정보국 소속 해군 함장인 W. G. Corliss는 여기에는 그리스도인이 간과해서는 안 될 한 가지 사실이 있다고 말한다.

나는 참된 그리스도인은 오늘날 공적인 위치에서 악과 타협하거나 협력하지 않고 자신의 나라를 섬길 수 없다는 결론에 이르렀다. 그는 양심상 소망이 없거나 잘못된 행동은 제시하지

못하지만 자신이 건전하다고 생각하는 대부분의 행동은 왜곡되거나 인정을 받지 못한다.

그가 취할 행동은 세 가지로 보인다.

(a) 그는 타협을 통해 효과적이지 않거나 틀린 반응을 할 수 있다. (b) 그는 문제의 본질을 꿰뚫는기독교적 해법을 제시하는 최선의 반응을 보일 수 있다. (c) 그는 자신의 자리에서 자발적으로 물러날 수 있다. (a)의 경우, 그는 위선과 기회주의 및 악과의 협력이라는 죄를 범한 것이다. (b)의 경우, 그는 정직하지만 실행 불가능한 이상주의자나 비현실주의자로 낙인 찍힐 것이다. 이 경우 나는 그가 다시는 책임 있는 자리에 올라가지 못하거나 즉시 도로 내려오게 될 것이라고 생각한다. (c)의 경우, 그는 갈등에서 물러난 것이다.[p. 24]).

22. Snider, pp. 37-47; Knight, p. 4.
23. Peter C. Craigie, *The Problem of War in the Old Testament* (Grand Rapids. Mich: Eerdfnans. 1978). p. 58.
24. Taylor, p. 30.
25. Knight, p. 6: Boettner, pp. 29-30.
26. Carl F. H. Henry. *Christian Personal Ethics* (Grand Rapids. Mich.: Eerdmans, 1957). p. 323.
27. 앞의 책, p 322. 개인적 영역과 사회적 영역 사이의 이러한 차이는 산상수훈의 도덕적 요구를 규명하는데 광범위하게 사용된다. Henry(위 각주 1 참조)는 1960년대 필자와의 서신교환에서 마태복음 5:40에 대한 주석을 통해 이 차이를 구별한다. 그는 자신이 옷 가게를 가지고 있는데 누군가 와서 옷 한 벌 달라고 하면 줄 의무가 없지만, 만일 그가 집으로 찾아와 옷을 요구하면 도덕적으로 주어야 할 의무가 있다고 말한다.
28. Boettner. p. 28.
29. Snider, p. 84.
30. Knight, p. 5.
31. Holmes, p. 168.
32. Craigie (in report of Elbert W. Russell's study), p. 14.
33. Leslie Rumble, "The Pacifist and the Bible." *The Homiletical and Pastoral Review,* 59- No. 12 (Sept. 1959). 1086. Rumble quotes from essays from a Protestant symposium published as *Biblical Authority for Today* (1951). pp. 141-42.
34. Boettner, p. 21.
35. Gerhar d von Rad's Der Heilige Krieg im Alten Israel (Vandenhoeck and Ruprecht. 1951) 35는

이 주제에 대한 중요한 신학적 연구이다. 그러나 Von Rad는 이스라엘이 "가만히 서서" 보는 가운데 이루어지는 기적적 승리에 대한 강조는 전쟁 역사에 대한 훗날의 신학적 재해석이라고 주장한다. 이 주제에 대한 최근 학계의 입장에 대해서는 Patrick Miller, *The Divine Warrior in Early Israel* (Cambridge. Mass.: Harvard University Press. 1972). and "God the Warrior." *Interpretation.* 19 (1965), 35-46: Frank Cross, "The Divine Warrior in Israel's Early Cult." in Vol. Ill of *Biblical Motifs: Studies and Texts,* ed. Alexander Altmann (Cambridge, Mass- Harvard University Press, 1966). pp. 11-30: Peter C. Craigie, "Yahweh Is a Man of War," *Scottish Journal of Theology.* 22 (1969). 183-188: A. Gelsion, "The Wars of Israel." *Scottish Journal of Theology.* 17 (1964), 325-331를 참조하라.

36. G. Ernest Wright. *The Old Testament and Theology* (New York: Harper and Row. 1969), p. 130.

37. 앞의 책, pp. 148-150. Wright에 대한 평화주의자의 반응은 Waldemar Janzen, "God as Warrior and Lord: A Conversation with G. E. Wright." *Bulletin of American Society of Oriental Research,* 220 (Dec. 1975). 73-75를 보라.

38. Craigie, *problem of War,* p. 33.

39. 앞의 책, pp. 35-36. 37. 앞의 책, pp. 148-150.

40. 이것은 *Problem of War.* pp. 39-82에 제시된 Craigie의 주장을 요약한 것이다. Craigie's summary, pp. 94 이하도 참조하라. Craigie는 국가와 폭력에 대한 Jacques Ellul의 연구(pp. 71-72)를 이용하여 Ellul의 저서 *Political Illusion*『정치적 착각』(대장간 역간) (New York: Kropf, 1967) 및 *Violence: Rejlections from a Christian Perspective*『폭력에 맞서』(대장간 역간)(New York: Seabury Press. 1969)에 접근한다.

41. Craigie, *Problem of War,* p. 102.

42. 앞의 책, 이 세 가지 인용문은 각각 pp. 108, 62, 198에서 발췌한 것으로, Craigie의 해결되지 않은 윤리적 딜레마를 보여준다.

43. 앞의 책, p. 110.

44. Rumble, p. 1090.

45. 앞의 책

46. 앞의 책, pp. 1090-1091.

47. Wright, p. 130.

48. Reinhold Niebuhr, *Christianity and Power Politics* (New York: Charles Scribner's Sons,

1940), pp. 8-10. *In Moral Man and. Immoral Society* (New York: Charles Scribner's Sons. 1932)에서 Niebuhr는 비폭력을 정치적 전략으로 채택해야 하지만, 강압과 충돌이 관련될 경우 이러한 전략은 비저항적 사랑이 아니라고 주장한다.

49. Reinhold Niebuhr. *An Interpretation of Christian Ethics* (New York: Harper & Brothers. 1935). p. 31.

50. 앞의 책, p. 39.

51. Niebuhr, *Christianity and Politics,* p. xi.

52. 앞의 책, pp. 1-5; Niebuhr, *Christian Ethics,* pp. 65. 110, 223. Niebuhr의 평화주의자 비판에 대해서는 John Howard Yoder. *Reinhold Niebuhr and Christian Pacifism* (Zeist, The Netherlands: The International Conference Center. 1954)을 보라.

53. Paul Ramsey, *War and the Christian Conscience: How Shall Modern War Be Conducted Justly?* (Durham, N.C.: Duke University Press, 1961), pp. xvii-xviii.

54. 선택된 주제는 절대적인 것이 아니며, 인용된 자료는 대표적인 사례일 뿐이다.

55. James H. Cone, *God of the Oppressed* (New York: Seabury Press. 1975), p. 63.

56. 앞의 책, 217-219.

57. 앞의 책, p. 219.

58. Rubem Alves, *A Theology of Human Hope* (Cleveland: Corpus Books, 1969). p. 125.

59. Bruce O. Boston, "How Are Revelation and Revolution Related?" *Theology Today,* 26 (July 1969), p. 146.

60. Richard Shaull, "Christian Faith as Scandal in a Technocratic World." *New Theology* No. 6, ed. Martin E. Marty and Dean G. Peerman (London: Macmillan, 1969). pp. 126, 130.

61. Jose Miranda, *Marx and the Bible: A Critique of the Philosophy of Oppression* (Maryknoll, N.Y.: Orbis Books, 1974). pp. 11 이하; *Communism in the Bible* (Maryknoll. NY: Orbis Books, 1982). pp. 74-78. Gustavo Gutierrez는 구원은 본질적으로 자유와 공의지만 폭력을 지지하지는 않는다고 말한다. 대신에 그는 기존의 구조는 폭력적이기 때문에 혁명이 필요하다고 말한다. *A Theology of Liberation* (Maryknoll, N.Y.: Orbis Books, 1973), pp. 48. 89. 149-168. 194-208. 276. 자유와 공의라는 주제에 대한 평화주의자의 접근에 대해서는 L. John Topel의 *The Way to Peace: Liberation Through the Bible* (Maryknoll, N.Y.: Orbis Books, 1979),

pp. 2-10, 42-68; and Allan Aubrey Boesak,
*Farewell to Innocence: A Socio-Ethical Study
on Black Theology and Black Power* [Maryknoll
N.Y.: Orbis Books, 1977). pp. 16-26를 참조하라.
62. George Celestin. "A Christian Looks at
Revolution." *New Theoloqu* No. 6, pp. 100-101.
63. 앞의 책, pp. 101-102.
64. Cone, pp. 66-70.
65. Jose Miguez Bonino, *Doing Theology in
a Revolutionary Situation* (Philadelphia:
Fortress Press. 1975), p. 116.
66. 앞의 책, pp. 117-118. See also Jon Sobrino,
*Christology at the Crossroads: A Latin
American Approach,* trans. John Drury
(Maryknoll NY Orbis Books, 1978). pp. 119,
122.
67. Boston, p. 150. Gutierrezz. pp. 167-168도
보라.
68. Celestin, p. 101.
69. Cone. p. 73.
70. Ernesto Cardenal. *The Gospel in Solentiname.*
I, trans Donald D.Walsh (Maryknoll. N.Y.:
Orbis Books. 1978).31
71. 앞의 책, p. 77.
72. 앞의 책, p. 83.
73. Bonino. p. 118.
74. 앞의 책, p. 122.
75. 앞의 책, pp. 122-123.
76. Juan Luis Segundo. *The Liberation of
Theology,* trans. John Drury (Marvknoll.N.Y.:
Orbis Books, 1976), p. 164.
77. 앞의 책,
78. 앞의 책, pp. 164-165. Segundo는 이어서
"살인하지 말지니라"는 절대적 원리로 받아들일
필요가 없다고 주장한다(p. 165 이하).
79. Boston, p. 152.
80. 앞의 책
81. 앞의 책
82. Shaull. p. 127; Celestin. p. 101.
83. Boston, p. 153.
84. Choan-Seng Song. *Third-Eye Theology:
Theology in Formation in Asian Settings*
(Maryknoll. N.Y.: Orbis Books, 1979). p.
182".
85. Cone. p. 80.
86. 앞의 책, pp. 81-82. 부활과 메시아사상을 기독교
소망의 핵심으로 보는 Rubem Alve의 논의를
참조하라. 그의 논의는 한편으로 이미 경험한

자유에, 다른 한편으로는 모든 속박으로부터
지속적으로 자유하게 하시는 하나님에 대한
기대에 기초한다(pp. 125-132).
87. John Howard Yoder. *Nevertheless: Varieties of
Christian Pacifism*「그럼에도 불구하고」(대장간
역간) (Scottdale, Pa.: Herald Press, 1971).
88. Vernard Ellen . *War and Peace from Genesis
to Revelation,* rev. ed. (Scottdale. Pa.: Herald
Press. 1981). pp. 26-38.
89. Guy F. Hershbergen *War. Peace, and
Nonresistance*「전쟁, 평화, 무저항」(대장간
역간). rev. ed. (Scottdale. Pa.: Herald Press.
1953), p. 16.
90. William Keeney, *Lordship and Servanthood*
(Newton. Kan.: Faith and Life Press, 1975).
91. J. Irvin Lehman. *God and War* (Scottdale. Pa.:
Herald Press. 1951). pp. 16-24.30-31.
92. John L. Stauffer, *The Message of the Scriptures
on Nonresistance* (Harrisonburg. Va.: The
Sword and Trumpet, n.d.). See also StauiTer's
"Was Nonresistance God's Plan lor Old
Testament Saints?" *The Sword and Trumpet.*
13 (May 1945). 3771.: "The Error of Old
Testament Nonresistance." ST. 6 (Qtn 2. 1960).
6-16; "Can Wc Agree on Nonresistance'"ST. 47
(June 1979), 1-3; and Amos W. Weaver, "Some
Implications of Law and Grace," ST. 30 (Qtr. 3.
1962), 12-16.
93. 그러나 Hershberger (*War. Peace. and
Nonresistance,* p. 31)는 이 관점을 위해 Edward
Yoder의 글을 인용한다. "War in the Old
Testament." *Gospel Herald.* 33 (Apr. 1940). 366.
94. Hershberger, *War. Peace, and Nonresistance,*
p. 30. Hershberger는 다음과 같이 주장한다(p.
31에서)
> 하나님이 최근에 초자연적인 방법으로
> 이스라엘을 홍해로부터 구원하신 사실을 상기할
> 때, (하나님이 기적적으로 나라들을 쫓아내실
> 것이라는 사실은) 전적으로 합리적이다.
> 이스라엘은 처음부터 이 원리를 따랐어야 했다.
> "만군의 여호와께서 말씀하시되 이는 힘으로
> 되지 아니하며 능력으로 되지 아니하고 오직
> 나의 영으로 되느니라"(슥 4:6).
95. 앞의 책, pp. 16-41 (p. 41에서 인용).
96. Hershberger. *War. Peace, and Nonresistance,*
pp. 31-32; Eller pp. 46ff.; John W. Miller. "'Holy
War' in the Old Testament." Gospel Herald. 48
(Mar. 15, 1955), 249-250: Waldemar Janzen,

"War in the Old Testament." *MQR.* 46 (April, 1972). 155-162: and Richard McSorley, *New Testament Basis of Peacemaking* (Washington, D.C.: Center for Peace Studies. Georgetown University. 1979), pp. 52 이하. 많은 성경 학자들은 절대적 평화주의 입장을 지지하지 않는다고 해도 적어도 부분적으로는 이 해석에 동의한다. 위 주석 35 참조.

97. Millard C. Lind. *Yahweh Is a Warrior* (Scottdale. Pa.: Herald Press, 1980). 이것은 책 전체에서 발전된 주제이지만 특히 pp. 23, 48 이하 및 160-174를 참조하라. 또한 그의 논문 "Paradigm of Holy War in the New Testament." *Biblical Research.* 16 (1976), 1-16. and "The Concept of Political Power in Ancient Israel," *Annual of Swedish Theological Institute,* 7(1970).4-24도 참조하라. 대중적 성향의 Eller는 이 관점을 뒷받침하기 위해 많은 본문을 인용한다. 출 15:3. 6-7; 수 5:13-15: 23:8-11: 삿 4:14-15: 7:2-3. 7, 20-22; 6:1 7-19. 21. 24; 사 14:4-7; 2:2-5; 9:5-7; 10:5-7. 12-13: 13:3-5: 30:1-2: 31:1-3 등(pp. 39-87). 또한 Eller는 이스라엘이 하나님의 계획을 오해하고 사람들을 대적으로 간주했다고 주장한다. Eller는 이 구절의 의미에 대해 분명하게 밝히지 않는다. 그는 하나님을 전사로 본 이스라엘의 인식이 그들의 오해에서 비롯된 것으로 추론하는 것처럼 보인다(pp. 58-60). 이 관점은 Jean Lasserre, *War and the Gospel* (Scottdale. Pa.: Herald Press. 1962). p. 61에 상세히 제시된다.

98. Lind는 이러한 요지를 그의 미출간된 강의자료에서 발전시켰다. John Howard Yoder, *The Original Revolution*「근원적 혁명」(대장간 역간) (Scottdale. Pa.: Herald Press, 1971), ch. 3도 보라.

99. Hershberger, *War. Peace, and Nonresistance*「전쟁, 평화, 무저항」(대장간 역간) p. 18.

100. Lind. *Yahweh.* pp. 45. 34-44.

101. 앞의 책, pp. 46-89.

102. See notes 96 and 97 above.

103. Lind, *Yahweh.* pp. 109-112.

104. Eller, pp. 73ff.

105. 필자의 "Biblical Theology of War and Peace": and Gelston. pp. 329-330에서 인용한 글이다.

106. Janzen, "War in the Old Testament." pp. 162-165.

107. *Yahweh Is a Warrior,* pp. 90-144에는 왕권에 대한 비판이 나타나지만 예수님의 해석은 p. 174에 간략히 언급될 뿐이다. Lind는 미출간된 여러 자료에서 이 요지를 발전시켰다.

108. Yoder, *The Original Revolution*「근원적 혁명」(대장간 역간) , p. 106.

109. Yoder는 아브라함이 이삭을 제물로 바친 행위에 대해 언급함으로써 이 관행을 당시의 도덕적 상황에 둔다. 아들을 제물로 바치는 행위가 우리의 도덕과는 배치되지만 아브라함에게는 도덕적으로 혐오스러운 행위가 아니었다는 것이다. "이것은 주변에서 흔히 볼 수 있는 행위였다." 그러나 이 이야기의 진정한 핵심은 하나님이 참된 순종을 요구하신다는 것이다. 따라서 "헤렘"을 포함한 거룩한 전쟁도 마찬가지이다. 이스라엘은 하나님을 신뢰해야 한다(Yoder, Original Revolution, pp. 104-106).

HO.Janzen, "War in the Old Testament." pp. 160. 165.

111. Lasserre, pp. 62-63.

112. Eller, p. 104.

113. Jacob J. Enz, *The Christian and Warfare: The Roots of Pacifism in the Old Testament* (Scottdale. Pa.: Herald Press. 1972). pp. 13-23.

114. 앞의 책, p. 89. 구약성경이 신약성경의 준비임을 보여주는 지속적 이미지에 대해서는 pp. 34 이하, 5811 및 69 이하를 참조하라.

115. John Howard Yoder, "Exodus 20:13-'Thou shall not kill,'" Interpretation. 34. No. 4 (Oct. 1980). 398. Lasserre. pp. 165-168도 보라.

116. Yoder 앞의 책, p. 397.

117. Donald F. Durnbaugh, ed.. *On Earth Peace: Discussions on War/Peace Issues Between Friends. Mennonites, Brethren, and European Churches.* 1935-1975 (Elgin. Ill: The Brethren Press, 1978).

118. 앞의 책, pp. 86-87.

119. 필자가 알기로는 평화주의의 특정 관점을 뒷받침하기 위해 성경을 사용하려는 노력은 많았으나 이런 종합이 시도된 적은 없다. 예수회 학자인 Juan Mateos의 탁월한 논문, "The Message of Jesus"는 처음 세 요지의 상호관계에 대해 보여준다. 이 논문은 Kathleen England에 의해 스페인어로 번역되었으며 *Soujourners*(July 1977)에 나타난다. 이것은 새로운 스페인어 신약성경의 서문으로 작성되었다.

120. John Ferguson, *The Politics of Love: The New Testament and Non-violent Revolution* (Greenwood. S.C.: The Attic Press, n.d.), pp.

4-5. 메노나이트 신학 교수이자 산상수훈 연구의 전문가인 Clarence Bauman도 헬라어 텍스트에 대한 보다 나은 번역은 "악으로 저항하지 말라"가 되어야 한다고 주장한다. 이 대안적 번역은 악에 대한 수동적 반응을 뒷받침하는 본문의 핵심적 성향을 제거하기 때문에 매우 중요하다.

121. Hershberger, *War, Peace, and Nonresistance* 『전쟁, 평화, 무저항』(대장간 역간), pp. 50-60. John E. Lapp's study manual. *Studies in Nonresistance: An Outline for Study and Reference* (Peace Problems Committee of the Mennonite General Conference, 1948)도 이 주제를 다룬다. Durnbaugh, p. 50에 나오는 메노나이트의 입장도 참조하라.

122. Henry A. Fast. Jesus and Human Conflict (Scottdale. Pa.: Herald Press. 1959). pp. 34-35. 개인적 신앙 영역에 대한 Fast의 강조는 John Howard Yoder 및 후기 Ronal Sider에 대한 변형된 주장으로 여겨진다. 그러나 Fast는 이 가르침을 개인적 영역의 윤리에 적용하는 것을 제한하지 않는다.

123. 앞의 책, pp. 25,91.

124. G. H. C. Macgregor. *The New Testament Basis of Pacifism.* (Nyack, N.Y.: Fellowship Publications. .1954), pp. 32-37.

125. Topel, pp. 125, 136. Topel은 계속해서 "정당한 전쟁" 윤리에 초점을 맞추어 논의한다(p. 136).

126. Culbert G. Rutenber, *The Dagger and the Cross: An Examination of Pacifism* (Nyack. N.Y.: Fellowship Publications, 1958). pp. 26-27. 127. 앞의 책, pp. 65-68.

128. Yoder, *The Original Revolution* 『근원적 혁명』(대장간 역간), pp. 48-49.

129. Durnbaugh, p. 82. "원수에 대한 사랑"과 "원수를 죽이는 것"은 양립할 수 없는 것이 아니라는 주장에 대해서는 pp. 101 이하를 참조하라. 여기서 Angus Dun과 Reinhold Niebuhr는 이 주장을 제시한다. 이 문제에 대한 솔직한 진술에 대해서는 Taylor, pp. 28-35를 참조하라. 또한 반박에 대해서는 Durnbaugh, p. 113 및 Taylor, pp. 41, 50, 54-57을 참조하라.

130. Durnbaugh, pp. 266-269. Lasserre의 주장도 참조하라(pp. 270-271).

131. John Howard Yoder, "The Way of the Peacemaker." in *Peacemakers in a Broken World*, ed. John A. Lapp (Scottdale. Pa.: Herald Press. 1969), pp. 116-1 18. 131. Ferguson은 헬라어 단어 teleios는 (1) "완전한" (2) "모든 것을 포괄하는" (3) "절대적인" (4) "성숙한"으로 해석할 수 있지만 모든 의미가 포함되어야 한다고 주장한다(pp. 5-6).

132. Ronald J. Sider, *Christ and Violence* 『그리스도와 폭력』(대장간 역간) (Scottdale, Pa.: Herald Press, 1979). p. 26.

133. 앞의 책, pp. 27, 32 이하.

134. Macgregor, pp. 32-33. 그가 사랑의 윤리에 대한 구절을 모은 것에 대해서는 p 108을 참조하라. 마찬가지로 루텐버는 사랑의 계명을 그리스도 안에 있는 하나님의 사랑과 연결한다.

이 사랑은 단순한 호의나 해칠 생각이 없다는 정도가 아니라 언제나 하나님 자신의 사랑으로서 적극적으로 표현되어야 한다...

이것은 무기력한 복종의 소극적 원리가 아니라 원수에게 선을 베풂으로 신적 사랑을 표현하려는 적극적인 노력이다(pp. 37-38).

135. Gordon D. Kaufman. "Nonresistance and Responsibility." in *Nonresistance and Responsibility and Other Mennonite Essays* (Newton. Kan.: Faith and Life Press, 1979), pp. 64-78 (quotation on p. 65). Kaufman은 이어지는 에세이 "Christian Decision Making"에서 전쟁 참여와 같은 문제를 결정하는 방법에 대해 알려줄 네 개의 항목을 제시한다. 그것은 공의, 사회적 역할과 함께 하는 약속, 죄인에 대한 구속적 사랑 및 자신이 죄인이라는 인식이다(pp. 86-91). 공의가 구원적 사랑과 충돌할 수 있는 사실을 안 Kaufman은 "신자들의 교회"의 소사회인 메노나이트의 도덕적, 종교적 입장은 전쟁에 참여하지 않는다는 것이라고 주장한다.

136. William Klassen의 두 가지 핵심적 에세이는 "Love Your Enemy: A Study of New Testament Teaching on Coping with the Enemy." in *Biblical Realism Confronts the Nation*, ed. Paul Peachey (Fellowship Publications, distributed by Herald Press, 1963). pp. 153-183 및 "The Novel Element in the Love Commandment of Jesus." in *The New Way of Jesus*, ed. William Klassen (Newton, Kan.: Faith and Life Press, 1980), pp." 100-114이다.

137. Klassen, "The Novel Element." pp. 110-112.137. Klassen은 이것은 "유대교와 기독교의 심오한 연합... 하나님의 사랑에 대한 관점... 신약과 구약 모두에 대한 근본적인... 나그네, 이방인 및 원수에 대해 하나님의 백성이 어떤 사람이 되고 무슨 일을 해야 하는지에 대한 관점"을 보여준다고 말한다(p. 110).

138. 앞의 책 p. 111.

139. Klassen, "Love Your Enemy." pp. 162-168.

140. 앞의 책, pp. 170-171. 또 하나의 주석, 비저항적

사랑을 보여주는 평화의 기사 모음은 부르심에 따라 사는 예수님의 평화로운 자녀들에 대해 증거한다(Elizabeth Hershberger Bauman, *Coals of Fire* (Scottdale. Pa.: Herald Press, 1954): and Cornelia Lehn. *Peace Be With You* (Newton, Kan.: Faith and Life Press. 1980). 어린이를 위해 기록된 두 기사 모음은 어른들에게도 교훈이 된다.

141. Lasserre, pp. 65-66.

142. 예수님은 세 번째 시험을 거부하셨다. 그는 베드로의 메시아적 관점을 거부하셨다(막 8:27-33). 그는 사마리아에 불을 내리라는 요구를 거부하셨다(눅 9:51-55). 그는 나귀를 타고 예루살렘에 입성하셨으며(마 21:1-9), 베드로에게 검을 거두라고 말씀하셨다(계 13:10은 같은 요지를 제시한다). Ferguson, pp. 24-26을 참조하라.

143. Ferguson, p. 26.

144. Rutenber. p. 47.

145. Martin Hengel은 예수님과 열심당원의 유사성 및 차이점에 대해 묘사한다. 예수님은 하나님의 주권에 대한 배타적인 충성을 보이는 열심당원의 헌신에 함께 하지만 그들과 달리 순회 선지자로서 모든 사람에 대한 회개를 외치고 정치 권력과 거리를 두며 인간의 내면적 악에 초점을 맞추고 율법을 하나님에 대한 사랑과 원수를 포함한 이웃에 대한 사랑으로 요약한다(*Victory Over Violence: Jesus and the Revolutionists*, trans. David E. Green [Philadelphia: Fortress. 1973]. pp. 31-34,46-55).

Oscar Cullmann은 예수님의 정치적 입장에 대해 광범위하게 다룬 논문, *The State in the New Testament* [New York: Charles Scribner's Sons, 1956]에서, "푸른 나무와 마른 나무"에 대한 예수님의 진술(눅 23:28-30)을 사용하여 예수님과 열심당원의 유사성(푸른 나무)과 함께 차이점(마른 나무)을 보여준다고 말한다. Cullman은 다음과 같이 요약한다.

1. 예수님은 그의 모든 사역을 통해 열광주의에 익숙했다.

2. 예수님은 로마 제국에 대한 비판적 입장에도 불구하고 열광주의를 비난했다.

3. 예수님은 로마에 의해 열심당원으로 사형선고를 받았다.

146. Klassen, "The Novel Element." p. 110.

147. Yoder. *The Original Revolution*『근원적 혁명』(대장간 역간), pp. 18-30. 이 새로운 방식에

대한 상세한 설명은 Donald B. Kraybill. *The Upside-Down Kingdom* (Scottdale, Pa.: Herald Press, 1978) 147을 참조하라. Dale Brown도 예수님의 사역을 지배적인 정치적 옵션에 대한 대안으로 해석한다. *The Christian Revolutionary* (Grand Rapids. Mich.: Eerdmans. 1971) pp. 102-113을 참조하라.

148. Andre Trocme, *Jesus and the Nonviolent Revolution*, trans. Michael H. Shank and Marlin E. Miller (Scottdale, Pa.: Herald Press. 1973), pp. 27-40.

149. John Howard Yoder, *The Politics of Jesus*『예수의 정치학』(IVP ,역간) (Grand Rapids, Mich.: Eerdmans, 1972), pp. 26-60.

150. 앞의 책, pp. 62-63. 이 강조점을 따르고 확장하는 Sider의 *Christ and Violence*『그리스도와 폭력』(대장간 역간), pp. 18 이하를 참조하라.

151. Ferguson, p. 83.

152. 앞의 책, pp. 84-87.

153. 앞의 책, pp. 87-89.

154. Macgregor, p. 46. Rutenber는 시험에 나타난 이슈에 대해 신뢰의 부족, 잘못된 과정을 통한 선한 결과 및 십자가의 고난을 피하는 것으로 규명한다(pp. 48-49). Fast는 예수께서 시험을 받으실 때 뇌리를 스친 두 가지 지배적인 메시아 이미지, 즉 "대중이 기대하는 것처럼 하늘 구름을 타고 내려오는 화려하고 위압적인 방식으로 권능을 보여줌으로서 왕 되심을 확인시키는 모습과 정복하는 전쟁 영웅으로서의 모습"에 대해 거부하셨다고 주장한다(pp. 124-126).

155. Yoder. *The Politics of Jesus*『예수의 정치학』, p. 32.

156. 앞의 책, pp. 30-34.

157. Kraybill, pp. 41-94. 157. 필자는 앞서 세 가지 시험을 각각(마태복음의 순서에 따라) 무리를 먹이심, 종려 주일의 극적 입성 및 열두 군단 더 되는 천사를 불러 십자가 대신 왕이 되는 방법과 연결한 바 있다. Willard M. Swartley. "Peacemakers: The Salt of the Earth." in *Peacemakers*. ed. Lapp. pp. 86-88 을 참조하라.

158. Ferguson, p. 21. 불행히도 대부분의 평화주의 저자들은 이 문제에 대한 신약성경 전체의 의미와 함께 이 본문의 중요성에 주목하지 못했다.

159. 앞의 책

160. 앞의 책, 이 주제에 대한 보다 상세한 접근은 Willard M. Swartley. *Marie: The Way for All Nations* (Scottdale, Pa.: Herald Press.

1979). pp. 102. 138-144: and Ernest Best, *The Temptations and the Passion: The Markan Soteriology* (New York: Cambridge University Press. 1965)를 참조하라.

161. Ferguson, p. 22.

162. Macgregor. pp. 42. 44.

163. Topel, pp. 94-95.

164. 앞의 책, pp. 95-97. 상세한 논의는 Swartley. Mark. pp. 138-144 및 "The Structural Function of the Term AVay(Hodos) in Mark's Gospel" in *New Way*. ed. Klassen, pp. 73-86를 참조하라.

165. Topel, pp. 97-100. dl 관점은 신약성경의 광범위한 지지를 받는다. Oscar Cullmann, *The Christology of the New Testament* (Philadelphia: Westminster Press. 1981), especially' pp. 51-82, 111-136: T. W. Manson. *The Servant Messiah* (New York: Cambridge University Press. 1961). 특히 5장 및 John Wick Bowman, *Which Jesus?* (Philadelphia: Westminster Press. 1970), ch. 7. 참조.

166. Eller. p. 129. Yoder. *Nevertheless*「그럼에도 불구하고」(대장간 역간). p. 124도 보라.

167. Ellen p. 175.

168. T. Canby Jones, *George Fox's Attitude Toward War* (Annapolis, Md.: Academic Fellowship. 1972). pp. 12-13. 이 책은 진리와 사랑의 복음에 대한 열정적 증인으로서 평화주의의 탁월한 관점을 제시한다.

169. 앞의 책, pp. 98-99.

170. Yoder. *The Politics of Jesus*「예수의 정치학」, pp. 238-239.

171. Sidenp.38.

172. Yoder, *The Politics of Jesus*「예수의 정치학」. 7. 11, and 12.

173. Ellen chs. 5.6, and 7.

174. Hershberger. *War. Peace, and Nonresistance*「전쟁, 평화, 무저항」(대장간 역간) pp. 58-60. Topel, pp. 98.110-113도 보라.

175. Thomas N. Finger는 기독론에 대한 글에서 이 개념을 발전시킨다.

176. 앞의 책

177. See H. Berkhof, *Christ and the Powers*「그리스도와 권세들」(대장간 역간). trans. John H. Yoder (Scottdale. Pa.: Herald Press. 1977). especially ch. 4; Cullmann, pp. 95-116: and G. B. Caird. *Principalities and Powers:*

A Study in Pauline Theology (Oxford: Clarendon Press, 1956). 177. 이 강조점에 대한 평가-부정적인 학문적 평가를 포함하여-는 Clinton B. Morrison. *The Powers That Be: Eaithly Rulers and Demonic Powers in Romans 13:1-7* (London: SCM Press. 1960)를 참조하라. Morrison은 지상 통치자와 영적 권세들 사이의 상호연결은 유대교와 그리스-로마 사회(따라서 로마서 13장의 독자)의 지배적 사상이었다는 사실을 보임으로써 Cullman과 Berkhof 및 Caird의 "새로운 해석"에 동의하지만, 그들과 달리 그리스도의 승리를 신자들에게 한정시킨다. 그리스도의 승리는 권세들에게 영향을 주지 못했으며, 그들은 여전히 하나님의 지배 하에 있었다(pp. 114-130).

178. Yoder, *The Politics of Jesus*「예수의 정치학」, pp. 149-150.

179. 앞의 책, pp. 148. 150ff. See also Sider, pp. 49-63; Swartley, "Peacemakers." pp. 79-80, 92-93: and Jim Wallis. *Agenda for Biblical People* (New York: Harper & Row. 1976). pp. 66-77.

180. Durnbaugh. p. 274.

181. Compare Gustav Aulen. *Christus Victor: An Historical Study of the Three Main Types of the Idea of the Atonement*, trans. A. G. Hebert (New York: Macmillan. 1961), 특히 1-2장, 6장 및 8장과 비교해보라.

182. 이러한 강조점은 John Howard Yoder의 저서를 관통한다.

183. Markus Barth, "Jews and Gentiles: The Social Character of Justification in Paul." *Journal of Ecumenical Studies*, 5. No. 2 (Spring 1968). 241 이하. 이 강조점은 Krister Stendahl. *Paul Among Jew and Gent* (Philadelphia : Fortress Press. 1976)에 의해 발전되었다.

184. Yoder, *The Politics of Jesus*「예수의 정치학」, pp. 226-229.

185. Marlin E. Miller. "The Gospel oi' Peace." in *Mission and the Peace Witness*, ed. Robert L. Ramseyer (Scottdale, Pa.: Herald Press. 1979). p. 16. Miller는 계속해서 다음과 같이 말한다.

유대인과 이방인 사이만큼 근본적이고 왜곡적인 적개심을 극복할 수 있는 것은 그리스도의 십자가밖에 없다... 이방인과의 적대적 관계를 유지해온 유대인의 실존을 강화하거나 유대인에 대한 영적, 정치적 복종 없이 "십자가를 통하여" 모든 적개심이 무너졌다(p. 18). 하나님의 선민을 대표하는 예수님을 십자가에 못 박은 것은...

(그러므로) 이방인을 그의 백성의 영적 사회적 지배 아래 복종시키기보다 그의 백성과 그들의 원수 사이의 장벽을 무너뜨린 것이다... 적개심의 장벽을 무너뜨리신 예수님의 목적은 "둘로 자기 안에서 한 새 사람을 지어 화평하게" 하시는 것이다(p. 17).

186. Sider, pp. 33-34. Wallis, p. 94도 참조하라. 화목으로서 속죄에 대한 평화주의자들의 글은 많다. Macgregor. pp. 48-49. 65-78. 110; Eller, pp. 119ff.; Rutenber, pp. 66ft; Topel. pp. 103ff.: Richard C. Detweiler, "Peace Is the Will of God." in *Peacemakers*, ed., Lapp, pp. 70-71; Saniord. Shetler, "God's Sons Are Peacemakers," p. 77: and Swartley, "Peacemakers," pp. 85-86, 88-89를 참조하라. Sider의 이어지는 주석 역시 유익하다.

하나님의 악한 대적을 위한 예수님의 대속적 죽음은 우리의 비폭력적 헌신의 핵심이다. 예수님이 죄인들과 교제하시고 그들의 죄를 용서하시며 세상 죄를 위해 죽으심으로 사역을 완성하신 것은 육신을 입으신 그가 하나님은 아무리 악한 자라도 사랑하시고 자비를 베푸신다는 사실을 알았기 때문이다. 또한 예수께서 제자들에게 원수를 사랑하라고 가르치신 것도 하나님에 대한 동일한 이해 때문이다(pp. 33-34).

오늘날 예수님의 대속적 죽음에 대한 성경적 이해를 가진 자들이 전쟁과 폭력 문제에 대한 직접적 의미를 발견하지 못한다는 것은 이 시대의 비극이 아닐 수 없다. 평화주의와 비폭력을 강조하는 자들 가운데 그리스도의 대속적 죽음에서 그 근거를 찾지 못하는 자들이 있다는 것도 비극이다. 비폭력의 근거를 육신이 되신 말씀의 대속적 죽음이 아니라 단지 진리와 평화를 위해 순교한 비천한 나사렛사람에 대한 미약한 감성에서 찾는 것은 속죄에 대한 심각한 이단 행위이다. 십자가는 "칼의 약함과 어리석음에 대한 그리스도의 증거" 이상이다. 사실... 우리의 죄를 위한 죽음은 궁극적으로 우주의 주권자가 자기희생적 사랑을 통해 대적과 화해하신 자비로운 아버지이심을 보여준다(pp. 34-35).

187. Sider, p.95.

188. Yoder. *The Politics of Jesus*「예수의 정치학」, pp. 123-130. Macgregor도 제자도를 주제로 하는 많은 본문을 제시한다(pp. 108-1 10).

189. Yoder. *The Politics of Jesus*「예수의 정치학」, p.

134.

190. Filler, pp. 140-143.

191. 앞의 책, 145-152.

192. 앞의 책, pp. 168-172. Topel은 동일한 본문(마 5-7장, 막 10:42-45)을 사용하여 사랑에 대한 예수님의 가르침, 특히 가난한 자에 대한 공감을 강조한다(요일 3:17-18: 약 1:27: 2:1-4: 5:1-3 및 눅 6:24: 12:16-21: 16:19-31의 유사한 교훈). 그는 다음과 같은 결론을 내린다.

(예수님의) 사랑에 대한 우리의 반응은 마음에서 우러나오는 자발적인 소원으로부터 시작하여 철저히 이웃에게로 향하는 것이다. 그렇게 함으로써 이 세상의 모든 유익한 것을 가난한 자들과 함께 나눌 수 있다. 우리는 이런 식으로 고난의 종을 이 땅에 구현하며, 우리에게 행복을 주고 우리보다 가난한 자에게 공의를 베푸는 가난한 자의 공동체를 실현하게 된다. 이 메시지는... 우리 사회의 유일한 구원이다(p. 131).

제자들을 위한 "그리스도의 길"에 대한 Ferguson의 묘사는 사랑과 십자가 및 그리스도 안에서의 삶에 초점을 맞춘다.

그리스도는 새로운 길을 보여주셨다. 그것은 세상을 변화시키는 생명의 길이다. 그것은 정치적인 관련이 있다. 그것은 그 자체로 혁명적이다. 그것은 사랑의 길이며, 십자가의 길이며, 비폭력의 길이며, 진리의 힘, 영혼의 힘, 사랑의 힘의 길이다. 그것은 여전히 길이다. 그는 우리 안에서 성취하기를 원하신다(p. 115).

193. MacSorley, pp. 18. 모방과 제자도의 관계에 대한 학문적 논의에 대한 평가는 Willard M. Swartley, "The Imitatio Christi and the Ignatian Letters." *Vigiliae Christtanae*. 27 (1973), 86-87을 참조하라.

194. MacSorley, pp. 19, 21l. Martin Hengel은 예수님의 "폭력에 대한 승리"에 대한 연구를 통해 2-3세기만 해도 초기 그리스도인은 예수 그리스도의 화해의 방식인 비폭력을 따랐다는 결론을 내린다(pp. 60-64). 이 주제는 본서의 범위를 넘어서며, Jean-Michel Hornus in *It Is Not Lawful for Me to Fight,* trans. Alan Kreider and Oliver Coburn (Scottdale, Pa.: Herald Press, 1980)에 의해 광범위하게 다루어졌다.

195. M. Miller, p. 19.

196. Yoder, *Original Revolution*, p. 130.

197. Swartley. "Peacemakers," p. 90; Ernest J.

Bohn, *Christian Peace According to New Testament Peace Teaching Outside the Gospels* (Peace Committee of the General Conference Mennonite Church, 1938), pp. 20-23.

198. Myron Augsburger, "The Basis of Christian Opposition to War," *Gospel Herald*, 63 (Nov. 24, 1970), p. 990.

199. Myron Augsburger, "Beating Swords Into Plowshares." *Christianity Today*, Nov. 21,1975. p. 196.

200. Myron Augsburger, "Facing the Problem," in *Perfect Love*. ed. Hostetler. p. 15.

201. Augsburger, "Beating Swords." p. 197.

202. Wallis, pp. 4-5.

203. C. Norman Kraus, *The Community of the Spirit* (Grand Rapids. Mich.: Eerdmans, 1974), p. 40. See also Kraus; *The Authentic Witness* (Grand Rapids. Mich.: Eerdmans, 1979).

204. 앞의 책, pp. 76-77.

205. Yoder, *The Politics of Jesus*「예수의 정치학」, pp. 150-151.

206. 앞의 책, p. 153. Yoder는 1948년 WCC 암스트레담 총회에 대한 J. H. Oldham의 진술을 인용하여 교회의 특별한 과제를 예시한다.

> 교회는... 말씀을 전파하는 기본적 기능을 통해... 예배 공동체의 삶과... 사회적 삶을 재창조하는 우선적 과제에 관심을 가져야 한다.

> 교회가 사회를 위해 할 수 있는 일 가운데 소수의 사람들이 함께 이처럼 새로운 경험을 함으로써 이 땅에서 그리스도인의 삶과 행위를 통해 서로 돕도록 인도하는 중심적 역할을 하는 것보다 더 중요한 일은 없다(p. 155).

207. Yoder, *The Politics of Jesus*「예수의 정치학」, p. 161.

208. James E. Metzler, "Shalom Is the Mission," in Mission, ed. Ramseyer, p. 44. Compare own article in the 같은 책의 "Mennonite Missions and the Peace Witness." pp. 122-123에 나오는 Robert L. Ramseyer 자신의 글과 대조해보라.

209. Durnbaugh, pp. 332, 336.

210. Sjouke Voolstra, "The Search for a Biblical Peace Testimony." ed. Ramseyer. pp. 34-35. Sider, pp. 67-87도 보라.

211. John Howard Yoder. *The Christian Witness to the State*「국가에 대한 기독교의 증언」 (Newton, Kan.: Faith and Life Press. 1964), pp. 5. 8-10, 21. Durnbaugh. pp. 136-145도

보라.

212. Robert Friedmann, *The Theology of Anabaptism: An Interpretation* (Scottdale. Pa.: Herald Press. 1973). pp. 3611

213. Walter Klaassen, *Anabaptism in Outline: Selected Primary Resources* (Scottdale, Pa.: Herald Press. 1981). pp. 244-264.

214. 앞의 책, p. 244.

215. Archie Penner, *The Christian, the State, and the New Testament*(Allona. Man.: D. W. Friesen & Sons. Ltd., 1959). pp. 216-217.

216. 앞의 책, p. 97.

217. Yoder. *The Politics of Jesus*「예수의 정치학」, pp. 195-207 (quotation on p. 207).

218. 앞의 책, pp. 298-221.

219. 앞의 책, pp. 212-213. pp. 190-191과 비교해보라. 상세한 내용은 Durnbaugh. pp. 8511. 132 II. 281-284를 보라.

220. Sider, p. 60. Samuel Escobar and John ,. *Christian Mission and Social Justice* (Scottdale, Pa.: Herald Press. 1978)도 보라.

221. *The Sword and Trumpet*에 나타난 많은 논문은 이 입장을 나타낸다. Sanfbrd G. Shetler's review and criticism of John H. Yoder's *The Politics of Jesus* in ST. 41 (May 1973). 33 이하, 그보다 앞선 Shctler의 논문 "The Triumphal Tactic."" ST. 35 (Feb. 1967). 5-9. 다음의 동시대 자료도 참조하라. Clav Cooper. "The Church Is Found Meddling." ST 34 (Qtr. 3. 1966). 34-39; J. Ward Shank. "Which Way to Peace?" ST. 38 (Aug. 1970). 5-6: "Anything and Everybody in the Name of Peace" and "What Is Political?" ST 39 (June 1971), 5-7; "To the Streets." ST. 46 (Oct. 1978). 7-8; John M. Snyder. "Social Evils and Christian Action," ST. 38 (Apr. 1970). 16-19. and (May 1970). 11-15; J. Otis Yoder. "The Church and the 'New Left,'" ST. 39 (July 1971). 7-8: "Esehatology and Peace," ST. 34 (Apr. 1966). 29-32; and Herman R. Reitz. "Prayer and the Selective Conscience." ST. 47 (Nov. 1979). 6-7.

222. The publications and work of the American Friends Service Committee의 저서는 이 입장을 반영한다..

223. John Driver, *Community and Commitment* (Scottdale. Pa.: Herald Press. 1976). p. 71.

224. Macgregor, p. 107.

225. M.Miller, p. 12.

226. Driver, *Community, and Kingdom Citizens* (Scottdale. Pa.: Herald Press, 1980). p. 68 이하. M. Miller, p. 15; and Hans-Werner Bartsch, "The Biblical Message of Peace: Summary." in *On Earth Peace*. ed. Durnbaugh. pp. 278-279도 보라.

227. Willard M. Swartley, "Politics and Peace (Eirene) in Luke's Gospel": in *Political Issues in Luke-Acts*. ed. Richard J. Cassidy and Philip Scharper (Marvknoll. N.Y.: Orbis Press. 1983). ch. 2.

228. Eller. pp. 198-201.

229. 앞의 책, pp. 200-205.

230. Joh n Howard Yoder. *Peace Without Esehatology?* (Scottdale, Pa.: Herald Press, 1954). p. 25.

231. 앞의 책, p. 5.

232. 앞의 책, pp. 8-12.

233. Sider. p. 38.

234. David Lochhead, *The Liberation of the Bible* (Student Christian Movement of Canada. 1927). pp. 6-13.

235. 앞의 책, pp. 13-14.

236. Holmes' essay in *War: Four Christian Views*, ed. Clouse, p. 124. Holmes에 따르면 두 번째 이슈는 "그리스도인이 정부와 정부의 행정권에 대한 어느 정도 개입해야 하는지에 대해 이견을 보인다"(p. 124).

237. Wright, pp. 122, 130, 148-150.

238. Clark, p. 5.

239. 앞의 책

240. Boettner, p. 7.

241. Richard C. Detweiler, *Mennonite Statements on Peace 1915-1955: A Historical and Theological Review of Anabaptist-Mennonite Concepts of Peace Witness and Church-State Relations* (Scottdale, Pa.: Herald Press, 1968), p. 12.

242. Augsburger, "Facing the Problem," p. 12.

243. Enz, pp. 68-70. 앞선 제시한 논쟁에 대해서도 살펴보라.

244. Waldemar Janzen, "Christian Perspectives on War and Peace in the Old Testament," *Occasional Papers of the Institute of Mennonite Studies,* No. 1 (1981), pp. 3-18 (quotation on p. 13). 이 구절은 Still in *the Image: Essays in Biblical Theology and Anthropology*, by Waldemar Janzen (Newton,

Kan.: Faith and Life Press, 1982), pp. 193-211 (quotations on p. 204)에도 나타난다.

245. Yoder, *Original Revolution* 『근원적 혁명』(대장간 역간), pp. 100-101.

246. 이런 관점들은 Lind의 책 *Yahweh Is a Warrior*을 관통하며 그에 의해 구두로 진술된 바 있다. Lasserr의 구약성경 연구는 이 관점과 상충되며 신약과 구약을 분리한다. 그는 구약성경의 저자들이 "불완전한 원시적 계시로부터 온 하나님의 명령"이라고 추론한다.

247. Eller, pp. 12-13.

248. Hershberger, *War. Peace, and Nonresistance* 『전쟁, 평화, 무저항』(대장간 역간), p. 15.

249. William Klassen, *Covenant and Community: The Life, Writings and Hermeneutics of Pilgram Marpeck* (Grand Rapids, Mich.: Eerdmans, 1968). pp. 124-128.

250. 앞의 책, pp. 126-127.

251. 앞의 책, pp. 116-117.

252. 앞의 책, pp. 118-120.

253. 많은 재세례파 학자들은 인문주의적 지식이 재세례파 개혁자에게 영향을 주었다는 사실을 지적해 왔다. 그들의 해석학적 방식은 이 주장을 뒷받침한다는 것이 필자의 판단이다.

254. 이런 사실은 본 장 서두에 언급한 필자와 서신을 교환한 여섯 명 가운데 세 명의 반응에서 분명하게 나타난다. 그러나 인용문은 출간된 자료에 한정된다.

255. Boettner, pp. 20-21.

256. Taylor, p. 31.

257. Guy F. Hershberger, "Biblical Nonresistance and Modern Pacifism." *MQR*, 17, No. 3 (July 1943), p. 116.257. 다른 곳에서 Hershbergr는 자신이 "신구약성경을 하나님의 영감된 말씀으로 받아들이며" 하나님의 본성 및 그의 거룩한 뜻에 대한 완전한 계시로 여긴다고 말한다. MQR. 17,No. 1 [Jan. 1943], pp. 5-6]. Myron Augsburger도 "... 우리는 성경 전체가 자신을 계시하시는 하나님의 영감된 말씀으로 받아들인다"고 말한다("Facing the Problem," p. 12).

258. Durnbaugh, p. 50.

259. John Howard Yoder, "The Unique role of the Peace Churches." *Brethren Life and Thought,* 14 (Summer 1969), 139.

260. 평화주의자 부분 끝에 나오는 Sider의 인용문을 참조하라.

261. EIler, pp. 11-12.

262. 이 요지는 미쉬나 유대교의 평화주의 발전에 기초하여 논박할 수 있다. 그러나 나는 이러한 발전이 부분적으로 예수님의 가르침에 비추어 보면 구약성경에서 "진리"로 확인된다고 주장한다. 그리스도인에게 있어서 그들의 메시아 신앙은 이 주제에 대한 도덕적 분별력의 준거를 제공한다.

263. 전쟁을 허락하는 관점이 성경의 계시에 대한 이러한 관점을 인정하거나 받아들인다는 뜻은 아니다. 많은 사람, 아마도 대부분의 저자는 이 관점을 지지할 것이다. 그러나 이론적으로 비평화주의 입장은 이런 관점을 가지지 않아도 아무런 문제가 없다. 반면에 평화주의는 성경에 대한 호소가 임의적 선택이 아니면 그렇게 할 수 없다.

264. 후자의 노력은 노예제도를 반대하는 주장을 이끌었다는 것이 필자의 생각이다. 교회가 남자와 여자의 역할 관계에 대한 문제를 숙고할 때에도 동일한 관심이 논리를 지배해야 한다. 또한 필자의 미발표 논문 ====에서 언급한 대로, 이 관심은 오늘날 핵전쟁을 위한 세금 거부에 대한 논의에서 비저항/평화주의 그리스도인의 지침이 되어야 한다.

265. Niebuhr의 주장은 사실적이나 개념적으로 다른 영역에서도 비판을 받을 수 있다.

266. Hengel. *Victory Over Violence, and Was Jesus a Revolutionist?* trans. William Klassen (Philadelphia: Fortress Press. 1971).

267. Hengel. *Victory Over Violence.* p. 49. *Was Jesus a Revolutionist?* p. 32도 보라. Richard J. Cassidy 는 예수님의 비폭력에 대한 Hengel의 묘사가 정치적으로 충분하지 않다고 생각한다. 그는 Hengel이 예수님의 비폭력을 로마의 폭력과 대조하지 않았고 예수님의 비폭력을 전반적인 사회적 정치적 관점에서 조명하지 않았기 때문에 누가의 기사에 비해 예수께서 기존의 사회적 정치적 상황에 대해 더 만족하신 것처럼 묘사한다고 말한다(*Jesus. Politics. and Society: A Study of Luke's Gospel* [Maryknoll. N.Y.: Orbis Books. 1978]. p. 84). Cassidy는 Cullmann의 저서에 대해서도 유사한 판단을 한다.

제4장

1. Weslev G. Pippert. in *Christianity Today*, May 4. 1979, p. 48에서 인용하였다.
2. 그러나 20세기 초기 수십 년간의 저서들은 매우 교훈적이다. 신약성경의 모든 가르침에 대한 최고의 논문 가운데 하나는 T. B. Allworthy, *Women in the Apostolic Church: A Critical Study of the Evidence in the New Testament for the Prominence of Women in Early Christianity* (Cambridge; W. Heffer & Sons, Ltd., 1917) 이다. 해방주의 관점을 주장하는 다른 중요한 책들은 Charles Ryder Smith, T*he Bible Doctrine of Womanhood and Its Historical Evolution* (London: The Epworth Press, 1923); Lee Anna Starr, *The Bible Status of Women* (New York: RevelL 1926, republished in 1955 by the Pillar of Fire, Zarephath, N.J.); and Katherine C. Bushnell, *God's Word to Women* (Oakland, Calif: privately printed, 1923; now available from Ray B. Munson, Box 52, North Collins, NY 14111) 등이 있다. 지난 세기의 B. T. Roberts' *Ordaining Women* (Rochester, N.Y.: Earnest Christian Publishing House, 1891)은 이 주제에 대한 중요한 자료이다.

3. Stephen B. Clark, *Man and Woman in Christ: An Examination of the Roles of Men and Women in Light of Scripture and the Social Sciences* (Ann Arbor, Mich.: Servant Books, 1980), p. 14. Clark는 각주에서 Karl Barth의 해석에 대한 세 가지 반론을 제시한다(Paul Jewett의 해방주의 주석에 반영된다). (1) 그것의 모티브는 해석학적이라기보다 신학적이며, (2) 신약성경의 "하나님의 형상"에 대한 용례는 본질상 윤리적이며, (3) 그것은 현대적 개념이다. 20세기 이전에는 아무도 그런 주장을 하지 않았다(p. 14 주석).

4. Paul K. Jewett, *Man as Male and Female: A Study in Sexual Relationships from a Theological Point of View* (Grand Rapids, Mich.: Eerdmans, 1974), pp. 33, 36.

5. 앞의 책, p. 49.

6. Letha Scanzoni and Nancy Hardesty, *All We're Meant to Be: A Biblical Approach to Women's Liberation* (Waco, Tx.: Word, 1974), pp. 24-25.

7. World Council of Churches' Study on *Women*, p. 25.

8. Perry Yoder, "Woman's Place in the Creation Accounts," in *Study Guide on Women*, ed. Herta Funk (Newton, Kan.: Faith and Life Press, 1975), pp. 10-11.

9. Phyllis Trible, *God and the Rhetoric of Sexuality* (Philadelphia Fortress Press, 1978), pp. 16-17.

10. 앞의 책, pp. 18-19.

11. 앞의 책, p. 20.

12. Georgia Harkness는 해방주의 주석을 통해 오경이 어떻게 형성되고, 어떻게 다양한 관점으로 제시되었으며, 어떻게 조화로운 해석이 가능한지에 대해 설명한다(Women in Church and Society, [Nashville, Tenn.: Abingdon Press, 1972], pp. 143-156).

13. Charles C. Ryrie, The Place of Women in the Church (New York: Macmillan, 1958), p. 79.

H. George Knight III, The New Testament Teaching on the Role Relationship of Men and Women (Grand Rapids, Mich.: Baker, 1977), p. 43.

15. Clark, pp. 24-25.

16. Clark(p. 26 각주에서)는 "여자의 이름을 짓는 것"(권위를 함축한다)과 "여자를 부르는 행위"(상호성을 누림)를 구별한 Trible의 주석에 반박한다. Knight, pp. 41-42도 참조하라.

17. Clark, p. 26.

18. Ibid, p. 25.

19. 앞의 책, p. 28.

20. Op. cit.. p. 30.

21. Op. cit.. p. 26. Stephen Sapp의 탁월한 요약. Sexuality, the Bible, and Science (Philadelphia: Westminster Press. 1974), p. 13을 보라. Lois Clemens, Woman Liberated (ScoUdale, Pa.: Herald Press, 1971). pp. 149-150와 비교해보라.

22. Yoder. pp. 12-13.

23. Trible, pp.99-100.

24. Jewett. p. 128.

25. Fritz Zerbst. The Office of Woman in the Church: A Study in Practical Theology, trans. Albert G. Merkens (St. Louis. Mo.: Concordia Publishing House. 1955). pp. 54. 56.

26. Knight, pp. 43-44.

27. Clark, pp. 32.35.

28. Jewett, p. 114. Jwewtt은 Helen Andelin의 본문 사용에 대한 충격을 표현한다. "하나님이 여자에게 주신 첫 번째 명령은 '너는 남편을 원하고 남편은 너를 다스릴 것이니라'이다... 여자에 대한 저주가 명령으로 탈바꿈했다는 사실은 놀라지 않을 수 없다. 여성을 위해 쓴 책에서 그런 실수를 발견한다는 것은 놀랍다. 더구나 저자 자신이 여자라는 사실은 더욱 놀랍게 한다"(p. 114, 각주 82).

29. Phyllis Trible. "Depatriarchalizing in Biblical Interpretation." Journal of the American Academy of Religion. 40. No. 1 (Mar. 1973). p. 41. Trible는 또한 창세기 2-3장이 여자를 약자로 묘사하거나 유혹에 약한 자로 묘사하지 않는다고 말한다. 오히려 주도권과 결정권은 여자에게 있다. 남자는 "수동적이고 야만적이며 서투르다." 여자는 "더 영리하고 공격적이며 더 감수성이 풍부하다"(p. 40).

30. Yoder, p. 14.

31. Ryrie, p. 31.

32. Zerbst, p. 67.

33. John H. Otwell. And Sarah Laughed: The Status of Women in the Old Testament (Philadelphia: Westminster Press. 1977). p. 66. 나는 Otwell을 해방주의 작가로 분류하지 않았다. 그는 계급 구조나 복종을 주장하지 않기 때문이다.

34. 앞의 책, pp. 176-177.

35. 앞의 책, p. 194.

36. 가장 좋은 자료 가운데 하나는 Evelyn and Frank Stagg, Woman in the World of Jesus (Philadelphia: Westminster Press. 1978), pp. 15-32이다. 이 자료는 구약시대 이후 유대 문학과 함께 그리스와 로마 문학도 다루기 때문에 예수님 시대 여성의 지위에 대해 잘 묘사한다. Scanzoni와 Hardesty(pp 42-47)를 대조해보라.

37. Phyllis Bird. "Images of Women in the Old Testament." in Religion and Sexism: Images of Women in the Jewish and Christian Traditions, ed. Rosemary Radford Ruether (New York: Simon and Schuster. 1974). p. 70.

38. Dorothy Yoder Nyce, "Factors to Consider in Studying Old Testament Women," in Study Guide, ed. Funk, p. 21.

39. Trible, "Depatriarchalizing." pp. 32-33. Leonard Swidler의 Biblical Affirmations of Women (Philadelphia: Westminster Press, 1979), 특히 pp. 21-36에 나타난 하나님의 여성 이미지에 대한 광범위한 인용을 참조하라. 논의의 영역을 보기 위해서는 pp. 357-359를 참조하라.

40. Trible, p. 34.

41. 앞의 책, pp. 34-35.

42. 앞의 책, pp 42-48 (quotation on p. 48). Trible, Rhetoric, pp 144-165도 보라.

43. Trible, Rhetoric, pp. 35-56 (quotation on p 56)

44. 앞의 책, pp. 166-196 (quotation on p. 196)

45. Ryrie, pp. 21,23.

46. 앞의 책, pp. 31-32.

47. 앞의 책, p. 38.

48. Zerbst, pp. 60-61. Knight가 신약성경 연구에서 예수님 및 여자들에 대해 논의하지 않은 것에 주목할 필요가 있다. 예수님에 대한 그의 유일한 언급은 해방주의에 대한 예수님의 풍자적 반응이다. 바울과 베드로가 여자의 역할을 제한한 것이 잘못되었다면, 예수님은 열두 남자만 제자로 택하심으로 "이처럼 광신적인 남성 우월주의를 영속화한다"(p. 57).

49. 예수님은 여자를 고치시고(막 5:25-34) 낫게 하시고(마 8:14-15) 그들과 공개적으로 대화하시고(요 11:17-34) 한 명의 여자에게 말씀하시고(요 4:7-26) 그들을 가르치시고(눅 10:38-42) 비유적 인물로 사용하시고(눅 15:3-10) 함께 다니시며 섬김을 받으시고(눅 8:1-3) 여자를 "아브라함의 딸들"로 부르시며(눅 13:16) 부활 후 여자들에게 처음 나타나셔서 남자들에게 소식을 전하게 하셨다(요 20:11-18; 마 28:9-10). Clark, pp. 241-242를 참조하라.

50. Clark, pp. 245-249.

51. 앞의 책, p. 251.

52. Leonard Swidler, "Jesus Was A Feminist." *Catholic World.* 212 (Jan. 1971). 177-183.

53. 앞의 책, 180-81. 랍비 문학은 여성에 대한 남성의 편견으로 가득하다. 가령, "남자아이와 여자아이가 없다면 세상은 존재할 수 없지만, 아들을 가진 자는 복되고 딸을 가진 자는 불행하다"(T. B. Baba Bathra 16b, in *Compendia Herum Iudicarum ad Novum Testamentum:* Section One: *The Jewish People in the First Century*, Vol. II [Philadelphia: Fortress Press. 1976], p. 750).

Danby의 미쉬나 편집에서 판례법의 일곱 페이지는 간통 혐의를 받는 여자에 대해 다루며(Division Three, Sotah. chs. 1-6) 남자에 대한 언급은 한 절에서만 제시된다(3:8; N. B. "그는 '간통자'가 아니라 '남자'이다"). 간통한 남자에 대한 언급은 두 문장에 나오지만 간통 혐의가 있는 여자는 남편과 마찬가지로 "간부에게도 금지된다"는 조항을 구체화함으로써 남자에 대한 처벌을 얼버무린다(*The Mishnah.* trans. H. Danby [New York:Oxford University Press, 1922], pp. 297-298).

Judith Hauptman은 끊임없는 증거에 대해 (Leonard Swidlers extensive documentation in *Women in Judaism*: The Status of Women in Formative Judaism [Metuchen. N.J.: Scarecrow Press. 1976]) 탈무드의 여성에 대한 보다 긍정적인 해석을 주장한다. Hauptman, "Images of Women in the Talmud;' in *Religion and Sexism*, ed. Ruether. pp. 184-212를 보라.

54. Swidler. "Jesus." p. 181.

55. 앞의 책, pp. 181-182.

56. 앞의 책, p. 182.

57. 앞의 책, p. 183. 모든 해방주의 저자들이 Swidler처럼 이 자료를 긍정적으로 해석하는 것은 아니다. Elizabeth Clark 및 Herbert Richardson은 여성의 권리 신장은 최근의 일이며, 그 전에는 (대체로) 여성의 권리에 대한 진전은 거의 없었다고 주장한다.

우리가 아는 한 복음서는 남자들이나 남자들의 그룹에서 작성되었으며 그들이 검증한 새로운 신앙은 남성 중심의 유대교로부터 나온 것이다. 복음서의 독자와 청자는 포로기 이후 팔레스타인 유대교처럼 여성에 대한 압제적 환경에 살고 있지는 않지만 여자가 남자와 동일한 권리와 책임을 가진 사회의 한 부분은 아니었다. 그러나 복음서는 우리에게 남자로서 여자들과 함께 말씀을 나누시고 그들에 의한 제의적 오염을 걱정하지 않으시며 여자들의 역할이 부엌과 육아에 한정된다고 생각하지 않으시는 예수님의 모습을 보여준다. 모든 복음서는 예수님을 따르는 여자 제자들에 대해 언급하며 부활 사건에서 그들의 역할을 강조한다. 특히 이방인 청중을 위해 기록된 누가복음은 예수님과 마리아 및 마르다와의 교제를 강조하고(눅 10:38-42) 여자들을 따라다니는 여자들에 대해 언급하며(눅 8:1-3) 잃어버린 드라크마 비유에서 하나님을 여성에 비유하기도 한다(눅 15:8-10).

Leonard Swidler의 주장처럼 이런 증거는 예수님이 페미니스트라는 사실을 어느 정도 제시하는가? 예수님에 대한 복음서의 묘사는 다른 관점에서 접근할 수 있다. 예수님은 여자를 친절하게 대하신 것으로 묘사하지만 예수님은 다른 부류 -나병환자, 세리, 가난한 자- 에 대해서도 같은 호의와 자비로 대하셨다. 성경이 제시하는 예수님에 대한 묘사가 예수께서 오늘날 페미니즘을 선호하셨다는 주장을 허락하는지는 의심스럽다. 이 주제에 대해서는 앞으로도 계속해서 많은 논의가 필요할 것이다.

Women and Religion: A Feminist Sourcebook of Christian Thought, ed. Elizabeth Clark and Herbert Richardson (New York: Harper and Row, 1977), p. 32를 보라.

58. Swidler, *Biblical Affirmations*, pp. 161-281.

59. Staggs, p. 129.

60. 앞의 책, p. 255. see also pp. 123-125.

61. Hamerton-Kelly, Robert, *God the Father: Theology and Patriarchy in the Teaching of*

Jesus Philadelphia: Fortress Press 1979), pp. 102-103.

62. Ryrie. p. 71.

63. Zerbst. p.35.

64. Knight, p. 39.

65. Clark는 고전 12장의 본문이 성령의 은사에 대해 말한다고 주장하지만 그의 관점에 필요한 내용, 즉 성령이 남자와 여자의 은사를 구분하는가에 대해서는 언급하지 않는다(pp. 143-144).

66. Clark, pp. 140-157

67. 앞의 책, pp. 149-155, 157-160. 그러나 Clark는 독신에 대한 교회의 가르침은 부분적으로 앞서 말한 성적 역할에 기초한다고 주장한다(p. 160).

68. 앞의 책, p. 150.

69. Richard and Joyce Boldrey, *Chauvinist or Feminist? Paul's View of Women* (Grand Rapids. Mich.: Baker. 1976), p. 33.

70. Don Williams. *The Apostle Paul and Women in the Church.* (Van Notes for Pages 163-170 317 Nuys. Cal.: BIM Publishing Co.. 1977). p. 70.

71. John Neufeld, "Paul's Teaching on the statue of Men and Women," in *Study Guide*, ed. Funk, pp. 28-32.

72. Jeweti, pp, 142-145.

73. Virgini a Ramey Mollenkott, *Women. Men and the Bible* (Nashville. Tenn.: Abingdon Press. 1977), pp. 102-103.

74. Ryrie, pp. 76-77.

75. Zerbst. p. 49.

76. Knight, pp. 32-33.

77. 앞의 책, p. 34.

78. 앞의 책, pp. 34-35.

79. 앞의 책, p. 38.

80. 앞의 책, p. 34.

81. Clark, pp. 167-173.

82. 앞의 책, pp. 175, 183.

83. 앞의 책, p. 179.

84. 앞의 책, pp. 179. 185.

85. Russell C. Prohl, *Woman in the Church* (Grand Rapids. MichEerdmans. 1957), p. 80. Prohl은 고대근동의 풍습 및 성경적 관습을 인용함으로써 그의 해석을 뒷받침한다.

고대 앗수르 문헌

남자가 첩(포로)에게 베일을 씌우고 싶다면, 5-6명의 동료를 자리에 앉힌 후 그들 앞에서 그렇게 해야 한다. 남자는 "이 여자는 나의 아내이다"라고 말해야 하며, 여자는 그의 아내가 된다. 그러나 남편이 "이 여자는 나의 아내이다"라는 말을 하지 않으면, 베일을 쓰지 않은 포로된 여자는 아내가 될 수 없다.

매춘부는 스스로 베일을 쓸 수 없다. 그의 머리는 무엇으로 가려서는 안 된다. 베일로 가린 매춘부를 보는 자는 그를 잡아서 증인을 확보하여 왕궁의 재판에 넘겨야 한다. (p. 27).

탈무드

다음의 결혼한 여자는 결혼 지참금 없이 이혼해야 한다. 머리에 무엇을 쓰지 않고 나가는 자... 자기 아내가 머리에 쓰지 않은 채 나가는 것을 보는 남자는 사악한 자이다. 그는 그 여자와 이혼해야 한다(p. 28).

민수기 5:18

여인을 여호와 앞에 세우고 그의 머리를 풀게 하고 기억나게 하는 소제물 곧 의심의 소제물을 그의 두 손에 두고 제사장은 저주가 되게 할 쓴 물을 자기 손에 들고

86. Morna D. Hooker, "Authority on Her Head: An Examination of 1 Cor. 11:10," *New Testament Studies*, 10 (1963-64). 410-416: Boldreys, pp. 36-37: C. K. Barrett, *A Commentary on the First Epistle to the Corinthians* (New York: Harper & Row, 1968), pp. 254-255.

우리는 머리에 무엇을 쓰는 것이 자유하게 하는 힘을 준다는 입장을 뒷받침하기 위해, 머리에 쓰는 것이 여자의 품위와 자유를 드러낸다는 유사한 관점을 인용할 수 있다.

Tyndale 신약성경 주석 고린도전서에서 Leon Morris는 이 관점을 위해 Robertson 및 Plummr의 글을 인용한다.

동양에서 베일은 여성의 힘과 명예 및 존엄을 나타낸다. 베일을 쓴 여자는 어디든지 안전하게 다닐 수 있었으며 존대를 받았다. 그는 보이지 않는다. 길거리에서 베일을 쓴 여자를 자세히 쳐다보는 것은 매우 불량한 태도로 간주된다. 그는 혼자이다. 주변의 다른 사람들은 그에게 존재하지 않으며 그도 그들에게 없는 사람이나 마찬가지이다. 그는 무리 가운데 지고한 존재이다... 그러나 베일을 쓰지 않으면 누구나 얕잡아보고 무시하는 존재가 된다... 여자가 베일을 벗는 순간 모든 권위와 존엄은 그것과 함께 사라진다.

Morris 자신은 베일이 여자의 "존귀하고 권위 있는 자리"를 보장한다고 주장하며, Ramsay와 달리 "이것도 여자의 종속을 가리킨다"고 주장한다

(*The First Epistle of Paul to the Corinthians: An Introduction and Commentary* [Grand Rapids. Mich.; Eerdmans. 1958]. p. 154).

87. 많은 학자는 14:34-35가 바울 시대 이후의 삽입이라고 오랫동안 주장해 왔지만(왜냐하면 D, F, G 88* 및 초기 Itala 사본에는 본문이 40절 후에 나오기 때문이다), 11:2(3)-16이 삽입구라는 주장이 제기된 것은 최근의 일이다. William O. Walker, Jr는 "1 Corinthians 11:2-16 and Paul's View Regarding Women." *Journal of Biblical Literature*, 94. No. 1 (Mar. 1975), 94-1 10의 관점을 주도했으며, 이에 대해 Jerome Murphy O'Connor는 Walker의 주장에 반박하며 텍스트의 권위를 주장한다("The Non-Pauline Character of 1 Corinthians 11:2-16?" *JBL*. 95, No. 4 [Dec. 1976], 615-621). Lamar Cope의 재반박은 Walker의 견해를 지지하지만 삽입이 2절이 아니라 3절부터 시작된다고 주장한다("1 Cor. 11:2-16: One Step Further." *JBL*. 97. No. 3 (Sept. 1978). 435-436).

이런 주석은 바울이 예수님과 마찬가지로 급진적 여성 해방 사상을 가지고 있었다는 사실을 잘 보여주지만, 바울 이후 교회를 남성 우월사상의 주범으로 만든다. 그들이 바울을 재해석하여 당시 교회의 보수적 문화 전통을 지지하는 것처럼 바꾸었다는 것이다. 이런 해석은 설득력이 없다. 그것이 사실이라면 바울 이후 수정주의자들이 바울 시대의 해방주의 관점을 그대로 두었을 리 없기 때문이다. 또한 교회가 정경 전체를 진지하게 받아들였다는 사실도 간과할 수 없다.

88. Robin Scroggs, "Paul: Chauvinist or Liberationist." *The Christian Century*. 89 (1972), 309.

89. 앞의 책 다음 자료도 보라. Scroggs, "Paul and the Eschatological Woman." *Journal of the American Academy of Religion*. 40 (1972). 283-303; "Paul and the Eschatological Woman Revisited." JAAH, 42 (1974), 532-537; and Elaine Pagel's response. "Paul and Women: A Response to Recent Discussion," *JAAR*. 42 (1974), 538-549.

90. Barrett, p. 248; Boldreys, p. 34; Scanzoni and Hardesty. pp. 30-31. J. Massyngberde Ford도 보라. 그는 "케팔레"(머리)로서 남자는 여자가 그의 존재를 구성하는 요소이며, 따라서 지배가 아니라 본질적 상보성을 가르친다고 주장한다. 남자는 여자에게 주(큐리오스)가 아니며 권위(엑수시아)를 갖지도 않는다. 남자와 여자는 둘 다 결혼을 통해서만 상대의 몸에 대

한 권리(엑수시아조)를 가지며(고전 7:4), 이러한 권리는 상보적이다("Biblical Material Relevant to the Ordination of Women." *Journal of Ecumenical Studies*. 10 [1973]), 679-680.

91. Pagels, pp. 543-544.

92. 앞의 책, pp. 544-546.

93. Jewett. p. 54.

94. 앞의 책, p. 119.

95. 앞의 책, p. 134.

96. 앞의 책, p. 131.

97. Virginia Mollenkott, 'Women and the Bible: A Challenge to Male Interpretations." in *Mission Trends* No. 4: *Liberation Theologies in North America and Europe*, ed. Gerald H. Anderson and Thomas F Stransky (Grand Rapids. Mich.: Eerdmans, 1979). pp. 224-225

98. Constance F. Parvey, "The Theology and Leadership of Women in the New Testament, in Religion and Sexism, ed Ruether D 124

99. 앞의 책, p. 125.

100. 앞의 책, pp. 125-126. Parvey는 유대의 묵시서가 창 6:4에 나타나는, 악한 영이 여자를 성적으로 공격한다는 관점을 발전시켰다고 주장한다(p. 126). 이러한 소위 "감시자에 대한 신화"는 피조물을 감독해야 할 천사들이 부도덕한 여자의 유혹을 받았다고 주장한다. Staggs는 이 해석을 지지하지만(p 176), Hooker와 Barrett 및 Morris는 동의하지 않고 이 천사들은 "자연의 질서를 지키는 자들이며... 하나님에 대한 예배가 정당하게 시행되고 있는지 살피는 자들로 제시된다"고 주장한다(Hooker, pp. 414-415: Barrett, p. 254 a 및 Morris, p. 154)와 대조해보라.

101. Parvey, pp. 127-128. 이 관점은 고전 11:11-12 및 갈 3:28이 그리스도 안에 있는 새로운 질서의 자유를 가리킨다는 점에서 Krister Stendahl의 관점과 일치한다. 그러나 바울은 이 비전에 대한 완전한 사회적 이행을 성취하지 않았다(*The Bible and the Role of Women* [Philadeliphia; Fortress Press, 1966]).

102. 앞의 책, pp. 130-131. Barrett도 기본적으로 이 관점을 지지한다(pp. 331-333).

103. Catherine Clark Kroeger, "Pandemonium and Silence at Corinth," *Free Indeed* (April-May 1979). p. 5. and *The Reformed Journal* 28. No. 6 (June 1978). 6-11. 다음은 Kroeger의 인용문 가운데 고린도의 디오니수스 숭배에 대한 Euripede의 묘사이다.

헬라의 첫 번째인 이 성읍은 이제 나의 여자들의 부르짖음, 황홀한 희열로 가슴 설레게 한다.

신플라톤주의자인 Iamblichus는 신비적 제의의 광란에 대해 다음과 같이 묘사한다.

이 광란은 말하는 자들의 머리에서는 나올 수 없는 말을 쏟아내게 한다. 그러나 그것은 광적인 입으로부터 나온다고 선포된다. 모든 사람이 화자나 지배적인 지성의 에너지에 의해 전적으로 통제된다(Free Indeed, p. 6).

Kroeger도 14:34에 언급된 "율법"은 고대 고린도 사회에 잘 알려진 법일 수 있다고 말한다. 이 법은 "잘못을 바로잡기 위하여 여자가 Great Mother의 주신제에 참석하는 것을 금한다"(Free Indeed, p. 7). 이것은 주석가들이 구약성경의 어떤 법도 여자의 침묵을 구체적으로 요구하지 않는다는 사실에 공감하기 때문에 매력적인 해법이 될 수 있다. 대부분의 주석가들은 이 언급을 창세기 3:16과 연계하지만 Prohl은 여섯 번째 계명과 연결한다. 그러나 두 가지 해법 모두 이들 텍스트에 대한 신학적 추론이나 랍비의 주석에 의해서만 가능하다.

Richard와 Catherine Kroeger는 또 하나의 논문에서 1964-65년의 고린도에 대한 고고학적 발견을 포함하여 고린도의 복마전에 대한 부가적 자료를 인용한다. 이 자료는 고린도에서 Dionysic 및 Eleusinian의 제의가 지배적이었음을 확인한다("An Inquiry into Evidence of Maenadism in the Corinthian Congregation," in *Society of Biblical Literature* 1978 Seminar Papers. Vol. II. ed. Paul J. Achtemeier [Missoula. Mont.: Scholars Press. 1978), pp. 331-336).

104. 앞의 책, pp. 7-8; Boldreys, pp. 61-62.

105. 칼빈으로부터 오늘날에 이르기까지 고전 11:2-16에 대한 다양한 해석에 대한 유익한 조사 및 분석은 Linda Mercadante (*From Hierarchy to Equality: A Comparison of Past and Present Interpretations of I Corinthians 11:2-16 In Relation to the Changing Status of Women in Society* [Vancouver. B.C.: Regent College. 1978])을 통해 이루어졌다.

반세기 이상 저술에 몰두한 Katherine C. Bushnell은 고전 11:2-16이 잘못 이해되어 왔다고 주장한다. John Lightfoot 박사의 글을 인용한 Bushnell은 이 본문의 핵심 요지는 남자가 머리에 무엇을 쓰는 것은 금지되지만 여자가 쓰는 것은 허용한다는 것이라고 주장한다. Bushnell은 다음과 같이 말한다.

유대인 남자는 하나님 앞에서 공경과 죄에 대한 자책의 표현으로 베일을 썼다. 이처럼 머리에 쓰는 것은 탈리스(tallith)라고 불렸으며 오늘날에도 "예배하는 모든 남자"가 사용하고 있다. 로마인도 머리에 무엇을 쓰고 예배한다. 고린도 교회는 대부분 로마의 개종자들로 구성된다. 이 증거는 헬라인이 예배 때 무엇을 썼는지에 대해서는 의견이 갈린다. 그러므로 여자들이 그리스도인 남자들처럼 쓰는 것이 금지되었는지에 대한 질문이 제기된다. 바울은 본문에서 (1) 남자가 머리에 무엇을 쓰는 것을 금하고("그리스도 예수 안에 있는 자에게는 결코 정죄함이 없나니"), (2) 여자가 머리에 무엇을 쓰는 것을 허락하지만, (3) 이 허락이 명령으로 해석되지 않도록 이상적으로는 여자가 하나님과 남자들과 천사들 앞에서 베일을 쓰지 않아야 한다는 사실을 보여주며, (4) 여자는 하나님 앞에서 기도할 때 베일을 벗을 수 있는 특권이 있으며 (5) (유대인의 가르침과 달리) 머리는 여자에게 영광이므로 머리를 드러냄으로써 수치가 되지 않는다고 가르치며, (6) 머리에 무엇을 쓰는 행위를 교회의 관행으로 여기지 않는다(Section 240).

Bushnell은 본문에 대한 영역 성경을 사용하여(헬라어는 구두점이 없다) 13b절은 질문이 아니라 선언적 문장이라고 주장한다. "여자가 머리를 가리지 않고 하나님께 기도하는 것은 마땅하다"는 것이다. 마찬가지로 14절은 "본성은 너희에게 만일 남자에게 긴 머리가 있으면 자기에게 부끄러움이 된다고 가르치지 아니한다"라는 뜻으로 해석한다. (중국에서 오랫동안 선교사로 있었던) Bushnell은 다음과 같이 말한다.

남자의 머리를 짧게 자르는 것은 본성이 아니라 이발사이다. 중국에서는 머리가 긴 사람이 대부분이다. 그들의 본성은 결코 긴 머리가 수치스럽다고 가르치지 않는다. 더구나 사도 바울이 이 편지를 쓰기 전에 고린도인이 마지막으로 그를 보았을 때 바울은 긴 머리를 하고 있었다(행 18:18). 종교적 서원(민 6:1-21)에 익숙한 유대인에게 긴 머리는... "수치"가 아니라 "영광"이었다(Section 230).

끝으로, Bushnell은 16절의 "이런 관례"는 머리에 무엇을 쓰는 행위를 가리킨다고 주장한다. 일반적으로 바울은 머리에 무엇을 쓰는 것을 반대한다.

오늘날 주석가들은 Bushnell의 관점을 받아들이지 않지만(고려하지도 않을 것이다) 그의 주장의 장점은 고후 3:12-18에 제시된 바울의 언급과 일치한다는 것이다. 우리는 그리스도 안에서 수건을 벗은 얼굴로 주의 영광을 볼 것이다.

106. 초기 교회의 다른 사건들도 여기에 덧붙일 수 있다.

행 2:16-17 여자들이 새 시대의 지표인 오순절에 예언한다.

행 5:1-11 아나니아와 마찬가지로 삽비라도 동일한 정죄를 받는다.

행 6:1 이하 과부의 필요는 매우 중요하다.

행 9:1-2 여자도 남자와 마찬가지로 순교했다.

행 9:36-43 도르가는 탁월한 역할을 수행한다.

행 12:12 사도들이 마리아의 집에서 만난다.

행 13:50; 17:4, 11-12, 34. "귀부인"이 바울의 선교 메시지에 반응한다.

행 21:9 빌립의 네 딸이 예언한다.

107. Ryrie, p. 90.
108. 앞의 책
109. 앞의 책
110. Zerbst, p. 62.
111. 앞의 책, p. 63.
112. Knight, p. 50.
113. 앞의 책, pp. 51-52.
114. 앞의 책, p. 52.
115. Clark, pp. 118-120.
116. 앞의 책, p. 130.
117. MoIIenkott, *Women. Men.* p. 97.
118. 유니아(7절)를 포함하여 여덟 명이 언급된다: 뵈뵈, 브리스가, 마리아, 유니아, 드루배나, 드루보사, 버시, 율리아. 또한 바울은 자신의 어머니라고 부른 루포의 어머니와 네레오의 자매에게도 문안한다. 따라서 모두 열 명의 여자가 제시된다.
119. Williams, p. 43.
120. 앞의 책, p. 43.
121. 앞의 책, p. 45.
122. Bernadette J. Brooten. '유니아는 사도들 가운데 탁월하다' (Romans 16:7)," in *Women Priests: A Catholic Commentary on the Vatican Declaration, ed. Leonard and Arlene Swidler* (New York: Paulist Press. 1977). pp. 141-143.
123. 앞의 책, p. 143. Brooten은 다른 논문에서 로마와 비잔틴 시대에 유대 회당에서 여자들이 다양한 지도자의 위치에 있는 비문의 증거를 제시한다. Brooten은 여자를 "회당장," "지도자," "장로," "회당의 어머니" "여제사장"으로 치징한 증거들을 제시한다. 그는 오늘날 남자들의 성향은 이런 칭호를 경칭으로 여기고 여자 지도자의 기능을 인정하지 않는 학문적 주석에 영향을 주었다고 주장한다. Bernadette J. Brooten. "Inscriptional Evidence for Women as Leaders in the Ancient Synagogue." in *Society of Biblical Literature* 1981 Seminar Papers, ed. Kent H. Richards (Chico. Caiif.: Scholars Press. 1981], pp. 1-12를 참조하라.
124. Elisabeth Schüssler Fiorenza, "Women in the Pre-Pauline and Pauline Communities." *Union Seminary Quarterly Review.* 33. Nos. 3-4 (Spring-Summer. 1978). 157-58. and "The Apostleship of Women in. Early Christianity." in *Women Priests*, ed. Swidler. p. 137.
125. Fiorenza. "Pauline Communities. " p. 158. J. Massyngberde Ford in "Women Leaders in the New Testament." in *Women Priests*, ed. Swidler. pp. 132 134. and "Biblical Material Relevant to the Ordination of Women," *Journal of Ecumenical Studies.* 10 (1973). pp. 670-678 에도 유사한 관점이 아타난다.. Roger Gryson, *The Ministry of Women in the Early Church*, trans. Jean Laporte and Mary Louise Hall (Collegeville. Minn.: The Liturgical Press. 1976), pp. 1-6도 참조하라(그의 재구성은 신중하면서도 지지하는 입장이다).
126. Boldreys, pp. 19-21: Parvey.pp. 132. 143-146; and Dennis R. Kuhns, *Women in the Church* (Scottdale. Pa.: Herald Press. 1978). pp. 36-38.
127. Ryrie, p. 79.
128. 앞의 책, pp. 85.90.
129. 앞의 책, p. 90.
130. Zerbst, pp. 73. 80. Similar viewpoint and phraseology is found in Peter Brunner, *The Ministry and the Ministry of Women* (St. Louis. Mo.: Concordia Publishing House, 1971). p. 20. 131. Zerbst, pp. 88-89. Zerbst도 2-3세기의 여집사는 집사와 주교의 권위에 복종했다고 말한다.
131. Zerbst, pp. 88-89. Zerbst도 2-3세기 여집사는 집사와 주교의 권위에 복종적이었다고 주장한다.
132. Knight, p. 30.
133. 앞의 책, p. 31.
134. 앞의 책, p. 48.
135. Clark, p. 191.
136. 앞의 책, p. 193.

137. 앞의 책, pp. 195-199.

138. 앞의 책, pp. 204-207.

139. 네 가지 가능한 의미는 (1) 아이가 있다는 것은 구원의 방편 또는 구원의 부르심에 속한다. (2) 여자는 아이를 가져도 구원을 얻는다(해산의 고통은 타락으로 인한 저주이기 때문에). (3) 여자는 해산의 경험하는 동안 구원을 얻는다(하나님이 지켜주실 것이다). (4) 여자는 메시아이신 예수 그리스도의 탄생으로 구원을 얻을 것이다.

140. Clark, pp. 205-208.

141. 이 문제(June 1975)는 Jewett의 책 Man as Male and Female에 대한 공개적 답변으로 제시되었다(부정적인 내용도 포함된다. Harold Lindsell's Battle for the Bible 참조).

142. A. J. Gordon, "The Ministry of Women." Theology. News. and Notes (June 1975), p. 6.

143. 앞의 책, p. 142. Gordon의 논문은 집사, 여선지자 등 신약성경 여자들의 다양한 사역을 인용하며, 유니아는 사도로 제시한다. Gordon의 관점은 해방주의와 계급 구조적 접근을 결합한다. 그의 최종적 강조점은 우리에게 문법과 어휘를 초월하여 성령께서 여자를 사용하시는 방식에 마음을 열고 성령의 은사를 소멸치 않을 것을 요구한다(p. 23).

144. Williams, p. 111.

145. 앞의 책, pp. 113-114

146. 앞의 책, pp. 114-115. Boldrey는 Williams와 유사한 관점을 취하나 "오센테인"이라는 동사가 "지배자"를 의미한다는 사실을 덧붙이며, 이것을 하와가 타락을 통해 나온 새로운 지식의 힘을 이용한 사실과 연결한다.

147. Jewett, p. 119. pp. 60. 116, 126, 131도 보라.

148. 앞의 책, p. 60.

149. Mollenkott. Women. Men. p. 103.

150. 앞의 책, p. 102. Neufeld (p. 29)와 Staggs (p. 202)는 대체로 이와 동일한 접근을 따른다.

151. Staggs. pp. 232-233.

152. 앞의 책, p. 235.

153. 앞의 책

154. Parvey, pp. 137-138.

155. 앞의 책, pp. 140-146.

156. 가정 법전(엡 5:21-33 및 병행구)은 부록에서 별도의 항목으로 다루기 위해 제외시켰기 때문에 복종주의자의 본문에는 빠져 있는 것이 사실이다. 그러나 이들 본문은 고전 7:1-7과 마찬가지로 확실히 결혼 관계에 대해 언급한다. 이런 이유로 차이점에 초점을 맞추기 위해 가정 법전에 나오는 본문을 제외한 나머지 본문만으로 살펴보는 것이 도움이 될 것이다.

157. Robert McAfee Brown, Theology in A New Key (Philadelphia: Westminster Press, 1978), pp. 78-80. Brown은 성경을 해석하는 모든 사람에게 자신의 이데올로기를 인정할 것을 요구한다. 이것은 당연한 요구이다. 그는 해방주의 신학이 이데올로기에 대한 의심을 해석의 근본 원리로 삼는다고 말한다.

158. 예를 들면 Harold Lindsell, The Battle for the Bible (Grand Rapids. Mich.: Zondervan. 1976). 성경에 대한 이런 관점이 초기 교회와 개혁주의의 성경관의 기초가 되어야 한다는 사실을 보여주는 분명한 연구는 Jack B. Rogers and Donald K. McKim. The Authority and Interpretation of the Bible: An Historical Approach (San Francisco: Harper & Row. 1979) 및 같은 주제에 대한 Jack Rogers의 짧은 논문, "The Church Doctrine of Biblical Authority." in Biblical Authority, ed. Jack Rogers (Waco. Tex.: Word, 1977). pp. 15-46을 참조하라.

159. Paul D. Hanson, The Diversity of Scripture: A Theological Interpretation (Philadelphia: Fortress Press. 1982). p. xv.

160. 앞의 책, 각각 pp. 4 및 113 참조.

161. The Diversity of Scirpture에 나타난 Hanson의 연구는 구약성경의 왕적 및 선지자적 전통의 형식적/개혁적 양극성과 후기 묵시 및 제사장적 전통에 나타나는 비전적/프로그램적 양극성 사이의 다양성에 대해 구체적으로 언급한다(pp. 14-62). 그는 이처럼 다른 전통이 어떻게 다양성에도 불구하고 "예수님의 사역에 대한 메시아적 해석을 준비하는" 기능으로 전환 및 사용되었는지에 대해 보여준다(63-82). 끝으로, Hanson은 교회를 이처럼 다양한 전통에 대한 신실한 반응으로 인도하는 성경적 계시의 기본적 진술에 초점을 맞춘다.

162. J. Christiaan Beker. Paul'the Apostle: The Triumph of God in Life

324 Slavery, Sabbath, War, and Women and Thought (Philadelphia: Fortress Press. 1980), 특히 pp. 11-18, 351 이하.

163. 이 진술을 James Barr의 Old and New in Interpretation: A Study of the Two Testaments (New York: Harper & Row, 1966), especially chs. 1 and 5; and Millard C. Lind, "The Hermeneutics of the Old Testament." Mennonite Quarterly Review, 40, No. 3 (July 1966), 227-237과 비교해보라.

164. 다른 문맥에 나타난 이 주제에 대한 강조는

Leander Keck, *A Future for the Historical Jesus* (Nashville, Tenn.: Abingdon Press, 1971). pp. 26 이하를 참조하라. Keck는 복음서를 이해하기 위해서는 정경외 복음서에 대한 연구가 필요하다고 말한다. 한편으로는 다양성의 의미에 대한 세 가지 보완적 에세이와 다른 한편으로는 일부 해석을 배제할 필요성에 대해서는 Charles H. Talbert, "The Gospel and Gospels;" Jack Dean Kingsbury, "The Gospel in Four Editions": and Robert Morgan, "The Hermeneutical Significance of Four Gospels" (these three essays are chs. 2-4 in *Interpreting the Gospels*, ed. James Luther Mays [Philadelphia: Fortress Press, 1981])를 참조하라. 신약성경에 포함된 신학적 전승의 다양성에 대한 기술적 분석 및 이러한 관점들 사이의 통일성을 규명하려는 시도에 대해서는 James D. G. Dunn, *Unity and Diversity in the New Testament* (Philadelphia: Westminster, 1977)를 보라.

165. See. e.g., George Eldon Ladd, *The New Testament and Criticism* (Grand Rapids. Mich.: Eerdmans, 1967). pp. 19-33; and J. C. Wenger, *God's Word Written* (Scottdale, Pa.: Herald Press, 1966), pp. 32-33.

166. S. Scott Bartchy는 해당되는 신약성경 본문을 남자와 여자 사이의 상호성을 보여주는 규범적 텍스트(행 2:17-18; 5:7-10, 14:8:3:9:2; 16:13-15; 21:9; 갈 3:28; 고전 7:4-5, 7; 11:11-12)와 지도자적 역할을 하는 여자에 대해 묘사한 기술적 텍스트(마 28:9-10; 막 16:7, 9-11; 눅 24:10-11; 요 20:14-18; 고전 11:4-5; 행 21:8-9; 빌 4:2-3; 롬 16:1-4) 및 여자의 역할을 제한하는 문제적 텍스트(고전 14:34-35; 딤전 2:11-15)의 세 그룹으로 분류한다. 그는 결론적으로 마가복음 10:42-45의 가르침을 관계 문제를 해결하는 그리스도인의 방식으로 제시한다. Bartchys essay "Power. Submission, and Sexual Identity Among the Early Christians." in *Essays on New Testament Christianity: A Festschrift in Honor of Dean E. Walker*, ed. C. Robert Wetzel (Cincinnati, Ohio: Standard Publishing, 1978). pp. 50-80을 참조하라.

이 접근법은 하나님의 자녀들의 은사에 대한 사용 및 그 나라에서 새로운 삶의 방식에 대한 강조와 함께 바른 방향을 가리킨다는 것이 나의 판단이다. 또한 Erhard S. Gerstenberger and Wolfgang Schräge, *Woman and Man* (trans. Douglas W. Stott; Nashville. Tenn.: Abingdon, 1981)은 남자와 여자의 관계를 위한 상호성, 파트너십 및 상호의존성에 대한 성경적,

신학적 관점을 발전시키는 데 도움이 된다. Philip Siddons, *Speaking Out for Women-A Biblical View* (Valley Forge, Pa.: Judson Press, 1980)도 대체로 유익한 자료이다.

제5장. 여성

1. 평화주의 입장에서 볼 때 전쟁도 마찬가지이다. 그러나 이 경우 원시적 명령에 대한 호소는 비평화주의자의 성경 사용에 특별한 의미를 주지 못한다.

2. 우리는 전쟁 및 여자의 복종에 대해서도 같은 말을 할 수 있다. 그러나 두 이슈의 경우 구약성경의 해방주의의 싹이 신약성경에서 열매를 맺는 경우는 보기 어렵다.

3. 이 주제에 대한 최근의 학문적 연구에 대해서는 Jean-Michel Hornus. *It Is Not Lawful For Me To Fight: Early Christian Attitudes Toward War, Violence, and the State* trans. Alan Kreider and Oliver Coburn (Scottdale. Pa.: Herald Press, 1980)을 참조하라.

C. J. Cadoux, *The Early Church and the World* (New York: Charles Scribners Sons. 1925)도 참조하라. 대중적 진술에 대해서는 John C. Wenger. *Pacifism and Nonresistance* (Scottdale. Pa.; Herald Press. 1971)를 보라.

4. *Theology. News, and Notes*, published for the Fuller Theological Seminary Alumn(1976 Special Issue)에는 이 주제에 대한 활발한 논의가 제시된다. 제목은 "The Authority of Scripture at Fuller"이다.

5. George Knight HI, *The New Testament Teaching on the Role Relation of Man and Woman* (Grand Rapids, Mich.: Baker. 1977), pp. 21-27.

6. Perry B. Yoder's helpful study From *Word to Life: A Guide to the Art of Bible Study* (Scottdale. Pa.: Herald Press. 1982)는 성경에 대한 언어적 역사적 접근을 결합하는 방식을 설명하고 조명한다.

7. Mildred Bangs Wynkoop는 *A Theology of Love* (Kansas City, Mo.: Beacon Hill Press. 1972)에서 아가페 사랑의 본질에 대한 유익한 설명을 제시한다.

8. Jack T. Sanders, *Ethics in the New Testament* (Philadelphia: Fortress Press, 1975), 특히 pp. 28-29. 46-47. 80-91. 98-99 114-115 128-130.

9. 앞의 책, p. 130.

10. Rudolf Schnackenburg, *The Moral Teaching of the New Testament* (New York: Herderand Herder. 1965).

11. 앞의 책, p. 82.

12. 앞의 책, pp. 82.88.

13. 앞의 책, pp. 122-123

14. John Howard Yoder, *The Politics of Jesus*『예수의 정치학』(대장간 역간) (Grand Rapids. Mich.: Eerdmans. 1972).

15. 앞의 책, pp. 12-13.

16. 앞의 책, pp. 62-63.

17. John Howard Yoder, *The Original Revolution*『근원적 혁명』(대장간 역간) (Scottdale. Pa.: Herald Press, 1971). and *The Christian Witness to the State*『국가에 대한 기독교의 증언』(Newton, Kan.: Faith and Life Press. 1964).

18. Yoder, *The Original Revolution* 『근원적 혁명』(대장간 역간), pp. 112-182.

19. Yoder, *The Christian Witness to the State*『국가에 대한 기독교의 증언』, 특히 pp. 8-11, 22-25. 35-44.

20. Bruce C. Birch and Larry L. Rasmussen. *Bible and Ethics in the Christian Life* (Minneapolis. Minn.: Augsburg. 1976).

21. 앞의 책, p. 202.

22. *Eschatologie und Friedenshandeln: Exegetische Beiträge zur Frage christlicher Friedensverant-wortung* (with contributions by Ulrich Luz] Jürgen Kegler. Peter Lampe. Paul Hoffmann). Stuttgarter Bibelstudien 101 (Stuttgart: Verlag Katholisches Bibelwerk GmbH, 1981).

23. 앞의 책, pp. 207-208. pp. 92-93, 161-162와 비교해보라.

24. 앞의 책, pp. 198-199, 213. 191도 보라.

25. 특히 선지서에서 하나님의 백성이 공의를 행하여야 할 책임은 충분한 조명을 받지 못했다는 것이 필자의 판단이다. 또한 구약성경의 오경 및 역사서의 내용도 간과되었다.

26. 앞의 책, pp. 193. 213. 이 책의 결론으로 제시된 이 요지는 인용할 가치가 있다.

    Der Hinweis auf die Kirche als Handlungsraum. Dadurch daß sie Liehe in ihrer eigenen Gestalt verwirklicht dadurch also. daß sie Kirche wird. wird sie zum Friedensfaktor in der Welt. Konkret bedeutete das: Reformation der Kirche an Haupt un d Gliedern, auf dsJ3 sie wirklich da s Kreuz Christi in der Welt repräsentiere: das wäre der entscheidende kirchliche Beitrag zum Frieden.

    Luz의 연구가 권세들에 대한 그리스도의 승리와 권세들에 대한 교회의 자유에 대한 바울의 주장에 대해 아무런 언급도 하지 않는다는 것은 안타까운 일이다. 이러한 바울의 사상은 이 결론을 바꾸거나 확장했을 것이 분명하다.

    복음서의 윤리, 특히 산상수훈이 세상 정치가 아닌 교회를 향한 말씀이라는 것도 Evangelische Kommentar: "Das Ende aller Politik" (Dec. 1981), pp. 686-690. and "Die Stadt auf dem Berge" (Jan. 1982), pp. 19-22에 제시된 Martin Hengel의 두 논문의 결론에 해당한다.

27. Anthony J. Tambasco, *The Bible for Ethics: Juan Luis Segundo and First-World Ethics* (Washington. D.C.: University Press of America. 1981). 해방신학의 해석학적 강조에 대한 유익한 연구는 Anthony C. Thiselton, *The Two Horizons: New Testament Hermeneutics and Philosophical Description* (Grand Rapids. Mich.: Eerdmans. 1980), pp. 110-13을 보라.

28. Tambasco, pp. 56-57.

29. 앞의 책, p. 136.

30. Victor Paul Furnish, *The Moral Teaching of Paul* (Nashville, Tenn.: Abingdon Press, 1979), p. 14.

31. 앞의 책, p. 27

32. 앞의 책, pp. 24-28. Furnish는 계속해서 결혼과 이혼, 동성애, 교회에서의 여자 및 그리스도인과 지배 권력이라는 네 가지 주요 이슈에 대해 언급한다.

33. 나는 어떻게 마가복음을 읽는 사람들이 예수께서 안식일과 성전에 대한 잘못된 인식을 책망하신 것이 그의 죽음을 초래한 사실을 알지 못하는지 이해할 수 없다. Willard M. Swartley, *Mark: The Way for All Nations*, rev. ed. (Scottdale, Pa.: Herald Press. 1981). chs. 2, 9-10.

34. 그리스도인이 사회 윤리가 사회에 영향을 미치는 방식에 대한 Yoder의 가장 유익한 기여는 *The Christian Witness to the State*『국가에 대한 기독교의 증언』(위 각주 17 참조), 및 *The Chiistian and Capital Punishment* (Newton, Kan.: Faith and Life Press, 1961)이라고 생각한다. Stephen Charles Mott의 최근 저서도 이 논의에 유익하다 (*Biblical Ethics and Social Change* [New York/ Oxford: Oxford University Press. 1982]). Ernest

Sandeendl 편집한 역사적 기술서, *The Bible and Social Reform* (Chico. Cal.: Scholar Press and Philadelphia: Fortress Press, 1982)도 보라.

35. Birch and Rasmussen, p. 150.

36. 앞의 책

37. 앞의 책, pp. 152-153.

38. 이 관점은 나와 Elouise Rench 및 Davd A. Fraser가 견해와 달리하는 부분이다. "성경은 우리 사회에서 여자와 남자의 역할과 관련된 문제의 99%를 해결하지 않으며 할 수도 없다." 사회 문제에 대해 성경을 주입하는 것은 성경을 "거룩한 소"로 사용하는 불필요한 반응이다. Ranich and Fräser. "Merrily We Hole Along." *Free Indeed* (April-May 1979), p. 12도 보라.

39. 위 각주 25 및 26 참조.

40. 이런 표현은 해석자에게 작용하는 무의식적인 힘을 설명하기 위한 다양한 철학적 입장에 대한 사전 맹신을 포함하여 거의 소망이 없는 철학적 사고방식의 역사를 가지고 있기 때문에 의도적으로 피한다. 나는 왜 사람들이 성경을 제대로 해석하기 전에 프로이드, 니체, 실존주의자(불트만)나 마르크스 철학을 먼저 신봉하는지 이해할 수 없다. 이 문제에 대한 Thiselton의 리뷰를 참조하라(pp. 107-114). 그러나 나는 "텍스트 못지않게 오늘날 해석자는 주어진 역사적 상황 및 전통 위에 있다"는 Thiselton의 주장(p. 11) 및 그가 *Church of England Doctrine Communion Report, Christian Belieing*에서 인용한 "자신이나 타인에게 성경을 해석하기 전에 먼저 자신의 사전 준거의 틀이나 성경 밖 자료에서 도출한 전제로 가져오지 않는 사람은 없다"는 진술에 전적으로 동의한다(p. 114). 우리가 프로이드파나 마르크스주의자라면(자본주의의 가치관이 결정적이라면 자본주의자도 포함하여) 그러한 철학적 전제는 해석학의 필요조건이 된다. 실제로 모든 해석자가 텍스트에 대한 해석에 영향을 미치는 철학적, 정치적, 경제적, 사회적 및 종교적 요소를 가지고 있다는 것은 중요하다. 그러나 이 말은 그런 관점이 텍스트를 이해하는 전제조건이 되어야 한다는 것과 정반대이다.

41. Larry R. Morrison, "The Religious Defense of American Slavery Before 1830." *The Journal of Religious Thought*. 37. No. 2 (Fall-WJriter 1980-81), 16-17에서 인용.

42. Grant R. Osborne, "Hermeneutics and Women in the Church," *Journal of the Evangelical Theological Society*, 20, No. 4 (Dec. 1977), 337-340.

43. 앞의 책, p. 351.

44. William E. Hull, "Woman in Her Place: Biblical Perspectives." *Review and Expositor*, 72, No. 1 (Winter 1975), 5-9.

45. Ibid, p. 17.

46. Elisabeth Schüssler Fiorenza, "Women in the Pre-Pauline and Pauline Churches." *Union Seminary Quarterly Review*, 33. Nos. 3-4 (Spring-Summer 1978), 154-155.

47. 앞의 책, p. 162.

48. 앞의 책, 성경 본문에 대한 이러한 접근 모델이 놀라운 것은 이러한 모델이 주로 해당 이슈에 대한 해석자의 입장에 의해 형성된다는 것이다. 모델에 대한 비판은 같은 요지를 보여준다. A. Duane Litfin. "Evangelical Feminism: Why Traditionalists Reject It." *Bibliotheca Sacra*. 136 (July-Sept. 1979), 258-271; and H. Wayne Houser. "Paul. Women, and Contemporary Evangelical Feminism." *Bibliotheca Sacra*. 136 (Jan.-Mar. 1979), 40-53.

49. Elisabeth Schüssler Fiorenza, " 'For the Sake of Our Salvation... Biblical Interpretation as Theological Task." in *Sin. Salvation and the Spirit* ed. D. Durksen (Collegeville. Minn.: Liturgical Press. 1979). pp. 21-39.

50. 앞의 책, p. 28.

51. 앞의 책, pp. 29-30.

52. Peter Stuhlmacher, *Vom Verstehen des Neuen Testament: Eine 328 Slavery, Sabbath, War. and Women Hermeneutik* (Göttingen, Germany: Vandenhoeck & Ruprecht, 1979). Stuhlmacher의 연구는 부분적으로 영어로 접근할 수 있다. *Historical Criticism and Theological Interpretation of Scripture: Toward a Hermeneutic of Consent* trans. Roy A. Harrisville (Philadelphia: Fortress Press, 1977).

53. Stuhlmacher, *Vom Verstehen*, pp. 219-224. Stuhlmacher와 다른 학자들의 연구에 대한 상세한 분석은 필자의 논문, "The Historical Critical Method: New Directions" in a forthcoming issue of *Occasional Papers, Institute of Mennonite Studies*, Elkhart. Ind에 나타난다. Martin Hengel도 역사 비평적 방식에 대한 비판을 발전시켰다. 그의 *Acts and the History of Earliest Christianity*, trans. John Bowden (Philadelphia: Fortress Press, 1980), pp. 50-58, 129-136을 보라.

54. 본서의 부록 1, p. 236을 참조하라.

55. James Barr의 논문은 *The Bible as a Document of the University*, ed. Hans Dieter Betz (Chico, Calif: Scholars Press, 1981)에 게재되었다. 이 논문

은 James Barr, The Scope and Authority of the Bible (Philadelphia: Westminster Press, 1980) 7장에도 나타난다. 이곳의 인용문은 각각 pp. 25 및 114-115에 나타난다.

56. 앞의 책, pp. 28-29 및 114-115

57. Barr의 논의, pp. 30 이하 및 116 이하를 John H. Yoder. "The Authority of the Canon" in *a forthcoming issue of Occasional Papers* (위 각주 53 참조)와 비교해보라. 본서의 부록 1, pp. 236-237 및 Willard M. Swartley, "The Bible: Of the Church and over the Church." *Gospel Herald*, 69 (Apr. 6, 1976), 282-283도 보라.

58. Appendix 1. p. 236.

59. 이런 이유로 "Supplement to the Slavery Debate" 의 두 번째 대안은 강조되어야 한다(위 pp. 54-56 참조).

60. 각각 Barn pp. 28 및 115.

61. Brevard Childs, *Biblical Theology in Crisis* (Philadelphia: Westminster Press, 1970), pp. 99 이하. 그의 세 가지 해석학적 사례(pp. 151-200) 및 다양성과 통일성에 대한 그의 논의(pp. 201-219)에 주목하라.

62. See Swartley, Mark. pp. 187, 142-145.

63. 이 방법에 대한 유익한 사례는 Perry B. Yoder의 네 가지 성경 본문에 대한 연구와 관련된 설명이다(From Word to Life).

64. 해석학 역사에서 1970년대는 역사-비평적 방법에 대한 "의심(혐오)의 십 년"으로 부를 수 있다. Walter Wink는 "역사적 성서비평은 와해되었다"라는 말로 자신의 책을 시작한다(*The Bible in Human Transformation: Toward a New Paradigm for Biblical Study* [Philadelphia: Fortress Press, 1973], p. 1). Gerhard Maler는 그의 책에 Das Ende der Historisch-Kritischen Methode (1974) 라는 제목을 붙였다. 이 책은 Edwin W. Leverenz 와 Rudolph F. Norden에 의해 *The End of the Historical-Critical Method* (St. Louis, Mo.: Concordia, 1977)라는 제목으로 번역 출판되었다. Martin Hengel과 Peter Stuhlmacher는 이 방법이 19세기의 자연주의 관점으로부터 벗어나야 하며, 해석자를 돕기 위한 역사 연구가 텍스트의 주장과 증거에 보다 집중해야 한다고 주장한다(위 각주 53 참조). Edgar Kkrentz는 *The Historical-Critical Method* (Philadelphia: Fortress Press, 1975), pp. 63-72에서 이 방법의 장단점에 대한 유익한 평가를 제시한다. 다른 중요한 비판적 분석에 대해서는 다음 자료를 참조하라. Marlin E. Miller. "Criticism and Analogy in Historical Interpretation." in *a forthcoming issue of Occasional Papers* (page 328의 각주 53 참조) and Christian Hartlich, "Is Historical Criticism out of Date?" in *Conflicting Ways of Interpreting the Bible*, ed Hans Küng and Jürgen Moltmann (New York- Seaburv Press. 1980) pp. 3-8. 위기를 넘어서는 방향에 대해서는 Paul Ricoeur, *Essays on Biblical Interpretation*, (Philadelphia: Fortress Press 1980), 특히 editor Lewis S. Mudge's Introduction; Bernhard W Anderson "Tradition and Scripture in the Community of Faith." *Journal of Biblical Literature*, 100. No. 1 (Mar. 1981). 5-21; and George T. Montague Hermeneutics and the Teaching of Scripture." *Catholic Biblical Quarterly* (Jan., 1979), 1-17을 참조하라.

65. See Swartley, "New Directions."

66. 본문 해석에 작용하는 역사-비평적 방법의 다양한 국면에 대한 설명은 I. Howard Marshall, *New Testament Interpretation: Essays on Principles and Methods* (Grand Rapids Mich.: Eerdmans, 1977); and George Eldon Ladd, *The New Testament and Criticism* (Grand Rapids, Mich.: Eerdmans, 1967)을 보라.

67. 이 방법의 일반적 특징에 대한 사례는 George R. Brunk III, in "Journey to Emmaus: A Study in Critical Methodology," in *a forthcoming issue of Occasional Papers* (pp. 328의 각주 53 참조)에 잘 나타난다.

68. P. Yoder, *From Word to Life*; Henry A. Virkler. *Hermeneutical Principles and Processes of Biblical Interpretation* (Grand Rapids. Mich.: Baker Book House, 1980).

69. Hans Rudi Weber, *Experiments in Bible Study* (Geneva, Switzerland: World Council of Churches. 1972).

70. 우리는 영적 해석의 역사적 역할에 대한 고찰을 통해 이 주제를 확장할 수 있다. 예를 들면 Earle E. Ellis의 *Prophecy and Hermeneutic in Early Christianity* (Grand Rapids, Mich.: Eerdmans, 1978)에 나타난 초기 기독교의 성령에 의한 해석에 대한 논의를 살펴보라. 필자의 모델 1항과 7항은 하나님이 공동체에 주신 다양한 은사를 통해 선지자의 말을 검증할 것을 요구한다(고전 12-14장).

71. Ricoeur. Essays. 언어의 역할 및 해방 해석학을 강조하는 The "new hermeneutic" 역시 필자의 작업에 도움을 주었다. 성경 본문에 귀를 기울이고 "신기하고 새로운 세계"에 들어갈 것을 촉구하는 Karl Barth도

마찬가지이다. *The Word of God and the Word of Man*, trans. Douglas Horton (New York: Harper and Row. 1957), pp. 28-96; *Church Dogmatics: A Selection*, trans. G. W. Bromiley (New York: Harper. 1962), pp. 65-80; *Church Dogmatics I*, 2 trans. G. T. Thompson and Harold Knight (Edinburg: T. & T. Clark, 1956), pp. 457-660.

72. Ricoeur, pp. 231-239.

73. P. Yoder, *From Word to Life.*

74. 구조적 요소에 대한 상세한 개요는 Swartley. Mark, 235-236을 참조하라.

부록2

1. The Salvation Army, General William and Catherine Booth를 세운 자들의 아들이 쓴 이 책은 The Salvation Army의 평화주의 입장에 대한 탁월한 증거이다.

2. Lasserre는 이 텍스트에 대한 중요한 주석학적 논문을 썼다. 원래 *Cahiers de la Reconciliation* (Oct. 1967)에 게재된 그의 논문은 John H. Yoder에 의해 "A Tenacious Misinterpretation: John 2:15"라는 제목으로 번역되어 *Occasional Papers*. 1 (1981). 35-49에 실렸다. 이 자료는 Institute of Mennonite Studies of the Associated Mennonite Biblical Seminaries. Elkhart. Ind에서 입수할 수 있다.

3. 이 요지는 마가복음에 특히 중요하다. Willard M. Swartley. *Mark: The Way Jor All Nations*, rev. ed. (Scottdale, Pa.: Herald Press. 1981). pp. 169-171, 188-189를 참조하라.

4. Lasserre. *War and the Gospel* (Scottdale, Pa.: Herald Press, 1962). p. 88.

부록3

I. Charles C. Kyrie, *The Place of Women in the Church* (New York: Macmillan. 1958). pp. 65-66.

2. Fritz Zerbst, *The Office of Women in the Church: A Study in Practical Theology*, trans. Albert G. Merkens (St. Louis. Mo.: Concordia Publishing House. 1955), p. 74: George Knight III. *The New Testament Teaching on the Role Relationship of Men and Women* (Grand Rapids, Mich.: Baker Book House, 1977), pp. 48-49.

3. Stephen B. Clark, *Man and Woman in Christ: An Examination of the Roles of Men and Women in Light of Scripture and the Social Sciences* (Ann Arbor, Mich.: Servant Books. 1980). pp. 71-100. 고전 7:1-6은 성경 색인에 포함되지도 않는다. Clark의 기준에 맞지 않기 때문이다. 그는 핵심 본문을 "남자와 여자의 역할에 대한 분명한 가르침이 포함된 본문"으로 규정한다. "핵심 본문"은 이 책의 주제에 대해 직접 언급하고 권위 있는 가르침을 제공하는 본문이어야 한다. Clark는 다른 본문은 핵심 본문을 조명하기 위한 배경적 본문으로 본다. 본 장에서 가정에 대한 핵심 본문은 엡 5:22-33, 골 3:18-19 및 벧전 3:1-7이다. 이것은 Clark의 책의 성향 및 심각한 약점을 보여준다. 그는 자신이 원하는 내용의 본문은 성경의 핵심 구절로 생각하여 집중하지만, 자신이 원하는 내용을 정확히 언급하지 않거나 상충되는 본문은 무시한다. 아래 에베소서 5장에 대한 논의에서 볼 수 있는 것처럼 선택된 본문조차 자신의 주장을 뒷받침하는 내용으로 만든다.

4. Richard and Joyce Boldrey, *Chauvinist or Feminist? Paul's View of Women* (Grand Rapids. Mich.: Baker Book House. 1977). p. 51.

5. Don Williams, *The Apostle Paul and Women in the Church* (Van Nuys. Calif.: BIM Publishing Co.. 1977). p. 54.

6. Robin Scroggs, "Paul and the Eschatological Woman," *Journal of the American Academy of Religion*. 42 (1974). 294-295. While supporting this liberationist emphasis. 그러나 Frank와 Evelyn Stagg는 이 논의가 남성적 관점에서 나왔다고 말한다. "남자가(kalon) 여자를 가까이 아니함이 좋으나" (1절). *Woman in the World of Jesus* (Philadelphia: Westminster Press. 1978). p. 170을 보라.

7. Ryrie, pp. 66-67.

8. 앞의 책, pp. 67-68.

9. Zerbst는 사라의 순종은 하나의 예시이며 명령이 아니라고 말한다(p. 77).

10. 앞의 책

11. 앞의 책, pp. 77-78.

12. 앞의 책, p. 81.

13. Knight, p. 44.

14. 앞의 책, p. 58.

15. 앞의 책

16. Clark, p. 73.

17. 앞의 책, pp. 74,78.

18. 앞의 책, pp. 74-76. 이 후자의 강조점은 "알렐로이스"(피차)에 내재된 상호성의 자연스러운 의미를 왜곡하며, 약 5:16의 죄의 고백도 계급 구조적(가톨릭) 패턴을 염두에 둔 것이 아니다(마치 죄를 범한 상대에게 직접

고백하듯이). 알렐로이스라는 단어에 대한 신약성경 전체의 일반적 용례는 이 주장을 뒷받침하지 않는다.

19. 앞의 책, pp. 75-77.
20. 앞의 책, p. 78.
21. 앞의 책, pp. 78-85 (quotation on p 85)
22. 앞의 책, pp. 86-87.
23. 앞의 책, pp. 89-94.
24. 앞의 책, p. 95.
25. 앞의 책, p. 96.
26. Markus Barth. *Ephesians* (Anchor Bible). Vol. II (Garden City N.Y. Doubledav. 1974). p. 605.
27. 앞의 책
28. 앞의 책, p. 652.
29. 앞의 책, p.618.
30. 앞의 책, pp. 618-621.
31. 앞의 책, pp. 700-701.
32. 앞의 책, p. 667.
33. 앞의 책, p. 713.
34. 앞의 책, pp. 709-710.
35. 앞의 책, p. 712.
36. David and Elouise Fräser, "A Biblical View of Women: Demythologizing Sexegesis." *Theology, News and Notes* (Fuller Theological Seminary, June 1975), p. 18.
37. 앞의 책
38. 앞의 책
39. Letha Scanzoni and Nancy Hardesty, *All We're Meant to Be: A Biblical Approach to Women's Liberation* (Waco. Tex.: Word. 1974), pp. 98-100.
40. Boldreys. pp. 50-53. 41. 요약한 내용은 다음과 같다.
(1) 그리스도인의 결혼은 기독교 공동체의 기능을 전제하며 반영한다. (2) 그리스도인의 결혼은 언제나 기독론적으로 규명된다. 즉, 남편과 아내의 관계는 언제나 예수 그리스도와 교회의 관계로 규명된다. (3) 그리스도인의 결혼은 남편과 아내가 그리스도 및 피차에게 복종해야 한다는 점에서 평등과 파트너십을 강조한다. (4) 아내는 남편을 통해, 자신에게 주어진 그리스도의 사랑에 대한 복종을 드러낸다. (5) 남편은 그리스도가 교회를 사랑하고 자신을 내어주심 같이 아내를 사랑해야 한다. (6) 아내에 대한 남편의 사랑은 곧 자신을 사랑하는 것이다. 여기서도 표준은 자신의 몸인 교회에 대한 그리스도의 사랑이다. (7) 결혼은 남자와 여자의 하나됨을 반영한다.

이 하나됨은 먼저 그리스도와 교회의 연합을 구현되었으며 이어서 결혼의 연합을 통해 반영된다(Williams, pp. 91-92).
42. 앞의 책, p. 92.
43. John Howard Yoder, *The Politics of Jesus* (Grand Rapids, Mich.: Eerdmans, 1972). p. 175.
44. 앞의 책, p. 174.
45. 앞의 책, pp. 176-179.
46. 앞의 책, p. 192.
47. 앞의 책, p. 180.
48. 앞의 책, p. 181. Yoder는 부모-자식, 상전-종 및 통치자-백성 관계에도 동일한 관점을 적용하지만 후자의 현격한 차이점에 주목한다. 권력에 대해서는 복종을 요구하지 않았는데 이것은 그들이 본문의 기독교 윤리의 전달 대상이 아니며, 예수께서 분명히 말씀하신 대로 그들은 그리스도인 따라야 할 모델도 아니기 때문이다(막 10:42-45)[p. 188].
49. 앞의 책, pp. 190-191.
50. Krister Stendahl, *The Bible and the Role of Women: A Case Study in Hermeneutics*. trans. Emilie T. Sander (Philadelphia: Fortress Press. 1966).
51. Yoder, pp. 176-177. notes 22-23.
52. Dennis R. Kuhns. *Women in the Church* (Scottdale. Pa.: Herald Press. 1978). p. 45.
53. 앞의 책, pp. 64-65.
54. Paul K. Jewett, *Man as Male and Female* (Grand Rapids. Mich.: Eerdmans. 1975). p. 138.
55. 앞의 책, p. 139.
56. 앞의 책, p. 147.
57. Virginia Ramey Mollenkott, *Women, Men and the Bible* (Nashville. Tenn.: Abingdon Press. 1977), pp. 102-103.
58. John Neufeld, "Paul's Teaching on the Status of Men and Women." in *Study Guide on Women*, ed. Herta Funk (Newton. Kan.: Faith and Life Press. 1975). p. 31.
59. Fräsers, p. 18.
60. *The Origin and Intention of the Colossian Haustafel* (Göttingen. Germany: Vandenhoeck& Ruprecht. 1972).
61. Stag 부부는 이 법전이 Aristotle 및 Philo에게서 발견된다고 말한다(p. 187). 가정 법전의 그리스-로마 기원에 대한 설득력 있는 학문적 연구에 대해서는 David L. Balch. *Let Wives Be Submissive: The Domestic Code in I Peter* (Chico, Calif.:

Scholars Press. 1981). pp. 21-64. 그러나 David
Schroeder는 그의 논문에서 문학적 의존은 입증될
수 없다고 주장한다("Die Haustafeln des Neuen
Testaments. Ihre Herkunft und ihr theologischer
Sinn" [University of Hamburg. 1959]).
62. Staggs. pp. 190-191.
63. 앞의 책, pp. 203-204.

부록 4

1. 일부 헬라 사본에는 엡 1:1에 " 에베소에
   있는"이라는 구절이 나타나지 않는다. 이것은 이
   서신이 소아시아 여러 교회를 위해 기록되었으며
   교회를 돌아가며 회람되었을 것이라는 관점을
   낳게 했다.
3. 이 본문에 대한 주석은 부록 3을 참조하라.
4. 3장에 제시된 평화주의의 신약성경 활용은 이
   주장에 유익한 기여를 하지만 더 많은 것이
   필요하다.
5. 이것은 각각 헬라어와 히브리어를 말하는 사회의
   문안인사에 해당한다.

참고문헌

1. 노예제도

Allen, Isaac. *Is Slavery Sanctioned by the Bible?* Boston: American Tract So ciety, 1860.

Armstrong, George D. *The Christian Doctrine of Slavery.* New York: Negro Universities Press, 1969.

Barnes, Albert. *An Inquiry into the Scriptural Views of Slavery.* New York: Negro Universities Press, 1969 (orig. pub. 1857).

Barnes, Gilbert Hobbs. *The Antislavery Impulse: 1830-1844.* New York- Chicago-Burlingame: Harcourt, Brace, 1933.

Bartchy, S. Scott. MAAAON XPHΣAI *First-Century Slavery and the In terpretation of 1 Corinthians 7:21.* Missoula, Mont.: Scholars Press, 1973.

Bibb, Henry. *The Narrative of Henry Bibb.* New York: by the author. 1849.

Blassingame, John W. *The Slave Community.* New York et al.: Oxford University Press. 1975.

Bledsoe, Albert Taylor. See Elliott, ed.

Bourne, George. *The Book and Slavery Irreconcilable.* Philadelphia : J. M. Sanderson & Co., 1816. Reprinted in Christie and Dumond, eds.

___. *A Condensed Anti-Slavery Bible Argument: By a Citizen of Virginia.* New York: S. W. Benedict. 1845. Reprinted in Essays and Pamphlets.

___. *Picture of Slavery in the United States of America.* Middletown, Conn.: Edwin Hunt. 1834.

Brown. William Wells. *The Anti-Slavery Harp.* Boston: Bela Marsh, 1848.

Burkholder, Peter. *The Confession of Faith of the Christians Known by the Names of Mennonites, in Thirty-three Articles, with a Short Extract from Their Catechism · · · also. Nine Reflec tions · · Illustrative of Their Confession. Faith & Practice.* Trans lated by Joseph Funk.

Winchester, Va.: Robinson & Hollis, 1837.

Channing, William Ellery. *Slavery.* New York: Negro Universities Press, 1968 (orig. pub. 1836).

Christie. John W. and Dumond, Dwight L. *George Bourne and The Book and Slavery Irreconcilable.* Wilmington, Del, The Historical Society of Delaware and Philadelphia and The Prebyterian Historical Society, 1969.

Clark, James Freeman. See Essays and Pamphlets.

Coleman, Charles L. "The Emergence of Black Religion in Pennsylvania, 1776-185 0 " *Pennsylvania Heritage,* 4 (December 1977), 24-28.

Dabney, Robert L. *A Defence of Virginia* [and through her, of the South]: *Recent and Pending Contests Against the Sectional Party.* E. J. Hale & Son, 1867 , republished by Negro Universities Press, 1969.

Dew, Professor. Se e The Pro-Slavery Arguments.

Discussion Between Rev. Joel Parker and Rev. A. Rood on the Question of Slavery, The. New York: S. W. Benedict, 1852.

Douglass, Frederick. *My Bondage and Freedom.* New York: Miller, Orton & Mulligan, 1855.

Elliott, E. W., ed. *Cotton Is King. and Proslavery Arguments Comprising the Writings of Hammond,* Harper, Christy, Stringfellow, Hodge, Bledsoe, and Cartwhght on This Import ant Sub ject. New York: Negro Universities Press, 1969 (orig. pub. 1860). Essays by: Bledsoe, Albert Taylor, "Liberty and Slavery, or Slavery in the Light of Moral and Political Philosophy." Hodge, Charles. "The Bible Argument on Slavery." Stringfellow, Thornton. "The Bible Argument: or Slavery in the Light of Divine Revelation."

Essays and Pamphlets on Antislavery. Westport, Conn.: Negro Universities Press, 1970 (orig. pub. 1833-1898). Articles by: Bourne, George. A Condensed Anti- Slavery Bible Argument

Clark, James Freeman. "Sermon: de livered in Amory Hall, Thanksgiving Day, Nov. 24,1842."

Fretz, Herbert, 'Th e Germantown Anti- slavery Petition of 1688." *Mennonite Quarterly Review*, 23 (Jan. 1959),42- 59.

Goodell, William. *Slavery and Antis lavery; A History of the Great Struggle in Both Hemispheres; with a View of the Slavery Question in United States*. New York: Negro Universities Press, 1968.

Hammond, Governor. Se e The Pro- Slavery Argument.

Harshberger, Emmett Leroy. "African Slave Trade in Anglo-American Diplo macy." PhD Diss.: Ohio State University, 1933.

Hertzler, James R. "Slavery in the Yearly Sermons Before the Georgia Trustees. " *The Georgia Historical Quarterly*, 59,197 5 Supplement, 118- X/Lr\J.

Hodge, Charles. See Elliott, ed.

Hopkins, John Henry. *A Scriptural, Ec clesiastical, and Historical View of Slavery, from the Days of the Patriarch Abraham, to the Nineteenth Century*. New York: W. I. Polley & Co., 1864.

Hosmer, William. *The Church and Slavery*. New York: W. J. Moses, 1853.

Jenkins, William Sumner. *Pro-slavery Thought in the Old South*. Chapel Hill: The University of North Carolina Press, 1935.

Lovell, John, Jr. "The Social Implications of the Negro Spiritual." *The Journal of Negro Education*, 18 (October 1929), 634-643.

McKitrick, Eric L. *Slavery Defended: the Views of the Old South*. Englewood Cliffs, New Jersey: Prentice-Hall, Inc., 1963.

Mannhardt, Hermann G. "Die Sklaverei in Afrika und die Nothwendigkeit ihrer Beseitigung." *Mennonitische Blätter*, 36(1889),27-29.

Minutes of the Virginia Mennonite Conference.... First Edition, 1939. Virginia Mennonit e Conference, second edition, 1950.

Morrison, Larry R. "Th e Religious Defense of American Slavery Before 1830. " The Journal of Religious Thought, 37 (Fall-Winter 1980-81), 16-17.

Neff, Christian. "Die erste Ansiedlung unserer Glaubensbrüder in Amerika und ihr Protest gegen die Sklaverei." Christliche Gemeinde Kalendar, 12 (1903), 86-94. Reprinted in Mennoni tische Volkswarte, 1 (Aug. 1935), 299- 304.

Proctor, H. H. "The Theology of the Song s of th e Souther n Slave. Southern Workman, 15 (December 1907),652-656.

Pro-Slavery Arguments: Several Essays, New York: Negro Universities Press, 1968 (orig. pub. 1852). Essays: "Professor Dew on Slavery'1; "Ham mond's Letters on Slavery."

Risser, Johannes. "Enthält das alte Testa ment, das heilige Wort Gottes eine Lehr e ode r nur eine n entfernte n Grund, welcher zu Gunsten unserer Sklaverei im Süde n spricht?" *Christliche Volksblatt* 3 (Sept . 4, 1861), 12-16. "Abscha-ffung der Sklaverei." Chr. Volks, 6 (Oct. 2,1861), 20.

Simms , David McD. "Th e Negr o Spiritual: Origin and Themes." nie *Journal of Negro Education*, 35 (Winter 1966), 35-41.

Steward, Austin. *Twenty-Two Years a Slave*. Rochester: William Ailing, 1857.

Stowe, Harriet Beecher. *Uncle Tom's Cabin*. Boston: J. P. Jewett & Co., 1852.

Stringfellow, Thornton. See Elliott, ed.

Sunderland, LaRoy. *The Testimony of God Against Slavery*. N.Y.: American Anti-Slavery Society, 1839.

Taylor, Stephen. *Relation of Master and Servant, as Exhibited in the New Testa ment; Together with a Review of Dr. Waylands Elements of Moral Science on the Subject of Slavery*. Richmond, Va.: T.W.White, 1836.

Thompson, Joseph P. *Teachings of the New Testament on Slavery*. New York: Joseph H. Ladd, 1856.

Vos. Willem de. Over den slaaven-stand. Door Philalethe s Eleutherus . Met eenige aanteekeningen en een voor- bericht van den uitgever J. van Geuns. Leyden: van Genuns, 1797.

Wayland. Francis. *The Elements of Moral Science*. Edited by Joseph L. Blau. Cambridge, Mass.: The Belknap Press of Harvard University Press, 1963 (orig. pub. 1835).

Weld, Theodore Dwight. *American Slavery as It Is: Testimony of a Thousand Witnesses*. New York:

The American Anti-Slavery Society, 1839. Reprinted by ed. William Loren Katz; New York: Arno Press and the New York Times, 1968.

___. *The Bible Against Slavery:or. An Inquiry into the Genius of the Mosaic System, and the Teachings of the Old Testament on the Subject of Human Rights. Detroit*, Mich.; Negro- Press, 1970 (orig. pub. 1865).

Wenger, J. C. *History of the Eranconia Mennonites*. Scottdale, Pa.: Herald Press, 1937.

Woolman , John . *Journal of John Woolman*. New York: Corinth Books, 1961.

2. 안식일

Andreasen, M. L. *The Sabbath: Which Day and Why?* Washington, D.C.: Review an d Heral d Publishing Association. 1942.

Andreasen, Niels-Erik A. *The Old Testament Sabbath: A Tradition-Historical Investigation*. Society of Biblical Literature . Dissertatio n Series . Numbe r Seven. 1972.

Bacchiocchi. Samuele. *From Sabbath to Sunday: A Historical Investigation of the Rise of Sunday Observance in Early Christianity*. Rome : Th e Pontifical Gregorian University Press. 1977.

Beckwith. Roger T. and Stort, Wilfrid. *This Is the Day: The Biblical Doctrine of the Christian Sunday in its Jewish and Early Church Setting*. London: Marshall, Morgan & Scott. 1978.

Bird, Herbert S. *Theologv of Seventh-day Adventism*. Gran d Rapids , Mich.: Eerdmans, Publishing Co., 1961.

Bonar. Andrew A. *Memoir and Remains of Robert Murray M'Cheyne*. London: Cox and Wyman, Ltd., 1966 (orig. pub. 1844).

Butter, George Ide. *The Change of the Sabbath: Was It by Diuine or Human Authority?*T\{\e page missing.

Carson, D. A., ed. *From Sabbath to Lord's Day: A Biblical, Historical, and Theological Investigation*. Gran d Rapids, Mich.: Zondervan. 1982. Arti cles by:

Carson, D. A. "Jesus and the Sabbath in the Four Gospels," pp. 57-98. Dressier, Harold H. P. "The Sabbath in the Old Testament," pp. 21-42.

Lacey, D. R. de "The Sabbath/Sun day Question and the Law in the Pauline Corpus," pp. 159-198.

Lincoln. A. T. "From Sabbath to Lord's Day; A Biblical and Theological Perspective." pp. 343-412.

Turner. Max M. B. *The Sabbath, Sunday and the Law in Luke/Acts*," pp.99-158.

Carver, W. O. *Sabbath Observance: The Lord's Day in Our Day*. Nashville, Tenn.: Broadman Press. 1940.

Day. Dan. *Why I'm an Adventist: A Chris tian Invites You to Examine His Faith*. Mountain View. Calif., et al: Pacific Press Publishing Association, 1947.

Dressier, Harold H. P. See Carson, ed.

Hasel, Gerhard F. "Capito. Schwenkfeld, and Crautwald on Sabbatarian Anabaptist Theology. "*Mennonite Quarterly Review*. 46 (Jan. 1972) 41 - 57.

----"Sabbatarian Anabaptists." *Mennonite Encyclopedia* Vol. 4, p. 396.

Haynes, Carlyle B. *From Sabbath to Sun day*. Washington, D.C.: Review and Herald Publishing Association. 1942.

Heschel, Abraham. *The Sabbath: Its Meaning for Modem Man*. New York: Farrar, Straus, and Giroux. 1951.

Jewett, Paul K. *The Lord's Day: A Theological Guide to the Christian Day of Worship*. Grand Rapids, Mich.: Eerdmans, 1971.

Jordan, Clarence. *The Substance of Faith: Cotton Patch Sermons*. New York: Association Press. 1972.

Junkin, George. *Sabbatismos: a Discussion and Defense of the Lord's Day of Sacred Rest*. Philadelphia, Pa.: James B. Rodgers, 1866.

Klassen, William . *Covenant and Community tThe Life. Writings, and Hermeneutics of Pilgrim Marpeck*, Rapids , Mich.: Eerdmans , 1968.

___ "Pilgram Marpeck's Theology" *Mennonite Quarterly Review*. 40 (April 1966),97-111 .

Lacey, D. R. de. See Carson, ed.

Lee, Francis Nigel. *The Covenantal Sabbath*. London : Th e Lord' s Day Observance Society 1966.

Lincoln, A. T. See Carson, ed.

Love, William DeLoss. *Sabbath and Sunday*. New York: Fleming H. Revell Co.,1896.

Martin, R. H. *The Day: A Manual for the Christian Sabbath*. Pittsburgh, Pa.: Of fice of the National

Reform Associa tion, 1933·

Murray, John· *Collected Writings of John Murray: Vol. 1: The Claims of Truth·* Chatham, Great Britain: W. and J· Mackay· Ltd·· 1976·

Rice, George Edward. "The Alteration of Luke's Tradition by the Textual Variants in Codex Bezae." PhD Diss.: Cas e Western Reserve University, 1974.

Riggle. H. M. *The Sabbath and the Lord's Day·* Anderson· Ind.: Gospel Trumpet Company, sixth edition, revised 1928·

Rordorf, Willy. Sunday: *The History of the Day of Rest and Worship in the Earliest Centuries of the Christian Church·* Trans, by A. A. K. Graham. Philadelphia, Pa.: The Westminster Press, 1968·

Seventh-day *Adventists Answer Ques tions on Doctrine* (SAAQD). Washington, D.C.: Review and Herald Pub lishing Co·, 1957·

Turner, Max M· B· See Carson, ed·

Waffle, A. E. *The Lord's Day: Its Universal and Perpetual Obligation·* Philadel phia: American Sunday School Union, 1885·

Watson· Thomas. *The Ten Command ments·* Guildford, Great Britain: Bill ings and Sons· Ltd·· rev. ed·, 1965 (orig· pub· 1692).

3. 전쟁

Alves, Rubem. *A Theology of Human Hope·* Cleveland: Corpus Books, 1969·

Augsburger. Myron. "The Basis of Christian Opposition to War." *Gospel Herald·* 63 (November 24.1970), 990.

____"Beating Swords into Plowshares·" *Christianity Today·* 21(November 21 · 1975), 195-197. See Clouse, ed·

Aulen, Gustav. *Christus Victor: An His torical Study of the Three Main Types of the Idea of the Atonement·* Trans· by A. G. Hebert· New York: Macmillan, 1961.

Barclay, Oliver, ed· *When Christians Disagree: War and Pacifism·* London: InterVarsity Press, forthcoming.

Barth, Markus. "Jews and Gentiles: the Social Characte r of Justification in Paul." *Journal of Ecumenical Studies,* 5 (Spring 1968), 241-267·

Bartsch, Hans-Werner. "Th e Biblical Message

of Peace : Summary," pp · 278-279. See Durnbaugh, ed·

Bauman, Elizabeth Hershberger. *Coals of Fire·* Scottdale, Pa.: Herald Press, 1954·

Berkhof, H. *Christ and the Powers*「그리스도와 권세들」(대장간 역). Trans, by Joh n H. Yoder. Scottdale, Pa.: Herald Press, 1962.

Best, Ernest· *The Temptation and the Passion:* The Markan Soteriology. Cambridge: University Press, 1965·

Boesak, Allan Aubrey. *Farewell to In nocence: A Socio-Ethical Study on Black Theology and Black Power.* Maryknoll, N.Y.: Orbis Books, 1977.

Boettner, Loraine. *The Christian Attitude Toward War·* Grand Rapids, Mich.: Eerdmans, 1942·

Bohn, Ernest J. *Christian Peace According to New Testament Peace Teaching Outside the Gospels.* Peace Commit tee of the General Conference Men- nonite Church, 1938.

Booth, Herbert. *The Saint and the Sword.* New York: George H· Doran Company, 1923·

Boston, Bruce O. "How Are Revelation Revolution Related?" *Theology Today,* 26 (July 1969), 142-155.

Bowman, Joh n Wick· *Which Jesus?* Philadelphia: The Westminster Press, 1970·

Brown, Dale. *The Christian Revolutionary·* Gran d Rapids , Mich.: Eerdmans, 1971·

Brown, Robert McAfee. *Theology in a New Key: Responding to Liberation Themes* · Philadelphia: Westminster Press, 1978·

Caird, G. B. *Principalities and Powers: A Study in Pauline Theology·* Oxford:Clarendon Press· 1956.

Cadoux, C. J. *The Early Church and the World·* Edinburgh: T. & T. Clark and New York: Charles Scribner's Sons, 1925.

Cardenal , Ernesto · *The Gospel in Solentiname·* Vol· I· Trans, by Donald D. Walsh· Maryknoll, N.Y.: Orbis Books, 1978.

Cassidy, Richard J. *Jesus, Politics, and Society: A Study of Luke's Gospel·* Maryknoll, N.Y.: Orbis Books, 1978·

Celestin , George · Se e Marty and Peerman, eds·

Clark, Gordon H. "Is Pacifism Christian?" United *Evangelical Action,* 14 August 1,1955),5,23 ·

Clouse, Robert G·, ed· *War: Four Chris tian Views.*

Downers Grove, 111.: Inter- Varsity Press, 1981
. Articles by: Augsburger, Myron S., "Christian
Pacificism," pp. 79-97. Holmes, Arthur F. "The
Just War," pp. 115-135.

Cooper, Clay. "The Church Is Found Meddling.'
The Sword and Trumpet, 34 (Qtr 3,1966),34-39

Cone, Jame s H. *God of the Oppressed.* New York:
Seabury Press, 1975.

Corliss, W. G. "Can a Christian Be a Fighting
Man? " *Eternity,* 13 (Sep tember 1962) , 22-
25,38 .

Craigie, Peter C. *The Problem of War in the Old
Testament.* Grand Rapids, Mich.: Eerdmans,
1978.

___. "Yahweh Is a Man of War."*Scottish Journal of
Theology,* 22 (June 1969), 183-188.

Cullmann, Oscar. *The Christology of the New
Testament.* London: Bloomsburg Press , 195 9
an d Philadelphia : Westminster, 1981

___. *Jesus and the Revolutionaries.* New York:
Harper, 1970.

___. *The State in the New Testament.* New York:
Scribners, 1956.

Detweiler, Richard C. *Mennonite State ments
on Peace 1915-1966: A His torical and
Theological Review of Anabaptist-Mennonite
Concepts of Peace Witness and Church-State
Relations.* Scottdale, Pa.: Herald Press, 1968.

Driver, John. *Community and Commitment.*
Scottdale, Pa.: Herald Pr. 1976.

___. *Kingdom Citizens.* Scottdale, Pa.: Herald
Press, 1980.

Durnbaugh, Donald F. ed. *On Earth Peace:
Discussions on War/Peace Issues, Between
Friends, Mennonites, Brethren, and European
Churches 1935-1975.* Elgin, 111.: The Brethren
Press, 1978.

Eller. Vernard. *War and Peace from Genesis to
Revelation.* Scottdale, Pa.:Herald Press. 1981.

Ellul, Jacques. *Political Illusion*「정치적 착각」(대장
간 역). New York: A. Kropf, 1967.

___. *Violence; Reflections from a Christian
Perspective*「폭력에 맞서」(대장간 역).. New York:
Seabury Press, 1969.

Enz. Jacob J. *The Christian and Warfare: The
Roots of Pacifism in the Old Testament.* Scott-
dale, Pa.: Herald Press. 1972.

Escobar, Samuel and John Driver. *Christian

Mission and Social Justice.* Scottdale. Pa.:
Herald Press, 1978.

Fast, Henry A. *Jesus and Human Conflict,*
Scottdale. Pa.: Herald Press. 1959.

Ferguson. John. *The Politics of Love: The New
Testament and Non-Violent Revolution.*
Greenwood. S.C.: The At tic Press. Inc. n.d.

Friedmann, Robert. *The Theology of Anabaptism:
An Interpretation.* Scottdale, Pa.: Herald Press.
1973.

Gelston, A. "The Wars of Israel." *Scottish Journal
of Theology* 17 (Sept. 1964), 325-331

Gutierre Gustavo . *A Theology of Liberation:
History, Politics and Salvation.* Trans.fed.
Caridad Inda and John Eagleson. Maryknoll,
N.Y.: Orbis Books, 1973.

Hengel, Martin. "Das Ende aller Politik" and
"Die Stadt auf dem Berge." *Evan gelische
Kommentar,* Dec. 1981, 686- 690; Jan. 1982,19-
22.

___. *Victory Over Violence: Jesus and the Revolu-
tionists.* Trans, by David E. Green. Philadelphia,
Pa.: Fortress Press, 1973.

___. *Was Jesus a Revolutionist?* Trans . by William
Klassen. Philadelphia, Pa.: Fortress Press, 1971.

Henry. Carl F. H. *Christian Personal Ethics.* Gran
d Rapids, Mich.: Eerdmans. 1957.

Hershberger , Guy F. "Biblical Non- resistance
and Modern Pacifism." *Mennonite Quarterly
Review* 17 3 (July 1943), 5-22. War. Peace, and
Non- resistance.「전쟁, 평화, 무저항」(대장간 역).
Scottdale , Pa.: Herald Press, rev. ed. 1953.

Holmes, Arthur F. ed. *War and Christian Ethics.*
Grand Rapids, Mich Baker Book House, 1975
___. See Clouse, ed.

Hornus, Jean-Michel. *It Is Not Lawful for Me
to Fight.* Trans, by Alan Kreider and Oliver
Coburn. Scottdale, Pa.: Herald Press, 1980.

Hostetler, Paul, ed. *Perfect Love and War: A
Dialogue on Christian Holiness and the
Issues of War and Peace.* Nap- panee, Ind.:
Evangel Press, 1974. Arti cles by: Augsburger,
Myron. "Facing the Problem;1 pp. 11-20.
Taylor, Richard S. "A Theology of War and
Peace as Related to Perfect Love; A Case for
Participation in War," pp. 28-35.

Janzen. Waldemar. "Christian Perspec tives on
War and Peace in the Old Testament." *Still in

the Image: Essays in Biblical Theology and Anthropology by W. Janzen. Newton, Kan.: Faith and Life Press, 1982. pp. 193-211.

_____ "God as Warrior and Lord: A Conversation with G. E. Wright." *Bulletin of American Schools of Oriental Research,* 220 (Dec. 1975), 73-75. Also in Still in the Image, pp. 187-192.

_____. War in the Old Testament." *Mennonite Quarterly Review,* 46 (April 1972), 155-166. Also in *Still in the Image,* pp. 173-186.

Jones T. Canby. *George Fox's Attitude Toward War.* Annapolis , Md.; Academic Fellowship, 1972.

Kaufman. Gordon D. *Nonresistance and Responsibility and Other Mennonite Essays.* Newton, Kan.: Faith and Life Press, 1979,

Keeney. William. *Lordship and Servanthood.* Newton, Kan.: Faith and Life Press. 1975.

Klaassen. Walter. *Anabaptism in Outline: Selected Primary Resources.* Kitchener, Ont. and Scottdale, Pa.: Herald Press, 1981.

_____. "The Just War: A Sum mary." *Peace Research Reviews,* 1. 6. (Sept. 1978), 1-70.

Klassen, William. *Covenant and Com munity: The Life, Writings, and Hermeneutics of Pilgram Marpeck.* Gran d Rapids, Mich.: Eerdmans , 1968.

_____. "Love your Enemy A Study of New Testament Teaching on Coping with the Enemy." *Biblical Realism Confronts the Nation.* Edited by Paul Peachey. Fellowship Publica tions, distributed by Herald Press, 1963, pp. 153-183.

_____. , ed. *The New Way of Jesus.* Newton, Kan.: Faith and Life Press, 1980. Articles by: Klassen, William. "The Novel Element in the Love Commandment of Jesus," pp. 100-114. Swartley, Willard M. "The Structural Function of the Term 'Way' (Hodos) in Mark's Gospel," pp. 73-86.

Knight, George W. III. "Can a Christian Go to War?" *Christianity Today,* 20 (Nov. 21,1975) , 4-5.

Kraus, C. Norman. *The Authentic Witness.* Grand Rapids, Mich.: Eerdmans, 1979.

_____. *The Community of the Spirit.* Gran d Rapids , Mich.: Eerdmans, 1974.

Kraybill, Donald B. *The Upside-Down Kingdom.* Scottdale, Pa.: Herald Press, 1978.

Lapp, John A., ed. *Peacemakers in a Broken World.* Scottdale, Pa.: Herald Press, 1969. Articles by: Shetler, Sanford G. "God's Sons Are Peacemakers," pp. 75-84. Swartley, Willard M. "Peacemakers : The Salt of the Earth," pp. 85-100. Yoder, John H. "The Way of the Peacemaker," pp. 111-125.

Lapp, John E. *Studies in Nonresistance: An Outline for Study and Reference.* Peace Problems Committee, 1948.

Lasserre, Jean. *War and the Gospel.* Scottdale, Pa.: Herald Press, 1962.

Lehman , J. Irvin. *God and War.* Scottdale, Pa.: Herald Press, 1951.

Lehn, Cornelia. *Peace Be with You.* Newton, Kan.: Faith and Life Press, 1980.

Lind, Millard C. "The Concept of Political Power in Ancient Israel." *Annual of the Swedish Theological Institute,* 1 (1970),2-24.

_____. "Paradigm of Holy War in the New Testament" *Annual of the Swedish Theological Institute,* 7(1970), 2-24

_____. *Yahweh is a Warrior.* Scottdale, Pa. Herald Press. 1980

Lohhead. David. *The Liberation of the Bible ,* Student Christian Movement of Canada, 1977.

Macgregor, G. H. C. *The New Testament Basis of Pacifism.* Nyack, N.Y.: Fellow ship Publications, 1954.

McSorley, Richard. *New Testament Basis of Peacemaking.* Georgetow n University, Washington, D.C.: Center for Peace Studies, 1979.

Manson, T. W. *The Servant Messiah.* Cambridge: University Press, 1961. Marty, Martin E., and Peerman, Dean. New Theology No. 6. London : Macmillan, 1969. Articles by: Celestin, George. "A Christian Looks at Revolution," pp. 93402 . Shaull, Richard. "Christian Faith as Scandal in a Technocratic World," pp. 123-134.

Mateos, Juan. "The Message of Jesus." Trans , by Kathlee n England . Sojourners, 6 (July 1977), 8-16.

Metzler, James E. See Ramseyer, ed. Miguez-Bonino, Jose. *Doing Theology in a Revolutionary Situation.* Philadelphia: Fortress Press. 1975.

Miller, Joh n W. "Holy War in the Old Testament. "

Gospel Herald, 48 (March 15,1955) , 249-250.

Miller, Marlin E. See Ramseyer, ed.

Miller, Patrick. *The Divine Warrior in Early Israel.* Cambridge, Mass.: Harvard University Press, 1972.

___"Go d the Warrior. " Interpretation, 19 (Jan. 1965), 35-46.

Miranda, Jose. *Marx and the Bible: A Critique of the Philosophy of Oppression.* Maryknoll, N.Y.: Orbis Books, 1974.

_____. *Communism in the Bible.* Maryknoll, N.Y.: Orbis Books, 1982.

Morrison, Clinton B. *The Powers That Be: Earthly Rulers and Demonic Powers in Romans 13:1-7.* London: SCM Press, 1960.

Niebuhr, Reinhold . *Christianity and Power Politics.* New York: Charles Scribner'sSons, 1940.

_____. *Moral Man and Immoral Society.* New York: Scribner's Sons, 1932

____. *An Interpretation of Christian Ethics.* New York: Harper & Brothers, 1935.

Penner, *Archie. The Christian, the State, and the New Testament.* Altona, Man.: D. W. Friesen & Sons Ltd., 1959.

Rad, Gerhard von. *Der Heilige Krieg im Alten Israel* Göttingen: Vandenhoeck and Ruprecht, 1951.

Ramsey, Paul. *War and the Christian Conscience. How Shall Modern War Be Conducted Justly?* Durham, N.C.: Duke University Press, 1961.

Ramseyer, Robert L. ed. *Mission and the Peace Witness.* Scottdate, Pa.: Herald Press, 1979. Articles by: Metzier, Jame s E. "Shalom Is the Mission," pp. 36-51. Miller, Marlin E. 'Th e Gospel of Peace," pp. 9-23. Ramseyer, Robert L. "Mennonit e Missions and the Christian Peace Witness," pp. 114-134. Voolstra, Sjouke. "The Search for a Biblical Peace Testimony," pp. 24-35.

Reitz, Herman R. "Prayer and the Selective Conscience." *The Sword and Trumpet*, 47 (Nov. 1979), 6-7.

Ruether, Rosemary Radford. *Liberation Theology: Human Hope Confronts Christian History and American Power.* New York: Paulist Press, 1972.

Rumble. Leslie. "The Pacifist and the Bible." *The*

Homiietical and Pastoral Review. 59 (Sept. 1959), 1083-1092.

Rutenber. Culbert G. *The Dagger and the Cross: An Examination of Pacifism.* Nyack, N.Y.: Fellowship Publications, 1958.

Segundo, Juan Luis. *The Liberation of Theology.* Trans, by John Drury. MaryknoII, N.Y.: Orbis Books. 1976.

Shank, J. Ward. "Anything and Everybody in the Name of Peace," and "What Is Political?" *The Sword and Trumpet*, 39 (June 1971), 5-7. "Which Way to Peace?" *The Sword and Trumpet.* 38 (Aug. 1970), 5-6.

___. "To the Streets," *The Sword and Trumpet* 46 (Oct 1978). 7-8.

Shaull, Richard. See Marty and Peerman, eds,

Shetler, Sanford G. " 'The Triumphal Tactic.1 " *The Sword and Trumpet*, 35 (Feb. 1967),5-9.

___. See Lapp, ed.

Sider, Ronald J. *Christ and Violence.* 『그리스도와 폭력』(대장간 역), Scottdale, Pa.: Herald Press, 1979.

Snider, Harold. *Does the Bible Sanction War?* (Why I Am Not a Pacifist). Grand Rapids, Mich.: Zondervan, 1942.

Snyder, John M. "Social Evils and Christian Action." *The Sword and Trumpet.* 38(APr. 1970) 16:19. and (May 1970), 11-15

Sobrino, Jon . *Christology at the Crossroads: A Latin American Approach* Trans, by John Drury MaryknoII, N.Y, Orbis Books, 1978

Song, Choan-Seng. *Third-Eye Theoloav-theology in Formation in Asian Settings* MaryknoII, N.Y.: Orbis Books.

Stauffer, John L. "Can We Agree on Nonresis-tance? " *The Sword and Trumpet.* 47 (June 1979), 1-3.

___."Th e Error of Old Testament Nonresistance." *The Sword and Trumpet.* 6 (Qtr. 2,1960).6-16.

___."Was Nonresistance God's Plan for Old Testament Saints?" *The Sword and Trumpet.* 13 (May 1945) 377ff.

Stendahl, Krister. *Paul Among Jews and Gentiles.* Philadelphia: Fortress Press 1976.

Swartley, Willard M. "The Imitatio Christi in the Iqnatian Letters." *Vigiliae Christianas*, 27 (1973), 81-103.

___. Mark: *The Way for All Nations.* Scottdale, Pa.:

Herald Press, rev. ed. 1981.

___."Politics and Peace (Eirene) in Luke's Gospel." *Political Issues in Luke-Acts*. Edited by Richard J. Cassidy and Philip Scharper. MaryknoII, N.Y.: Orbis Press, 1983.

___. See Klassen, ed.

___. See Lapp, ed.

Taylor. Richard S. See Hostetler, ed. Topel, John L. *The Way to Peace: Liberation Through the Bible*. MaryknoII, N.Y.: Orbis Books. 1979.

Trocme, Andre. *Jesus and the Nonvio lent Revolution*. Trans, by Michael H. Shank and Marlin E. Miller. Scottdale, Pa.: Herald Press, 1973.

Voolstra, Sjouke. "See Ramseyer. ed. Wallace, Jim. *Agenda for Biblical People*. New York: Harper and Row, 1976.

Weaver Amos W. "Some Implications of Law and Grace." *The Sword and Trumpet* 30 (Qtr. 3.1962) 12-16.

Wenger, J. C. *Pacifism and Nonresistance*. Scottdale, Pa.: Herald Press, 1971

Wright, G. Ernest. *The Old Testament and Theology*. New York: Harper and Row, 1969.

Yoder, Edward. "War in the Old Testament. " *Gospel Herald*, 33 (April 1940),366.

Yoder , Joh n H. *The Christian and Capital Punishment*. Newton, Kan.: Faith and Life Press, 1961.

___.*The Christian Witness to the State*. 『국가에 대한 기독교의 증언』(대장간 역), Newton, Kan.: Faith and Life Press, 1964.

___."Exodu s 20:13—'Tho u Shalt Not Kill.'" Interpretation, 34 (October 1980), 394-99.

___. *Nevertheless*. 『그럼에도 불구하고』(대장간 역) Scottdale, Pa.: Herald Press, 1971.

___. *The Original Revolution* 『근원적 혁명』(대장 간 역) Scottdale, Pa.: Herald Press, 1971.

___. *Peace Without Eschatology?* Scottdale , Pa.: Herald Press, 1954.

___. *The Politics of Jesus*. 『예수의 정치학』(IVP 역) Grand Rapids, Mich.: Eerdmans, 1972.

___. *Reinhold Niebuhr and Christian Pacifism*. Zeist, Netherlands: The International Conference Center, 1954.

___. See Lapp, ed.

___. "The Unique Role of the Peace Churches." *Brethren Life and Thought*. 14 (Summer 1969), 132- 149.

Yoder, J. Otis. "Eschatology and Peace." *The Sword and Trumpet*. 34 (Apr. 1966),29-32.

___. "The Church and the 'New Left;" *The Sword and Trumpet*, 39 (July 1971), 7-8.

4. 여성

Allworthy, T. B. *Women in the Apostolic Church: A Critical Study of the Evi dence in the New Testament for the Prominence of Women in Early Chris tianity*. Cambridge: W. Heffer & Sons, Ltd.. 1917.

Balch, David L. *Let Wives Be Submissive: the Domestic Code in 1 Peter*. Chico, Calif.: Scholars Press, 1981.

Barrett, C. K. *A Commentary on the First Epistle to the Corinthians*. New York and Evanston: Harper & Row. 1968.

Bartchy, S. Scott. "Power, Submission and Sexual Identity Among the Early Christians. *Essays on New Testament Christianity: A Festschhft in Honor of Dean E. Walker*. Edited by C. Robert Wetzel. Cincinnati, Ohio: Standard Publishing, 1978, pp. 50-80.

Bird, Phyllis. See Ruether, ed.

Boldrey, Richard and Joyce. *Chauvinist or Feminist? Paul's View of Women*. Grand Rapids, Mich.: Baker, 1976.

Brooten, Bernadette. "Inscriptional Evi dence for Women as Leaders in the Ancient Synagogue." *Society of Bib lical Literature 1981 Seminar Papers*. Editor Kent H. Richards. Chico, Calif.: Scholars Press, 1981 , pp. 1-12.

___. See Swidler, eds,

Brunner, Peter. *The Ministry and the Ministry of Women*. St. Louis, Mo.: Concordia Publishing House, 1971.

Bushneil, Katherine C. *God s Word to Women*. Oakland , Calif.: K. C. Bushneil, 1923. Available now from Ray B. Munson, Box 52, North Collins, N.Y. 14111.

Clark, Elizabeth and Herbert Richardson. *Women and Religion: A Feminist Sourcebook of Christian Thought*. New York et al: Harper and Row, 1977.

Clark, Stephen B. *Man and Woman in Christ: An Examination of the Roles of Men and Women* in Light of Scripture and the Social Sciences. Ann Arbor, . Mich.: Servant Books, 1980.

Clemens , Lois. Woman Liberated. Scottdale, Pa.: Herald Press. 1971.

Cope, Lamar. "1 Corinthians 11:2-16: One Step Further." Journal of Biblical Literature, 97 (Sept. 1978), 435-436.

Crouch, James E. The Origin and Intention of the Colossian Haustafel. Göttingen: Vandenhoeck & Ruprecht, 1972.

Danby, H. The Mishnah. Oxford: University Press, 1922.

Fiorenza, Elisabeth Schüssler. "Women in the Pre-Pauline and Pauline Com munities." Union Seminary Quarterly Review, 33 (Spring-Summer 1978), 153-166.

____. See Swidler, eds.

Ford, J. Massyngberde. "Biblical Material Relevant to the Ordinatio n of Women." Journal of Ecumenical Studies, 10(1973), 669-700.

____. See Swidler, eds.

Frazer. David and Elouise. "A Biblical View of Women: Demythologizing Sex- egesis." Theology. News, and Notes. Fuller Theological Seminary, June 1975.14-18.

Funk, Herta , ed. Study Guide on Women. Newton, Kan.: Faith and Life Press, 1975. Essays by: Neufeld, John. "Paul's Teaching on the Status of Men and Women," pp. 28-32. Nyce, Dorothy Yoder. "Factors to Consider in Studying Old Testament Women." pp. 16-22. Yoder, Perry. "Woman's Place in the Creation Accounts," pp. 7-15.

Gerstenberger, Erhard S. and Schräge, Wolfgang. Woman and Man (Biblical Encounter Series). Trans, by Douglas W. Stott. Nashville, Tenn.: Abingdon, 1981.

Gordon, A. J. "The Ministry of Women." Theology. News, and Notes. Fuller Theologi-cal Seminary, Jun e 1975,5-8.

Gryson. Roger. The Ministry of Women 'in the Early Church. Trans, by Jean La- porte and Mary Louise Hall. Colleqe- ville, l^ihn.: The Liturgical Press, 1976.

Hamerton-Keily, Robert. God the Father: Theology and Patriarchy in the Teach ing of Jesus. Philadelphia: Fortress Press, 1979.

Harkness, Georgia. IVomen in Church and Society.

Nashville, Tenn.: Ab ingdon, 1972.

Hauptman, Judith. See Ruether, ed.

Hooker, Morna D. "Authority on Her Head: An Examination of 1 Corinthian s 11:10." New Testament Studies. 10 (1963-64), 410-416.

Houser, H. Wayne. "Paul, Women, and Contemporary Evangelical Feminism." Bibliotheca Sacra. 136 (Jan.-Mar. 1979),40-53.

Hull, William E. "Woman in Her Place: Biblical Perspectives." Review and Expositor, 72 (Winter 1975), 5-9.

Hurley, James B. Man and Woman in Biblical Perspective. Grand Rapids, Mich.: Zondervan, 1981.

Jewett, Paul K. Man as Male and Female: A Study in Sexual Relationships from a Theological Point of View. Grand Rapids, Mich.: Eerdmans, 1974.

Knight, George III. The New New Testament Teaching on the Role Relationship of Men and Women. Grand Rapids, Mich.: Baker 1977

Kroeger, Catherine Clark. "Pandemonium and Silence at Connth" Free Indeed(Apnl-May, 1979), 5-8. Also in The Reformed Journal 28(June 1978), 6-11

Kroeger, Catherine and Richard. "An In quiry into Evidence of Maenadism in the Corinthian Congregation." Society of Biblical Literature 1978 Seminar Papers. Vol. II. Edited by Paul J. Achtemeler Missoula Missoula Mont .: Scholars Press, 1978, pp. 331-336.

Kuhns, Dennis R. Women in the Church Scottdale, Pa.: Herald Press, 1978.

Litfin, A. Duane. "Evangelical Feminism: Why Traditionalists Reject It." Bibliotheca Sacra. 136 (July-Sept. 1979), 258-271.

Mercadante. Linda. From Hierarchy to Equality. A Comparison of Past and Present Interpretations of 1 Corinthians 11:2-16 in Relation to the Changing Status of Women in Society. Vancouver, B.C.: Regent Colleqe, 1978.

Mollenkott, Virginia Ramey. Women. Men. and the Bible. Nashville, Tenn.: Abingdon, 1977.

____. "Women and the Bible: A Challenge to Male Interpretations." Mission Trends No. 4: Liberation Theologies in North America and Europe. Edited by Gerald H. Anderson and

Thomas F. Stransky. New York: Paulist Press and Grand Rapids: Eerdmans. 1979, pp. 221-233.

Morris, Leon. *The First Epistle of Paul to the Corinthians: An Introduction and Commentary.* Grand Rapids, Mich.: Eerdmans, 1958.

Neufeld, John. See Funk. ed.

Nyce, Dorothy Yoder. See Funk, ed.

O'Connor, Jerome Murphy. "The Non- Pauline Character of 1 Corinthians 11-2-16." *Journal of Biblical Literature,* 95 (Dec. 1976), 615-621.

O'Neill William. *Everyone Was Brave: A History of Feminism in America.* Chicago: Quadrangle Books, 1969.

Osborne, Grant R. "Hermeneutics and Women in the Church." *Journal of the Evangelical Theological Society,* 20 (December 1977), 337-340.

Otwell, John H. And Sarah Laughed: *The Status of Women in the Old Testament.* Philadelphia: Westminster, 1977.

Pagels, Elaine H. "Paul and Women: A Respons to Recent Discussion." *Journal of the American Academy of Religion* A2 (1974), 538-549.

Parvey, Constance F. See Reuther, ed. Prohl, Russell C. Woman in the Church. Grand Rapids: Eerdmans, 1957.

Renich, Elouise and David A. Fraser. "Merrily We Role Along." *Free Indeed.* (April/May 1979), 12.

Roberts, B. T. *Ordaining Women.* Rochester, N.Y.: Earnest Christian Publishing House, 1891.

Ruether, Rosemary Radford. *Religion and Sexism: Images of Women in the Jewish and Christian Traditions.* New York: Simon and Schuster, 1974. Essays by: Bird, Phyllis. "Factors to Consider in Studying Old Testament Women," pp. 41-88. Hauptman, Judith. "Images of Women in the Talmud," pp. 184-212. Parvey, Constance F. "The Theology and Leadership of Women in the New Testament," pp. 117-149.

Ryrie, Charles C. *The Place of Women in the Church.* New York: Macmillan, 1958.

Safrai, S. and Stern, M. eds. *Compendia Rerum ludaicarum ad Novum Testamentum: Section One: The Jewish People in the First Century.* Vol. II. Philadelphia: Fortress Press, 1976.

Sapp, Stephen. *Sexuality, the Bible, and Science.* Philadelphia: Westminster Press, 1974.

Scanzoni, Letha and Hardesty, Nancy. *All We're Meant to Be: A Biblical Approach to Women's Liberation.* Waco, Tex.: Word, 1974.

Schroeder, David. "Die Haustafeln des Neuen Testaments, Ihre Herkunft and ihr Theologischer Sinn." DrTh Diss.: University of Hamburg, 1959.

Scroggs, Robin. "Paul: Chauvinist or Liberationism" *The Chnstian Century,* 89 (1972), 307-309.

____. "Paul and the Eschatological Woman." *Journal of the American Academy of Religion,* 40 (1972),283-303.

___. "Paul and the Eschatologica l Woman Revisited." *Journal of the American Academy of Religion,* 42 (1974), 532-537.

Siddons, Philip. *Speaking Out for Women - A Biblical View.* Valley Forge, Pa.: Judson Press, 1980.

Smith, Charles Ryder. *The Bible Doctrine of Womanhood and Its Historical Evolution.* London: The Epworth Press, 1923.

Stagg, Evelyn and Frank. *Woman in the World of Jesus.* Philadelphia : Westminster, 1978.

Starr, Lee Anna. *The Bible Status of Women.* New York: Revell, 1926. Re published in 1955 by the Pillar of Fire, Zarephath, N.J.

Stendahl, Krister. *The Bible and the Role of Women: A Case Study in Hermeneutics.* Philadelphia: Fortress Press, 1966.

Swidler, Leonard. *Biblical Affirmations of Women.* Philadelphia: Westminster Press, 1979.

___. "Jesus was a Feminist." *Catholic World,* 212 (January 1971), 177-183.

___. *Women in Judaism: The Status of Women in Formative Judaism.* Metuchen, N.J.: Scarecrow Press, 1976.

Swidler, Leonar d an d Arlene , eds. *Women Priests: A Catholic Commentary on the Vatican Declaration.* New York: Paulist Press, 1977. Essays by: Brooten , Bernadette . "Juni a . . . Outstanding Among the Apostles' (Romans 16:7)." pp. 141-144. Fiorenza, Elisabeth Schüssler. "The Apostleship of Women in Early Christianity," pp. 135-140. Ford, J . Massyngberde . "Women Leaders in the New Testament," pp. 132-134.

Trible, Phyllis. "Depatriarchalizing in Bib lical

Interpretation." *Journal of the American Academy of Religion*, 4 (March 1973), 30-48.

___. *God and the Rhetoric of Sexuality*. Philadelphia: Fortress Press, 1978.

Walker. William O. Jr. "1 Corinthians 11:2-16 and Paul's View Regarding Women." *Journal of Biblical Literature*. 94 (March 1975), 94-100.

Williams, Don. The Apostle Paul and Women in the Church. Van Nuys Calif.: BIM Publishing Co., 1977.

World Council of Churches. Study on Women. Geneva: WCC, 1964.

Yoder. Perry. See Funk, ed.

Zerbst, Fritz. The Office of Woman in the Church: A Study in Practical Theology. Trans, by Albert G. Merkens. St. Louis, Mo.: Concordia

5. 우리는 성서를 어떻게 해석하고 사용할 것인가?

Achtemier. Paul J. *An Introduction to the New Hermeneutic*. Philadelphia: Westminster Press, 1969,

___. *The Inspiration of Scripture: Problems and Proposals*. Philadelphia: Westminster Press, 1980.

Anderson, Bernhard W. "Tradition and Scripture in the Community of Faith." *Journal of Biblical Literature*, 100 (March 1981), 5-21.

Barr, James. *Old and New in Interpretation: A Study of the Two Testaments*. New York: Harper & Row, 1966.

Barth, Karl. *Church Dogmatics: A Selection* Trans, by G. W. Bromiley. New York: Harper, 1962.

___. *Church Dogmatics* 1/2. Trans, by G. T. Thompson and Harold Knight. Edinburgh: T. & T, Clark, 1956.

___. *The Word of God and the Word of Man*. Trans, by Douglas Horton. New York: Harper and Row, 1957.

Beardslee. William *A. Literary Criticism of the New Testament*. Philadelphia: Fortress Press, 1970.

Beker. J. *Christiaan. Paul the Apostle: The Triumph of God in Life and Thought* Philadelphia: Fortress Press, 1980.

Birch, Bruce C. and Larry L. Rasmussen. *Bible and Ethics in the Christian Life*. Minneapolis.

Minn.: Augsburg, 1976.

Brunk. George R. 111. See Swartley, ed.

Childs. Brevard *Biblical Theology in Cnsis*. Philadelphia, Pa.; Westminster

Dunn, James D. G. *Unity and Diversity in the New Testament*. Philadelphia- Fortress Press, 1977.

Ellis, Earle E. *Prophecy and Hermeneutic in Early Christianity*, Grand Rapids Mich.:Eerdmans, 1978.

Fiorenza. Elisabeth Schüssler. "'Tor the Sake oi Our Salvation' . Biblical In terpretation as Theological Task." *Sin, Salvation and the Spirit*. Edited by D. Durksen. Collegeville, Minn.: Liturqical Press, 1979, pp. 21-39.

Grant, Robert. *A Short History of the In terpretation of the Bible*. New York: Macmillan, rev. ed., 1963.

Hanson, Paul D. *The Dawn of Apocalyptic*. Philadelphia: Fortress Press, revised edition, 1979.

___. *The Diuersiry of Scripture: A Theological Interpretation*. Philadel phia: Fortress Press. 1982.

Hartlich, Christian. "Is Historical Criticism Out of Date?" *Conflicting Ways of In terpreting the Bible*. Edited by Hans Künq and Jürcjen Moltmann. New York' The Seabury Press and Edin burgh: T. &T. Clark, 1980, pp. 3-8.

Hengel, Martin. *Acts and the History of Earliest Christianity*. Trans, by John Bowden. Philadelphia: Fortress Press, 1980.

Keck. Leander. *A Future for the His torical Jesus*. Nashville and New York: Abingdon. 1971.

Kelsey. David H. *The Uses of Scripture in Recent Theology*. Philadelphia: Fortress. 1975.

Kingsbury, Jack Dean. See Mays, ed. Krentz. Edgar. *The Historical Critical Method*. Philadelphia: Fortress Press, 1975.

Ladd, George Eldon. *The New Testament and Criticism*. Grand Rapids, Mich.: Eerdmans. 1967.

Lind. Millard C. "The Hermeneutics of the Old Testament." *Mennonite Quarterly Review*. 40 (July 1966), 227- 237.

Lindsell, Harold. *The Battle for the Bible*. Gran d Rapids , Mich.: Zondervan , 1976.

Luz, Ulrich, *et al. Eschatologie und Friedenshandeln: Exegetische Beiträge zur Frage*

Christlicher Friedensverantwortung. Stuttgart: Kath olisches Bibelwerk GmbH, 1981 .

Maier, Gerhard. *The End of the His torical-Critical Method.* Trans , by Edwin W. Leverenz and Rudolph F. Norden. St. Louis, Mo.: Concordia, 1977.

Mavs, James Luther, ed. *Interpreting the Gospels.* Philadelphia: Fortress Press, 1981 . Articles by: Kingsbury, Jack Dean. 'Th e Gospel in Four Editions," pp. 21-40. Morgan, Robert. "The Hermeneutical Significance of Four Gospels," pp. 41- 54. Talbert, Charles H. "The Gospel and the Gospels," pp. 14-26.

Marshall, I. Howard. *New Testament Interpretation: Essays on Principles and Method*s . Grand Rapids , Mich.: Eerdmans, 1977.

Miller, Marlin E. See Swartley, ed.

Morgan, Robert. See Mays, ed.

Montague, George T. "Hermeneutics and the Teaching of Scripture". *Catholic Biblical Qualterly.* 41(Jan. 1979), 1-17.

Mott, Stephen Charles. *Biblical Ethics and Social Change.* New York/Ox ford: Oxford University Press, 1982.

Peterson, Norman R. *Literary Criticism for the New Testament Critic.* Philadelphia: Fortress Press, 1978.

Ricoeur, Paul. *Essays on Biblical Interpretation.* Philadelphia: Fortress Press, 1980.

Rogers, Jack. "The Church Doctrine of Biblical Authority." *Biblical Authority.* Edited by Jack Rogers. Waco, Tex.: Word, 1977, pp. 15-46.

Rogers, Jack B., and Donald K. McKim. *The Authority and Interpretation of the Bible: An Historical Approach.* San Francisco: Harper & Row, 1979.

Sandeen , Ernest, ed. *The Bible and Social Reform.* Chico, Calif.: Scholars Press and Philadelphia: Fortress Press, 1982.

Sanders, Jack T. *Ethics in the New Testament.* Philadelphia, Pa.: Fortress Press, 1975.

Schnackenburq , Rudolf. *The Moral Teaching of the New Testament.* New York: Herder and Herder, 1965.

Smalley, Beryl. *The Bible in the Middle Ages.* Oxford: Clarendon Press, 1941.

Stuhlmacher, Peter. *Historical Criticism and Theological Interpretation of Scripture:*

Toward a Hermeneutics of Consent. Trans, by Roy A. Harrisville. Philadelphia: Fortress Press, 1977.

___. *Vom Verstehen des Neuen Testament: Eine Hermeneutik.* Göttingen: Vandenhoeck & Ruprecht, 1979.

Swartley, Willard M, "The Bible: Of the Church and over the Church" *Gospel Herald,* 69 (April 6,1976) , 282-283.

____. , ed. *Essays on Biblical Interpretation. Occasional Papers.* Elkhart, Ind.: Institute of Mennonite Studies, forthcoming. Articles by: Brunk, Georcje R. III. "Journey to Em- maus : A Stud y in Critical Methodology." Miller, Marlin E. "Criticism an d Analogy in Historical Interpretation." Swartley, Willard M. "The Historical- Critical Method: New Directions."

___. Mark: *The Way for All Nations.* Scottdale, Pa.: Herald Press. 1981 .

Talbert, Charles H. See Mays, ed. Tambasco , Anthony J. *The Bible for Ethics: Juan Luis Segundo and First- World Ethics.* Washington , D.C.: University Press of America, 1981.

Tannehill, Robert C. *The Sword of His Mouth.* Missoula, Mont.: Scholar s Press and Philadelphia: Fortress Press, 1975.

Thiselton, Anthony. *The Two Horizons: New Testament Hermeneutics and Philosophical Description with Special Reference to Heide- gger, Bultmann, Gadamer, and Wittgenstein.* Grand Rapids, Mich.: Eerdmans, 1980.

Virkler, Henry A. *Hermeneutical Principles and Processes of Biblical Interpretation.* Grand Rapids, Mich.: Baker Book House, 1980.

Weber, Hans Rudi. *Experiments in Bible Study.* Geneva: World Council of Churches, 1972.

Wenger, J. C. Gods Word Written. Scottdale, Pa.: Herald Press, 1966.

Wink, Walter. *The Bible in Human Transformation: Toward a New Paradigm for Biblical Study.* Philadelphia, Pa.: Fortress Press, 1973.

Wynkoop, Mildred Bangs. *A Theology of Love.* Kansas City, Mo.: Beacon Hill Press, 1972.

Yoder, Perry B. *From Word to Life: A Guide to the Art of Bible Study.* Scottdale, Pa.: Herald Press, 1982.

색인 _ 주제, 인명

성구색인

누가복음

추천사

김 복 기

캐나다 메노나이트교회 witness worker

출판계에는 밭에 숨겨진 보화처럼 오랜 기간 동안 소개되지 않은 아주 중요한 책들이 있다. 베스트셀러나 대중의 인기와는 상관없이 '어디 있다가 이제 나타났을까?' 싶은 책. '이렇게 소중한 책을 왜 이제야 만나게 되었을까?' 하는 느낌이 들 정도로 한편으로는 반가우면서도 또 다른 한편으로 뒤늦게 소개되어 안타까운 그런 책들이 있다.

『여성, 전쟁, 안식일, 노예제도 – 사례 연구를 통한 성서해석』이 그런 책 중 하나다. 1983년에 출간되어 영어권의 성서해석학 분야에 이미 역작으로 자리한 책인데도 불구하고, 한국에서는 이제야 그 모습을 드러내게 되었다. 그러기에 더없이 반갑고, 역자에게 고마움을 표현하고 싶은 책이다.

윌라드 스와틀리는 단지 유명한 신약학자가 아니라, 성서에 관한 한 동료 교수들에게 지혜를 베푸는 석학이자 가르침을 삶으로 살다 간 신실한 그리스도인으로 알려져 있다. 그는 말씀을 삶의 기준으로 삼고, 기독교 교회 중 작은 메노나이트 교단에 속한 AMBS라는 작은 신학교에서 평생 삶으로 학생들을 가르친 스승이기도 하다. 최근 10년 동안 그의 저서 중 몇 권이 한글로 번역 출간된 것은 참으로 다행스러운 일이라 하겠다.

『여성, 전쟁, 안식일, 노예제도 – 사례 연구를 통한 성서 해석』에서 다루는 주제

자체가 성서의 난제들로 다루기 쉽지 않다. 그러나 저자는 이러한 묵직한 주제들에 대해 방대한 연구를 진행하였고, 이 모든 주제들을 관통하는 근본적인 원리로서 성경을 읽는 시각 즉 성서해석학에 대해 지침을 마련하였다.

20세기에 들어 새로이 조명된 귀납적 성경연구라든가 성서해석학의 기본 원리는 우리에게 많이 알려진 면이 없지 않으나, 이 책을 저술할 당시에는 여전히 새로운 성서 연구방식으로 논의되던 때였다. 스와틀리는 논의하기 힘든 성경 속의 주제들을 다룸에 있어 성서해석학의 진수를 보여주었다는 사실 하나만으로도 이 책은 필독서의 자격을 갖기에 충분하다.

우선 이 책은 성서가 1,800년 긴 시간에 걸쳐 기록되었기에 시대적으로, 문화적으로 해석하기 쉽지 않은 주제들, 그래서 동일한 책에 기록되어 있으나 앞뒤가 맞지 않아 모순적으로 보이는 네 가지 주제를 규명해 낸 성서학자·신약학자의 선물이다. 그러기에 독자들은 자신이 갖고 있던 성경에 대한 이해, 성서해석에 대한 이해를 점검하도록 초청 받는다. 그 이유는 모든 사람의 간절한 바람이자, 이 책을 쓰게 된 궁극적인 목적으로 모든 독자가 성경을 제대로 읽고 책임 있게 사용하는 것이 저자의 바람이기 때문이다.

저자는 모든 그리스도인이 자신이 믿고 있는 바가 매우 성경적이라고 확신한다는 점을 전제한다. 그래서 전쟁 반대론자든 찬성론자든, 노예제도 반대론자든 찬성론자든, 여성 평등 찬성론자든 반대론자든, 주일성수론자이든 반론자이든 모두가 예외 없이 성경에 근거하여 자신의 입장이 확실하다고 주장한다. 이러한 확신은 해석상의 문제를 야기하는 데, 실제로 자신의 해석이 문제가 있다는 생각은 추호도 하지 않고, 단지 자신의 해석만이 옳고 상대가 성경을 왜곡하고 있다고 주장한다.

실제로는 자기주장임에도 불구하고 그 근거로 성경말씀을 인용한다는 사실 하나만으로 그 사람의 자기주장은 확신을 넘어 진리처럼 강요되기도 한다. 그의 말이 곧 주님의 말씀이기 때문이다. 아닌 게 아니라, 성서학자뿐만 아니라, 믿음을 주장하는 모든 사람이 성경을 인용한다. 그들의 이론, 논리, 설득, 해석은 모두 성경에 근거하므로 일점일획의 오류도 없는 것으로 주장된다. 그러기에 저자는 이 지점에서 자신의 입장을 확고하게 주장하는 사람일수록 자신이 과연 성경을 어떻게 사용하는가 질문해야 한다고 지적한다.

그러기에 소위 설교가, 주석가, 성서신학자들이 옳다고 주장하는 그 해석학적 입장이 그의 성경 해석에 얼마나 크게 영향을 미치는지 생각해 볼 필요가 있다. 성서를 해석함에 있어 스와틀리의 연구방식은 우선 시대를 막론하고 늘 논쟁이 되었던 네 가지 주제에 대해 개략적 역사와 쟁점을 소개하면서 논의를 시작한다. 노예제도, 안식일, 전쟁, 여성에 관련하여 논의된 내용을 찬성하는 입장과 반대하는 입장으로 분류하여 논제들을 살피고, 서로를 향해 학문적으로 제기되었던 반론들을 살핀다. 그 후, 스와틀리는 성서학자로서 자신이 갖고 있는 해석학적 대안을 제시하고 이에 대한 주석을 달아놓았다.

주제들을 하나하나 살펴보면서 그의 논점을 따라가는 것도 흥미진진하지만, 저자가 제시하는 해석학적 주석을 눈여겨볼 필요가 있다. 왜냐하면 그의 해석학적 주석이야말로 이 책의 본령이며, 성서를 읽는 모든 독자들을 향해 그가 하고 싶은 말이기 때문이다.

주제에 따라 주석은 약간씩 다르게 주어질 수 있겠지만, 그의 성서해석학의 원리에는 대략 다음과 같은 기본 흐름이 있다. 그의 해석학에 가장 먼저 등장하는 원리는 팩트체크다. 모든 사람이 주장하는 옳고 그름에 대한 문자적인 해석은 항상 검증을 필요로 한다는 것이 그의 기본입장이다. 일단 검증이 되었다면, 성경 본문에 등장하는 사실이나 증거를 대할 때에 그것만이 전부라는 태도를 갖기보다는 다양성을 인정하는 태도를 가질 필요가 있다. 왜냐하면 성경에 기록되어 있다고 해서 성경이 한가지 입장만 고집하는 것이 아니라, 시대와 상황에 따라 또 다른 견해가 성경 안에서 발견되기 때문이다. 그 이유는 성서 안에는 1,800년이라는 기록의 시차가 있고, 사회문화적 맥락과 주장하는 사람의 개인적인 특성과 이를 정경으로 채택한 나름대로의 이유들이 다양하게 존재하기 때문이다.

또한, 저자는 성서에 기록되어 있는 내용이 하나의 원리나 규범으로 제시된 것인지 아니면 어떠한 특수한 상황에서 특정 사건으로 주어진 것인지 분별할 필요가 있다고 말한다. 이는 어떤 부수적인 사건을 침소봉대하여 전체적인 원리인 양 확대해석하는 경우가 비일비재하기 때문이다. 그러기에 저자는 성경의 특정 본문을 "부수적 요소"가 아니라 핵심을 강조하기 위해 사용해야 한다고 주장한다. 이는 특정한 내용이 성서에 기록되어 있을지라도, 기록되어 있다는 사실 자체보다 성서가 제시하고자 하는 기본 가르침으로 받아들일 수 있는 것인지 질문할 필요가 있다는 의미이다. 그러기에 기록된 표현도 중요하지만, 그 표현이 전달하고자 하는 메시지의 핵심에 귀를 기울여야 성경이 말하고자 하는 신학적 원리 및 기본적인 도덕적 명령을 잘못 이해하는 일이 없게 된다는 뜻이다.

더 나아가 저자는 성경을 읽는 독자의 태도를 가차없이 지적한다. 즉 자신의 이기심을 충족시키는 태도로 성경을 읽어서는 안 된다고 지적한다. 이는 성경을 끌여들여 자기가 좋아하는 생각을 지지하는 방편으로 삼아서는 안 된다는 뜻이다. 이러한 이기적인 접근의 예로 페미니스트, 라틴 아메리카의 해방신학이 많은 장점을 갖고 있음에도 불구하고, 해석자의 신앙적, 사회적, 정치적, 경제적 상황이 성경해석에 영향을 미치거나 결정하는 방편이 될 수 있음을 지적한다. 더 나아가 이러한 관점은 성경해석에 영향을 미치는 개인의 성정체성, 민족성, 도시취향이나 시골취향 및 심리적 요소와도 얼마든지 결합가능하다고 설명한다. 이를 한마디로 요약하자면, 자신을 돌아보지 않는 성서읽기, 즉 자신을 성찰하지 않는 성서읽기에 대한 경계이기도 하다. 이에 대해 저자는 "나는 누구인가?"라는 질문과 동시에 "나는 어떤 공동체에 속하는가?" 질문하도록 요청한다.

그가 제시하는 주석의 핵심 내용 중 하나로 끊임없이 반복하는 내용은 "텍스트로 하여금 말하게 하라"는 원리다. 그러기에 해석자는 텍스트가 직접 전하고자 하는 메시지를 놓치지 않도록 주의해야 한다. 설교학에서 통용되는 말 중, 만약 설교자로서 그 성경 말씀에 대한 확신이 없으면 가능한 텍스트에 숨으라는 말이 있다. 이는 하나님의 말씀으로서 독자가 마주한 성경 텍스트의 실재 및 힘이 해석자의 필요와 욕구에 앞서야 한다는 뜻이다. 그러므로 성경을 읽는 사람은 텍스트가 들려주는 메시지를 직접 들을 수 있는 성경연구방법을 사용해야 한다.

　　같은 맥락에서 저자는 성경 말씀이 기록된 이유, 즉 텍스트의 청중이 누구인지 질문할 필요가 있음을 제시한다. 나는 누구인가에 대한 질문이 개인에게 적용되는 질문이라면 독자는 자신이 속한 성서해석학의 공동체를 확인하기 위해 내가 속한 공동체는 누구인가 질문할 수 있어야 한다. 이는 성경이 기록된 이유는 사회의 규범을 제시하기 위함이 아니라, 신앙공동체의 삶을 위한 것이기 때문이다. 그러므로 독자는 자신이 속한 사회 전체를 뭉뚱그려 생각하기 전에 자신이 속한 신앙공동체를 먼저 생각하고, 그 공동체의 일원으로서 자신이 살아야 할 삶의 방식을 먼저 점검할 수 있어야 한다.

　　이러한 해석학적 주석은 성서가 기록된 것은 물론 이를 정경으로 채택하게 된 과정을 살피게 하며, 전통, 연구방식, 신구약성경의 권위와 상호관계, 성경의 통일성 및 다양성의 문제를 고민하도록 이끌기도 한다. 이 지점에서 독자들은 좀 더 깊은 성서신학의 과제인 예언과 성취로서의 신구약의 상관관계, 다양성과 통일성, 특수성과 보편성, 성경 말씀에 대한 권위, 예수님의 윤리, 성경의 신적인 영역과 인간적이 영역이라는 이중성의 의미에 대해 진지하게 생각해보도록 초청된다.

　　이러한 모든 내용은 "그러면 우리는 성경을 어떻게 읽고, 해석하고, 사용할 것인가?"라는 하나의 질문으로 요약할 수 있다. 저자는 이 질문에 대해 노예제도, 안식일, 전쟁, 여성이라는 네 주제를 해석학적으로 비교한 후, 가능한 여섯 성서해석학자들이 갖고 있는 대안적 관점을 소개한다. 그리고 대안적 관점을 기반으로 가능한 상호보완의 출구를 제시하였다. 동시에 연구의 결과를 총망라하는 저자의 통찰력 모델을 제시하고 성경연구 방법을 제시하면서 이 책을 맺고 있다.

　　이 모든 내용은 책의 결론부인 "학습에 대한 요약"에 22가지 해석학적 통찰로

깔끔하게 요약되어 있다. 저자에 따르면 성서해석은 과학인 동시에 일종의 예술이다. 과학적인 면과 예술적인 면을 동시에 살피기 위해 이 책을 처음부터 끝까지 촘촘히 읽고, 그 연관 관계를 깊이 궁구할 것을 강력히 추천한다. 그럼에도 불구하고 급한 마음에 성서해석학에 먼저 도움을 얻고 싶다면 결론부에 친절하게 정리해 놓은 22가지 해석학적 통찰을 먼저 읽는 것도 좋을 것이다.

또한, 부록에 실린 4가지 문서 중 1977년 콜로라도에서 메노나이트 총회에서 채택된 문서, 즉 부록1의 "교회의 삶 속에서의 성경해석"이라는 문서와 부록 4의 "성경에 대한 폭넓은 활용: 에베소서"라는 문서는 별도로 읽고 또 읽어도 좋을 만큼 성서해석학의 지평을 열어주기에 충분한 문서이니, 책 전체를 읽기에 앞서 부분 읽기를 해도 좋을 것이다.

이 책은 신약학자답게 성서해석학의 진수을 보여준 책이자, '성서를 통해 무엇을 어떻게 분별할 것인가?'라는 질문에 대해 해석학적 접근이다. 성경읽기를 본질적으로 다시 생각하게 만든 책이자 결국 "말씀을 통한 분별"을 시도하게 만드는 책이다. 끊임없이 읽고 끊임없이 분별할 일이다.